PIERRE

Passionné d'histoire et d'imaginaire, Pierre Pevel a reçu le Grand Prix de l'Imaginaire 2002 pour *Les Ombres de Wielstadt*, premier volume de sa trilogie, et le prix Imaginales 2005 pour *Les Enchantements d'Ambremer*. Son roman *Les Lames du Cardinal* a été traduit dans de nombreux pays dont l'Angleterre et les États-Unis.

Pierre Pevel est aujourd'hui écrivain à plein temps et vit à Nancy.

LA TRILOGIE DE WIELSTADT

LES OFFRES INTÉGRALES CHEZ POCKET DANS LES COLLECTIONS « SCIENCE-FICTION » ET « FANTASY »

La Romance de Ténébreuse (3 volumes) / Marion Zimmer Bradley

La Ballade de Pern (5 volumes) / Anne McCaffrey

Chansons pour Tolkien / réunies par Martin H. Greenberg

Les Chroniques des Elfes / Jean-Louis Fetjaine
La Trilogie des Elfes / Jean-louis Fetjaine

La Trilogie des Rois / Katherine Kurtz
La Trilogie des Héritiers / Katherine Kurtz
La Trilogie des Magiciens / Katherine Kurtz
La Trilogie du Roi Kelson / Katherine Kurtz

Le Peuple des Rennes / Megan Lindholm

La Trilogie d'Erekosë / Michael Moorcock
Elric (2 volumes parus, 1 volume à paraître) / Michael Moorcock

La Trilogie de Wielstadt / Pierre Pevel

Le Seigneur des Anneaux / J.R.R. Tolkien

Succession / Scott Westerfeld

L'Arcane des Épées (3 volumes) / Tad Williams

Contes et légendes inachevés (Premier, Second et Troisième Âges) / J.R.R. Tolkien

SCIENCE-FICTION

Collection dirigée par Bénédicte Lombardo

PIERRE PEVEL

LA TRILOGIE DE WIELSTADT

INTÉGRALE

Préface inédite de Jacques Baudou

Fleuve Noir

MIXTE
Issu de sources responsables
FSC® C003309
FSC www.fsc.org

Le papier de cet ouvrage est composé de fibres naturelles, renouvelables, recyclables et fabriquées à partir de bois provenant de forêts plantées et cultivées durablement pour la fabrication du papier.

ISBN : 978-2-266-21295-3

Préface

En 2001, le Fleuve Noir publiait le premier roman d'un nouvel auteur qui obtenait peu après le Grand Prix de l'Imaginaire dans la catégorie « roman francophone ». Il fallait, pour que ce roman de fantasy remporte l'adhésion d'un jury plus sensible d'ordinaire aux sirènes de la science-fiction, qu'il fut d'une qualité supérieure.

Pour ce qui concerne le critique que j'étais alors, sa lecture avait renforcé le sentiment que j'éprouvais à l'époque : celui que la toute jeune fantasy française annexait avec une belle vigueur et une réussite indéniable de nouveaux territoires à ceux que les auteurs anglo-saxons avaient l'habitude d'arpenter. En ce domaine, Pierre Pevel ne donnait pas dans la demi-mesure ! Bien sûr, il y mettait en scène des fées naines, des faunes et un dragon qui paraissait veiller sur le destin de la ville en lui épargnant des invasions guerrières, tous membres de Faërie et signes incontestables de l'appartenance à la fantasy.

Mais il situait son intrigue au début de la guerre de trente ans, en 1620, sur les terres du Saint Empire romain germanique, ajoutant le décalage temporel au déplacement géographique, quant aux normes habituelles du genre. Encore serait-on bien en peine de situer Wielstadt, la cité née de l'imagination de l'auteur, ou la Rhein See sur une carte du monde réel. Le décor savamment campé de cette ville où les différentes communautés religieuses vivent encore dans une bonne intelligence relative est bien un monde secondaire, légèrement teinté d'uchronie. Voilà qui garantissait déjà un dépaysement bienvenu.

Pierre Pevel utilisait aussi l'une des thématiques essentielles de la fantasy, celle de la lutte entre le Bien et le Mal, entre magie blanche et magie noire. Dans son roman, Wielstadt est en proie à une série de meurtres horribles, dont l'instigateur est un personnage hautement maléfique. Face à ce protagoniste noir doté de terribles pouvoirs, se dresse bien sûr un chevalier blanc, un héraut incarnant le Bien et la Justice, qui mène contre l'Ombre un combat incessant et ingrat : le chevalier Kantz, magicien et bretteur redoutable que l'auteur a dessiné avec une épaisseur inhabituelle dans le genre.

A ces ingrédients, il ajoutait, en arrière-plan, les agissements occultes d'une société secrète, la Sainte-Vehme, qui, dans l'histoire réelle du Saint Empire romain germanique, érigeait des tribunaux clandestins aux verdicts intransigeants. Et il recréait magnifiquement l'atmosphère hivernale d'une cité du Nord-Est de l'Europe au début du XVIIe siècle…

L'ensemble constituait un hybride remarquable de roman de cape et d'épée et de roman de terreur (genre qu'on affuble aujourd'hui du vocable de « Dark fantasy »), égayé d'un zeste de merveilleux. Pour un auteur nouveau, c'était un coup de maître…

Pierre Pevel n'était cependant pas un auteur débutant ; il avait déjà fait ses classes, son apprentissage de romancier. Il avait travaillé, comme plusieurs autres auteurs français de fantasy, dans le milieu des jeux de rôles, notamment sur le jeu « Nightprowler » ; Et sous le pseudonyme de Pierre Jacq, il avait fait paraître aux éditions du Khomeidon – éditions Asmodée en 1997-98 – plusieurs romans de fantasy composant la « Chronique des sept cités » : *Premiers Sangs*, *La Voix du sang*, *Le Prix du sang* et *In Memoriam* (dont la suite, *Requiem*, ne fut pas publiée), inscrits dans l'univers de « Nightprowler ».

Avec *Les Ombres de Wielstadt*, libéré de la contrainte « jeu de rôle », il avait pu laisser libre cours à son imagination, donner la mesure de son véritable talent d'écrivain. Il lui fallait confirmer.

Ce fut fait dans les deux autres volumes du cycle de Wielstadt, sacrifiant ainsi à ce qui semble être le Graal de la fantasy : la trilogie. *Les Masques de Wielstadt* se déroule quelques années après *Les Ombres*, alors que la guerre de trente ans épargne toujours la cité où, pourtant, se déroule une lutte occulte mais féroce entre les sociétés secrètes de la Sainte-Vehme et de la Rose-Croix pour la possession d'un mystérieux manuscrit. Chevauchées, duels, conspirations ténébreuses : Pierre Pevel y dévoilait plus nettement encore son admiration pour Alexandre Dumas dont il relit régulièrement et religieusement *Les Trois Mousquetaires*. Et il y affinait le portrait de son énigmatique héros, aussi versé dans la Kabbale que dans le maniement virtuose de l'épée.

Le Chevalier de Wielstadt poursuivait la veine occultiste entamée dans les deux premiers opus et levait le voile sur la vraie nature du chevalier Kantz, ainsi que sur quelques pans de son passé et le rôle qu'y avait joué une certaine Agnès von Bars, la Milady de Pevel, plus perverse encore que celle de Dumas… Ici aussi, l'auteur faisait preuve d'originalité jusque dans le dénouement. Nul triomphe final du Bien, mais une promesse d'avenir fort sombre et une démission. Le stéréotype du chevalier blanc en prenait un sacré coup. Déjà, à la fin des *Masques*, Kantz avouait au spectre assassin : « Mon âme ne vaut guère mieux que la tienne »…

Pierre Pevel en avait fini avec Wielstadt, son atmosphère délétère, ses tueurs sanguinaires et ses noirs complots.

Sans doute avait-il besoin de lumière, d'intrigues plus aimables, de fantaisie, d'explorer aussi d'autres univers romanesques. Il a alors délaissé un temps Dumas pour rendre hommage à une autre de ses passions littéraires, les grands feuilletonistes de mystère et d'aventures du début du XXe siècle, Maurice Leblanc et Gaston Leroux. Pour ce faire, il a transformé notre capitale en un « Paris des merveilles » : un portail entre le monde de Faërie et le nôtre permet soudainement l'irruption en pleine Belle Époque des peuples féeriques de cet univers parallèle. Dans *Les Enchantements d'Ambremer* et *L'Elixir d'oubli*, il mettait en scène un duo des plus pittoresques, composé de Louis Denizart Hippolyte Griffont, mage de son état, et d'Isabel de Saint-Gil, une aventurière de haut vol, que n'eut pas désavoué Arsène Lupin, dans une suite d'aventures frénétiques et roboratives. Le second roman obtenait fort justement le prix du meilleur roman francophone aux Imaginales de 2005.

Puis Pevel est retourné à Dumas avec le cycle des « Lames du cardinal » (*Les Lames du cardinal*, *L'Alchimiste des ombres*, *Le Dragon des arcanes*) publié chez Bragelonne. Il y renoue avec le cocktail de romans de cape et d'épée et de fantasy qu'il est le seul à pratiquer de façon si gouleyante, avec panache. Au premier genre, il emprunte sa compagnie d'aventuriers-bretteurs – les fameuses lames du cardinal – chargée par Richelieu d'une difficile mission. Au second, une figure emblématique dont il fait une utilisation rien moins que renversante, en pimentant le tout d'une bonne dose de menées occultes. Ce nouveau cycle a reçu une consécration inédite puisqu'il est traduit chez un éditeur anglais (Gollancz) et un éditeur américain (Pyr).

Pierre Pevel est aujourd'hui l'un des auteurs majeurs de la fantasy française, sans doute le plus brillant et le plus original. C'est pourquoi il est bon que l'on offre aux lecteurs la possibilité de découvrir ou de redécouvrir ses premières œuvres totalement abouties, de retracer son itinéraire d'écrivain par où il a commencé. Quelque part dans un Saint Empire romain germanique, à Wielstadt…

Croyez-moi, le voyage en vaut la peine.

Jacques BAUDOU

LES OMBRES DE WIELSTADT

PROLOGUE

Presque invisible dans la tourmente hivernale, accroché à la falaise telle une gigantesque gargouille d'onyx dominant le vide et la nuit, le dragon veille.

Il est immobile, assis, les serres fichées dans la pierre. Les lourds flocons qui tombent en tourbillons furieux depuis le crépuscule le recouvrent presque tout entier, au point qu'il se confond maintenant avec la masse des rochers enneigés. Les clochers de la ville proche ont déjà sonné minuit, mais les heures qui ont passé sont pour le dragon des esquisses de secondes et le froid ne l'atteint pas.

Il semble attendre.

Il observe.

Car malgré la nuit, malgré la tempête, le dragon peut voir son territoire. C'est le terme d'un golfe étroit, démesurément étiré sur une centaine de lieues, envahi par des eaux froides et salées. Jadis, il y avait là une vallée qu'un grand fleuve – lequel n'était pas encore le Rhin – venait emprunter. Mais les forces de la nature, un jour, se déchaînèrent. Dans leur fureur, elles éventrèrent la vallée sur toute sa longueur tandis qu'au nord, des terres côtières trop basses étaient submergées par la mer. La masse des flots, déferlant librement, trouva ainsi le chemin de la vallée suppliciée et la noya à jamais. Cela arriva en des temps que les hommes disent immémoriaux, des temps qui pourtant n'ont pas quitté la mémoire du dragon.

Pour l'heure, par cette nuit glaciale et violente, le dernier des grands dragons d'Occident tient repliées sur ses flancs ses ailes de cuir. Il a ramené contre lui sa longue queue écailleuse. Un cou épais, parcouru d'une crête osseuse finissant sur l'échine, porte bien droite sa tête massive. Une collerette membraneuse que traversent et percent des cornes d'ivoire jauni par l'âge, orne ce crâne aux mâchoires brutales. De ses narines lentement animées par un souffle rauque, suintent de loin en loin des volutes de vapeurs rouges qui montent vers des paupières mi-closes. Derrière elles, on devine à gauche un globe aveugle et blanchâtre, tandis que l'œil droit brille d'un éclat vif, profond, à la fois sage et terrible, inhumain.

Hors le dragon, nul ne sait plus rien du cataclysme qui engloutit la vallée. Au fil des siècles, les hommes ont oublié le grand Rhin et il leur semble que son cours, amputé depuis l'âge où Rome n'était qu'un hameau, rejoint de toute éternité ce long bras de mer glissé en terre allemande : la *Rhein See*. Et là où finit le fleuve et commencent les falaises schisteuses qui enserrent son estuaire, là se dresse Wielstadt, ville immense et prospère d'un Saint Empire romain germanique déjà dévoré par les premiers feux de la guerre de Trente Ans. A l'hiver 1620, cette guerre appelée à embraser l'Europe n'a encore meurtri que les régions orientales de l'Empire et beaucoup la pensent achevée. Elle a débuté deux ans plus tôt avec la révolte des seigneurs protestants de Bohême ; elle s'est aggravée lorsque les princes luthériens et calvinistes de l'Union évangélique s'armèrent contre l'Empereur ; et elle paraît avoir trouvé sa conclusion à la bataille de la Montagne Blanche où, non loin de Prague le 8 novembre 1620, les troupes impériales l'ont emporté. Le Saint Empire, qui s'étend du Rhin aux Carpates et de la Baltique à l'Adriatique, est une mosaïque hétéroclite de royaumes, duchés, comtats, principautés, margraviats, fiefs, villes libres et terres d'Eglise. Or, depuis le séisme de la Réforme initiée par Luther, de profondes divisions religieuses aggravent le morcellement politique allemand. La bataille de la Montagne Blanche a-t-elle sonné le glas des conflits religieux en consacrant la déroute de l'Union évangélique ? Certains veulent le croire. L'Empereur et le catholicisme triomphent, et l'on ne donne pas cher des derniers régiments protestants qui font retraite, en hâte, vers le Palatinat rhénan…

Mais de tout cela, le dragon n'a cure et, sur son piton rocheux, il s'anime enfin.

Ses lents et puissants mouvements de colosse engourdi font écrouler son manteau de neige quand il se redresse. Alors, comme triomphant, il écarte ses ailes restées criblées par un feu de couleuvrines essuyé naguère. Cou tendu, tête levée, poitrail en avant, il adresse au ciel un cri que les plaintes du vent peinent à étouffer. C'est un cri terrible, sauvage et rauque qui semble résonner depuis les profondeurs d'une caverne, le cri d'un vieux mâle hurlant au monde qu'il est maître en son domaine. Puis le dragon replie ses ailes et penche la tête vers cette ville qui l'indiffère mais lui appartient pourtant, parce qu'elle est sur son territoire.

Loin en contrebas, Wielstadt n'est qu'une tache sombre et vague sous le déluge de neige, seulement indiquée par quelques feux épars. A tout autre que le dragon, la ville paraîtrait immense, presque monstrueuse, tandis qu'il ne voit en elle qu'un accident dérisoire en regard de sa propre existence plusieurs fois millénaire. Même les cinq cent mille âmes qui vivent là sont, en définitive, trop nombreuses et trop fugaces pour que le dragon les considère. Il les perçoit, cependant : elles s'inscrivent dans son esprit comme autant de points lumineux. Des points plus ou moins vifs, plus ou moins grands, et qui persistent plus ou moins longtemps, mais qui toujours finissent par s'éteindre pour être remplacés par d'autres tout aussi fugitifs.

La tempête de neige faiblit, à présent; elle cessera d'ici peu. Lâchant prise, le dragon bascule soudain du haut de la falaise. Il tombe à pic vers les eaux agitées de la *Rhein See*, entraîné par sa masse énorme, le corps tendu pour mieux fendre l'air, tête la première, les ailes collées à lui. La descente est vertigineuse, impossible : trois à quatre cents pieds de chute que le dragon accomplit le temps de quelques battements de cœur. Il a presque rejoint les flots quand ses ailes se déploient dans un grand claquement de cuir. Le plongeon devient alors un vol plané que le dragon prolonge à plaisir, au ras des vagues dont les embruns trempent les écailles grisâtres de son ventre. Il file ainsi une longue minute, sans un mouvement, avant d'obliquer vers Wielstadt.

Vers Wielstadt et la myriade de ses petites âmes scintillantes dont toutes, cependant, ne dorment pas…

1

Frôlant les toits enneigés, la petite fée volait de toute la force de ses ailes de libellule. Haute d'une douzaine de centimètres, légère et gracile, elle peinait à aller droit parmi les bourrasques qui la chahutaient et les flocons qui l'aveuglaient. La douce chaleur du halo lumineux qui noyait son corps nu ne suffisait pas à la protéger du froid. Un halo bien pâle d'ailleurs, signe d'une fatigue extrême.

Un croassement sinistre retentit dans le tumulte. La fée fut aussitôt traversée par un grand frisson : le corbeau lancé à ses trousses venait de la retrouver. Elle risqua un regard en arrière, aperçut la silhouette de son poursuivant. Ce n'était malheureusement pas un corbeau ordinaire : plus gros que la normale, il avait dans les yeux une lueur rouge et cruelle qui trahissait l'emprise de l'Ombre.

Un début de panique prit la fée qui redoubla d'effort. Elle fuyait, le corps à l'horizontale, les bras collés aux flancs, les jambes droites et jointes, sa lourde chevelure acajou touchant ses reins. Elle savait que le corbeau ne renoncerait pas. Elle savait également qu'elle ne trouverait plus très longtemps le salut dans la fuite. Elle devait gagner un refuge, au plus vite, au plus tôt. Mais le temps et la lucidité lui manquaient ; les idées se bousculaient dans sa petite tête affolée. Et d'ailleurs comment chercher ? Si l'averse de neige semblait vouloir cesser, l'obscurité empêchait toujours de voir bien loin…

Le corbeau l'avait déjà presque rejointe quand il accéléra et fut soudain sur elle. Elle piqua au jugé, échappa in extremis à un claquement de bec meurtrier pour s'engouffrer dans une rue qu'elle suivit au ras de la chaussée.

Le corbeau croassa de dépit avant de fondre à sa suite. Lancée comme une bille de lumière dans le défilé étroit des façades obscures, la fée n'était plus capable de penser. Epuisée, terrifiée, elle était à présent guidée par la seule urgence de fuir. Les regards qu'elle lançait de droite et de gauche restaient vains : c'étaient partout les mêmes murs.

C'étaient partout les mêmes volets fermés.

Partout les mêmes portes closes...

Toute à sa peur, la petite fée ne dut qu'à son instinct de faire un brusque écart au moment où le corbeau plongeait sur elle. Il la manqua et reprit de l'altitude avec un nouveau croassement furieux. Sans y songer, elle le suivit des yeux. Ce qu'elle aperçut alors lui valut un regain d'espoir : droit devant, on devinait comme une arche de pierre enjambant la rue et que dominait un clocheton pointu.

D'où elle était, la fée n'en voyait guère plus. Cependant, la perspective de trouver refuge dans le petit beffroi lui insuffla une vigueur nouvelle. Son halo se fit légèrement plus lumineux. Elle redressa son vol en direction du clocheton, s'obligea à encore augmenter l'allure. Le corbeau qui s'en revenait comprit comment sa proie pouvait lui échapper. Il s'élança depuis les hauteurs, croassant de plus belle.

Ce ne fut l'affaire que de quelques secondes.

La fée filait en direction de l'arche ; le corbeau piquait pour l'intercepter. A une vitesse folle, tous deux convergeaient vers le clocheton et son étroite fenêtre en ogive. C'était presque une meurtrière et, si la fée arrivait la première, elle pourrait s'y cacher. Mais dix mètres, dix immenses mètres la séparaient encore de son but et le vent soufflait désormais contre elle. Les larmes aux yeux, elle redoubla d'effort. Les dix mètres devinrent neuf, puis huit. Elle jeta un bref coup d'œil en l'air, vit le corbeau qui gagnait du terrain. Sept, six, cinq mètres. Elle découvrit alors avec horreur qu'un treillis de fer protégeait la fenêtre. Pourtant, tout allait trop vite : impossible de changer de cap. Quatre, non, trois mètres restaient à franchir. Le treillis serait-il assez large pour lui permettre de passer ? Elle n'était déjà plus qu'à deux mètres de le savoir. Elle consuma ses dernières forces et touchait au but lorsqu'elle aperçut le corbeau tout proche, si proche, et qui se précipitait sur elle. Dans un ultime sursaut d'énergie, elle étincela, parut catapultée vers le clocheton, coucha ses ailes, échappa aux serres, traversa la grille comme une flèche...

... et heurta de plein fouet, à l'intérieur du beffroi, une vieille cloche oubliée.

Un misérable *bong* retentit quand la petite fée rencontra le bronze centenaire. Aussitôt assommée, bras et jambes en croix, elle glissa en bas de la cloche, rebondit mollement contre le plancher vermoulu, et bascula dans le vide par une planche manquante.

Dehors, il ne neigeait plus, ou presque. Seuls quelques flocons paresseux tombaient encore.

Le corbeau qui n'avait pas désarmé tourna furieusement autour du clocheton. Il ne tarda pas à repérer sa proie tombée dans la rue, juste sous l'arche. Poussant un croassement victorieux, il se laissa alors doucement planer vers elle, son œil rouge brillant d'un éclat mauvais.

La fée, étendue sur la neige, son halo plus faible que jamais, entrouvrit les paupières. Sa vue brouillée lui permettait à peine de deviner la silhouette du corbeau. Elle poussa un long soupir, chercha en elle une dernière énergie pour fuir, ne la trouva pas, se résolut à mourir et commença à pleurer.

Le corbeau s'était posé. Il avançait par petits bonds qu'accompagnaient de brefs battements d'ailes. Arrivé près de la fée, il pencha sur elle un regard hypnotique et vide, le regard d'un possédé. Il leva une patte aux serres largement écartées : pour déchirer sa proie à son aise, il devait d'abord la maintenir.

La fée n'offrait aucune résistance. Misérable et nue, recroquevillée, le visage dans les mains, elle attendait en tremblant et sanglotant une mort à l'évidence inéluctable.

Une mort qui, cependant, à mesure que de longues secondes s'écoulaient, tardait à venir.

L'homme, en s'engageant dans la rue, avait fait fuir le corbeau. Le gros volatile n'était pourtant pas allé bien loin. Accroché à un rebord de toit, hors d'atteinte, il se refusait à s'éloigner plus de sa proie.

Intrigué par le manège du corbeau, l'homme s'approcha. Ganté, botté pour la monte, emmitouflé dans une lourde cape noire que le fourreau de sa rapière soulevait par l'arrière, il était coiffé d'un chapeau sans panache et dont le large bord était redressé à droite par une broche d'argent. Il était grand, mince pour autant que l'obscurité et son manteau d'hiver permettaient d'en juger. Sa démarche était souple, assurée mais prudente : le tapis neigeux crissait à peine sous son pas.

Tandis qu'il avançait vers l'arche, il guettait du coin de l'œil le corbeau qui l'observait de plus en plus nerveusement jusqu'à bientôt ne plus pouvoir contenir de frénétiques battements d'ailes.

« Tu sembles bien mal aise de me voir », murmura l'homme.

Abandonnant le corbeau à ses affres, il fouilla les alentours du regard et découvrit la faible lueur qui, presque imperceptible, pâlissait à ses pieds.

« Qu'est cela ? »

Il se pencha, retint un juron en reconnaissant une fée. Aussi délicatement que possible, il prit le petit corps tremblant dans ses mains réunies en conque et se redressa.

Se voyant dépossédé de sa proie, le corbeau croassa de rage et ses yeux étincelèrent d'un éclat rouge. Par réflexe, l'homme tendit la paume de sa main gauche vers l'oiseau qui, comme frappé par un coup brutal, fut projeté plus loin en bataillant des ailes, tarda à reprendre le contrôle de son vol et s'enfuit.

L'homme regarda le corbeau s'éloigner avant de s'intéresser de nouveau à la fée qu'il avait ramenée contre sa poitrine. Elle lui adressait un sourire épuisé mais confiant, les cheveux en désordre, la mine défaite. A l'évidence, elle ne demandait qu'à se laisser aller au sommeil.

L'homme lui trouva un refuge confortable et chaud sous son manteau.

2

Un bon feu gourmand de bûches brûlait dans l'âtre. Sa chaleur et sa lumière baignaient la pièce parcourue d'ombres mouvantes.

Seul devant la cheminée, dos à la grande table qui envahissait la pièce, Jacob Huyghens attendait. Il avait vingt ans à peine. Bien bâti, le port noble, il n'était pas sans charme en dépit d'une physionomie assez sévère que soulignait la coupe austère de ses vêtements bourgeois, tous noirs hormis sa chemise et ses bas blancs. On devinait en lui l'étudiant impatient de revêtir la robe de ses maîtres de l'Université. On devinait en lui un protestant. On ne se trompait pas.

Soucieux, le visage fermé, il jeta un regard vers la haute horloge qui, au rythme de son balancier, scandait le silence seulement troublé par les ronflements et les crépitements du feu.

Deux heures de l'après-minuit, pensa-t-il. *Il ne viendra pas. Ou trop tard…*

Des pas retenus se firent entendre à l'étage, puis dans l'escalier. Jacob se retourna quand entra la petite bonne de la maisonnée. Blonde, assez jolie de visage mais le corps manquant de grâce, elle avait les yeux rouges d'avoir beaucoup pleuré. Quelques mèches en désordre s'échappaient du bonnet qui la coiffait. Elle se laissa tomber sur une chaise et s'abandonna à de lourds et douloureux sanglots.

« Ta maîtresse est donc si mal ? » demanda le jeune homme d'un ton qu'il jugea aussitôt trop dur.

Il se voulait réconfortant et sa compassion était sincère, mais une éducation rigoureuse l'empêchait de laisser exprimer ses sentiments. Embarrassé, il s'approcha de la jeune fille éplorée, s'agenouilla, eut pour lui prendre la main un geste hésitant vite réprimé. Enfin, d'une voix assez douce, il dit :

« Allons, Hannelore… Reprends-toi et dis-moi ce qu'il en est.

— Monsieur le curé… dit qu'elle ne passera pas… la nuit, balbutia la domestique en levant un regard misérable.

— Mais qu'en sait-il ? dit Jacob en se voulant rassurant. Rien n'est moins sûr, crois-moi.

— Si… Je le sais, moi… J'ai bien vu…

— Mais tu n'es pas plus disciple d'Esculape que ton bon curé… » Elle le fixa sans comprendre. « Je veux dire, reprit-il, que tu n'entends rien à la médecine et que peut-être…

— Mais monsieur le curé lui donne les derniers sacrements ! C'est donc que tout est fini ! »

Exaspéré, Jacob se redressa et lâcha :

« Le voilà bien empressé ! A-t-il donc si peur de se voir souffler une âme ? »

Hannelore esquissa un signe de croix précipité. Son mouvement d'humeur laissa Jacob embarrassé et il y eut un assez long silence que la servante rompit la première.

« Et votre ami ? hésita-t-elle. Ne viendra-t-il pas ?

— Je t'ai déjà dit qu'il n'était pas chez lui ce jourd'hui et qu'il ne rentrera peut-être pas de la nuit… J'ai néanmoins laissé un billet et je peux t'assurer qu'il viendra aussitôt qu'il l'aura lu.

— Il saura guérir ma maîtresse, n'est-ce pas ? demanda-t-elle avec les accents d'un espoir tenace dans la voix.

— Je ne sais, avoua-t-il à contrecœur… Mais je veux l'espérer et tu dois en faire de même, pour l'amour de ta maîtresse. J'ai le sentiment que le mal dont elle souffre n'est pas de ceux que les remèdes savent vaincre.

— Je… je vais prier.

— Oui, fais cela. Cependant, ne prie pas pour le salut de l'âme de ta maîtresse, mais prie pour presser l'arrivée de celui qui saura peut-être la secourir. »

Il retourna près du feu tandis que la jeune fille s'agenouillait.

Et de nouveau, le tic-tac grave et régulier de l'horloge emplit la pièce d'un martèlement sinistre, seulement troublé par les claquements chaotiques de la flambée.

Un peu plus tard, la petite bonne priait encore et Jacob n'avait pas bougé un cil quand un prêtre vint les rejoindre. C'était un petit homme très maigre, sans épaules, comme perdu dans les replis de sa soutane, et dont la tête rougeaude bien trop grosse et bien trop ronde semblait avoir poussé sur un autre corps.

En le voyant, Hannelore s'alarma.

« Oh, non ! lâcha-t-elle en portant les mains à sa bouche.

— Rassure-toi, ma fille. Le Très-Haut n'a pas encore rappelé ta maîtresse auprès de Lui. Mais je viens chercher pour elle un peu d'eau.

— Je m'en occupe, mon père », dit Hannelore en quittant la pièce.

Le prêtre tourna aussitôt les talons et disparut vers l'escalier. Il n'avait pas adressé un mot ni un regard à Jacob qui, en retour, ne lui avait offert que le spectacle de son dos.

Hannelore s'en revenait du garde-manger avec un verre d'eau quand on frappa à la porte donnant sur la rue. Les trois coups résonnèrent dans le silence comme des coups de bélier.

« C'est lui ! » s'exclama Jacob.

Après un moment d'hésitation, Hannelore croisa le regard impatient du protestant et s'empressa d'ouvrir.

Kantz entra en même temps qu'un grand souffle glacé. Il portait un manteau noir et un large feutre à boucle d'argent qui ne laissaient rien deviner de lui. De la neige couvrait ses épaules et son chapeau ; le fourreau d'une rapierc battait sa jambe gauche.

Comme la bonne restait saisie par un semblant de stupeur, Jacob referma la porte sur la tourmente.

« Enfin ! dit-il. Je désespérais de vous voir… »

Kantz se décoiffa.

A la lumière de l'âtre, Hannelore découvrit un visage maigre, grave, marqué par la fatigue. Ses joues étaient râpeuses ; sa moustache et son bouc méritaient d'être rafraîchis. L'homme devait avoir dépassé la quarantaine. Ses tempes grisonnaient sous la masse de ses cheveux noirs assez longs pour caresser le col largement étalé de sa chemise mousquetaire. Il était plus grand que Jacob, très mince, le corps sec. Mais ce n'était pas sa stature ni son allure qui frappaient l'imagination de la petite bonne. C'était le feu terrible et calme de ses yeux gris, c'était ce regard qui vous pénétrait l'être, tisonnait l'âme, et laissait dans la mémoire comme la marque incandescente d'une culpabilité étouffée jusqu'alors, infondée peut-être, mais désormais trop vivace pour rester ignorée.

« J'arrive à peine, dit Kantz. Et c'est miracle que je n'aie fait étape ailleurs cette nuit. La tempête m'a surpris à quelques lieues de Wielstadt.

— Sans doute avez-vous trouvé mon billet », supposa Jacob en faisant signe à Hannelore de débarrasser le nouveau venu de son manteau.

La jeune fille, qui avait repris ses esprits, s'exécuta.

« Oui, fit Kantz. Heide m'attendait pour me le donner. Comme vous le pouvez voir, je n'ai pas même pris le temps de me changer.

— Grand merci. Je ne saurais jamais vous remercier assez.

— Il n'est pas encore dit que je sois l'homme de la situation. Votre billet ne parlait que d'une urgence à venir.

— Il s'agit en fait…

— Un instant, s'il vous plaît. »

Kantz se tourna vers Hannelore qui pliait son manteau sur une chaise. A son bonnet et son grossier cotillon, il avait reconnu une domestique.

« Comment te nommes-tu ? demanda-t-il en déboutonnant le haut de son épais pourpoint de velours gris.

— Hannelore, Monsieur », répondit-elle.

Pour ne pas affronter un regard qui l'intimidait, elle s'obligeait à fixer la perle baroque noire – larme de nacre sombre – qui pendait à l'oreille de Kantz.

« Hannelore, il me faut incontinent un linge chaud et sec, doux par préférence.

— Oui, Monsieur », fit-elle sans comprendre.

Et elle partit aussitôt en quête du linge demandé, trop heureuse de trouver une occasion de s'esquiver.

Debout près du feu, Kantz ôta ses gros gants de cavalier. Il les posa sur le manteau de la cheminée et tapa de la semelle pour chasser ce qui restait de neige sur ses bottes de monte dont le revers, levé haut, lui couvrait le genou. Puis il promena le regard de ses yeux clairs partout alentour, comme quelqu'un qui cherche l'origine d'un bruit inexpliqué. Jacob remarqua qu'il avait à la main gauche un gant surnuméraire, de cuir fin celui-là, presque une seconde peau. A la réflexion, depuis presque trois ans qu'ils se connaissaient, il ne l'avait jamais vu sans.

« Dites-moi donc de quoi il retourne, je vous prie », demanda Kantz sans cesser son étrange inspection.

Jacob se racla la gorge.

« Il s'agit de ma logeuse, madame Gebücher, laquelle est fort mal allant depuis plusieurs jours. Elle se meurt d'une étrange langueur que les médecins ont échoué à combattre et dont ils ne comprennent la cause. J'étais moi-même absent ces derniers jours et à mon retour… »

Il n'acheva pas, interrompu par Hannelore qui revenait avec le linge demandé.

« Parfait ! » dit Kantz en prenant le carré d'étoffe pour le rouler en boule sur une chaise qu'il avait approchée de la cheminée.

Avec des précautions d'artificier, il tira de son pourpoint la petite fée endormie. Puis, sous les regards émerveillés de Hannelore et Jacob, il la coucha délicatement dans les replis du tissu.

« Mais c'est… commença le jeune homme.

— Une fée-demoiselle, oui.

— Mais où donc avez-vous fait cette trouvaille ?

— Dans la rue, en venant ici.

— C'est extraordinaire !… Une fée ! Voilà bien la première fois qu'il m'est donné d'en voir une, dit Jacob en quittant sa réserve coutumière.

— Elle est blessée, nota Hannelore, la gorge serrée par l'émotion.

— Oui, fit Kantz. Alors veille bien sur elle. Quant à moi, je dois maintenant me rendre au chevet de ta maîtresse. Jacob, montrez-moi le chemin, je vous prie. »

Jacob tardant à détacher le regard de la petite créature, Kantz tourna les talons le premier. Il vit alors venir un curé dont le crâne lui parut difforme et le corps, trop petit.

« Mon père, dit-il en lui adressant respectueusement un signe de tête.

— A qui ai-je l'honneur, Monsieur ? demanda le prêtre, sur la défensive.

— Permettez-moi de vous présenter Monsieur le Chevalier Kantz, intervint Jacob. Il est…

— Je ne sais que trop bien qui est monsieur Kantz ! Sachez, Monsieur, que vous n'êtes pas le bienvenu sous ce toit.

— On m'y a pourtant convié », lâcha Kantz d'un ton égal.

Le curé lança un regard noir à Jacob.

« Alors on a eu tort.

— Puisque le mal est fait, dit Kantz, je vais aller présenter mes derniers hommages à Madame Gebücher.

— Je ne le permettrai pas. »

Le chevalier marqua un temps, puis dit :

« Vous ne le permettrez pas…

— Non.

— Mais de quel droit ? s'insurgea Jacob en s'avançant.

— Laissez, mon ami », dit Kantz d'une voix douce avant de marcher résolument vers la porte que défendait l'homme d'Eglise.

Quand ils furent nez à nez, Kantz dominant l'autre de presque deux têtes, il se contenta d'un « Je vous demande bien pardon, Monsieur le curé », et passa d'autorité.

En s'engageant à sa suite, Jacob surprit le prêtre qui se signait. Indifférent, Kantz montait déjà dans l'escalier. La maison n'était pas assez grande pour que la chambre de la propriétaire soit ailleurs qu'à l'étage.

Kantz ne resta que quelques instants au chevet de la pauvre madame Gebücher. Sa chambre jouxtait celle, plus modeste, de Hannelore, juste après l'escalier. Jacob, lui, louait les combles.

Perdue dans un grand lit à rideaux, la vieille femme dormait et respirait faiblement. Elle ne semblait pas souffrir. On pouvait même trouver un air de quiétude sur son visage ridé, ses cheveux blancs, longs mais rares, étalés sur l'oreiller. Il faisait froid, ici. Comme souvent dans les maisons de ce siècle, la grande salle du bas était la seule qu'une cheminée chauffait. D'où la nécessité de dormir dans des lits clos, généreusement bassinés, qui gardaient la chaleur des corps.

Par la porte qu'il avait voulu garder grande ouverte, le prêtre guettait tous les faits et gestes du chevalier.

En l'occurrence, il n'eut pas grand-chose à observer, Kantz se contentant, après un bref instant de recueillement, de déganter sa main gauche et de la poser sur le front de la mourante. La femme ne réagit pas à ce contact. En revanche, un gémissement plaintif, rauque et lugubre résonna dans la maison.

Tous furent parcourus d'un grand frisson, hors Kantz et la malade.

« Qu'est cela ? s'inquiéta Jacob.

— Qu'avez-vous fait ? » demanda le curé en se signant.

Kantz se redressa et, enfilant son gant, dit :

« Sans doute ne serez-vous jamais aussi bien inspiré que vous l'avez été aujourd'hui en me faisant chercher, Jacob.

— Vous voulez dire que…

— Oui, cette femme est possédée.

— La belle parole venant de vous ! persifla le prêtre.

— Si rien n'est fait, se contenta de souligner Kantz à l'intention du curé, votre paroissienne passera à l'aube. Je ne sais comment ni depuis quand, mais l'Ombre a trouvé une prise sur cette maison.

— Vous dites l'Ombre mais vous parlez du diable et de ses légions infernales…

— Donnez-leur le nom qu'il vous plaira, Monsieur le curé », concéda Kantz en quittant la chambre.

Ils eurent bientôt rejoint Hannelore au rez-de-chaussée. Ils la trouvèrent toute tremblante, terrifiée par le gémissement qui semblait avoir monté des fondations de la bâtisse.

« Hannelore, demanda Kantz, indique-moi la cave.

— Monsieur… N'avez-vous pas entendu ?…

— Si, j'ai entendu. Ne crains rien et dis-moi comment je puis descendre à la cave.

— Mais nous n'en avons pas, dit-elle avec un regard d'incompréhension.

— Cette maison a une cave, insista Kantz. Et tu dois m'y conduire.

— Mais si cette enfant vous affirme qu'il n'y en a pas ! lança le prêtre. Ne vit-elle pas céans ? »

La jeune fille, en fait, hésitait.

« Parle, Hannelore. Il en va peut-être de la vie de ta maîtresse, lui souffla Jacob.

— Il y a bien une cave, Monsieur. Mais la porte en est close depuis longtemps, par la faute des rats qui m'effraient tant et n'avaient de cesse de se faufiler jusqu'au cellier.

— Montre-moi », fit Kantz.

Au bout du couloir principal, derrière un rideau, un escalier en colimaçon descendait jusqu'à une porte. Celle-ci, plutôt basse, était condamnée par de lourdes planches clouées en travers. Kantz et Jacob l'observaient à la lueur d'une chandelle, serrés dans l'espace exigu.

« Nous ne viendrons pas aisément à bout de cette porte, dit Kantz. Nous ne serons pas trop de deux pour la forcer.

— Je vous aiderai.

— Cependant, il nous faut des outils. Savez-vous où les trouver ?

— Oui. Un ferronnier tient boutique non loin. Comme il me connaît, je pense que…

— Parfait, l'interrompit Kantz. Pressons-nous. »

Ils remontèrent.

Hannelore et le curé les attendaient dans la grande pièce à la cheminée. Pour tromper son angoisse, la servante caressait d'un doigt la chevelure acajou de la petite fée endormie. Le prêtre faisait les cent pas.

« Alors ? » dit-il.

Jacob, qui mettait un manteau et son chapeau, ne lui répondit pas. Kantz, dos tourné, inspectait le couloir en silence. Il y compta deux portes en plus de l'escalier qui menait aux étages.

« Trois, murmura le chevalier.

— Eh bien ! s'impatienta le curé.

— Je ne serai pas long, dit le protestant en sortant.

— N'y manquez pas », conseilla le chevalier.

Jacob, qui refermait déjà la porte, ne l'entendit peut-être pas.

« Mais me direz-vous enfin ce que… commença le curé d'une voix où pointait la colère.

— Monsieur le curé, lâcha Kantz, courez à votre église et revenez avec trois cierges consacrés.

— Des cierges consacrés ? s'inquiéta l'autre sans même songer à s'offusquer de recevoir des ordres… A quelle cérémonie impie comptez-vous vous livrer ? Sachez qu'il n'est pas question que je contribue le moins du monde à…

— Agissez, intima Kantz dont le regard se fit dur. Et vivement. Ou il vous faudra répondre devant Dieu et les hommes du décès de madame Gebücher. »

3

Le ciel à présent dégagé laissait voir un croissant de lune et quelques piètres étoiles dont l'éclat hésitant caressait avec peine Wielstadt et ses alentours.

Arrivant par la route de Coblence, le cavalier avançait au pas tranquille de sa monture auburn. Les bourrasques glacées qui soulevaient et dispersaient la neige tombée de frais ne semblaient pas l'incommoder. Etrangement épargné par la tourmente, il se tenait bien droit, tête nue, ses longs cheveux gris cendre tombant en repos. La grande cape noire qui couvrait l'homme autant que la croupe du cheval n'offrait, elle non plus, aucune prise aux vents violents qui balayaient la vallée.

Quittant la route pour gagner une hauteur à travers champs, le cavalier fit halte et, sans démonter, observa la cité endormie. Elle n'avait guère changé. Traversée par le Rhin dont sept ponts enjambaient le cours large et lent, Wielstadt s'étalait autour de son port baigné par la *Rhein See*. Ce port et les quelques quartiers qui le jouxtaient étaient isolés par les deux bras que faisait le fleuve depuis le centre de la ville. Partout, des rues et venelles sans nombre dessinaient des lignes sombres entre les toits enneigés. Entrelacées et tortueuses, elles découpaient Wielstadt en une mosaïque complexe de maisons agglutinées, de cours et d'arrière-cours, d'hôtels particuliers, de jardins arborés, d'églises et de temples, de couvents et de cloîtres, de larges esplanades pour les foires et les marchés.

Du lointain et faute d'un beau clair de lune, le cavalier devinait plus qu'il ne distinguait les silhouettes sombres de l'Hôtel de Ville, du palais épiscopal et, surtout, d'une haute et splendide cathédrale gothique : Notre-Dame-des-Sept-Archanges. En revanche, il ne pouvait manquer de voir les premiers ouvrages de l'enceinte qui défendait Wielstadt. Sur plusieurs lieues, courtines et bastions se succédaient, dressés entre la ville et un fossé d'eau de trente mètres inondé par le Rhin. Sept portes fortifiées et autant de ponts gardaient l'accès à la cité, laquelle passait pour imprenable. Elle l'était, en effet. Mais elle ne le devait pas à son front bastionné, ni à ses canons, ni aux deux régiments réguliers qu'elle entretenait, et encore moins à sa milice bourgeoise. L'invulnérabilité de Wielstadt venait du dragon qui, depuis toujours, l'avait protégée contre les armées qui l'assaillaient.

D'un claquement de langue, l'homme remit sa monture au pas tandis que le souvenir du dragon lui faisait lever les yeux au ciel – des yeux noirs et luisants, sans pupille, dirigés vers une mer d'encre où flottait un copeau de lune immobile. Là-haut les reliquats de la tempête s'effilochaient, poussés par les vents d'altitude, en larges lambeaux brumeux.

Nul ne savait pourquoi le dragon veillait si jalousement sur sa ville. Il ne faillit jamais, cependant. D'abord avant-poste romain érigé par les légions de César, puis cité franque et enfin métropole allemande, Wielstadt n'eut pas à souffrir des Grandes Invasions barbares qui mirent à bas Rome et son empire, non plus qu'elle n'endura les conquêtes de Clovis, les guerres carolingiennes, et toutes les crises dynastiques, hégémoniques ou religieuses qui – depuis l'An Mil jusqu'à ce jour – bouleversèrent et, souvent, ensanglantèrent l'Europe. Car chaque fois qu'une armée, quelle qu'elle fût, menaça Wielstadt, le dernier des grands dragons d'Occident surgit pour tailler en pièces l'agresseur et cracher sur lui un feu auquel ne résistait ni l'audace, ni la chair, ni le fer. De loin en loin, quelques généraux trop téméraires, oublieux des échecs passés ou convaincus que le dragon s'était détourné de sa cité, s'essayèrent à l'envahir. Tous furent défaits et leurs troupes, massacrées ou dispersées.

Et moi ? songea le cavalier en cheminant vers Wielstadt. *Sais-tu qui je suis, Dragon ? Sais-tu ce que je viens faire et sais-tu pourquoi ?*

Ainsi, c'est au dragon que Wielstadt était redevable de sa sûreté et, par voie de conséquence, d'une prospérité sans égale dans le Saint Empire depuis près d'un siècle. Par un étrange paradoxe, elle devait donc d'avoir pu financer une enceinte bastionnée redoutable à celui qui, précisément, la rendait inutile. Mais les fortifications de Wielstadt étaient destinées moins à décourager de possibles assaillants, qu'à clamer haut la puissance et la gloire de l'orgueilleuse cité. Bâtie à l'embouchure du Rhin, dans une enclave entre l'archevêché de Cologne et le duché de Berg qui s'étalaient chacun sur une rive du fleuve, Wielstadt constituait un nœud commercial stratégique entre la *Rhein See* et la vallée rhénane. La ville ne se privait pas d'exploiter cet avantage en taxant toute marchandise empruntant ses routes ou transitant par son port. De fait, ses banquiers et ses armateurs comptaient parmi les plus riches d'Europe. Seule Venise, parce qu'elle était la porte entre l'Orient et l'Occident, avait connu jadis pareille bonne fortune.

Pour autant, la destinée de Wielstadt n'avait pas toujours suivi un cours égal et paisible, ni si heureux. Les soubresauts de l'Histoire l'affectèrent souvent, parfois durement, malgré le dragon qui – s'il savait mettre en déroute les armées – ne pouvait rien contre les épidémies, les crises économiques, les conséquences dramatiques de guerres menées ailleurs, les disettes et les famines, les blocus hostiles. Pour privilégiée qu'elle fût, Wielstadt n'en vivait pas moins avec son temps, avec son monde. Au fil des bouleversements politiques ou religieux qui ébranlèrent l'Europe et le Saint Empire romain germanique, Wielstadt dut jouer le jeu des alliances nouvelles puis défaites, des négociations secrètes, des traités signés, rompus, ou trahis, des subsides versés à telle faction pour soutenir une guerre favorable, des crédits refusés à tel pays pour ne pas froisser un monarque jaloux. En outre Wielstadt connut – connaissait encore – son lot de querelles intestines, de complots, d'intrigues de couloir, de luttes d'influence entre bourgeois et aristocrates, laïcs et religieux, catholiques et protestants. Tout cela indifférait le dragon qui, jamais, ne se mêlait des affaires humaines. Il semblait peu lui importer que Wielstadt changeât de gouvernement à la faveur d'une révolution de palais, d'un aléa dynastique ou de la conversion d'une partie de ses édiles au calvinisme : il ne se manifestait que lorsqu'une menace directe et violente pesait sur sa cité. Cette menace consista presque toujours en des armées hostiles. Il y eut cependant une exception dont, cette fois, les *Wielstadter* eux-mêmes firent les frais. On devina alors, mais trop tard, que le dragon se souciait plus du destin de la ville que de la sauvegarde de sa population…

Plongé dans ses pensées, le cavalier n'avait cessé d'avancer vers la métropole. Lorsqu'il mesura qu'il pouvait être aperçu de quelque sentinelle depuis le bastion de Baumgarten, un voile d'ombre l'enveloppa, et sa monture avec lui. Toujours au pas, le cheval cessa – à mesure qu'il disparaissait – de laisser des empreintes de fer sur le tapis neigeux. Noyés dans la nuit, intangibles, l'homme et l'animal empruntèrent le large pont de bois qui, enjambant le fossé d'eau, menait à la porte principale de la ville – la fameuse porte de Cologne, d'où l'on sonnait le tocsin. Devant eux, le double battant bardé de fer et renforcé de clous énormes était clos ; la herse massive était baissée. Ils les franchirent sans même réduire l'allure, comme on passe un rideau de fumée. Alors, enfin, ils furent dans la place. Et tandis qu'il réapparaissait aux regards et que son étalon faisait de nouveau crisser la neige sous ses sabots, le cavalier esquissa un maigre sourire qui n'éclaira pas son visage aux joues creuses, aux pommettes saillantes, au nez d'aigle. Ses yeux d'obsidienne polie, qui semblaient tout deviner et tout voir, n'exprimaient rien.

Hors les plaintes du vent, la ville était silencieuse. Saisie par la nuit et le froid, elle semblait inhabitée en cette nuit de novembre. Dans les rues obscures, les bourrasques chassaient la neige qui s'entassait au bas des murs et des portes, ou tombait des toits, par blocs. Tous volets fermés, Wielstadt faisait gros dos sous l'hiver. Engourdie après la tempête, elle attendait le matin et un semblant de chaleur pour recouvrer vie.

Lentement, le cavalier s'enfonça dans la cité. Le port noble et la tête haute, il affichait la morgue d'un prince visitant ses terres. Depuis la porte de Cologne, il traversa quelques-uns des quartiers que, rive gauche, luthériens et calvinistes se partageaient. Puis, quittant la rue des Ducs-de-Saxe, il évita le ghetto juif pour rejoindre le pont Carolus-Magnus – le plus vieux de la métropole – et franchir le Rhin. Alors les églises succédèrent aux temples dans les paroisses. Car si Wielstadt était principalement catholique, elle n'en accordait pas moins une liberté de culte totale aux protestants, lesquels composaient un bon tiers de sa population. A la différence des Juifs, les réformés n'étaient pas des citoyens de seconde zone tolérés par les autres et soumis à la discrimination. La communauté luthérienne et – dans une moindre mesure – calviniste avait ici plein droit de cité ; on lui reconnaissait une existence non seulement légale, mais politique puisqu'un nombre représentatif de sièges lui était dévolu au Conseil de Ville. Wielstadt était donc à la fois catholique et protestante. La chose n'était pas rare dans le Saint Empire : elle était unique.

C'est dès les années 1520 que la doctrine luthérienne fit florès pour provoquer en Europe plusieurs décennies de terribles conflits. Le Saint Empire, où les idées de Martin Luther virent le jour, fut le premier gagné par la Réforme. Malgré la puissante tutelle de Charles Quint, les princes allemands se divisèrent et s'affrontèrent – les différences religieuses attisant le feu des jalousies, des rancunes et des ambitions de conquête. D'abord épargnée par la guerre, Wielstadt fut néanmoins très perméable au nouveau dogme. Les conversions se multipliant dans ses murs, les protestants gagnèrent en nombre et prétendirent à une reconnaissance. Bientôt, la redoutable question fut posée : la cité devait-elle passer à la Réforme ou demeurer fidèle à Rome ? Le débat était tout autant politique que théologique ; son enjeu, énorme. Exaspéré par le fanatisme, chacun des partis s'arma en secret et se mit en quête d'un secours extérieur pour forcer la victoire. Trop heureux de s'immiscer dans les affaires de Wielstadt, les princes luthériens révoltés et les princes catholiques (réunis derrière l'Empereur) répondirent à l'appel de leurs coreligionnaires. Deux armées convergèrent sur la ville. A marche forcée, elles arrivèrent à quelques jours d'intervalle. Mais plutôt que de s'affronter, plutôt que d'attaquer Wielstadt au risque d'encourir les foudres du dragon, elles préférèrent camper face à face, à portée de canon des fortifications. Elles n'attendaient qu'une invite pour se ruer dans une cité où, de jour en jour, la situation s'envenimait.

Au bord de la guerre civile, Wielstadt n'avait jamais couru un péril aussi grand. De fait, un matin de septembre, une banale querelle de voisinage mit le feu aux poudres. Le hasard avait voulu que les voisins irascibles soient de confessions différentes. La querelle se fit émeute ; on sortit les armes des caches. Les plus zélés s'improvisèrent chefs de guerre ; les plus excités entraînèrent les autres. Tous les quartiers se soulevèrent un à un et l'on commença de piller, de détruire, de violer, de tuer dans les rues et jusque dans le refuge des maisons. Prise d'une furie collective, Wielstadt ouvrit ses portes aux armées campant dehors. Alertées par la rumeur de la tuerie et la fumée des premiers incendies, celles-ci se mettaient déjà en branle et allaient déferler sur une ville en proie au chaos lorsque le dragon apparut, du lointain, dans toute sa gloire.

Pour se débander et abandonner Wielstadt à son sort, il suffit aux deux troupes de voir le dragon – essuyant sans mal plusieurs salves d'arquebuses et couleuvrines – fondre sur les tentes de chaque état-major, les abattre d'un coup de queue et inonder d'un feu crépitant les malheureux qui s'y trouvaient. Ayant débarrassé la ville de ses ennemis extérieurs, le dragon s'intéressa alors aux ennemis de l'intérieur. En trois battements d'ailes, il fut à la verticale de l'Hôtel de Ville, attendit d'être aperçu du plus grand nombre, et frappa le bâtiment d'un jet incandescent qui l'éventra des combles aux caves et l'embrasa tout entier. Puis il dirigea sa colère sur la populace qu'une peur incrédule saisissait, car jamais le dragon ne s'était retourné contre sa cité. Il frappa au hasard, crachant sa lave fluide sur ceux qui ne fuyaient pas assez vite, mais ayant soin d'épargner les constructions. Effarés et tremblants, catholiques et luthériens se réfugiaient où ils le pouvaient. Ils étaient réunis par une même terreur et priaient de concert, que ce fût en latin ou en allemand. L'ire du dragon, heureusement, ne dura pas. Il se contenta, en fait, de quelques démonstrations de puissance et tua moins que les émeutiers et la fureur aveugle des foules paniquées. Laissant derrière lui une ville qui semblait déserte et où brûlaient des feux immenses, il s'éloigna. Il avait de nouveau sauvé Wielstadt, d'elle-même cette fois…

Arrêté devant l'Hôtel de Ville reconstruit sur les ruines du précédent, le cavalier contemplait le magnifique édifice, ses tours d'angle jumelles en saillie, ses hauts toits d'ardoise, ses quatre alignements de fenêtres en façade. Un cadran d'horloge ornait un beffroi central ; les armes de la cité étaient gravées et peintes au-dessus du portail principal. Selon les règles de l'héraldique, le blason de Wielstadt était « écartelé au 1 et 4 d'or à un dragon de sable vomissant des flammes, au 2 d'azur à un navire d'or, et au 3 d'azur à trois besants d'or posés un et deux ». Plus simplement, cela signifiait qu'il était divisé en quatre parties égales, ou quartiers : le quartier en haut à gauche et celui en bas à droite, identiques, représentaient un dragon noir sur fond jaune ; un vaisseau jaune sur fond bleu occupait le quartier supérieur droit ; et le quartier inférieur gauche, à fond bleu également, était frappé de trois disques dorés dont l'un dominait les deux autres. Une symbolique naïve avait gouverné la conception de ces armes honorables inchangées depuis le Moyen Age. Le double motif du dragon disait les liens étroits qui unissaient la ville à son protecteur, tout en constituant une mise en garde adressée à d'éventuels agresseurs ; le vaisseau et les trois pièces d'or signifiaient la vocation commerciale de Wielstadt ; le bleu azur voulait évoquer le fleuve et la *Rhein See* ; la couleur or, récurrente, était signe de prospérité et de puissance marchande.

Au centre de la place de l'Hôtel de Ville, à deux pas du sinistre cavalier, était dressée une roche noire énorme, calcinée et à jamais remodelée par une chaleur inouïe. Pour entretenir le souvenir, elle était tout ce que l'on avait conservé du précédent bâtiment administratif. En se remettant en route, l'homme eut un bref regard pour la pierre et il ne put retenir un petit rire cruel. Que n'aurait-il pas donné pour voir les *Wielstadter* persécutés par leur dragon ?

Pour sévère qu'elle fût, la leçon s'avéra profitable à l'orgueilleuse métropole. Bien forcés d'admettre que le dragon ne permettrait plus que Wielstadt se déchire, ses édiles trouvèrent une solution pacifique dans le compromis. Des années plus tard, en 1555, la paix d'Augsbourg mit fin aux guerres de religion allemandes et reconnut aux princes et villes libres du Saint Empire le droit d'imposer dans leurs Etats la religion qu'ils avaient épousée. Wielstadt, elle, choisit de ne pas choisir. « Tel prince, telle religion », disait-on car – la liberté de culte ayant ses limites – les sujets devaient par choix ou force partager la foi de leurs souverains.

C'était vrai partout sauf à Wielstadt – cité cosmopolite, savante et féconde où, dès lors, souffla un vent de tolérance à nul autre pareil.

La nuit connaissait ses dernières heures lorsque le cavalier arriva à destination : un lugubre hôtel particulier sans feu ni vie, et dont les grilles s'ouvrirent devant lui en gémissant. Dans la cour enneigée, il abandonna sa monture qui, peu à peu, disparut. A grandes enjambées, il grimpa les marches du perron tandis que l'on entendait les verrous et barres de la porte d'honneur cliqueter à son approche. Le double battant s'écarta en une invite plaintive de gonds rouillés : il entra. La vaste demeure était déserte et vide, envahie d'ombres, de poussière et de froidure. Les pas sur les dalles de pierre résonnaient contre les murs nus et, par quelque carreau cassé ou tuile arrachée, le vent passait, sifflait, animait des toiles d'araignée immenses et pendantes. Depuis le hall, l'homme emprunta le grand escalier. En familier des lieux, il gagna au premier une pièce lambrissée : c'était naguère un cabinet de travail attenant à la chambre du maître de maison. Un rien de lueur nocturne passait les hautes fenêtres donnant sur la cour. De là, parce que le quartier épousait le relief d'une colline, on pouvait admirer la ville et son paysage de toits blanchis.

Un sourire d'aise s'afficha sur le visage de celui qui, après un long voyage, s'en revenait enfin. Levant ses yeux noirs vers les ténèbres du ciel, il adressa en pensée un message au dragon.

Je suis de retour, Dragon. D'ores en avant, il te faudra compter avec moi. La ville est bien assez grande, ne crois-tu pas ?

Du lointain, noyé parmi la plainte confuse des derniers vents de la tempête, un cri rauque et menaçant lui répondit.

4

« Un instant ! » s'exclama Kantz en retenant le bras de Jacob Huyghens.

L'autre se figea, la masse qu'ils maniaient tour à tour brandie au-dessus de sa tête.

« Que se passe-t-il ?

— N'avez-vous rien entendu ?

— Non pas. Mais quoi donc ? »

Kantz ne répondit pas et les deux hommes en bras de chemise restèrent un moment silencieux. Ils se trouvaient en bas du petit escalier menant à la cave de madame Gebücher. La porte condamnée qu'ils martelaient depuis un bon quart d'heure était sur le point de céder. Quelques chandelles éclairaient le réduit où ils transpiraient malgré le froid.

Jacob, essoufflé, reposa la masse et s'essuya le front d'un revers de manche.

« Nous en avons presque fini, dit-il. Peut-être était-ce celui qui se terre derrière cette porte qui… »

Il ne manquait pas de courage mais ne put contenir un frisson d'inquiétude.

« Non, lâcha Kantz, l'oreille toujours aux aguets. C'était le Dragon.

— Le Dragon ?

— Oui. Il plane sur la ville. Il a rugi. »

Peu convaincu, Jacob hésita à contredire le chevalier. Puis il dit, presque timidement :

« A moins que le Dragon ne se soit posé sur le toit, je doute que l'on puisse l'ouïr depuis ici. Sans doute était-ce quelque rugissement du vent que vous avez entendu…

— Non, confirma Kantz d'une voix douce. C'était bien le Dragon, croyez-m'en. Mais oublions cela. » Il s'intéressa de nouveau à la porte branlante. « Où en sommes-nous ?

— Il n'y manque que deux ou trois coups bien portés », annonça le jeune homme avec un mélange de soulagement et d'appréhension.

Qui sait ce qu'ils allaient découvrir de l'autre côté ?

« En ce cas, je finirai seul. Remontons. »

Sans attendre, Kantz remit son pourpoint. Mais Jacob tardait à l'imiter, comme peu désireux de rejoindre aussitôt Hannelore et le curé.

« Qu'y a-t-il, Jacob ?

— C'est ce méchant curé…

— Eh bien ?

— Je ne m'explique pas son hostilité à votre égard, murmura Jacob après un temps. Qu'il ne goûte guère la compagnie du luthérien que je suis, je le conçois. Mais vous… ? »

Kantz soupira, esquissa un sourire en bouclant le ceinturon auquel pendait sa grande rapière au fourreau.

« Commençons par dire, ironisa-t-il, que le curé dont nous parlons est certainement un parfait imbécile.

— Sans doute, mais…

— En outre, il voit en moi un homme qui, chaque jour ou presque, a commerce avec le démon.

— Cependant chacun sait le combat que vous menez ! »

Kantz haussa les épaules, plus touché par la révolte du jeune homme qu'il ne voulait l'admettre.

« Le soufre, dit-il, a une odeur très vivace aux narines de nombre de religieux, quelle que soit leur confession. Il leur suffit de la sentir pour y trouver un motif de méfiance, parfois de haine. Et peu leur chaut que celui qui la porte compte parmi leurs alliés ou leurs adversaires.

— Et comment pourriez-vous combattre l'Ombre sans la fréquenter ? s'agaça Jacob.

— Allons poser la question à notre bon curé, voulez-vous ? »

Dans la grande pièce du rez-de-chaussée, Kantz et Jacob retrouvèrent Hannelore qui, seule, se rongeait les sangs : veiller la petite fée endormie avait cessé de la distraire de son inquiétude. Comme Jacob s'étonnait de l'absence du curé, la servante expliqua qu'il était retourné auprès de madame Gebücher, pour l'assister de ses prières.

« C'est aussi bien, décréta Kantz. Maintenant, écoutez-moi l'un et l'autre très attentivement. » Il marqua un temps et trouva le regard de chacun. « Je veux, j'exige que vous ne quittiez plus cette pièce sans mon ordre. Et ce, quoi qu'il advienne. Est-ce dit ? »

Ils acquiescèrent et Hannelore, par réflexe, se blottit contre Jacob. Embarrassé, le jeune homme lui passa un bras malhabile autour des épaules. Il adressa aussi un coup d'œil au pistolet posé sur la grande table.

« Cela ne vous sera d'aucune utilité, nota Kantz en devinant l'intention de Jacob. Mais si cette arme vous vaut un surcroît de confiance, n'hésitez pas à vous en munir. »

Le jeune homme ne se fit pas prier pour saisir le pistolet et l'armer avec des gestes experts. A l'évidence, il avait l'expérience des armes et le chevalier se demanda où, quand et pourquoi il l'avait acquise. Remettant à plus tard la résolution de ce mystère, Kantz répéta ses consignes de prudence, saisit les trois cierges rapportés par le curé et gagna le couloir. Là, il posa et alluma un cierge devant les deux portes et sur la première marche de l'escalier menant au premier. Chaque fois, il marmonna une prière en latin, se recueillit, se signa. Ces préparatifs achevés, il referma son pourpoint de velours doublé de cuir. Il adressa un regard impassible à Jacob et Hannelore, puis s'engagea dans l'escalier de la cave.

Hors les sifflements étouffés du vent nocturne, la maison était parfaitement silencieuse.

En fait de coup de masse, Kantz enfonça la porte branlante d'un grand coup de botte. Une chandelle à la main, il tenta de percer les ténèbres qui s'ouvraient devant lui.

La lumière ne portait guère.

Abandonnant la bougie en bas du petit escalier à vis, Kantz dénuda sa main gauche et glissa le gant à sa ceinture avant de tirer sa rapière.

Il entra.

Un froid humide et glacial régnait dans la cave. Une odeur de poussière, de bois pourri et de vieille pierre flottait dans l'air immobile. Les derniers rats que les coups portés contre la porte n'avaient pas effrayés s'enfuyaient maintenant en couinant. La plainte du vent semblait très lointaine.

Kantz fit quelques pas prudents, tous les sens en éveil. Un fugitif reflet pourpre parcourut la lame nue de sa rapière, de la garde à la pointe. Ce qu'il ne voyait pas, le chevalier pouvait le deviner. Immobile, il balaya la pénombre du regard et marmonna quelques mots dans un idiome étrange qui pouvait être de l'hébreu, la langue sacrée de la kabbale.

Un feulement rauque retentit alors.

Kantz sourit : il ne s'était pas trompé.

« Montre-toi, dit-il à voix haute tandis que la paume de sa main gauche le picotait. Tu sais que je finirai par te débusquer… »

Un deuxième feulement lui répondit.

« Tu peux parler, je le sais… Je connais ta race comme tu me connais.

— Maudit sois-tu, chasseur », fit alors une voix gutturale et haineuse.

Dans la cave vide, les mots résonnaient et pouvaient venir de partout. Très calme, Kantz regardait alentour sans presque bouger : seuls ses yeux gris allaient de droite à gauche.

Une sueur glacée commença de lui couler le long de l'échine…

Il fit un pas, deux pas, trois pas. Le pentacle tatoué sur sa paume le démangeait plus de seconde en seconde.

« Tu ne peux t'échapper, démon. Mais je puis te laisser retourner vers l'Ombre.

— Mensonge ! »

A gauche, songea Kantz.

Oui, la voix rauque venait de sa gauche. Il pouvait en jurer mais ne laissa rien paraître.

« Pourquoi te mentirai-je ?

— Les chasseurs nous traquent et nous tuent. C'est la règle. Tu es chasseur. »

Il y avait presque du dépit dans le ton, de la résignation en tout cas.

N'y voyant goutte, Kantz devait forcer son adversaire à se découvrir, à avancer dans la lumière, à fuir la cave pour se jeter dans le piège qui lui était tendu.

« Devrai-je te laisser voler le peu de force qui reste à ta victime ? Elle est vieille et déjà bien faible. Elle mourra bientôt si je te l'abandonne.

— Qu'importe une âme de plus ou de moins en ce monde ? Il y en a tant… Et des plus vives !

— Soit. Je t'abandonne cette âme.

— Que dis-tu ?

— Je te l'abandonne, mais qu'adviendra-t-il ensuite ? Tu voudras te repaître d'une âme plus jeune et plus forte. Ta faim ne faiblira jamais, démon. Nous le savons l'un comme l'autre… »

Lentement, Kantz pivota sur sa droite, offrant le spectacle de son dos à la créature tapie dans l'ombre. L'occasion était trop belle ; la tentation, trop forte. Percevant l'impatience du démon, le chevalier amorça un compte à rebours.

Trois…

« Eh bien ? Tu ne réponds plus ? »

Deux…

« Y es-tu, démon ? »

Un…

« Qu'attends-tu donc ? »

Maintenant !

Une forme grotesque jaillit soudain du néant pour se jeter sur Kantz. Il fit volte-face, frappa au jugé. Quand sa lame rencontra une chair honnie, un éclair pourpre éclata et un gémissement douloureux retentit. Mais dans la même seconde, un corps le heurta de plein fouet et le renversa. Le souffle coupé, Kantz n'eut que le temps de voir une ombre claudicante se ruer hors de la cave. Il se releva, se précipita à sa suite, gravit les marches quatre à quatre, arriva dans le couloir…

La créature s'y trouvait encore. Haut d'à peine un mètre, c'était un gnome difforme et nu, aux jambes courtes et noueuses, aux bras démesurés. Il portait à la cuisse, là où Kantz l'avait atteint, une profonde blessure qui ne saignait pas. Sa peau rosâtre était couverte d'ulcères suintants. Bossu, il n'avait ni cou, ni lèvres, ni nez. Sa tête semblait être une figure de cire ramollie par une chaleur trop vive ; on y retrouvait les traits torturés de madame Gebücher.

Paniqué, le démon allait dans le couloir d'une porte grande ouverte à l'autre, reculant à chaque fois devant le cierge consacré qui y brillait. Sans jamais interrompre sa ronde vaine, il poussait des grognements frustrés où se mêlaient la peur et la colère. Une seule issue : l'escalier de la cave, que gardait Kantz.

Quand il fit à nouveau mine de franchir la porte menant à la salle à manger, Hannelore qui s'y trouvait avec Jacob hurla d'effroi. Kantz entendit le coup de pistolet que le protestant tira par réflexe et vit le gnome chanceler sous l'impact. Mais la balle ne fit guère plus, et c'est tout juste si le démon contrefait y prit garde, trop occupé qu'il était à chercher une issue qui n'existait pas.

Enfin la créature accepta l'inéluctable et, de l'autre bout du couloir, fit face à Kantz qui l'attendait, le regard sûr.

Avec un hurlement de rage, elle courut vers lui, prit son élan, bondit.

De profil, sa rapière suivant la ligne de sa jambe droite en retrait, Kantz tendit le bras gauche. Il ouvrit la main, exhiba sa paume tatouée au démon terrifié. Le pentacle rougeoya comme une braise attisée.

« Meurs », ordonna Kantz.

Le démon poussa un cri strident d'agonie.

Il n'était déjà plus que vapeur lorsqu'il arriva sur son bourreau.

5

Zacharios ne fut réveillé par rien d'autre qu'un urgent besoin d'uriner.

Retenu par le peu d'envie qu'il avait de quitter la chaleur de sa couche, il tarda à repousser draps et couvertures. Il s'assit sur le bord du lit, les paupières lourdes, ses courtes jambes de bouc ne touchant pas le plancher. Un coup d'œil à la fenêtre lui permit de constater qu'il faisait encore nuit noire. Il soupira en se cambrant douloureusement. Quelle heure pouvait-il être ? Cinq, six heures de l'après-minuit ? Ces nuits d'hiver étaient si longues…

Et si froides, également.

Zacharios était né à Wielstadt, quarante-trois ans plus tôt, et n'avait jamais poussé plus loin au sud que le proche Palatinat rhénan. Pourtant, il avait en lui comme la nostalgie de l'antique contrée méditerranéenne où sa race avait vu le jour. Il aimait à répéter que, pour longues qu'elles puissent être, les racines d'un faune se nourrissaient toujours de la belle terre du Péloponnèse.

Après avoir fourragé dans ses cheveux bouclés où pointaient deux petites cornes, puis gratté sa barbe qui pointait naturellement, Zacharios fit bon usage du vase de nuit. Il comprit alors qu'il ne retrouverait pas le sommeil et se découvrit même une petite faim. De plus, l'idée de rejoindre la chaleur de la cuisine où le feu couvait dans l'âtre la nuit durant, cette idée aurait poussé n'importe qui à quitter une chambre glaciale.

Ayant enfilé sur sa chemise un long gilet sans manches, il sortit, le martèlement de ses sabots fourchus assourdi par l'épais tapis qui couvrait le plancher.

La chambre de Zacharios était située au fond du couloir qui desservait toutes celles réservées à la clientèle de « La Cigogne Noire », l'auberge dont il était propriétaire depuis bientôt dix ans.

Le faune gagna le grand escalier qu'il descendit sans bruit. Il n'était pas encore arrivé dans la salle commune que, déjà, un ronflement sonore lui parvenait aux oreilles.

Feodor, couché sur une banquette près de la porte qu'il était censé garder, dormait comme une souche. C'était un colosse sans âge, au visage poupin, aussi glabre que chauve, aussi grand que gras et fort. La bouche entrouverte, bavant un peu, il ronflait, un pistolet chargé posé sur la poitrine, un bâton plombé dans le poing droit, le bras gauche pendant jusqu'au sol dans une pose d'abandon total. Il avait ôté ses souliers et quelques-uns de ses énormes orteils paraissaient par ses bas troués.

Zacharios approcha à pas de loup. Son intention était de réveiller en sursaut le dormeur, éventuellement d'un coup de pistolet qui, certes, mettrait au bas du lit toute l'auberge, mais saisirait d'épouvante « le plus idiot, le plus ingrat et le plus médiocre serviteur qu'oncques ne vit abuser des bontés d'un maître trop généreux depuis que le monde est monde ». Car telle était bien, avec un rien de mauvaise foi, l'opinion du faune à cette heure.

Zacharios réussit aisément à déposséder Feodor de son pistolet sans le réveiller. Partagé entre le désir de flanquer une frousse mémorable à son domestique et la crainte d'avoir à subir ensuite les récriminations d'une clientèle réveillée en sursaut, il hésita pourtant. Peut-être aussi, à son corps défendant, rechignait-il à interrompre un sommeil si paisible. Feodor, que le faune savait assez fort pour assommer un bœuf d'un coup de poing mais à qui le spectacle d'un moineau blessé tirait des larmes, Feodor, donc, dormait comme l'enfant qu'il n'avait jamais cessé d'être…

Les choses en étaient là lorsque Zacharios entendit un bruit anormal venant des cuisines.

« Fais seulement un geste et je te brûle la cervelle ! » lança le faune à celui qui, à la lueur d'une chandelle, était tranquillement attablé devant une assiette de charcuterie, une pièce de fromage et un flacon de vin.

« La menace est belle mais elle gagnerait à être prononcée par quelqu'un portant culotte, lui répondit-on.

— Kantz ?

— Bonjour, mon ami. »

Encore incrédule mais rassuré, Zacharios avança en désarmant son pistolet.

« Je t'en prie, fais à ton aise, ironisa-t-il.

— Tu ne m'en voudras pas, alors, d'avoir devancé ton aimable invitation », fit Kantz sur le même ton en désignant les victuailles qu'il pillait.

Le faune se laissa tomber sur un tabouret, à l'autre bout de la table.

« Tu peux te vanter de m'avoir fait une jolie frousse.

— Je t'en demande pardon, répliqua une bouche pleine.

— J'aurais pu faire feu ! Sais-tu que je ne me serais jamais pardonné de t'avoir occis ?

— Tu me vois ravi que ce désagrément te soit épargné. Je n'ai trouvé que ce méchant quignon tout sec.

— Le pain est dans la huche, là, derrière toi.

— Merci. »

Kantz dégota une moitié de miche et se rassit.

Il paraissait détendu, presque joyeux. Il avait abandonné le masque implacable qu'il se composait, sans même y penser, dès qu'il combattait l'Ombre ou, même, rencontrait des étrangers. Ici, il n'était plus cet homme dont le regard, la stature et la sévérité inquiétaient. Une lueur rusée et amicale illuminait ses yeux gris.

Mieux, il souriait parfois.

« Je fais sans doute erreur, reprit Zacharios qui retrouvait sa faconde, mais il me semble qu'il y a chez toi une domestique fidèle dont le dévouement irait sans doute jusqu'à te préparer un repas.

— De là vient précisément que j'ai préféré faire étape à ton enseigne. »

Le faune se tut, et toute son attitude disait qu'il attendait une explication dont il ne doutait pas qu'elle l'amuserait.

« Tu connais Heide comme moi, commença Kantz avant de faire passer une bouchée d'une gorgée de vin. Je puis t'assurer qu'elle ne dort en ce moment que d'un œil, toute prête à bondir hors du lit pour me servir dès mon retour.

— Eh bien ?

— Elle est à un âge où je la préfère savoir au lit que levée dès avant potron-minet.

— Au rebours, il ne coûte rien de piller les réserves d'un faune que sa libéralité mènera sous peu à la ruine…

— Voilà. Je savais que tu partagerais mes vues.

— Irons-nous jusqu'à partager ton repas ?

— Il n'y a rien que je ne saurais te refuser.

— Grand merci. »

Un sourire aux lèvres, Zacharios alla s'asseoir au côté de Kantz.

Durant une longue minute silencieuse, il se coupa une large tranche de pain qu'il beurra soigneusement, y disposa plusieurs rondelles de saucisson, porta la tartine à sa bouche grande ouverte…

… et se figea en découvrant que Kantz et lui ne mangeaient pas à la lueur d'une chandelle, mais à celle d'une mignonne créature féminine assise sur un rebord d'assiette et occupée à dévorer un morceau de fromage gros comme sa tête.

Oubliant sa tartine qui bientôt pencha dangereusement, Zacharios dévisagea la fée qui, elle, n'avait d'yeux que pour le fromage qu'elle n'épargnait guère, le visage presque enfoui dans la pâte molle. Il finit même par trouver étonnant, presque inconvenant, qu'une aussi jolie et gracieuse petite personne puisse « s'emplir » – c'est le seul mot qui lui vint – de la sorte. Il est vrai qu'en cette occasion, la fée manquait singulièrement de ce délicat raffinement que l'on prêtait volontiers à tous les peuples de fæerie. Zacharios, qui n'avait jamais vu ni fée ni elfe de sa vie, y perdit beaucoup de ses illusions.

« Elle a faim, je crois », nota Kantz avec un naturel presque insultant.

La tartine acheva de fléchir par le milieu et déversa quelques rondelles de charcuterie sur les genoux du faune.

« Mais c'est… commença-t-il.

— Une fée-demoiselle, oui », fit Kantz avec une impression de déjà dit.

Et il eut la bonté d'expliquer aussitôt :

« Je l'ai trouvée cette nuit par hasard, et fort peu vive. Mais vois comme elle reprend des forces, cela se voit à l'éclat de son halo. Je la crois tirée d'affaire, à présent. Elle ne parle pas et je doute qu'elle le puisse. Elle entend notre langue, cependant. En outre, j'ai cru remarquer que la couleur de son aura lumineuse change selon son humeur. Mais même sans cela, elle ne tarde jamais à se faire comprendre. Elle sait être très expressive.

— Un fauve ne mettrait pas plus d'ardeur à désosser une carcasse…

— Le fait est qu'elle met du cœur à l'ouvrage. »

Son fromage achevé, la fée leur adressa un sourire ravi, repu et un peu gras. Puis elle se laissa tomber sur le dos, les bras en croix, exhibant un petit ventre fort arrondi. Ils ne l'entendirent pas, mais ils purent jurer qu'elle rota.

Feodor parut dans la cuisine, encore ensommeillé et bâillant à s'en décrocher la mâchoire. Ses deux mains étaient occupées à gratter, l'une son crâne nu, l'autre ce qu'elle trouvait dans ses chausses. Il se pencha pour passer la porte qui suffisait à peine en largeur et découvrit qui l'attendait en se redressant.

Son gros visage imbécile afficha aussitôt une joie sincère.

« Oh, chevalier Kantz ! Comment allez-vous, bien j'espère ? Feodor est très content de vous voir ici avec moi. »

Il parlait avec un accent polonais prononcé et selon une syntaxe qui lui était propre. Zacharios avait longtemps cru que ces maladresses venaient d'une trop faible pratique de l'allemand, mais un Polonais de passage lui avait un jour expliqué que Feodor s'exprimait dans sa langue natale avec la même invention.

« Le bonjour, Feodor.

— Feodor est étonné parce que je ne savais pas que vous étiez venu.

— Le bel aveu ! » lâcha Zacharios d'un ton qu'il voulait sévère.

Feodor n'était pas stupide au point d'ignorer qu'on lui faisait un reproche.

« Le maître Zacharios n'est pas satisfait ?

— Et comment le serais-je ?… Quelle tâche t'ai-je confiée, hier à la nuit tombée ?

— Feodor doit monter la garde avec œil et oreille pour interdire aux mauvaises gens d'entrer. Feodor l'a fait, ma parole. Je n'ai pas vu pas entendu personne.

— Et le chevalier, pardieu ? N'est-il pas entré ? »

Feodor, toujours à la porte de la cuisine, ouvrit des yeux ronds.

« Le chevalier Kantz est une mauvaise gens ?

— Mais certes non ! s'exclama le faune.

— Alors pourquoi le maître Zacharios n'est pas heureux quand le chevalier Kantz est venu ? demanda Feodor avec une désarmante sincérité.

— Pour tortueux qu'il soit, le raisonnement n'est pas sans logique », nota Kantz.

Zacharios renonça.

« Oublions tout cela, veux-tu, Feodor ? Mais à l'avenir, efforce-toi de ne pas t'endormir quand je te demande de veiller.

— Oui, maître Zacharios. Je me désole devant vous pour Feodor endormi.

— Bien. Tes excuses sont acceptées. Va. »

Pensant que tout était dit, Zacharios crut pouvoir se consacrer enfin à sa tartine. Mais Feodor n'avait pas déguerpi. L'air embarrassé, il se malaxait les mains en se balançant d'un pied sur l'autre.

« Qu'y a-t-il, encore ? soupira le faune.

— Est-ce que le gosier de Feodor peut se délecter par le petit vin aigrelet ? »

Zacharios soupira.

« Soit. Mais un verre seulement. Et plus un avant la repue de midi. »

Le visage de Feodor s'illumina.

« Le merci, maître Zacharios. »

Il se précipita, par une porte basse, dans l'escalier menant à la cave. Son pas lourd fit résonner le plancher.

« Il n'a pas remarqué la fée-demoiselle, s'amusa Kantz.

— Ni même que son pistolet lui manquait, répliqua l'autre en désignant l'arme posée sur la table.

— Et je vois qu'il est toujours raffolé de cet infâme breuvage.

— Plus que jamais, se désola le faune. Si je n'y mettais bon ordre, Feodor se griserait de ce poison dès le soleil levé. Je l'oblige à n'en boire qu'une bouteille par jour, et un verre chaque fois.

— Tu fais bien. »

Le « petit vin aigrelet » de Feodor était un alcool ignoble, juste bon à récurer les tables et qui ne demandait qu'à s'enflammer. Vendu à la sauvette, il était connu du grand public sous le nom d'« eau-de-vie des faunes », quand bien même ces derniers n'étaient pour rien dans sa conception. Feodor s'en délectait.

« Ah, la belle idée que j'ai eue de l'accueillir sous mon toit, celui-là ! » reprit Zacharios.

Kantz sourit sans mot dire. Le faune avait un jour trouvé le géant devant sa porte, inconscient et la tête sanglante. Il l'avait pansé, nourri, guéri et, finalement, adopté sans rien savoir de lui.

Feodor revint bientôt avec un verre – le sien – et une bouteille.

Il posa le verre d'une propreté douteuse sur la table, en approcha son gros œil et se servit jusqu'à ras bord sans perdre une goutte. Satisfait, il reboucha la bouteille et la rangea dans un buffet. Puis, enfin, il porta le verre à sa bouche et le vida à petites gorgées régulières. Il but de tout son être, avec un recueillement qui touchait à la dévotion et un air de béatitude rare sur le visage.

Quand il eut fini, il fit claquer sa langue et dit, les yeux perdus dans le vague :

« Délectablicieux ! »

La physionomie de Feodor exprimait si pleinement le plaisir qu'il avait pris à avaler le tord-boyaux, que Kantz fut presque tenté d'y goûter à nouveau. Mais le souvenir du mal de tête que lui avait valu sa curiosité, des années plus tôt, sut l'en dissuader.

« Oh ! Une petite fée ! s'enchanta soudain le colosse.

— C'est une fée-demoiselle, je crois, précisa Kantz.

— Si jolie petite fée ! »

L'intéressée considéra d'un œil circonspect le géant qui tendait vers elle ses mains énormes. Elle condescendit néanmoins à se laisser prendre.

« Comme tu es jolie ! poursuivait Feodor en l'approchant de son visage. Et si gracieuse ! Oh, mignonnette petite fée ! » Le compliment parut la gêner et son halo vira au rose de confusion. « Tu me comprends mais tu ne sais pas répondre à Feodor, n'est-ce pas vrai ? » Elle acquiesça en essayant de rendre un peu d'ordre à sa chevelure acajou. « C'est toujours ainsi avec les petites fées, expliqua doctement Feodor.

— Tu connais les fées-demoiselles ? lâcha Kantz. En as-tu déjà rencontré ?

— Non, jamais. »

Les deux autres le fixèrent, puis échangèrent un regard médusé.

Feodor ne cessait d'admirer la fée qui, debout sur la paume immense, seulement vêtue de ses cheveux roux, prenait des poses coquettes et allait même jusqu'à cambrer les reins.

« La petite fée s'appartient à vous, chevalier Kantz ? »

Elle n'apprécia guère l'idée d'appartenir à quiconque et afficha un air farouche.

« Non, Feodor. Je l'ai simplement secourue. »

Elle acquiesça fièrement.

« A-t-elle un nom pour elle ?

— Je n'y ai pas songé. Et comment l'apprendre ?

— Tu as un nom, petite fée ? »

Elle haussa les épaules.

« Veux-tu que Feodor te trouve un nom ? » demanda le colosse.

Elle hocha la tête pour dire : *oui.*

« Luciole ? »

Non.

« Brindille ? »

Non.

« Lumière ? Joliette ? Caramel ? »

Non, non et non.

« Princesse ? » avança Kantz en entrant dans le jeu.

Elle hésita mais… *Non.*

« Jolie petite demoiselle qui luit comme un joli bijou brillant ! » dit d'un trait Feodor sous le coup de l'inspiration.

La fée lui adressa un regard circonspect. Se moquait-il d'elle ?

« Clochette ? » proposa Kantz sans trop savoir pourquoi.

Non de non de non de non ! Pas question !

« Très bien ! Oublions Clochette ! » s'empressa-t-il d'ajouter.

N'empêche, l'idée lui semblait bonne.

« Chandelle », lâcha distraitement Zacharios.

Il y eut un silence.

La fée acquiesça avec énergie, son halo palpitant à chaque mouvement de menton.

« Eh bien, te voilà baptisée ! lui dit Kantz. Bonjour, Chandelle. »

Tout sourire, elle le salua d'une gracieuse révérence en soulevant les pans d'une robe imaginaire.

La nuit blanchissait à l'horizon.

Assis dans un coin de la cuisine, Feodor cajolait Chandelle qui dormait dans sa main. Zacharios achevait de débarrasser la table.

« Les bras me tombent de fatigue, dit Kantz en se levant et s'étirant. Il est temps pour moi de regagner mes pénates. Que j'y sois ou pas, Heide sera bientôt levée pour s'en aller à la messe.

— Au plaisir, alors.

— Et grand merci pour la repue.

— Tu seras toujours le bienvenu sous mon toit. »

Kantz marcha vers la sortie.

« Chevalier ! le rappela Zacharios.

— Oui ?

— Tu oublies Chandelle. »

Feodor eut aussitôt un geste pour cacher sa protégée.

« Non, dit Kantz après un temps. Elle me semble très attachée à Feodor.

— Il serait sans doute plus juste de dire l'inverse… soupira le faune. Suis-je donc voué à recueillir toutes les âmes en peine de Wielstadt ?

— Songe plutôt à la curiosité que va engendrer Chandelle. Elle te vaudra un surcroît de clientèle, pour ton plus grand bénéfice. »

Zacharios ne répondit pas, trop occupé à considérer les effets d'une telle publicité.

« Au revoir, Feodor. Prends bien soin de Chandelle.

— Oui, chevalier Kantz. »

6

Il faisait grand jour quand Heide réveilla Kantz en ouvrant largement les rideaux de son lit. La lumière crue d'un ciel bleu et pur envahissait déjà la pièce.

« La peste soit !… ne put s'empêcher de lâcher Kantz en grimaçant.

— Maudissez-moi tant qu'il vous plaira, Monsieur », dit la gouvernante en écartant d'un geste vif draps et couvertures.

N'ayant plus que sa chemise pour se protéger du froid qui régnait dans la chambre, Kantz frissonna.

« On gèle !

— Je vais fort bien. Mais il est vrai que je ne paresse pas… »

Kantz s'appuya sur les coudes, plissa les yeux et ne vit pas tout de suite sa vieille gouvernante occupée à ramasser les vêtements qu'il avait laissés tomber avant de se coucher. Le lit était haut et Heide n'était pas grande.

« Sais-tu qu'un autre maître que moi pourrait se fâcher de s'entendre ainsi gourmander ? »

Heide se redressa, les bras chargés, et le gratifia du regard malin de ses yeux verts.

« Et savez-vous qu'une autre que moi pourrait soupçonner que vous n'êtes rentré à l'heure de la première messe que pour ne pas avoir à me rencontrer ?… Mais quel maître agirait ainsi ?

— Un jour, je te ferai fouetter.

— Et je l'aurais sans doute mérité. Maintenant, debout ! Midi sonne et il ne fait pas bon dormir tout le jour, déclara-t-elle en jetant les vêtements sales dans un panier.

— Cela reste à voir, attendu que j'ai veillé toute la nuit…

— Une faute n'excuse pas l'autre ! Et donnez-moi cette chemise. »

Assis sur le bord du lit, Kantz se laissa dénuder et marcha vers la bassine où Heide versait déjà le contenu d'un broc d'eau. Il se rinça les mains et le visage tandis que la gouvernante lui frottait tout le corps avec un linge sec. Puis elle lui passa d'autorité une chemise propre avant de l'asseoir sur un tabouret.

« Il me faut vous raser. J'aurais honte à vous voir sortir les joues râpeuses. Cela vous fait une mine de brigand des grands chemins. »

Quelques minutes plus tard, il achevait seul de tailler sa moustache et son bouc tandis que Heide disposait sur le lit les vêtements qu'il allait mettre.

Habillé et rasé de frais, Kantz trouva sur la table de la cuisine une assiette de potée fumante.

Il habitait, depuis qu'il était établi à Wielstadt, une maison de la rue Königsberg, entre la place des Ambassadeurs et l'*Alexander Straße* – un quartier à la fois paisible et vivant. La modeste demeure ne sortait guère de l'ordinaire avec son étroite façade à colombage, ses deux étages en saillie, son toit pointu. Au rez-de-chaussée, une unique pièce avec cheminée tenait lieu de cuisine et de salle à manger. Entre rue et jardin, un couloir la longeait. Un escalier à vis desservait les étages. Le premier était traditionnellement réservé au maître de maison : Kantz y avait sa chambre et sa bibliothèque, en enfilade. Heide dormait au second, dans une petite pièce jouxtant le grenier, sous les combles.

Assis dos à la cheminée où brûlait un bon feu, Kantz achevait à peine son bénédicité lorsqu'il entendit, venant du jardin, le choc régulier d'une hache sur le bois. Il se leva, intrigué, et vit par la fenêtre un adolescent dégingandé, à la tignasse blonde et pleine d'épis, qui maniait la cognée avec un bel entrain.

Kantz le regarda en mangeant debout devant la croisée, sans se manifester. Il reposait son assiette quand entra Heide.

« Dis-moi, Heide : puis-je savoir ce que fait Stefan dans mon jardin ?

— Ma foi, je crois bien qu'il coupe votre bois, dit-elle en jetant un coup d'œil distrait à l'intéressé.

— Cela, je puis le voir. Mais qui le lui a demandé ?

— Moi, bien sûr ! Vous figurez-vous qu'il va chez chacun coupant le bois sans demander avis ? »

En desservant, elle poussa l'effronterie jusqu'à affecter un haussement d'épaules excédé qui amusa le chevalier.

« Certes non, convint-il.

— Si vous n'étiez point rentré que de ce matin, vous l'auriez pu voir abattre ici bien de l'ouvrage. Voilà maintenant cinq jours qu'il me libère des travaux les plus pénibles. Et ne demandant pour tout salaire que le gîte et le couvert, ajouta-t-elle en désignant une paillasse que Kantz découvrit roulée près de la cheminée.

— Il m'apparaissait cependant qu'il me revenait de choisir les gens de mon domestique…

— Vous n'étiez pas céans ! N'ai-je pas la liberté de gouverner votre maison en votre absence ?

— Une liberté dont tu uses volontiers, que je sois là ou pas.

— Vous êtes le maître, se renfrogna Heide. Il ne tient qu'à vous de donner à Stefan son congé…

— Il n'est pas question de cela, si Stefan te donne satisfaction. Mais fallait-il que tu choisisses celui-là ? Il n'est pas, dans tout Wielstadt, un commerçant dont ce gredin n'ait une fois pillé l'étal !

— Devait-il se laisser mourir de faim ? Il est le plus honnête garçon du monde pour peu qu'on lui offre de gagner son pain. »

Kantz se tut, songeur. Il regarda l'adolescent qui, la hache plantée dans le billot, rangeait le petit bois dans un panier. Heide connaissait assez son maître : elle respecta son silence.

« Bien, accorda-t-il enfin. Je me fie à ton jugement. Mais gare à toi si Stefan me déçoit en quelque manière ! Je ne serai pas toujours aussi bon prince. »

Heide lui tendit le verre d'eau dont il concluait tous ses repas. Il se fit l'impression de trinquer à leur accord.

Ayant rangé le bois sous un appentis dans le jardin, Stefan entra bientôt dans la cuisine. Kantz, un coude posé sur le manteau de la cheminée, l'attendait. Heide s'occupa aussitôt de lui servir une assiette de la potée qui mijotait dans l'âtre.

« Bien le bonjour, M'sieur le Chevalier ! dit gaiement l'adolescent en se frictionnant les mains. Vous voilà assuré de ne pas manquer de bois avant long. Si vous le voulez, j'irai porter votre hache à aiguiser.

— Bonjour, Stefan, fit Kantz d'une voix sévère. Heide m'a dit qu'elle souhaitait te voir entrer à mon service. L'affaire est entendue et nous discuterons plus tard de tes gages. Obéis à Heide en tout point, obéis-lui comme à moi-même. Je ne suis pas un maître exigeant mais il t'en cuira si tu démérites. M'as-tu bien compris ?

— Si fait, répondit Stefan dont l'enthousiasme avait baissé d'un cran.

— La maison n'est pas grande. Aussi dormiras-tu dans cette pièce jusqu'au printemps. Mais dès les beaux jours revenus, nous t'aménagerons un recoin dans la réserve ou le grenier.

— Merci, M'sieur le Chevalier.

— Hors la présence d'étrangers, il n'est pas nécessaire que tu me donnes du "Monsieur le Chevalier". "Monsieur" suffit.

— Oui, M'sieur.

— Je vois que tu lorgnes sur l'assiettée que t'a servie Heide. Il te faudra attendre un peu avant que de dîner[1]. Je veux que tu ailles à l'auberge de la rue Alexandre, celle aux volets rouges. La connais-tu ?

— Oui.

— On peut y louer des chevaux. Tu diras au maître des lieux que tu me sers et tu demanderas pour moi un cheval sellé que je rendrai avant la nuit. Si l'on te connaît là-bas, on te demandera de payer d'avance : voilà quelques thalers. Ne reviens pas sans ma monture et ne lambine pas en chemin. »

Tandis que Stefan empochait l'argent et déguerpissait, Heide s'étonna :

« Qu'avez-vous fait de vos inquiétudes ? Vous fiez-vous déjà assez à Stefan pour lui confier un pécule ?

— A la vérité, s'il est aussi rusé que je le devine et s'il est bien moins honnête que tu ne le crois, il pourrait même voler un cheval dont je n'ai guère l'utilité pour aller où je vais. Et en usant de mon nom, pour le comble… »

En réservant l'assiette de l'adolescent près du feu, la vieille servante dit à mi-voix :

« Vous soumettez Stefan à la tentation. Est-ce bien chrétien ?

— Et comment gagnera-t-il ma confiance si je ne lui en laisse jamais le loisir ? rétorqua Kantz. Maintenant, baille-moi mes bottes et mon manteau. Nous saurons avant longtemps si tu as bien choisi mon valet. »

1. Au XVIIe siècle, on ne désignait pas les repas (ou « repues ») comme de nos jours. Ainsi, on *déjeunait* au lever, on *dînait* à midi, et on *soupait* le soir.

7

A Wielstadt, les templiers avaient une commanderie située non loin du port, dans ce « delta urbain » que dessinait le Rhin en partageant son cours depuis le centre de la ville. C'était une ancienne abbaye dominicaine que l'ordre du Temple avait acquise et agrandie peu à peu. Ses hauts murs cernaient désormais l'espace dévolu naguère à tout un pâté de maisons. Au-dessus de sa porte flottaient les couleurs des Chevaliers du Christ : un étendard blanc frappé d'une croix potencée écarlate qui claquait fièrement dans le vent, par cette lumineuse et glaciale journée d'hiver.

Après avoir laissé son cheval au frère portier, Kantz traversa une première cour en échangeant quelques saluts et, après le cloître, fut admis dans le cabinet de travail du frère commandeur Berthold. Un templier y laissa le chevalier en le priant d'attendre. La pièce était pauvrement meublée et des plus austères. Le feu qui brûlait dans l'âtre suffisait à l'éclairer, mais non à la chauffer.

La sévérité du décor nc déplut pas à Kantz : non seulement elle convenait à ses goûts, mais il y voyait l'indice que le Temple n'avait guère changé depuis le Moyen Age – du moins sur l'essentiel. Il était toujours cet ordre religieux, militaire et charitable qu'une poignée de chevaliers avaient fondé jadis pour protéger les pèlerins en Palestine. Aujourd'hui encore, les frères partageaient leur temps entre la prière, le travail et le métier des armes, obéissant en tout point aux sévères commandements d'une Règle rédigée au XIIe siècle par saint Bernard, sous la houlette du premier Maître : Hugues de Payns. En cinq siècles d'existence, cependant, les Chevaliers du Christ avaient connu des fortunes diverses et essuyé de terribles revers, dont la perte des royaumes chrétiens d'Orient. Mais le coup le plus rude leur fut porté au début du XIVe siècle. Parce qu'il était sans doute devenu trop riche et influent, l'ordre fut alors diffamé, combattu ; une bulle papale l'abolit. On saisit ses biens tandis que ses membres – accusés d'hérésie – étaient pourchassés et exécutés.

Malgré tout l'ordre du Temple survécut – clandestinement d'abord, et dans le Saint Empire surtout. Nombre de frères s'y étaient en effet réfugiés après la mort sur le bûcher de celui qui – pensait-on – fut leur dernier Maître, Jacques de Molay. Là, protégés et soutenus par des congrégations amies, ils s'employèrent à faire vivre la Règle et rebâtir ce qui avait été détruit. Ils furent patients, discrets, zélés. L'ordre se réorganisa, retrouva au fil des générations un semblant de prospérité. Il sut aussi gagner des alliés susceptibles de défendre sa cause à Rome. Le XVIe siècle commençant, il ne manquait plus qu'un retour en grâce papale pour que le glorieux étendard flotte sur de nouvelles commanderies, pour que de nouveaux frères se manifestent au grand jour partout en terre allemande. En définitive, deux facteurs devaient précipiter le retour des Templiers sur le devant de la scène politique et religieuse. Le premier fut la menace ottomane ; le second, la menace protestante.

Les minutes passant, Kantz s'approcha de la cheminée et du peu de chaleur que dispensait son feu. Il commençait à s'étonner d'attendre si longtemps : les nouvelles et le présent qu'il apportait n'étaient donc pas espérés avec l'impatience qu'il imaginait ? Puis il se fit la réflexion que c'était le milieu de l'après-midi. None avait probablement sonné peu avant son arrivée : le commandeur devait entendre la messe.

Car les frères menaient une vie monacale, au rythme des heures canoniales – c'est-à-dire définies par l'Eglise. Le jour comme la nuit étaient ainsi découpés en douze parties égales. D'une durée variable selon la saison, ces heures solaires ne correspondaient pas à celles, toujours plus rigoureuses et régulières, des horloges modernes. De sorte que, selon qui le mesurait, le temps n'était pas le même : dans les villes, les clochers ne chantaient pas à l'unisson du carillon municipal. Ils ne sonnaient d'ailleurs pas les heures, mais les huit offices de prières de la liturgie romaine : matines, laudes, prime, tierce, sexte, none, vêpres et complies. Le service divin commençait au beau milieu de la nuit avec les matines, se poursuivait avec les laudes. De prime à none, les offices étaient désignés selon le moment de leur célébration – soit à la première, troisième, sixième et neuvième heure du jour. On célébrait les vêpres au crépuscule, puis les complies entre vêpres et matines. Il ne faut cependant pas s'imaginer que les fidèles – aussi pieux soient-ils – assistaient à toutes les messes. Seuls les moines et les nonnes qui vivaient hors du siècle pouvaient prier sans relâche ; ce faisant, ils contribuaient au salut de tous. En respect de la Règle, même les templiers dormaient dès après matines. Ils devaient sinon se lever pour prime et participer à tous les offices diurnes si le service militaire le permettait.

C'était donc la messe de none qui, sans doute, retenait le frère Berthold. A moins, songeait Kantz, que cela ne soit l'une ou l'autre des lourdes responsabilités inhérentes à sa charge. En qualité de commandeur d'une « maison du Temple » (c'est-à-dire d'une commanderie, selon la terminologie médiévale de l'ordre), ses fonctions étaient semblables à celles d'un père abbé : il était autant le chef spirituel de sa communauté, que l'administrateur de ses biens. Or, la commanderie de Wielstadt comptait parmi les plus riches du Saint Empire. Propriétaire de quelque cinq cents maisons et boutiques dont le loyer assurait de confortables revenus, elle tirait également bénéfice d'un mont-de-piété, d'un comptoir commercial et des activités bancaires auxquelles le Temple s'était toujours livré. Chez des moines vivant pauvrement, cette vocation à faire de l'argent pourra étonner. Mais les Chevaliers du Christ confortaient ainsi leur influence, en même temps qu'ils trouvaient les moyens de leur politique guerrière et charitable. A Wielstadt et dans le proche archevêché de Cologne, les frères mobilisés ne composaient pas moins de deux régiments de mousquetaires et un régiment de dragons ; douze des soixante-quinze canons qui protégeaient la cité avaient été payés par la commanderie, laquelle avait encore à sa charge l'entretien et la défense de quelques bastions et courtines. Quant aux bonnes œuvres du Temple, elles étaient aussi coûteuses que nombreuses : subsides versés aux familles pauvres mais méritantes, bourses accordées aux étudiants catholiques de modeste extraction, soupes populaires, distribution de bois et vêtements durant l'hiver, asiles ouverts aux indigents de toute confession. Cependant, la plus flagrante démonstration de la gloire et de la générosité des templiers était l'immense Hôtel-Dieu – comprenez l'hôpital – bâti au cœur de Wielstadt : chaque jour, les moniales de l'ordre y accueillaient des dizaines de malheureux.

Dos à l'âtre, Kantz laissait une douce tiédeur l'envahir depuis les jambes lorsque la fin de l'office sonna. Bientôt, il entendit les frères quitter la chapelle et traverser le cloître pour vaquer à leurs occupations. Enfin, le frère Berthold poussa la porte et entra.

« Me pardonnerez-vous de vous avoir fait attendre si long ?

— Que pardonnerais-je, alors qu'il n'y a pas d'offense ? répliqua sincèrement Kantz. Je me figure mal reprocher à un moine d'ouïr la messe…

— A parler franc, je n'étais pas à la chapelle. Il y a tant à faire, savez-vous ?… Mais le Très-Haut voudra sans doute que j'entende les vêpres. »

Le commandeur se signa et adressa un pieux regard au plafond.

Tout, en lui, disait le vieux soldat. Solidement bâti, l'œil sûr, le cuir tanné, le cheveu gris et ras, on l'imaginait sans peine chevauchant en cotte de mailles par les routes de Palestine et protégeant les pèlerins contre l'Infidèle. Il y avait longtemps, cependant, que les Chevaliers du Christ avaient abandonné le haubert et le surcot. Certes, les couleurs qui les habillaient étaient les mêmes : le blanc pour les frères chevaliers et le noir pour les frères sergents. Mais si l'on distinguait encore de la sorte les templiers de noble naissance de ceux issus de la roture, les premiers allaient désormais à la bataille revêtus de la casaque des mousquetaires et les seconds, du plastron de cuirasse des dragons. Tous maniaient le mousquet et la rapière ; tous combattaient aussi bien à pied qu'à cheval.

« N'y voyez que l'expression de notre impatience et non un reproche, reprit le commandeur, mais nous vous attendions hier…

— Oui. Je ne suis rentré qu'à la nuit tombée et une affaire m'a retenu jusqu'à l'aube.

— Une affaire, chevalier ?

— Rien qui mérite d'être conté… » éluda Kantz.

Le frère Berthold était un aristocrate – il était donc vêtu de blanc, une croix écarlate cousue sur son pourpoint en place du cœur. Il était tonsuré, comme de juste selon la règle monastique, et portait la barbe. Il respectait en cela les commandements de la Règle qui, pourtant, s'était assouplie concernant la pilosité des frères : la moustache et le bouc étaient tolérés.

« Mais je m'interroge, fit Kantz après un instant de réflexion. Comment me saviez-vous de retour ?

— Nos frères nous ont fait parvenir une missive », expliqua l'autre en montrant un rouleau de papier assez mince pour être emporté par un pigeon voyageur. « De là, si vous faisiez bonne route, il nous était facile de calculer le jour de votre venue.

— Je comprends…

— L'avez-vous ?

— Oui. »

Le chevalier fouillait dans son pourpoint quand on frappa à la porte. Interrompant son geste, il attendit que le commandeur permette à deux hommes d'entrer et les lui présente comme le chapelain et le frère maréchal. Le premier était un petit homme en soutane, blond et presque chauve. Grand et mince, le port noble, le second était âgé d'une quarantaine d'années ; une cicatrice lui barrait le front. Botté, il portait avec superbe la casaque blanche à croix vermeille des mousquetaires du Temple.

« Bonjour, chevalier », fit-il.

Il se nommait frère Markus depuis qu'il avait prononcé ses vœux et était le chef militaire de la commanderie. Kantz le salua d'un respectueux signe de tête, tout en s'étonnant de sa présence.

En champions de la papauté, les Chevaliers du Christ avaient activement participé à la guerre contre l'Union évangélique des princes protestants. Dernièrement, un détachement des templiers de Wielstadt était allé grossir les rangs de l'armée du très catholique empereur Ferdinand II. Commandé par le frère Markus, ce détachement combattit à la bataille de la Montagne Blanche. Moins d'un mois s'était écoulé depuis : le frère maréchal n'avait pas été long avant de ramener ses troupes au bercail…

« A votre entrant, le chevalier se préparait à me remettre… commença le frère Berthold en peinant à cacher son impatience.

— Voici », dit Kantz.

Sa main toujours gantée tendait un étui de cuir.

Le commandeur le prit, en tira un petit boîtier d'ébène qu'il ouvrit : il contenait un sceau, celui de la commanderie.

« Dieu soit loué ! lâcha-t-il avec un soupir de satisfaction. La missive de nos frères disait le succès de votre entreprise mais je n'osais véritablement y croire avant que de savoir notre sceau de retour dans nos murs.

— Croyez en notre sincère reconnaissance, chevalier », déclara le frère maréchal.

Ses yeux brillaient d'une gratitude sincère et Kantz devina en lui un homme parlant peu, mais jamais légèrement.

Le chapelain, en revanche, ne manifestait ni joie ni soulagement. Peut-être même condamnait-il l'émotion des frères pour qui le sceau était bien plus qu'un cachet servant à authentifier actes et missives. Ils lui prêtaient une valeur symbolique et spirituelle ; à leurs yeux, il était comme un talisman. Ne disait-on pas qu'aucune commanderie n'avait longtemps survécu à la perte ou la destruction de son sceau ? A l'évidence, le chapelain n'y croyait guère et, sans le dire, il ne laissait rien ignorer de ses sentiments à force de froideur. Déjà, il avait accueilli Kantz en affectant une indifférence hautaine.

Au sein de l'ordre, les chapelains étaient des prêtres parmi les moines : eux seuls étaient habilités à célébrer la messe, administrer les sacrements, ou recueillir les confessions. Jadis, le Temple nommait ses chapelains sans en référer à l'évêché. Ce temps était révolu. Les chapelains étaient désormais désignés par les évêques, lesquels se privaient peu d'introduire dans le secret des commanderies des hommes fidèles qui leur rapportaient tout. Nul n'était dupe. Une suspicion – légitime ou non – régnait et il était bien rare qu'un chapelain se fonde dans le moule de sa communauté. Pour autant que le chevalier pouvait en juger, la règle se vérifiait à Wielstadt.

« La perte eut été irréparable », conclut le frère Berthold en remisant le sceau dans un coffret cadenassé.

« Donnez-nous à présent des nouvelles du frère Hugo, je vous prie.

— Il est en la commanderie de Cologne, sous la vigilante affection de vos frères, expliqua Kantz. A mon départ, il était dans un état de profonde affliction, refusant le boire comme le manger, ne dormant ni ne parlant, priant tout le jour et la nuit.

— Le poids d'un remords est à la mesure du crime », nota le chapelain.

Il s'attira une œillade assassine de la part du frère Markus qui lâcha :

« Ne jugeons pas sans savoir. »

Un rien de colère – voire de menace – pointait dans le ton.

Désireux d'éviter une querelle, le commandeur rappela son frère maréchal à l'ordre en se raclant la gorge. Puis, du regard, il encouragea Kantz à poursuivre. Avec succès.

« A la vérité, c'est un crime que votre chapitre peinera à juger justement, attendu que le criminel n'est pas le coupable.

— Ainsi, s'enquit le commandeur, frère Hugo aurait agi sous l'empire d'une puissance maléfique ? »

Les templiers se signèrent.

« Oui, confirma Kantz. Vous le deviniez déjà lorsque vous fîtes appel à moi et vous ne vous trompiez pas. Frère Hugo fut le témoin impuissant et horrifié de ses crimes. Il était le prisonnier de son enveloppe charnelle comme d'une armure maligne agissant par sa volonté propre.

— A-t-il recouvré tout son libre arbitre ? demanda le chapelain.

— Oui. Je puis en témoigner, étant l'artisan de son délivrement. »

Ils restèrent un instant silencieux.

Enfin, le frère maréchal demanda :

« Chevalier, êtes-vous bien convaincu que le frère Hugo a agi sous l'empire du Malin ? Ensuite, êtes-vous tout autant convaincu que le Malin n'exerce plus sa tyrannie sur notre frère ?

— N'en doutez pas, affirma Kantz. Et vos confesseurs, qui sauront lire l'âme de frère Hugo, diront comme moi. Jamais un homme ne s'est autant repenti de ses crimes.

— Vous dites bien : “*ses*” crimes ? souligna le chapelain en époussetant sa soutane.

— Oui. Outre le vol du sceau, frère Hugo est certainement coupable d’autres ladreries, d’un forcement de fille et sans doute d’un meurtre.

— Que Dieu lui pardonne ! lâcha frère Markus.

— Les hommes seront sans doute moins miséricordieux…

— Accepterez-vous de témoigner en la faveur de notre frère, s’il venait à être jugé ? demanda le commandeur.

— Naturellement.

— Grand merci, chevalier. Les Chevaliers du Christ vous sont très redevables. A l’avenir, n’hésitez jamais à demander notre secours. D’ores et déjà, pouvons-nous en quelque manière vous témoigner notre gratitude ? »

Kantz réfléchit et dit :

« Il y a bien le sauf-conduit que vous m’avez remis…

— Eh bien ?

— Sans lui, il m’eût été impossible de pénétrer dans Wielstadt à la nuit, une fois les portes closes. Me permettez-vous de garder ce sésame ?

— Certainement, chevalier.

— Merci.

— Mais la faveur est bien mince, remarqua le frère maréchal…

— Patience. Qui sait si un jour je ne vous demanderai pas l’impossible ? »

Comme le feu baissait, le commandeur remit une bûche dans l’âtre. Le chapelain, alors, crut bon d’intervenir :

« Nous direz-vous, chevalier, votre secret ? »

Les frères Markus et Berthold restèrent à quia. Kantz lui-même marqua un temps avant de répondre.

« Mon secret, mon père ?

— Mais oui, bien sûr ! En quelques jours seulement, vous réussîtes à débusquer et saisir un frère quand le Temple et des dizaines de cavaliers échouèrent. Comment se fait-ce ?… De plus, vous dites avoir été l’artisan du délivrement du pauvre frère. Seriez-vous exorciste ? Je vous croyais laïc… »

Le chapelain semblait trouver une trop forte odeur de soufre à Kantz. Il le connaissait de réputation et rêvait sans doute d’en découdre avec lui. En outre, convaincre le chevalier de sorcellerie, c’était compromettre le Temple qui avait demandé son secours et trouver un motif légitime de demander l’arbitrage de l’évêque.

Un lourd silence envahit la pièce mais Kantz ne cilla pas. D'une voix calme et ferme, il dit :

« Tout ce que j'ai fait, mon père, le Seigneur l'a permis. L'évêque est-il d'un autre avis ? »

Le chapelain s'empourpra. Il bégayait un début de phrase quand le commandeur l'interrompit :

« Nous considérerons cette question plus tard, si vous le voulez bien. Pour l'heure, il nous faut réunir le chapitre. »

Le chapitre était un conseil auquel tous les frères se devaient de participer. Il se tenait d'ordinaire dans la chapelle, le dimanche. Cependant, des circonstances exceptionnelles pouvaient provoquer sa réunion en semaine.

Fulminant, le chapelain se retira sans saluer personne. Alors le frère maréchal Markus se tourna vers Kantz.

« Veuillez pardonner à notre chapelain. Il vous faut savoir que…

— N'achevez pas, je vous en prie. Je suis accommodé à l'hostilité des prêtres.

— Concernant le chapitre, reprit le commandeur, notre Règle interdit d'y participer à qui n'est pas de l'ordre. Cependant, daignerez-vous rester encore, chevalier ? Des questions surgiront auxquelles vous seul pouvez répondre. Nous vous les ferons poser par un frère qui rapportera vos réponses.

— C'est dit. J'attendrai. »

Lorsque la cloche de la chapelle sonna la réunion du chapitre extraordinaire, les frères Berthold et Markus laissèrent Kantz.

« L'homme est étrange, dit le frère maréchal tandis qu'ils traversaient le cloître. Le connaissez-vous de longue date ?

— Oui. De plusieurs années.

— Kantz… Ce n'est pas un nom, ça…

— C'est le seul que je lui connaisse. »

Le frère Markus acquiesça, songeur, puis il s'enquit :

« Qu'a-t-il demandé, pour prix de ses services ?

— Rien. Mais je prierai néanmoins le frère économe de lui faire parvenir un pécule.

— C'est justice. Mais il faudrait aussi un présent…

— Un présent ?

— Oui, pour signifier au chevalier notre gratitude. Le pécule n'est jamais qu'un salaire et vous savez l'affection qui me lie au frère Hugo, qui est un mien cousin… Je me chargerai du présent, si vous le permettez.

— Soit. L'idée est bonne. »

Comme ils arrivaient aux portes de la chapelle, le frère maréchal ôta sa casaque et, en la pliant soigneusement, dit à mi-voix :

« Une rumeur prétend qu'il fut prêtre, naguère…

— Une rumeur qui est également parvenue à mes oreilles. Parmi d'autres.

— Est-ce vrai ?

— Je ne puis rien dire, mon frère.

— Un secret ?

— Non. L'ignorance. »

8

Le soleil était bas dans le ciel lorsque le frère Berthold raccompagna Kantz aux portes de la commanderie, où l'attendait son cheval. Vite en selle, il échangea un dernier salut et s'en fut par des rues peu à peu désertées. La ville se préparait à passer la nuit. Chacun se réfugiait chez soi, par crainte des truands qui sortaient dès après le crépuscule et profitaient des ténèbres pour attaquer les imprudents. On fermait les volets ; on verrouillait les portes. Avant longtemps, Wielstadt ne serait plus qu'un dédale obscur et menaçant.

Kantz, donc, ne traîna pas. Il avait d'ailleurs hâte d'ôter ses bottes et de dîner à la chaleur d'un feu crépitant. Peut-être lirait-il ensuite une heure, avant de se glisser dans un lit soigneusement bassiné par Heide. Il était épuisé, n'avait pas encore eu l'occasion de se remettre des fatigues d'une chasse à l'homme qui avait duré plusieurs jours et l'avait mené au-delà de Cologne, en plein hiver, par des routes peu sûres. Il lui fallait une bonne nuit de sommeil, peut-être deux.

Après un détour par l'auberge de l'*Alexander Straße* pour y rendre son cheval, Kantz gagna la rue Königsberg à grands pas. Il ne fit pas de mauvaises rencontres et, avec un profond soulagement, il put enfin refermer la porte de sa demeure sur Wielstadt, ses ombres, ses meurtres et ses démons. La maison était silencieuse et, malgré le défaut de chauffage, il faisait tout de même meilleur dans le couloir que dehors. Le chevalier resta ainsi un instant, les épaules appuyées contre le battant. Sa nuque était douloureuse ; un genou le faisait souffrir. Il avait plus de quarante ans, ce qui n'était pas jeune à une époque où l'on n'avait pas toujours la chance de fêter son cinquantième anniversaire. S'il n'y prenait garde, la vie qu'il menait aurait tôt fait de le tuer.

Abandonnant son manteau et son chapeau sur la rambarde de l'escalier,

Kantz passa dans la salle à vivre du rez-de-chaussée. Il y trouva Heide qui l'attendait pour lui servir le souper, Stefan qui cirait une paire de bottes près du feu, et…

Et Feodor qui se morfondait sur un tabouret.

Le regard gris de Kantz se fit soudain très las. Il poussa un soupir et ses épaules descendirent d'un cran.

« Et que fait-il là, lui ?

— Comment le saurais-je ? répondit Heide. Il n'a pas lâché un mot depuis qu'il est ici.

— Chevalier Kantz ! » s'exclama Feodor en découvrant sa présence.

La face rouge, les yeux pleins de larmes, il se rua sur Kantz pour l'enlacer et, au passage, bouscula une table en chêne qu'un homme aurait peiné à soulever. Kantz accueillit la rude embrassade avec toute la dignité possible et permit que l'autre lui pleure un peu sur la tête. Puis il le repoussa, tendrement mais fermement, reculant plus qu'il n'écartait le colosse.

« Me diras-tu enfin de quoi il retourne, Feodor ?

— Feodor est le mauvais garçon.

— Mais non, Feodor. Tu as bon cœur et chacun le sait.

— Non. Feodor est le mauvais garçon », geignit-il encore, tête baissée.

Kantz ramena Feodor à son tabouret, l'assit et remarqua que la table avait fait un accroc à sa culotte – dès le lendemain, un bleu énorme s'étalerait sur la cuisse du géant.

Laissant Feodor à ses affres, Kantz défit son ceinturon et son fourreau, tendit le tout à sa gouvernante pour qu'elle le range.

« Depuis quand est-il là ?

— Depuis une bonne heure, à tout le moins. Il entra sans frapper et c'est Stefan qui le trouva sur ce tabouret et pleurant.

— Zacharios sait-il que son domestique est chez moi ?

— Non. Je n'ai pas songé à le faire prévenir, reconnut Heide. Et comme ce géantin idiot ne disait mot, j'ai songé que vous l'aviez peut-être mandé… »

Stefan avait abandonné ses travaux de cirage. Il hésitait à approcher et demanda :

« Parlez-vous du faune Zacharios, lequel est propriétaire de *La Cigogne Noire* ?

— Oui, fit Kantz.

— Je le connais. Voulez-vous que je l'aille trouver ? »

Le chevalier refusa.

« Il fait nuit noire, Stefan. On a mille fois l'occasion de se faire égorger depuis ici jusqu'à *La Cigogne*… »

Il se tourna vers Feodor qui, le visage dans les mains, les coudes sur les cuisses, sanglotait en offrant à tous la vue de son crâne rose et lisse. Kantz s'accroupit et, d'une voix douce et patiente, lui parla comme à un enfant.

« A présent, Feodor, tu dois me dire ce qui t'alarme, m'entends-tu ? Si tu espères mon secours, tu dois tout me dire. »

Et Feodor dit tout, d'un trait, en ponctuant sa logorrhée chaotique de grands reniflements et de gémissements pitoyables. Cela dura trois minutes mais cela tenait en quelques mots : il avait perdu Chandelle.

« Une chandelle ! s'exaspéra Heide en levant les bras au ciel. Tout cela pour une chandelle ? »

Plus malin, Stefan fronçait les sourcils, devinait qu'il y avait anguille sous roche. Kantz, lui, oscillait entre la compassion et l'amusement. Si la douleur de Feodor était émouvante, le quiproquo et la démesure de l'inquiétude qu'il avait engendrée portaient plutôt à rire.

Peinant à contenir un sourire, Kantz demanda :

« Zacharios sait-il où tu es et pourquoi tu es parti ? »

Feodor secoua la tête : ses grosses joues molles, humides, furent animées d'un mouvement de va-et-vient horizontal.

« Donc il te cherche… »

Feodor opina plusieurs fois : le balancement des joues se fit vertical.

« Donc il ne tardera pas à venir ici… »

Soudain inquiet, le géant dévisagea Kantz. Au même instant, on entendit frapper à la porte.

« Heide, ouvre à Zacharios, je te prie. »

La domestique se renfrogna, dansa d'un pied sur l'autre, puis interpella Stefan :

« Tu as entendu notre maître. Va ouvrir ! »

Docile, l'adolescent passa dans le couloir.

« Le maître vient se rejoindre avec nous ? s'alarma Feodor.

— Je le crois, oui. »

La panique le prit. Il bondit sur ses pieds, chercha un refuge du regard, vit la table, plongea dessous. Du moins cacha-t-il sa tête. Tout le reste dépassait et un gros derrière pointait tandis que Stefan s'en revenait avec Zacharios. En se levant pour accueillir son ami, Kantz constata que Heide s'était retirée.

A son entrée, le faune était inquiet. Il fut bientôt soulagé, et furieux presque aussitôt.

« Par tous les saints, Feodor ! Sais-tu que je te cherche depuis des heures ?!

— Feodor pas là ! gémissait l'autre de sous la table. Feodor ailleurs très loin !

— La peste soit du gros imbécile ! » lâcha Zacharios en marchant vivement vers son domestique.

A l'évidence, il avait dans l'idée de le rosser.

« Allons… fit Kantz en s'interposant, tout sourire. Ne vois-tu pas que Feodor nous présente des excuses ? »

Et parce qu'il désignait du pouce les vastes fesses qui saillaient en tremblant, ni lui ni Zacharios ne purent retenir un rire qui leur tira des larmes.

Le calme était revenu dans la maisonnée.

Kantz et Zacharios étaient attablés autour d'une bouteille ; ils bavardaient et goûtaient paresseusement le plaisir d'une compagnie agréable. Ils avaient très tôt renoncé à réconforter l'inconsolable Feodor qui, sur son tabouret, fixait ses gros genoux et, les mains jointes entre ses cuisses, imaginait Chandelle perdue dans la grande ville, épuisée et grelottante, morte peut-être. Un sentiment de culpabilité aggravait sa peine car il ne se pardonnait pas d'avoir permis à la fée de s'échapper. En vérité, on aurait eu peine à lui reprocher grand-chose : il avait laissé Chandelle dans une pièce close et elle n'y était plus à son retour, moins d'une heure plus tard, en début d'après-midi.

Occupée par quelque mystérieuse tâche à l'étage, Heide n'était pas redescendue. Aussi Stefan veillait-il à ce que le vin ne manque pas dans les verres. Buvant sec, Zacharios entretenait Kantz d'un sujet qui le fascinait, comme le fascinaient tous les mystères de sa ville. En l'espèce, il s'agissait de la *Dame en rouge*, personnage énigmatique dont on disait qu'il n'apparaissait à Wielstadt qu'à la veille d'un grand péril. Kantz n'en savait guère plus que tout un chacun à ce sujet, ou du moins le laissait-il entendre.

« Et depuis quand la Dame en rouge serait-elle de retour ? demanda-t-il.

— La rumeur de sa venue m'est arrivée ce jourd'hui. »

Curieux jusqu'à l'indiscrétion, Zacharios était de ces êtres toujours affamés de nouvelles petites ou grandes, de potins innocents ou non, de rumeurs vraies ou fausses, et qui ne craignent rien tant que d'apprendre quoi que ce soit après quiconque. Heureusement, sa qualité d'aubergiste et sa réputation d'oreille complaisante le situaient au carrefour de tous les bruits qui couraient à Wielstadt. Kantz le soupçonnait même d'entretenir un réseau d'informateurs choisis.

« Mais certains disent que d'autres prétendent l'avoir vue dès la nuit dernière », ajouta le faune avec une moue qui signifiait que la chose était possible, mais pas avérée.

Kantz acquiesça. Il songeait que la Dame en rouge pouvait donc avoir reparu tandis qu'il se trouvait chez madame Gebücher. Un hasard, à n'en pas douter. Car rien de ce qui était advenu chez la pauvre vieille ne pouvait justifier le retour de la Dame. Cependant, il y avait eu ce hurlement du dragon que seul Kantz avait entendu. L'un avait-il voulu prévenir l'autre que quelque chose se tramait ? Le dragon avait-il provoqué le retour de la Dame en rouge ?

Quelque part dans le quartier, la cloche d'un monastère appela les frères à la prière.

« Que sonne-t-on ? demanda Zacharios en tendant l'oreille.

— Complies, sans doute, présuma Kantz sans un regard pour l'horloge à balancier qui se dressait derrière lui.

— Alors il n'est que temps que nous rentrions.

— A pareille heure ? » s'étonna Kantz tandis que son ami se levait.

Mais le faune tendait déjà la main vers son manteau que Stefan décrochait d'un clou, près de la cheminée.

« Sais-tu qu'il y a chez moi des voyageurs qui voudront aller se coucher ?

— Les gens de ton domestique sauront y veiller.

— Rien ne va si je ne suis point là pour tout diriger, décréta Zacharios. Allez, Feodor ! Nous partons. »

Le géant s'anima avec un soupir douloureux. Des tombereaux de misère l'accablaient.

« Je vous escorte, fit Kantz.

— Et qui t'escortera sur le chemin de retour ? Jette plutôt un œil à Feodor et demande-toi si tu voudrais lui chercher querelle dans une rue obscure… »

Le chevalier tiqua : il est vrai que pour qui ne connaissait pas Feodor…

« Soit. Mais soyez prudents, ne traînez pas. »

De son propre chef, Stefan tira un lourd bâton de la hotte où l'on rangeait le bois.

« Tenez, maître Zacharios.
— Merci, Stefan. Mais je ne saurais le manier.
— Il suffit de l'avoir et de le montrer, insista l'adolescent.
— Stefan a raison, intervint Kantz. Prends le bâton.
— C'est dit : j'emporte le gourdin. »

En fait, il le confia à Feodor. Puis il prit un air grave et dit à son domestique :

« Avant que de partir, Feodor, je veux que le chevalier te fasse reproche d'avoir perdu Chandelle. Mieux, je veux que tu reçoives de lui une punition. Car c'est bien à toi qu'il avait confié Chandelle. »

Kantz allait protester quand Feodor lâcha :

« Mais Feodor a déjà trouvé la punition pour moi. »

Et il sortit de ses basques une bouteille qu'il plaça d'autorité entre les mains de Kantz. En verre blanc, elle contenait un liquide jaunâtre que l'on devinait plus épais que l'eau. Kantz reconnut un flacon d'eau-de-vie des faunes : Feodor s'était infligé la punition la plus cruelle qu'il pouvait imaginer, et il croyait en même temps faire un cadeau assez précieux pour regagner les bonnes grâces du chevalier.

« Pour que le chevalier pardonne à Feodor et me sache bien puni. »

Kantz et Zacharios échangèrent un regard, un sourire.

« C'est bien, fit Kantz. Tu es pardonné, Feodor. »

Dès que Zacharios et Feodor furent partis, Kantz sentit de nouveau le poids de la fatigue. Il avait en outre la tête lourde : le vin partagé à jeun avec le faune devait y être pour quelque chose.

« Je ne souperai pas, dit-il à Stefan. Mets le verrou à nos portes, clos les volets et va te coucher.
— Oui, M'sieur. Bonne nuit, M'sieur.
— Bonne nuit, Stefan. »

A mi-chemin dans l'escalier, Kantz croisa Heide qui descendait. Il ne lui adressa pas un mot, seulement un regard noir qu'elle ne soutint pas. Elle laissa son maître la dépasser, hésita avant de se retourner et lancer :

« Voulez-vous que je bassine votre… »

Mais le bruit que fit Kantz en refermant la porte de sa chambre ne lui permit pas d'achever.

Dans la pièce glaciale et occupée presque tout entière par le grand lit à colonnes, le chevalier s'accorda quelques secondes pour se détendre. Adossé à la porte, il prit de profondes inspirations en se massant les yeux.

Puis il laissa ses doigts glisser et tirer sur ses joues râpeuses. Il se devinait, à raison, une mine de papier mâché.

Assis sur le lit, il entreprit d'ôter seul ses bottes, un exercice qui s'avérait toujours difficile. La gauche, d'ailleurs, lui résista, l'obligea à plier trop longtemps un genou déjà assez douloureux au repos. Il arracha la botte en retenant un juron et, gagné par la colère, la jeta contre le mur. Elle rebondit, heurta une petite table, fit choir la chandelle qui était posée dessus et plongea la pièce dans l'obscurité.

Kantz soupira.

Car ni la fatigue, ni son genou endolori n'étaient la cause de ce mouvement d'humeur aussitôt regretté. Ce qui l'exaspérait, c'était la méfiance – au bas mot – que Heide avait manifestée à Zacharios en évitant ostensiblement sa compagnie. Il avait déjà remarqué le déplaisir qu'elle avait à fréquenter le faune et se promit d'avoir avec sa gouvernante une conversation qu'il n'avait que trop repoussée.

Cela attendrait bien le lendemain, cependant…

Kantz bâilla et, en déboutonnant son pourpoint, trouva la force de se lever pour écarter machinalement les couvertures.

Il dénicha alors Chandelle endormie sur son oreiller. Dans le noir, son halo lumineux faisait qu'on ne voyait qu'elle.

« Mais que fais-tu là, toi ? »

Trop fatigué pour s'abandonner à la surprise, Kantz se laissa tomber accroupi sur le tapis, les bras croisés et le nez au ras du matelas.

A mieux observer la petite créature, il douta bientôt qu'elle dorme vraiment.

« Tu ne dors pas, n'est-ce pas ? »

Elle ouvrit un œil effronté.

« Mais comment as-tu trouvé ton chemin jusqu'ici ? »

Elle s'assit et se livra à une inspection minutieuse de ses jolis ongles nacrés.

« Bien. Ce doit être un secret que tu veux garder… Sais-tu que ce pauvre Feodor se désespère de t'avoir perdue ? »

La mine désolée, elle haussa les épaules comme pour dire : *on fait souffrir quand on est aimé. C'est ainsi…*

« Et que vais-je faire de toi ? »

Autant qu'il put en juger, elle lui fit les yeux doux.

« Tu ne te figures tout de même pas que je vais te garder sous mon toit ? »

Elle acquiesça. Résolument.

Kantz resta un instant sans rien dire, puis :

« Vois-tu un inconvénient à ce que je dorme dans mon lit ? »

Elle se décala de quelques centimètres et tapota la place qu'elle venait de libérer, un rien aguicheuse.

« Il m'arrive de dormir nu, sais-tu ? »

Elle fit celle qui en a vu d'autres.

« Et si j'étais un monstre ? Et s'il me prenait l'envie de te garder sous cloche ? »

Elle pouffa.

« Tu n'as décidément peur de rien… Va pour cette nuit, mais nous aviserons demain. Dès l'aube », ajouta-t-il, le doigt pointé.

Elle lui adressa son plus beau sourire et il se sentit un peu ridicule.

9

Les mercenaires avançaient prudemment dans des rues qui ne leur étaient pas familières. La nuit cachait la misère du quartier qu'ils traversaient mais le rendait plus sinistre et menaçant.

« Pressez ! » dit l'homme de tête, un grand roux qui portait un épais pourpoint de buffle sous son manteau et allait la rapière au côté.

Les six qui le suivaient en silence étaient armés et vêtus de ce qu'ils avaient pillé dans les places conquises, ou glané sur les champs de bataille. Deux d'entre eux portaient des sacs qui faisaient un bruit de ferraille. Moitié soldats, moitié brigands, rien ne les distinguait des autres mercenaires sans foi ni loi qui commençaient d'écumer les campagnes depuis que la révolte des princes protestants avait porté la guerre dans le Saint Empire. Ceux-là avaient choisi le mauvais camp, celui de l'Union évangélique vaincue, celui qui ne verserait pas la solde.

« Nous serons bientôt arrivés », indiqua l'homme roux.

Il se nommait Horst Klieb. Les six autres lui obéissaient depuis qu'ils avaient, à son initiative, déserté l'armée qui se repliait sur le Palatinat rhénan après le désastre de la Montagne Blanche.

Un homme aussi grand mais plus mince que Klieb sortit de la file pour arriver à sa hauteur.

« Es-tu bien sûr du chemin, Horst ? demanda-t-il avec un fort accent italien. Il me semble que nous sommes déjà passés par là.

— Tu te trompes, Matteo.

— Vraiment ? Tu ne chercherais pas à nous perdre, tout de même, ajouta l'Italien d'un ton doucereux.

— Tu mériterais que je te troue la peau pour avoir dit ça !

— Oh, non ! se défendit Matteo. C'est qu'il faisait jour lorsque tu as reconnu le chemin et que nous savons l'un et l'autre combien une ville change de visage dès la nuit tombée…

— Ravale ton fiel, le Vénitien. Nous y sommes », fit Klieb en désignant la façade étroite d'une maison aux volets clos.

Il frappa à la porte selon un code convenu et toute la bande fut bientôt admise à entrer dans une salle basse, crasseuse et puante. Un piètre feu brûlait dans l'âtre. Trois hommes buvaient assis à une table ; trois autres se tenaient debout dans le fond. Malpropres et mal vêtus, balafrés pour certains, l'œil menaçant, ils offraient un panel de trognes parmi les moins engageantes. Tous portaient la dague ou l'épée et semblaient savoir s'en servir.

Méfiant par nature, Klieb les dénombra sans même y penser.

Six, donc.

Sept avec celui qui avait ouvert.

L'individu en question avait la trentaine. Il était assez grand, maigre, le visage osseux, les cheveux gras et emmêlés. Il avait passé un gilet de cuir sur une chemise douteuse ; ses culottes étaient tachées. A première vue, il n'était pas armé. Mais Klieb ne douta pas qu'il avait un poignard glissé contre les reins.

« Entrez, les amis. Entrez. »

Prudents, les mercenaires avancèrent comme à regret. Ils se déployèrent d'instinct dans la pièce, chacun prenant ses distances pour pouvoir tirer l'épée à la première alerte. Les truands qui étaient assis se levèrent. Dès lors, les deux clans se firent face, séparés par la grande table posée devant la cheminée. Le feu crépitait dans le silence ; l'air devint subitement plus lourd.

« J'avais peur que tu te perdes, dit à Klieb l'homme en gilet de cuir. On ne trouve pas facilement le chemin qui mène ici.

— J'ai assez bonne mémoire.

— Parfait, parfait… Asseyez-vous. »

Après avoir échangé un regard, Klieb et Matteo s'attablèrent. Les autres mercenaires restèrent debout. L'homme au gilet s'installa face aux deux soldats.

« Je m'appelle Widauer, dit-il à l'intention de Matteo. Et toi ?

— Matteo.

— Tu viens des Italies ? fit Widauer en reconnaissant l'accent.

— Non, le défia le Vénitien en niant l'évidence.

— A ta guise, lâcha le truand sans prendre la mouche. Du vin ? » demanda-t-il en montrant la bouteille et les gobelets sur la table.

Les mercenaires ayant refusé d'un signe de tête, Widauer ne servit que lui et but une gorgée.

« Comment se porte le capitaine Kremer ? lança-t-il.

— Il allait à merveille la dernière fois que je l'ai vu, répondit froidement Klieb.

— Il y a longtemps de cela ?

— Au début de l'hiver.

— Un bon capitaine, que ce capitaine…

— Ni meilleur ni pire qu'un autre.

— C'est lui qui t'a parlé de moi, pas vrai ?

— Je te l'ai dit ce matin.

— S'est-il bien remis de ce coup de pertuisane à la cuisse reçu dans les Provinces, il y a deux ans ? Je servais alors sous ses ordres dans l'armée espagnole. Selon mon souvenir, la blessure était profonde.

— C'était un coup d'épée, répondit Klieb sans ciller. Qu'il reçut au bras, et non à la cuisse. Et la blessure n'était pas si méchante. »

Widauer lui adressa un regard rusé, puis un large sourire.

« A présent, faisons affaire », dit-il le plus sérieusement du monde.

L'atmosphère s'était quelque peu détendue, mais la pièce empestait toujours autant la crasse, la sueur et le mauvais vin. Les deux sacs amenés par les mercenaires avaient été vidés sur la table, révélant un bric-à-brac d'objets pieux et précieux : crucifix d'or ou d'argent, ciboires, bougeoirs, statuettes religieuses, etc.

Une heure durant, Widauer avait évalué la marchandise. Puis on avait négocié pied à pied, ce qui prit encore une heure.

« Deux cent cinquante thalers, lâcha enfin Widauer sur le ton de qui accorde une faveur à ses dépens.

— Trois cents. Pas moins, répliqua Klieb. Le métal seul vaut ça. Et il y a encore la façon.

— Oublions la façon et retrouvons-nous au milieu du gué : deux cent soixante-quinze. »

Klieb hésita, consulta Matteo du regard et dit :

« Va pour deux cent soixante-quinze thalers d'argent.

— Bien ! » s'enchanta Widauer.

Se tournant à demi, il lança :

« Rigen, la cassette ! »

Un truand revint bientôt avec un coffret renforcé. Widauer l'ouvrit et compta les thalers dont il fit vingt-cinq piles égales sur un coin de table.

Les mercenaires se répartirent aussitôt la somme. Klieb prit trois parts et Matteo, une et demie.

Pendant le partage, Widauer fit apporter quelques bouteilles de vin. Son verre étant encore plein, il remplit ceux des deux mercenaires et proposa :

« Trinquons-nous ?

— Un verre seulement, fit Klieb qui craignait qu'on cherche à le soûler.

— Le verre de l'amitié, alors.

— Un verre seulement ! » répéta Klieb vers ses compagnons d'armes à qui Matteo faisait passer une bouteille.

De leur côté, les truands en débouchaient une autre.

« Aux affaires prochaines, dit Widauer en levant son verre.

— Aux affaires prochaines », reprit Klieb avec moins d'enthousiasme.

Soldats et brigands trinquèrent dans un silence plutôt inamical. Puis, reposant son verre vide, Klieb annonça :

« Nous partons.

— Où logez-vous ? s'enquit Widauer.

— Au "Petit Cheval" », répondit un peu trop rapidement Matteo.

Klieb lui reprocha son imprudence d'un regard noir.

« Mais c'est à l'autre bout de la ville ! fit Widauer.

— Et quand bien même ? répliqua le mercenaire.

— Outre que vous pouvez vous perdre dans le dédale de nos rues, vous risquez encore de rencontrer le guet.

— Nous serons discrets, dit Klieb en se demandant où Widauer voulait en venir.

— A deux pas d'ici, expliqua le truand, il y a une bonne auberge où personne ne voudra savoir qui vous êtes ni d'où vous venez. Je peux vous y faire conduire. Vous vous recommanderez de moi. »

Klieb trouva le piège grossier. Widauer voulait-il les attirer dans un lieu de son choix pour les détrousser à son aise ?

« Inutile, décréta Klieb.

— J'insiste.

— Et d'où vient cette prévenance ? » demanda-t-il, l'œil soupçonneux.

Le visage de Widauer se fit soudain grave.

« Si tu es surpris par le guet les poches pleines d'une fortune douteuse, qui m'assure que tu ne me vendras pas pour sauver ta peau ? »

Les deux hommes se défièrent un instant du regard.

« C'est un risque que tu vas devoir prendre », lâcha Klieb.

Il commençait à reculer vers la porte lorsqu'il entendit un gémissement dans son dos. Pourtant, aucun des truands n'avait bougé. Il se retourna, vit l'un de ses compagnons plié en deux par la douleur, et presque aussitôt imité par deux autres.

« Poison ! » s'alarma Matteo en tirant l'épée.

Klieb fit de nouveau face aux malfrats qui n'affichaient pas une once de surprise.

Il réalisa soudain que les deux clans n'avaient pas bu aux mêmes bouteilles. Même Widauer avait son verre encore plein d'un autre vin quand il avait débouché un flacon à l'intention de lui, Klieb, et de Matteo. Dans la même terrifiante seconde, il comprit que Widauer ne cherchait qu'à les retenir quelques minutes quand il avait proposé de les faire changer d'auberge : le truand voulait qu'ils meurent ici.

« Tu m'en vois désolé, dit Widauer, le regard dur, en se levant. Mais deux cent soixante-quinze thalers font beaucoup trop. Ta vie ne vaut pas plus que le poison qui te tue. »

Avec un hurlement de rage, Klieb se jeta en avant tandis que, par réflexe, Widauer reculait d'un bond en renversant son tabouret. Mais le mercenaire fut aussitôt saisi par une vive brûlure aux entrailles. La douleur était insoutenable. Il tomba à genoux en se tenant le ventre. Il n'était plus qu'une masse de souffrance capable de seulement gémir. A ses côtés, Matteo et les autres subissaient le même sort.

« Maudit ! cracha Klieb en s'écroulant. Je te tuerai…

— Non, fit Widauer avec un petit sourire. C'est toi qui meurs.

— Je… te… tuerai… Je le… jure !… Je reviendrai… et je te tuerai ! »

Klieb eut un dernier mouvement spasmodique de tout le corps et ne bougea plus, une bave sanglante aux lèvres.

Widauer regarda le cadavre dont les yeux grands ouverts semblaient le défier. Il se signa pour conjurer le mauvais sort et ordonna :

« Détroussez-les et portez-les loin d'ici. Ensuite, effacez toute trace de leur venue ici. Et souvenez-vous : ne parlez jamais à quiconque de tout cela. Si le Roi Misère apprend que nous avons joué cette partie sans lui, je ne donne pas cher de notre peau… »

Dans deux charrettes à bras, les cadavres furent transportés et abandonnés sur un terrain désolé, parmi quelques vieilles ruines calcinées. Non loin, un cimetière alignait ses tombes et monuments funéraires dans la nuit. C'était le cimetière des Anges-Aveugles, le plus grand de Wielstadt.

Leur triste besogne accomplie, les truands ne s'attardèrent pas : tous ne frissonnaient pas que de froid en déchargeant les corps. Bientôt, le grincement des carrioles disparut dans le lointain et le lieu retrouva son calme morbide. Les ténèbres semblaient ici plus profondes. Par instants, les sifflements d'un vent glacial déchiraient le silence.

Une silhouette, alors, sortit de l'ombre.

C'était celle d'un homme de grande taille, élégamment vêtu de noir, aux longs cheveux gris cendre. Sa cape – également noire – tombait de ses épaules sans flotter au vent. Il avait une longue et belle épée au côté.

Il avança parmi les corps dépouillés de tout hors leurs habits. Un moment, il fixa de ses yeux d'obsidienne les visages encore figés dans les affres de l'agonie. Ses lèvres décharnées affichèrent un sourire plus cruel que gai.

Selon qu'elle accepte son sort ou non, l'âme d'un mort tarde toujours un peu à s'éloigner pour se fondre dans les Limbes. Celles des mercenaires flottaient encore alentour, bien présentes et bien vivaces. Elles brûlaient d'une haine furieuse et d'un désir de vengeance redoublé.

L'homme en noir ressentait et aimait cette colère.

Il l'aimait car elle pouvait servir ses desseins.

10

Le lendemain de sa visite au Temple, Kantz ne sortit pas. On était d'ailleurs dimanche, jour qu'il consacrait d'ordinaire à l'étude et à la prière.

Réveillé en milieu de matinée, il grelotta dès le saut du lit et s'empressa de faire sa toilette sous le regard un rien moqueur de Chandelle – son halo semblait la garantir de la température polaire qui régnait dans la pièce. Kantz n'avait pas cette chance, et c'est tout frissonnant qu'il vida son broc dans une bassine en cuivre avant de s'asperger le visage d'une eau glaciale. Il se sécha en hâte, trouva une pile de vêtements propres sur un tabouret, les enfila en songeant que Heide les avait disposés là sans le réveiller. Avait-elle jugé que quelques heures de sommeil supplémentaires lui étaient nécessaires ? Kantz opta pour une seconde solution : Heide se faisait discrète depuis qu'il l'avait battu froid, la veille au soir.

Chandelle posée sur l'épaule, Kantz se rasa, non sans remarquer que la fée adressait des grimaces à son mignon reflet dans le miroir. Il n'avait pas encore décidé de ce qu'il allait faire d'elle mais doutait de pouvoir la chasser, ou la confier à quiconque. Elle l'avait adopté plutôt que l'inverse, et la désinvolture qu'elle manifestait cachait une détermination farouche : sa fugue récente de « La Cigogne Noire » l'attestait. A vrai dire, le chevalier n'envisageait pas d'un mauvais œil de devoir accueillir Chandelle à demeure. Elle était une étincelle de vie, de joie et d'innocence bienvenue dans son quotidien. Cependant, il lui fallait compter avec la réaction de Stefan et, surtout, de Heide.

En achevant de boutonner un chaud pourpoint de velours noir à crevés pourpres, Kantz ordonna à Chandelle de ne pas quitter la chambre jusqu'à nouvel ordre, puis il descendit dans la grande pièce du rez-de-chaussée.

Stefan s'y trouvait seul, assis devant le feu et bayant aux corneilles.

« Bonjour, Stefan. »

L'adolescent se leva d'un bond et s'empourpra, confus d'avoir été surpris en plein désœuvrement.

« Bonjour, M'sieur… Euh… J'allais… J'allais…

— Tu allais faire ce que bon te semble, le rassura Kantz d'une voix tranquille. C'est aujourd'hui dimanche. Si le Seigneur s'est reposé ce jour-ci, pourquoi ne pourrais-tu l'imiter ?

— Oui, M'sieur. Merci, M'sieur.

— Monsieur.

— Pardon ?

— Monsieur. Il faut dire “monsieur”, et non “m'sieur”. Efforce-toi de te bien exprimer, veux-tu ? »

C'était dit sans méchanceté et Stefan acquiesça de bon cœur.

Dans la cheminée, une petite marmite était suspendue à la crémaillère, à bonne distance des flammes. Kantz en inspecta le contenu, prit l'assiette que Heide avait laissée sur la table à son intention, et se servit une louche de potage. Tandis qu'il s'attablait et disait son bénédicité, Stefan lui coupa une tranche de pain.

Pendant son repas, Kantz répondit de bonne grâce aux interrogations de son jeune valet sur Zacharios et, plus encore, sur « le géantin idiot » qui le servait. Il fut aussi question de Chandelle – dont Kantz dit tout, sauf qu'elle attendait dans sa chambre – et, enfin, de la mystérieuse punition que Feodor s'était infligé. En l'espèce, la bouteille d'eau-de-vie des faunes trônait en bonne place sur le manteau de la cheminée.

« Puis-je vous demander ce que contient le flacon, Monsieur ?

— Un breuvage redoutable, dont Feodor est raffolé, et auquel je te conseille de ne jamais goûter. Je rendrai peut-être la bouteille à Feodor, quand il aura oublié qu'elle vient de lui et pourquoi il s'en est séparé. Sinon, Heide pourra toujours l'employer à briquer les parquets. »

Comme si elle attendait d'être nommée pour se manifester, Heide entra sur ces mots. Elle arrivait du dehors, enroulée dans un manteau, les joues rougies par le froid.

« Bonjour, Monsieur », dit-elle en évitant le regard de son maître.

Kantz ne répondit pas ; il ne lui demanda pas non plus d'où elle venait. Il attendit qu'elle se débarrasse de son manteau de laine et lâcha :

« Assieds-toi, Heide. »

Le ton était sévère et n'augurait rien de bon. La gouvernante obéit tandis que Stefan faisait mine de s'esquiver.

« Non, Stefan. Je veux que tu restes, dit le chevalier. Tu appartiens à cette maison et tu dois entendre ce qui se va dire. »

Penaud, l'adolescent resta planté près de la fenêtre du jardin.

« Heide, reprit Kantz, je suis mécontent de toi. Hier au soir, ton attitude à l'égard de Zacharios était de la dernière impolitesse, et le mot est bien faible. Croyais-tu pouvoir l'éviter sous mon toit à bon compte ? Pensais-tu masquer ainsi le déplaisir que tu as à le fréquenter ? »

Tête baissée, Heide n'osa rien dire. Les questions étaient d'ailleurs toutes rhétoriques et Kantz poursuivit :

« En lui, rien ne te déplaît si ce n'est qu'il est un faune, n'est-ce pas ? C'est un sentiment qui n'honore pas la chrétienne que tu es, Heide. Mais pour ton malheur, Zacharios est de mes amis. Peut-être même est-il le meilleur d'entre eux. J'entends donc qu'il soit accueilli chez moi avec respect et bienveillance, et je ne tolérerai plus ton caprice. M'as-tu bien compris ? »

Cette fois, Kantz espérait une réplique. Acquiesçant, Heide balbutiait un début de réponse quand Stefan s'exclama :

« Monsieur ! Regardez ! »

Les yeux ronds, il désignait Chandelle qui, fière d'elle, battait des ailes dans l'embrasure de la porte ouvrant sur le couloir.

« Sainte Marie Mère de Dieu ! fit la gouvernante. Une fée !

— Oui, dit Kantz avec un soupir… Il nous faut aussi parler de cela… »

A l'évidence, il n'y avait pas de pièce close capable de retenir longtemps Chandelle.

Kantz passa l'après-midi et la soirée dans la salle qui jouxtait sa chambre, à l'étage.

Heide, qui n'y avait pas accès, l'appelait sa « chambre de sorcier » pour l'avoir vue une fois. Ce n'était pas la pièce la plus spacieuse ni la plus confortable de la maison, mais le chevalier en avait fait son refuge. Large et profonde de quelques mètres à peine, assez haute toutefois, elle n'avait qu'une fenêtre en vitrail qu'encadraient les rayonnages tapissant tout le mur du fond. Les autres murs disparaissaient sous de lourdes tentures pourpres qui masquaient la porte et donnaient l'impression d'un lieu hors du monde, parfaitement clos, que l'on ne pouvait quitter et que rien ne pouvait atteindre. Un prie-Dieu en ébène, un fauteuil, un lutrin et une table toujours encombrée de papiers et de livres ouverts meublaient l'endroit. Sur le lutrin était posé, fermé, un lourd et mystérieux in-folio à couverture de cuir et fermoir d'argent. Luxe énorme, la pièce avait une cheminée dans laquelle Kantz s'empressa d'allumer quelques bûches avant de s'agenouiller sur le prie-Dieu.

Il y avait longtemps que le chevalier ne fréquentait plus les églises. Pour autant, une foi sincère l'habitait. Elle gouvernait sa vie intime et motivait la croisade solitaire qu'il menait contre l'Ombre ; elle était aussi l'arme et le bouclier dont il usait pour combattre ses ennemis d'outre-monde. Loin des prêtres et des doctrines, loin de tous les fanatismes, Kantz croyait avec force et quiétude. Dans le secret de son âme, Dieu lui était une évidence aussi limpide qu'implacable, une certitude impérieuse et paisible qui emplissait son être comme la sève irrigue le bois. Lorsqu'il priait, Kantz se recueillait surtout. Les mots importaient peu. Il méditait et s'efforçait humblement, patiemment, au terme d'un cheminement spirituel qui exigeait autant de calme que de rigueur, d'épurer sa conscience des scories de ce monde pour l'offrir tout entière à l'illumination divine.

Rien n'y fit cependant, en ce début d'après-midi. Malgré ses efforts, Kantz ne réussit pas même à trouver un semblant de paix intérieure. Le contrôle de ses pensées lui échappait et, sans cesse, l'attitude de Heide à l'égard de Zacharios lui revenait en mémoire. Que ressentait-elle exactement ? Crainte, mépris, haine ? Un peu de tout cela, sans doute.

Les peuples fabuleux – ainsi les nommait-on encore – étaient pourtant connus depuis des millénaires. Certains, comme les faunes et les centaures, avaient leurs racines dans la Grèce antique ; quelques-uns étaient droit issus de l'imaginaire celtique : les fées, les Nains, les ogres, et jusqu'au dragon de Wielstadt. Les contes médiévaux avaient également engendré des créatures merveilleuses – telles les licornes que l'on pouvait parfois surprendre à la faveur d'un beau clair de lune en forêt – et de grands voyageurs affirmaient qu'il existait en Orient, au-delà de la Sublime Porte, des djinns et des lions ailés. Tous ces êtres, et d'autres peut-être, avaient survécu aux temps immémoriaux de leur légende. En Europe cependant, on avait longtemps cru que les races extraordinaires de la mythologie gréco-romaine s'étaient éteintes – elles reparurent néanmoins pendant la Renaissance, tandis que l'Europe se prenait de passion pour l'Antiquité. Quant aux peuples fabuleux des terres celtes, ils ne disparurent jamais tout à fait, mais déclinèrent à mesure que s'étendait l'Empire romain d'abord, la chrétienté ensuite : il n'y eut bientôt plus que les confins de l'Irlande et de l'Ecosse pour les abriter.

De tous, les faunes et les centaures se mêlèrent le plus aux hommes. Cela n'alla pas sans heurts et, après quelques siècles, les nations européennes considéraient l'ensemble des peuples fabuleux comme elles considéraient les Juifs – c'est-à-dire, dans le meilleur des cas, avec un mépris discriminatoire qui passait pour de la tolérance. (Cela était moins vrai à

Wielstadt, car on s'émeut peu de cohabiter avec un petit être à jambes de bouc quand un dragon plane au-dessus des toits.) L'Eglise, à son corps défendant, dut prendre parti. Toujours prudente, elle réunit un synode qui discuta longtemps. Ceux qui n'étaient pas des hommes étaient-ils néanmoins des créatures de Dieu ? A l'évidence, puisque rien n'advient hors la volonté du Très-Haut. Avaient-ils une âme ? Cela restait à voir, mais peut-être que oui après tout. Comment étaient-ils apparus sur Terre ? Délicat problème… Dans la Bible, il était bien fait mention d'anges qui s'étaient jadis unis à des mortelles et avaient engendré une race de géants[1]. Les faunes – pour ne citer qu'eux – étaient-ils nés de ces amours ? L'hypothèse fut admise, bien qu'elle n'expliquât pas comment les peuples fabuleux avaient survécu au Déluge. On en débattait encore, de même que l'on débattait toujours de la véritable nature des anges. Partout, cependant, les peuples mythologiques avaient contre eux d'être différents, monstrueux, et méconnus. Du fait de leur ressemblance avec l'apparence supposée du diable au sabbat, les faunes étaient plus particulièrement haïs. Et cela avait souvent suffi à motiver les fanatiques catholiques ou protestants qui, au nom de Dieu, ne rêvaient que de lynchages et de bûchers.

Kantz doutait que Heide soit capable de pareilles horreurs, ni de les approuver. Elle était plutôt pénétrée de ce racisme ordinaire, diffus, discrètement éprouvé dans le confort aveugle des préjugés. Et pourtant… Et pourtant elle était une brave femme, songeait le chevalier. Une âme généreuse, douce et bienveillante que l'on ne pouvait, que l'on ne devait juger à la seule aune de sa part d'ombre. Lui serait-il pardonné, au dernier jour ? Et lui, Kantz, devait-il passer outre au prétexte que la balance des bontés penchait largement en la faveur de Heide ? Où commence l'indulgence coupable, quand la faute est chez ceux que l'on aime ?

Trop préoccupé pour prier, Kantz ressentit le besoin de s'occuper les mains. Il commença par ranger les livres et papiers qui encombraient la table, vérifia l'ordonnance parfaite de la bibliothèque, tourna en rond, puis eut l'idée d'aller chercher une paire de pistolets dans le coffre de sa chambre. Il s'installa près du feu et entreprit de les nettoyer.

Les pistolets étaient l'apanage des cavaliers. Déjà légers et assez maniables, ils étaient tout de même longs comme l'avant-bras et de là venait qu'on les transportait plus volontiers dans les fontes d'une selle qu'à sa ceinture. De belle facture allemande, ceux de Kantz étaient des pistolets « à rouet », un mécanisme de mise à feu par friction d'une pyrite

1. Genèse (VI, 1-4).

de fer qui tendait à remplacer l'ancien système à mèche. Le rouet était une petite roue striée mue sur son axe par un ressort que l'on remontait à l'aide d'une clef. Une fois le pistolet chargé par le canon, il convenait de rabattre le chien mordant la pyrite sur le bassinet rempli de pulvérin – ou poudre d'amorce. L'action du doigt sur la détente libérait le ressort du rouet. En frottant contre la pyrite, la roue striée produisait une gerbe d'étincelles qui enflammait le pulvérin. La flamme se transmettait à la poudre noire dans le canon, et le coup partait. A moins de faire long feu, ce qui n'était pas rare.

Chaque coup tiré exigeait donc une fastidieuse et minutieuse préparation. Trop de poudre et le pistolet risquait d'exploser ; trop peu de pulvérin et celui-ci se consumait sans plus d'effet. On commençait par introduire une dose de poudre noire dans le canon, puis la balle, puis la bourre qui empêchait le tout de s'échapper ; on emplissait le bassinet de la dose idoine de poudre d'amorce ; enfin, on remontait le mécanisme. Il était prudent d'attendre le dernier moment pour baisser le chien au contact du bassinet, car un choc ou un geste malencontreux pouvait toujours libérer le ressort et provoquer une catastrophe. N'empêche, le système était sûr. Mieux, les armes à rouet présentaient l'avantage de pouvoir être préparées longtemps avant de servir – un couvercle retenant la poudre d'amorce dans le bassinet. Ce n'était pas le cas des armes à mèche, ainsi nommées parce que leur mise à feu se faisait par le contact d'une mèche ardente avec le pulvérin. La mèche, à combustion lente, devait être allumée par avance. Elle ne demandait en outre qu'à s'éteindre, surtout sous la pluie, et elle constituait un point rougeoyant à peine repérable dans la nuit.

A rouet ou à mèche, cependant, les armes à feu du XVIIe siècle n'étaient pas d'un emploi facile. En achevant de nettoyer le deuxième pistolet, Kantz se remémora comment Jacob Huyghens, chez la veuve Gebücher, avait armé le sien avec une aisance déconcertante. Or seuls les aristocrates et les soldats étaient entraînés au maniement des armes. Le jeune homme était roturier, il avait donc appris ce qu'il savait à la guerre. Quelle guerre ? Celle de la révolte des princes protestants de Bohême, sans doute. Car Jacob était luthérien et, à la réflexion, personne ne l'avait croisé à Wielstadt depuis au moins un mois, jusqu'à ces derniers jours. Avait-il combattu ? Etait-il à la Montagne Blanche ? Cette idée troubla le chevalier car elle donnait chair à un conflit lointain et déjà révolu. Vivre à Wielstadt, c'était un peu vivre hors du monde – du moins y avait-on ce sentiment. Le cas de Jacob montrait que les remparts de la cité étaient plus perméables qu'il ne semblait aux événements du dehors. Combien l'avaient imité, parmi ses coreligionnaires ? Combien de *Wielstadter* protestants avaient rejoint les rangs de l'Union évangélique ? Et combien s'en étaient retournés amers et vaincus ? La guerre pouvait épargner Wielstadt sans épargner ses habitants. Tôt ou tard, les conséquences politiques et religieuses du désastre de la Montagne Blanche se feraient sentir en les murs.

Kantz rangea ses pistolets et constata qu'il avait enfin recouvré le calme propice à la prière. L'après-midi finissait ; le jour baissait déjà. Le chevalier lut quelques pages de sa bible latine, puis il s'agenouilla sur son prie-Dieu et ne s'en releva qu'à la nuit noire. Dans la cheminée, il n'y avait plus que des braises.

Il se coucha sans dîner et, au moment de s'endormir, un passage de l'Ecclésiaste lui revint en mémoire, comme une devise qu'il s'était appropriée :

« Et j'ai trouvé les morts qui sont déjà morts plus heureux que les vivants qui sont encore vivants, et plus heureux que les uns et les autres celui qui n'a point encore existé et qui n'a pas vu les mauvaises actions qui se commettent sous le soleil[1]. »

1. Ecclésiaste (IV, 2-3).

11

En revenant à la vie, la première chose que vit Horst Klieb fut la voûte romane qui coiffait la crypte. Dans la même seconde, le souvenir de sa mort lui vint : l'explosion de lave dans ses entrailles, le regard moqueur de Widauer, le gouffre ouvert sur le néant quand tout s'efface, la rumeur lointaine des chants célestes, la fureur haineuse qui emplit son être et interrompt la chute, la brève errance entre deux mondes, puis la Voix, la Voix qui l'appelle et l'attire.

Klieb était couché sur ce qui lui semblait être une table de grès – le plateau d'une tombe en réalité. Il redressa le torse, pivota pour s'asseoir jambes pendantes, se laissa lentement tomber sur le sol comme un convalescent quitte le lit après longtemps. Il ne sentit pas le contact glacial des dalles de pierre sous ses pieds nus. Il ne sentait rien, en fait. Il était comme le marionnettiste intime de son corps. Faisait-il froid ? Peut-être. Avait-il froid ? Non. Ni faim, ni soif, d'ailleurs…

Il regarda alentour et découvrit d'autres tombes que la sienne, alignées deux par deux ; quelques-unes étaient encore logées dans des alcôves profondes. A une extrémité de crypte, un escalier montait ; à l'autre se trouvait un renfoncement ténébreux, protégé par une grille. D'une brume rampante et pourpre suintait une lueur crépusculaire. Des corps étaient allongés sur certaines tombes : six corps, six tombes. Ce ne pouvait être que ses compagnons d'armes. Comme lui, ils portaient encore les hardes qui les habillaient au moment de leur mort ; comme lui, les hommes de Widauer les avaient dépouillés de leurs bottes et de leurs armes avant d'abandonner les cadavres aux chiens errants, aux rats, aux corbeaux.

Du regard, Klieb chercha la grande et mince dépouille de Matteo. Elle était là, toute proche, sur la tombe voisine. Il s'approcha, ne remarqua pas aussitôt les ongles noirs, longs, aussi durs et tranchants que l'acier, qui avaient poussé aux mains décharnées du Vénitien. Il vit en revanche le teint cireux, les traits tirés et la peau parcheminée, les joues creuses et les pommettes saillantes. Il vit aussi les paupières purulentes, cousues par une ficelle encroûtée de sang et d'humeur visqueuse. Il vit enfin le glyphe gravé à la lame dans la chair du front.

Sans peur ni dégoût, le mercenaire caressa de l'index les paupières suppliciées de Matteo. Puis il toucha son propre visage, prudemment, du bout des doigts. Mais non, on ne lui avait pas infligé semblable traitement. Pour s'en convaincre, il cligna des yeux plusieurs fois et, bouche grande ouverte, fit jouer les muscles de sa mâchoire. Etrange… Pourquoi avait-il été épargné ? Etait-il le seul à vivre encore ? Par acquit de conscience, il fit le tour de ses cinq autres camarades : tous étaient figés dans la mort, tous avaient subi le martyre et la métamorphose morbide du Vénitien.

Avant même de l'entendre, Klieb sut qu'il était là. Saisi par une crainte respectueuse dont il se croyait incapable, il se tourna vers le petit escalier que descendait l'homme en manteau noir. Il comprit qu'il était le Maître dès qu'il le vit, et s'inclina.

« Tu te nommes Horst Klieb, dit le Maître dont les cheveux gris cendre tombaient sur les épaules. Je sais que tu aspires à te venger de ceux qui t'ont trahi et tué. Je le permettrai un jour. Avant, tu dois me servir. Suis-moi. »

Le Maître tourna les talons et Klieb, docile et furieux, s'empressa de le rejoindre.

Après l'escalier, on arrivait dans une église laissée à l'abandon et pleine d'ombre, qu'ils traversèrent vivement. Les vitraux, cassés ou ternis, laissaient deviner un ciel nocturne encombré de nuages.

Sur le perron, devant le carrefour de trois rues enneigées, le Maître s'immobilisa et dit :

« Nul ne vient plus dans cette église depuis que la paroisse fut abandonnée aux protestants. Sa crypte est désormais ton refuge, et celui de tes compagnons qui reviendront bientôt à la vie. Tu ne devras jamais la quitter sans mon ordre. »

Il tendit le bras et désigna un vague amas de ruines calcinées, adossé au mur d'un cimetière dont on distinguait à peine l'étendue.

« C'est là, parmi ces ruines, qu'on laissa vos dépouilles. Et au-delà, tu vois le cimetière des Anges-Aveugles. Tes frères, si je le permets, pourront s'y repaître de chairs mortes quand vous m'aurez bien servi. »

Klieb ne put masquer son étonnement.

« Tu m'as bien entendu. Mais tu ne te découvriras jamais semblables appétits. Oublie qui furent tes compagnons : ils ne seront bientôt plus que des créatures serviles et féroces. Ils n'ont plus âme ni être. Je t'ai voulu autre, et de là vient que tu penses. De là vient aussi que tu te souviens. »

Tandis que le Maître repartait d'un bon pas, le mercenaire jeta plusieurs coups d'œil à l'église et à son cimetière. Une force sourde faisait qu'il rechignait à s'en éloigner. Mais le Maître ne traînait pas et Klieb dut passer outre son appréhension pour le suivre.

Au détour d'une rue, il songea au nom que l'on avait donné au cimetière. En même temps, il eut une pensée pour les créatures aux paupières cousues qui attendaient de renaître dans la crypte.

Les Anges-Aveugles…

Klieb souriait.

Le Maître ouvrant la marche, ils cheminèrent par des rues désertes et obscures, gagnèrent un quartier bâti sur une hauteur de Wielstadt, et pénétrèrent dans un vaste hôtel particulier. Nul ne vivait plus ici et le Maître y était chez lui.

Il conduisit Klieb dans une salle d'armes poussiéreuse où le mercenaire put trouver, dans un coffre oublié, un vieux ceinturon auquel pendaient un fourreau et une rapière d'assez belle facture. A l'étage, une armoire contenait encore quelques effets de chasse, dont un chapeau, un manteau, une dague, une paire de bottes.

Klieb armé et habillé de pied en cap, le Maître voulut qu'ils sortent. Ils s'enfoncèrent de nouveau dans la cité endormie, jusqu'à la demeure d'un libraire qui avait sa boutique au rez-de-chaussée. Ils entrèrent par le jardin, le mercenaire enfonçant la porte d'un coup d'épaule. Il ne jouissait pas d'une force extraordinaire mais ni la douleur, ni la peur de se briser les os ne le retenaient désormais.

Ce qu'il fit subir au libraire terrifié et implorant, Klieb l'avait déjà infligé à plusieurs au cours de sa longue carrière de pillard et de soldat. Mais pour la première fois, c'était la volonté, la démence et la cruauté d'un autre qu'il exprimait.

Moins que bourreau, il était l'instrument du supplice.

Et il ne prit jamais un tel plaisir à faire souffrir.

12

C'était l'un de ces après-midi d'hiver que la grisaille et le froid écrasent de tristesse. Un ciel bas coiffait Wielstadt comme un couvercle d'ardoise. Dans les rues, les gens allaient d'un pas vif, le regard fixe et vague, les joues mordues par la bise.

Hannelore était du nombre. Recroquevillée dans un manteau à capuche, elle se hâtait de rentrer en tenant contre elle un panier empli de provisions. Elle arrivait le nez baissé et cherchait les clefs accrochées à sa ceinture lorsqu'elle manqua de heurter Kantz.

« Monsieur le Chevalier ? » s'étonna la femme de chambre.

Elle avait pâli en découvrant le chevalier sur le seuil.

« Bonjour, Hannelore.

— Bonjour, Monsieur le Chevalier.

— Je venais présenter mes hommages à madame Gebücher et m'assurer de sa bonne santé. Malheureusement, j'ai trouvé porte close.

— Ah !… C'est-à-dire que… ma maîtresse n'est pas céans.

— Elle est sortie ? Il m'a pourtant bien semblé l'apercevoir qui m'épiait depuis une fenêtre… »

La remarque fit mouche : Hannelore perdit le peu de contenance qui lui restait.

« Je veux dire que… qu'elle se repose et ne reçoit pas de visite.

— Je suis sûr qu'elle fera une exception pour moi.

— Mais elle dort !

— Eh bien, j'attendrai qu'elle s'éveille. »

Un souffle glacial balaya la rue et les saisit. Devant le chevalier qui lui souriait, la jeune fille comprit qu'il ne décamperait pas. Elle posa son panier, trouva ses clefs sous son manteau, déverrouilla la porte et fit mine d'entrer seule en disant :

« Je vais m'assurer que ma maîtresse peut vous recevoir. »

Elle allait refermer sur Kantz quand il la prit de vitesse et se glissa à l'intérieur.

« Monsieur, je vous prie !…

— Mais tu oubliais ceci », fit-il en lui tendant le panier qu'elle avait laissé sur le seuil.

Dans la grande pièce avec cheminée, Kantz balaya le décor d'un long regard circulaire. Un décor familier, même s'il ne l'avait vu qu'à la nuit noire – la présence de l'Ombre, cependant, ne s'y faisait plus sentir. Il s'approcha du feu, écarta les pans de sa cape, ôta son chapeau et ses gants.

Hannelore ne le quittait pas des yeux et se tordait les mains.

« Me diras-tu ce qui se passe ici ?

— Je vous supplie de parler moins fort, Monsieur le Chevalier ! Si ma maîtresse vous entend, elle me fera battre pour vous avoir permis d'entrer.

— Que me chantes-tu là ?

— C'est la vérité, Monsieur ! Ma maîtresse, qui est fort pieuse, veut vous interdire sa maison. »

Kantz soupira et reprit plus bas :

« La belle gratitude… Ai-je tort de deviner que le confesseur de madame Gebücher est pour beaucoup dans cette décision ? » Hannelore baissa le regard. « Non, bien sûr… La peste soit du prêtre ! »

La servante tressaillit et se signa.

« Et qu'a dit le curé à ta maîtresse pour qu'elle me ferme généreusement sa porte ? reprit Kantz.

— Je ne sais, mentit Hannelore.

— Je crois, moi, que tu le sais fort bien. »

Elle hésita. Il l'encouragea du regard.

« Il dit qu'une chrétienne met son âme en grand péril à vous fréquenter… »

Le chevalier comprit alors qu'il l'effrayait plus qu'elle ne craignait la colère de sa maîtresse. Hannelore voyait en lui comme une promesse de damnation éternelle.

« Je ne suis pas le Diable, dit-il d'une voix douce. Crois-tu que je sois le Diable ? »

Elle ne pipa mot.

« Si j'étais le Diable, aurais-je secouru ta maîtresse ?

— Non », reconnut-elle à contrecœur.

Il s'était doucement approché d'elle, doucement, comme un chat.

« Je ne veux que son bien et le tien. Il te faut comprendre que la créature qui hantait cette maison se serait repue de ton âme après avoir pris celle de ta maîtresse. »

Elle eut un geste d'effroi à cette idée. Il lui prit les mains – elles étaient glacées – et trouva son regard.

« A présent, je dois m'assurer que ce mauvais génie est à jamais banni et, surtout, je dois comprendre comment il arriva ici. Si je te promets que ta maîtresse n'en saura jamais rien, veux-tu m'aider ? Il te suffira de répondre à mes questions. »

Elle acquiesça, soumise.

« Bien. Alors assieds-toi, Hannelore. »

Il suffit de quelques questions à Kantz pour apprendre que la veuve Gebücher consultait un astrologue. Cela n'avait rien d'exceptionnel ni de particulièrement sulfureux, mais le chevalier fut pris d'une intuition.

« Un astrologue, dis-tu ? Accompagnes-tu ta maîtresse lors de ses visites ?

— Non, Monsieur.

— En ce cas, elle pourrait tout aussi bien se rendre ailleurs sans que tu le saches…

— Non pas, Monsieur. Car elle revient de chaque visite avec une grande feuille de beau papier où son zodiaque est tracé avec encore moult dessins et écritures auxquels je ne comprends goutte. Mais ma maîtresse sait les lire, elle.

— Remise-t-elle ces papiers ?

— Oui. Et fort précieusement. »

Kantz demanda à voir les documents ; Hannelore les lui apporta.

Il les lut, s'intéressa plus particulièrement au dernier en date…

Et comprit.

Udo Limm, astrologue et prétendu mage, était un petit homme chauve au visage anguleux. Il portait ce jour-là une robe noire à galons d'or ; une calotte en velours coiffait son crâne nu.

Dans son cabinet tendu de pourpre qu'éclairait une étroite fenêtre cruciforme, Limm comptait la recette de la veille. Assis à une table encombrée de calculs abscons, de traités d'astronomie, de calendriers astrologiques et autres éphémérides, il empilait devant lui thalers d'argent et menue monnaie. Les affaires allaient bien, surtout depuis qu'il avait agrémenté ses prédictions de travaux magiques. Ainsi, il ne se contentait plus de dire l'avenir de ses clients, il se mêlait à présent de l'infléchir en appelant sur qui payait la protection de bons génies.

Limm achevait ses comptes lorsqu'il entendit une bousculade dans le couloir. Il se leva, intrigué…

« Bonjour, Monsieur. Que puis-je… »

Le valet – un grand maigre aux cheveux gras – n'acheva pas : une poigne terrible venait de le saisir à la gorge et, pour entrer, celui qui lui serrait la trachée l'obligeait à reculer.

« Ton maître, fit Kantz d'une voix froide et terrible. Où est-il ? »

Etouffant déjà, le visage congestionné, le valet désigna l'escalier qui montait derrière lui. La maison était petite, Kantz trouverait bien tout seul. Il jeta contre un mur le valet qui tomba assis, étourdi.

Kantz avança et croisa le regard d'une servante qui entrait dans le couloir. Surprise, elle laissa tomber la vaisselle qu'elle portait, tandis que le chevalier grimpait déjà les premières marches. La femme appela. Un second valet, armé d'un bâton plombé, rattrapa Kantz au milieu de l'escalier. Sans se retourner, sans même marquer le pas, Kantz lui envoya un coup de coude en aveugle. Un craquement d'os. Frappé en plein visage, l'autre dégringola l'escalier.

Le chevalier arriva à l'étage au moment où Udo Limm passait la tête par une porte entrouverte. L'astrologue recula aussitôt. Kantz poussa la porte, entra, referma en donnant un tour de clef. Il prit alors le temps d'inspecter la pièce et sa fenêtre cruciforme. Udo Limm s'était réfugié derrière son bureau. A deux mains, tremblant, il braquait un pistolet sur l'intrus.

« Avancez et je tire ! »

Comme invincible, Kantz se figea dans la ligne de tir.

« Le chien », dit-il.

Le petit homme ne comprit pas.

« Il faut baisser le chien », précisa Kantz.

Limm vit le chien dressé. Il s'empressa de le rabattre mais, fébrile, appuya aussi sur la détente. Le pulvérin s'embrasa, le coup partit, la balle se perdit dans un mur. Avec un petit cri, l'astrologue laissa échapper le pistolet.

« A nous deux », lâcha Kantz.

Pâle, défait, Udo Limm recula, renversa son fauteuil, manqua de tomber en butant des mollets contre le siège.

« Qui… Qui êtes-vous ?… Que voulez-vous ? »

Il se retrouva dos au mur tandis que l'autre approchait sans hâte, l'œil assassin.

« Prenez l'argent !… Prenez… prenez tout ! Mais ne me faites pas de mal. Je vous en supplie !

— Je m'appelle Kantz », annonça le chevalier en s'arrêtant devant la table.

L'astrologue lui adressa un regard aussi inquiet qu'intrigué.

« Nous… Nous connaissons-nous ?

— Je te connais. Je sais qui tu es et le mal que tu peux faire.

— Je ne fais de mal à personne ! Je suis astrologue. Je…

— Reconnais-tu cela ? l'interrompit Kantz en jetant sur la table une large feuille de papier pliée en quatre.

— Qu'est-ce que c'est ? demanda l'autre.

— Prends et regarde. »

Limm obéit.

« C'est mon ouvrage, reconnut-il. C'est le dernier zodiaque d'une de mes clientes mais je ne vois pas ce que… »

Il n'acheva pas car on appelait et tambourinait à la porte. Il hurla :

« AU GUET ! AU GUET ! A MOI, LE GUET ! »

Les cris et coups cessèrent. Des conversations chuchotées arrivèrent aux oreilles du chevalier, puis le bruit de pas pressés qui s'éloignaient et dévalaient l'escalier.

« Les archers arriveront trop tard… Et ta porte est solide. »

L'astrologue crut voir un éclair pourpre traverser le regard gris de Kantz. Effaré, il tomba à genoux et fit le signe de croix. Avant qu'il ne commence à prier, Kantz lui dit :

« Tu as voulu appeler sur la veuve Gebücher la protection d'une Intelligence favorable. »

Il se tut. Le petit homme comprit qu'il devait répondre.

« Oui. Je…

— Alors tu as voulu trouver, grâce aux clefs de la kabbale, le nom et le chiffre sacré de l'ange associé au jour de la naissance de la veuve Gebücher. Tu as ensuite pratiqué un rituel d'appel. »

Un silence. Udo Limm acquiesça.

« Mais tu as failli, astrologue.

— Failli ?…

— Tu n'as pas permis le passage d'une Intelligence du Royaume, mais de l'Ombre.

— C'est impossible ! se défendit Limm. J'ai… »

Furieux, Kantz écarta brutalement la lourde table qui séparait les deux hommes. Par réflexe, l'autre se protégea le visage du coude. Lorsqu'il osa à nouveau regarder, Kantz était presque collé à lui. Il le dominait de toute sa hauteur.

« Pitié ! gémit Limm…

— Que ne t'inquiètes-tu pas plutôt du sort de la veuve Gebücher !

— Est-elle… ?

— Non. Elle est sauve.

— Dieu soit loué !

— Et maudit sois-tu.

— Je ne savais pas ! Je croyais… Je vais me racheter ! Je trouverai quelle erreur j'ai pu commettre et je…

— Non. Tu en as bien assez fait. Au contraire, je suis venu obtenir de toi l'assurance que tu ne te mêleras plus d'user des mystères de la kabbale. »

Tout à son soulagement de comprendre enfin ce qu'on lui voulait, l'astrologue ne put retenir un pâle sourire.

« Soit, dit-il avec un empressement fébrile.

— Tu ne me comprends pas, fit Kantz en ôtant lentement le gant de sa main gauche. Je veux que tu le jures.

— Je vous le jure.

— Non. Je veux que tu le jures avec ferveur et raison. Je veux pouvoir te croire.

— Mais que… ? » Kantz saisit Limm à la gorge et lui plaqua la paume de sa main gauche sur le front. « Que faites-vous ? Mon Dieu, que faites-vous ?

— Jure. »

Une lueur rouge parut d'entre la main du chevalier et le front de l'astrologue.

« Jure, répéta Kantz.

— Que faites-vous ? Pitié ! Je me repens, je me repens ! »

Limm sentit une chaleur lui envahir tout le crâne. Ses yeux épouvantés s'embuèrent de larmes.

« Jure.

— Je le jure ! »

Il étouffait presque, gesticulait en vain. Il était tout autant le prisonnier d'une poigne terrible que d'une volonté implacable.

« Jure ! »

L'astrologue roulait des yeux énormes. Il tentait d'apercevoir le supplice infligé à son front. Il ne ressentait encore aucune douleur mais il la devinait proche et affreuse.

« Jure ! »

L'air lui manquait. Il entendit comme un grésillement. Une ignoble odeur de chair brûlée se répandit : l'odeur de sa chair. Tremblant d'épouvante, il éclata en sanglots et fit sous lui.

« Pitié ! Pitié ! »

Mais Kantz ne lâcha pas prise.

« Jure, astrologue !

— Je le jure ! Par le Christ, cessez ! Je le jure !

— JURE ! JURE DE TOUTES TES FORCES ! JURE DE TOUTE TON ÂME ! »

Limm pleurait comme un enfant. Des bulles de morve lui vinrent aux narines. Il s'égosilla :

« JE LE JURE ! DEVANT DIEU ET LES HOMMES ! JE LE JURE ! JE LE JURE ! JE LE JURE ! PAR PITIÉ, JE LE JURE !

— ENCORE !

— JE LE JURE ! PAR LE CHRIST ! JE LE JURE SUR LA BIBLE ! JE LE JURE SUR MA VIE ! JE LE JURE, JE LE JURE, JE LE JURE !... »

Il acheva dans un râle et Kantz ôta sa main du front de l'astrologue : des lignes de cendre y reproduisaient en négatif le pentacle qu'il avait tatoué sur la paume.

« Je te crois, dit-il. Que Dieu ait pitié de toi. »

Il souffla sur les cendres qui s'envolèrent en dévoilant une peau intacte et rose. Puis il lâcha la gorge de sa victime et Limm s'effondra, sanglotant toujours.

Au même instant, la porte fut enfoncée.

Aux quatre sergents de ville qui entraient, Kantz fit sereinement savoir qu'il les suivrait où ils voudraient.

13

Kantz fut d'abord conduit au poste de garde de la porte la plus proche. On l'y enferma dans une pièce basse, en entresol, dont la lucarne donnait au ras de la chaussée pavée qui perçait le mur d'enceinte. Le défilé allant et venant des hommes, bêtes et véhicules était permanent. Les éclats de voix, le martèlement des sabots, le grincement des roues et le gémissement des essieux résonnant sous la voûte emplissaient la cellule d'un vacarme confus. Kantz prit son mal en patience et attendit.

Il patienta deux bonnes heures.

Son cas posait problème au guet et il le savait. Il était d'abord gentilhomme, ce qui – dans une large mesure – le plaçait au-dessus des lois. Ensuite il était Kantz, c'est-à-dire un homme dont la renommée inspirait une crainte superstitieuse. La rumeur publique lui prêtait de terribles pouvoirs et de mystérieux protecteurs. Ce dernier fantasme, surtout, le protégeait.

Car les tribunaux d'alors jugeaient les faits à l'aune de la respectabilité des parties en présence. Sans pitié pour le miséreux qui volait un pain, ils ne trouvaient rien à redire quand un aristocrate faisait battre un commerçant trop pressé de présenter la note. Peu importait que la plainte soit légitime : le droit s'effaçait toujours devant les considérations sociales et il était dans l'ordre des choses que les grands se fassent justice eux-mêmes. Or le rang d'un individu dépendait non seulement de sa naissance et de sa fortune, mais aussi de ses appuis. L'impunité dont bénéficiait un puissant seigneur rejaillissait ainsi volontiers sur ceux qui le servaient. En revanche, pour qui était pauvre et roturier, ne connaître personne équivalait à n'être personne. Et, à la moindre incartade, on avait tôt fait de pendre à une corde, ou de croupir dans un cul-de-basse-fosse où nul ne songerait à jeter un œil avant longtemps.

Kantz, lui, ne risquait rien de tel. Quand bien même il ne pouvait se prévaloir de la protection de quiconque, il avait des amis, des domestiques qui s'inquiéteraient de son absence, voudraient savoir où le trouver et mettraient tout en œuvre pour obtenir sa libération. Si les choses allaient jusque-là, du moins. En son for intérieur, Kantz doutait d'être réellement inquiété par la justice. Après tout, il n'avait rien fait que malmener deux valets et terroriser un parvenu sans conscience. On ne cherchait pas noise à un gentilhomme pour cela.

Enroulé dans son manteau, le chapeau sur les yeux, Kantz somnolait lorsque deux archers entrèrent – il y avait longtemps que les hommes du guet avaient troqué l'arc contre le mousquet, mais le terme était resté. Kantz crut qu'on venait le libérer : il se trompait. L'un des archers lui signifia qu'il était toujours en état d'arrestation et demanda son épée. Le chevalier indiqua qu'il ne la remettrait qu'au prévôt ou à son lieutenant, le sieur Rainer von Regenhalt, qu'il connaissait. N'importe quel officier ferait également l'affaire, pourvu qu'il soit bien né. Les archers hésitèrent mais n'insistèrent pas : ils savaient qu'il est déshonorant pour un gentilhomme de confier son épée à quiconque n'est pas de son rang. Consulté à la sauvette, un exempt trouva la solution : le chevalier pourrait garder sa rapière contre la promesse qu'il ne tenterait rien contre ses gardiens. Kantz s'y engagea sur l'honneur et sortit bientôt, encadré par les deux archers.

Le jour déclinait, comme chassé par le vent du nord, et les rues se vidaient à mesure que s'allongeaient les ombres du crépuscule. Les commerçants rangeaient leurs étals avant de fermer boutique. Les clochers des églises sonnaient la fin des vêpres tandis que les fidèles se pressaient de rentrer. On pouvait voir la silhouette du dragon sillonnant le ciel incendié.

Confiants en sa parole et sans doute peu désireux de froisser sa susceptibilité, les archers ne serraient pas le chevalier de trop près. Ils donnaient ainsi l'impression de l'escorter, et non de le conduire. Kantz avait demandé où on allait. Il s'y rendait sans manifester d'émotion particulière, même s'il savait désormais qu'il passerait la nuit en prison. Au détour d'une rue, des miliciens qui commençaient leur ronde crurent reconnaître en lui un officier accompagné de deux de ses hommes. Ils le saluèrent respectueusement.

En plus du guet, des milices bourgeoises avaient la charge d'assurer la sécurité des *Wielstadter.* Chaque quartier recrutait la sienne parmi ses habitants, et tous les hommes valides en âge de porter les armes y servaient à tour de rôle. Les aristocrates et les religieux étaient exemptés, les riches payaient des doublures, mais la majorité n'échappait pas à la corvée des patrouilles. Armés d'antiques arquebuses qu'ils savaient à peine manier, engoncés dans des plastrons d'acier qui les meurtrissaient, les miliciens étaient célèbres pour le maigre zèle dont ils faisaient preuve – surtout la nuit venue. Le courage manquait volontiers à ces pères de famille qui ne désiraient rien moins que prendre un mauvais coup. Si elle n'inquiétait guère les truands, la milice suffisait néanmoins à faire respecter le couvre-feu, à chasser les mendiants, à raccompagner les ivrognes, à décourager les vandales et à guetter les débuts d'incendie. Ses pouvoirs de police étant minces, on ne lui en demandait guère plus – elle n'avait pas le droit d'enquête, par exemple. D'ailleurs, la juridiction d'une milice ne s'étendait pas au-delà des limites administratives de son quartier.

Retenant un sourire, Kantz répondit d'un discret signe de tête au salut des miliciens. Il savait le peu d'estime que le guet avait pour la milice et ne voulait pas faire insulte à « ses » archers en paraissant apprécier – et entretenir – le quiproquo. En pure perte. A peine avaient-ils dépassé la patrouille que les deux sergents de ville encadraient ostensiblement le chevalier. Même s'ils le traitaient avec respect, même s'il allait sans entraves et l'épée au côté, Kantz était leur prisonnier. Il fallait être aveugle pour s'y tromper désormais.

Le guet était le nom que l'on donnait, depuis le Moyen Age, aux forces de police urbaines. Placé sous la responsabilité de l'appareil judiciaire, le guet de Wielstadt était un corps régulier de cent cavaliers presque tous centaures, et de deux cents fantassins – les fameux archers. S'y ajoutaient une trentaine d'exempts, c'est-à-dire d'enquêteurs en civil, et une pléthore d'employés de bureau, greffiers et autres huissiers. Un magistrat – le prévôt – dirigeait cette lourde et complexe administration. Il était assisté d'un lieutenant civil et, sur le terrain, d'un lieutenant criminel dont Kantz avait très tôt fait savoir qu'il le connaissait. Cela lui avait sans doute valu un surcroît d'égards.

Le guet avait son quartier général aux « Trois-tours », où l'on menait précisément le chevalier. Il s'agissait d'une forteresse qui défendait jadis une porte de la Wielstadt médiévale. Il ne restait rien de cette porte ni du rempart qu'elle perçait, si ce n'est qu'une rue en épousait maintenant le tracé. Depuis, la forteresse avait perdu son usage militaire pour être affectée à la police. Elle devait son nom à ses trois imposants bâtiments qui, entre des murs en pierre de taille, cernaient une large cour. Le premier donjon avait été abandonné à l'administratif ; le deuxième était une caserne. Le troisième était une prison avec cellules, oubliettes, salles de torture et même une pièce toujours fraîche où qui voulait venait – dans l'espoir d'identifier un disparu – examiner les cadavres anonymes ramassés sur le pavé ou tirés du Rhin[1].

On entrait aux Trois-tours par un portail à herse, double battant de chêne et pont-levis toujours baissé sur un tronçon de fossé. Après, la vaste cour semblait étroite tant les bâtiments et les murs qui la cernaient étaient hauts. Lorsque Kantz y pénétra, la nuit était tombée et des flambeaux l'éclairaient chichement. Çà et là, piétinant une neige sale mêlée de paille, des hommes étaient réunis autour de braseros rougeoyants ; d'autres allaient et venaient, affairés ou désœuvrés, en bottes ou souliers, en armes ou les bras chargés de paperasse. Kantz et ses anges gardiens durent s'écarter devant des cavaliers qui se rendaient en patrouille. Des hennissements venaient des écuries devant lesquelles discutaient quelques centaures plastronnés d'acier, leurs mousquets réunis en faisceaux à portée de main. Des marchands promenant leurs éventaires donnaient de la voix et proposaient du vin, de l'hypocras revigorant, des beignets, des petits pâtés à peine sortis du four et encore tièdes. Des prostituées rôdaient, nonchalantes et disponibles – leur commerce était interdit dans l'enceinte mais il y avait, derrière une remise en planches, un recoin où un regard entendu suffisait à les attirer. Sur les remparts, des flammes vacillantes jalonnaient le chemin de ronde qu'empruntaient des sentinelles dont le ciel nocturne camouflait les silhouettes lointaines.

Les archers menèrent Kantz jusqu'à la prison et, là, ils l'abandonnèrent aux bons soins d'un officier, d'un greffier et d'un geôlier. A l'officier, le chevalier remit son épée au fourreau ; il n'avait pas d'autres armes. Puis le greffier inscrivit son nom sur un registre et le geôlier lui fit grimper un étage avant de l'enfermer dans une cellule spacieuse, assez propre et aérée. C'était un privilège dont le plus étonnant était la gratuité. Dans les prisons de ce siècle, en effet, les conditions de détention variaient moins selon la gravité du délit que selon la capacité du prisonnier à payer pour sa nourriture et son logement. Kantz avait en poche de quoi s'offrir une cellule décente, mais il ne s'attendait pas à ce qu'elle lui soit gracieusement proposée. Rainer von Regenhalt, le lieutenant criminel dont il était l'ami, avait-il fait le nécessaire ? Peut-être. Restait le problème du repas.

Kantz appela le geôlier et paya pour qu'il lui commande un bon repas à la plus proche auberge. Il loua aussi les couvertures dont le lit était

1. A la même époque, à Paris, la prison du Châtelet avait une salle similaire mais on ne parlait pas encore de morgue, du verbe « morguer » signifiant « observer attentivement ».

dépourvu et acheta une plume, de l'encre et du papier. En attendant son dîner, il écrivit un mot à l'intention de Heide : il lui disait où il était et l'assurait qu'il serait bientôt rentré. Quand le geôlier revint avec la collation, Kantz lui remit encore quelques thalers et le chargea de faire porter la lettre à son domicile avant minuit. L'homme empocha l'argent et le pli. Comme son client semblait être en fonds, il lui proposa de faire monter une prostituée à son intention : elle serait accorte et saine, pourrait rester toute la nuit s'il voulait. Le chevalier refusa et, à la mine dépitée du geôlier, ne douta pas qu'il aurait pris un pourcentage sur les gages de la fille.

Il dîna assis sur son lit, s'endormit peu après et rêva d'une dame vêtue de rouge qui le mettait en garde dans une langue qu'il ne connaissait pas.

Le lendemain, mardi, en milieu de matinée, son geôlier vint chercher Kantz.

« Monsieur, vous êtes attendu. Si vous voulez bien me suivre… »

Il voulut bien, satisfait d'apprendre que l'on s'occupait enfin de son cas. Un greffier lui remit son épée – était-il libre ? – et, dans la cour de la forteresse, il découvrit un carrosse et une escorte de centaures en armes prêts à partir.

« S'il vous plaît, Monsieur le Chevalier… » fit un centaure en désignant la portière ouverte du carrosse.

Achevant de boucler son ceinturon, Kantz jugea inutile de demander où l'on allait. A l'évidence, on savait qui il était et la nouvelle de son arrestation était parvenue aux oreilles de qui de droit. Il embarqua.

Le trajet dura une vingtaine de minutes. Parce qu'il n'était pas homme à se tourmenter devant l'inéluctable, Kantz ne s'inquiéta pas de sa destination : il lui suffisait de vérifier, en soulevant l'un ou l'autre des rideaux qui bouchaient les fenêtres de la cabine, que l'on ne quittait pas Wielstadt. En revanche, il eut le loisir de songer au rêve de la nuit passée. Nul doute que la Dame en rouge lui était apparue. Une légende à laquelle il prêtait foi disait que la fameuse dame ne se manifestait qu'à la veille d'un grand danger encouru par la ville. En l'occurrence, c'était bien une mise en garde qu'elle semblait lui avoir adressée. Mais de quel ordre ? Contre quel péril ?

Et pourquoi lui ?

Le carrosse et son escorte s'arrêtèrent bientôt devant une ruelle trop étroite pour être empruntée par l'équipage. Kantz ne reconnut pas vraiment l'endroit, mais ils ne devaient être bien loin de la rue des Drapiers, dans le quartier des Etoffes. Un centaure lui ouvrit la portière et l'invita à descendre.

« Où sommes-nous ?

— Par ici, Monsieur le Chevalier. »

Kantz suivit le centaure jusqu'à une arrière-cour anonyme. La neige tombée dans la nuit était ici très piétinée, en particulier à mesure que l'on approchait d'une porte défoncée que gardait une sentinelle impassible. Parmi les traces de pas, des taches rosâtres attiraient l'œil.

« Je crois savoir où me rendre, à présent », fit le chevalier.

Le centaure salua et s'en retourna, le mousquet sur l'épaule. Avant d'aller plus avant, Kantz attendit d'entendre le carrosse et son escorte s'éloigner. Il en profita pour inspecter les environs, cherchant ce que d'autres auraient pu manquer, s'imprégnant de l'atmosphère du lieu, épiant l'Invisible.

Prévenu par l'archer en faction, un homme enjamba bientôt les débris de la porte. Il était grand, solidement bâti, le poil blond, la moustache fière. Il devait avoir à peine dépassé la trentaine. Botté, le chapeau à la main et l'épée au côté, il portait des vêtements de bonne coupe, en cuir et velours. On le devinait gentilhomme ; il était en outre officier. Issu de la petite noblesse rhénane, il se nommait von Regenhalt et avait titre de lieutenant criminel du prévôt.

Von Regenhalt trouva Kantz accroupi et frôlant du doigt l'empreinte d'un pied nu dans la neige. Un peu de sang dilué rosissait la marque.

« Qu'avez-vous trouvé ? demanda le lieutenant en approchant.

— Cette trace, fit le chevalier sans lever la tête. Et il y en a d'autres, moins visibles, qui entrent ou qui sortent. Cinq hommes. Peut-être plus… Mais qui peut aller nu-pieds dans la neige ?

— Des gueux. »

Kantz haussa les épaules. Certaines traces laissaient deviner des ongles particulièrement longs – on aurait pu parler de griffes, si les empreintes n'avaient été humaines.

« Peut-être… »

Il se leva, embrassa les lieux d'un regard circulaire. Durant une brève seconde, l'arrière-cour se fit plus sombre : l'ombre fugitive du dragon venait de la caresser. Ni Kantz, ni von Regenhalt n'y prirent garde, et le chevalier dit d'un ton badin :

« J'imagine que je vous dois d'avoir passé la nuit aux Trois-tours…

— Vous croyez ? » fit l'autre en souriant.

Kantz sourit à son tour. Ils se connaissaient depuis quelques années, assez en tout cas pour qu'il devine que von Regenhalt avait voulu lui donner une leçon amicale : on n'entrait pas impunément chez les gens pour les terroriser. Mais si von Regenhalt était responsable de son incarcération, c'était également lui qui avait veillé à ce que l'on donne au chevalier une cellule aussi agréable que possible.

Beau joueur, Kantz jugea qu'il s'en était tiré à bon compte.

« Me direz-vous les raisons de ma présence en ces lieux, Monsieur le Lieutenant du Prévôt ? Et tout d'abord, suis-je libre ?

— Aussi libre que vous l'étiez hier lorsque vous bousculâtes un certain astrologue qui, ce matin dès l'aube, avait déjà achevé de faire ses bagages. Pour le reste, entrons : vous comprendrez… »

A l'évidence, l'affaire « Udo Limm » était close.

Par la porte défoncée, ils entrèrent dans une cuisine glaciale puis dans une salle attenante où se trouvaient un vaisselier et une longue table entre quelques chaises. Les deux pièces étaient en bon ordre, propres, à l'exception des traces de pied sanglantes qui allaient en s'estompant vers la cour.

« Qui vivait ici ? demanda Kantz en employant d'instinct l'imparfait.

— Un bourgeois, sa famille et une servante. »

Ils échangèrent un regard entendu avant de passer dans un corridor. De là, on pouvait gagner la rue par une porte restée intacte et verrouillée ; sinon, un escalier droit menait au premier. Ils l'empruntèrent.

« La profession du bourgeois ? demanda encore Kantz.

— Tapissier.

— Riche ?

— Assez. »

Un homme du guet gardait les dernières marches. Kantz lui trouva mauvaise mine, un avis que partagea von Regenhalt.

« Allez prendre l'air, Hilsmann. Mais ne vous éloignez pas. »

L'archer remercia son supérieur d'un signe de tête et s'en fut, les jambes molles.

Une odeur de sang et d'entrailles flottait dans le couloir obscur qui desservait les quatre pièces de l'étage. Tout près de l'escalier, un cadavre baignait dans une flaque de sang poisseux. C'était celui d'une femme décoiffée, en chemise. Elle était allongée sur le ventre, la tête presque arrachée, les orbites vides et croûteuses, les fesses nues, les cuisses écartées.

« La domestique, dit von Regenhalt.

— Sa chambre ?

— Celle-ci. »

Le lieutenant désigna la porte au bout du couloir.

« Il semble qu'elle a voulu fuir par l'escalier, nota Kantz.
— Oui. »
Il s'accroupit.
Le dos, les flancs et le visage de la pauvre femme étaient lacérés. Elle paraissait jeune encore, et jolie. Par pudeur, Kantz rajusta la chemise déchirée et sanglante.
« Elle a été forcée, dit-il en se levant.
— Oui. Mais vivait-elle encore ?
— Qui sait ?… »
Ils enjambèrent le cadavre pour passer dans la première chambre. Deux corps égorgés et mutilés gisaient dans un grand lit gorgé de sang.
« Monsieur et Madame Odensen », annonça von Regenhalt.
Kantz avança. L'homme avait été éventré. Ses viscères pendaient jusqu'au sol. Son visage, comme celui de la femme, n'était plus qu'une bouillie coagulée ; on leur avait arraché les yeux. L'odeur, ici, était insupportable : l'odeur fade et entêtante des étals de boucher.
« Je ne suis pas certain de vouloir voir la chambre de l'enfant, lâcha Kantz.
— Des enfants, précisa le lieutenant. Quatre, six et sept ans. Tous massacrés dans le lit qu'ils partageaient.
— Mon Dieu !… »
Ils regagnèrent le couloir.
« Quand est-ce arrivé ? » demanda Kantz en s'appuyant contre un mur.
Il sentait une nausée l'envahir.
« Cette nuit, répondit von Regenhalt. Après minuit, puisqu'il a cessé de neiger à cette heure et que les traces dans la cour n'ont pas été recouvertes.
— Qui a prévenu ?
— Une voisine qui trouva ce matin la porte défoncée mais se garda bien d'entrer. »
Kantz lui lança un regard surpris.
« Dites-vous que nul ne donna l'alerte cette nuit ? Mais ces malheureux ont certainement hurlé tels des damnés !
— Nous pensons qu'ils ont été surpris dans leur sommeil.
— Ce n'est certes pas le cas de la servante ! J'ai peine à imaginer qu'elle n'ait pas appelé à l'aide quand ses assassins l'ont rattrapée près de l'escalier.
— Je suis comme vous. Et pourtant… »
Ils restèrent un instant silencieux, von Regenhalt abandonnant Kantz à une réflexion qu'il avait, lui, déjà menée.

Le chevalier désigna finalement une porte entrouverte.

« La chambre des enfants ?

— Oui.

— Et celle-ci ?

— Le cabinet particulier du tapissier. »

Kantz entra dans une petite pièce qui n'était plus qu'un chaos de meubles renversés, de feuillets épars, de livres de comptes jetés à terre et déchirés. Une bibliothèque était couchée sur les archives qu'elle avait contenues. Un grand coffre gisait béant près d'une chaise brisée et d'une table retournée les pieds en l'air. Les volets étaient clos mais le guet avait allumé quelques lampes.

« Il a soufflé un vent de tempête la nuit durant, songea tout haut Kantz. Cela peut avoir suffi à étouffer les cris des victimes… »

Von Regenhalt acquiesça depuis le seuil tandis que le chevalier enjambait le mobilier et foulait précautionneusement la paperasse. Kantz constata que les assassins avaient mis la pièce à sac après le massacre : les indices sanglants qu'ils avaient laissés partout ici en témoignaient.

« Les meurtriers cherchaient-ils quelque chose qu'ils tardèrent ou échouèrent à trouver ? s'enquit von Regenhalt.

— En ce cas, ils manquaient de méthode car ils s'y prirent bien mal. Mettre une salle en grand désordre est la pire des façons d'y trouver quoi que ce soit… Non, il me semble plutôt que ce lieu fit les frais d'une frénésie de destruction. »

Le chevalier se baissa pour ramasser un lourd volume qu'un pied poisseux de sang avait écrasé.

« Une bible », dit-il.

En se relevant, il surprit un reflet dans un petit miroir mural et se figea : le miroir venait de lui renvoyer l'image d'une face décharnée dont les paupières étaient cousues par une ficelle encroûtée de sang, dont le front arborait un glyphe gravé dans la peau. Un battement de cils, et Kantz contemplait son visage stupéfait.

« Qu'y a-t-il ? » demanda le lieutenant criminel du prévôt.

Circonspect, Kantz resta un instant immobile et silencieux.

« Chevalier ?

— Qu'attendez-vous de moi ? » demanda tout à trac le chevalier.

Von Regenhalt haussa les épaules.

« Je ne sais… Un avis, à tout le moins. Toute une famille fut ici massacrée et les meurtriers firent montre d'une barbarie aussi ignoble que vaine. Pourquoi ? Comment ? La maison est encore pleine de valeurs que des voleurs n'auraient pu manquer d'emporter : vaisselle, fourrures, bijoux, que sais-je encore ? Songez que nous avons trouvé sous le lit conjugal une cassette pleine d'or ! » Il soupira. « C'est à n'y rien comprendre.

— Si nous tentons de reconstituer les événements de cette funeste nuit, nous devinons que les meurtriers entrèrent et sortirent par la cour, qu'ils frappèrent leurs victimes encore endormies à l'exception de la servante qui voulut fuir. Ensuite, sans doute ont-ils mis à sac la pièce où nous sommes. Si l'appât du gain n'explique pas les meurtres, il faut croire qu'ils ne voulaient que tuer…

— Quels que fussent les motifs des assassins, leur cruauté dépasse l'entendement. Et comment expliquez-vous que pas un bruit, pas un cri ne put être entendu ?

— Etes-vous bien convaincu que les gens du voisinage n'ont rien entendu ? Ils pourraient avoir été trop effrayés pour agir et, à présent, ils cacheraient leur lâcheté par un mensonge…

— Non. J'ai le don de deviner les tromperies. On ne m'a pas menti.

— En ce cas, cet étrange silence est peut-être une des clefs de cette énigme. »

En massant du pouce la paume de sa main gantée, Kantz parcourut lentement la pièce du regard.

« M'aiderez-vous, chevalier ? demanda enfin von Regenhalt.

— Je ne connais rien aux affaires de police…

— Mais il ne s'agit pas ici que de basse police. Vous le devinez comme moi, n'est-ce pas ? »

14

Kantz rentra chez lui vers trois heures de l'après-midi, les joues râpeuses et l'estomac dans les talons. A peine refermait-il la porte sur la rue que Heide se précipitait à sa rencontre, la mine défaite.

« Heide ! Que se passe-t-il ?

— Que se passe-t-il ? répéta Heide, partagée entre la colère et le soulagement. Que se passe-t-il ? La belle question venant de vous ! Mais où étiez-vous donc passé ?

— N'as-tu pas lu mon billet ?

— Votre billet ? Quel billet ?

— Maudit geôlier ! » lâcha Kantz entre ses dents.

L'homme avait empoché le prix de la course mais n'avait pas porté à Heide la lettre que le chevalier avait écrite à son intention.

« Un geôlier ! Est-il maintenant question d'un geôlier ? »

Kantz n'eut pas le loisir de répondre aussitôt. Traversant le couloir comme une flèche lumineuse, Chandelle se jeta à son cou et il dut d'abord s'en défaire. Quand il y parvint, il s'efforça de calmer la fée et sa gouvernante, et demanda où était Stefan.

« Figurez-vous qu'il court la ville après vous depuis ce matin, expliqua Heide. Mais quelle triste figure vous avez. Avez-vous dormi sous un pont ? Avez-vous seulement dormi ? »

Kantz ne répondit pas et, avec un sourire las, lui confia son chapeau, son manteau et son épée. La nuit passée aux Trois-tours n'avait pas été des plus reposantes et le triste spectacle d'une famille massacrée avait épuisé ce qui lui restait d'entrain.

« J'apprécierai de souper au plus tôt », dit-il.

Tandis que Heide cuisinait, Kantz monta dans sa chambre faire un brin de toilette. Quand il redescendit, Stefan était rentré et avait été mis au fait du retour de son maître. L'adolescent manifestait un soulagement sincère en multipliant les prévenances à l'égard du chevalier. L'intéressé comprit qu'il n'aurait pas la paix avant d'avoir expliqué le pourquoi et le comment de sa « disparition ». Il s'exécuta et put enfin dîner dans un silence que tous respectèrent.

Son repas achevé, Kantz sirota un verre de kirsch au coin du feu, ses longues jambes tendues devant lui, sa chaise balançant sur deux pieds. Il rêvassait en s'amusant du spectacle qu'offrait Chandelle – armée d'un minuscule bout de chiffon et d'un dé à coudre d'eau savonneuse, elle avait entrepris de nettoyer la quarantaine de petits carreaux enchâssés dans le plomb que comptait la fenêtre donnant sur le jardin.

Quelques jours de promiscuité avaient permis à Kantz d'apprendre deux choses concernant Chandelle. Premièrement, si elle se levait tôt et se couchait tard, elle n'en passait pas moins l'essentiel de son temps à dormir, à la manière des chats. Deuxièmement, elle débordait d'énergie pendant son temps de veille, une énergie qu'elle voulait employer à se rendre utile : de fait, Heide n'avait de cesse de lui trouver de menus travaux à sa mesure pour l'occuper.

Passé la surprise qu'elle provoquait toujours, la fée avait été adoptée par toute la maisonnée et il ne fut jamais question de la rendre à Feodor. Adorée par Stefan, choyée par Heide dont elle chatouillait la fibre maternelle, Chandelle faisait la joie du foyer. Kantz l'avait pour sa part acceptée de bonne grâce. Il exigea simplement qu'elle ne se montre pas aux étrangers et que les autres gardent le secret de sa présence. « Que ma maison devienne le rendez-vous d'une foule de curieux est bien ce que je souhaite le moins », avait dit le chevalier qui se méfiait surtout des sombres convoitises que ne manquerait pas de susciter une fée. Quand il avait trouvé Chandelle dans son lit, il ne plaisantait qu'à moitié en disant qu'on pouvait vouloir la mettre sous cloche, ou pire, à fin d'étude. Il savait que son seul petit cadavre se négocierait une fortune – et au détail – chez les alchimistes de tout poil dont Wielstadt regorgeait.

Après avoir fait un rien de vaisselle et passé un coup de balai superflu, Heide s'occupa encore inutilement en attendant que son maître échappe à ses rêveries. Puis, n'y tenant plus, elle se planta devant lui et se racla la gorge.

« Qu'y a-t-il, Heide ? » fit Kantz en séchant son verre.

Stefan voulut le resservir mais il refusa d'un signe de tête.

« Permettez-vous que l'on vous informe du train de votre maison ? demanda Heide.

— Je t'écoute.

— Ce matin, deux mousquetaires du Temple ont frappé à l'huis.

— Voulaient-ils me voir ?

— Non pas, mais vous porter ceci… Et cela. »

« Ceci » était une bourse ventrue que Heide tira de la poche de son tablier ; « cela » était un paquet oblong, jusque-là appuyé contre un mur, que Stefan dut prendre à deux mains.

« Ils ont dit qu'il vous fallait l'accepter en gage de la reconnaissance de l'ordre des Chevaliers du Christ », précisa Heide tandis que le chevalier ouvrait la bourse.

Il eut un haussement de sourcil admiratif, empocha quelques thalers et rendit l'essentiel de la somme à sa gouvernante en disant :

« Fais-en bon usage, et avec épargne. Je ne sais si pareille fortune nous reviendra avant longtemps. »

Puis il se leva pour défaire le paquet que Stefan avait posé sur la table.

« L'étrange épée ! fit l'adolescent en découvrant le cadeau des templiers.

— C'est un cimeterre, expliqua Kantz. Les guerriers turcomans en manient de semblables. »

Il empoigna le sabre à large lame, en apprécia la belle facture, et découvrit un nombre gravé en chiffres romains sur le pommeau : MDXXIX.

1529…

C'était l'année du siège de Vienne par les Ottomans. En 1620, l'Empire ottoman s'étendait encore jusqu'aux marches de la Hongrie et n'avait guère faibli. Cependant, il ne menaça jamais autant l'Occident qu'en cette fameuse année 1529, lorsque ses armées poussèrent jusqu'en Autriche et échouèrent devant Vienne. Mais cette date représentait plus pour le Temple que le terme des conquêtes ottomanes en Europe : elle était celle de la renaissance de l'ordre. A cette époque, en effet, les templiers attendaient encore un retour en grâce papale pour sortir de la clandestinité. Les succès militaires des Ottomans en Hongrie, puis en Autriche, précipitèrent les choses. Le siège de Vienne s'annonçait déjà. Or, si Vienne tombait, c'est toute l'Europe chrétienne qui s'exposait à une invasion musulmane. Les Chevaliers du Christ, alors, se levèrent en masse dans l'Allemagne du Sud. Bravant l'autorité papale, ils revêtirent leurs couleurs, prirent les armes et grossirent les rangs des troupes régulières qui combattaient désespérément le Turc. A tort ou à raison, les templiers passèrent pour les principaux artisans de la victoire ; leur secours, en tout cas, fut perçu comme un miracle. En l'espace de quelques mois, leur popularité fut immense : ils étaient les sauveurs de la chrétienté. Moins d'un an plus tard, le pape Clément VII – à l'initiative de Charles Quint – consacrait le retour des templiers. Le séisme de la Réforme ébranlait déjà l'Europe et Rome devait bientôt trouver en eux des alliés de choix.

Le cimeterre offert par le Temple était-il une prise de guerre ramassée sous les murs de Vienne ? La date gravée sur le pommeau le laissait entendre. Kantz se demanda encore à qui il le devait. Au frère commandeur Berthold ? Le frère maréchal Markus était un candidat plus probable : il était soldat, c'est-à-dire un homme à faire don d'un glorieux trophée. Kantz rangea soigneusement l'arme dans son double étui de cuir et de tissu huilé.

« Dès demain, dit-il à Stefan, tu porteras ce sabre à un artisan pour qu'il lui fasse un coffre digne de l'accueillir.

— Oui, Monsieur.

— Tu paieras ce qu'il faudra. Je ne veux pas que l'on regarde à la dépense. »

Il chercha alors le regard de Heide, qu'il devinait désapprobateur. Mais la vieille gouvernante n'exprimait rien. Elle s'habillait pour sortir.

« Tu nous quittes, Heide ?

— Les vêpres, Monsieur…

— Ah, oui… Stefan, tu accompagneras Heide. » L'adolescent lui adressa une mimique implorante. « Je ne te demande pas d'entendre la messe. Je veux que tu escortes Heide afin qu'elle ne rentre pas seule à la nuit tombée. D'ailleurs, je gage qu'un peu de latin d'église ne te ferait pas de mal…

— Comme il vous plaira, Monsieur. »

Stefan sur les talons, Heide s'en alla et, quand ils revinrent une bonne heure plus tard, Kantz était déjà couché.

Chandelle dormait également, en chien de fusil, sur un tabouret près du feu baissant. Tandis que Stefan déroulait sa paillasse en silence, Heide trouva un carré d'étoffe qui fit une couverture à la fée ; un mouchoir plié devint petit oreiller.

Le blizzard était revenu avec la nuit. La ville immobile semblait recroquevillée dans la tourmente, sans vie ni lumière, ses rues offertes aux délires des bourrasques chargées de neige.

Ils étaient six. Six dont on discernait à peine les silhouettes. Leur pas était rapide, souple. Ils avançaient à grandes enjambées coulées, le dos rond, les bras ballants. Ce pouvait être des hommes. Ils l'avaient été, du moins.

Ils allaient pieds nus, sans armes, débraillés dans les loques guerrières qu'ils portaient au moment de leur mort. Quelques jours plus tôt, ils étaient encore une poignée de mercenaires, déserteurs de la dernière armée des princes protestants, et venus vendre à Wielstadt les richesses d'une abbaye mise à sac.

C'était avant la trahison, avant le poison.

Avant le Maître.

A présent, ils n'étaient plus que des cadavres pourrissant habités par un simulacre de vie, des goules dont le visage était un masque morbide aux paupières cousues, au front orné d'un glyphe gravé à la lame. Livrée à l'empire d'une fureur aveugle et meurtrière, leur âme pervertie ne connaissait que la haine. Cette haine les dévorait comme un feu de lave coulant dans leurs veines mortes ; elle les torturait sans relâche pour les affamer de violence et de sang. Démentes et serviles, les goules enrageaient d'impatience mais restaient recluses quand le Maître n'était pas là. Ces longues heures d'attente étaient une éternité qui décuplait leur frénésie homicide. Cette nuit, elles allaient de nouveau tuer, réduire des chairs en charpie, mutiler et démembrer, s'acharner longtemps pour goûter jusqu'au bout l'extase du carnage.

Brûlant du désir d'entrer dans la première maison venue et d'en massacrer les habitants, les goules longeaient les façades, s'arrêtaient à chaque porte, reniflaient avec gourmandise et, bientôt distancées par le groupe, s'empressaient de le rejoindre en grognant de dépit.

Devant elles marchait Horst Klieb. Il avait été leur chef et le Maître avait voulu qu'il le reste. Lui aussi était devenu une créature de l'Ombre ; lui aussi était un mort ranimé par un souffle vital contrefait et maudit ; lui aussi ne voulait que nuire et détruire. Mais le Maître l'avait gratifié d'un embryon de conscience, d'une intelligence maligne qui le rendait apte à mieux comprendre pour mieux obéir. Ses paupières n'étaient pas scellées. Son visage, plutôt que gangrené, semblait momifié. Il était botté, coiffé, avait l'épée au côté : dans la nuit, sa silhouette était celle d'un spadassin ordinaire. Ses yeux brillaient cependant d'une lueur cruelle et vicieuse que son faciès cireux rendait plus terrible encore.

Au croisement de deux rues, Klieb fit signe aux goules de s'arrêter. Il fut aussitôt obéi et attendit.

C'était la seconde fois qu'il menait la meute. La nuit précédente, déjà, ils avaient tué. Ils recommenceraient cette nuit et toutes les suivantes, tant que le Maître le voudrait. A chaque fois, le Maître gravait dans l'esprit de Klieb l'image et le lieu de la maison qu'ils devaient visiter. Il désignait aussi les victimes : hier, il s'agissait de trois enfants, la mère, le père et une domestique ; ce soir, ce serait un vieil homme et « deux catins ». Klieb espérait qu'il pourrait s'amuser avec l'une ou l'autre des filles, comme il avait joué avec la jeune servante, la veille. Le Maître – qui connaissait ses instincts et savait les flatter – le lui permettait.

Au carrefour, Klieb hésita quelques secondes puis prit à droite, les goules sur les talons. Ils étaient dans le quartier de l'Université : ils approchaient.

Depuis peu, Klieb avait acquis une connaissance intuitive de la cité. Lui venait-elle du Maître ? Sans doute. Parfois, il lui semblait que le Maître habitait une part de son esprit, qu'il voyait par ses yeux et le guidait. Restait qu'il évoluait dans Wielstadt avec l'assurance d'un prédateur rôdant sur un territoire ancestral. Lorsqu'il les découvrait, les lieux, les rues et les places revêtaient aussitôt une apparence étrangement familière. Quelque chose faisait qu'il appartenait à la ville et en savait les secrets, comme un parasite a l'expérience intime du corps de son hôte.

Quittant le réseau des rues principales, Klieb et ses goules empruntèrent une venelle obscure qui, après une cour, les mena au plus profond d'un pâté de maisons. Ils s'arrêtèrent devant un mur en brique que rien ne distinguait de ceux qui le jouxtaient. C'était là, pourtant.

En s'aidant des pieds et des mains, Klieb escalada le mur coiffé de neige. Les goules, elles, le franchirent d'un bond félin pour se recevoir dans un jardin. Plus loin, derrière le rideau tourmenté des flocons, on distinguait à peine la silhouette d'une maison. Klieb permit alors que la meute le précède. Il la retrouva, impatiente et grognant, agglutinée près d'une porte basse. Il saisit la poignée, appuya de l'épaule contre le battant, força.

La serrure et le bois cédèrent dans un bruit sourd que le vent étouffa.

15

Après avoir raccompagné à la porte un client qui s'en retournait avec un rarissime traité d'astronomie, Günter Vecht poussa le verrou et tira les rideaux de la boutique. On était mercredi et midi allait sonner : les affaires devraient attendre.

Vecht était libraire et imprimeur, professions qui allaient souvent de pair à l'époque. Grand et lourd, il avait largement passé la cinquantaine, ce qui aurait dû faire de lui un vieillard. Certes, une large calvitie avait dégarni le haut de son crâne ; certes, des rides profondes barraient son front et plissaient ses paupières. Mais il était encore plus fort que beaucoup et ses yeux gris brillaient d'un éclat malin que bien des adolescents n'ont déjà plus. Ses cheveux blonds avaient à peine blanchi et c'est tout juste si sa barbe s'était éclaircie. Fort bel homme, il bénéficiait en outre d'une étonnante vigueur sexuelle connue de tous sans qu'il en parle jamais. Comme il ajoutait à cela un goût évident pour la galanterie, il multipliait les conquêtes chez les chambrières comme chez les marquises.

Ses innombrables aventures ne nuisaient cependant jamais à son travail. Amant infatigable la nuit, Günter Vecht était un bourreau de travail le jour. Erudit, consciencieux jusqu'à la manie, critique avisé et d'excellent conseil, il adorait les livres, voyait son métier comme un sacerdoce. « Les belles lettres plutôt que le beau sexe et le bon argent », disait-il souvent. Il était en effet convaincu que la connaissance et la poésie pouvaient sauver le monde en rendant les hommes meilleurs. Le livre était pour lui un objet sacré, à la fois instrument de liberté, d'art et de savoir.

De fait, rien ne l'exaspérait plus que les brutes incultes et fières de l'être. Certaines en avaient fait l'amère expérience, Vecht ayant le coup de poing facile après quelques verres. Le bon vin et la bonne chère se situaient au troisième rang de ses distractions favorites, derrière le cotillon troussé et avant le jeu. Pourtant, s'il était une chose que Vecht aimait plus encore que ces plaisirs, c'était de les partager avec ses amis. Pour ce qui est des femmes, il n'était pas amateur des parties triangulaires mais n'hésitait pas à conseiller la couche d'une ancienne maîtresse quand la légèreté des mœurs de celle-ci était déjà de renommée publique. Bien que roturier, il voulait agir en gentilhomme et n'aurait donc jamais rien dit ni fait qui puisse compromettre l'honneur d'une dame. En revanche, il estimait qu'une publicité argumentée ne pouvait que servir les intérêts d'une courtisane avérée, en même temps que ceux de ses amis. Là encore, Günter Vecht était d'excellent conseil.

De la boutique, Vecht passa dans le grand atelier attenant. Ici, une dizaine de presses à bras étaient activées et alimentées en papier par deux douzaines d'ouvriers. Les travaux de reliure se faisaient à l'étage. Une forte odeur d'encre et de papier flottait dans l'air. Quelques relents de sueur et de crasse s'y mêlaient – on se lavait peu en ce siècle.

Echangeant un long gilet sans manches contre un élégant pourpoint, Vecht vit justement son chef d'atelier descendre par l'escalier.

« Il est midi, Willem ! dit-il joyeusement. Les amis ne vont pas tarder.

— Qui attendons-nous ? » demanda l'autre avec un fort accent écossais.

Cet accent n'était pas le seul de ses signes distinctifs.

En plus de porter le kilt et, dès qu'il sortait, un béret plat orné d'une magnifique plume de faisan, Willem ne mesurait guère plus d'un mètre quarante. En cela, il ressemblait à tous ceux de sa race, celle des Nains des terres celtes. Trapu mais vif, le poil très roux, il avait troqué la barbe de ses ancêtres contre une magnifique paire de moustaches qu'il s'ingéniait, chaque matin, à retrousser en crocs.

« Que dis-tu ? » fit Vecht que le bruit de l'atelier avait gêné.

Willem attendit de l'avoir rejoint. Ainsi, il n'eut pas à hausser le ton pour se faire entendre.

« Je te demandais qui nous attendons. »

Vecht allait répondre lorsque Kantz entra par la porte sur cour de l'atelier.

« Kantz ! s'exclama le libraire imprimeur. Quelle joie de vous revoir !

— La joie est partagée, lui répondit le chevalier en échangeant une accolade. Bonjour, Willem, ajouta-t-il à l'intention du Nain quand Vecht l'eut libéré. Comment vous en va ? »

Après les salutations, Vecht proposa aux deux autres de passer dans la boutique. La porte de communication refermée, les bruits des ouvriers achevant leur matinée de travail ne leur parvinrent plus qu'étouffés – le grincement des presses à bras, surtout, était vite incommodant.

Vecht s'éclipsa dans l'arrière-boutique et revint bientôt avec une bouteille et quelques verres. Il trouva Kantz qui caressait des yeux et de la main une édition du *Don Quichotte* de Cervantès.

« Vous l'avez finalement reçu…

— Oui. J'ai pu en obtenir trois exemplaires par un correspondant madrilène. L'un est dans mes coffres, l'autre est vendu. Celui-là est le dernier.

— C'est une merveille.

— Vous lisez l'espagnol, je crois.

— Oui.

— Alors prenez-le. Il est à vous. »

Incrédule, Kantz se tourna d'un bloc vers le libraire qui faisait mine de ne s'intéresser qu'au vin blanc qu'il servait.

« Vous vous moquez ! fit Kantz.

— En ai-je l'air ? répondit Vecht en lui tendant un verre. Goûtez plutôt ceci… »

Kantz consulta Willem du regard : celui-ci, d'un signe de tête approbateur, l'encouragea à accepter. A accepter le livre ou le verre ? Le chevalier s'apprêtait à remercier pour les deux, mais on frappa à la porte.

Willem écarta le rideau et ouvrit aussitôt à deux nouveaux venus.

Le premier – vêtu de noir, comme il sied à un jeune étudiant protestant – était Jacob Huyghens, que Kantz n'avait vu depuis cette fameuse nuit chez sa logeuse, la veuve Gebücher. Le second avait pour nom de plume Apollonius de Pise sans qu'il ait jamais mis les pieds en Toscane. Poète et philosophe, libelliste féroce, ce quinquagénaire aussi mal nourri que mal vêtu avait passé sa vie à être chassé des principales villes d'Europe avant d'échouer – comme nombre de libertaires – à Wielstadt. Vecht le publiait à l'occasion.

Apollonius salua à la cantonade avant de marcher droit vers Willem qui remplissait déjà un verre à son intention.

« On ne m'a pas attendu pour sacrifier à Bacchus, à ce que je vois. Permettez que je vous imite. »

Il lampa son verre avec gourmandise, apprécia le vin d'un éloquent signe de tête à l'intention du libraire et décréta :

« *In vino felicitas*, comme l'eussent pu dire nos Anciens. »

Tandis que Willem resservait Apollonius et que Vecht l'entreprenait sur les qualités comparées des vins rhénans, Jacob prit Kantz à part pour lui glisser :

« Je dois vous informer que le curé de madame Gebücher n'a de mots assez durs pour vous condamner et qu'il est probable que vous ne soyez plus le bienvenu chez elle.

— Merci, Jacob. Mais j'ai eu l'occasion de le constater.

— Je n'aurais jamais pu imaginer telle ingratitude. Vous m'en voyez sincèrement désolé.

— Ne vous mettez pas martel en tête. Et puis cette visite n'a pas été inutile puisqu'elle me permit de comprendre les germes de cette triste aventure.

— Vraiment ?

— Il se trouve que votre logeuse a un astrologue et que cet astrologue, en plus de lire les astres, se pique de connaître la kabbale. C'est en voulant appeler sur la pauvre femme la protection d'un esprit favorable qu'il a en fait accompli tout le contraire.

— Mais c'est criminel !

— Criminel d'orgueil et d'incompétence, oui.

— Cet astrologue doit être puni.

— Il le sera. Il l'est déjà. »

Vecht vint alors les rejoindre.

« On intrigue ?

— Pardonnez-nous, fit Kantz.

— Si vous le voulez bien, allons dîner.

— Nous n'attendons pas Thadeus ? »

Vecht se fit plus sombre.

« Non. Mais peut-être nous rejoindra-t-il à “La Cigogne Noire”… »

Il ne semblait guère y croire mais Kantz ne put en apprendre plus car Apollonius l'apostropha soudain à travers la pièce.

« Chevalier ! Où donc étiez-vous ces derniers jours ? Savez-vous que vous avez manqué deux de nos retrouvailles hebdomadaires ?

— J'en suis fort marri, cher maître, fit Kantz après avoir adressé un regard inquiet à Vecht. Mais je dus quitter Wielstadt.

— Tiens, donc !… Voyez-vous, j'en viens parfois à oublier qu'il existe encore un monde au-delà des murs protecteurs de notre chère cité, et qu'ils peuvent être franchis. »

C'était un sentiment que partageaient nombre de ses concitoyens.

« Ce monde existe bien, vous pouvez m'en croire, dit le chevalier. Et il est mal allant.

— Des nouvelles de la guerre ? demanda Willem sur un ton bien moins léger que le poète.

— Il semble bien que la défaite de la Montagne Blanche ait sonné le glas de la révolte de Bohême, annonça le chevalier. Le comte palatin a fui avant même la bataille pour trouver refuge dans sa capitale. Il ne reste plus aux princes protestants que l'armée que commande le général Mansfeld. Il paraît que là-bas, en Bohême, le culte catholique est rétabli partout.

— Et cela n'est sans doute qu'un commencement… » laissa tomber le jeune Huyghens d'un ton sinistre.

Un silence embarrassé s'installa.

A l'exception de Jacob, tous étaient catholiques – parfois tièdement. Or cette guerre dans les Etats de Bohême, cette guerre lointaine qu'ils n'imaginaient pas avoir gagnée, ils n'avaient pas songé que l'un d'entre eux pouvait l'avoir perdue.

« Soit, fit le libraire en forçant son optimisme. L'Empereur et la Ligue catholique triomphent. Mais il faut un vainqueur à toute guerre, si l'on veut qu'elle prenne fin. La paix n'est sans doute pas si lointaine. Et nul ne viendra combattre ici votre doctrine, Jacob.

— Peut-être, lui accorda Kantz… N'oublions tout de même pas Mansfeld et sa troupe. L'Empereur peut décider de les aller combattre dans le Palatinat où ils ont reculé.

— Ce serait porter la guerre à nos portes, conclut Willem.

— Oui.

— Alors le Dragon nous protégera, décréta Vecht. Par le passé, il a toujours défendu Wielstadt contre les armées qui la menaçaient. Notre cité est un sanctuaire qui n'a même jamais subi un siège. Le Dragon nous protège. Nul ne l'ignore et bien fol qui l'oublie.

— Et nul ne sait pourquoi, répliqua le Nain. Ni même si cela se reproduira. »

Il y eut alors un bruit de ventre, de ces bruits qui trahissent une faim immense.

Tous se tournèrent vers Apollonius.

« Comme vous l'avez pu entendre, dit-il, j'ai faim. Et comme vous le savez, je ne me nourris pas de sombres supputations. Oublions la guerre un moment et allons dîner, voulez-vous ? »

A peine sorti, Kantz retint Vecht par le bras pour marcher à ses côtés, quelques pas derrière les autres.

« Vous n'avez pu me répondre tout à l'heure. Qu'en est-il de Thadeus ?

— Je ne sais que vous dire, hésita le libraire.
— Est-il souffrant ?
— Il est pour le moins très fatigué. Et ce, depuis quelques jours sans doute. Je l'ai vu hier qui venait me remettre une traduction. J'ai presque pris peur tant il m'a paru maigre et pâle. Comme épuisé, ou vieilli… Mais il m'assura que sa santé était fort bonne et qu'il n'avait nul souci. Tout juste reconnut-il manquer un peu de sommeil. Je ne l'ai pas cru et il n'espérait certes pas me tromper.
— Vous m'inquiétez.
— A juste titre, je le crains. J'ai prévu de lui faire une visite tantôt. Mais ne pourriez-vous l'allez voir, vous aussi ? Outre que cela ne saurait lui déplaire, vous vous pourriez faire une opinion. A vous, il se confiera peut-être.
— Oui. Je n'y manquerai pas. »

Le groupe d'amis – dont Günter Vecht était l'âme – avait pour habitude de se réunir tous les mercredis. Même si Thadeus faisait défaut ce jour-là, les quatre autres ne faillirent pas à la tradition et, comme de coutume, ils déjeunèrent à « La Cigogne Noire ». Zacharios les attendait et leur fit bon accueil. Il avait réservé pour eux sa meilleure table, celle qui jouxtait la cheminée, ses marmites et ses volailles à la broche.

Tous mangèrent d'assez bon appétit en devisant gaiement. A la première occasion, Feodor s'enquit auprès de Kantz de la santé de Chandelle, et Zacharios vint les rejoindre pour le dessert tandis que la grande salle se vidait peu à peu, l'après-midi avançant. Il fut encore question de la guerre, dont tous hormis Jacob parlaient comme d'un événement lointain, révolu, étranger – même Kantz, en digne *Wielstadter*, cédait à ce penchant. Un marchand de passage, qui occupait la table voisine, se mêla un moment à la conversation. Il arrivait de Saxe où, disait-il, l'on avait fêté la victoire du *Kaiser* sur l'Union évangélique. Cette nouvelle acheva d'exaspérer Jacob Huyghens. La fidélité de la Saxe luthérienne à l'Empereur avait été vécue comme une trahison par les protestants allemands. On en connaissait maintenant le prix : par décret impérial, la Saxe était désormais plus grosse de la Lusace, une province orientale qui avait eu le tort de s'associer à la révolte de Bohême.

Parce que la question était délicate, on remercia le marchand et passa à autre chose. On causa des affaires courantes de la ville, d'un peu de politique, de la Dame en rouge dont la rumeur du retour enflait, et surtout du dragon que l'on voyait beaucoup dans le ciel de Wielstadt ces derniers jours. Kantz fut consulté. Il éluda les questions en s'efforçant de ne pas mentir. Il ne dit pas un mot de la famille horriblement assassinée, ni de sa visite dans la maison sanglante – il put d'ailleurs vérifier que personne ne savait encore rien de ce massacre.

A mesure que l'après-midi s'écoulait et que le vin embrumait les esprits, les sujets abordés se firent de plus en plus futiles. Eclatant de grands rires qui résonnaient, les amis passèrent en revue nombre de souvenirs communs. Vecht, plus qu'un autre, était passé maître dans l'art de raconter des anecdotes connues de tous et sans cesse enrichies de détails nouveaux. Willem entonna des chants écossais repris en chœur. Apollonius eut bientôt l'idée de déclamer certains de ses poèmes. Tous n'étaient pas bons ; certains étaient même très mauvais, leur auteur oubliant des vers et manquant des rimes. Même s'il n'était pas de ceux qui participaient le plus aux agapes, même s'il restait volontairement en retrait et souvent silencieux, Kantz prenait un plaisir immense à ces retrouvailles joyeuses. Il ne parvenait jamais à se départir tout à fait de sa réserve coutumière, mais il s'esclaffait parfois de bon cœur en se délectant de la compagnie de ses amis. Avec eux, le masque sévère qu'il se composait d'ordinaire s'effritait. Ici, il parvenait à oublier l'Ombre, ses horreurs et le combat qu'il menait contre elles, au péril de son âme et de sa vie.

Malheureusement le moment de partir vint, quand Zacharios annonça qu'il devait préparer le prochain service. Sur le seuil de l'auberge, à l'heure où le crépuscule précoce commençait d'allonger les ombres, les amis se séparèrent. L'air froid et humide dégrisa bien vite Kantz qui, chemin faisant, songea à Thadeus. Au début du repas, il avait encore espéré la venue du vieil homme, dont Vecht avait pourtant dit qu'il était malade. Puis il avait oublié en s'abandonnant aux plaisirs de l'instant. Maintenant, le chevalier se reprochait son égoïsme.

Il se dit qu'il n'était peut-être pas trop tard pour une visite.

16

Bien que juif, Thadeus Lunkewitz ne vivait pas dans le ghetto. Il habitait, près du fleuve, une maison d'angle dont la superficie était si modeste qu'elle avait des allures de tour miniature avec ses deux étages et son toit aigu. Son rez-de-chaussée était tout en pierre, le reste était en bois et torchis. Fort modeste, la demeure ne payait pas de mine. Elle penchait dangereusement et quelques tuiles d'ardoise manquaient.

Kantz connaissait Thadeus depuis quatre ou cinq ans. Il l'avait rencontré par l'intermédiaire de Günter Vecht, dont le vieux juif était déjà le client et l'ami à l'époque. Cela faisait désormais deux décennies que Thadeus s'était établi à Wielstadt. On ne savait pas grand-chose de son passé, si ce n'est qu'il était né en Pologne et avait beaucoup voyagé. Même Kantz n'était guère mieux informé. Entre les deux hommes, pourtant, la magie de l'amitié avait très tôt opéré. Il fallait d'ailleurs être une brute pour ne pas être séduit par la bonté, la générosité et – ce n'était pas le moindre de ses charmes – la culture de Thadeus. Car il était savant. Maîtrisant le latin, le grec, l'hébreu et l'araméen, il était à la fois astronome, mathématicien, philosophe et théologien. Il était surtout un grand connaisseur de la kabbale qu'il n'avait, en fait, jamais cessé d'étudier. Elle était pour lui autant une école de sagesse, qu'une quête humble et laborieuse vers la découverte des mystères du divin. Parce que juif, il n'avait pas le droit d'enseigner. Ne sortant presque jamais, il vivait chichement de leçons données à la sauvette et de quelques traductions que lui commandait Günter Vecht.

Kantz frappa et, bientôt, un valet vint lui ouvrir. La quarantaine, l'homme était grand et maigre, avait les joues creuses et le regard inquiet que font les enfances malheureuses.

« Bonsoir, Felix. Je viens rendre une visite à ton maître.

— Mon maître est dans ses appartements », dit le valet en s'effaçant pour permettre au chevalier d'entrer.

La maison était si petite qu'elle ne comptait qu'une pièce par étage. Thadeus ayant sa chambre au premier, Kantz emprunta l'escalier de bois vermoulu sans y être invité. Il avait rendu de si fréquentes visites à son vieil ami qu'il était ici un peu chez lui.

Le vieillard dormait à sa table de travail, la tête posée sur ses avant-bras, au milieu d'une pièce chichement éclairée à la bougie et envahie de livres. Tout était parfaitement immobile et silencieux. Une odeur de poussière et vieux papier piquait les narines.

Il y avait des livres partout : aux murs, sur des rayonnages surchargés ; par terre, en piles incertaines ; dans de grands coffres que l'on ne pouvait plus fermer ; et jusque sur le petit lit défait où gisaient quelques brochures rapidement compulsées et laissées ouvertes. La table n'était pas épargnée. On y avait dressé comme un rempart de papiers imprimés ou manuscrits, reliés ou épars, qui se chevauchaient par liasses. Cette muraille endiguait une marée de feuillets mélangés et raturés, parmi lesquels affleuraient, tels de gros rochers plats, deux ou trois volumes abondamment annotés.

En entrant, Kantz empêcha la porte de grincer mais, dès le premier pas qu'il fit dans la pièce, il bouscula par inadvertance une colonne de livres qui s'écroula bruyamment.

Thadeus Lunkewitz se redressa en écarquillant des yeux effarés.

« Qui va là ? lâcha-t-il avant d'ajuster le lorgnon qui lui pinçait le nez. Chevalier ?

— Pardonnez-moi, Thadeus. Je ne voulais pas vous effrayer. »

Petit, maigre et chauve, Thadeus était un vieil homme à la mine parcheminée et aux doigts tachés d'encre qui avait passé sa vie parmi les livres.

« Vous dormez et laissez brûler la chandelle près de tant de papiers, nota le chevalier. C'est fort imprudent, savez-vous ? »

Thadeus eut un geste vague de la main pour indiquer qu'il n'en avait cure. Il voulut se lever de son fauteuil, grimaça, s'y reprit à deux fois et n'aurait sans doute pas réussi si Kantz ne s'était empressé de l'aider.

« Merci, chevalier. Escortez-moi jusqu'au lit, voulez-v… »

Thadeus ne put achever, saisi par quelques hoquets qui se muèrent en une toux brutale et répétée. Devant un Kantz désemparé, il agrippa la table tandis que la quinte le cassait en deux. C'était une mauvaise toux, de celles qui dévorent les poumons, incendient la trachée et vous laissent pantelants, la poitrine douloureuse et les tempes bourdonnantes.

La crise passée, Kantz débarrassa le lit et le petit vieillard s'y étendit tout habillé, épuisé, le souffle rauque.

« Vous êtes au plus mal, Thadeus. Il faut vous soigner !

— Laissez cela, dit l'autre d'une voix faible. Ce n'est rien. Je vais déjà mieux. »

Il afficha un pâle sourire qui se voulait rassurant.

En vain.

Kantz comprenait à présent l'inquiétude dont Vecht lui avait fait part ce midi. Il ne savait pas quel âge au juste avait Thadeus, mais celui-ci ne lui avait jamais paru plus fragile, plus usé et fatigué que ce soir-là. Depuis leur dernière rencontre, en quinze jours à peine, Thadeus semblait être devenu centenaire.

« Que me vaut votre visite ? » demanda enfin Thadeus.

Et comme son ami hésitait, il reprit :

« Laissez, je devine. C'est notre bon libraire qui vous a alarmé au sujet de ma santé, n'est-ce pas ?… Que voulez-vous ? Je suis vieux et l'on n'y peut rien faire.

— Avez-vous consulté un médecin ?

— Un médecin ? s'amusa Thadeus. Et pour quoi faire ? Voulez-vous que je meure tout à fait ? Je ne suis pas assez vif pour survivre à une cure !… »

La désinvolture de Thadeus, cependant, était feinte. Kantz lut dans ses yeux une inquiétude, une détresse, peut-être une peur. A son tour, le vieil homme comprit qu'il ne trompait personne.

« Allons, chevalier, dit-il… Je vous sais gré des inquiétudes que vous nourrissez à mon endroit mais n'y songeons plus.

— Cependant je…

— Donnez-moi plutôt de vos nouvelles. Si vous me permettez ce reproche, vous n'avez pas très fière allure non plus… »

Kantz connaissait assez Thadeus pour savoir qu'il était inutile d'insister. Il soupira et dut se résoudre à parler plutôt qu'écouter. En quelques mots, il mit le vieux kabbaliste au fait des meurtres sauvages dont Wielstadt avait été le théâtre, l'avant-dernière nuit. Von Regenhalt lui avait fait jurer de n'en rien dire à personne, mais Kantz ne doutait pas que le secret serait bien gardé ici. En outre, il tenait à avoir l'avis de Thadeus au sujet de l'ignoble visage qui lui était fugitivement apparu dans un miroir.

« Paupières cousues, me dites-vous ?

— Oui.

— Cela ressemble assez à un rituel d'asservissement majeur… Vous ne pouvez cependant avoir manqué d'y songer.

— Certes, mais j'en croyais le secret perdu.

— Croyez-m'en, les secrets de cette nature ne se perdent jamais tout à fait. Je dois avoir un opuscule où il est question de ce rituel… » Le vieillard fit l'effort de s'appuyer sur un coude pour désigner une tablette croulant sous les livres. « Ce petit ouvrage rouge. Le voyez-vous ?

— Oui. »

Kantz se dépêcha d'apporter le volume que Thadeus feuilleta vivement.

« Voilà, dit-il en trouvant sa page. Sans en donner le détail, l'auteur fait ici mention d'un rituel par lequel certains sorciers et néfastes kabbalistes s'attachent à jamais la loyauté de leurs créatures. Ce rituel s'achève par la couture des paupières et, parfois, des oreilles des futurs serviteurs qui, dès lors, sont parfaitement soumis à la volonté du maître. »

Kantz prit le livre et lut à son tour. Il dit :

« L'auteur ajoute que le rituel est surtout utile au sorcier désireux de se faire obéir de créatures particulièrement féroces mais trop stupides pour raisonner par elles-mêmes.

— Telles des goules, conclut Thadeus.

— Oui ! » Kantz fit claquer le livre en le refermant. « Des goules ! Des goules pourraient bien avoir commis les horreurs qu'il m'a été donné de voir.

— Mais ne me disiez-vous pas qu'une femme avait été forcée ?

— Si, fit Kantz en fronçant le sourcil.

— Cela n'est pas dans la manière des goules. Nous savons que leurs instincts ne les poussent qu'à tuer, détruire et se repaître de chair humaine.

— Une autre créature de l'Ombre pourrait les avoir accompagnées. Peut-être leur maître, puisqu'il faut bien qu'il y ait un maître.

— Un maître dont nous ne savons encore rien », nota le vieil homme d'une voix lasse.

Presque immobile, très pâle, il peinait à garder les yeux ouverts.

« Vous tombez de fatigue, dit Kantz. Veuillez m'excuser, j'abuse de votre patience.

— Non, mon ami. Ne vous excusez pas. Je serais trop heureux d'avoir pu vous aider… »

… une dernière fois, songèrent-ils ensemble sans oser le dire.

Un silence s'installa entre les deux hommes. Le regard de Kantz erra un peu, s'arrêta sur un grand volume que soutenait un lutrin. Son épaisse couverture en cuir avait souffert : elle était écornée, griffée, brûlée par endroits. Le chevalier ne se souvenait pas de l'avoir vu autrement que fermé, et sur son lutrin. L'unique fonction du livre semblait être de trôner en bonne place.

« Dormez, dit finalement Kantz un libérant un tabouret d'une masse de papiers. Je resterai à vos côtés.

— Il ne saurait être question de cela ! s'exclama le vieillard avec moins d'énergie qu'il ne l'eût souhaité. Vous avez certainement mieux à faire.

— Mais…

— Nenni. Et suis-je donc déjà mort pour qu'on veuille me veiller ? »

Kantz sourit malgré lui.

« Je ne puis cependant vous laisser ainsi. Au nom de notre amitié, acceptez que je fasse venir un médecin.

— Mais ne songez-vous qu'à cela ? » s'indigna Thadeus.

Son exaspération pouvait bien être sincère.

« Je suis trop vieux pour affronter un savant incapable qui me soûlera de mauvais latin et n'aura d'autre hâte que de me vider de mon sang. Ma maladie de poitrine saura bien guérir si personne ne me tue avant !

— Thadeus !… » laissa tomber Kantz, découragé, en hochant la tête.

Mais le vieux Juif était décidément impossible à raisonner.

« Rentrez chez vous, chevalier. Croyez-m'en, je serai remis avant longtemps. Du moins si nul ne s'avise de m'épuiser par d'incessantes sollicitudes… »

C'était dit sur le ton du doux reproche, amical mais ferme néanmoins.

Kantz poussa un long soupir que l'autre feignit d'ignorer.

« Bien. Si c'est là ce que vous désirez…

— Et ne me faites pas le mauvais tour de revenir avec un médecin, pour la raison que je le… »

Une nouvelle quinte prit Thadeus qui manqua s'étrangler. Il s'empourpra, les larmes aux yeux, crachant autant qu'il toussait. Kantz, ne sachant que faire, l'aida à se redresser. La crise ne semblait pas vouloir cesser, cette fois-ci. Du regard, le chevalier chercha comment servir un verre d'eau au vieillard. Il aperçut un broc, voulut s'en saisir mais Thadeus lui serrait le bras comme un naufragé tient une pièce de mâture dans la tempête.

Enrageant d'impuissance, Kantz ne put rien faire d'autre qu'attendre. Peu à peu, le vieillard lâcha prise à mesure que sa toux se calmait. Il toussotait encore faiblement lorsqu'on frappa à la porte.

« Monsieur ? fit Felix. Monsieur, on peut entrer ? »

Kantz alla ouvrir et Felix entra avec un bol de soupe sur un plateau.

« Il faut manger, Monsieur », dit-il en s'agenouillant près du lit.

Mais le vieil homme repoussa le bol et, fermant les yeux et tournant la tête vers le mur, fit comprendre qu'il voulait rester seul.

Peu après, en bas de l'escalier, Kantz, sur le départ, échangea quelques mots avec Felix en achevant de se préparer à affronter le froid et la nuit. Ils parlaient à mi-voix et jetaient de fréquents regards vers le palier du premier, comme s'ils craignaient d'être surpris par Thadeus.

« Depuis quand ton maître est-il si mal allant ?

— Depuis au moins deux à trois jours, Monsieur le Chevalier. Mais il n'y a rien que j'ai pu faire pour…

— Je sais, Felix, je sais… Je ne te fais pas reproche. Cependant, il n'en est pas moins vrai que ton maître a plus que jamais besoin de toi. Mange-t-il ?

— A peine.

— Dort-il ?

— Fort mal. Des cauchemars le saisissent à la nuit. Et c'est à peine si mon maître arrive à faire quelques sommes durant le jour…

— Des cauchemars, dis-tu ? » Kantz songea quelques brèves secondes. « Des cauchemars de quelle façon ?

— Je ne sais. La première nuit, les cris de mon maître m'éveillèrent et je me précipitai auprès de lui. Mais il me chassa. Il me chassa encore la nuit suivante et m'interdit de m'en inquiéter davantage…

— Et tu l'entends depuis ta chambre…

— Oui. »

Il était trop tard pour vérifier auprès du principal intéressé en quoi consistaient ces cauchemars : Thadeus dormait peut-être déjà et Kantz ne voulait pas troubler un sommeil si fragile.

Il recommanda une dernière fois son vieil ami aux bons soins du valet, et s'en fut à regret.

17

Ce jeudi, en début d'après-midi, Kantz lisait dans son cabinet particulier lorsque Heide vint l'avertir que Rainer von Regenhalt demandait à le rencontrer. Cette visite ne le surprit pas. La veille, en rentrant de chez Thadeus, il avait appris de la bouche de Stefan qu'un officier du guet était venu le chercher par deux fois avant les vêpres. Devinant une autre tragédie sanglante, il avait choisi d'attendre chez lui que von Regenhalt se manifeste encore. Cela n'avait pas manqué.

Kantz retrouva le lieutenant criminel du prévôt qui, dans la grande salle du rez-de-chaussée, se frottait les mains devant le feu. Par discrétion, Stefan et Heide les laissèrent ; Chandelle dormait quelque part à l'étage. En deux mots, von Regenhalt expliqua ce que Kantz pressentait, à savoir que l'on avait découvert hier un nouveau massacre. La tuerie avait eu lieu dans la nuit de mardi à mercredi et, là encore, les victimes avaient été horriblement mutilées.

Revêtant son feutre, son manteau et son épée, Kantz suivit von Regenhalt qui se proposait de lui faire voir le théâtre de ce dernier carnage. Dehors, le froid les saisit et ils se hâtèrent de rejoindre le carrosse qui avait amené l'officier. Des bourrasques violentes faisaient tourbillonner la neige qui tombait depuis la nuit. On ne voyait pas à vingt pas dans la tourmente grisâtre. Les bâtiments étaient des masses sombres et les rares passants, des silhouettes indistinctes. En prenant appui sur le marchepied, Kantz eut l'étrange sentiment d'être observé d'en haut. Le Dragon ? Il leva les yeux mais ne put rien voir d'autre qu'un ciel d'ardoise. Le carrosse s'ébranlait déjà : Kantz embarqua d'un bond et ferma la portière en route.

Chemin faisant, en donnant parfois de la voix, von Regenhalt expliqua qu'ils allaient dans le quartier universitaire, rue des Blancs-Chevaux, chez un vieux docteur en théologie. Veuf depuis onze ans, il vivait en ménage avec deux charmantes orphelines qu'il présentait comme ses nièces. Avant que le scandale suscité par la soudaine liberté de ses mœurs ne l'oblige à prendre sa retraite, il avait compté parmi les doctes et respectables professeurs de l'Université de Wielstadt. On ne lui connaissait d'autre famille qu'un fils et une bru habitant Cologne. Les cadavres de Holger Heusch – le professeur – et de ses protégées avaient été trouvés mercredi en début d'après-midi par un étudiant qui avertit aussitôt le guet. Pour éviter que la nouvelle ne s'ébruite, von Regenhalt gardait encore le malheureux étudiant au secret, c'est-à-dire dans une cellule aussi confortable que possible mais bien close des Trois-tours. Wielstadt était une ville plus repliée qu'une autre sur elle-même : la nouvelle de deux massacres aurait tôt fait de s'ébruiter et d'inquiéter la population. Kantz demanda si l'on en savait plus sur le meurtre du tapissier et de sa famille : Odenson avait-il des ennemis, des dettes, des fréquentations inhabituelles ? Il semblait bien que non.

La demeure du docteur Heusch était une maison modeste, haute de deux étages, étroite mais profonde, dont la façade à colombages regardait avec d'autres une place cernée d'arcades sur trois côtés. Le carrosse qui emmenait Kantz et von Regenhalt la dépassa pourtant. Il prit à gauche et s'immobilisa devant une venelle où les deux hommes, la main sur le chapeau, s'engagèrent promptement : pour ne pas attirer l'attention, l'officier avait décidé qu'ils entreraient par le jardin et la porte de derrière.

Après la venelle et une arrière-cour lépreuse, Kantz découvrit un chemin étroit entre parois aveugles d'un côté, et une enfilade de murs délimitant des jardins de l'autre. Von Regenhalt désigna l'un d'eux.

« Nous y sommes », dit-il.

Ils escaladèrent le mur comme des voleurs et franchirent à pas pressés le jardin qui n'était qu'un long rectangle de neige fraîche et nue. La maison avait une porte basse donnant sur le jardin. Elle tenait sur ses gonds mais Kantz nota qu'elle avait été forcée. Von Regenhalt la poussa et précéda le chevalier à l'intérieur.

« Les assassins entrèrent pareillement que nous, n'est-ce pas ? s'assura Kantz en pénétrant dans la demeure silencieuse et glaciale.

— Oui. Hier, l'on pouvait encore deviner leurs traces dans la neige, allant et venant depuis le mur et s'estompant plus loin. »

D'instinct, ils avaient parlé à voix basse dès le seuil franchi.

Un archer frigorifié somnolait sur un tabouret, près de la porte. D'un raclement de gorge, von Regenhalt lui indiqua qu'il n'était plus seul. L'homme se redressa d'un bond, fit choir son mousquet et, malhabile, tenta de saluer tout en ramassant l'arme. Il en fut quitte pour un regard de reproche : son officier et le gentilhomme qui l'accompagnait se désintéressaient déjà de lui.

Sans mot dire, ils visitèrent le rez-de-chaussée. Kantz s'arrêtait dans chaque pièce pour la considérer longuement mais ne touchait à rien. Il semblait d'ailleurs écouter tout autant qu'il observait. Il s'imprégnait du lieu, lui ouvrait son âme et espérait une réponse. Cela pouvait être une image, un son, une émotion. Mais il ne perçut rien au-delà du visible et le silence n'était que le silence.

Il y avait trois chambres au premier. Celles des nièces étaient décorées avec une coquetterie tapageuse, l'une dans les tons roses, l'autre déclinant plutôt les mauves. Elles encadraient celle du professeur, où le massacre avait eu lieu et qui était fermée au verrou.

« Eux aussi ont été surpris dans leur sommeil », fit von Regenhalt en ouvrant grâce à une clef tirée de sa manche.

Les trois corps n'étaient plus là mais du sang séché maculait tout, s'étalait en larges flaques durcies sur le parquet et encroûtait le grand lit en désordre. Il n'y avait pas un meuble qui ne fût moucheté ou parcouru de dégoulinades immondes. Par endroits, les murs étaient comme crépis de matière figée ; ailleurs, de longues éclaboussures brunâtres les zébraient, touchant presque au plafond. On imaginait non seulement le sang giclant avec force de blessures béantes, mais encore des membres arrachés, des coups sauvages jetant des éclaboussures écarlates, des corps lancés à travers la pièce et libérant leurs viscères fumants dans un flot poisseux.

Kantz n'entra pas, immobile sur le seuil, balayant encore et encore la pièce d'un regard froid.

« Les filles ont-elles été forcées ? fit-il.

— Ce n'est pas certain, répondit von Regenhalt dans son dos. Les corps étaient dans un état tel que…

— Je comprends.

— Elles étaient nues, cependant. »

Laissant le lieutenant refermer et donner un tour de clef, Kantz tourna les talons et gagna seul le deuxième étage.

« Les victimes avaient-elles, comme chez le tapissier Odensen, les yeux arrachés ? demanda le chevalier.

— Oui.

— Et leurs cris n'ont pas été entendus…

— Non. La maison voisine est inhabitée et, de l'autre côté, vit une vieille femme sourde à ne pas entendre le canon tonner. »

Kantz resta songeur un instant. La paume de sa main gantée le démangeait.

Il passa soudain du coq à l'âne :

« En docte théologien, le vieux professeur devait bien avoir une bibliothèque…

— En effet, répondit le lieutenant. Cette porte, au fond du couloir. »

Kantz traversa le couloir et ouvrit la porte que lui indiquait von Regenhalt.

La pièce ne semblait pas avoir été visitée par les goules. Elle était propre et il y régnait un rien de désordre qui indiquait que Heusch n'avait jamais cessé d'y travailler. Des papiers et quelques livres encombraient une table et un lutrin. Des ouvrages emplissaient un coffre ; d'autres étaient alignés sur les rayonnages d'un grand meuble.

Une fenêtre offrait un point de vue sur la place et ses arcades. Kantz s'en approcha, constata qu'il tombait moins de neige. Puis il s'intéressa aux livres car il savait qu'une bibliothèque en apprend toujours beaucoup sur son propriétaire.

Depuis le seuil, von Regenhalt le laissa faire et attendit.

« Alors ? » s'enquit von Regenhalt.

Cela faisait un moment que Kantz fouillait parmi les livres et les papiers du docteur Heusch. Durant sa longue carrière, le professeur avait eu le temps d'accumuler bien des volumes et de noircir bien des cahiers. Il ne neigeait plus sur Wielstadt mais le soir tombait déjà, achevant une journée sans vrai soleil.

« Alors je trouve bien ici quelques livres traitant de la kabbale. Mais cela ne saurait surprendre dans la bibliothèque d'un théologien.

— Des livres précieux ? Ou rares ?

— Certains le sont. Il me faudrait cependant plus de temps. Je ne sais où chercher dans tout ce désordre. » Il soupira. « Cependant…

— Oui ?

— Voyez. Parmi cinq volumes que j'ai ouverts au hasard, trois proviennent du même libraire.

— Comment le savez-vous ?

— Ils portent une même marque : *Hermelinus, librarius.* »

Von Regenhalt – qui parlait allemand comme tous ses compatriotes – entendait cependant assez le latin pour savoir que « librarius » signifie « libraire ».

« Connaissez-vous ce libraire Hermelinus ? demanda-t-il. Tient-il boutique à Wielstadt ?

— Je le connais fort peu. Son véritable nom est Karl Hermlin…

— Et ?

— Outre qu'il est libraire, il est alchimiste. Certains le disent kabbaliste, d'autres le disent sorcier. C'est à la vérité un triste sire, aussi secret que méfiant. Il vit tous volets clos et peut ne pas paraître plusieurs jours durant.

— L'avez-vous déjà rencontré ? Vit-il à Wielstadt ? »

Distrait, Kantz ne répondit pas.

Il prit encore deux livres – l'un de théologie, l'autre intitulé « Cabbala Occulta » –, consulta leur page de garde et dit en brandissant le second :

« Celui-ci également : *Hermelinus, librarius.*

— Ce ne peut être un hasard.

— Non. Il semble que notre professeur ne s'adressait qu'à ce libraire quand il voulait des ouvrages traitant au moins pour partie de savoirs occultes. »

Silencieux, von Regenhalt marcha jusqu'à la fenêtre et, le front contre la vitre froide, réfléchit.

« Vous disiez qu'il se trouve ici des livres kabbalistiques, fit-il sans bouger.

— Oui, répliqua Kantz. Mais je vous répète que cela ne saurait surprendre. Un théologien digne de ce nom ne peut manquer de l'étudier un peu. Je puis d'ailleurs vous affirmer que les lectures de notre professeur étaient celles d'un esprit éclairé.

— Mais si Heusch était sorcier, proposa von Regenhalt en se retournant, peut-être a-t-il commis quelque imprudence et attiré chez lui les créatures qui…

— Non… Du moins, je ne le crois pas… »

L'officier eut un mouvement d'humeur.

« Mais enfin !… Cet astrologue, cet Udo… Udo…

— Udo Limm, indiqua Kantz en revoyant le petit homme terrifié et implorant.

— Udo Limm, oui. N'a-t-il pas, par imprudence, convoqué un diable ? C'était bien la raison de votre ire, que je sache !

— Si fait », lui accorda Kantz.

Il le rejoignit près de la fenêtre et prit un ton patient pour ajouter :

« Mais si vous voulez comprendre, il vous faut bien distinguer la kabbale de la théurgie. »

Von Regenhalt désespérait de trouver une piste.

— Eclairez-moi, soupira-t-il…

— La kabbale est une étude. C'est une recherche, une tentative de comprendre ce monde et les intentions divines par l'interprétation des textes bibliques et sacrés. Le vrai kabbaliste est un érudit, un philosophe et un théologien. Il est parfois un mystique mais il n'a d'autre ambition que celle de deviner les profonds mystères de la Création. Les grands kabbalistes ont toujours été fort pieux.

— Soit. Et la théurgie ?

— A la différence du kabbaliste, le théurge ne cherche pas à comprendre, mais à agir. La théurgie est une magie puissante nourrie des connaissances révélées par la kabbale. Elle permet à l'initié d'agir sur les Puissances et les Intelligences qui gouvernent l'univers selon la volonté divine.

— Je crois comprendre. La kabbale est une science, tandis que la théurgie est une pratique. L'une donne les clefs du monde et l'autre les emploie.

— Je ne saurais mieux dire.

— Et la sorcellerie ?

— C'est encore autre chose. Comme la théurgie, la sorcellerie est une pratique magique. Mais elle est surtout une superstition héritée de traditions ancestrales et de cultes païens. De là vient que les sorciers habitent plutôt les campagnes que les villes.

— Le théurge est un mage kabbaliste, tandis que le sorcier est un mage païen.

— En quelque sorte, conclut Kantz. Mais l'usage veut que seul le théurge soit qualifié de mage. Le sorcier… Ma foi, le sorcier reste sorcier.

— Et donc, notre professeur…

— Peut-être, en théologien, se mêlait-il un peu de kabbale… Mais rien, ni dans ses livres ni dans ses travaux personnels, ne laisse deviner qu'il était théurge. Ou sorcier.

— C'est dit, fit von Regenhalt du ton de celui qui admet une défaite, je me range à votre avis. Reste que le docteur Heusch et ses amantes furent étripés et qu'il doit bien y avoir une raison à cela… »

A cet instant, des pas pressés résonnèrent, venant de l'escalier.

Kantz et von Regenhalt se tournèrent vers la porte et virent paraître un soldat du guet. Il était trempé de sueur, sans armes et passablement essoufflé.

« Dieu soit loué ! fit l'homme… Vous êtes là…

— Que se passe-t-il ?

— Ils ont recommencé… Cette nuit… Un autre massacre… »

18

Tandis que le jour déclinait, la nuit avait déjà envahi les régions les plus profondes de la forêt, sous le couvert des grands épineux croulant de neige.

Chevauchant au pas, le vieux baron Guillem von Göttenberg ne savait pas où le menait sa promenade. Ses yeux étaient vides ; son visage, inexpressif. En fait, il ignorait même où il se trouvait et ne s'en inquiétait pas. Il était sur ses terres, sans doute. Mais où ? Dans quelle partie de son immense forêt domaniale ? Et à quelle distance du château ?

Une heure ou une éternité plus tôt, il s'était vu seller son cheval sans répondre aux respectueuses inquiétudes de ses domestiques. Nul, bien sûr, n'avait osé le questionner plus avant. Et quand son intendant, alerté par d'autres, prétendit l'arrêter aux portes de l'écurie, le baron lui cravacha le visage avant de partir au galop.

On ne l'avait pas suivi, ou trop tard.

Depuis combien de temps chevauchait-il ? Serait-il entendu s'il appelait ? Il n'en savait rien et s'en moquait. Il était étrangement paisible, comme absent, à peu près somnolent. A croire qu'il était, depuis un refuge lointain, le spectateur indifférent de ses actes.

Sans y penser ni le vouloir, il finit par paraître hors du bois, face à une immense étendue blanche et lisse. Ce désert était un lac gelé que la neige avait recouvert au point d'en gommer les contours. Cerné presque tout entier par la forêt, le bassin s'étirait en contrebas d'une forte pente rocheuse. Une route à flanc de montagne passait là-haut ; elle longeait et dominait le lac, déclinant à mesure qu'elle s'éloignait.

Le visage frappé par les rayons du couchant, le vieux baron recouvra ses sens et, incrédule, reconnut l'endroit.

C'était ici.

C'était ici que, vingt et un an plus tôt, par une nuit d'été, un grand feu avait brûlé. Et c'était dans ce lac que l'on avait jeté les cendres du condamné avec les débris encore fumants du bûcher.

Guillem von Göttenberg grimaça en mettant pied à terre : s'il n'avait que cinquante ans et semblait solide, son corps était celui d'un vieillard perclus de rhumatismes. Abandonnant sa monture, il marcha droit devant lui et continua bien après avoir senti sous ses pieds le contact de la glace.

Il ne s'arrêta qu'au milieu du lac et, là, une voix fit dans son dos :

« Je te salue, Monsieur mon frère. »

Le baron sursauta, se retourna et découvrit un homme penché vers lui en une respectueuse révérence. L'épée au côté, il était vêtu de noir ; ses longs cheveux avaient la couleur de la cendre.

L'homme, avec un sourire, se redressa lentement. Ses yeux n'étaient que deux globes obscurs et luisants. Mais cela excepté, c'était bien le visage de son frère disparu jadis que le baron contemplait sans y croire.

« Alexander !

— Oui, mon frère. Après toutes ces années, je craignais un peu de ne pas être reconnu par toi.

— Impossible ! Vous êtes…

— Mort ? Tu vois bien que non. »

Effrayé, le vieux baron recula de quelques pas en se signant.

« N'approche pas ! N'approche pas ! »

Il fouilla d'une main fébrile dans son pourpoint et brandit bientôt le petit crucifix d'or qu'il portait en médaillon.

« Arrière ! Arrière !

— Oublie donc tes colifichets, fit l'autre d'une voix douce. Je ne suis ni diable ni bête. Je ne suis que ton frère.

— Non ! Mon frère est mort ! Mort !

— Fie-toi à tes sens, mon frère, car ils ne te trompent pas. Je suis bien vivant. En l'admettant, tu gagnerais un temps précieux. Un temps d'autant plus précieux qu'il t'est désormais compté.

— Que… que dis-tu ? » balbutia le baron.

Parcourant les environs du regard, Alexander prit son temps avant de lâcher :

« Il est étrange que nous nous retrouvions en ce lieu, n'est-ce pas ? »

Malgré lui, le baron baissa les yeux sur la neige et la glace qu'il foulait.

« Tu ne réponds pas ? poursuivit son frère. Non. C'est inutile, d'ailleurs. J'ai jugé que l'endroit était idéal pour nos retrouvailles fraternelles, puisque c'est là que tu me fis tes adieux.

— Je ne voulais pas !

— Tu mens. Pourquoi mens-tu ?

— Non, je… »

Le baron tomba à genoux et se prit le visage dans les mains.

« Pardonne-moi, gémit-il.

— Allons, mon frère. Tu étais bien plus digne devant mes juges.

— Pardonne-moi ! Pardonne-moi ! »

Le vieux baron s'aperçut alors avec effroi qu'il s'élevait dans les airs et que son frère montait avec lui.

« Qu'est-ce que… ! Non ! A moi ! A MOI ! »

Il gesticulait, battait de tous ses membres, jetait des regards fous alentour et vers le sol qui s'éloignait.

Qui s'éloignait encore.

Qui s'éloignait toujours…

Alexander, bras croisés, l'observait en souriant. Ses yeux brillèrent d'un éclat doré et le vieillard porta aussitôt les mains à sa gorge prise dans un étau invisible.

Il ne réussissait déjà plus qu'à émettre un râle d'agonie quand son frère lui dit :

« Pourquoi as-tu fait cela, mon frère ? Pourquoi ce complot ? Pourquoi ce tribunal ? »

Guillem von Göttenberg, le visage congestionné et les yeux comme poussés hors du crâne, se sentait perdre conscience.

Il se sentait mourir.

« Le courage t'a manqué, n'est-ce pas ? Ce courage, il ne me fera pas défaut. »

D'un geste nonchalant, Alexander interrompit le calvaire de son frère. Celui-ci put enfin emplir ses poumons suppliciés d'une grande goulée d'air glacial. La tête lui tournait encore.

« Tu vas mourir, mon frère. Comme les autres… Crois-m'en, ton sort est enviable comparé au leur… »

Les deux frères échangèrent un regard.

« Adieu, Guillem.

— NOOOONNN ! »

Subitement libéré, le baron chuta en hurlant et s'écrasa quarante mètres plus bas sur le lac gelé.

Alexander resta un moment à contempler la tache de sang grandir et rosir autour du cadavre désarticulé.

Alors seulement sa silhouette se dissipa dans la nuit.

19

A Wielstadt, il faisait déjà nuit quand von Regenhalt et Kantz arrivèrent. C'était dans l'un des plus sordides quartiers de la ville, au fond d'une misérable impasse encombrée d'ordures. La venelle, écrasée entre deux murs aveugles, menait à une masure crasseuse dont la porte était brisée. Devant, à la lumière de grands flambeaux fichés en terre, quelques archers tenaient à distance les curieux qui ne cessaient d'affluer.

« Place ! Place ! » lança le lieutenant tandis qu'il précédait Kantz parmi les badauds.

Un sergent du guet parut sur le seuil de la bicoque pour accueillir son supérieur.

« Qui est la victime ? demanda von Regenhalt sans préambule.

— Nous n'en savons presque rien. Un vieil homme qui vivait en ermite et ne sortait qu'une fois la semaine pour acheter une miche de pain, du vin et du petit bois. On ne le connaissait guère dans le voisinage. Il semble que personne ne le visitait jamais.

— Entrons. »

Le rez-de-chaussée consistait en une pièce poussiéreuse et vide où il semblait faire encore plus froid que dehors. Une vieille cendre encroûtait la cheminée d'angle ; des crottes de rats jonchaient le sol ; des toiles d'araignée immenses s'effilochaient, accrochées au plafond. On pouvait croire l'endroit abandonné depuis des lustres.

Au milieu de la pièce, pâles, immobiles et silencieux, deux archers attendaient l'ordre d'emporter le cadavre qui gisait sur un brancard, recouvert d'un drap déchiré et rougi. Une main livide, crispée, pendait de sous l'étoffe.

« Le vieillard fut sans doute assassiné cette nuit, dit le sergent alors que Kantz s'accroupissait près du brancard.

— Qui découvrit le corps ? demanda von Regenhalt.

— Des enfants qui jouaient et qui, trouvant la porte branlante, s'aventurèrent à l'intérieur. Tout le voisinage connaissait la nouvelle quand on nous vint enfin chercher. »

Les deux archers détournèrent le regard lorsque Kantz souleva le drap maculé pour voir le visage de la victime. Il nota :

« Les yeux lui furent arrachés. »

Von Regenhalt acquiesça, la mine sombre.

« Cette fois, dit-il, nous ne pourrons garder le secret. Bientôt, tout Wielstadt ne parlera plus que de ces crimes. Avec chaque nuit vient une nouvelle tuerie…

— De plus, je le connais », poursuivit Kantz sans écouter.

Il lâcha le drap et se releva. Il ne manifestait aucune émotion particulière.

« Je vous demande pardon ? s'étonna l'officier.

— Cet homme, je le connais. Il se nomme… se nommait Hubert Lefèvre.

— Français ?

— Oui.

— Et d'où le connaissiez-vous ? »

Kantz haussa les épaules, une moue vague aux lèvres.

« Je le connais pour l'avoir croisé à deux ou trois occasions, et c'est là tout… Surtout, l'on me parla de lui.

— Et que vous dit-on ?

— Lefèvre était alchimiste, et comptait parmi les plus savants. Mais un jour, il abandonna ses recherches, céda ses biens et se retira du monde pour vivre comme vous voyez. Nul ne sut pourquoi. Certains dirent qu'il avait perdu la raison. D'autres, qu'il avait trouvé la sagesse. Pour ma part, je croyais qu'il avait quitté Wielstadt…

— Etrange histoire, commenta von Regenhalt.

— Oui, et qu'un bien triste épilogue achève. »

Plongé dans ses pensées, Kantz garda le silence une longue minute.

Enfin, il secoua la tête comme un chien s'ébroue et, se tournant vers le sergent, demanda tout à trac :

« Où était le corps ?

— En haut, Monsieur. »

Kantz et von Regenhalt échangèrent un regard entendu et le chevalier emprunta seul l'escalier de bois qui montait à l'étage.

La pièce du premier était d'une superficie égale à celle du rez-de-chaussée. Elle n'avait qu'une fenêtre donnant sur la rue et par où entraient les lueurs mouvantes des flambeaux dressés au-dehors. La plupart des carreaux manquaient, remplacés par du tissu ou du papier huilé translucide.

L'attention de Kantz se porta d'abord sur les traînées sanglantes qui maculaient les murs, puis sur la grande tache brunâtre au milieu du plancher. Ensuite, seulement, il remarqua la paillasse éventrée, le coffre retourné sur un monticule de haillons, et encore tout un désordre de meubles et d'objets jetés pêle-mêle – dont un lutrin renversé.

Kantz devina que Lefèvre avait réuni l'ensemble de ses maigres biens dans cette chambre, la seule qu'il occupait dans la maison. Il ne devait pas être commode d'y évoluer lorsqu'elle était en ordre. A présent, on ne pouvait y faire un pas sans pousser ou piétiner quelque chose.

Mal à l'aise, le chevalier hésita à passer le seuil jusqu'au moment où il fut rejoint par von Regenhalt.

« Vous n'entrez pas ? »

Kantz avança d'un pas incertain. La paume de sa main gauche le démangeait.

« J'hésite à faire emmener le corps dès à présent, déclara von Regenhalt. Mieux vaut attendre que les curieux se lassent et s'éloignent, si cela arrive jamais. Je les ferai disperser sinon.

— Il y a quelque chose.

— Pardonnez-moi ? »

Kantz se tenait sans bouger au milieu de la chambre, mais son regard mobile épiait tout. Une sueur glacée perla sur son front. Le pentacle tatoué lui brûlait presque la main, à présent.

« Il y a quelque chose, répéta-t-il. Ici. L'Ombre a prise ici.

— Mais je ne vois rien. Je… »

En même temps que Kantz, von Regenhalt leva les yeux vers la trappe qui béait au plafond.

« Aidez-moi, je vous prie », fit le chevalier.

Ils redressèrent et poussèrent le coffre. Kantz grimpa dessus et passa prudemment la tête par l'ouverture.

« Faites que l'on déserte cette maison, dit-il en scrutant les ténèbres sous les combles. Quittez-la vous-même et n'y revenez sous aucun prétexte.

— Chevalier, je ne peux…

— Je vous supplie de faire ce que je dis. Le temps nous manque et… »

Dans un cri strident, une forme blanchâtre jaillit soudain par la trappe.

C'était comme une longue flamme laiteuse. Une seconde lui suffit pour renverser Kantz, tourbillonner en l'air, et s'enfoncer dans le plancher.

« Par le Christ ! » s'exclama le lieutenant.

Kantz s'était empêtré dans son fourreau. Il se releva tant bien que mal et se rua dans l'escalier.

« AVEC MOI ! VITE ! »

Sans réfléchir, von Regenhalt s'élança à sa suite.

Au rez-de-chaussée, ils découvrirent les deux archers saisis d'effroi devant le sergent qui – grognant et bavant – gesticulait par terre. Des lambeaux d'ectoplasme achevaient de pénétrer par sa bouche.

Le lieutenant tira l'épée et fit un pas vers le malheureux.

« NON ! intima Kantz en le retenant. On ne peut rien faire encore sans prendre le risque qu'il reste insane. » Il se tourna vers les archers. « Vous ! Gardez la porte et préparez-vous à faire face. Il voudra sortir et cela ne doit pas arriver ! »

Mais les deux hommes ne bougèrent pas.

« AGISSEZ ! » hurla von Regenhalt qui, lui, fut obéi.

Dehors, on entendait la foule qui s'animait, lançait des exclamations curieuses ou craintives, voulait voir, comprendre, aurait tôt fait de bousculer les quelques soldats qui prétendaient la contenir.

Le sergent se démenait de plus belle. Il hurlait ; il gémissait ; il éructait. Son corps était animé de convulsions terribles. Il frappait le sol des poings, des pieds et de la tête.

« Attention ! » prévint Kantz.

Le possédé se calma subitement et le silence se fit dans la maison. Même la foule à l'extérieur se tut bientôt.

Alors, lentement, le sergent se releva. Il avait le dos voûté, la tête baissée ; sa poitrine était soulevée par un souffle rauque et bestial. Il se redressa tout à fait, et l'on vit que son visage n'était plus qu'un masque torturé aux yeux fous. Une bave épaisse et sanglante lui maculait les lèvres. Elle coulait sur son menton et empourprait sa gorge.

« Gardez cette porte ! ordonna von Regenhalt à un soldat qui, sur le seuil, venait aux nouvelles.

— Ne le blessez pas si vous le pouvez, lança Kantz. Il peut encore être sauvé. Nous devons nous emparer de lui. Nous ne serons pas trop de quatre. »

Les archers, qui n'en menaient pas large, avancèrent la rapière à la main. Kantz et von Regenhalt, de leur côté, approchaient aussi. Le chevalier avait encore l'épée au fourreau.

Le possédé tourna plusieurs fois sur lui-même tandis que le cercle se resserrait. Il rugit, menaçant, telle une bête fauve acculée.

« Regarde-moi, dit Kantz à mi-voix. Regarde-moi. »

L'autre fixa le chevalier d'un regard intrigué et lâcha un feulement incertain.

« Me reconnais-tu ?… Cherche. Cherche au plus profond de toi. »

En guise de réponse, Kantz fut gratifié d'un grognement haineux.

Il sourit, sûr de lui.

« Oui, tu me reconnais…

— Chasseur, fit le possédé d'une voix éraillée… Chasseur, tu es.

— Oui, confirma le chevalier en avançant toujours. Et je te détruirai si tu ne libères pas maintenant l'âme et le corps que tu tourmentes… »

Un sinistre ricanement le défia.

« Regarde-moi, regarde-moi… Ne regarde que moi, poursuivit Kantz sur un ton ferme et patient. Tu sais qui je suis. Tu sais que je te vaincrai si tu m'affrontes en ce monde. »

Les quatre hommes, à pas lents, continuaient d'approcher du possédé qui ne paraissait pas pouvoir se détourner du regard hypnotique de Kantz.

« Je sens la peur en toi…

— Mensonge !

— Si. Je sens la peur en toi. Ecoute cette peur : elle ne te trompe pas… Quitte ce corps et retourne vers l'Ombre… Ou tu mourras…

— Non !

— Il n'y a pas assez de force en toi. Pas assez de haine… Tu es faible et craintif. Faible et craintif… »

Kantz et von Regenhalt étaient encore à trois mètres du dément. En revanche, les archers, dans son dos, étaient presque sur lui. L'un d'eux fit un pas de trop : une latte du plancher grinça sous son pied et le sergent fit volte-face.

« MAINTENANT ! » ordonna Kantz.

Tous se précipitèrent mais le forcené fut le plus rapide. Il bouscula les deux archers et se rua vers la sortie. Kantz et von Regenhalt bondirent. Kantz saisit le sergent à bras-le-corps, l'officier l'attrapa aux jambes : ils le renversèrent. L'autre se débattait de toutes ses forces. Il roula sur le dos et porta un coup de genou à von Regenhalt qui lâcha prise, la bouche en sang. Au même instant, les archers se laissèrent tomber de tout leur poids sur le dément.

« Tenez-le ! fit Kantz en arrachant son gant d'un geste vif. Tenez-le ! »

Le forcené cracha. Un jet de matière glaireuse et brûlante toucha les yeux d'un archer qui hurla en se jetant en arrière. Von Regenhalt le remplaça aussitôt. Le sergent crachait désormais des postillons ignobles qui mouchetaient les visages sans les blesser. Kantz écrasa la paume de sa main nue sur le visage du dément. La chair grésilla comme au contact d'un fer rougi au feu. Le malheureux poussa un cri aigu. Une forme humanoïde et laiteuse se détacha alors de son corps. Elle sauta à la gorge du chevalier. Kantz se cambra et roula par terre en se démenant contre l'ectoplasme qui tentait de pénétrer par sa bouche, ses oreilles, ses narines. Avec un gémissement douloureux, il put enfin se libérer. Il repoussa l'ectoplasme qui revint à la charge sans attendre. Mais Kantz, sur un genou, eut le temps de tirer l'épée. Il frappa de taille, trancha la forme qui s'embrasa aussitôt et disparut dans un feu pourpre.

Le calme était revenu dans la pitoyable masure.

Dehors, von Regenhalt achevait de donner quelques ordres. De nouvelles sentinelles gardaient la porte ; plus loin, des centaures en armes fermaient la venelle désormais déserte et silencieuse. On avait emmené le cadavre de Lefèvre. Le sergent – toujours inconscient mais sauf – et l'archer blessé au visage devaient être arrivés à l'Hôtel-Dieu, où les moniales du Temple sauraient les soigner. Du moins l'espérait-on.

Seul Kantz n'avait pas quitté les lieux.

Il était à l'étage, dans la petite chambre en désordre, debout devant le lutrin qu'il avait déjà remarqué quand il était entré ici pour la première fois. Il venait de le redresser pour mieux le contempler, étrangement intrigué. C'était un pupitre en bois verni, tel qu'on en trouve dans les églises et chez les lettrés. Chez les kabbalistes et les sorciers, aussi – car certains rituels exigent d'être accomplis debout et les mains libres, les yeux rivés sur le texte. Ni neuf ni précieux, le lutrin semblait néanmoins parfaitement incongru parmi les maigres possessions d'un miséreux. Parce qu'il avait été un alchimiste, Lefèvre pouvait très bien en avoir eu l'usage jadis. Mais maintenant ? Pourquoi avoir conservé un meuble inutile ? Pourquoi ne pas l'avoir vendu, ou transformé en petit bois ?

A quoi peut servir un pupitre lorsque l'on ne possède plus le moindre livre ?

Un livre…

En même temps que cette idée lui venait, Kantz vit – à travers les brumes d'un passé récent – un lourd in-folio posé sur le lutrin. Le volume avait une épaisse couverture ornée d'un glyphe étrange. Un glyphe torturé où l'on pouvait deviner un L et un P, peut-être un R, enlacés. Mais surtout, un glyphe que le chevalier avait déjà vu : le même était gravé sur le front de la goule dont un miroir lui avait renvoyé le reflet fugitif, l'avant-veille, chez le professeur Heusch…

La vision disparut et Kantz sursauta quand von Regenhalt, dans son dos, demanda soudain :

« Allez-vous bien, chevalier ?

— Oui, ce me semble.

— Je n'avais jamais assisté à pareil spectacle… »

Kantz crut un instant que l'officier avait lui aussi vu le livre qui, naguère, reposait sur le lutrin. Puis il réalisa qu'il ne pouvait faire allusion qu'au sergent et à l'ectoplasme.

« Les possédés ne sont pourtant pas rares à Wielstadt, dit le chevalier en se retournant.

— Je voulais dire : rien d'aussi soudain… Mais que diable s'est-il passé ici ? »

Kantz soupira.

« Il arrive qu'un esprit damné et errant soit attiré depuis l'Ombre par l'horreur d'un crime, la cruauté d'un bourreau, la peur et la douleur d'une victime. De même que les actes bons et les sentiments purs peuvent attirer la protection d'un génie bienfaisant, parfois d'un ange, de même il arrive qu'un forfait ignoble ou la noirceur d'une âme provoque la venue d'un habitant de l'Ombre. Notre monde est comme une flamme qui, les nuits d'été, attire toutes sortes d'insectes. Imaginez maintenant un voile qui protégerait cette flamme : des accrocs s'y font parfois et permettent le passage des créatures de l'Ombre.

— Je croyais, moi, que les spectres et les diables ne pouvaient venir dans notre monde qu'à la condition d'y être appelés.

— C'est vrai. Mais la vilenie des hommes y suffit parfois. Par chance, les créatures dont l'arrivée est fortuite comptent rarement parmi les plus puissantes.

— C'est donc l'horreur du crime qui eut lieu dans cette maison qui attira l'être que nous y avons affronté ?

— Oui.

— De fait, il n'a rien à voir avec les massacres qui nous occupent.

— Sans doute non.

— Mais vous croyez bien, comme moi, que ces trois carnages ne sont pas le fait d'hommes, aussi cruels qu'ils puissent être ?… »

Le chevalier ne répondit pas.

« N'est-ce pas ? insista le lieutenant criminel du prévôt.

— Non. Je ne le crois pas, fit Kantz en s'engageant dans l'escalier.

— Alors qui ?

— Des goules. De féroces créatures anthropophages ramenées à la vie par l'art ignoble de la nécromancie. Il est dans leur façon de se terrer tout le jour et de chasser la nuit. D'évidence, celles-ci ont leur repaire à Wielstadt.

— Mais où donc ?… Et comment le découvrir ?

— Je ne sais », reconnut Kantz.

Il était arrivé dans la pièce du bas et marchait vers la porte.

« Vous partez, chevalier ?

— Oui. Je gage que nous n'avons plus rien à faire ici.

— Qu'allez-vous faire ?

— Avant toute chose, dormir. »

20

Kantz laissa von Regenhalt à la nuit et chemina par des rues glaciales, désertes et venteuses. Il était soucieux, accablé, fatigué, parfaitement indifférent au décor qui l'entourait.

A cette époque, les grandes villes d'Europe se muaient après le crépuscule en dédales sinistres et ténébreux. L'éclairage public n'existait pas, et seuls les plus riches faisaient la dépense d'allumer des flambeaux devant chez eux. Les rues, pour la plupart, n'étaient pas pavées. Souvent étroites et tortueuses, elles n'avaient guère changé depuis le Moyen Age. Par les fenêtres et malgré les édits de salubrité, on y déversait encore volontiers ses ordures. Les chiffonniers ramassaient à l'aube ce qu'ils pouvaient vendre ; les chiens, les chats et les rats faisaient pitance du comestible ; dans les enclos des cours, les cochons domestiques étaient aussi d'efficaces éboueurs. Les eaux sales stagnaient jusqu'à la prochaine averse, dans une puanteur qui redoublait avec les premières chaleurs.

Au plus fort de l'hiver, la neige en couvrant tout tuait les odeurs et parvenait à donner aux rues un air de propreté. Mais elle ne décourageait pas les truands qui rôdaient du crépuscule à l'aube. La nuit appartenait aux voleurs, aux assassins, et le guet n'y pouvait rien. Les nantis qui sortaient tard se garantissaient des mauvaises rencontres en se faisant accompagner de valets armés et courageux. Les autres n'avaient que le choix de rester chez eux, ou de risquer leur peau. La chance ne souriait pas toujours aux imprudents qui, dès lors, s'égosillaient en vain. Les bons samaritains étaient rares et les appels à l'aide troublaient à peine le sommeil des riverains. Ainsi, chaque aube se levait avec son lot de cadavres ou de blessés détroussés.

Emmitouflé dans son grand manteau, le chapeau au ras des yeux, Kantz croisa quelques silhouettes pressées qu'il inquiéta sans doute. Au détour d'une rue, pourtant, il se sentit épié depuis un porche et crut entendre des chuchotements suspects. Sans ralentir, il écarta les pans de sa cape pour montrer sa rapière et indiquer l'intention qu'il avait de s'en servir.

Il passa sans encombre.

Le carrosse était arrêté au milieu d'une place sans vie, où le vent ne soufflait pas, où la neige faisait un tapis uniforme et miroitant sous les rayons d'une lune qui peinait à se montrer derrière le défilé des nuages. Un profond silence emplissait ce décor immobile et désolé. La ville prenait ici des allures de nécropole oubliée.

En arrivant sur l'esplanade, Kantz sentit la paume de sa main gauche le démanger en même temps qu'il découvrait la voiture aux fenêtres occultées et son équipage de quatre chevaux. Il resta un instant à observer l'attelage impassible, le siège du cocher vide, et enfin la lourde cabine noire qui reposait entre ses roues énormes comme un monstre accroupi. Kantz comprit qu'il était attendu et, malgré les picotements qui lui gagnaient l'épaule, il avança sans crainte vers le carrosse dont une portière s'ouvrit bientôt.

« Montez, je vous prie », l'invita une voix féminine semblable à nulle autre.

Kantz ôta son chapeau et esquissa une révérence.

« Bonsoir, Madame. »

Il grimpa dans le carrosse, referma la portière et prit place en face d'une femme élégamment vêtue de soie et de velours rouge sombre. Elle était gantée, coiffée d'une large capuche qui tombait sur ses épaules et cachait son visage. Une petite lanterne, pendue au plafond, plongeait la cabine dans une pénombre orangée, contrastée, crépusculaire.

« Où allons-nous ? demanda Kantz.

— Nulle part, si vous le permettez. Il nous faut parler.

— Je vous écoute, Madame.

— Voilà longtemps que nous ne nous étions vus, n'est-ce pas ?

— Oui. Nos deux mondes ne se rencontrent guère, et c'est fort bien.

— Diriez-vous que nous sommes ennemis ?

— Etrangers, à tout le moins.

— C'est juste. »

Elle s'exprimait avec un accent étrange, que l'on ne remarquait pas aussitôt mais que Kantz lui connaissait bien. Outre le latin, l'hébreu et le grec ancien, lui-même parlait l'allemand, le français, l'italien, et l'espagnol. Il comprenait encore assez correctement le polonais, et avait quelques notions de danois. Pourtant, il était bien en peine d'identifier les faibles accentuations qui modulaient le parler raffiné de la Dame en rouge.

« Me direz-vous le motif de notre rencontre, Madame ?

— Vous savez de quels horribles crimes Wielstadt est le lieu depuis quelques nuits.

— Oui, Madame.

— Et que savez-vous encore ?

— Je devine que des goules ont perpétré les massacres dont nous parlons.

— Vous devinez juste.

— Mais j'ignore pourquoi. Ou plutôt : pour qui. Auriez-vous la réponse à cette question ?

— Non. Cependant, nous savons qu'une Puissance a surgi de l'Ombre il y a peu. Nous pensons qu'il s'agit d'un esprit défunt avide de vengeance, ou du moins désireux d'achever une tâche.

— Une *Ame Vengeresse* ?

— Oui, chevalier. »

Cette révélation laissa Kantz songeur. Il ne voyait qu'une bouche sous la capuche – une bouche élégante et impassible.

« Savez-vous ce que fut cette Puissance avant de gagner l'Ombre ? demanda-t-il.

— Non. Elle est prudente et se manifeste fort peu. Nous parvenons parfois à déceler sa présence, mais guère plus. Nous savons pourtant qu'elle gagne en force. De nuit en nuit.

— Au point de vous inquiéter ? »

La Dame en rouge ne répondit pas et Kantz choisit de ne pas insister. D'ailleurs, il n'avait pas la prétention de pénétrer les intentions de celle qui, pour le plus grand nombre, n'était qu'une légende.

« Vous êtes arrivé », dit-elle soudain.

Kantz souleva le rideau de cuir qui fermait la fenêtre de portière et reconnut sa maison, rue Königsberg. Le carrosse, pourtant, n'avait pas roulé.

« Au revoir, chevalier. Nous souhaitons sincèrement le succès de vos entreprises. »

Kantz remercia d'un signe de tête et descendit du carrosse en se recoiffant de son chapeau. Par la portière encore ouverte, il entendit avant de se retourner :

« Montrez-vous prudent, chevalier. Et si vous nous permettez un dernier conseil : allez trouver le Roi des Gueux.

— Que sait-il ?

— Rien encore. Mais un événement va se dérouler qui ne lui permettra plus de regarder ailleurs encore longtemps.

— Je ne comprends pas, Madame. Madame ! »

La portière s'était refermée.

Le carrosse s'ébranla et disparut bientôt dans la nuit.

Kantz remarqua sans surprise que ni les chevaux ni les roues de la voiture ne laissaient de traces dans la neige.

Horst Klieb avançait à pas rapides, attentif au moindre bruit et évitant les rencontres. Pour la première fois depuis le début de sa seconde vie, il errait seul dans l'obscurité silencieuse et glaciale de la Wielstadt nocturne. Seul, c'est-à-dire sans la meute.

Sans le Maître, aussi.

Le Maître était absent et il avait ordonné à ses serviteurs de ne pas quitter la crypte. Stupides et craintives, les goules ne pouvaient qu'obéir. Mais lui, Klieb, avait assez de libre arbitre pour agir à sa guise.

Cette nuit, il se vengerait.

N'en déplaise au Maître.

Dans la cabine silencieuse et comme immobile du carrosse qui s'éloignait, la Dame en rouge éteignit la lanterne. Puis elle poussa un soupir fatigué en ôtant sa capuche et laissant sa tête reposer contre la banquette.

« Etes-vous certaine d'avoir bien agi ? » fit alors une voix mâle qu'elle seule pouvait entendre.

Les yeux clos, elle ne réagit pas.

« L'avenir nous le dira, répondit-elle mentalement.

— Il faudra l'aider.

— La chose est probable.

— C'est contraire à nos usages.

— Nous ne pouvons perdre le chevalier, vous le savez. Les Années du Diable ont déjà commencé.

— Il l'ignore encore lui-même.

— Il le comprendra bientôt.

— Espérons qu'il ne décevra pas vos espérances… »

La Dame en rouge n'ajouta rien et se laissa aller au sommeil.

Les trois malfrats étaient ivres. Ils titubaient plus qu'ils ne marchaient, repus de chants, de rires, de chair grasse et de mauvais vin.

Au début, ils avaient bu par plaisir, puis pour trouver le courage de rentrer au bercail où ils se savaient attendus par les autres membres de la bande. Leur chef, Widauer, avait en effet interdit à ses hommes de profiter ostensiblement du butin que les mercenaires leur avaient vendu avant d'être trahis et empoisonnés. Il craignait, disait-il, que des dépenses inconsidérées attirent l'attention ; mais sans doute redoutait-il plus encore que, l'alcool aidant, ses hommes parlent. Et dans un cas comme dans l'autre, la nouvelle ne tarderait pas à arriver aux oreilles du Roi Misère, lequel exigerait aussitôt une part de ce gâteau que Widauer se réservait.

Des trois hommes, le plus jeune – il avait à peine dix-sept ans – était également le plus ivre. Il avait accompagné ses aînés dans le souci de se montrer aussi audacieux qu'eux. A présent, il n'était même plus en état de craindre la colère de Widauer. La tête lui tournait, il avait chaud, il voyait double et flou. Le cœur au bord des lèvres, il s'efforçait cependant de faire bonne figure, trop fier pour vomir devant les deux autres.

Ils étaient presque arrivés lorsqu'il n'y tint plus et se réfugia dans un recoin pour rendre tripes et boyaux avec de grands hoquets douloureux. Ses compagnons éclatèrent de rire et s'éloignèrent en ricanant.

Le jeune voleur alla mieux après que les derniers reliefs de son repas eurent rejoint la flaque nauséabonde qui s'étalait à ses pieds, maculait la neige et trempait ses chaussures.

Il se redressait pour aspirer une grande goulée d'air glacé quand les premiers hurlements retentirent.

21

Aux premières heures du jour, Kantz se rendit rue de la Pierre-percée. C'était une venelle tortueuse, légèrement en pente, au bas de laquelle une roue de meule marquait le centre d'un croisement.

Kantz trouva sans mal la librairie de Karl Hermlin. Il frappa aux volets fermés, appela, recula de quelques pas pour mieux voir les fenêtres de l'étage et appeler encore.

On ne lui répondit pas.

Regardant alentour, il vit une voisine qui entrouvrait sa porte, sans doute par curiosité.

« Bonjour, Madame, lança-t-il. Savez-vous si le libraire Hermlin est chez lui ? »

Mais sa phrase n'était pas achevée qu'il parlait déjà à une porte close.

Surpris, il hésita quelques secondes, chercha si d'autres témoins avaient assisté à la scène et pouvaient le renseigner. Comme personne ne passait ni ne se montrait, il résolut de faire le tour. Après un étroit passage et un mur qu'il enjamba, il atterrit dans un jardin clos et enneigé.

Il y avait des empreintes de semelles dans la neige. Celles de deux individus qui avaient franchi le mur presque au même endroit que Kantz, et avaient rejoint la porte de derrière de la librairie. Cette porte était brisée, selon un *modus operandi* que le chevalier commençait à bien connaître. Les traces de pas entraient mais ne sortaient pas. Comme il n'avait pas neigé depuis la veille au soir, elles étaient difficiles à dater. Kantz s'agenouilla, les effleura du doigt, constata qu'elles n'avaient pas gelé : elles étaient donc assez fraîches.

Il tira l'épée, se réjouit d'avoir emporté un pistolet, et approcha de la maison à pas de loup…

A l'intérieur, Kantz découvrit la librairie en désordre. Elle n'avait pas été mise à sac, cependant. Les meubles n'étaient ni brisés, ni renversés : tout juste les avait-on déplacés pour vérifier qu'ils ne cachaient rien derrière. Les livres, en fait, avaient le plus souffert. Tous ou presque gisaient au pied de leurs rayonnages et, là encore, on devinait qu'ils avaient fait les frais d'une fouille expéditive.

Kantz traversa la boutique d'un pas léger et gagna l'entrée. La porte sur rue était intacte ; un escalier menait à l'étage. Le chevalier allait monter lorsqu'il entendit un grincement, plus loin dans le couloir. Il alla voir, trouva une porte basse sous l'escalier. Elle était entrouverte et laissait deviner quelques marches menant à la cave. Pris d'un sinistre pressentiment, Kantz les emprunta.

La cave était éclairée par la lumière tombant chichement de deux soupiraux, percés au ras de la chaussée. Des vieux meubles et un bric-à-brac ordinaire s'accumulaient contre les murs. Au centre, une table de chêne occupait tout l'espace et, sur cette table, un cadavre sanguinolent était attaché. C'était celui d'un homme nu, les bras et les jambes en croix. Ses poignets et chevilles meurtris étaient tenus par des cordes nouées aux pieds de la table. De longues et profondes entailles symétriques lui barraient les membres, le torse et l'abdomen ; des lanières de peau s'en décollaient. On lui avait découpé les paupières, le nez et les oreilles. Il lui manquait des ongles et des touffes de cheveux. Il avait été égorgé, sans doute au terme de son calvaire. La température polaire qui régnait dans toute la demeure avait empêché le pourrissement des chairs. Le sang avait figé sur les blessures, sur la table, sur le sol en une large flaque.

Kantz présuma qu'il contemplait la dépouille de Karl Hermlin. Il avait été torturé à mort et son décès remontait sans doute à plusieurs jours. Comme il vivait en reclus, tous volets clos, son absence pouvait n'avoir inquiété personne. Avait-il été le premier à périr, avant même le tapissier Odensen et sa famille ? L'instinct de Kantz lui disait que oui. Pour autant, le meurtre du libraire avait-il quelque chose à voir avec les massacres commis par les goules ? Hermlin connaissait l'une de leurs victimes avérées, puisqu'il avait vendu des livres ésotériques à Holger Heusch, le vieux professeur libertin. Mais lui n'avait pas subi les assauts de créatures furieuses. Il avait été torturé savamment, patiemment. Cela exigeait du vice et de l'intelligence. Surtout, cela laissait deviner une intention, un projet. Qu'avait-on voulu lui faire dire ? Et avait-il parlé avant d'être égorgé ? Kantz n'en douta pas. Ultime détail sordide : le libraire n'avait pas les yeux arrachés – une constante chez les cadavres laissés par les goules…

Malgré tout, Kantz ne pouvait se résoudre à admettre que la mort de Hermlin était sans rapport avec les tueries. De lundi à jeudi, les goules avaient ensanglanté toutes les nuits de Wielstadt. Si le libraire avait été torturé avant ça, pouvait-il avoir révélé un secret qui aurait tout déclenché ? Ou était-ce sa mort que l'on vengeait ? Hermlin était lié à Heusch. Peut-être entretenait-il aussi des relations avec Odensen et la dernière victime en date. Mais que pouvaient avoir en commun un docteur en théologie, un tapissier sans histoire et un ermite oublié de tous ? Qu'est-ce qui leur avait valu de connaître – avec leurs proches – une fin aussi horrible ?

Il était inutile d'y réfléchir plus : tant de pièces manquaient au puzzle. D'ailleurs, Kantz n'avait que trop longtemps négligé de s'intéresser aux traces de pas qui entraient mais ne sortaient pas de la maison. Se détournant du cadavre, il s'apprêtait à quitter la cave lorsqu'il vit l'inscription sur le mur. En lettres de sang, il était écrit :

« Ceux qui savent doivent se souvenir. Ceux qui jugent seront punis. »

Le bourreau de Hermlin était l'auteur probable de ces mots. S'agissait-il d'un avertissement ? Mais adressé à qui ? Encore un mystère qu'il était sage de ne pas vouloir éclaircir aussitôt.

Kantz fit le tour de la cave par acquit de conscience et, n'ayant rien découvert de plus, il regagna le rez-de-chaussée. Parvenu en bas de l'escalier menant au premier, il vérifia que la porte d'entrée était toujours verrouillée. Elle l'était : ceux qui étaient entrés par le jardin n'étaient pas ressortis par là. Se trouvaient-ils encore dans les murs ? Kantz crut alors entendre du bruit à l'étage. Il tendit l'oreille et perçut un homme qui en appelait un autre à mi-voix.

« Vechter ! Viens, j'ai trouvé. »

Rapière au poing, Kantz gravit les marches sur la pointe des pieds, gagna un couloir qui desservait plusieurs pièces. Une porte était grande ouverte. Il s'en approcha, jeta un coup d'œil prudent à l'intérieur. Deux hommes étaient là, vêtus de hardes crasseuses, la dague au côté. L'un était perché sur un tabouret et fouillait à l'aveuglette une cache ménagée haut dans le mur. L'autre le regardait faire, les poings sur les hanches.

« Tu sens quelque chose ? demanda-t-il.

— Une boîte de fer, je crois. »

Tenant toujours sa rapière, Kantz prit de la main gauche le pistolet à rouet glissé dans sa ceinture et se montra.

« Retournez-vous sans hâte », dit-il d'une voix neutre.

Les deux voleurs pivotèrent lentement. Celui sur le tabouret – un grand blond mal rasé – cacha sous son épais gilet la boîte métallique qu'il venait de dénicher. L'autre – plus vieux, brun et l'œil mauvais – esquissa un sourire en disant :

« Tu n'as qu'une balle, l'ami. Et nous sommes deux.

— Tu n'as qu'une tête », répondit le chevalier en lui visant ostensiblement le front.

L'intéressé croisa le regard de Kantz, cessa de sourire mais tenta encore :

« Allons, l'ami. Nous devons pouvoir nous entendre…

— J'en doute. A genoux.

— Tu n'es pas sérieux ! Tu…

— Debout, tu meurs. A genoux, tu peux vivre. Le choix t'appartient. »

Le brigand choisit de vivre. Kantz avança alors d'un pas et ordonna au plus jeune :

« Toi aussi. Descends et imite ton compère. »

Quand les deux hommes furent agenouillés, il se plaça derrière eux et dit :

« Je fracasserai la tête du premier qui bougera et je transpercerai l'autre de part en part. Est-ce bien compris ? »

Ils acquiescèrent.

« Bien. Commençons… »

Un rapide interrogatoire permit à Kantz d'apprendre ce qu'il avait déjà deviné, à savoir que les voleurs n'étaient coupables que de s'être introduits dans une maison qu'ils croyaient désertée. Ne voyant personne entrer ni sortir de cette demeure aux volets toujours clos, ils avaient imaginé la cambrioler sans risque. Devant la porte du jardin enfoncée, ils imaginèrent que d'autres voleurs les avaient précédés mais furent détrompés : à l'intérieur, tout était en bon ordre. Ils ne parlèrent ni l'un ni l'autre du cadavre de Karl Hermlin, pas même pour se défendre de l'avoir assassiné. Kantz en déduisit qu'ils avaient négligé de visiter la cave. En revanche, depuis une bonne heure qu'ils étaient ici, ils avaient pris le temps de fouiller la boutique et le premier étage de fond en comble, méprisant les livres mais amassant une fortune en thalers et objets précieux dans deux grands sacs de cuir. La chambre du légitime locataire était vide, son lit était défait : Hermlin avait donc été surpris dans son sommeil, assommé peut-être, et traîné jusqu'à la cave de son supplice.

« Qu'allez-vous faire de nous ? » demanda enfin Vechter, le plus âgé des cambrioleurs.

Kantz hésita, décida de remettre sa décision à plus tard.

« Sais-tu au moins chez qui nous sommes ?

— Chez un libraire, à ce qu'il semble.

— Mais encore ?

— C'est tout.

— Le libraire est mort. Tu aurais trouvé son corps dans la cave, si tu l'y avais cherché. »

Vechter ne put contenir un sursaut de surprise.

« Eh ! lança-t-il par-dessus son épaule. Je n'ai jamais tué personne, moi. Ma parole ! Je le jure sur tous les saints du Par…

— Inutile de blasphémer. Je sais que tu es innocent. De ce meurtre-ci, en tout cas… »

Il y eut un silence.

« Quel est ton nom ? demanda Kantz au blondin en lui piquant le dos de la pointe de sa rapière.

— Heiden, Monsieur.

— Tout à l'heure, tu as caché un objet sous ton gilet. Fais-le glisser vers moi. »

Le jeune voleur hésita.

« Obéis ! » lui fit Vechter.

Heiden s'exécuta et Kantz ramassa une petite boîte allongée, en métal, plus large que haute. Il l'ouvrit sans quitter ses prisonniers de l'œil. Elle contenait une simple feuille de papier qu'il déplia.

C'était une liste de dix patronymes manuscrits sur une colonne, sans doute de la plume de Hermlin. Les premiers noms – *Gotzler*, *von Göttenberg*, *Wagner* – ne dirent rien au chevalier. Le quatrième, en revanche, l'arrêta :

« Odensen ? »

Les deux suivants – *Börgartz* et *Enning* – lui étaient encore inconnus, jusqu'au septième qui lui sauta aux yeux :

« Heusch ! »

La liste se poursuivait avec *Reinecker*, *Seelgen* et…

Le dernier nom sidéra Kantz.

« Filez », dit-il distraitement aux voleurs.

Vechter n'en crut pas ses oreilles.

« Vrai ?

— Oui, s'agaça le chevalier. Hors d'ici ! »

Hésitant encore, les truands se levèrent, se tournèrent vers Kantz qui les regardait à peine, et reculèrent vers la porte. Vechter tendit la main vers les sacs de cuir qui contenaient le butin du cambriolage, mais Kantz l'arrêta d'un hochement de tête négatif. Le malfrat s'excusa d'un sourire et déguerpit avec son complice.

Kantz resta un long moment sans bouger, partagé entre la colère et l'effarement, le regard rivé sur la liste et le nom qui la concluait…

22

Kantz déboula à *La Cigogne Noire* en milieu de matinée. A peine était-il entré dans l'auberge que Feodor délaissait les quelques clients attablés pour se ruer vers lui.

« Monsieur chevalier Kantz ! Le bonjour pour vous. »

Kantz voulut passer mais Feodor n'était pas de ceux que l'on bouscule.

« Bonjour, Feodor. Est-ce que Zacharios est…

— Est-ce que le chevalier êtes toujours encore en colère contre moi ? »

Le géant avait l'air sincèrement désolé.

« Mais non, s'étonna Kantz. Pourquoi donc devrais-je t'en vouloir ?

— Parce que j'ai été un mauvais gardien et que la petite fée Chandelle a échappé à Feodor.

— Ce n'est rien. Tu sais que Chandelle est chez moi, à présent. Elle va fort bien. »

Kantz croyait en avoir fini. Feodor, cependant, n'était pas de cet avis.

« Alors pourquoi la petite fée a le désamour pour moi ? demanda-t-il. Je suis très gentil après elle.

— Je le sais, Feodor. Et je ne crois pas que Chandelle ne t'aime pas. C'est simplement qu'elle préfère ma maison à cette auberge. Peut-être trouve-t-elle qu'il y passe trop de monde. »

Feodor plongea dans des abîmes de réflexion et lâcha :

« C'est vrai. Beaucoup de gens habitent ici et jamais les mêmes personnes… »

Prêt à tout pour se débarrasser du grand benêt, le chevalier ajouta :

« Si tu le veux, tu pourras rendre une visite à Chandelle à l'occasion.

— Oh, merci ! Merci de moi, chevalier !

— Il te faudra néanmoins obtenir l'assentiment de Zacharios.

— Oui, c'est bien sûr.

— A présent, dis-moi où il se trouve. Je dois le rencontrer.

— Oh ! Le maître Zacharios est dedans la cuisine pour les chiffres. »

« Chevalier ! » s'enchanta Zacharios en voyant Kantz le rejoindre dans la cuisine.

Cela faisait une bonne heure que le faune faisait ses comptes, assis à la grande table devant la cheminée. Trop heureux de trouver une occasion de se distraire, il repoussa ses livres et se leva pour accueillir son ami.

« Comment vas-tu ? Tu as une piètre mine.

— Le sommeil me manque un peu.

— Un verre de vin ?

— Volontiers. »

Kantz s'assit.

« Je t'emprunte de quoi écrire, dit-il tandis que le faune ouvrait un bahut.

— Je t'en prie. »

Du coin de l'œil, Zacharios vit son ami tirer une liste de sa manche et en commencer la copie.

« Qu'est cela ? » demanda-t-il en s'attablant avec deux verres et une bouteille.

Sans cesser d'écrire, Kantz lui fit signe de patienter. Bonne pâte, Zacharios déboucha la bouteille, remplit les verres et sirota son vin en silence.

« Voilà », lâcha enfin Kantz.

Il rempocha la liste et tendit la copie au faune.

« Connaîtrais-tu l'un ou l'autre de ces dix noms ? »

L'autre lut et dit :

« Le premier. Et le dernier, naturellement.

— Le premier ? » Kantz jeta un coup d'œil à la liste. « Gotzler ?

— Oui. Le sieur Hans Gotzler a longtemps été juge dans notre bonne ville de Wielstadt. Un diable d'homme qui a condamné plus de malheureux au gibet que la grande peste n'en a jamais emportés. On remplirait une cathédrale avec toutes les veuves et tous les orphelins qu'il a faits au long de sa carrière. C'était moins un juge qu'un bourreau, cet homme-là… » Zacharios cracha par terre. « Maudit soit-il ! »

Puis, respectueux des convenances, il écrasa la glaire sous son sabot. L'époque permettait que l'on se mouche du doigt ou glaviote sur le plancher, mais non qu'on offre le spectacle de reliquats douteux. Quant à l'hygiène, c'était une autre histoire qu'il restait à inventer…

Le chevalier plongea dans un silence songeur en caressant de l'index le bord de son verre de vin. Zacharios ne pipa mot, malgré les questions qu'il brûlait de poser au sujet de cette liste.

« Pourrais-tu me rendre deux services ? demanda soudain Kantz.

— Je t'écoute.

— Il me semble que tu jouis d'une fratrie nombreuse…

— J'ai onze frères, dont sept vivent à Wielstadt et deux au moins exercent des métiers que l'on pourrait dire honnêtes.

— A vrai dire, ce ne sont pas ces deux-là qui m'intéressent. Je voudrais faire surveiller un homme.

— Qui donc ? Cette crapule de Gotzler ?

— Non. Lui. »

Kantz désigna le dernier nom de la liste et hérita d'un regard surpris.

« Puis-je te demander pourquoi ? fit le faune.

— Pour la raison qu'il est sur cette liste. »

Zacharios eut la délicatesse de se satisfaire de cette réponse.

« J'ai compris, dit-il.

— Crois-tu pouvoir organiser la chose avec quelques-uns de tes frères ?

— Je puis t'en assurer.

— Par avance, merci.

— Ce n'est rien. Et le second service ?

— Je dois rencontrer le Roi Misère », lâcha Kantz.

Zacharios ne cilla pas, non plus qu'il ne fit l'injure à son ami de jouer les innocents outragés.

« Au plus tôt, ajouta le chevalier.

— Je peux lui faire connaître ta requête, mais non pas t'assurer qu'il y répondra favorablement.

— Je le sais.

— En outre…

— Oui ?

— Eh bien, il y a que le Roi Misère est fort occupé ces derniers temps, glissa Zacharios en ménageant son effet.

— Je l'ignorais.

— Tu aurais pu le deviner puisque le Roi Misère s'intéresse aux mêmes massacres qui préoccupent tant le guet, au point qu'un certain lieutenant fit, dans le plus grand secret, appel à tes lumières. C'était il y a deux ou trois jours, je crois… » ajouta le faune avec un sourire malin.

Kantz resta interdit un moment.

« Ignores-tu quelque chose de la vie de notre cité ?

— Certainement, chevalier. Certainement, fit Zacharios en feignant la modestie. Mais je sais encore qu'une nouvelle tuerie eut lieu cette nuit. A voir ta figure, il est clair que tu l'ignorais. Von Regenhalt ne t'a donc pas fait prévenir ? J'aurais juré que tu en revenais.

— Mais non !… Où ? demanda Kantz en se levant.

— Rue de l'Estrapade, près de l'église de Sainte-Marie-des-Douleurs. Un bien méchant quartier. »

Mais Zacharios acheva sa phrase dans le vide : Kantz était déjà parti.

23

A mi-hauteur, la rue de l'Estrapade était bouchée par une petite foule agglutinée devant une maison dont une douzaine d'archers peinaient à garder l'accès. L'attroupement n'était pas hostile mais, malgré une impassibilité de façade, les soldats n'en menaient pas large. Dans ce quartier populaire, le guet représentait une autorité répressive contre laquelle, à l'occasion, on n'hésitait pas à donner du coup de poing et du coup de bâton. Il suffisait parfois d'un rien pour qu'éclate une émeute.

Aperçu par von Regenhalt qui donna l'ordre qu'on le laisse passer, Kantz se fraya un chemin parmi les curieux puis dépassa le cordon des archers.

« Comment avez-vous su ? demanda le lieutenant criminel du prévôt. Je viens à peine d'envoyer un de mes hommes vous quérir.

— Peu importe, répondit Kantz. Mais pourquoi avoir tardé à me prévenir ?

— Pour la raison que je ne suis pas encore certain que cette affaire vous concerne au même titre que les précédents massacres. Entrons. »

Par une porte dont Kantz remarqua qu'elle n'avait pas été forcée, ils entrèrent sitôt le seuil franchi dans une pièce basse de plafond qui empestait la crasse et le sang. Cinq cadavres étaient alignés par terre sous des draps maculés et des couvertures. Un sixième, nu et bâillonné, le torse lacéré, les parties génitales sectionnées, était crucifié au mur du fond ; il avait un poignard planté dans le cœur.

« Il s'appelait Widauer, indiqua von Regenhalt en désignant le supplicié. Une authentique crapule. Un voleur et un assassin. Les cinq autres lui obéissaient. »

Kantz s'accroupit pour observer les cadavres étendus sur le plancher. Trois étaient en chemise et les jambes nues : ils avaient été égorgés mais ne portaient pas trace d'autres blessures, du moins récentes. Deux autres étaient tout habillés, dans leur manteau d'hiver : leurs plaies donnaient à penser qu'ils avaient livré combat à un ou plusieurs escrimeurs.

« Les trois hommes en chemise ont sans doute été tués dans leur sommeil, dit von Regenhalt. Nous les avons trouvés à l'étage, sur des paillasses, baignant dans leur sang. Les deux autres gisaient ici, près de la porte. On devine qu'ils se sont battus. »

Kantz se redressa et marcha vers le crucifié.

« Celui-ci fut torturé puis poignardé au cœur, fit-il en étudiant le cadavre qui pendait par les poignets à deux clous de charpentier.

— Notez qu'il est bâillonné.

— Oui. Ses bourreaux ne voulaient pas que l'on pût entendre ses hurlements…

— Des cris furent pourtant entendus.

— Vraiment ?

— Oui. Des hurlements retentirent et, peu après, on vit une silhouette s'enfuir.

— Seulement une silhouette ? Homme, femme, enfant ?

— Homme, selon les témoignages que nous avons pu recueillir. »

Kantz resta pensif un moment.

« Résumons, dit-il enfin. Les assassins entrent… A ce sujet, par où sont-ils passés ? La porte principale n'est pas forcée.

— Par une fenêtre donnant sur une cour depuis un couloir.

— Bien. Donc, les assassins entrent. Ils tuent d'abord les trois hommes endormis et se saisissent de celui qu'ils vont crucifier. Ils le tourmentent mais sont bientôt surpris par l'arrivée des deux hommes que vous avez trouvés tout habillés. Ceux-là eurent le temps de crier et combattre avant de mourir. Alors, craignant d'être découverts, les assassins achèvent le supplicié d'un coup au cœur et s'enfuient.

— Je vois les choses comme vous.

— Mais n'a-t-on bien vu qu'un fuyard ?

— Oui.

— Un homme ne peut pourtant venir à bout de six autres. »

Von Regenhalt haussa les épaules : il en venait à douter de tout.

« Vous comprenez, dit-il après un temps, pourquoi j'ai hésité à vous faire venir.

— Oui. Les assassins n'entrèrent pas en brisant la porte. Ils ne s'acharnèrent pas vainement sur leurs victimes. Je dirai même que les tortures infligées à l'homme crucifié témoignent plus d'un zèle cruel et raffiné que d'une barbarie sauvage… Y avait-il ici un butin à voler ?

— Oui. On n'a songé à prévenir le guet que fort tard, et je gage que la maison avait été plusieurs fois visitée avant notre arrivée. Cependant, nous avons pu trouver une cache sous un plancher et, à l'intérieur, de nombreux et précieux objets de culte. Sans doute le butin d'un pillage que des brigands sont venus vendre dans nos murs. »

Kantz prit quelques secondes pour, en silence, balayer le décor d'un long regard circulaire.

« Selon moi, poursuivit von Regenhalt, ces meurtres sont le produit d'une querelle entre truands, d'une vengeance. Et le supplice de Widauer donne à penser que l'on a voulu faire un exemple. »

Kantz n'écoutait pas. En dégantant sa main gauche, il s'était approché du cadavre cloué au mur. Par leur cruauté, les tortures infligées au malheureux en évoquaient d'autres au chevalier. Sur le torse du crucifié comme sur celui du libraire Hermlin, les entailles étaient les mêmes, symétriques et profondes.

« Qu'y a-t-il ? » demanda le lieutenant.

Kantz ne répondit pas.

Lentement, il tendit sa main nue vers le poignard qui transperçait le cœur du supplicié.

Lentement, comme fasciné…

Au moment où le chevalier toucha le poignard, le cadavre eut un sursaut. Il ouvrit les yeux et se cambra tandis que son bâillon glissait pour laisser voir le chiffon qui avait étouffé ses cris sous la torture. Comme électrisé, Kantz fut saisi d'un grand frisson. Gorgée de sang et de salive, la balle de tissu chut d'une bouche béante, figée dans un cri silencieux. Chancelant, incrédule, Kantz recula. Mais le cadavre était déjà retombé, flasque, pendu par ses poignets encloués.

« Chevalier ! s'exclama von Regenhalt en retenant Kantz par les épaules. Chevalier ! Qu'avez-vous ? »

L'espace d'une seconde, Kantz avait partagé avec Widauer les tourments de l'agonie. L'espace d'une seconde, il avait ressenti sa détresse, sa peur et sa douleur, la folie toute proche. Mais, surtout, il avait vu par les yeux du supplicié, vu le visage de son bourreau.

C'était un visage cruel, émacié, parcheminé, aux longs cheveux roux.

Le visage d'un mort.

Kantz tenait toujours le poignard qu'il avait, dans un mouvement réflexe, arraché au corps. Il se laissa tomber sur un tabouret.

« Chevalier ! Que s'est-il passé ?

— J'ai été imprudent, voilà tout… »

Von Regenhalt jeta un regard inquiet au crucifié qui, à présent, avait les yeux grands ouverts et semblait les observer.

« Vous ne me dites pas tout, chevalier. »

Kantz esquissa un sourire résigné.

« Et vous, me dites-vous tout ?

— Je vous demande pardon ? »

Kantz tira de sa manche la liste trouvée chez Karl Hermlin. Il la tendit à l'officier qui la parcourut et pâlit.

« Où avez-vous trouvé cela ?

— Je remarque que vous ne me demandez pas de quoi il s'agit », fit le chevalier en se levant.

Il était faible encore.

« Me direz-vous enfin d'où vous vient cette liste ? insista von Regenhalt.

— Je la trouvai ce matin, chez un fort mystérieux libraire nommé Hermlin. N'espérez pas le questionner : il est mort. Torturé et tué, tout comme ce malheureux crucifié…

— Mais que savez-vous ? lança le lieutenant à Kantz qui marchait vers la sortie.

— Je ne sais rien. Je n'ai que des questions. Celle-ci, par exemple : pourquoi votre nom est-il le dixième inscrit ? »

Kantz se retourna et dévisagea von Regenhalt resté à l'autre bout de la pièce. Il l'avait tant lue et relue qu'il pouvait réciter la liste du libraire par cœur : *Gotzler – von Göttenberg – Wagner – Odensen – Börgartz – Enning – Heusch – Reinecker – Seelgen – von Regenhalt.*

« Pourquoi ? » répéta-t-il.

L'autre froissa la liste en crispant le poing et lâcha :

« Je l'ignore.

— Vous mentez, et je me l'explique mal. Les noms de deux victimes des goules figurent sur cette liste. Car Odensen est bien le nom du tapissier massacré avec toute sa famille, n'est-ce pas ? Et Heusch, celui du vieux professeur amoureux ?… Ce ne peut être un hasard. Je vous accorde que le nom de l'alchimiste français manque. Lisez bien : pas de Lefèvre. Malgré tout, m'est avis que vous devriez vous inquiéter de lire le vôtre sur ce papier, quelle qu'en soit la raison. A Wielstadt, ils sont sans doute plusieurs à se nommer Odensen ou Heusch. Mais combien d'hommes portent le nom de vos pères ?… »

Depuis le seuil, Kantz ajouta :

« Si vous ne deviez penser qu'à votre devoir, sans doute seriez-vous bien inspiré de faire garder la porte des derniers vivants que cette liste énumère. Et doublez vos patrouilles nocturnes, si ce n'est encore fait… Au revoir, Monsieur le Lieutenant du Prévôt. Lorsqu'il vous plaira de m'honorer enfin de votre confiance, vous me trouverez chez moi. »

Et il sortit.

Dans la rue, après avoir franchi les rangs des curieux amassés devant la maison, Kantz remarqua un faune qui arrivait et prenait position sous un porche.

Le faune lui adressa un discret signe de connivence et disparut aux regards.

24

Le jour ne parvenait pas, ici. Pourtant, une lueur crépusculaire impossible baignait la crypte.

La venue du Maître avait excité les goules. Craintives et curieuses, elles allaient et venaient autour d'un cercle imaginaire qu'elles ne voulaient – ou ne pouvaient – franchir. Elles grognaient tout bas, le dos rond, les bras ballants, la tête rentrée dans les épaules. Certaines grimpaient parfois sur les tombeaux alignés mais n'y restaient pas, trop impatientes pour garder longtemps la pose. Elles feulaient lorsqu'elles se rencontraient et se bousculaient ; de brèves querelles éclataient. Les goules affectaient alors des attitudes menaçantes, exhibaient des crocs immondes, griffaient l'air. Elles n'osaient cependant pas se battre en la présence du Maître. A l'occasion, toutes tournaient vers lui le même masque pourrissant aux paupières cousues, au front marqué d'un glyphe, aux lambeaux de chevelure graisseuse.

Au milieu de cette ronde incessante, le spectre incarné d'Alexander von Göttenberg se tenait debout. Devant lui était agenouillé le cadavre livide et osseux d'un spadassin en armes. La rapière au côté, il portait un épais pourpoint de buffle râpé et déchiré. Comme il se soumettait tête nue et baissée au jugement de son maître, ses longs cheveux roux pendaient comme deux rideaux de part et d'autre de son visage émacié.

« Qu'as-tu fait, Klieb ? demanda Alexander. Qu'as-tu fait cependant que je rendais une dernière visite à mon frère ?

— Je me suis vengé, Maître.

— Et de qui ?

— De mes assassins. J'en avais fait le serment. J'avais juré.

— Ne t'avais-je pas promis que l'heure de ta vengeance sonnerait un jour ?

— Vous l'avez dit, si…

— Mais tu n'as pas daigné attendre.
— Non, Maître. »
Alexander tendit la main et toucha le crâne de son serviteur pour lui sonder l'esprit. Klieb n'était pas semblable aux goules. Il n'était pas un monstre contrefait, sans raison, toujours affamé de violence et de sang. Il était presque un homme, encore. De sa vie première, il lui restait quelques souvenirs et un reliquat d'intelligence mauvaise. Surtout, il lui restait une haine brûlante. Il n'avait pas oublié Widauer. Il n'avait pas oublié la trahison, le poison et son agonie sous le regard moqueur et triomphant du truand. Dès cet instant, une colère furieuse avait envahi son âme pour ne plus la quitter, même après la mort. Et c'était cette rage de vivre pour se venger qui – autant que l'art honni du Maître – l'avait tiré des Limbes.

Tout cela, Alexander von Göttenberg le savait. En rendant la vie au mercenaire, il avait choisi de le gratifier d'un embryon de conscience, et donc de mémoire. Il lui fallait un lieutenant fidèle et avisé, un homme de main capable de relayer ses ordres et de diriger les goules. Il connaissait l'obsession de vengeance qui habitait Klieb mais il l'avait sous-estimée : il n'avait pas deviné qu'elle pousserait le spadassin à la désobéissance…

Le Maître retira sa main et croisa les bras.

« Tu m'as désobéi, Klieb. Ne t'avais-je pas ordonné de ne pas quitter ce lieu jusqu'à mon retour ? Ne t'avais-je pas ordonné de veiller sur tes compagnons ?
— Si, Maître.
— Vois comme je suis mal récompensé de mes bontés à ton égard. Moi qui t'autorisais à forcer les femmes que, parfois, tu rencontrais les nuits où tu me servais… »

Alexander ménagea un silence et reprit :

« Combien d'hommes as-tu tués cette nuit ?
— Six. »

Une rumeur envieuse vint des goules.

« La vengeance te fut-elle douce ?
— Oui, Maître. »

Toujours agenouillé et le front bas, Klieb afficha un sourire cruel que son maître ne vit pas mais devina.

Alexander sourit à son tour.

« Je te comprends, Klieb. Je te comprends mais je ne puis pardonner ta faute. Tu as été imprudent. Tu aurais pu être surpris, reconnu. D'ailleurs, es-tu bien certain de ne pas l'avoir été ? »

L'autre ne répondit pas.

« Quelle inconséquence, fit le Maître sur le ton du regret. Quelle inconséquence… A présent, la prudence nous oblige à ne pas agir cette nuit. » Les goules interrompirent leur va-et-vient et feulèrent de dépit. « Il n'y aura pas de chasse. » Les feulements contrits redoublèrent. « Mais tes compagnons ne doivent pas être les seuls à souffrir de ta faute. »

Mues par un ordre silencieux, les goules se ruèrent soudain sur le mercenaire et le plaquèrent au sol, bras et jambes en croix.

« Maître ! Ayez pitié, Maître. Je me rachèterai !

— Je le sais, Klieb. Je le sais. »

Alexander se pencha jusqu'à ce que ses cheveux gris caressent le visage du mercenaire réduit à l'impuissance. Klieb put alors voir son reflet dans les yeux noirs et luisants qui le contemplaient.

« De grâce, Maître ! Pitié ! »

Le regard d'Alexander étincela et Klieb comprit qu'il venait de lever un mur de silence autour d'eux. Il supplia encore, puis hurla tandis que les goules le traînaient vers la petite grille qui fermait une extrémité du caveau. Derrière, il y avait la salle où le Maître pratiquait ses rituels.

Des cris ignobles résonnèrent bientôt dans toute la crypte mais ne furent entendus de personne hors les murs. Quelques mètres plus haut, le cimetière des Anges-Aveugles s'étendait immense et paisible sous le ciel grisaille d'un jour finissant…

25

Les ors du luxueux cabinet de travail miroitaient à la lumière du grand feu qui brûlait dans l'âtre et cuisait l'air.

Assis à son bureau encombré de paperasse, le vieil homme avait froid, pourtant. Les traits tirés par une fatigue qui ne le quittait plus, l'œil fiévreux et las, il frissonnait parfois et, alors, ajustait le bonnet doublé qui le coiffait ou resserrait le col en fourrure de sa lourde robe de chambre. Il avait la soixantaine. Grand et sec, on devinait qu'il avait beaucoup maigri ces derniers jours, que le poids de l'âge l'avait épargné longtemps et accablé soudain. Il s'accommodait mal encore d'un corps qui, trop vite affaibli, n'était plus au diapason d'une force d'âme implacable, d'une intransigeance féroce que trahissaient sa mâchoire volontaire et la sévérité naturelle de son regard. Et puis il y avait ces cauchemars, ces cauchemars surgis d'un passé lointain et qui, chaque nuit, le privaient d'un repos si nécessaire.

Les coudes posés sur les bras matelassés de son fauteuil, les doigts joints en clocher et touchant ses lèvres minces, le vieillard écouta von Regenhalt sans l'interrompre. L'officier acheva bientôt son récit et, le chapeau à la main, attendit respectueusement la réplique.

« Cette liste, l'avez-vous ? demanda enfin le vieil homme.

— Oui, Monsieur. »

Von Regenhalt tira le papier de sa manche et avança de deux pas pour le tendre à son vis-à-vis, par-dessus le bureau qui les séparait. Il recula aussitôt que l'autre eut saisi le papier.

« C'est bien l'écriture de Hermlin, fit le vieillard après avoir parcouru la liste des yeux… L'imbécile ! Mais d'où lui vint l'idée aussi folle que stupide de faire pareille liste ?… » Il soupira et reprit : « Le chevalier Kantz sait-il ce qui unit ceux dont les noms apparaissent ici ?

— Non.
— Peut-il seulement le soupçonner ?
— Certes pas.
— Etait-il seul lorsqu'il trouva cette liste ?
— Je le crois, oui.
— A-t-il pu en faire copie ?
— Je l'ignore, avoua l'officier… J'en doute, ajouta-t-il trop vivement.
— Il faudra s'en assurer. »

Von Regenhalt voulut parler, hésita.

« Je n'ignore pas, fit le vieillard, que vous me tenez en piètre estime, Monsieur le Lieutenant du Prévôt. Je sais encore que vous mésaimez ceux que je représente en cette ville. Aussi, pourquoi me venir visiter ?

— Vous ne pouvez pas ne pas avoir eu vent des crimes odieux qui se commettent à Wielstadt depuis une semaine… Cette liste n'intéresse le chevalier que pour la raison que les noms de deux victimes y apparaissent ainsi que le mien. Cela m'intrigue pareillement, et m'inquiète.

— Craindriez-vous pour vos jours ? »

Von Regenhalt se raidit.

« Vous savez fort bien que, si mon nom côtoie le vôtre sur ce feuillet, c'est parce qu'il est d'abord celui de mon père !

— Certes, certes…

— Nous connaissons, vous et moi, le sens de cette liste. Sachant ce que je sais, je ne peux manquer de me poser cette question : les *Wissenden*[1] ont-ils, d'une manière ou d'une autre, partie liée à ces meurtres ?

— Vous ne vous figurez tout de même pas que nous puissions être les auteurs de ces infamies ! s'insurgea le vieil homme. Nous sommes des juges sévères et des bourreaux implacables. Des assassins, jamais !

— Non pas les auteurs, mais les victimes. Se peut-il qu'on exerce une vengeance à l'encontre des *Wissenden* de Wielstadt, ou de certains d'entre eux ? Odensen et Hermlin étaient des *Freischöffen*[2] et tous deux ont péri d'une même main. Cela n'éveille-t-il rien en vous ? Ne leur connaissez-vous pas un ennemi commun ? Un ennemi, ancien peut-être, dont nous pourrions deviner la victime prochaine ? »

Von Regenhalt ne vit pas la lueur d'intérêt qui brilla fugitivement dans l'œil de son interlocuteur. Il poursuivit :

1. Littéralement : ceux qui savent (all.).
2. Francs-juges (all.).

« Je ne puis me résoudre à croire que le hasard seul mit deux *Freischöffen* sur la route des monstres que je pourchasse. Je vous en conjure respectueusement, si vous savez un fait que j'ignore, partagez vos lumières avec moi. Des vies, sans doute, sont en jeu. Il s'agit peut-être de la vôtre. »

Un lourd silence sépara les deux hommes. Puis le vieillard dit :

« Malheureusement, Monsieur le Lieutenant du Prévôt, je ne sais rien que vous ne sachiez déjà. Et je ne puis que prier pour le succès de vos entreprises. Soyez assuré, cependant, que je ne manquerai pas de vous faire connaître tout ce que je pourrais apprendre à l'avenir et qui concernerait la triste affaire qui vous occupe.

— Monsieur, je me permets de…

— Allons, Monsieur. Si je savais quelque chose, quel motif aurais-je de vous le cacher ? Ne suis-je pas la première personne qu'une vengeance contre les *Wissenden* devrait inquiéter ?… Véritablement, je ne sais comment vous être de quelque secours. De plus, ne craignez-vous pas de faire fausse route ? Que je sache, vos goules firent d'autres victimes que les sieurs Heusch et Odensen…

— Une seule, si l'on oublie leurs proches. Un vieil alchimiste qui vivait en reclus…

— Et qui, je puis vous l'assurer, ne fut jamais des nôtres.

— Je le sais, cependant…

— Enfin, je vous rappelle que le docteur Heusch, depuis sa retraite licencieuse, n'avait plus aucun commerce avec nous. Quant au libraire Hermlin, chez qui l'on trouva cette liste qui vous inquiète tant, il semble avoir péri d'une autre main que celle des goules, n'est-ce pas ?… »

Von Regenhalt acquiesça, plus résigné que convaincu.

« Le bonsoir, Monsieur le Lieutenant du Prévôt. Pardonnez-moi, mais je me trouve fort las. »

Congédié, von Regenhalt salua et s'en fut.

Le vieil homme resta un long moment immobile et les yeux clos. Puis il agita une clochette à main qui était posée sur son bureau.

Presque aussitôt, un valet tout de noir vêtu entra. Il avait le cheveu épais et le corps sec. Une tache de naissance lie-de-vin lui couvrait la joue gauche. Il s'inclina devant son maître qui lui dit :

« Je veux que tu retrouves un homme. C'est un vieux Juif nommé Thadeus Lunkewitz. Je ne sais s'il est encore de ce monde mais, si tel est le cas, il ne peut manquer d'habiter Wielstadt. Fais vite. »

Le valet s'inclina encore et marcha vers la porte. Le vieillard le rappela avant qu'il ne sorte.

« Attends. Toutes affaires cessantes, va chercher Reinecker.

— Reinecker, Monsieur ? s'étonna le valet sans pouvoir contenir sa crainte.

— Tu m'as bien entendu. Je le veux ici dans moins d'une heure. »

Quand il fut de nouveau seul, le vieil homme prit une lettre rangée avec d'autres dans un coffret. Elle était déjà décachetée et il la relut.

Signée d'une simple initiale, elle lui annonçait la mort de Guillem von Göttenberg. On avait découvert le cadavre du vieux baron, désarticulé et le crâne fracassé, sur un lac gelé de ses terres.

Parmi ses livres, Thadeus Lunkewitz achevait quant à lui d'écrire une lettre lorsque son valet frappa à la porte et permit à Apollonius de Pise d'entrer.

« Je passais non loin, annonça le poète, et il m'est venu à l'idée que…

— Mais vous avez très bien fait ! » se réjouit le vieil homme.

Il était à sa table d'étude, à peine visible derrière la masse des ouvrages et papiers qui l'encombrait toujours.

« Je ne vous demande qu'un peu de patience, ajouta-t-il à Apollonius qui ôtait un manteau élimé. Un travail qu'il me faut achever…

— Je ne veux vous empêcher de rien. Voulez-vous que je revienne plus tard ?

— Non, non. Asseyez-vous. Avez-vous soupé ?

— Non », avoua l'autre en rougissant un peu.

Sans le sou huit mois par an, Apollonius de Pise rendait plus volontiers visite à ses amis aux heures de repas, mais n'en tirait aucune gloire. Pour masquer son embarras, il chercha dans la petite chambre un siège vide qui n'existait pas.

« En ce cas, allez trouver Felix, mon valet. Soupez à la flambée et me revenez voir quand vous serez bien repu. J'aurai alors fini, ajouta Thadeus en montrant la lettre qu'il rédigeait.

— Vous ne souperez pas ?

— Il n'y a pas une heure que j'ai pris une large collation, mentit le vieil homme.

— A tantôt, alors.

— A tantôt. »

Apollonius allait sortir quand il se ravisa et dit :

« Il me semble que vous avez bien meilleure mine…

— Oui, mon ami. Je vous remercie. »

Dès que la porte fut refermée sur le poète, le sourire qu'affichait Thadeus s'effaça, son regard se fit moins vif, et tout le poids de l'âge et de la maladie parut l'écraser soudain. Il lui fallut faire un effort pour contenir une toux qui – il le savait – le laisserait pantelant.

En se demandant dans quelle mesure sa comédie avait trompé Apollonius, Thadeus relut sa lettre – son testament, en fait. Puis il la signa, la plia et la cacheta. Des yeux, il chercha où la poser. Il lui apparut qu'elle serait en bonne place sur le lutrin, dressée contre ce grimoire que nul n'avait jamais vu ailleurs, ni ouvert. Il se leva en s'appuyant sur les coudes de son fauteuil, prit un temps immense à déplier son corps chétif et à marcher vers le pupitre…

Quand, un quart d'heure plus tard, Apollonius revint, il trouva le vieil homme allongé dans son lit.

« Vous êtes couché, Thadeus ?

— Mais je ne dors pas. Approchez et prenez donc ma chaire à bras, fit Thadeus en désignant son fauteuil… Je vais vous raconter une histoire, si vous le voulez bien… »

Intrigué, presque inquiet, Apollonius s'assit et dit :

« Une histoire ?

— Un conte, plutôt. Aimez-vous les contes, Apollonius ?

— Ce conte a-t-il une morale ?

— Oui, mon ami. Elle est cruelle, mais édifiante… »

D'où il était, le poète ne voyait que le profil anguleux de Thadeus. La lumière des chandelles qui brûlaient çà et là éclairait le maigre visage et le creusait d'ombres.

Alors, le regard vague, Thadeus commença d'une voix faible :

« Il était une fois, un roi nommé Lædan… »

26

Kantz rentra chez lui sitôt après avoir quitté von Regenhalt. Il déjeuna frugalement sans piper mot ni même croiser les regards inquiets de sa gouvernante, puis se retira dans son cabinet particulier – sa « chambre de sorcier », comme disait Heide. Chandelle s'y faufila tandis qu'il entrait et il n'eut pas le cœur de la chasser.

Pour Kantz, l'après-midi s'écoula lentement dans ce décor familier et paisible, dans cette pièce qui avait des allures de chapelle profane. Par le vitrail qu'encadrait la grande bibliothèque, la lumière tombait, morcelée et colorée. Elle caressait les meubles rangés ici selon un agencement immuable et précis : le lutrin et son lourd grimoire à fermoir d'argent au centre ; l'autel contre le mur faisant face à la bibliothèque ; l'antique bahut et la table de part et d'autre du lutrin ; le prie-Dieu en vis-à-vis de l'autel ; et le fauteuil dans un angle, légèrement à l'écart.

En respect de la tradition kabbalistique, telle était la parfaite organisation d'un *occultum*, ou oratoire magique. Un épais tapis rouge sombre couvrait le plancher ; il était de la même couleur que les tentures masquant les trois murs que la bibliothèque laissait libres. Sur la pierre d'autel en marbre blanc était posé un chandelier à sept branches, une lampe, un encensoir et une épée cérémonielle. D'imposants candélabres se dressaient aux quatre coins du tapis.

Au vu de ce décorum, la « chambre du sorcier » semblait mériter son nom. Kantz, cependant, n'était pas sorcier. La seule magie qu'il connaissait était la théurgie, cette magie d'essence divine héritée des enseignements de la kabbale. Et encore ne la pratiquait-il que très peu. Kantz avait fait de son oratoire un lieu d'étude et de méditation. Il s'y enfermait souvent pour lire et prier pieusement, pour édifier son âme, pour forger sa foi.

Au fil des heures, la lumière que filtrait le vitrail déclina lentement. Le soir venu, Kantz lisait encore à la lumière d'une bougie, Chandelle mollement alanguie sur son épaule.

On frappa à la porte.

Chandelle se redressa et son halo se fit soudain plus vif.

« Qu'est-ce que c'est ? demanda Kantz sans refermer son livre.

— Une visite, répondit Heide depuis le couloir.

— Qui ?

— Monsieur Zacharios et l'un de ses frères, à ce qu'il dit.

— Je viens. »

Les deux faunes attendaient dans la cuisine, près du feu. Le jeune Stefan leur avait déjà servi du vin qu'ils sirotaient debout.

Kantz les salua en entrant et Zacharios présenta aussitôt son frère Kostas. Il était plus grand, plus fort et plus brun que Zacharios ; il semblait également plus âgé. Kantz reconnut le faune qui, rue de l'Estrapade, lui avait adressé un signe complice juste après sa querelle avec von Regenhalt.

Kantz les pria de s'asseoir et tous trois prirent place autour de la grande table. Puis il demanda à Stefan et Heide de les laisser.

« Comme vous le vouliez, j'ai suivi le lieutenant von Regenhalt, annonça Kostas dès qu'ils furent seuls.

— Où est-il en ce moment ?

— Chez lui, je pense. Il n'y a pas une heure, il y était encore. C'est Dimitrios qui a pris la relève.

— Un autre de mes frères », précisa Zacharios.

Kantz acquiesça : il avait compris.

« Qu'a fait le lieutenant de sa journée ? demanda-t-il à Kostas.

— Voulez-vous les détails, Monsieur ?

— Je me fie à votre jugement. Parlez-moi uniquement de ce qui vous semble d'importance.

— Après votre départ, von Regenhalt s'est rendu seul aux Trois-tours. Il en est sorti presque aussitôt avec une petite troupe pour aller rue de la Pierre-percée, au domicile d'un libraire. Un certain Karl Hermlin. Le libraire était mort depuis plusieurs jours, à ce qu'il paraît.

— Passons. Ensuite ?

— Il est retourné aux Trois-tours pour ne plus reparaître qu'au soir, son service achevé. Il s'est alors rendu dans un estaminet, rue de Saxe. Il est resté seul devant une chope une bonne heure durant, le chapeau sur la tête.

— Sans doute ne voulait-il pas être reconnu, supposa Kantz. A-t-il rencontré quelqu'un ?

— Non.

— Attendait-il quelqu'un, alors ?

— Il n'en avait pas l'air. Il songeait, avec une sombre figure.

— Ensuite ?

— Il s'est levé subitement, en homme qui prend une soudaine résolution. Et il a marché d'un pas vif jusqu'à l'hôtel du juge Gotzler, où il fut reçu. »

Le chevalier croisa le regard entendu de Zacharios.

« Le juge Gotzler ? s'étonna-t-il. Il était sur la liste ! »

Zacharios confirma d'un lent hochement de tête.

Kostas, qui ne savait rien de cette mystérieuse liste, ne comprit pas l'allusion mais se garda bien d'interroger quiconque.

« Et après ça ? s'enquit Kantz.

— Von Regenhalt n'est pas resté bien longtemps, répondit Kostas. Je dirais : un quart d'heure. Puis il s'en est retourné chez lui, toujours aussi soucieux. Voilà. »

Kantz réfléchit quelques instants en massant distraitement la paume de sa main gauche toujours gantée.

Puis il demanda :

« Kostas, que savez-vous du juge Gotzler ?

— Je sais ce que tout le monde sait », éluda le faune.

Kantz comprit que Kostas craignait de trop parler, retenu par cette prudence commune à tous ceux qui risquent tôt ou tard d'avoir affaire à la justice.

« Qu'est-ce à dire ? » insista-t-il.

D'un regard, Zacharios rassura son frère qui confia :

« Je sais que c'est un homme sans cœur ni pitié et qu'en son temps, il a condamné à la corde ou au bûcher plus que son compte de malheureux. Je connais quelques personnes qui ne rêvent que de lui faire un mauvais sort. Mais il est encore fort craint.

— Je le croyais retiré.

— C'est vrai. Il a vendu sa charge de juge bailli, voilà trois années.

— Alors pourquoi le craindre toujours ? »

Kostas hésita, faillit répondre, puis lâcha :

« C'est ainsi. »

Kantz comprit que le faune n'en dirait pas plus à ce sujet. Kostas, cependant, ajouta :

« Mais il est une nouvelle qui en réjouira beaucoup…

— Laquelle ? fit Kantz.

— Gotzler est malade. Il se meurt et les médecins n'y peuvent rien. Je l'ai appris de l'un de ses valets tandis que von Regenhalt était reçu.

— Il faudra donc que je m'empresse de rencontrer ce juge », dit le chevalier.

Quand le temps vint pour les faunes de partir, Kantz retint Zacharios par le coude tandis que Kostas, discret, allait attendre près de la porte.

« Dis-moi, Zacharios…

— Oui ?

— As-tu toujours la copie de la liste ? Celle que j'ai faite chez toi.

— Oui. Je l'avais prise avec moi à tout hasard. La veux-tu ? » demanda Zacharios en fouillant déjà sa manche.

Kantz acquiesça et empocha le papier.

« Naturellement, il ne m'est pas nécessaire de te dire de n'en parler à personne.

— Naturellement. En as-tu percé le secret ?

— Non, pas encore. Mais j'ai abandonné l'original à von Regenhalt et veux pouvoir encore l'étudier… Une dernière chose : qu'en est-il du Roi Misère ? »

Le faune haussa les épaules.

« J'ai fait savoir à deux ou trois personnes de ma connaissance que tu souhaitais le rencontrer. Cela se sait, à présent. Mais quant à savoir si…

— N'en dis pas plus. Je comprends.

— Je ne sais si cela peut t'aider, mais un bruit court concernant la tuerie de la nuit passée.

— Lequel ?

— Il y aurait un témoin. Ou un survivant, à tout le moins. Vois-tu, la bande qui fut massacrée cette nuit comptait un homme de plus dont on n'a pas retrouvé la dépouille et dont on est sans nouvelles. C'était un jeune garçon, de l'âge de ton Stefan. Le béjaune ne sait peut-être rien, mais s'il vit encore et si quelqu'un a la ressource de le retrouver, c'est le Roi des Gueux et nul autre. »

Kantz raccompagna son ami jusqu'à la porte.

« Au revoir et merci à tous les deux, dit-il. Je vous suis redevable.

— Souhaitez-vous que l'on continue d'espionner von Regenhalt ? demanda Kostas.

— Non, cela vous fait courir un risque trop grand. Allez libérer votre frère qui doit geler sous les fenêtres du lieutenant. Et il faudra bientôt que vous me fassiez connaître votre prix.

— La chose est déjà arrangée, révéla Kostas.

— Kostas me devait une faveur, expliqua Zacharios. Il ne me doit plus rien.

— En ce cas, c'est à toi que… commença Kantz.

— Nous verrons cela en temps et heure. Bonne nuit, chevalier. »

Kostas salua à son tour et les deux frères s'en allèrent.

Caché derrière le mur d'un jardin, un homme en cape et chapeau, l'épée au côté, regarda les deux faunes qui s'éloignaient sans se douter de rien. Dès qu'ils furent hors de vue, l'homme quitta son poste d'observation et alla trouver un second spadassin qui l'attendait non loin.

« C'est fait, dit-il. Les deux faunes partent à l'instant. »

Reinecker acquiesça. Le bord de son chapeau cachait son visage : on pouvait seulement voir ses longs cheveux d'un blond si clair qu'ils tiraient sur le blanc. Il était enroulé dans un grand manteau sombre qu'une rapière de belle taille soulevait par l'arrière.

« Nous y allons ? reprit le guetteur en tapant de la semelle pour combattre le froid qui l'engourdissait.

— Pas sans ordre. Jamais sans ordre.

— Alors ?

— Nous en avons bien assez vu pour ce soir. Nous reviendrons demain.

— Avec des ordres ?

— Avec des ordres. »

Silencieux comme des ombres, ils disparurent dans la nuit.

Après le départ des faunes, Heide, Stefan et bientôt Chandelle réapparurent dans la cuisine, seule pièce où il faisait bon vivre grâce à la lumière et à la chaleur du feu dans l'âtre.

Kantz dîna sans appétit, jouant avec Chandelle pour se distraire mais n'y parvenant pas. Heide cousait près de la cheminée. Stefan tuait le temps en briquant une marmite de cuivre.

Le feu baissant, Heide envoya Stefan chercher du bois. L'adolescent, une couverture sur les épaules, passa par le jardin glacial pour gagner la remise. Une à deux minutes s'écoulèrent et il revint avec un panier plein de bûchettes. Profitant de ce que les flammes étaient basses, Heide avait empli une bassinoire de braises et s'en fut chauffer le lit de son maître. Le chevalier bâillait déjà.

« M'sieur… fit Stefan après quelques secondes.
— Oui, Stefan ?
— On vient de me confier un message pour vous. »
Kantz se tourna vers son valet.
« Un message ? Que me contes-tu ?
— J'étais dans la remise lorsqu'une voix mâle dit dans mon dos que vous étiez attendu ce soir, à minuit, là où les sept ne sont que trois, pour y rencontrer qui vous savez. En même temps, je devinai que quelque chose tombait à mes pieds. La voix me dit encore de compter dix si je voulais vivre. Je comptai vingt pour plus de sûreté et, quand je me retournai, j'étais seul. »
Kantz dévisagea Stefan. Si l'adolescent avait eu peur, il le cachait bien.
« Es-tu certain d'avoir bien compris ?
— Oui, Monsieur.
— Minuit, là où les sept ne sont que trois. C'est cela ?
— Oui. Comprenez-vous cette énigme ?
— Oui, Stefan.
— Puis-je vous demander qui vous attendra et si vous souhaitez que je vous accompagne ? Si vous vouliez seulement me confier une paire de pistolets, je pourrais… »
Kantz leva la main pour l'interrompre.
« Non, Stefan. Ton courage t'honore, mais je sais qui m'attend et je sais que je dois me rendre seul à ce rendez-vous.
— Bien, Monsieur.
— Tu dis qu'un objet tomba à tes pieds. L'as-tu trouvé ? »
Plutôt que de répondre, Stefan tendit à son maître une pièce de monnaie en plomb. Très grossièrement faite, elle n'était frappée que d'un côté, où l'on distinguait une couronne royale et une inscription : *Miseria Rex*.
« Le Roi Misère, murmura Kantz en manipulant le signe de reconnaissance… Sais-tu ce que cela signifie ? »
Stefan acquiesça.
« En ce cas, reprit le chevalier, je t'interdis de dire un mot de tout cela à Heide. Est-ce bien compris ?
— Oui.
— Parfait. »
La gouvernante, d'ailleurs, ne tarda pas à revenir.
Kantz attendit quelques minutes avant de prétendre aller se coucher.

27

Minuit, près de Notre-Dame-des-Sept-Archanges.

Kantz avança au milieu de la grande place nue. Il foula une neige sale, piétinée, mêlée de paille et d'ordure : un marché se tenait ici chaque jour. Le ciel était parcouru de nuages allongés, déchirés, plus sombres que la nuit. Des vents glacés arrivaient ici par toutes les rues, à bout de forces et gémissants. Leur ressac floconneux venait mourir contre les murs de la cathédrale gothique.

Notre-Dame-des-Sept-Archanges…

Tout en affirmant l'existence de sept archanges, la Bible ne révélait le nom que de trois d'entre eux : Gabriel, Michel et Raphaël. Faisant écho à ce paradoxe, la cathédrale de Wielstadt leur était bien dédiée à tous, mais seuls les trois que l'on connaissait étaient représentés dans la pierre, au-dessus du portail.

« Là où les sept ne sont que trois », avait dit le messager du Roi Misère.

Kantz gagna le parvis de la cathédrale et attendit. Il ne voyait âme qui vive. Pourtant, il se savait observé. L'avait-on reconnu ? Sans doute. Alors voulait-on s'assurer qu'il était seul ?

Peut-être…

Kantz fit soudain volte-face en entendant des chats se battre. La rixe fut rapide : c'est à peine si le chevalier devina une agitation frénétique dans le noir. En revanche, non loin du parvis, un grand chien errant avançait la truffe au sol. A l'endroit où un boucher avait dressé son étal quelques heures plus tôt, la bête efflanquée trouva une flaque de neige gorgée de sang qu'elle lécha.

Kantz tourna lentement sur lui-même, les bras loin du corps, comme pour montrer qu'il était là et attendait.

Un bref sifflement répondit à sa pantomime et un homme encapuchonné se montra, une lanterne sourde à la main. Il n'approcha guère mais fit signe au chevalier de le suivre et s'en fut sans regarder derrière lui.

Après une brève hésitation, Kantz lui emboîta le pas en jetant un coup d'œil au ciel, étrangement convaincu que, de là-haut, le dragon observait tout.

Kantz resta un instant ébloui quand on ôta le bandeau que son guide, sans un mot, lui avait imposé à quelques rues seulement de la cathédrale. Ils étaient alors aux abords d'un quartier où ni le chevalier, ni le guet, ni les honnêtes gens, ne s'aventuraient jamais – et certainement pas à la nuit tombée. Il en existait quelques-uns de la sorte à Wielstadt. Ils avaient en commun d'être pauvres, mal famés, insalubres, tout en venelles et cours sordides. Ils étaient le refuge de la truanderie et de la pire des misères. On y vivait de mendicité, de rapines, de travaux journaliers, de commerces douteux. Un pain, une paire de souliers, le moindre thaler devenait ici un trésor. Les crimes de sang étaient nombreux ; les violences domestiques, quotidiennes. Le jour, les rues grouillaient d'enfants sales, d'éclopés, de clochards et d'ivrognes, d'ouvriers sans ouvrage, de prostituées, de tire-laine, et de toute une populace oubliée, mal vêtue, mal nourrie, inculte et crasseuse, haineuse du bourgeois et férocement décidée à survivre. La nuit, cette multitude disparaissait derrière les murs lépreux de masures surpeuplées, pour s'entasser sur des grabats infestés de vermine. On entendait alors, de loin en loin, les pleurs d'un bébé affamé, la toux d'un vieillard, les soupirs rauques d'une étreinte, les cris d'époux querelleurs et parfois, également, la rumeur joyeuse que le vin et la bière faisaient naître dans quelque taverne clandestine.

Parce qu'il n'y avait jamais mis les pieds, Kantz ignorait tout du dédale où on l'entraînait. Les yeux bandés, il allait une main sur l'épaule de son guide, lequel ne parlait pas. Ils firent des tours et des détours, déambulèrent longtemps, plus longtemps que nécessaire sans doute, par des ruelles et des carrefours dont le chevalier perdit bientôt le compte. Enfin, après une porte dont les gonds gémirent, ils pénétrèrent dans un lieu couvert, à l'abri du vent et de la neige.

« Halte. »

Kantz s'arrêta, entendit son guide qui embrasait une torche.

« Où sommes-nous ?

— Patience. »

Il y eut un cliquetis de serrure : l'homme verrouillait derrière eux.

« Je vais t'enlever ton bandeau. Mais je veux ta parole que tu ne tenteras rien. Il faudra me suivre, et c'est tout. Ne pas parler. Oui ?...

— Oui. »

Quand il se fut accoutumé à la lumière, Kantz découvrit une petite pièce en pierre de taille qui avait des allures de caveau. Devant lui s'enfonçait un escalier dans lequel son guide s'engageait déjà, la torche à la main. Fidèle à sa parole, le chevalier l'imita sans un mot.

Ils descendirent une trentaine de marches et gagnèrent un long couloir où flottait une odeur de roche et d'eau croupie. Leurs pas résonnaient sur un sol dallé ; du plafond tombaient des gouttes régulières dans des flaques peu profondes. Au froid du dehors succéda une fraîcheur humide et pénétrante. Ils bifurquèrent bientôt, suivirent d'autres couloirs, prirent tantôt à droite, tantôt à gauche. Ils poussèrent des grilles rétives dévorées de rouille, et longèrent des canaux partiellement inondés. Parfois, ils empruntèrent des passages si étroits que leurs épaules frôlaient les parois ruisselantes, si bas qu'ils devaient courber l'échine. Ailleurs, ils rencontrèrent des salles immenses et profondes, d'anciens réservoirs dont des arches vertigineuses enjambaient l'abîme.

Ils étaient dans les égouts de la cité romaine, sous les quartiers que les bras du Rhin isolaient du reste de la Wielstadt moderne. A l'abandon depuis des siècles, l'antique réseau avait néanmoins survécu. Kantz en connaissait l'existence, sinon le plan ou l'étendue. Les profondeurs de la ville, d'ailleurs, abritaient bien des secrets. Chacun savait que Wielstadt était bâtie sur elle-même, sur les fondations de bâtiments disparus, sur une mosaïque de caves et galeries oubliées que l'on redécouvrait à l'occasion, au hasard d'un coup de pioche. Depuis le haut Moyen Age, Wielstadt avait même des catacombes dont on avait muré les accès mais qui restaient fréquentées par une faune interlope – comploteurs, mendiants, truands...

Après une demi-heure passée à arpenter les égouts, Kantz et son guide s'arrêtèrent devant une dernière grille.

« Y sommes-nous ?

— Presque. Il faut remettre le bandeau. »

Kantz acquiesça et noua lui-même le foulard sur ses yeux. L'autre vérifia que le tissu était bien ajusté, puis il posa la main du chevalier sur son épaule et le périple reprit.

Kantz eut alors le sentiment qu'ils quittaient les égouts. Ils étaient toujours sous la surface, mais ils marchaient à présent sur un sol irrégulier, le long de boyaux exigus, inégaux, tortueux. Des boyaux naturels, songea Kantz. Ou taillés grossièrement à même la roche. Les parois s'élargissaient de temps en temps. A l'oreille, le chevalier devinait alors les espaces ténébreux qu'il traversait. L'écho de ses pas lui revenait lointain ; il imaginait les stalactites qu'il entendait goutter ; sous sa semelle, des pierres roulaient en bas de pentes invisibles et le bruit de leur chute se perdait parfois dans des gouffres probables. Il régnait dans ces grandes salles un silence pétrifié, un silence de cathédrale oubliée.

Avaient-ils rejoint les catacombes depuis les égouts ? Dans l'absolu, la chose devait être possible. Pourtant, Kantz ne reconnaissait pas l'ambiance sonore – ni les odeurs poussiéreuses – de la nécropole souterraine. Et d'ailleurs, pourquoi passer par les égouts pour gagner les catacombes ? Il y avait plus simple et plus court. Avait-on voulu désorienter le chevalier par un grand détour ? C'était alors un luxe de précautions bien inutile, car quelques allées et venues en aveugle dans les catacombes auraient suffi à le perdre. Non, ce n'était pas cela… Ils étaient ailleurs, sans doute dans des grottes sous Wielstadt inconnues du plus grand nombre – et de Kantz jusqu'à ce jour. Etaient-elles nombreuses, vastes, profondes ? S'étendaient-elles au-delà des limites de la ville ? Etaient-elles habitées ? Une vieille légende parlait d'une Wielstadt sous Wielstadt.

« Gare aux degrés. »

Plongé dans ses pensées, Kantz s'était laissé surprendre par la voix de son guide.

« Pardon ? fit-il, la main droite toujours posée sur l'épaule de l'autre.

— J'ai dit : gare aux degrés. »

Du pied, le chevalier trouva la première d'une volée de marches. Il en compta une cinquantaine tandis qu'ils montaient. Puis il y eut encore quelques couloirs humides. Les deux hommes foulaient désormais un sol de terre battue et, de sa main libre, Kantz frôlait des murs maçonnés. Il présuma qu'ils avaient rejoint le niveau des caves sous Wielstadt.

« C'est là. Tu peux voir. »

Kantz ôta son bandeau pour se découvrir au bout d'un corridor aveugle, devant une porte basse que son guide lui désignait.

Il entra seul.

La cave semblait vaste et son plafond en voûte d'arête reposait sur des rangées de colonnes. Kantz cependant, n'en voyait qu'une travée. Car de part et d'autre de la porte qu'il avait franchie, des toiles écrues pendaient en enfilade entre les piliers. C'était donc un couloir de rideaux qui s'ouvrait devant lui et menait sous un dais, trente mètres plus loin, tout au fond d'une salle qui pouvait bien être aussi large que longue. Fixées à chaque colonne, des torches éclairaient le passage.

Kantz prit le temps d'observer ce décor. Puis il approcha de celui qui le toisait, l'œil plus malin que mauvais, depuis le dais. En avançant, il entendit les craquements de quelques feux derrière les pans d'étoffe. Mais surtout, il devinait le silence trouble d'une assemblée nombreuse qui se tait.

Quand il fut assez près, il se décoiffa, salua un genou à terre, se releva et, le chapeau à la main, demanda :

« Ai-je l'honneur de parler au Roi Misère, monarque des truands, garces et gueux de Wielstadt ?

— Lui-même. »

Le Roi Misère trônait dans un sofa dont les ors contrastaient avec la saleté des coussins. L'homme était grand, lourd, avait la barbe et le cheveu gras. Pieds nus dans des mules bigarrées, il était vêtu avec un faste vulgaire de soieries tachées, de fourrures délicates et de cuir guerrier. Crasseux et mal peigné, il ressemblait à un chef barbare après le pillage d'une garde-robe luxueuse.

« On m'a rapporté que tu souhaitais me voir… » dit-il.

Kantz ne répondit pas.

Les gens du commun se tutoyaient naturellement. Mais le Roi Misère n'était pas assez rustre pour ignorer que le rang de son visiteur ne permettait pas une telle familiarité. Comprenant que l'on testait sa soumission, Kantz avait choisi de ne pas plier.

« Et alors ?… s'impatienta l'autre. Tu es muet ?

— C'est que je n'avais pas compris que ces mots m'étaient adressés…

— Et à qui d'autre, pardi ?

— A quiconque accepterait d'être tutoyé. »

La réplique prit le monarque au dépourvu. Parce qu'il régnait sur la Cour des Miracles de Wielstadt, il comptait parmi les personnalités les plus puissantes de la ville, et n'avait certainement pas l'habitude d'être rabroué.

Il dévisagea Kantz qui soutint son regard, et enfin se fendit d'un grand sourire en se tournant vers les rideaux qui encadraient le dais sur trois côtés. Il affichait cet air bonhomme et complice que prend celui qui désire partager avec d'autres le sel d'une situation incongrue. Kantz fut dès lors convaincu que leur conversation avait des spectateurs invisibles, attentifs au moindre geste suspect et prêts à en découdre. Combien d'épées, de dagues étaient tirées à son intention à cet instant précis ?

Mieux valait ne pas y songer…

« On se tutoie ici, c'est la règle, fit le Roi Misère. Mais je veux bien te donner du "chevalier", si cela te chante. Tu sembles assez fol ou courageux pour le mériter. »

Kantz accepta et remercia d'un signe de tête.

« Alors, chevalier ? Que veux-tu ?

— Je viens offrir mon aide. »

Le Roi Misère se laissa surprendre une deuxième fois.

« Ton aide ?

— Oui.

— Et d'où vient que j'ai besoin de toi ?

— Je suis ici. C'est donc que tu crois également que je puis servir tes intérêts. »

Une lueur rusée brilla dans l'œil du Roi Misère. Sa chemise ouverte laissait paraître un torse massif, velu, luisant de transpiration. Il le gratta d'une main distraite, regarda ses ongles.

« On prétend, dit-il, que tu ne quittes guère un certain officier du guet. Vrai ?

— C'est vrai, et tu le sais fort bien.

— Il t'envoie peut-être.

— Je suis là de mon propre chef.

— Comment te croire ?

— Un mot de toi et je meurs. Qui obéirait à l'ordre de se jeter dans la gueule du loup ?

— Un idiot. Ou un fou.

— Me crois-tu tel ? »

Amusé mais peu convaincu, le monarque préféra changer de sujet :

« On dit que tu fus prêtre…

— C'est la vérité. Mais j'ai plus longtemps porté l'épée que la robe. »

Le Roi Misère observa encore le chevalier pendant quelques instants, puis il frappa dans ses mains comme pour indiquer qu'ils en avaient fini avec un trop long préambule.

« Tu prétends m'aider. Comment ?

— Tu ne peux ignorer que Wielstadt est le théâtre d'horribles tueries, depuis plusieurs nuits. »

Le Roi Misère acquiesça.

« Avec ton concours, reprit Kantz, je puis peut-être les faire cesser.

— C'est l'affaire du guet. Je croyais que tu venais m'offrir ton aide, et non quémander la mienne.

— Depuis peu, les patrouilles nocturnes ont doublé. Elles tripleront bientôt et se multiplieront encore si les massacres continuent. Alors les bourgeois exigeront un couvre-feu ; quiconque sera trouvé dans les rues à la nuit sera arrêté. Par force, le guet ira là où il ne va jamais. Il chassera les gueux, mettra les garces à l'amende, les larrons au cachot. Et toi, Roi Misère, tu n'y pourras plus rien faire : il sera trop tard.

— Serais-tu devin, chevalier ?

— Pas plus que tu ne l'es. Or tu pressens que je ne me trompe pas. »

Le Roi Misère afficha une moue dubitative, mais il écoutait. Kantz poussa l'avantage :

« En outre, depuis la nuit passée, cette affaire a cessé de n'intéresser que le guet.

— Vraiment ? »

Kantz jouait gros et misait tout sur les dires de la Dame en rouge. C'était déjà elle qui, la nuit dernière, lui avait conseillé de rencontrer le Roi Misère. Et c'était encore elle qui avait prédit un proche événement qui obligerait le monarque à s'impliquer. Or, dès le lendemain matin, on découvrait une bande de malfrats massacrée : ce ne pouvait être que cela.

Du moins Kantz l'espérait-il…

« Je te parle des coquins dont, ce matin, on retrouva les cadavres dans une maison de la rue de l'Estrapade, précisa le chevalier. Sais-tu qui les a assassinés ?

— Cela se pourrait.

— Je crois, moi, que tu l'ignores. Ou du moins que tu ne sais pas tout, et certainement pas où sont les meurtriers.

— Et alors ?

— On tue tes sujets et on recommencera peut-être. Tu ne sais pas qui, ni pourquoi. Pourras-tu le tolérer longtemps ? »

Feignant la lassitude, le Roi Misère prit une grande inspiration et lâcha :

« Que sais-tu de ces tueries ?

— Je sais qu'elles sont l'œuvre de créatures ramenées à la vie par l'art d'un sorcier. Des goules. »

Un haussement des sourcils, vite réprimé, trahit l'intérêt du Roi Misère. Kantz comprit qu'il était temps d'exploiter un renseignement que lui avait transmis Zacharios.

« Le bruit court, dit-il, que tous les hommes qui vivaient là ne périrent pas rue de l'Estrapade. Il y aurait un survivant. Est-ce vrai ? »

Le Roi Misère ne cilla pas. Kantz reprit :

« S'il y a un survivant, tu l'as sans doute fait chercher. Peut-être même l'as-tu déjà trouvé et interrogé. Si je ne me trompe pas, permets que je lui parle à mon tour.

— Il ne t'apprendra rien.

— Pourquoi ?

— Il est à demi mort et a perdu l'esprit. Mais il joue peut-être au fou pour échapper à son châtiment.

— Son châtiment ?

— Il mérite le garrot.

— Pour quel crime ? »

Le Roi Misère se renfonça dans son sofa.

« Que sais-tu de nos lois, chevalier ?

— J'en sais fort peu, je l'avoue.

— Vois-tu, nous formons une société où nul homme, pas même moi, ne vaut plus qu'un autre. Les règles auxquelles nous obéissons, nous les avons inventées et quiconque nous rejoint les accepte librement. L'une de nos premières règles dit que le fruit du travail de chacun doit profiter à tous. C'est la règle du partage. Et c'est cette règle qu'a transgressée celui dont nous parlons. »

Kantz savait que les morts de la rue de l'Estrapade ne formaient qu'une seule bande sous les ordres d'un nommé Widauer, lequel comptait parmi les victimes du massacre : il était le crucifié qu'un coup de poignard au cœur avait achevé. Le Roi Misère expliqua encore que l'on soupçonnait Widauer et ses hommes d'avoir réalisé en secret un important profit. Comment ? On s'interrogeait. Mais le bruit courait que le guet avait trouvé rue de l'Estrapade, dans une cache, un fort butin dont le Roi Misère ignorait tout jusqu'alors.

« Cela est vrai, confirma Kantz qui tenait l'information de la bouche même de von Regenhalt. Il s'agit d'objets sacrés et précieux, certainement pillés dans quelque église ou abbaye hors nos murs. Mais tu dis ne pas savoir comment Widauer a pu les obtenir ? »

Le Roi Misère, qui n'aimait pas reconnaître son ignorance, acquiesça sèchement.

Kantz se tut, réfléchit, et dit :

« Laisse-moi parler au dernier compagnon de Widauer encore en vie. S'il est privé de raison, que t'importe que j'entende ses confidences ?

— Et sinon ?

— En ce cas, je le percerai à jour. Je saurai l'obliger à ne rien taire et tu pourras le juger en conscience. »

Ce fut alors au tour du Roi Misère de réfléchir.

28

La cloche d'un monastère réveilla Thadeus.

Couché dans son lit, il ouvrit un œil las et vit qu'il faisait encore nuit derrière les volets mi-clos. La chandelle sur le tabouret n'était plus qu'un amas de cire. Sa flamme grésillait, vacillait, allait bientôt mourir. Elle donnait comme une lumière d'agonie dans la petite chambre encombrée de livres.

Qu'avait-on sonné ? Les matines, à la minuit ? Ou les laudes, peu avant l'aube ? Tendant le cou, le vieillard s'appliqua à mieux regarder par la fenêtre et crut deviner une pâleur gagnant le ciel.

L'aurore ?… Etait-ce l'aurore ? Pouvait-il avoir dormi aussi longtemps d'une traite ? Il y avait presque une semaine que des cauchemars coupables le harcelaient, brisaient son sommeil, le privaient d'un repos si nécessaire à sa santé déclinante. Depuis, il n'avait jamais goûté plus d'une heure ou deux de mauvais sommeil – ni le vin, ni les remèdes n'avaient pu l'empêcher. Et voilà que cette nuit s'était écoulée paisible, comme un fleuve lent charriant l'oubli. Etait-ce la fin du calvaire, ou seulement un répit ? Devait-il croire que son passé reviendrait bientôt hanter ses rêves ?

Thadeus soupira douloureusement. Il était faible, maigre, pâle. Sa poitrine osseuse soulevait à peine le drap quand ses poumons épuisés capturaient et rendaient un maigre filet d'air chuintant. La vie le quittait peu à peu, au rythme de cette respiration de soufflet crevé. La fin était proche et il le savait.

La bouche sèche, il voulut prendre un verre d'eau posé à sa portée, sur le tabouret près du lit. C'était encore trop loin. Au terme d'un bref effort, il laissa retomber son bras tremblant et décharné. Des larmes lui vinrent aux yeux. La force lui manquait autant que la volonté.

Résigné, il aspirait à se rendormir jusqu'au réveil de son valet, lorsqu'il entendit le bruit d'une page tournée.

« Qui… est là ? » murmura-t-il.

Comme on ne lui répondait pas, il douta d'abord de ses sens. Mais le froissement de papier se répétant, une inquiétude le prit. Il pouvait à peine bouger, et certainement pas se redresser dans son lit pour regarder alentour. Il ne pouvait pas non plus appeler.

L'inquiétude devint peur.

« Qui est là ?… Est-ce toi, Felix ? Qui…

— C'est moi, Thadeus. »

Dans l'ombre, un gentilhomme vêtu de noir referma le livre qu'il feuilletait.

« Qui êtes-vous ? chevrota Thadeus. Je… je ne vous vois pas… »

L'homme se leva du fauteuil qu'il occupait et rangea soigneusement le livre sur un rayonnage.

« Ne reconnais-tu pas ma voix ? » demanda-t-il d'un ton badin.

Un silence hésitant, effrayé peut-être, lui répondit.

Il s'avança. De longs cheveux gris cendre tombaient sur ses épaules.

Il s'assit sur la chaise près du lit et Thadeus put enfin voir son visage. Un visage noble et sévère, dont les yeux étaient deux globes noirs et luisants.

« Bonjour, Thadeus », dit le spectre d'Alexander von Göttenberg.

Saisi d'épouvante, bouche bée, le vieillard ouvrit des yeux immenses et fixes.

« Vous… Vous êtes mort ! lâcha-t-il.

— Je le fus. Je ne le suis plus.

— Non ! Vous… Non ! balbutia Thadeus.

— Allons, mon ami. Allons, fit Alexander en lui tapotant le bras. Maîtrisez-vous… »

Thadeus frissonna au contact de cette main glacée. Il se calma pourtant et dit :

« Vous n'êtes pas Alexander von Göttenberg.

— Je t'accorde que je ne suis plus celui que tu as connu par le passé…

— Alors… qui êtes-vous ?

— Je suis celui que mes juges, mes bourreaux, ainsi que vingt et une années passées dans les Limbes ont fait de moi. Je suis fait d'ombre et d'oubli, Thadeus. D'ombre et d'oubli… »

Encore incrédule, Thadeus dévisagea le spectre incarné.

Celui-ci sourit, se leva, balaya la chambre du regard et dit :

« Tu n'as ici aucun des livres qui m'ont appartenu. Dois-je y voir l'indice d'un remords ?… D'autres eurent moins de scrupules, sais-tu ? A la réflexion, il m'eût été bien plus agréable de savoir mes livres en ta possession, durant ces longues années. D'ailleurs, n'est-ce pas ce que j'exprimais dans mon testament ?

— Je ne sais, avoua Thadeus.

— Mais si !… Bah ! J'imagine que mon testament disparut sur le même bûcher que moi. Ou peu s'en faut… »

Les mains dans le dos, Alexander passa en revue les livres d'un petit rayonnage et prit un lourd in-folio.

« Le *Sefer ha-Zohar* ! dit-il en feuilletant l'ouvrage. Le “Livre de la Splendeur”… Un fort bel exemplaire, si je puis me permettre. » Il reposa le livre. « Sais-tu que la plupart de mes livres sont encore ici, à Wielstadt ? Lorsque j'en aurai fini, j'entreprendrai peut-être de les retrouver tous. Ce ne serait que justice, ne crois-tu pas ? Déjà, si tu savais la joie que ce me fut de feuilleter à nouveau mon vieux sacramentaire… »

Un sacramentaire était le livre où les mages, au fil des ans, notaient leurs réflexions, oraisons, consécrations, formules d'invocation et d'exorcisme. Chaque sacramentaire était un trésor, l'œuvre d'une vie.

« Tu serais d'ailleurs bien en peine de deviner qui avait hérité du mien, poursuivit Alexander avec une moue dédaigneuse… Un vieillard à demi fou qui vivait dans la plus misérable masure qu'on pût imaginer… Le crois-tu, Thadeus ? Dieu seul sait comment mon sacramentaire tomba aux mains de cette ruine d'homme !… »

Thadeus, qui n'écoutait plus, resta un moment silencieux.

Il venait de comprendre et dévisageait le spectre avec effroi.

« C'est vous !… lâcha-t-il.

— De quoi parles-tu donc ?

— Les goules. Ces tueries ignobles. C'est vous !… Toutes ces vies ôtées ! C'est vous… »

Kantz avait été le premier à lui parler d'un massacre commis par des goules. Puis il y en avait eu d'autres, à en croire la rumeur publique dont Felix s'était fait l'écho. Quelques jours durant, le guet avait réussi à le cacher. Mais un tel secret ne survit jamais longtemps à Wielstadt. Et la dernière victime en date était bien un reclus oublié de tous, un ancien alchimiste devenu misanthrope…

« Ah, ça ? fit Alexander. Oui, c'est moi… Enfin, disons que j'en suis le maître d'œuvre. Ne l'avais-tu pas compris ?

— Mais non ! Comment aurais-je pu deviner que… »

Alexander poussa un soupir et leva les yeux au plafond, comme quelqu'un à qui une évidence revient en mémoire.

« C'est vrai, dit-il, j'oubliais… Mes juges étaient masqués pour ne point être reconnus. Mais il y en a un dont, comme moi, tu reconnus sans doute la voix. Souviens-t'en… » Il s'était approché et parlait désormais sur le ton de la confidence. « Souviens-toi du lac, de la forêt alentour, du bûcher déjà dressé, de la table où siégeait la cour qui me condamna… L'entends-tu, cette voix ? »

Thadeus acquiesça distraitement. Il avait le regard lointain, fixé sur un passé vieux de vingt et un ans.

« Hermelinus…

— Oui ! se réjouit le spectre. Ce bon libraire mâtiné d'alchimiste et qui, à l'époque, lorgnait déjà mes livres… Comme il était le premier des traîtres, il fut le premier que je retrouvai, à peine revenu à Wielstadt. Et tu devines qu'il ne fut pas long à me dire tout ce qu'il me plaisait d'apprendre », conclut-il avec un sourire cruel.

Le vieillard acquiesça encore : il ne devinait que trop bien.

« Mais les innocents, murmura-t-il… Il y avait des innocents parmi ceux que…

— Des innocents ? Des innocents ? C'est bien toi qui me parles d'innocence ? Ne l'étais-je pas ? Et ne m'a-t-on pas condamné ?… L'innocence n'existe pas en ce monde, mon vieil ami. Les prêtres nous l'enseignent. L'homme naît pécheur et il le reste. De même le vieux fou qui, pour son malheur, gardait mon livre ! De même les marmots du tapissier et sa femme ! Et plus encore les catins du professeur !… Tous pécheurs, Thadeus. Tous coupables… Connais-tu seulement un homme qui peut, et à raison, ne pas craindre le jour du Jugement Dernier quand vient la mort ?… Le peux-tu, toi ? »

Comme possédé, les traits déformés par la colère et la folie, Alexander était à présent penché sur Thadeus. Il n'avait pas haussé le ton, mais avait martelé chaque phrase, chaque mot, avec une conviction grandissante. Une conviction d'illuminé, de fanatique. Et il resta ainsi, figé, essoufflé, le regard étincelant de démence, au-dessus de Thadeus qui n'osait parler ni bouger, épouvanté par cet homme surgi d'entre les morts pour le tourmenter.

Enfin, le spectre se redressa et recouvra un calme encore frémissant.

« Que… Que voulez-vous de moi ? » balbutia le vieillard.

Alexander von Göttenberg se laissa tomber sur une chaise.

« Mais je t'ai déjà tout pris, Thadeus. Du moins t'ai-je pris la seule chose qui avait un prix à mes yeux : ta vie. Ces cauchemars qui hantaient tes nuits, j'en étais l'artisan… Et je t'ai volé six années de ta vie, Thadeus. Six années. Une par nuit. Malheureusement, ces années-là étaient les dernières qui te restaient. Six années en regard des vingt et une que je te dois d'avoir passé dans les Limbes, c'est finalement bien peu… »

Il croisa le regard épouvanté du vieil homme et ajouta d'une voix calme et douce, cette voix que l'on prend pour consoler un enfant :

« Oui, Thadeus. Tu me regardes et tu vois la mort. Je tenais, en souvenir de notre amitié, à te faire mes adieux. Le soleil va bientôt se lever et tu ne seras plus. »

Alors, comprenant que son heure était venue, Thadeus pleura.

Des larmes roulèrent sur ses joues creuses. Misérable et fragile, il voulut parler mais n'y parvint pas. Une tristesse suppliante se mêlait à la peur dans ses yeux embués. Il s'était cru résigné à mourir et découvrait, à l'ultime instant, qu'il s'était trompé. Il désirait vivre. Plus que jamais. Vivre seulement un jour encore, une heure, une minute.

Vivre…

« Adieu, Thadeus. Je sais que le remords n'a jamais cessé de te ronger… Adieu, mon vieil ami. Notre pièce s'achève et l'épilogue sera joué demain… Meurs en paix si tu le peux. »

29

Le Maître absent, la crypte n'était qu'un lieu humide, glacial, et parfaitement obscur. Tout le jour, les goules s'y tenaient silencieuses et amorphes, tels des pantins de chair pourrissante. Assises ou gisantes, elles attendaient.

Elles attendaient la nuit car le Maître ne venait jamais avant.

Mais ce matin-là…

Sous l'église des Anges-Aveugles, les six goules quittèrent ensemble leur torpeur. Déjà frémissantes d'excitation, elles ne comprenaient pas le pourquoi de leur éveil. L'instinct, seul, les guidait. Elles cherchèrent de leurs yeux morts, humèrent l'air en tendant le cou. Elles devinaient une proie, une menace peut-être. Elles grognaient en sourdine, prudentes, incertaines, tapies en bas de l'escalier qui menait à la nef et montait vers une porte close.

A la torture, les gonds grincèrent lorsque le battant fut lentement repoussé. Une pâle lumière hivernale entra, chassa les ténèbres de la crypte sur quelques mètres et obligea les goules à reculer. Une silhouette, alors, apparut dans un faible contre-jour. C'était celle d'un homme grand et mince, en chapeau, l'épée à la main. Il descendit l'escalier, s'arrêta en instant sur la dernière marche, puis avança posément entre les tombes alignées, jusqu'au milieu de la grande salle enténébrée.

Là, Kantz attendit.

Le dos droit, l'épée basse, il se savait épié. Il devinait des mouvements autour de lui et, impassible, il invitait ses adversaires à se montrer.

Les goules, peu à peu, cédèrent à la tentation.

Elles hésitaient, cependant. Cet homme qui s'offrait à elles les intriguait autant qu'il les inquiétait : elles ne sentaient nulle peur en lui. Craintives et curieuses, elles progressaient de quelques pas mal assurés et fuyaient presque aussitôt. Comme il ne faisait que les regarder, elles gagnaient en audace, allaient un peu plus loin à chaque fois. Elles feulaient, défiaient l'intrus par des mimiques agressives.

Et le cercle se resserrait de minute en minute…

N'y tenant plus, une goule bondit. Kantz l'accueillit d'un rapide mouvement d'épée qui lui lacéra la poitrine. La créature poussa un cri aigu et battit précipitamment en retraite. Son initiative soudaine, autant que la riposte immédiate, provoqua un mouvement de panique chez les autres goules.

A présent, de petits éclairs pourpres rampaient et crépitaient sur la lame du chevalier. A croire que ce spectacle les fascinait, les goules approchèrent de nouveau. Elles frémissaient d'une même peur et d'une même envie d'en découdre, de se jeter sur cet homme pour se repaître de ses chairs. A mesure qu'elles se hasardaient plus avant, leurs grognements redoublaient, frustrés et haineux. Grimaçantes, elles lançaient leurs grands bras et griffaient l'air. Kantz, hors d'atteinte, ne cillait pas.

Quand les goules ne furent plus qu'à quelques mètres, Kantz brandit vers elles la paume nue de sa main gauche. Le pentacle qui y rougeoyait provoqua chez les goules un frisson de terreur. Une prière aux lèvres, Kantz tourna lentement sur lui-même pour n'en épargner aucune. Les goules se mirent à geindre et cracher. Psalmodiant toujours à voix basse, les traits figés par un violent effort, le chevalier fit un pas, puis un autre, un troisième encore : les goules s'écartèrent comme devant la chaleur d'un brasier immense. Le dos rond, elles se protégeaient le visage de leurs mains difformes et griffues, renâclaient à battre en retraite, cédaient néanmoins. Kantz dressait contre elles la barrière de sa foi, récitait sans relâche, en hébreu, des versets sacrés dont les kabbalistes avaient découvert la clef et les vertus. Il appelait sur sa personne la protection du Dieu chrétien et des Sept Archanges. Il prononçait les Noms Divins avec une ferveur fanatique : ils devenaient dans sa bouche des mots de pouvoir.

Vaincues, les goules se réunirent en une meute craintive devant le chevalier. Peu à peu, il les avait contournées, rassemblées dans la lumière au pied des marches. Elles n'y étaient pas à leur aise : elles appartenaient aux ténèbres et le jour les inquiétait. Kantz, cependant, ne cessait pas d'incanter. Il approcha et les goules durent à nouveau reculer. L'escalier était la seule échappatoire à la piété ardente qui les brûlait. Elles s'y glissèrent, s'y entassèrent. Celles qui étaient à la traîne poussaient pour fuir la marche inexorable du chevalier. Les autres résistaient : affolées, elles se voyaient aller toujours plus avant vers une clarté diurne honnie. Mais

Kantz ne leur accorda aucun répit. Priant sans faiblir, il les refoula toutes et ne se tut que lorsqu'il eut, à son tour, marche après marche, gravi l'escalier.

De la vieille église, il ne restait que les pierres. Çà et là, un jour terne filtrait par des fenêtres condamnées, des tuiles manquantes, ou tombait en couleurs éteintes de hauts vitraux noircis. Le vent sifflait sous les combles ; le moindre bruit résonnait. L'air était glacial, plein d'une poussière qui miroitait parfois, à la faveur d'un rayon propice.

L'escalier de la crypte aboutissait devant le chœur surélevé. Kantz lui tournait le dos pour faire face à la meute prostrée et gémissante. Serrées les unes contre les autres, les goules ne pouvaient détacher leurs regards aveugles de celui qui – immobile, et silencieux – interdisait encore l'accès à leur antre. Le chevalier savait pourtant que cela ne durerait pas. Il savait que la seule vue du pentacle tatoué sur sa paume ne les retiendrait pas longtemps.

Il savait, surtout, qu'elles découvriraient bientôt d'où venait le véritable danger.

Bientôt, mais trop tard…

Car derrière les goules, à quelques mètres à peine, se tenaient trente mousquetaires portant la casaque blanche à croix écarlate du Temple. Sur deux rangs, en bon ordre, ils attendaient. Le premier rang avait le mousquet épaulé, posé sur sa fourquine, chien baissé et rouet remonté ; le second avait tiré l'épée pour se ruer à l'attaque dès après la salve. En cuirasse et chapeau, le frère maréchal Markus dévisageait Kantz et n'attendait qu'un signe de lui pour donner l'ordre de tir.

Encore fallait-il que le chevalier s'écarte : une balle perdue pouvait l'atteindre sinon.

Alors une voix fit :

« Je ne te crains pas. »

Se tournant à demi, Kantz regarda par-dessus son épaule et vit, en bas de l'escalier, celui qui lui parlait depuis la crypte. C'était le cadavre vivant d'un spadassin en armes.

« Qui es-tu ? » demanda Horst Klieb.

Kantz le dévisagea, reconnut celui qui lui était apparu lorsqu'il avait touché le poignard planté dans le cœur du crucifié, rue de l'Estrapade. C'était la même face émaciée, les mêmes lèvres cruelles, les mêmes cheveux roux et raides, le même regard dément. Un détail ignoble, pourtant, avait changé : la paupière gauche de l'homme était désormais cousue. Elle suintait encore et faisait une croûte purulente qui s'étalait sur sa joue livide.

« Je m'appelle Kantz, répondit tranquillement le chevalier. Je suis venu te détruire. A jamais.

— Tu n'y parviendras pas seul. Tes prières ne m'effraient pas.

— Je ne suis pas seul. Je ne le suis jamais. »

Dans l'expectative, les goules s'étaient redressées. Elles attendaient l'issue de cette joute verbale. La voix de Klieb autant que son assurance affichée semblaient les réconforter. Mais elles n'avaient toujours pas remarqué les templiers, et Klieb devait ignorer leur présence.

« Sans doute crois-tu que le Ciel te protège ? reprit Klieb en tirant l'épée. Tu parles comme un prêtre. »

Le chevalier sourit.

« A MOI, LES SOLDATS DU CHRIST ! lança-t-il.

— FEU ! » hurla le frère Markus.

Kantz plongea dans l'escalier à la seconde où les mousquets firent feu en rafale. A leur tonnerre répondit un concert de hurlements et gémissements. Toutes les goules furent touchées. Frappées par des balles consacrées sur l'autel, elles se tordaient de douleur ou chancelaient, ahuries. Leurs plaies fumaient et grésillaient comme traversées par du plomb fondu.

Roulant en bas des marches, Kantz se releva aussitôt, prêt à la riposte. Mais Klieb avait reculé entre les tombes et attendait. Il tenait une rapière dans la main droite, une dague dans la gauche.

« Je puis encore te vaincre, dit-il.

— Tu ne me survivrais guère, rétorqua le chevalier. Les templiers auront tôt fait de l'emporter et ils te débusqueront sans peine.

— Qu'importe ? Je saurai bien en tuer deux ou trois…

— Soulage ton âme avant de mourir. Repens-toi de tes crimes et dis-moi qui est ton maître.

— Tu parles décidément comme un prêtre…

— Alors confesse-toi.

— Non.

— Pourquoi ?

— Pour la raison que si je trahis mon maître, il ne souhaitera pas me venger. Mais en me taisant, j'attire sur toi sa colère. »

Klieb se mit en garde, l'épée et la dague brandies à l'italienne. Kantz fouetta l'air de sa rapière et lâcha :

« Soit. Si tu le veux ainsi…

— Oui. C'est dit. »

Klieb attaqua.

Kantz para et riposta, trancha dans le vide. Il détourna un coup d'estoc et se jeta en arrière pour éviter un coup de dague.

« Un prêtre qui sait l'escrime ? Qui es-tu donc ? »

Kantz reprit l'assaut aussitôt.

Klieb rompit et dévia plusieurs bottes avant de se fendre soudain. Kantz s'effaça de profil en creusant le ventre, saisit le spadassin au poignet et, profitant qu'il trébuchait, l'obligea à continuer sur sa lancée. Au passage, il lui lacéra le flanc. Sa lame crépita au contact de la chair morte et Klieb hurla.

Les deux adversaires reprirent position et se défièrent du regard. Par l'escalier descendait la rumeur d'un massacre.

« Tu entends comme moi que tes frères d'armes périssent, dit Kantz.

— Mes frères d'armes ? Comment sais-tu ?

— Je sais qui tu es. Je sais que tu fus soldat et mercenaire. Je sais que l'on te trahit et empoisonna. Ton âme méritait le repos, mais le maître que tu protèges encore, ce maître voulut faire de toi un monstre sans mémoire ni conscience. Toi-même, sais-tu qui tu es ? »

Pris de fureur, Klieb attaqua, frappa encore et encore à s'en démettre l'épaule. Le chevalier para en rompant sur quelques pas. Enfin, il réussit à lever l'épée du spadassin et, pivotant sur lui-même, acheva par un coup de taille à hauteur de gorge. Klieb interposa son poignard. Les duellistes, leurs lames emmêlées, rivalisèrent de force pendant quelques secondes. Kantz l'emporta et put repousser son adversaire.

« Pour peu qu'elle t'appartienne encore, dit-il, recommande ton âme à Dieu. »

Ecumant de rage, Klieb revint à la charge et le combat reprit, encore plus brutal et sauvage. Les lames virevoltaient, se cherchaient, se trouvaient, s'entrechoquaient dans un bruit de ferraille. Au terme de l'assaut, Kantz prit sa rapière à deux mains et frappa comme un bourreau vise une nuque sur un billot. Klieb accueillit le choc dans le ciseau de sa rapière et de sa dague, mais ne put se garantir d'un coup d'épaule qui le renversa. Avant que le spadassin ait le temps de se relever, Kantz lui posa la pointe de sa rapière sur la glotte.

Ils échangèrent un long regard.

« En te tuant, dit le chevalier, tu sais que je te libère. »

Klieb acquiesça imperceptiblement.

Sans ciller, Kantz lui enfonça sa lame parcourue d'éclairs pourpres dans la gorge.

30

Il était midi et, à présent, le soleil d'un grand ciel pur écrasait de sa lumière l'église des Anges-Aveugles. Une foule nombreuse était massée alentour, tenue à distance par les centaures du guet appelés en renfort du Temple. Il y avait des têtes curieuses à chaque fenêtre ; des malins étaient grimpés sur le mur du cimetière jouxtant la sinistre bâtisse. Le quartier était misérable, désolé, inhospitalier ; plusieurs de ses maisons avaient été ravagées par un incendie juste avant l'hiver : leurs ruines calcinées affleuraient sous des amas de neige.

Assis sur les marches du chœur, Kantz regardait d'un œil las les templiers qui s'affairaient dans le faux jour de l'église poussiéreuse et glaciale. Méticuleux, organisés, parlant peu, ils avaient entrepris de fouiller le bâtiment de fond en comble, de répandre de l'eau bénite partout. Près de la grande double porte laissée ouverte, les carcasses des goules et le cadavre de Klieb attendaient sous une bâche d'être emportés.

Pâle, les traits tirés, Kantz s'abandonna à une douce somnolence.

La nuit avait été longue, très longue, et les pensées du chevalier l'entraînèrent quelques heures en arrière quand, après mûre réflexion, le Roi Misère l'avait finalement autorisé à rencontrer l'unique survivant du massacre de la rue de l'Estrapade. C'était un tout jeune homme que l'on avait retrouvé encore terrifié et mourant de froid dans un grenier. Il se nommait Isaac et, depuis que la truanderie de Wielstadt avait remis la main sur lui, il croupissait dans un misérable réduit du royaume souterrain du Roi Misère. C'était donc là que Kantz l'avait découvert, fiévreux et délirant, recroquevillé sur lui-même. Le corps parcouru de tremblements nerveux, il gémissait, parlait tout bas d'un mort, d'un « mort qui tue ». Kantz s'était agenouillé près d'Isaac en dégantant sa main tatouée, puis il avait demandé à ce que l'homme qui gardait la porte du cachot le laisse seul avec l'adolescent. Le geôlier – une brute aux bras velus et musculeux – avait refusé avant de lire dans le regard du chevalier quelque chose que personne n'avait envie d'affronter. La porte refermée, à la lueur d'une chandelle, Kantz avait entamé un psaume et posé la paume de sa main nue sur le front d'Isaac.

A force de prières, il put l'apaiser, lui parler et, surtout, l'écouter…

Dans l'église des Anges-Aveugles, un raclement de gorge tira Kantz de ses rêveries et le ramena au présent. Entrouvrant les paupières, il reconnut la silhouette de von Regenhalt dans le contre-jour.

« Bonjour, chevalier.

— Bonjour, Monsieur le Lieutenant du Prévôt, répondit Kantz en se levant.

— Ainsi vous avez réussi sans moi.

— Mais non sans l'aide du Temple.

— Nourrissez-vous encore quelque rancune à mon endroit ?

— Nulle rancune. Je vous sais homme d'honneur et je devine que vous n'êtes pas libre de tout me dire concernant cette fameuse liste. Comprenez cependant qu'il m'est difficile de me fier toujours à vous. »

L'officier poussa un soupir résigné.

« Est-ce pour cela que vous fîtes appel au Temple, et non au guet ?

— Non. Vos hommes n'en manquent pas, mais il faut plus que du courage et du bon acier pour venir à bout des créatures que nous avons trouvées ici. Une sainte foi est la meilleure des armes contre elles, et vous savez la piété des Chevaliers du Christ.

— Je puis comprendre cela. Sachez néanmoins que je ne vous eusse pas refusé mon aide, ne fût-ce qu'au nom de l'amitié.

— Je le sais, et je vous en remercie. Le temps a manqué pour vous faire prévenir, c'est là tout. »

Von Regenhalt acquiesça, songeur : Kantz lui avait-il servi un pieux mensonge ?

Puis il demanda :

« Me permettez-vous une question, chevalier ?

— Certainement.

— Hier encore, vous ignoriez où trouver les goules, n'est-ce pas ?

— Oui.

— Alors plaise à vous de me dire comment, en une nuit, il vous fut possible de deviner que ces monstres se terraient en cette sinistre bâtisse.

— Je fus aidé, répondit Kantz après un temps.

— Me direz-vous par qui ?

— Par le Roi Misère. »

Von Regenhalt en resta coi.

De bonne grâce malgré la fatigue, Kantz expliqua dans quelles circonstances il avait rencontré le Roi Misère et comment celui-ci avait accepté de collaborer. Puis il en vint au témoignage du jeune Isaac et répéta au lieutenant criminel ce qu'il avait déjà – un peu avant l'aube – rapporté au Roi des Gueux. A savoir que Widauer et sa bande avaient empoisonné des mercenaires étrangers pour les voler, qu'ils avaient gardé le butin pour eux et abandonné les cadavres près du cimetière des Anges-Aveugles. Enfin, quelques nuits plus tard, le chef des mercenaires était revenu d'entre les morts pour réclamer le prix du sang…

A ce moment de son récit, Kantz s'interrompit pour souligner le scepticisme avec lequel le Roi Misère avait accueilli cette dernière révélation.

« Reconnaissez, intervint von Regenhalt, que l'on s'étonnerait à moins !

— Il est vrai… Je ne répétais pourtant que ce que le jeune larron m'avait confié, et dont je ne doutais point.

— Ainsi, les soldats devenus goules se seraient vengés de leurs assassins.

— Non pas, fit Kantz. Seulement leur capitaine, un certain Klieb. Mais écoutez plutôt… Les mercenaires, donc, sont assassinés et leurs cadavres sont abandonnés non loin. Je ne sais comment ni pourquoi, mais celui qui allait devenir leur maître les trouve et fait d'eux les créatures que nous savons. Il réserva pourtant à Klieb un sort différent. Il l'asservit, certes, mais en lui conservant quelque intelligence.

— Sans doute avait-il besoin de lui pour des besognes moins brutales…

— C'est fort bien pensé. Cependant le maître – appelons-le ainsi, puisque nous ne connaissons pas son nom – commit en cela une imprudence. Car je suppose que Klieb brûlait encore après la mort d'un ardent désir de vengeance. Dès qu'il put échapper à la surveillance de son maître, il retrouva Widauer et ses complices pour les tuer.

— De là vient que le massacre de la rue de l'Estrapade ressemble si peu aux autres !

— Oui. Klieb l'accomplit seul et de son propre chef. Il s'introduisit par une fenêtre dans la maison, égorgea les voleurs qu'il y trouva endormis, et tortura à loisir Widauer qu'il considérait sans doute comme étant le premier artisan de son empoisonnement.

— Mais comment Isaac put-il échapper à la colère du mercenaire ?

— Il n'était pas présent. Avec deux compagnons, il ne rentra que fort tard. Je ne sais comment cela se fit, mais les deux compagnons le précédaient. Ils surprirent Klieb tandis qu'il suppliciait Widauer. Ils n'eurent que le temps de hurler avant d'être tués. Isaac se précipita, découvrit le massacre et son auteur. Pris de terreur, il s'enfuit et se réfugia dans le grenier où les espions du Roi Misère devaient le retrouver.

— C'est donc Isaac que l'on vit courir hors de la maison. Et non Klieb.

— Oui. Comprenant qu'il risquait d'être pris, Klieb ne tarda pas à filer à son tour. Cependant qu'il oubliait son couteau dans le cœur du crucifié. »

Von Regenhalt resta un instant à songer à ce qu'il venait d'apprendre.

Tout juste arrivés de la commanderie, des valets faisaient monter une charrette sur le parvis de l'église. Sans doute était-elle destinée à emporter les cadavres des goules.

Kantz se leva.

« Pardonnez-moi, chevalier, reprit von Regenhalt, mais je ne m'explique toujours pas comment vous devinâtes que les goules avaient fait leur refuge de cette église.

— Les goules, voyez-vous, ont ceci de commun qu'elles ne peuvent jamais s'éloigner bien longtemps de leur lieu de sépulture. J'avais appris du jeune Isaac que les dépouilles des mercenaires furent abandonnées non loin, aux abords du cimetière des Anges-Aveugles. Dès que cela me fut permis, je quittai le Roi Misère et cherchai alentour un lieu désolé, propice à cacher les goules tout le jour.

— Il faisait nuit noire et pareils lieux sont légion dans ce quartier ! s'étonna le lieutenant.

— Certes, reconnut Kantz en se massant du pouce la paume de sa main gauche. Mais tous ne sont pas imprégnés de la présence de l'Ombre.

— C'est magie ! »

Le chevalier sourit mais ne répondit pas.

S'approchant, il regardait les goules qu'on jetait pêle-mêle dans la charrette. Un cadavre gisait tête pendante dans le vide et Kantz eut tout le loisir d'observer le glyphe gravé sur son front. C'étaient bien un L et un R – ou un P – que l'on pouvait deviner dans l'entrelacs de lignes obscène, et ce même signe ornait effectivement le grimoire dont Kantz avait eu la vision, chez l'alchimiste devenu ermite.

Pourtant, son esprit était ailleurs. Il songeait à la dette qu'il avait désormais envers le Roi Misère. Sans lui, sans le témoignage d'Isaac, Kantz aurait été incapable de débusquer les goules. Le Roi Misère le savait et, somme toute, ne tirait pas grand bénéfice de cette affaire. Kantz était donc son débiteur. Un jour ou l'autre, il devrait s'en souvenir…

Le corps de Klieb fut le dernier à être chargé.

« Ai-je l'honneur de parler à Monsieur le Chevalier Kantz ? »

Kantz se tourna vers un valet qu'il n'avait pas vu venir. L'homme était maigre, de noir vêtu ; il avait sur la joue gauche une large tache de naissance. Quelques pas en arrière, von Regenhalt reconnut sans mot dire – mais non sans s'étonner – le secrétaire du juge Gotzler.

« Vous ne vous trompez pas », fit Kantz.

Le valet le salua d'une révérence et dit :

« Mon maître, Monsieur Gotzler, vous prie de bien vouloir lui faire l'honneur de le rencontrer. »

Kantz se tourna vers von Regenhalt pour l'interroger du regard. D'une mimique, l'officier fit comprendre qu'il ignorait tout de cette démarche.

« Faites savoir à votre maître que je viendrai le visiter dès qu'il lui plaira, dit le chevalier.

— S'il vous plaisait de le rencontrer dès à présent, mon maître vous attend en son carrosse. »

Le valet, alors, s'effaça en écartant le bras vers la porte de l'église. Kantz put vérifier qu'une luxueuse voiture attelée était arrêtée dehors.

« Je vous suis. »

« On m'a dit, Monsieur le Chevalier, tout le bien qu'il me fallait penser de vous », dit le vieil homme tandis que Kantz s'asseyait en face de lui dans le carrosse.

Les pieds sur une chaufferette, il semblait frigorifié malgré l'épais manteau de laine à col de fourrure qu'il avait passé sur une veste d'hiver, un gilet doublé et trois chemises au moins. Il était coiffé d'un bonnet de cuir et velours ; une écharpe en soie lui serrait le cou. Il avait l'air d'être prisonnier de ses vêtements comme d'une armure qui ne laissait paraître que son visage maigre et ridé, aux lèvres minces, au regard pénétrant et froid.

« Je tenais, conclut-il, à vous rencontrer pour vous dire toute mon admiration.

— Je ne sais qui voulut bien vous parler de moi, mais sans doute exagéra-t-on mes mérites.

— L'on m'avait également averti de votre modestie. »

Kantz accueillit le compliment d'un signe de tête respectueux mais réservé. Il n'était pas dupe de l'amabilité de ce préambule. Il doutait d'ailleurs que Gotzler ait jamais entendu parler de lui jusqu'à la mystérieuse visite que lui avait faite von Regenhalt, la veille au soir. Que s'étaient alors dit les deux hommes ? Sans doute n'avait-il pas été question que des mérites du chevalier. Kantz devinait plutôt que l'on avait beaucoup parlé d'une certaine liste…

« Je suis, reprit le vieillard, de ceux que les heurs et malheurs de notre belle cité intéressent au plus haut point. Je l'aime et ne désire rien d'autre que la savoir toujours plus paisible et prospère. Ne connaissant rien à la guerre ni au commerce, je me fis juge pour la servir. Peut-être savez-vous que, au soir de ma vie, je dus abandonner mon siège de justice et rendre ma charge ?… Cela me fut un déchirement. Pour autant, je ne pus jamais renoncer à suivre d'un œil jaloux la destinée de Wielstadt. Tout cela, Monsieur le Chevalier, pour vous dire combien m'affligèrent les crimes odieux qui furent commis en nos murs par les créatures maléfiques que vous sûtes débusquer et vaincre. Aujourd'hui, la satisfaction que me procure votre réussite est à la mesure de mon inquiétude première. »

Kantz restait impassible.

Le vieillard le regarda et reprit :

« Je ne doute pas que, bientôt, le Conseil de Ville voudra vous témoigner une légitime reconnaissance. Mais je veux, avant eux, récompenser vos mérites et pouvoir prétendre à vous compter parmi mes amis. »

Le chevalier prit le temps de réfléchir à sa réponse.

« Je ne sais, dit-il, que dire ni faire face à tant de généreuse sollicitude…

— N'êtes-vous pas, à l'instar de moi, soucieux des affaires de notre ville ? Ne désirez-vous pas garantir à ses habitants vertueux la paix de l'âme et la sûreté du corps ? Ne désirez-vous pas épargner Wielstadt de ceux qui y vivent hors les lois humaines et divines, et qui nuisent à tous tant par leurs actes que par leur exemple ? »

Malgré sa faiblesse, le vieil homme s'était enflammé et tardait à recouvrer son calme.

« Si fait, répondit prudemment Kantz.

— En ce cas, rejoignez le nombre de mes amis. Je devrais même dire : de mes alliés. Ils sont nombreux et puissants, et sauront vous apporter un secours utile. »

Kantz dévisagea longuement son vis-à-vis. Puis il dit :

« Les amis ou alliés dont vous me parlez…

— Oui ?

— N'ont-ils pas leurs noms qui apparaissent sur une liste dont vous savez que je l'ai trouvée ? »

Le vieil homme marqua un temps, celui de la surprise.

A l'évidence, il n'avait pas imaginé que le chevalier en saurait aussi long. Il avait trouvé la liste, soit. Mais comment Kantz pouvait-il savoir que lui, Gotzler, était au fait de cette découverte ? L'avait-il deviné ? Von Regenhalt avait-il parlé ?

« Et si cela était ? avança le vieillard.

— Alors je vous demanderais quels peuvent être ces amis dont on fait une liste que l'on cache chez soi.

— Ce serait demander beaucoup… »

Kantz sourit et posa la main sur la poignée de l'une des deux portières du carrosse.

« Il semble, Monsieur, que vous m'offrez votre amitié mais non toute votre confiance, dit-il.

— Il y a long de l'amitié nouvelle à la confiance aveugle.

— Il est vrai.

— Puis-je espérer de vous une réponse favorable, Monsieur le Chevalier ?

— Pour l'heure, je crains de devoir décliner votre offre, répondit Kantz en ouvrant la portière.

— Votre avis est-il bien arrêté sur ce point ? Se peut-il que vous changiez d'idée après mûre réflexion ?

— Qui sait ? fit Kantz en descendant du carrosse.

— Si vous deviez vous résoudre à accepter mon amitié, venez me le dire dès ce soir en mon hôtel, rue du Brandebourg. Au revoir, Monsieur le Chevalier. »

Kantz acquiesça mais ils savaient l'un et l'autre qu'il ne reviendrait pas sur sa décision.

Le valet à la tache de vin remplaça Kantz en face du juge Gotzler et le carrosse s'ébranla aussitôt.

Le vieillard resta un moment silencieux avant de demander :

« As-tu retrouvé le vieux Juif ?

— Oui.

— Tu iras bientôt le chercher. Si tu ne parviens pas à le décider à te suivre, tu lui diras que je veux lui parler d'un certain Alexander von Göttenberg. As-tu bien compris ?

— Oui. Alexander von Göttenberg.

— Bien. Il viendra dès qu'il entendra ce nom. »

Le carrosse s'arrêta peu après à un angle de rue et on frappa à la portière.

Le valet entrouvrit, jeta un œil au-dehors.

« C'est Reinecker, dit-il. Il attend ses ordres.

— Fais-le monter. »

Un spadassin aux cheveux d'un blond presque blanc grimpa dans le carrosse en ôtant son chapeau. Il avait la bouche lippue et ses yeux ronds étaient injectés de sang, pareils à ceux d'un homme qui étouffe.

« Alors ? dit-il.

— Alors le chevalier ne veut pas entendre raison, dit le vieillard. Tu agiras dès ce soir. »

Reinecker acquiesça et, se recoiffant de son chapeau pour cacher son visage, il descendit du carrosse qui partait déjà.

31

Kantz observa le carrosse de Gotzler s'éloigner et fendre la foule des curieux. Puis son regard monta naturellement vers le ciel où il repéra le dragon qui planait. Il resta un instant à contempler l'immense silhouette aux ailes déployées, et se fit la réflexion que, depuis quelques jours, il ne pouvait lever le nez sans l'apercevoir ou la deviner, là-haut, toujours présente. Il n'y avait rien d'incongru à voir le dragon tournoyant au-dessus de sa ville – ce spectacle était presque quotidien et n'étonnait pas les authentiques *Wielstadter.* Mais l'étrange était justement que Kantz, lui, le remarquait désormais. A croire que le dragon ne se montrait que pour lui…

Des grincements et un cliquetis de ferraille tirèrent le chevalier de sa contemplation tandis que le dépassait la charrette emmenant les cadavres. Abandonnant le dragon à ses nuées, Kantz franchit le parvis et entra dans l'église où il trouva von Regenhalt qui l'attendait, incertain.

« Saviez-vous que le sieur Gotzler me viendrait voir ? demanda Kantz.

— Non pas. Comment l'aurais-je su ? » s'étonna von Regenhalt.

La surprise du lieutenant était sincère. Certes, Gotzler aurait fort bien pu lui confier son intention de rencontrer Kantz. Mais comment cette idée avait-elle pu venir au chevalier ? Savait-il quelque chose de leur rencontre, la veille au soir ?

« Vous le connaissez pourtant, n'est-ce pas ? » insista Kantz.

Cette fois, von Regenhalt se troubla.

« Il est vrai, reconnut-il. Mais je puis vous assurer que je ne sais rien de ses projets.

— Apprit-il de votre bouche l'existence de cette liste où figure son nom et le vôtre ?

— Oui, je lui en ai parlé. Mais non pas pour l'informer de vos faits et gestes.

— Pour quelle raison, alors ?

— Je voulais obtenir de lui la confirmation de ce que je vous avais déjà dit. A savoir que le mystère de cette liste et celui des crimes commis par les goules sont sans rapport.

— Monsieur Gotzler avait-il autorité pour vous répondre ?

— Oui.

— Et que vous a-t-il dit ?

— Il me rassura et je le crus sincère. »

Kantz acquiesça, songeur, et fit quelques pas dans l'église.

« Chevalier ! dit von Regenhalt, resté légèrement en retrait.

— Oui ?

— Concernant la liste dont nous parlons…

— Eh bien ? fit Kantz sans se retourner.

— Vous ne vous trompiez pas tout à l'heure en disant que je n'étais pas libre de vous parler. Je puis cependant vous dire ceci : je ne suis pas le von Regenhalt qui y figure.

— Quelqu'un de votre sang ?

— Oui. Mon père. »

Ils n'eurent pas le loisir de poursuivre sur ce sujet car le frère maréchal Markus, l'air préoccupé, les rejoignit à grandes enjambées. Le fourreau de sa rapière lui battait vivement la cuisse, et il portait encore son plastron de cuirasse blanc, frappé d'une croix écarlate en place du cœur.

« Chevalier !

— Qu'y a-t-il, mon frère ?

— Nous venons de faire une trouvaille qu'il vous faut voir. »

Il y avait un caveau au fond de la crypte – une volée de marches y descendait, après une grille en fer forgé. A la lueur d'une lanterne que portait le frère Markus, Kantz découvrit une salle basse, voûtée, à peine plus longue que large, qui abritait un tombeau nu. Un pentacle était dessiné sur le sol dallé ; d'autres signes kabbalistiques ornaient les murs en pierre de taille. L'endroit était sinistre, comme imprégné d'une présence malveillante.

Gagnés par une prudence instinctive, von Regenhalt et le templier restèrent sur le seuil tandis que le chevalier entrait.

« Cela ressemble fort à un *occultum* de fortune, dit-il.

— Un *occultum* ? fit le lieutenant criminel du prévôt.

— Un oratoire magique, expliqua Kantz avant de s'adresser au frère Markus. Je gage que les frères ne touchèrent à rien ?

— Aucun d'eux n'est même entré ici avant vous. »

Comme à son habitude, Kantz soumit les lieux à un examen silencieux.

Tracé à la craie devant le tombeau, le pentacle consistait en deux larges cercles à l'intérieur desquels s'inscrivait une étoile dont les cinq branches pointaient vers autant de cierges noirs. Des caractères étranges – hébreux pour la plupart – ornaient l'anneau que faisaient les cercles concentriques. Et il y avait encore, au centre du pentacle, dans le pentagone né du croisement des lignes de l'étoile, des initiales entrelacées que le chevalier commençait à bien connaître.

Il s'agenouilla pour les inspecter dans le détail. Intrigué, le frère Markus entra enfin dans le caveau et remarqua :

« Ce signe… Le même est gravé sur le front des goules.

— Oui, fit Kantz.

— En s'appliquant, on pourrait reconnaître des lettres… Un L et…

— … Un R.

— Savez-vous ce que cela signifie ?

— Non. Sinon qu'il s'agit sans doute des initiales de celui qui redonna vie aux goules. »

Von Regenhalt les rejoignit. Il se pencha à son tour sur le pentacle et dit :

« Vous voyez un R quand moi, je vois un P.

— Peut-être, lui accorda Kantz…

— Avez-vous vu cela ? » demanda alors le templier.

Il dirigeait la lumière de sa lanterne vers le tombeau dont Kantz devinait déjà qu'il avait fait office d'autel. Le chevalier se redressa, enjamba prudemment le pentacle et vit ce que le frère maréchal désignait : une dague cérémonielle et une grosse aiguille étaient posées sur le plateau de la tombe. La lame du poignard était maculée d'impuretés séchées. Semblable à celles qu'emploient les cordonniers, l'aiguille était croûteuse de sang et de pus ; elle avait encore quelques centimètres de ficelle passée dans son chas.

Kantz dénuda sa main gauche et voulut toucher l'aiguille de l'index, mais quelque chose fit qu'il renonça. De même, il effleura à peine la dague.

« Le stylet et l'aiguille furent utilisés lors d'un rituel maudit, dit-il en faisant jouer les articulations de ses doigts. Sans doute l'aiguille servit-elle à sceller les paupières des goules. Et le stylet, à faire la marque que nous savons sur leur front… »

Les deux autres acquiescèrent en regardant alentour.

Ils étaient mal à l'aise en ces lieux et l'évocation des horreurs qui s'y étaient déroulées n'arrangeait rien. Ils se sentaient menacés, à croire qu'un œil hostile les épiait depuis chaque recoin d'ombre. Kantz, lui, ne semblait se troubler de rien. Précautionneux, attentif à tout, il manifestait un calme expert. Ce fut d'ailleurs lui qui, le premier, remarqua le pupitre dressé dans un angle du caveau.

« Donnez donc de la lumière par là, voulez-vous ? » dit-il à l'intention de frère Markus.

Les trois hommes approchèrent.

Le chevalier, lentement, fit pivoter le lutrin. Il révéla alors un lourd grimoire dont la couverture s'ornait d'un L et d'un R entrelacés.

« Encore ce maudit signe ! s'exclama le templier en se penchant pour mieux voir.

— Mais oui ! » fit von Regenhalt.

Du regard, il chercha l'approbation de Kantz. Mais celui-ci, impassible, ne quittait pas le grimoire des yeux : il venait de reconnaître le livre qu'il avait *vu* l'avant-veille, chez le reclus.

« Ce livre, murmura-t-il… Lefèvre l'avait en sa possession et c'est pour cette raison qu'il fut tué.

— Pardon ? s'étonna l'officier en croyant avoir mal entendu.

— Lefèvre a possédé ce livre. Même si je doute qu'il fût son premier et légitime propriétaire.

— Un instant ! intervint le frère Markus. Je n'entends rien à tout ceci et vous m'obligeriez en me disant qui est ce Lefèvre. »

Von Regenhalt se chargea d'expliquer ce que l'on savait du vieil alchimiste, de sa vie solitaire et misérable, et des circonstances de sa mort. Il fit vite car une question lui brûlait les lèvres – une question que le frère maréchal posa cependant avant lui :

« Mais, chevalier, comment savez-vous que votre reclus avait ce livre ? »

Kantz hésita. Il ne se voyait pas exposer à un Chevalier du Christ les visions qui lui venaient parfois : cela vous avait une trop forte odeur de soufre.

« Fiez-vous à moi. Vous avez devant vous le motif de la mort de ce pauvre hère.

— Peut-on tuer pour un livre ? s'inquiéta le templier.

— Pour un sacramentaire, certainement…

— Un sacramentaire ?

— C'est un recueil où les kabbalistes et les mages consignent le fruit de leurs travaux », fit Kantz en prenant le grimoire.

Il allait l'ouvrir lorsqu'un homme, arrivé au petit trot par la crypte, s'arrêta sur le seuil du caveau. Tous se tournèrent vers l'importun et von Regenhalt reconnut son valet :

« Werner ? Que fais-tu ici ? »

La quarantaine et le poil blond, le valet affichait une mine inquiète. Il salua à la ronde et dit :

« Monsieur, un cavalier porteur d'une lettre est arrivé chez vous. J'ai couru vous trouver aux Trois-tours mais…

— C'est bien, épargne-moi les détails de ton périple… L'as-tu, cette lettre ?

— Non, Monsieur. Le cavalier a ordre de ne la remettre qu'à vous et il vous attend.

— Qu'il attende donc, s'agaça l'officier. Pour l'heure, tu vois bien que j'ai fort à faire.

— Mais la chose semble d'importance et le cavalier m'a prié de vous montrer ceci. »

C'était une chevalière que le valet venait de tirer de ses basques. Soudain très pâle, von Regenhalt avança pour la saisir et en inspecter le blason. Si possible, il pâlit encore.

« Qu'y a-t-il ? » s'alarma Kantz, oublieux du grimoire qu'il avait dans les mains.

Le regard vague, von Regenhalt ne répondit pas aussitôt.

« Je… Je dois partir.

— Vraiment ? Mais me direz-vous ce qui… »

Kantz, cependant, renonça à achever sa phrase : entraînant Werner à sa suite, l'officier traversait déjà la crypte à grands pas. Le chevalier comme le frère Markus restèrent un instant interdits.

« Avez-vous deviné de quoi il retourne ? demanda enfin le templier.

— Non. Néanmoins, il m'a semblé reconnaître les armes des von Regenhalt sur la bague…

— Un cavalier, une lettre urgente, un bijou de famille… Je gage que le malheur a frappé à la porte des von Regenhalt… »

Kantz acquiesça mollement.

« Lædan Rex ! soupira le chevalier. Comment n'ai-je pas songé à lui plus tôt ?… »

Un peu plus tôt, Kantz et le frère Markus avaient trouvé dans la sacristie un coin tranquille où, malgré le froid, ils purent étudier le mystérieux sacramentaire tout à loisir. Le livre était posé sur un rebord de fenêtre, dans la lumière d'un soleil déjà déclinant. Les deux hommes, côte à côte, le feuilletaient lentement.

Comme tous les ouvrages savants de l'époque, le sacramentaire était rédigé en latin. Sa centaine de pages se couvrait d'une écriture fine, élégante, affirmée. Régulièrement, le texte était entrecoupé de zodiaques, de figures ésotériques, de dessins représentant des végétaux, des minéraux et des animaux fabuleux. Il y avait également des planches anatomiques et des représentations de pentacles ; des notes noircissaient la plupart des marges.

Très vite, le frère Markus s'était perdu dans les méandres d'un texte où s'entremêlaient considérations théologiques, recettes magiques, réflexions personnelles, commentaires bibliques, passages autobiographiques, paraboles et visions prophétiques, citations savantes et allusions mythologiques. Kantz, en revanche, avait la pratique des sacramentaires. Il trouva vite un récit mystique où l'auteur se montrait dialoguant avec un ange qui le nommait…

« Lædan Rex, répéta Kantz. Un L et un R. Lædan Rex.

— Lædan Rex ? fit le templier. Qui est ce roi Lædan ? »

Le chevalier leva les yeux du sacramentaire et, à travers la fenêtre, regarda le mur du cimetière des Anges-Aveugles tout proche – un mur gris, dont le crépi laissait voir les briques par endroits. D'une voix morne, il expliqua que Lædan Rex était le pseudonyme d'un kabbaliste allemand dont on ne savait presque rien si ce n'est qu'il avait compté parmi les plus savants de son siècle. Il avait passé sa vie à sillonner l'Europe, allant d'Espagne en Italie, de Provence en Angleterre, fouillant les bibliothèques, interrogeant les érudits, retrouvant des manuscrits oubliés, travaillant sans relâche et étudiant toujours.

« Lædan Rex, conclut Kantz, disparut il y a vingt ans sans que l'on sût s'il était mort. Certains prétendent l'avoir rencontré depuis, d'autres qu'il leur est apparu en songe. On dit encore qu'il put atteindre un degré de sagesse tel qu'il échappa à son corps et partit rejoindre les sphères éthérées.

— Blasphème ! » lâcha le templier.

Se détournant de la fenêtre, Kantz fit quelques pas dans la sacristie de plus en plus sombre : le soir tombait et le mur du cimetière, tout proche, faisait obstacle à la lumière.

Le chevalier songeait à sa conversation avec la Dame en rouge, deux nuits plus tôt. « Nous savons qu'une Puissance a surgi de l'Ombre il y a peu, avait-elle dit. Nous pensons qu'il s'agit d'un esprit défunt avide de vengeance, ou du moins désireux d'achever une tâche. »

S’agissait-il de Lædan Rex ?

Sans pouvoir encore l’expliquer, Kantz était néanmoins en mesure de deviner le fil des événements. Une semaine plus tôt, une *âme vengeresse* – celle de Lædan Rex – avait quitté les Limbes pour sévir à Wielstadt. Son premier soin fut de trouver des serviteurs aussi cruels que dociles : les goules. Très vite également, le revenant – sans doute aidé de Klieb – tortura à mort Hermlin. Pourquoi ? Probablement pour lui faire dénoncer ceux dont Lædan Rex voulait se venger. Ensuite, chaque nuit apporta son lot de cadavres : ce furent d’abord le tapissier Odensen et sa famille, puis le professeur Heusch et ses courtisanes, puis le vieil alchimiste. À la connaissance du chevalier, les goules n’avaient cependant pas fait de victimes dans la nuit de jeudi. Car cette nuit-là, Klieb avait tué seul, motivé par une rancune personnelle – une rancune dont Widauer et ses complices firent les frais, comme en témoigna Isaac, l’unique survivant du massacre. Klieb avait-il agi de son propre chef ? Peut-être. Restait que…

« Comment disiez-vous qu’il se nommait, cet alchimiste ? » s’enquit soudain le frère Markus.

Troublé, Kantz ne comprit pas tout de suite ce qu’on lui demandait.

« Le reclus ? hasarda-t-il.

— Oui.

— Hubert Lefèvre.

— Alors vous disiez vrai : ce grimoire lui a bel et bien appartenu.

— Vrai ? »

Kantz n’en doutait pas : sa vision chez l’alchimiste avait été assez claire. En revanche, il s’étonnait que le templier puisse lui donner raison. Intrigué, il le rejoignit près de la fenêtre.

« Je ne connais rien à la kabbale ni aux livres de magie, annonça le frère maréchal. Mais je sais lire un ex-libris quand je le vois. »

Il avait ouvert le sacramentaire à sa page de garde et montrait du doigt un nom que le chevalier lut à voix haute.

« Hubertus Faber. »

L’usage était de latiniser les patronymes dans les textes. De Hubert à Hubertus, il n’y avait qu’un pas ; quant à *faber*, c’était bien la racine de Lefèvre[1]. Pourtant, ce n’est pas l’ex-libris de l’alchimiste qui attira l’œil de

1. En latin, *faber* signifie « artisan ». Simple surnom désignant d’abord le forgeron du village, « le faber » est peu à peu devenu Lefabre, Lefébure, ou Lefèvre. Jadis, en effet, les gens du commun n’étaient que prénommés et, afin d’éviter les confusions, on précisait pour chacun le lieu de naissance ou de résidence, un signe particulier, la profession, etc.

Kantz mais celui – biffé d'un trait de plume – qui le précédait et disait : *Ex-libris Odenseni.*

« D'entre les livres d'Odensen », traduisit Kantz.

Ainsi, le tapissier féru de kabbale avait, lui aussi, possédé le sacramentaire de Lædan Rex. Et tout donnait à penser qu'il l'avait cédé à Lefèvre, sans doute à l'époque où l'alchimiste pratiquait encore.

D'une voix atone, Kantz expliqua au frère Markus ce qu'il venait de découvrir.

« Vous me dites, chevalier, que deux des victimes des goules possédèrent ce livre ?

— C'est l'évidence.

— Et que l'une d'elles, à tout le moins, mourut pour cela ?

— Oui, si vous pensez à Lefèvre.

— Et pourquoi pas l'autre, cet Odensen ? Et pourquoi pas *toutes* les autres ? »

Kantz réfléchit.

Certes, Hermlin et Heusch pouvaient avoir détenu le sacramentaire. En ce cas, les massacres de ces dernières nuits n'étaient peut-être que les jalons sanglants d'une quête entreprise par le roi Lædan pour retrouver son grimoire. En bonne logique, Hermlin – en sa qualité de libraire – aurait été le premier à hériter du sacramentaire. Il l'aurait ensuite vendu à Heusch, qui l'aurait confié à Odensen, qui l'aurait transmis à Lefèvre, lequel l'aurait conservé jusqu'à sa mort.

« Peut-être… fit Kantz de mauvaise grâce.

— Vous n'y croyez pas ?

— Je ne sais, mon frère… »

Une intuition retenait le chevalier de donner un assentiment sans réserve. Malgré tout, il devait reconnaître que l'hypothèse suggérée par le templier faisait plus qu'expliquer les meurtres et leur chronologie. Elle donnait également un sens à la mise à sac de la bibliothèque privée d'Odensen : les goules y cherchaient le sacramentaire de leur maître. Et d'autres mystères, encore, trouvaient un début de réponse.

La liste trouvée chez Hermlin ?

Un répertoire de clients privilégiés, jaloux de leur respectabilité et peu

Nombre de noms de famille trouvent leur origine dans cette habitude qui se perpétua longtemps dans les campagnes. De là les Toulouse, Desmarais, Groslouis et autres Vacher qui parsèment nos annuaires.

enclins à voir leurs noms apparaître dans la paperasse d'un libraire plus que sulfureux.

L'étrange démarche du juge Gotzler auprès de Kantz ?

Une tentative d'intimidation amorcée par un notable impliqué malgré lui dans une sombre affaire criminelle.

Les silences de von Regenhalt ?

La réaction d'un fils soucieux de préserver l'honneur paternel.

Le massacre des truands par Klieb ?

Une récompense accordée par un maître à son serviteur, au terme d'une quête scrupuleusement accomplie.

La fatigue aidant, Kantz ne trouvait pas la faille dans ce raisonnement.

Et pourtant, il doutait.

32

Le soleil se couchait. Ses derniers rayons arrosaient de pourpre la ville déjà somnolente. Le ciel incendié était envahi de lourds nuages sombres qui filaient. Un vent chargé de neige balayait les rues. On devinait qu'il y aurait tempête cette nuit.

La foule autour de l'église s'était dispersée et seuls trois ou quatre centaures du guet battaient encore le pavé dans le voisinage. Les valets du Temple n'étaient plus là. Restaient les mousquetaires dont la plupart étaient déjà en selle et attendaient le départ en bon ordre.

Kantz fut parmi les derniers à sortir. Avec frère Markus, il surveilla la fermeture des portes de l'église désertée. Il avait été décidé que quelques templiers demeureraient pour monter la garde. Kantz regarda le frère maréchal donner ses dernières instructions aux sentinelles. Des feux brûlaient sur le parvis à leur intention.

Le frère maréchal Markus rejoignit le chevalier qui attendait à l'écart, le col de son manteau relevé et son chapeau à boucle d'argent bien enfoncé sur la tête. Il avait sous le bras le lourd sacramentaire de Lædan Rex.

« Je ne peux m'empêcher de plaindre les malheureux que vous laissez ici, dit Kantz. Quant à moi, je suis déjà gelé jusqu'aux os.

— Je les ferai relever à minuit. Tant que cette bâtisse n'aura pas disparu sous les flammes ou que chacune de ses pierres n'aura pas été bénie par un évêque, je ne laisserai quiconque y pénétrer.

— Peut-être avez-vous raison… »

Cette nuit, en effet, des quidams motivés par une curiosité morbide, ou des alchimistes et sorciers en quête de quelques reliques, tenteraient sans doute de se glisser dans l'église. Il n'était pas certain qu'ils y courraient le moindre danger, mais mieux valait les garder à distance.

Kantz poussa un long soupir et massa sa nuque qui n'était plus qu'un nœud de douleurs. Sa vieille blessure au genou le faisait également souffrir.

« Avant que de partir, me permettez-vous une dernière question, chevalier ?

— Je vous en prie, posez-la.

— Voilà. Nul doute que nous ayons remporté une victoire ce jourd'hui. Cependant, il reste encore celui à qui les goules obéissaient. Croyez-vous qu'il nous faut le craindre ? »

Le chevalier haussa les épaules.

« Lædan Rex est désormais une *âme vengeresse*, expliqua-t-il. C'est-à-dire un esprit revenu des Limbes pour accomplir une vengeance ou, du moins, achever une tâche qu'il ne put mener à bien de son vivant…

— Mais puisqu'il n'ambitionnait que de retrouver son sacramentaire, n'a-t-il pas déjà quitté ce monde pour goûter enfin le repos éternel ?

— Bien au contraire… Tant qu'une *âme vengeresse* n'a pas achevé sa tâche, son existence est encore fragile. Elle séjourne autant que possible dans les Limbes, et elle ne se manifeste ici-bas que brièvement car cela lui est une épreuve. Au rebours, quand elle a réalisé son œuvre, elle est plus que jamais attachée au monde matériel et peut, dès lors, y séjourner librement. Les plus puissantes parviennent même à devenir des êtres de chair et de sang. Permettre à une *âme vengeresse* de réussir, c'est en quelque sorte lui ouvrir les portes de notre monde. Et pour ce qui est alors de l'en chasser… »

Kantz laissa sa phrase en suspens, mais elle était assez éloquente ainsi. En enfilant ses gants de monte, le frère Markus répliqua :

« Je déduis de tout cela qu'il nous faut espérer que Lædan Rex veut plus que son sacramentaire. Mais, quoi que cela soit, ne pourrait-il renoncer après que nous avons détruit ses créatures ? »

Le chevalier ne put retenir un sourire résigné.

« Il est vrai que nous lui avons porté un rude coup en le privant de ses serviteurs, mais il n'abandonnera pas. Pour lui, il ne s'agit pas d'un choix. Il ne peut pas plus renoncer à se venger que la pluie peut se refuser à tomber des cieux vers le sol. Aussi sage et savant qu'il fût, Lædan Rex est animé par des élans puissants auxquels il ne peut pas même songer à résister. Son âme est à jamais pervertie par l'Ombre.

— Vous semblez ne rien ignorer de lui.

— Détrompez-vous, mon frère. Cependant, il est vrai que toutes les *âmes vengeresses* obéissent aux mêmes lois. En cela, et grâce à la kabbale, je le devine un peu. Voyez, par exemple, comment Lædan Rex a voulu retrouver son sacramentaire. Je doute qu'il soit revenu des Limbes pour cela seulement. Mais que je me trompe ou non, il ne put résister à une tentation commune à toutes les *âmes vengeresses* : celle de retrouver d'anciens biens. »

Il commença à neiger.

« Il est donc possible de renvoyer une *âme vengeresse* à ses Limbes, avança le templier.

— Et bien au-delà, heureusement. Mais pour combattre une *âme vengeresse*, il faut d'abord la connaître. C'est en devinant le but que poursuit le Roi Lædan que nous comprendrons quelles armes employer contre lui. Alors, avec l'aide du Très-Haut, je saurai le vaincre et le détruire. Voilà pourquoi j'emporte son sacramentaire. Peut-être y découvrirai-je quelque secret. »

La neige s'accumulait déjà sur le chef et les épaules des deux hommes. Ce fut pour eux le signe de se séparer.

« Désirez-vous une escorte, Monsieur le Chevalier ?

— Non, je vous remercie. Il ne fait pas encore nuit noire et il me tarde tant de retrouver ma couche que je serai bientôt chez moi. »

Ils se saluèrent et Kantz s'en fut tandis que le frère maréchal allait enfourcher un cheval qu'un mousquetaire du Temple tenait prêt.

La colonne des cavaliers ne tarda pas à s'éloigner, saluée par les quelques sentinelles qui restaient en faction devant les portes de l'église, dans la chaleur et la lumière de deux grands feux crépitants.

Kantz était à ce point fatigué qu'il ne remarqua pas, en entrant, le calme étrange qui régnait chez lui. Tout en traversant le couloir obscur d'où partait l'escalier, il ôta chapeau et manteau, posa le lourd sacramentaire, entreprit de défaire son ceinturon et, parvenu sur le seuil de la cuisine, se figea.

Un homme était assis à la grande table de chêne, dos à l'âtre où brûlait un feu. Il souriait et, nonchalant, les pieds croisés sur un tabouret, il menaçait le chevalier d'un pistolet.

Kantz, posément, balaya la pièce du regard, comme indifférent à celui qui le tenait en joue. Il vit Stefan, évanoui et la tempe sanguinolente, recroquevillé contre le mur ; il vit Chandelle étendue inanimée sur la table où brûlait une bougie posée à même le bois. Plus surprenant, il découvrit le Nain Willem, ligoté et bâillonné, une entaille au front, qui gisait au pied de la grande horloge ; lui aussi semblait inconscient. Heide n'était pas là : le chevalier voulut croire qu'elle avait pu fuir ou se cacher quelque part dans la maison.

Kantz tenait encore son ceinturon ouvert. D'un mouvement de canon, l'intrus lui fit comprendre de le lâcher. Kantz obéit et, désarmé, posa sur l'autre un regard calme et pénétrant.

L'homme était vêtu en spadassin. Il portait un pourpoint de buffle noir, des culottes de cuir élimées, des bottes de monte dont le rabat lui couvrait le genou. Il était grand, le corps sec et nerveux. Son visage maigre et buriné était mangé par une barbe de quelques jours, une barbe douce et juvénile qui – bien qu'il eût la quarantaine – poussait en plaques inégales sur ses joues creuses. Ses yeux ronds, exorbités, étaient injectés de sang. Sa bouche épaisse et lippue, aux lèvres violacées et toujours humides, avait quelque chose d'obscène. Comme il avait posé son chapeau près de lui, on pouvait voir qu'il pâtissait d'une calvitie prononcée; sa tonsure naturelle était cernée de longs cheveux filandreux, gras, d'un blond presque blanc.

Kantz sut qu'il n'oublierait jamais ce faciès.

« Que veux-tu ? demanda-t-il sur un ton qui donnait à penser qu'il était en position de force.

— Assieds-toi. Nous allons parler.

— L'envie me manque de te faire la conversation.

— C'est que tu ne me connais pas encore. Assieds-toi. »

Kantz observa que le buffet et le coffre avaient été ouverts et fouillés. Le panneau de l'horloge était béant sur le lourd balancier de cuivre qui oscillait et scandait le silence, imperturbable, régulier, sinistre.

En s'attablant face au spadassin, Kantz aperçut Willem qui ouvrait fugitivement un œil vers lui.

« Me voilà assis. Je t'écoute. Fais vite, je te prie.

— Ta cave est bien pauvre, mais j'ai trouvé ceci. »

Ce disant, l'homme s'emplit un verre d'une bouteille déjà débouchée. A l'odeur autant qu'à la couleur, Kantz reconnut l'eau-de-vie des faunes que Feodor avait apportée quelques jours plus tôt pour se faire pardonner d'avoir laissé échapper Chandelle.

« Je n'imaginais pas trouver pareille liqueur chez un prêtre.

— J'ai quitté l'habit.

— Oh, on ne le quitte jamais vraiment, à ce qu'il paraît… Je te sers ? »

Il y avait un deuxième verre sur la table. Il était vide mais on y avait déjà bu.

Kantz refusa d'un mouvement de tête.

« A ta guise… fit l'autre en servant néanmoins le chevalier. Tu boiras lorsque tu auras soif… Qui est-ce ? demanda-t-il en désignant Willem du pouce par-dessus son épaule.

— Un ami.

— Pourquoi porte-t-il la jupe ?

— Cela s'appelle un kilt. Mon ami est originaire des hautes terres d'Ecosse.

— Vraiment ? J'ignorais… Tu vois que tu as bien des choses à m'apprendre… » ajouta-t-il avec un mauvais sourire.

Le canon de son pistolet était toujours braqué sur la poitrine du chevalier.

« Pourquoi as-tu battu mon valet ?

— Il ne voulait pas entendre raison.

— Est-il mort ?

— Je ne crois pas.

— Et quant à elle ? fit Kantz en dirigeant son regard vers Chandelle. Je doute qu'elle fût bien menaçante… »

L'homme haussa les épaules avec une moue d'indifférence.

Chandelle, couchée près de la bougie dont la cire dégoulinait sur la table, n'avait pas encore bougé. Du doigt, Kantz souleva un petit bras qui retomba mollement. Le halo de la fée était faible, à peine visible dans la lumière ambiante.

« Quel est ton nom ? demanda Kantz.

— Pourquoi me le demander ?

— Parce que je vais te tuer et que je veux savoir qui je tue. »

L'homme s'esclaffa tandis que Kantz restait impassible.

« Tu oublies que je tiens le pistolet.

— Alors pourquoi craindre de te nommer ?

— Soit. Je m'appelle Reinecker.

— Qui t'envoie ?

— Convenons que, d'ores en avant, je poserai les questions. »

Le regard de l'homme se fit dur ; son sourire disparut.

Kantz ne dit rien et songea que, si le spadassin avait bien voulu se présenter, c'est sans doute qu'il ne comptait pas laisser de témoin derrière lui. Mais il pouvait encore s'être inventé un nom d'emprunt, ce dont le chevalier douta.

« Tu as trouvé une liste, fit Reinecker. Dernièrement. Chez un libraire… »

Hors de vue de Reinecker, Willem, toujours immobile, accrocha le regard de Kantz et, de la prunelle, lui désigna la porte basse du buffet. Celle-ci était grande ouverte non loin de ses pieds entravés.

Kantz acquiesça, autant à l'intention du Nain que du spadassin.

« Je veux cette liste, reprit ce dernier.

— Je ne l'ai plus.

— Je sais cela. Cependant, tu es un homme avisé et je devine que tu en as fait copie.

— Tu devines mal », mentit le chevalier qui avait la fameuse liste roulée dans sa manche.

Le spadassin retrouva son sourire, un sourire qui se voulait aimable et rassurant, un sourire d'assassin affable.

« Je sais ce à quoi tu penses, dit-il. Tu penses que je te tuerai si tu me donnes satisfaction…

— Ai-je tort ?

— Ma foi, oui. Je ne veux que la liste. Car si tu es aussi avisé que je le crois, nul doute que tu voudras tout oublier de ma visite et de ce misérable papier.

— Un misérable papier qui doit être de quelque importance, puisque Monsieur Gotzler, faute de m'avoir gagné à sa cause, envoie chez moi l'un de ses séides… »

Reinecker ne cilla pas. Du bout de la langue, il mouilla ses lèvres épaisses et purpurines, semblables à deux fruits mûrs sur le point d'éclater. Kantz imagina le plaisir qu'il aurait à écraser cette bouche sous sa botte.

« Tu ne nies pas, reprit le chevalier. Je le comprends comme un aveu.

— Il importe peu de savoir qui je sers.

— A présent, il n'est que temps pour toi de saisir la dernière chance que je t'accorde de survivre à cette nuit.

— Ah, oui ? s'amusa le spadassin.

— Oui. MAINTENANT ! »

Des deux pieds, Willem percuta la porte basse du buffet qui claqua. Surpris, Reinecker quitta le chevalier des yeux une fraction de seconde. Kantz bondit, le saisit par la nuque d'une main, par le pistolet de l'autre, et lui écrasa le visage sur la table. Il le désarma presque aussitôt pour lui enfoncer le canon de son arme dans l'oreille.

« Un geste et tu meurs ! »

Kantz le tenait ferme, l'obligeait à rester la joue baignant dans l'eau-de-vie répandue par les verres renversés. La flaque d'alcool s'étalait à mesure que la bouteille, le goulot brisé, achevait de se vider sur la table.

« Te voilà bien imprudent, grimaça Reinecker.

— Vraiment ? cracha Kantz en le serrant plus fort à la nuque.

— Crois-m'en, tu ne tarderas pas à regretter cette folie. N'as-tu pas vu qu'il y avait deux verres sur la table à ton entrant ? »

Kantz sentit un mouvement dans son dos. Sans lâcher prise, il jeta un rapide coup d'œil par-dessus son épaule.

Un grand barbu aux yeux porcins, le chapeau sur la tête et l'épée au côté, entrait depuis le couloir. Il tenait Heide collée contre lui. Un pistolet sur la tempe, la vieille gouvernante ouvrait des yeux énormes et implorants. Elle semblait minuscule dans les bras du tueur. Pâle, les joues humides, elle tremblait de tous ses membres. On la devinait près de défaillir.

« Ne t'avais-je pas dit que tu regretterais ? articula Reinecker.

— Je puis encore te tuer.

— Certes, mais ensuite ? Mon compagnon te tuera aussitôt et il aura tout le loisir de me venger en passant tes domestiques et ton ami au fil de l'épée.

— On entendra les coups de feu. On viendra.

— Par ce temps de tempête ? J'en doute. »

Dehors, le vent hurlant jetait contre la fenêtre des grappes de flocons qui glissaient en bas des carreaux et s'amoncelaient sans cesse.

« Réfléchis, poursuivit Reinecker. Réfléchis bien, chevalier. Je te sais assez brave pour mourir plutôt que de te rendre. Mais qui es-tu pour condamner les tiens à une mort certaine ? »

Le visage crispé, l'œil furieux, Kantz ne répondit pas. Le crépitement du feu, le tic-tac de l'horloge résonnaient à ses oreilles comme un bourdonnement continu. C'était l'impasse. Un peu de sueur perla à ses tempes.

Mais il restait une petite personne que tous avaient oubliée.

Douchée par l'eau-de-vie qui inondait la table, Chandelle n'avait repris conscience que pour être aussitôt grisée par les vapeurs d'alcool et le peu qu'elle en avait bu sans le vouloir. Le regard vague et le cheveu en bataille, elle s'assit, se gratta le crâne, tenta vainement de rassembler ses esprits. La tête lui tournait ; elle voyait double ; un sourire niais barrait sa frimousse. Elle ne savait pas même où elle était. Parce qu'elle était bien décidée à le savoir et aussi parce qu'elle préférait avoir le derrière au sec, elle se leva, oscilla comme un roseau sous le vent, retint un hoquet. Une paupière mi-close, elle envisagea un panorama brumeux où évoluaient d'énormes formes indistinctes ; des grosses voix lui parvenaient qu'elle ne comprenait pas. Elle essaya de marcher sur la table qui tanguait fort, ne réussit qu'à enchaîner précipitamment les pas de côté en penchant de plus en plus. Elle allait tomber lorsqu'elle trouva un appui providentiel contre une large colonne qui, à n'en pas douter, était une bougie. D'ailleurs, le haut de la colonne brûlait et Chandelle avait les pieds dans la cire tiède : deux indices qui confirmaient sa première hypothèse. Ravie d'avoir si bien raisonné, elle s'accorda quelques instants de répit et s'appuya de tout son poids contre cette bougie décidément fort serviable. Elle songeait à lui donner un nom lorsque la bougie décida de s'en aller promener. Non. Les bougies ne vont pas en balade. Au mieux, elles tombent. Tête en arrière et les mains sur les hanches, Chandelle se tourna vers la bougie et constata que, en effet, elle tombait.

Lentement mais sûrement, comme un arbre immense qui cède au dernier coup de hache.

Le sourcil froncé, Chandelle se sentit pénétrée d'un sentiment d'inquiétude dont il lui fallut chercher la cause. Elle comprit soudain et n'eut que le temps de bondir vers le plafond quand la flamme de la bougie incendia d'un coup la table imprégnée d'alcool.

Une table sur laquelle Kantz écrasait encore le visage de Reinecker…

La joue brûlée, Reinecker s'arracha à la poigne du chevalier et se redressa en hurlant. Par réflexe, Kantz se jeta en arrière. Mais il fit un faux pas et, déséquilibré, lâcha son pistolet. Aussitôt, une balle lui siffla aux oreilles avant de fracasser le cadran de l'horloge. Il vit alors le complice de Reinecker qui abandonnait son pistolet fumant et repoussait Heide pour tirer l'épée. Kantz plongea vers sa rapière restée accrochée au ceinturon dont Reinecker l'avait obligé à se débarrasser. Il la saisit à temps pour dévier une botte mortelle. Il répliqua en se relevant, enchaîna parades et ripostes avant de se fendre et toucher son adversaire à la cuisse. Le spadassin gémit, baissa sa garde. Kantz lui lacéra le visage d'un coup de taille et l'acheva d'une estocade à la gorge. Le sang jaillit par saccades du cou de l'homme qui s'écroula en glissant lentement contre le mur.

Essoufflé, Kantz fit aussitôt volte-face mais Reinecker n'était plus là.

Le vent faisait battre la porte du jardin qui, chaque fois qu'elle s'ouvrait, laissait entrer des tourbillons floconneux.

Le premier soin de Kantz fut de relever Heide et de l'aider à s'asseoir. Encore sous le choc, le regard fixe, la vieille femme se laissa faire sans mot dire.

Kantz libéra ensuite Willem de son bâillon ainsi que des liens qui lui entravaient poignets et chevilles.

« Inquiétez-vous de la santé de votre valet », dit le Nain en achevant de se débarrasser de ses cordes.

Le chevalier se pencha sur Stefan, le fit doucement rouler sur le côté, constata que sa blessure à la tête avait beaucoup saigné mais n'était guère profonde.

« Alors ? demanda Willem en rejoignant Kantz.

— Il vit. Je ne crois pas que sa blessure soit mauvaise.

— Messieurs, s'il vous plaisait de vous écarter… »

C'était Heide qui arrivait avec un torchon et un broc d'eau.

« Heide ! fit Kantz. Je veux te voir reposer.

— Mais je vais fort bien, Monsieur. »

Elle s'agenouilla près de Stefan, mouilla le linge et entreprit de nettoyer la blessure. Elle peinait à contenir le tremblement de ses mains.

« La flambée fut plus qu'opportune », lâcha Willem en admirant la tache noircie sur la grande table.

Kantz acquiesça tandis que Chandelle se posait sur sa main droite ouverte. Elle avait échappé de peu à la crémation et cette perspective l'avait parfaitement dégrisée.

« Ton courage et ton ingéniosité nous sauvèrent la vie, fit le chevalier. Je t'en remercie, Chandelle. »

Bien qu'il ne fût pas des plus mérités, la fée accepta le compliment et gratifia l'assemblée d'une jolie révérence. D'un mouvement de la main, Kantz encouragea Chandelle à s'envoler, ce qu'elle fit.

« J'ignorais que l'on trouvait des *færies* en vos régions, nota Willem sans manifester plus de surprise que cela.

— Je suppose qu'elles sont communes en vos anciennes terres d'Ecosse.

— Communes mais farouches. Celle-ci semble vous avoir adopté, cependant. »

Kantz acquiesça avant de ramasser et tendre au Nain son béret à plume de faisan. Willem s'en coiffa et lissa son kilt.

« Qui étaient ces hommes, chevalier ? demanda-t-il en retroussant les crocs de sa fière moustache rousse.

— Vous en savez presque autant que moi. J'ai rencontré ce jourd'hui un puissant personnage qui semble ne pas avoir apprécié de m'entendre refuser son amitié. »

Par discrétion, Willem ne posa pas d'autres questions.

« Willem, reprit Kantz, veuillez accepter mes excuses pour les dangers que vous avez encourus par ma faute. »

Le Nain haussa les épaules.

« Arrivé peu avant votre entrant, expliqua-t-il, je suis tombé dans la même souricière que vous. Ce diable d'homme aux yeux injectés de sang vous attendait déjà. Sans mot dire, il me ligota sous la menace de son arme. Dès que je fus pieds et poings liés, il me frappa sur le crâne. Je lui fis croire qu'il m'avait proprement estourbi et me laissai bâillonner. J'ignorais qu'il pût avoir un complice.

— Puis-je vous demander ce que vous veniez faire chez moi ? »

Willem baissa le regard.

« Le moment est sans doute mal choisi, chevalier. »

Kantz eut peur de comprendre.

« Il s'agit de Thadeus, n'est-ce pas ? »

Willem acquiesça.

« Son valet l'a trouvé mort dans son lit ce jourd'hui. »

Le visage grave, le regard vide, le chevalier se signa.

« Il revient à lui », dit Heide.

En effet, Stefan entrouvrait les paupières et, la tête dodelinant doucement, gémissait.

« Crois-tu ses jours menacés, Heide ? fit Kantz.

— Non, Monsieur. Il ne lui faut plus que du repos et faire bonne chère.

— En ce cas, il serait imprudent de demeurer ici. Reinecker, ou quel que soit son nom, peut avoir d'autres complices qui voudront revenir.

— Savez-vous où aller ? demanda Willem.

— Oui.

— Et lui ? » fit encore le Nain en désignant le cadavre du spadassin égorgé.

Kantz réfléchit quelques secondes seulement avant de lâcher :

« Je ne connais pas toutes les réponses aux questions que le prévôt ou ses gens pourraient me poser. Avec votre aide, Willem, nous abandonnerons cet homme à un croisement de rues et plaise au Seigneur qu'une âme charitable lui donne sépulture. »

Heide esquissa un signe de croix mais ne dit mot.

33

Ils chuchotaient parce qu'ils étaient dans la maison d'un mort. Ils songeaient sans cesse à la dépouille de Thadeus qui reposait à l'étage et à Kantz qui, depuis près d'une heure à présent, se recueillait à son chevet. Ni le chevalier, ni le valet Felix qui ne quittait plus la chambre, ne pouvaient les entendre. Et pourtant ils parlaient bas, dans la pièce du rez-de-chaussée pleine d'ombres et de silence, à la lueur orangée d'une maigre flambée.

Willem achevait de faire le récit de sa soirée à Günter Vecht :

« … Nous entrâmes à *La Cigogne* par les cuisines et le chevalier eut aussitôt un conciliabule privé avec le faune Zacharios. »

Sans mot dire, le libraire acquiesça en caressant sa barbe blonde. Willem reprit :

« Je ne sais ce que le chevalier voulut bien lui confier de notre aventure, mais Zacharios n'hésita pas à accueillir Stefan et Heide sous son toit. Il envoya même son valet géantin…

— Feodor.

— Oui. Il envoya Feodor quérir un apothicaire de confiance pour qu'il pansât la blessure du jeune Stefan. Dès que le médecin eut affirmé que ses jours n'étaient pas en danger, nous pûmes enfin, le chevalier et moi-même, vous retrouver ici.

— Qu'advint-il de la petite fée ?

— Chandelle ? On la confia à Feodor qui est raffolé d'elle.

— Et le cadavre du spadassin ?

— Fouillé en vain puis abandonné au détour d'une rue, selon la volonté du chevalier… »

Vecht eut une moue vague, peut-être désapprobatrice.

« Ne me jugez pas trop durement, fit Kantz en entrant. Il appartient désormais au Très-Haut de pardonner à cet assassin. »

Epuisé, éprouvé, il se laissa tomber sur une chaise. Il lui fallut quelques instants pour remarquer l'absence du poète.

« Apollonius s'en est allé ? s'étonna-t-il.

— Il a promis de revenir bientôt », expliqua le Nain avant de quitter la pièce pour, à son tour, aller veiller Thadeus.

Kantz et Vecht restèrent un long moment silencieux. Tous deux aimaient Thadeus et leur peine était égale. Ils fixaient le feu dont le crépitement joyeux leur parut bien vite insupportable.

« Quel âge pouvait-il avoir ? demanda le libraire.

— Je ne sais. Soixante ans. Soixante-dix, peut-être…

— Lui connaissez-vous des parents ?

— Aucun.

— D'autres amis que nous, qu'il faudrait prévenir ?

— Il y a bien Jacob… »

Mais Vecht expliqua que l'étudiant protestant était de nouveau introuvable. Kantz acquiesça, grimaça en étendant sa jambe gauche – toujours ce mauvais genou.

« Mais cela me fait songer, reprit Vecht, qu'un homme voulut rencontrer Thadeus cet après-dîner, tandis que Willem s'employait à vous trouver. Quand je lui dis la triste nouvelle, il me salua et s'en fut aussitôt.

— S'est-il présenté ? Vous a-t-il confié le motif de sa venue ?

— Nenni. C'était un lugubre personnage, tout de noir vêtu. Un valet, à n'en pas douter. Et il avait sur la joue une large tache purpurine. »

Le chevalier tiqua, et quelques secondes lui furent nécessaires pour trouver à qui cette description le faisait songer : le secrétaire du juge Gotzler. Certes, les particuliers habillés de noir étaient légion dans une ville dont les protestants composaient un tiers de la population. Mais une tache de naissance sur la joue était un signe particulier assez rare pour qu'on s'y arrête.

Kantz s'étonna. Si le mystérieux visiteur était bien celui qu'il croyait, que voulait Gotzler à Thadeus ? Et par quel étrange caprice du destin se manifestait-il précisément le jour de sa mort ? Les deux hommes se connaissaient-ils ? Cela semblait incroyable. Un juge parmi les plus influents et un vieux juif apatride…

A des lieues de ces considérations, Günter Vecht soliloquait en évoquant Thadeus :

« C'est curieux… Je m'aperçois que je ne sais presque rien de lui, ni de son passé.

— Il est vrai que Thadeus est… était plus généreux de son amitié que de ses confidences. Ensemble, nous ne parlions jamais que de kabbale. Ou de moi, précisa Kantz avec un rien de cynisme… Mais il était votre ami avant d'être le mien puisque je le rencontrai par vous.

— Apollonius était le premier de ses amis. Quant à moi, je fis sa connaissance il y a dix ou douze ans. Il poussa ma porte à la recherche d'un ouvrage que je ne possédais d'ailleurs pas. Je lui confiai mon regret, car ce livre manquait également à ma collection particulière. Nous parlâmes longuement, puis il s'en fut sans me dire son nom. Quelques mois plus tard, il revint avec le fameux ouvrage et me l'offrit. L'homme ne me semblait pas riche et comme je refusai, il affirma en avoir trouvé deux exemplaires. C'était un mensonge, un mensonge à la fois pudique et généreux… Et à bien songer, n'est-ce pas ainsi que nous pourrions peindre Thadeus ? Pudique et généreux.

— Et savant », ajouta le chevalier en esquissant un sourire ému.

Ils plongèrent l'un et l'autre dans leurs souvenirs, indifférents aux hurlements du vent au-dehors. Une larme vint à l'œil du libraire ; il l'écrasa d'un revers de pouce et demanda :

« Qu'avez-vous trouvé ? »

Depuis qu'il était redescendu de la chambre de Thadeus, Kantz avait à la main une lettre cachetée qui lui était adressée.

« Je l'ai trouvée en bonne place sur le lutrin, expliqua-t-il.

— Vous ne l'ouvrez pas ?

— Si. »

Il décacheta le pli et le lut, puis le relut.

« Alors ? fit Vecht.

— Il s'agit de ses dernières volontés.

— Ses dernières volontés ?

— Elles sont datées d'hier. »

Vecht s'étonna mais ne dit pas ce à quoi ils pensaient tous les deux : un homme qui rédige son testament le jour de sa mort se sait partir. Alors pourquoi Thadeus ne les avait-il pas fait venir ? Pourquoi avait-il voulu mourir seul ? Quelle ultime pudeur les avait privés de partager ses derniers instants ?

« Il vous cède tous ses livres, conclut Kantz en repliant la lettre. Du moins ceux dont je ne voudrais pas. Quant à ses recherches, il en fait don à l'Université.

— Ainsi, tout est bien fini… » laissa tomber le libraire en songeant à ce que serait la chambre de Thadeus sans les livres qui l'emplissaient.

Il lui semblait que son vieil ami mourrait une seconde fois quand sa bibliothèque serait dispersée.

En arrivant, Apollonius fit grincer la porte et attira sur lui les regards de Kantz et de Vecht. Piteux, il resta sur le seuil et montra les victuailles qu'il apportait dans un panier.

« Il y a long jusqu'à demain au matin, dit-il. J'ai pensé que…

— Vous avez bien fait », le rassura Vecht avant de débarrasser un coin de table.

Apollonius entra – un peu de neige achevait de fondre sur ses épaules et sur sa capuche. Sa désinvolture coutumière l'avait quitté ; il avait les yeux rougis et gonflés. Kantz supposa qu'il était sorti pleurer à son aise leur ami décédé. Le fantasque poète était celui qui avait tissé les liens d'affection les plus étroits avec Thadeus. Kantz croyait savoir que ces deux-là se voyaient souvent et longuement.

L'esprit ailleurs, Apollonius déboucha une bouteille et remplit quelques verres de vin. Il en tendit un au chevalier.

« Non, merci », fit Kantz.

Apollonius s'assit, abattu et désemparé. Avec un soupir qui ressemblait à un sanglot retenu, il se pencha en avant et resta ainsi, les mains serrées autour de son verre, les coudes appuyés sur les cuisses. Immobile, il fixait le sol entre ses pieds.

Kantz et Vecht échangèrent un regard compatissant. Ils ne savaient pas ce qui les affectait le plus, du décès de Thadeus ou du désespoir du poète. Ils rechignaient désormais à évoquer le disparu devant Apollonius, de peur d'augmenter sa peine.

« Hier au soir, je lui ai fait une visite, dit-il soudain d'une voix égale. J'ignorais que c'était la dernière qu'il m'était donné de lui faire, mais je devine que lui le savait. Il me dit qu'il se trouvait aller mieux et, dans mon aveuglement, je le crus. Je crois même l'en avoir félicité !… »

Amer, il but une gorgée de vin et poursuivit :

« Il m'offrit le souper, puis me fit demeurer auprès de lui. Il me parut las mais heureux de ma présence. Et savez-vous ce qu'il fit ? » La question était rhétorique et ni Kantz ni Vecht ne répondirent. « Il me fit asseoir et me dit un conte. Un conte où il était question d'un grand roi trahi par les siens, comme dans les tragédies de ce monsieur Shakespeare. Un conte !… Ensuite, je le quittai. »

Apollonius vida son verre et replongea dans un mutisme affligé.

Mal à l'aise, Günter Vecht se leva pour remplir les verres et gratifier le poète d'une tape amicale sur l'épaule. Puis il se racla la gorge en homme qui hésite à parler et dit :

« Ce jour, on ne parlait dans Wielstadt que du Temple et de vous, chevalier… »

Kantz acquiesça.

Il n'aimait guère évoquer ses combats contre l'Ombre mais, ce soir-là, il comprit l'intention du libraire et voulut bien se faire violence, dans l'espoir de distraire quelque peu Apollonius. Il ne fit l'économie d'aucun détail, de son extraordinaire rencontre avec le Roi Misère jusqu'à la découverte du sinistre *occultum* dans l'église abandonnée. Il n'était pas certain que le poète l'écoutait. Cependant, à peine évoqua-t-il Lædan Rex qu'Apollonius réagit :

« Quel nom dites-vous ?

— Lædan Rex, répéta le chevalier.

— C'est le roi Lædan ! Le roi du conte de Thadeus !

— Vraiment ?

— Oui !

— Cependant je… »

Parce qu'il était bouleversé, Apollonius se laissa aller à un mouvement d'humeur dont il n'était pas coutumier.

« MAIS PUISQUE JE VOUS LE DIS ! FAUT-IL QUE JE VOUS LE CHANTE ? »

Il réalisa aussitôt sur quel ton il avait parlé à Kantz et baissa la tête, confus.

« Je… Je suis désolé…

— Ce n'est rien, mon ami, le rassura Kantz. Mais il faut me dire la matière de ce conte et le rôle qu'y joue ce fameux roi. »

On entendit Willem qui descendait l'escalier. Il entra bientôt, la mine inquiète, sans doute intrigué par les éclats de voix.

« L'histoire du roi Lædan est celle d'un grand roi vivant au temps des héros grecs, racontait Apollonius. Un roi fort savant et amoureux des arts. Mais son frère cadet ambitionne de régner et complote contre lui. A la fin, le roi est trahi et assassiné, et le coup fatal lui est porté par son plus fidèle ami. Voilà, c'est tout. »

Tandis que Kantz s'abandonnait à ses pensées, Vecht s'approcha du poète et lui expliqua :

« Ce qui étonne le chevalier est que votre roi Lædan n'est pas un personnage fabuleux. Il exista bel et bien.

— Oui ?

— Oui. Lædan Rex est le nom de plume d'un mage kabbaliste aujourd'hui disparu. Et Thadeus, naguère, eut commerce avec lui.

— Hein ? » fit Kantz.

Il tombait des nues.

Tout d'abord, il apprenait que le juge Gotzler avait sans doute voulu rencontrer Thadeus ; puis que Thadeus – quelques heures avant sa mort – avait évoqué Lædan Rex ; et voilà qu'il apparaissait que l'un et l'autre se connaissaient !

« Que dites-vous ? insista le chevalier. Thadeus et Lædan Rex ?… Mais d'où tenez-vous que… »

Le libraire se leva, trouva le regard entendu de Willem, et dit :

« C'est le hasard qui me le fit découvrir. Et encore, je ne suis certain de rien…

— Qu'importe ! lâcha Kantz. Parlez, je vous en conjure ! »

Docile mais hésitant, Vecht expliqua alors qu'il avait – quatre ou cinq ans plus tôt – acquis une caisse de livres de seconde main. Parmi ces livres, il trouva une perle : un traité d'astrologie kabbalistique qui avait sans nul doute appartenu à Lædan Rex puisqu'il était annoté de sa main. Sans être féru d'ésotérisme, Vecht connaissait le roi Lædan et savait ce que valait un ouvrage commenté par lui. Il eut alors l'idée de faire à Thadeus la surprise de le lui offrir. La surprise fut grande, mais dans un registre inattendu. Quand il vit l'écriture qui noircissait les marges du livre, Thadeus pâlit comme devant un fantôme, balbutia quelques mots et s'enfuit. Vecht ne devait pas le revoir avant un mois et, entre eux, il ne fut plus jamais question du traité d'astrologie.

« Cependant… fit le libraire.

— Cependant ? » l'encouragea Kantz.

Mais Vecht renonça à poursuivre et Willem vint à son secours.

« J'avais assisté à la scène, dit-il, et la réaction de Thadeus m'avait tout autant intrigué que Günter. Nous n'en parlâmes jamais à personne, respectant en cela la discrétion que Thadeus avait toujours affectée quant à son passé. Cependant, nos scrupules n'allèrent pas jusqu'à nous interdire d'essayer de comprendre.

— Et c'est ainsi que commencèrent nos recherches, reprit Vecht. Lædan Rex est un personnage aussi mystérieux que fameux, et nous voulions savoir comment Thadeus avait pu le connaître. Car sa réaction devant le traité ne laissait aucun doute sur ce point, n'est-ce pas ? »

Kantz acquiesça en massant du pouce la paume de sa main tatouée et toujours gantée. Même Apollonius écoutait, captivé par le récit et oublieux de sa tristesse.

« Mais nos recherches furent vaines, avoua le Nain. Sur le sujet du roi Lædan, nous apprîmes seulement ce que tout le monde sait, et sans jamais pouvoir faire la part de la légende et de l'histoire véritable.

— A ceci près… insinua Vecht en remettant une bûche dans l'âtre.

— Oui, lui accorda Willem. A ceci près que je compris très tôt que les lettres de Lædan Rex sont aussi celles d'un prénom : Alexander. » Il était maître typographe et l'alphabet était pour lui un jeu de caractères à jamais mobiles. « Mais l'indice était maigre et ne mena nulle part.

— Alexander ! s'exclama Apollonius. C'est le nom dont s'affuble le roi du conte ! »

Tous le dévisagèrent, et le regard de Kantz était sans doute le plus passionné.

« Vous en êtes sûr ?

— Oui ! Pareil à Ulysse, le roi Lædan revient sur ses terres après un long voyage. Pour surprendre la vie que mène sa cour, il se déguise, prend le nom d'Alexandre et prétend être un poète vagabond arrivé d'Olympie. »

Sous le coup d'une excitation subite, Kantz se leva et fit les cent pas.

Sans l'expliquer, il devinait que le conte de Thadeus avait un message caché. Peut-être était-ce la confession déguisée d'un mourant tenu au secret mais désireux de soulager son âme. Lædan Rex, sans doute, jouait son propre rôle dans la fable. De même, l'assassinat du roi légendaire devait faire écho à une trahison véritable. Thadeus y avait-il assisté ? Y avait-il participé ? Etait-il l'ami fidèle auteur du coup fatal ? Le remords d'un crime ancien pouvait expliquer la réaction de Thadeus devant le traité d'astrologie dégotté par Vecht. Si Kantz ne se trompait pas, si Thadeus avait effectivement voulu se confier à mots couverts, aucun des noms ni des rebondissements de son conte n'était innocent.

Le chevalier s'immobilisa soudain sous les regards circonspects de ses amis. Pivotant vers Apollonius, il demanda :

« Alexandre d'Olympie, c'est bien cela ?

— Oui, hésita l'autre. Ou d'Olympe, je ne sais plus… »

Olympe, le mont des dieux…

En allemand, cela faisait : gottenberg.

Saisissant son épée, son chapeau et son manteau, Kantz se rua dehors.

Il devait savoir, comprendre enfin. Car aussi incroyable que cela lui paraisse, il y avait un von Göttenberg sur la liste trouvée chez le libraire Hermlin.

Les feux devant l'église des Anges-Aveugles brûlaient toujours. Leurs hautes flammes dansaient dans la tempête neigeuse. Elles dispensaient plus de lumière que de chaleur aux quelques mousquetaires frigorifiés qui, stoïquement, attendaient minuit et la relève.

Les templiers ne virent pas la brume noire qui filtra de sous les grandes portes de bois. Ils ne la virent pas ramper vers eux, ni déployer ses volutes comme autant de tentacules. Lorsqu'ils remarquèrent les langues vaporeuses qui s'enroulaient autour de leurs jambes, il était déjà trop tard. Bientôt, la brume obscure ne baigna plus que des corps sans vie dont elle achevait de s'écouler par les narines et la bouche ; elle suintait même des yeux révulsés, fixés sur le néant.

Alors le spectre d'Alexander von Göttenberg franchit les portes closes de l'église abandonnée. D'abord immatériel, il prit corps peu à peu en contemplant les cadavres qui gisaient autour de lui. Un sourire s'afficha sur son maigre visage ; ses yeux d'obsidienne étincelèrent.

Désormais tangible, Alexander commanda l'ouverture d'un passage vers l'Ombre. La nuit se déchira devant lui et cinq chiens noirs surgirent comme bondissant de nulle part. C'étaient des molosses puissants aux crocs saillants. Une luminescence verdâtre émanait d'eux. Ils avaient le cou protégé par un collier en mailles d'acier.

« Trouvez et tuez », dit le Maître.

Les chiens aboyèrent et détalèrent aussitôt. Alexander von Göttenberg les regarda s'éloigner ventre à terre dans la tourmente des vents floconneux.

Quant à lui, il avait également une visite à faire.

Après cela, c'en serait fini de sa vengeance et sa seconde vie pourrait commencer.

34

Von Regenhalt habitait une petite maison avec cour et jardin, rue des Epices. Kantz y arriva hors d'haleine, le chapeau et les épaules chargés de neige, le visage durci par le froid. Il avait manqué se perdre plusieurs fois dans des rues sans lumière, livrées à la furie des rafales blanchâtres.

Au moment où il levait le heurtoir, il entendit, mêlés aux plaintes de la tempête, les hurlements lointains et languissants de plusieurs chiens. Cela lui glaça les sangs mais il n'attacha pas d'importance à l'inquiétude sourde qui le prenait.

Il laissa retomber le heurtoir plusieurs fois.

Parce qu'on ne lui répondait pas, parce que la meute hurlait encore et que son inquiétude devenait angoisse, Kantz tambourina contre la porte avec une force qu'il mit sur le compte de la seule impatience. Le souffle court, l'œil inquiet, il ne pouvait s'empêcher de regarder de droite et de gauche tandis qu'il appelait dans la tourmente et s'acharnait à frapper. Il lui semblait que les hurlements approchaient.

Enfin on lui ouvrit.

Le chevalier bouscula un valet somnolent pour entrer. Dès que la porte fut refermée, son effroi disparut et il l'oublia aussitôt, comme on oublie au sortir d'un cauchemar.

« Monsieur ! Que voulez-vous, Monsieur ?

— Je viens voir ton maître, répondit Kantz au valet qui prétendait l'empêcher d'aller plus loin dans le couloir.

— Monsieur !

— Est-il couché ? Ton maître est-il couché ?

— Non, Monsieur. Mais je… »

Kantz passa d'autorité et, au hasard, poussa une porte pour découvrir un petit salon où brûlait un bon feu.

Von Regenhalt s'y trouvait. En chemise et déchaussé, il avait l'air hagard d'un homme tout juste tiré du sommeil. Alarmé par la bousculade dans le couloir, il avait attrapé un pistolet et faisait face. Il baissa son arme lorsqu'il reconnut l'intrus.

« Vous, chevalier ?

— Vous m'avez menti, dit Kantz d'une voix sinistre.

— Moi ? Je vous ai… ? »

L'officier du guet ne put achever, incrédule. Puis il aperçut son domestique qui ne savait que faire et lui dit :

« Tout va bien, Werner. Tu sais que le chevalier est de mes amis. Va te coucher. »

Docile, le valet salua avant de refermer la porte.

« Vous forcez ma porte à la nuit, vous m'insultez devant mon valet… Je n'en supporterais pas autant d'un autre que vous, lâcha von Regenhalt avec un détachement qui surprit Kantz. Maintenant, dites-moi de quoi il retourne : je pourrais ainsi vous répondre », ajouta-t-il en posant son pistolet.

Kantz observa que le lieutenant, sans réellement tituber, avait quelque chose d'incertain dans le maintien. Balayant la pièce du regard, il remarqua le grand fauteuil placé devant la cheminée et, à côté, une desserte où trônaient un verre et une bouteille aux trois quarts vide. Von Regenhalt devait somnoler là quand le chevalier avait fait irruption.

« Alors ? Quel est donc le mensonge que vous me reprochez ? »

Son haleine était chargée de vapeurs vineuses.

« Il était à la fois faux et criminel de me dire que la liste que je trouvai chez Hermlin ne touchait en rien notre enquête.

— Pardon ?

— Non seulement votre nom y figure, non seulement ceux de deux victimes y figurent, mais encore celui de l'assassin y est-il en bonne place. »

Kantz tendit la copie de la fameuse liste à von Regenhalt qui la prit et la parcourut sans comprendre.

« Eh bien ? fit-il.

— Le véritable nom de Lædan Rex est Alexander von Göttenberg. Voyez le troisième nom : von Göttenberg !…

— Lædan Rex ? »

Kantz soupira : il avait oublié que von Regenhalt était parti quand, avec le frère Markus, ils avaient identifié le fameux kabbaliste grâce à son sacramentaire. En deux mots, le chevalier le mit au fait. Von Regenhalt écarquillait les yeux, atterré. Il n'était pas possible de contrefaire la surprise et la consternation à ce point.

« Il est temps à présent de tout me dire, reprit Kantz. Qui sait si votre trop long silence n'a pas déjà condamné quelque innocent ?...

— Je... J'ignorais... Je vous jure que j'ignorais le véritable nom de... On s'est joué de moi, chevalier !... Je vous supplie de me croire... Je ne savais pas.

— Qui se joua de vous ? Le juge Gotzler ? »

Von Regenhalt acquiesça.

Il rendit la liste au chevalier et, sans mot dire, marcha d'un pas mal assuré jusqu'à son fauteuil. Il s'y laissa lourdement tomber et s'absorba dans la contemplation des flammes dans l'âtre.

Kantz se massa les yeux et les joues : il était épuisé. Il entamait sa deuxième nuit de veille et ces dernières quarante-huit heures ne l'avaient guère épargné, au physique comme au mental.

Il prit un tabouret, s'installa près du lieutenant toujours silencieux.

« Je vous écoute, dit-il... Il faut parler.

— Avant toute chose, vous devez savoir que ce que je vais vous dire, je n'aurais pu vous le confier avant ce soir. Il s'agit d'un secret qui ne m'appartient pas. Mais vous avez devant vous un homme qui a trop bu et que tout indiffère, car j'ai appris aujourd'hui la mort de mon père. »

Kantz comprit. Le cavalier, la lettre à remettre en main propre, la chevalière : c'était ça.

« Je suis désolé, Rainer.

— Rainer ?... C'est la première fois que vous me donnez du Rainer, chevalier.

— Oui. »

Que dire d'autre ? Kantz avait employé le prénom de l'officier sans y songer, sans penser surtout lui faire honneur. Seule l'amitié qu'il lui portait avait parlé.

« Savez-vous ce que sont les von Regenhalt, chevalier ? Les von Regenhalt sont une noble et ancienne famille de Rhénanie qui, toujours, fut fidèle à l'Empereur. Vous devriez voir nos terres : les gens et les mœurs n'y ont pas changé depuis Charles Quint. Mon père était encore de ces seigneurs d'autrefois qui ne vivaient que pour la chasse et la guerre, et n'aspiraient qu'à mourir glorieusement. Dès les premières rumeurs de la guerre, il n'hésita pas. Il réunit son équipage, embrassa ma mère, et rejoignit la croisade. »

La croisade. Le terme était ironique, appliqué à la guerre de Bohême, et l'officier ne put retenir un gloussement amer.

« Et voilà comment mon père, baron de Regenhalt et seigneur de Virsau, mourut à l'âge où d'autres, qui ont moins vécu, écrivent leurs mémoires…

— La Montagne Blanche ? » s'enquit Kantz.

Le baron pouvait en effet y avoir péri. La bataille datait déjà mais les nouvelles tardaient à arriver depuis les marches orientales du Saint Empire.

« Non, chevalier. Mon père ne mourut pas à la Montagne Blanche. Il creva d'un feu d'entrailles deux jours avant le premier coup de canon. La lettre que j'ai reçue ne laisse aucun doute à ce sujet… »

Kantz, encore une fois, ne trouva rien à répondre. Et c'est von Regenhalt qui, après quelques secondes, brisa le silence :

« Que savez-vous de la Sainte-Vehme ? »

C'était dit sur le ton de la conversation.

Le chevalier adressa un regard surpris à l'officier qui ne quittait pas le feu des yeux. La question était étrange mais, si von Regenhalt était en veine de confidence, mieux valait lui permettre de mener la conversation à sa guise. Alors Kantz rejeta la tête en arrière et dit sur le ton de la litanie, comme un écolier récite une leçon :

« Je sais que la Sainte-Vehme est une société secrète, et certainement des plus anciennes. Elle naquit jadis en Westphalie avant de s'étendre à tout le Saint Empire et peut-être au-delà. Ses membres veulent être des justiciers, des ennemis du crime et des mauvaises mœurs. La Sainte-Vehme a ses tribunaux, ses juges, ses bourreaux, ses espions, ses exécuteurs des basses œuvres. On prétend qu'elle est moins puissante que naguère mais redoutable encore, que ses membres sont nombreux, loyaux, zélés, partout présents. Mais dans tout cela, je ne saurais distinguer la vérité de la légende…

— Malheureusement, tout n'est que trop vrai, chevalier. A ceci près que la Sainte-Vehme n'a jamais faibli. C'est tout juste si quelques rigoureuses ordonnances impériales l'ont contrainte à exercer depuis l'ombre sa terrible influence. Une influence dont elle est fort jalouse, au point qu'elle s'emploie à mettre à bas tous ceux qui voudraient ou pourraient lui nuire. Intrigue, menace, machination, meurtre, tout lui est bon pour conforter ou préserver son pouvoir. La Sainte-Vehme n'aura de cesse que l'un des siens dirige l'Empire. » Von Regenhalt prit son verre à l'aveuglette et but une gorgée de vin. « La liste que vous possédez désigne les dix principaux membres de la Sainte-Vehme à Wielstadt, chevalier. Il n'y manque qu'un nom, le nom de celui qui l'écrivit si imprudemment : Hermlin.

— Ainsi, votre père était membre de cette société…

— Oui, regretta von Regenhalt. Encore qu'il y a bien longtemps que la Sainte-Vehme le tenait à l'écart de ses sinistres agissements. Mais on ne quitte pas la Sainte-Vehme : on meurt.

— Et vous-même ?

— Oh !… Je suis de la foule anonyme des *Wissenden.* Et si j'en sais plus que d'autres sans craindre pour ma vie, je ne le dois qu'aux confidences et à la protection de mon père… »

Les *Wissenden*, songea Kantz. Ceux-qui-savent. Ainsi désignait-on les nombreux affiliés de la Sainte-Vehme. Ils pouvaient appartenir à tous les mondes : petite roture, bourgeoisie, clergé, aristocratie, etc.

Von Regenhalt reprit :

« Le libraire Hermlin, le tapissier Odensen et le professeur Heusch sont… étaient des juges de la Sainte-Vehme. Gotzler est *Stuhlherr :* il préside le *heimliche Acht*, le tribunal secret. Il a autorité sur tous les membres de la Sainte-Vehme à Wielstadt.

— Mais qu'en est-il de Lædan Rex, ou plutôt de von Göttenberg ? La liste que je possède ne peut manquer d'être ancienne puisque…

— Non, chevalier. Vous faites fausse route. Vous vous demandez comment un mort, même revenu des Limbes, pourrait appartenir à la Sainte-Vehme, n'est-ce pas ? »

Pour la première fois depuis qu'il avait pris place dans le fauteuil, von Regenhalt se tourna vers Kantz qui acquiesçait.

« C'est que, expliqua-t-il, vous confondez à présent deux frères. » De nouveau, il n'offrit plus au chevalier que le spectacle de son profil impassible. « Le von Göttenberg dont votre liste fait mention, celui-là est le baron Guillem. Si Dieu lui prête encore vie, vous pourrez l'aller trouver en ses terres, où il coule des jours paisibles. Alexander von Göttenberg était son aîné. »

Le lieutenant se tut, espérant une réplique qui ne vint pas. Alors il poursuivit :

« Ce que je m'apprête à vous révéler, je l'appris naguère de la bouche de mon père… Il y a vingt ans, Guillem von Göttenberg intrigua si bien qu'il parvint à traduire son frère devant un tribunal de la Sainte-Vehme.

Pourquoi fit-il cela ? D'abord parce qu'il haïssait son frère. Ensuite parce qu'il voulait le déposséder de son héritage légitime. Des années durant, Alexander avait voyagé de par l'Europe, laissant l'usufruit et la gérance du domaine familial à son cadet. Que fit Alexander durant ses années d'errance ? Je ne le sais… »

Kantz, lui, le savait : il étudiait la kabbale et, sans doute, rencontrait Thadeus.

« Alexander revint pourtant et prétendit être rétabli dans ses droits. C'est cela, je suppose, que Guillem ne put souffrir.

— Appartenait-il déjà à la Sainte-Vehme de Wielstadt ?

— Oui. Il en était même l'un des membres les plus éminents », répondit l'officier du guet.

Il trempa ses lèvres dans son verre et poursuivit son récit :

« Guillem ne pouvait obtenir gain de cause devant un tribunal impérial, et il était sans doute trop lâche pour assassiner ce frère qu'il jalousait et détestait. Aussi choisit-il d'utiliser la Sainte-Vehme pour servir ses intérêts.

— Il savait, intervint Kantz, que nul n'irait chercher noise à la Sainte-Vehme, aussi criminel que fût l'arrêt rendu par son tribunal.

— Oui… Donc, Guillem accusa son frère d'hérésie, de sorcellerie, que sais-je encore ? Et sur la seule foi de deux témoignages, dont le sien, il obtint que son aîné fût condamné au bûcher. L'arrêt fut aussitôt exécuté. »

Voilà donc en quelles circonstances Lædan Rex disparut si mystérieusement, songea Kantz. Lædan Rex qui, aujourd'hui, s'en était revenu des Limbes, avide de vengeance…

« Monsieur votre père participa-t-il à cette infamie ? demanda le chevalier.

— Non, mais il en devina les rouages secrets. Je vous ai dit tout à l'heure que la Sainte-Vehme le tenait depuis longtemps à l'écart de ses agissements. Il doit ce traitement aux découvertes qu'il fit. La Sainte-Vehme préféra ne pas savoir plutôt que de devoir juger certains de ses membres les plus éminents. Comprenez qu'une semblable cabale ne pouvait qu'embarrasser ces nobles justiciers !… »

Une question brûlait les lèvres du chevalier. Il prit une profonde inspiration et demanda :

« Vous disiez que deux témoignages condamnèrent Alexander von Göttenberg. Qui fut le second accusateur ? »

Von Regenhalt fit une moue vague.

« Je ne sais au juste… Un certain disciple et compagnon de route d'Alexander, il me semble… »

Thadeus.

Thadeus qui, rongé par le remords au soir de sa vie, avait voulu confesser sa faute. Thadeus qui, pour ne pas compromettre ses proches, avait fait un conte édifiant des circonstances de sa trahison. Il pouvait ainsi soulager sa conscience sans risquer de déchaîner, contre celui qui l'écoutait, l'ire de la Sainte-Vehme. Même vingt ans après le drame, Kantz était bien placé pour savoir que la prudence du mourant était des plus justifiées.

Le chevalier accusa le coup et se leva.

« Qui étaient les juges ?

— Hermlin, Odensen et Heusch. Hermlin instruisit le procès. »

Kantz ne put contenir un élan de colère. La fatigue et la chaleur de la flambée y aidèrent.

« Puisque vous saviez tout cela, pourquoi ne m'en avoir rien dit ?! »

L'autre dirigea vers lui un regard désemparé.

« Mais avant de savoir que Lædan Rex était celui que nous cherchions, et avant d'apprendre de votre bouche quel était son véritable nom, cette histoire n'était pour moi qu'un triste et lointain épisode de l'histoire de la Sainte-Vehme ! Le procès eut lieu il y a vingt ans, chevalier ! Et bien d'autres, tout aussi infâmes, ont suivi après celui-ci ! »

Kantz le crut sincère. Il insista pourtant :

« Pas même un soupçon ?

— La liste m'intrigua et je crus judicieux de confier mes doutes au juge Gotzler. Mais il ne sut, ou ne voulut, m'aider. Je me fiai à lui car, si la Sainte-Vehme était menacée, ne devait-il pas être le premier à s'en inquiéter ?… Il se peut qu'il ignorât ce qui se tramait… »

Kantz en doutait. Sinon, pourquoi l'ancien juge avait-il envoyé son secrétaire au domicile de Thadeus ? Non. Gotzler avait bientôt compris de quoi il retournait.

« En outre, renchérit von Regenhalt, il y eut d'autres victimes qui n'avaient aucun commerce avec la Sainte-Vehme, vous pouvez m'en croire. Ces brigands, d'abord. Et ce vieil alchimiste reclus…

— Je vous ai dit que je crois que ce malheureux périt pour la raison qu'il possédait le sacramentaire de Lædan Rex. Il n'était, lui, coupable que de cela… »

Le chevalier soupira et marcha vers le couloir en rajustant son manteau sur ses épaules.

Il avait une dernière question à poser, toute rhétorique mais nécessaire :
« Qui présidait le *heimliche Acht* qui condamna Alexander ?
— Le juge Gotzler. »

La tempête n'avait pas faibli.

Aveuglé par les flocons virevoltants, le souffle coupé par les rafales glacées, Kantz avançait avec peine dans des rues ténébreuses et désertées. Le concert aigu des vents l'assourdissait.

Le dos rond, une main tenant son chapeau, il songeait.

Il songeait à Alexander von Göttenberg ; il songeait à Thadeus qui avait trahi et n'avait jamais su faire taire le remords ; il songeait au juge Gotzler qui s'était tu plutôt que de révéler son ancienne infamie. Il songea enfin au vieux baron Guillem, dont il doutait qu'il fût encore en vie. La nouvelle de sa mort pouvait avoir tardé à parvenir aux oreilles de von Regenhalt. Ou alors, Alexander se réservait d'achever sa vengeance par le meurtre de son frère.

Gotzler, chef de la Sainte-Vehme à Wielstadt…

Son étrange démarche auprès de Kantz prenait un sens à présent. En le recrutant, le juge espérait non seulement s'assurer de son silence, mais peut-être aussi s'en faire un allié zélé contre Lædan Rex. Et faute d'avoir pu le convaincre, il avait imaginé de le faire taire à jamais. C'est Reinecker, le spadassin aux cheveux blancs, qui fut chargé de la sinistre besogne. Tout cela pour une liste. Une liste qui en disait trop long sur la Sainte-Vehme et ses membres, il est vrai.

Kantz se rappelait la devise inscrite en lettres de sang dans la cave de Hermlin – « Ceux qui savent doivent se souvenir. Ceux qui jugent seront punis » – lorsque…

Un grognement.

Kantz venait d'entendre un grognement malgré le tumulte délirant du blizzard.

Il s'immobilisa, sonda les alentours. Il était à l'intersection de deux rues qu'il distinguait à peine dans le chaos floconneux.

Un autre grognement, venu d'une autre direction.

Kantz fit volte-face. La paume de sa main gauche le démangeait. Il écarta le pan de son manteau et tira l'épée. Une profonde angoisse lui serrait le ventre. Il se souvint des chiens qu'il avait entendus hurler avant d'entrer chez von Regenhalt, et de la peur panique qui l'avait pris.

Encore un grognement, longuement soutenu celui-là, et que d'autres accompagnèrent bientôt.

Kantz tournait sur lui-même, fermement campé sur ses jambes, les bras loin du corps et la rapière en avant. D'instinct, il marmonna :

« Ma force est dans le Nom du Seigneur, qui a fait le Ciel et la Terre. Seigneur, écoutez ma Prière, et que mon cri monte jusqu'à vous… Ma force est dans le Nom du Seigneur, qui a fait le Ciel et la Terre. Seigneur, écoutez ma Prière, et que mon cri monte jusqu'à vous… Ma force est… »

Enfin il les vit.

Ils étaient cinq chiens noirs dont les corps luisaient faiblement.

La meute infernale l'encerclait et approchait.

35

Alexander von Göttenberg marchait d'un pas sûr et régulier, indifférent à la tempête qui noyait sa silhouette, les pieds baignant dans la brume sombre qui l'accompagnait.

Il s'arrêta devant la haute double porte d'un hôtel particulier. Ses yeux d'émail noir étincelèrent et les deux battants s'écartèrent lentement. Il entra dans une vaste cour enneigée, serrée entre les deux ailes du corps de logis principal, lequel faisait face au portail, tous volets clos. Sur un large piédestal, une sculpture que la neige accumulée rendait indistincte marquait le centre de la cour.

Alexander la traversa sans hâte, monta les quelques marches du perron monumental et se retourna. Alors la brume à ses pieds s'étala comme coule la mélasse. Elle se répandit jusqu'à couvrir entièrement le tapis neigeux de la cour, puis elle s'effilocha et disparut en lambeaux sous toutes les portes. Alexander attendit que la brume mortelle fasse son œuvre. Les gémissements du vent masquèrent ceux des malheureux – hommes ou bêtes – que la brume trouvait endormis, impuissants, condamnés.

Enfin, Alexander von Göttenberg tourna les talons tandis que la porte du perron s'ouvrait sur un hall obscur.

Minuit sonna.

La chambre était grande, haute de plafond et magnifiquement lambrissée. Un grand feu brûlait dans la cheminée. Le lit à baldaquin faisait face à l'âtre, accolé dans sa largeur au mur du fond. Derrière les rideaux du lit, le vieux Gotzler dormait d'un sommeil léger. Il était transi de froid malgré la chaleur ambiante, malgré ses couvertures, malgré son bonnet et les trois chemises qu'il passait au coucher. En outre, des cauchemars dont il ne se souvenait jamais le hantaient.

Des cauchemars qui, cette nuit-là, devinrent réalité.

Le vieillard se réveilla en sursaut lorsque les rideaux de sa couche s'embrasèrent soudain et tombèrent aussitôt en cendres. Alexander von Göttenberg se tenait devant lui, au pied du lit, tournant le dos au feu dans l'âtre.

« Qui… Qui êtes-vous ? » demanda le vieil homme en clignant des yeux.

Comme on ne lui répondait pas, il chercha d'une main fébrile le cordon qui lui permettait d'appeler ses serviteurs.

« Que faites-vous ici ? »

Il trouva le cordon et tira frénétiquement dessus.

« Inutile. Il n'y a personne pour vous secourir. »

Les yeux du vieillard s'accommodaient à la lumière, mais l'intrus n'était encore qu'une silhouette dans le contre-jour des flammes. Les chandelles posées de part et d'autre du lit s'allumèrent soudain et le vieux juge put voir qui était son visiteur.

Il en perdit le souffle.

Appréciant l'effet qu'il produisait, Alexander afficha un sourire dément. Il esquissa une révérence.

« Le bonsoir, Monsieur mon juge.

— Non ! marmonna l'autre. Non ! Cela ne peut… Non !

— Allons, Monsieur mon juge… Ne vous attendiez-vous pas quelque peu à ma visite ? N'avais-je pas juré, sur le bûcher, de revenir ? Vingt et une années ont passé mais un serment vaut toujours… »

Toujours couché, le vieillard céda à la panique.

« A moi ! lança-t-il d'une voix de fausset. A moi, mes gens ! A moi ! »

Alexander, les bras croisés, le laissa s'égosiller en vain. Puis il dit, en désignant la porte restée ouverte :

« Voyez-vous ? Nul ne vient. Criez tant qu'il vous plaira : nul ne viendra. De même que nul ne me secourut jadis. Mais je ne crois pas avoir imploré un secours, moi… »

Gotzler voulut alors se lever. Il découvrit avec effroi qu'il ne pouvait plus bouger que la tête. Un froid lui engourdissait tout le corps.

Le froid de la mort, songea-t-il.

« Oui, répondit Alexander comme si le vieil homme avait parlé à voix haute. Vous mourrez, Monsieur mon juge. Ou plutôt : je vous tue. Ne croyez pas que c'est un caprice qui me prend. Voilà bien une semaine que je vous visite à la nuit, dans vos songes, et que je vous vole un peu de votre vie. Chaque nuit, une année. »

Gotzler tressaillit : il comprenait.

« Tout juste, Monsieur mon juge. Vous devinez juste. C'est il y a une semaine que vous prit cette faiblesse à laquelle vos médecins ne comprennent goutte ; c'est il y a une semaine que je commençai à vous tuer. Quelle fut ma joie lorsque je vous découvris encore si vert et si fort, malgré votre âge ! Car votre agonie n'en serait que plus longue. Vous comprenez, n'est-ce pas ? »

Le regard du vieillard se fit dur, déterminé, haineux.

« Oui, vous vous taisez mais je vois que vous comprenez. Mais ne vous méprenez pas : il fallait que je vous tue. Pour que je me venge, et pour que je vive. Vous n'imaginez pas combien il m'est pénible de quitter l'état éthéré pour devenir tangible. Votre vie m'est nécessaire. Elle me nourrit.

— Alors accomplis ta besogne. Je ne crains pas la mort. »

Alexander prit une mine ironique et désolée.

« Mais si, vous la craignez. Tout le monde craint la mort. Et moi qui la connais, je puis vous le dire : il n'est pas de crainte plus légitime… »

Le vieil homme ferma les yeux et, tremblant, entama une prière.

« Tu aurais dû vivre encore plusieurs jours, et j'aurais pu me délecter de ton agonie, expliqua le revenant en contournant le lit. Malheureusement, le temps me manque. Je dois sans faillir achever ma vengeance. Ta mort va me rendre ma liberté et, enfin, je pourrai revivre. Si tu savais comme il me tarde… »

Le vieux priait toujours.

Alexander se pencha sur lui, plaqua sa main sur son visage et ne faiblit pas lorsque le corps maigre et chenu fut parcouru de grands soubresauts. Au contraire, il appuya plus fort ; ses doigts se crispèrent et blanchirent. L'air manquait au vieillard mais ce n'était pas le pire. La vie fuyait de sa carcasse osseuse en longs filaments blanchâtres qui s'enroulaient autour du poignet d'Alexander, disparaissaient sous sa manche et surgissaient du col de son pourpoint pour virevolter autour de sa tête rejetée en arrière et pénétrer en lui par ses yeux d'obsidienne. Un vent surnaturel tourbillonna dans la pièce, souffla les chandelles, souleva les draps et fit danser les flammes dans la cheminée. Alexander accrut encore sa pression sur le visage du vieil homme. Des os, des cartilages craquèrent soudain et ce fut fini.

Dans la chambre redevenue paisible, on n'entendait que le crépitement du feu, les gémissements lointains de la tempête, et la lente et rauque respiration d'Alexander.

Il avait réussi. Il avait achevé sa vengeance et appartenait de nouveau au monde des vivants. Un rire d'homme ivre et glorieux le prit. Comme il chancelait, il se retint à l'une des colonnes du lit.

Il entendit alors du bruit derrière lui.

« Qui que vous soyez, dit-il, vous arrivez trop tard. »

Il se retourna. Ses yeux n'étaient plus uniformément noirs, mais gris ; des iris commençaient à s'y dessiner.

Dans l'embrasure de la porte, Kantz se tenait sans manteau, tête nue, les cheveux trempés par la neige. Son pourpoint était lacéré en plusieurs endroits ; dessous, des estafilades rougissaient sa chemise. Un coup de patte avait laissé des sillons sanglants qui lui barraient la joue. Une morsure profonde à l'épaule gauche, une autre à la cuisse droite saignaient encore. Les traits tirés, le teint pâle, il grelottait de fièvre ou de froid. Ses yeux brillaient d'un éclat malade.

La rapière au poing, il lança cinq colliers de mailles aux pieds de von Göttenberg.

« Vos chiens ont échoué, dit-il.

— Qu'importe ? Ils vous retardèrent assez.

— Point tant, puisque je vous trouve ici.

— Ma vengeance est achevée, Monsieur le Chevalier. Je suis libre et bien vivant. Ne vous en déplaise, j'appartiens à ce monde.

— Vous lui appartenez en dépit des lois divines qui le régissent », dit Kantz en avançant.

Il boitait.

« Savez-vous mon histoire ? demanda von Göttenberg. Savez-vous de quel complot je fus la victime ? »

Ses yeux, désormais, étaient redevenus des yeux d'homme.

« Je le sais, répondit le chevalier.

— Tout autre que moi eût exercé semblable vengeance.

— Une vengeance qui n'épargna pas les innocents.

— Ne l'étais-je pas moi-même, lorsqu'un tribunal inique me jugea et condamna au bûcher ?

— Ce crime de jadis n'absout pas les vôtres. Il ne les rend pas moins infâmes.

— Qui sait ? Qui peut me juger ?

— Vingt années passées dans les Limbes ont corrompu votre âme à jamais. L'Ombre a fait de vous un être insane et cruel, un monstre qu'il m'appartient de combattre.

— Je ne permettrai à personne de me priver encore des années qui me furent volées, dit von Göttenberg en tirant l'épée.

— Je ne puis vous laisser aller. Ce monde terrestre n'est pas le vôtre. »

Von Göttenberg attaqua et surprit Kantz qui rompit en catastrophe et para plusieurs fois avant de se désengager. Son épaule et sa jambe blessées le faisaient souffrir. Trop de sang perdu l'avait épuisé.

« Les forces vous manquent, chevalier. »

Von Göttenberg revint à la charge. Il fouetta l'air devant Kantz qui recula jusqu'à se trouver dos au mur. Le chevalier riposta alors, fit mine de découvrir son flanc. Comme l'autre donnait dans le piège, il roula contre le mur pour éviter un coup de grâce présomptueux. Von Göttenberg ragea et fit volte-face.

Kantz, l'œil vitreux, reculait, hors d'atteinte. La tête lui tournait. Il était trempé de sueur. Sa blessure à l'épaule s'était élargie ; le sang coulait sous sa manche et lui poissait la main.

« Il est trop tard pour demander grâce, chevalier. »

Kantz eut un petit rire, à peine un hoquet moqueur et fataliste. La colère aveugla von Göttenberg qui se précipita à sa rencontre, enchaîna des fentes furieuses et imprudentes. La dernière fut de trop. Kantz la dévia sans mal et riposta. Sa lame crépita d'un feu pourpre en trouvant l'épaule de son adversaire. Celui-ci hurla de douleur autant que de surprise. Incrédule, il agrippa sa blessure et prit du champ.

« Vous aviez oublié ce qu'est la douleur, n'est-ce pas ? » ironisa Kantz.

Lentement, l'autre ôta sa main de son épaule. Il vit que la plaie ne saignait pas. Cette découverte le stupéfia.

« Et vous vous imaginiez vivre de nouveau… » lâcha Kantz en croisant son regard étonné.

C'en était trop.

Ivre de rage, Alexander von Göttenberg se rua sur le chevalier. La force et la rapidité de ses coups surprirent Kantz qui céda de quelques pas en parant de droite et de gauche. Sa contre-attaque fut fulgurante. Elle manqua de transpercer la poitrine de von Göttenberg qui se jeta en arrière et tomba presque. Au bord de l'épuisement, Kantz comprit qu'il devait jouer son va-tout. Il poussa l'avantage, porta une série de bottes qui acculèrent von Göttenberg dans ses derniers retranchements. Aux coups de taille succédaient les coups d'estoc ; aux feintes succédaient les ripostes et les contre-ripostes. Enfin, dans un ultime effort, il se fendit. Sa lame frappa von Göttenberg à la base du cou, juste sous la glotte, et rejaillit par la nuque. Il importait peu que le coup soit mortel pour un adversaire ordinaire. Mais la lame du chevalier, fichée d'un tiers dans la gorge, fut soudain parcourue d'une frénésie d'étincelles pourpres qui crépitèrent comme une pluie d'huile sur un fourneau brûlant. Von Göttenberg gémit, le corps agité de convulsions, les bras pendants. Ses yeux pâlirent ; ils perdaient leur iris qui se fondait peu à peu dans le blanc.

Le corps supplicié eut un dernier soubresaut, puis Kantz dégagea sa lame avec une force telle que, l'épuisement aidant, il perdit l'équilibre et tomba à genoux en même temps que la carcasse inerte de von Göttenberg s'affaissait lourdement.

Plus mort que vif, Kantz grimaça en se relevant.

Il se savait sur le point de défaillir et trébucha plus qu'il ne marcha vers le lit du juge Gotzler. Il se penchait sur le cadavre défiguré du vieillard lorsqu'il se sentit saisi par le col et fut lancé à travers la pièce par une force titanesque.

Il heurta un mur de plein fouet, à deux mètres du sol, et s'écroula sur le parquet en lâchant un râle d'agonie. Tout son corps n'était plus que douleur. Crachant le sang, il réussit à s'asseoir mais fut aussitôt empoigné et soulevé. Il ne toucha bientôt plus le parquet que du bout des bottes. Sa vue troublée lui permit à peine de distinguer les deux globes oculaires blanchâtres du masque morbide qui approcha de son visage.

« Ne t'avais-je pas dit que tu n'étais pas de taille ? » fit une voix caverneuse.

A nouveau, Kantz vola d'un bout à l'autre de la chambre. Cette fois, il percuta le manteau de la cheminée, sentit ses côtes craquer et s'entailla le front contre un angle de pierre. Il s'effondra devant l'âtre, aveuglé par le sang et la souffrance. Le choc chassa le peu d'air que ses poumons contenaient encore. Il ne comprenait rien, était trop ahuri pour réfléchir. Son instinct lui hurlait qu'il devait fuir pour vivre. Mais ses membres à la torture ne répondaient plus.

Le monstre qu'était devenu von Göttenberg le rejoignit d'un pas lent, l'attrapa par les lambeaux de son pourpoint, le hissa encore vers lui. Kantz se laissa faire, les paupières mi-closes, la tête dodelinante.

« Recommande ton âme à Dieu, chevalier. »

Kantz plaqua soudain sa main tatouée sur le visage de son bourreau. La chair grésilla et fuma au contact du pentacle sacré. Von Göttenberg hurla, empoigna l'avant-bras du chevalier et, après quelques secondes d'effort, réussit à écarter cette main à laquelle des filaments de peau et de graisse fondue restaient collés. Triomphant, il fractura le poignet d'une brusque torsion. La douleur fit hoqueter Kantz qui lâcha une bave mêlée de bile.

Avec un hurlement furieux, l'autre le jeta vers une haute fenêtre qu'il traversa dans un fracas de verre et de bois brisés. Les volets cédèrent également sous l'impact et Kantz culbuta sur le balcon qui dominait la cour intérieure. Le froid le gifla, le vent hurla à ses oreilles bourdonnantes. Un semblant de lucidité l'envahit.

Fuir.

Il devait fuir.

Un effort inhumain lui permit de se relever, agrippé à la balustrade. Chancelant, il vit à travers un brouillard la silhouette de von Göttenberg qui approchait. Il lui sembla que ce dernier était plus grand, plus large, plus massif.

Fuir.

Trop faible pour l'enjamber, Kantz se laissa basculer par-dessus la balustrade. Un réflexe convulsif lui fit saisir de sa main valide un lierre gelé qui cassa comme le verre. Il chuta six mètres plus bas sur le granit du perron, s'y brisa l'épaule, roula en bas des marches, à demi mort.

Fuir.

Il se traîna, rampa dans la neige qu'il macula d'une longue trace sanglante. Les plaintes de la tempête l'assourdissaient. Les rafales glacées lui jetaient au visage des grappes floconneuses qui collaient à son masque sanglant.

Fuir…

Ou mourir.

Quand, après un long martyre, le chevalier atteignit le socle de la statue marquant le centre de la cour, il comprit qu'il n'irait pas plus loin. Il choisit alors de voir la mort en face et se mit sur le dos en gémissant.

Il n'avait pas peur. Il avait simplement renoncé.

Von Göttenberg approchait parmi les tourbillons de neige. Kantz devinait son sourire lorsqu'il s'immobilisa devant lui et brandit haut l'épée du chevalier.

Il allait mourir, tué par sa propre lame.

« Adieu, chevalier. »

Le reste, Kantz le vit à peine.

Un jet de feu tomba du ciel et troua la poitrine de von Göttenberg. Celui-ci chancela et leva ses yeux morts vers le dragon qui battait des ailes, stationnaire, quinze mètres plus haut à la verticale du chevalier.

Von Göttenberg lâcha la rapière de Kantz, recula de quelques pas et hurla quand une seconde langue de feu le frappa.

Cette fois, il s'embrasa des pieds à la tête et disparut à jamais.

« *Je l'ai sauvé.*

— *Oui*, répondit la Dame en rouge. *Il le fallait.* »

ÉPILOGUE

D'épais nuages gris cachent le soleil. Il tombe une neige humide qui ne tient pas, détrempe la terre, pénètre les vêtements et glace les corps. Désert, le cimetière juif de Wielstadt s'étend à l'écart de la ville, sur une colline visible depuis les remparts.

Kantz, debout, seul, tête baissée, se recueille devant la tombe de Thadeus. Une semaine s'est écoulée depuis que le vieil homme est mort. Le visage encore meurtri, le chevalier est propre et rasé de frais. Un pansement lui couvre la joue ; il a le bras gauche en écharpe et le poignet tenu par une attelle. Sa cuisse bandée le fait souffrir et l'oblige à déambuler appuyé sur une béquille.

Il prie depuis longtemps lorsqu'un bien-être étrange envahit soudain son corps douloureux. Une voix fait alors dans son dos :

« Ne jugez point votre ami trop durement. »

Il se retourne à demi vers une silhouette féminine au visage voilé, toute de rouge vêtue. Un carrosse noir est arrêté plus loin, aux portes du cimetière.

« Je ne parviens pas à croire que Thadeus trahit son maître et ami, dit le chevalier en caressant du regard la pierre tombale gravée d'une étoile de David. Cela n'est pas le Thadeus que je connus.

— Il fut lui-même menacé du bûcher. Il était juif, apatride, kabbaliste et sans fortune. Croyez-vous que la Sainte-Vehme lui laissa le choix ? »

Kantz ne répond pas, immobile sous la neige qui se mue en une pluie fine et froide. Des nuages s'amoncellent, de plus en plus noirs à l'horizon. C'est comme un rempart de pluie qui arrive du lointain.

« Qu'avez-vous apporté ? » demande la Dame en rouge.

Le chevalier a dans les bras l'imposant volume que Thadeus gardait toujours fermé sur son lutrin, au beau milieu de sa chambre. Dans son testament, le vieil homme disait remettre à Günter Vecht les livres dont Kantz ne voudrait pas, et Kantz ne voulut que celui-là.

« C'est le recueil des mémoires de Thadeus, explique le chevalier.

— L'avez-vous lu ?

— Oui, répond Kantz en esquissant un sourire plein d'amertume.

— Et vous a-t-il aidé à comprendre celui qui fut votre ami ?

— Sans doute… »

Kantz s'agenouille et pose le grimoire sur la pierre tombale. Il l'ouvre à sa page de garde. L'écriture de Thadeus s'y étale :

« Ici sont consignés les souvenirs de Thadeus Lunkewitz, juif et kabbaliste, natif de Pologne, tels qu'ils méritent d'être rapportés au crépuscule d'une vie qui dura trop. »

Du doigt, Kantz caresse le papier où des gouttes de pluie s'écrasent et font parfois baver l'encre.

« Madame…

— Oui, Monsieur le Chevalier ?

— Savez-vous pourquoi le Dragon me sauva la vie ? »

Il s'est redressé. Il fait de nouveau face à la tombe et la Dame se tient sur sa gauche, quelques pas en arrière.

« Qui sait ? fait-elle. Le Dragon protège jalousement Wielstadt depuis toujours. Peut-être ne pouvait-il permettre que vous mouriez si tôt.

— “Si tôt” ? s'étonne Kantz en pivotant sur sa jambe valide. Que voulez-vous dire, Madame ? »

Mais la Dame en rouge n'est plus là, tandis que son carrosse s'éloigne déjà vers Wielstadt.

Kantz restera encore quelques minutes devant la tombe de Thadeus, puis il s'en ira en laissant le livre ouvert sur la dalle de pierre, indifférent au vent qui en feuillette les pages.

La première exceptée, toutes sont blanches.

LES MASQUES DE WIELSTADT

PROLOGUE

Jambes ballantes, chevilles croisées, une fée-demoiselle est assise sur un rebord de fenêtre, au faîte d'une vieille tour oubliée. Elle pourrait admirer Wielstadt qui, presque tout entière depuis cette hauteur, s'offre au regard dans les pourpres et les ors incandescents d'un crépuscule d'été. Mais elle voit à peine l'immense cité que le couchant incendie. Elle est rêveuse, mélancolique, triste peut-être.

Elle se nomme Chandelle, cette petite fée. Légère et gracieuse, elle mesure une douzaine de centimètres – pas même cinq pouces, donc. Elle a replié ses ailes de libellule. Sa chevelure acajou remontée en un fouillis de chignon, elle se tient le dos bien droit, la nuque fière, comme ces ballerines n'oubliant jamais les rudiments d'une pose élégante. Une lueur, générée par elle, la nimbe. La silhouette de son corps nu s'y dessine, un corps menu qui semble n'être qu'un peu de lumière façonnée. Il est pourtant bien réel, bien tangible. Et sensible. Pour preuve, Chandelle a pris soin de poser son charmant derrière sur un carré de mousse.

Abandonnée au lierre et aux nids d'oiseaux, la tour se dresse sur l'une des cinq collines de Wielstadt. Elle constitue de la sorte un poste d'observation idéal dominant la métropole et le Rhin qui la traverse. C'est rive droite que Wielstadt est la plus vaste. Mais son cœur historique est ailleurs, isolé par les deux bras que fait le fleuve à mi-parcours dans la cité – là se trouvent la ville-vieille et son port. Puis le Rhin divisé quitte la cité pour rejoindre au nord la *Rhein See*[1] toute proche. Inondé par les eaux de

1. Mer du Rhin (all.).

la *Mare Germanicum*[1], ce long bras de mer ne devrait pas être. Il est né, en des temps ancestraux, d'un cataclysme qui engloutit la vallée rhénane inférieure et repoussa loin à l'intérieur des terres l'estuaire du fleuve amputé. La carte de l'Europe en fut à jamais bouleversée, de même que son histoire alors en devenir. Ainsi prospéra Wielstadt, monstre urbain impossible, désormais à la croisée de tous les chemins et destins d'un Saint Empire romain germanique en guerre depuis cinq ans.

Pour Chandelle, Wielstadt n'est qu'un immense décor peuplé de géants bruyants et pataudss. En quelques années de discrètes explorations, la ville lui est devenue familière. Elle en connaît les rues, les bâtisses, les recoins et les détours comme un chat de gouttière connaît son territoire. Mais bien des choses lui échappent encore et lui échapperont toujours. Rusée, intuitive et volontiers bornée, Chandelle n'est cependant pas armée pour comprendre le monde. Elle vit l'instant, sans rien percevoir du tragique ni du grotesque de la comédie humaine qui se joue autour d'elle. Des émotions la traversent néanmoins. Tel ce chagrin qui lui serre le cœur depuis le départ de l'homme étrange et secret auquel – contre toute attente – elle s'est attachée trois ans plus tôt.

Du bruit tire soudain Chandelle de sa rêverie.

Plus intriguée qu'inquiète, elle se lève et gagne à pas de loup le rebord intérieur de la fenêtre. Elle tend le cou, se penche un peu, pointe un nez prudent au-dessus du puits que fait la tour vue d'en haut. Un puits plein de décombres et de verdure, de planchers éventrés, de poutres saillantes, d'escaliers incomplets. S'aidant des pieds et des mains, glissant souvent, soufflant beaucoup, un homme a entrepris d'escalader la ruine. La tâche est rude. Elle conviendrait mieux à un acrobate qu'à ce colosse aussi lent que malhabile, dont la force est le seul atout. N'empêche, il progresse. La tour s'effondrera avant qu'il renonce.

Des hauteurs, Chandelle profite du spectacle. Elle s'est allongée à plat ventre, les coudes contre la pierre et le menton dans les mains. Elle admire, s'amuse énormément. A l'évidence, l'idée que l'autre pourrait tomber et se rompre le cou ne traverse pas sa petite tête. L'homme n'est d'ailleurs pas un inconnu. Il se nomme Feodor, occupe l'emploi de valet d'auberge. Gros, grand et fort comme quatre, c'est surtout une âme simple, un innocent plein de bonté. Naguère, il se prit d'affection pour Chandelle et voulut l'adopter. Elle ne l'entendit pas de cette oreille, n'eut aucun mal à tromper sa vigilance, s'échappa bientôt. Ne connaissant pas la rancune, Feodor se consola

1. Mer du Nord (lat.).

et, depuis, profite de la moindre occasion pour retrouver sa protégée. Cela fait quelques semaines que leur rendez-vous au sommet de la tour est quotidien. Chandelle l'a parfois oublié mais jamais Feodor…

A l'approche de l'énorme benêt, Chandelle décolle et, flottant dans l'air, attend que Feodor hisse à sa hauteur une tête poupine et souriante, aussi glabre que chauve.

« Bonjour ! Feodor est bien content de te retrouver avec moi ici. »

La petite fée va alors poser un baiser sur la grosse joue de Feodor, non sans le faire rougir un peu. Si elle ne lui a pas répondu, c'est qu'elle en est incapable. Mais pour être muette, Chandelle n'en comprend pas moins ce qu'on lui dit. C'est d'ailleurs le sens général des phrases, l'intention du propos qu'elle saisit, plutôt que les mots. Elle doit cependant faire un effort de concentration particulier avec Feodor, car celui-ci agrémente d'un fort accent polonais un étrange sabir qui lui est propre.

« Tu fais la petite place pour Feodor ? »

En fait de petite place, Chandelle doit s'écarter largement : assis les pieds dans le vide, Feodor occupe tout l'espace de la fenêtre. Dès qu'il est installé, la fée-demoiselle se pose sur son épaule, un bras passé derrière l'immense oreille et la tête appuyée contre le lobe.

« Tout est bien », dit Feodor.

Silencieux, ils restent un long moment à contempler Wielstadt. Devant eux, la ville est comme un gigantesque vitrail couché : les toits de tuile, les toits d'ardoise, les cours et les jardins innombrables sont autant de pièces colorées serties dans l'entrelacs sombre des rues. Puis Feodor s'exclame, en désignant le ciel :

« Regarde, Chandelle ! Regarde ! »

Il vient de voir le gigantesque dragon qui, haut dans les nuées empourprées, plane au gré de courants que lui seul devine. Il est presque immobile. Le cou tendu, la tête prolongeant l'axe de son corps, c'est à peine s'il penche la tête pour amorcer l'une ou l'autre des larges et lentes courbes qui, jamais, ne l'éloignent de Wielstadt.

A moins d'être Feodor, il faut être un étranger pour s'émerveiller à ce spectacle. Les authentiques *Wielstadter*, eux, ne remarquent pas le dernier des grands dragons d'Occident qui, depuis toujours, veille sur leur ville comme sur un trésor. Son absence, au contraire, les intriguerait avant de les inquiéter. Car c'est à ce puissant protecteur que la cité doit d'avoir, aussi loin qu'on s'en souvienne, été épargnée par les guerres. Nul n'a jamais pris Wielstadt par la force. Nul, même, ne peut se vanter de l'avoir assiégée plus de quelques heures. Chaque fois, le dragon a surgi pour cracher un feu destructeur sur l'ennemi, dévaster ses positions, décimer ses troupes. De fait, on ne peut pas plus dissocier Wielstadt de son dragon que du Rhin. L'une ne va pas sans l'autre, de toute éternité. Et si l'on ignore pourquoi, on ne s'en étonne pas.

Tout joyeux, frétillant presque, Feodor s'aperçoit que Chandelle n'est plus sur son épaule, mais debout sur son genou. Il voudrait partager sa gaieté avec elle. La petite fée, cependant, regarde ailleurs, regarde nulle part. Le colosse, désolé, soupire et lâche :

« Tu attends inquiète que le chevalier Kantz est revenu parmi nous, vrai ? »

Chandelle, avec une moue attristée, hausse timidement les épaules.

« Il est bientôt revenu de la guerre. C'est sûr. »

Chandelle lève alors les yeux vers le dragon qui oblique soudain vers l'est.

Vers la nuit.

1

Depuis le sommet d'une colline herbeuse, quelque part dans un coin perdu de campagne allemande, les deux hommes à plat ventre observaient les ruines d'une abbaye où, cinq cents mètres plus loin, brûlaient les feux d'un campement. On n'en voyait guère plus à la lueur des étoiles et d'un pâle croissant de lune. La nuit était sans nuages, silencieuse, encore tiède une heure avant l'aube.

« Ce sont eux.

— Sans doute, oui. »

Ils avaient chuchoté, et une même prudence faisait qu'ils hésitaient à trop lever la tête. Cela ne les empêcha pas, cependant, de repérer des silhouettes allongées et d'autres passant devant les feux.

« Des sentinelles.

— Quatre, peut-être cinq.

— C'est beaucoup.

— Point tant, puisqu'ils sont une trentaine. Du moins à ce qu'il semble…

— Et nous ne sommes que vingt », conclut le frère maréchal Markus.

Ce disant, il jeta un regard en arrière, vers les mousquetaires qu'il commandait et qui attendaient à couvert. Tous étaient des templiers comme lui. Pour autant, ils ne portaient pas la casaque blanche à croix écarlate qui les désignait d'ordinaire. Sans pourpoint ni chapeau, le visage et la chemise noircis à la suie, ils étaient équipés aussi légèrement que possible : une rapière, une dague pour l'ultime corps à corps, et un pistolet qui, tenu par le canon, serait toujours bon à fracasser des crânes une fois déchargé.

Soucieux, le frère Markus se tourna vers celui qui, immobile, scrutait les ténèbres lointaines à ses côtés.

« L'occasion est trop belle, dit-il. Nous ne pouvons attendre que des renforts nous arrivent.

— Je pense comme vous, frère Markus », fit l'autre.

Celui-là n'appartenait pas au Temple. Tout vêtu de noir, les cheveux aux épaules et les tempes grisonnantes, il n'arborait pas la tonsure des frères. Il avait posé près de lui sa rapière au fourreau, ainsi qu'un feutre dont le large bord était relevé à droite par une broche d'argent. A son oreille pendait une perle baroque, larme de nacre grise qui accrochait étrangement les lueurs nocturnes. Grand et mince, presque maigre, il avait à la quarantaine l'allure grave et menaçante d'un inquisiteur en armes. On disait d'ailleurs qu'il avait été prêtre avant de se faire connaître à Wielstadt.

« Alors, chevalier ? lâcha le frère Markus.

— Alors nous attaquons. Si vous en êtes d'accord. »

Emportant son chapeau et sa rapière, le chevalier Kantz rampa à reculons jusqu'à ne plus pouvoir être vu depuis l'abbaye. Là, il se redressa et enfila un lourd gantelet de buffle à sa main droite, celle qui tiendrait l'épée – un gant de cuir très fin habillait déjà la gauche. Il accrocha son fourreau au baudrier qui lui barrait la poitrine, s'assura que la lame glissait bien dans sa gaine huilée, s'entraîna à saisir, en aveugle, le poignard qui lui battait les reins. Enfin, il vérifia que son pistolet à rouet était correctement chargé et remonté[1].

Pendant ce temps, le frère rejoignit ses hommes en catimini et donna d'ultimes consignes.

« Nous donnerons l'assaut à mon signal », conclut-il.

Les templiers acquiescèrent. Ils l'avaient écouté respectueusement mais sans se départir d'une froide réserve, comme pour indiquer que s'ils obéissaient, c'était à leur corps défendant.

« Qu'y a-t-il ? » demanda le frère maréchal.

Les frères échangèrent des regards hésitants. Enfin, l'un d'eux avança et dit :

« Mon frère, ce n'est le moment ni le lieu de disputer et nous agirons

1. Les armes « à rouet » devaient leur nom à leur système de mise à feu. Celui-ci était essentiellement composé d'une petite roue striée (le rouet) et d'un chien mobile mordant une pyrite de fer. Le rouet était mû sur son axe par un ressort que l'on remontait avec une clef. L'action du doigt sur la détente libérait le ressort qui faisait tourner le rouet. Si le chien était baissé, le rouet frottait contre la pyrite et provoquait des étincelles qui enflammaient la poudre d'amorce (ou pulvérin). La flamme se transmettait à la poudre noire dans le canon et le coup partait.

selon vos ordres. Cependant certains, dont je suis, s'inquiètent de vous savoir suivre les avis du chevalier Kantz. On le dit sorcier.

— Il ne l'est pas.

— Il est connaisseur de la Kabbale et familier des arts obscurs.

— Cela est vrai.

— Il sait de puissants maléfices.

— Je ne le crois pas.

— Il a commerce avec les démons !

— Oui, pour les détruire. Comme un louvetier connaît les mœurs des loups qu'il chasse. » L'autre voulut ajouter quelque chose mais le frère Markus le fit taire en levant l'index. « Mes frères, promit-il, ce sujet sera bientôt débattu. Pour l'heure, si vous ne vous fiez pas au chevalier, fiez-vous à moi. »

Tandis que les templiers se déployaient pour cerner l'abbaye, le frère maréchal rejoignit Kantz et lui dit :

« D'abord les sentinelles. Si Dieu le veut, nous surprendrons les autres dans leur sommeil et ferons plus de prisonniers que de morts ou de blessés. Et à moindre mal pour nous. »

Kantz ne répondit pas.

Absorbé par sa tâche, il venait de resserrer d'un cran son ceinturon et poursuivait l'inspection de sa mise. Le rabat dressé de ses bottes de monte pouvait le gêner : il trouva plus prudent de le coucher.

Le templier, cependant, restait à attendre.

« Oui ? fit Kantz en levant le nez.

— Pensez-vous qu'il est parmi eux ? »

Le chevalier haussa les épaules.

« Je ne sais s'il faut le craindre ou l'espérer…

— Et comment le reconnaîtrons-nous ?

— Croyez-m'en, répondit Kantz avec un sourire sans joie. Je saurai le démasquer bien assez tôt. »

Tout en massant du pouce la paume de sa main gauche, il se tourna vers un point qu'il ne pouvait voir, là-bas, au-delà de la colline.

Le calme régnait dans les vestiges de l'abbaye.

Le silence n'était troublé que par les crépitements des feux de camp et, à l'occasion, par l'un ou l'autre de ces bruits que produit la campagne à la nuit : la course d'un rongeur dans la broussaille, le ululement d'une chouette, le chant d'un insecte. Il y avait aussi, quand on approchait, les ronflements et soupirs des mercenaires endormis. Ils étaient étendus çà et là, tout habillés, leurs armes à portée de main et le chapeau sur les yeux. Afin de profiter du peu de fraîcheur nocturne que dispensait un été caniculaire, la plupart s'étaient installés à l'écart des foyers entretenus à la seule intention des sentinelles. Certains avaient même trouvé refuge plus loin encore, dans les ruines alentour.

Elsing, lui, faisait son possible pour résister au sommeil.

La veille au soir, le sort l'avait désigné pour assurer avec trois autres le dernier tour de garde. Les paupières lourdes, il errait parmi les bâtisses dont ne subsistaient que des grands murs cernant le vide, des escaliers montant vers des étages disparus et des toitures effondrées, des arches perçant des façades orphelines, des fenêtres hautes où nichaient les oiseaux. C'était le hasard qui avait mis l'abbaye sur le chemin des mercenaires. Une aubaine. Car ils la découvrirent une heure avant le crépuscule et leur capitaine décida néanmoins d'y faire halte aussitôt, alors qu'ils chevauchaient jusqu'à la nuit noire depuis plus d'une semaine. Ils se trouvaient désormais dans le comté de Mark, une ou deux journées à l'est de Wielstadt. Il ne restait guère que le duché de Berg à traverser, et quand bien même feraient-ils un léger détour pour ne pas fouler les terres de l'évêché de Münster, ils touchaient, enfin, au but.

Au hasard de sa ronde, Elsing aperçut une sentinelle à qui il adressa un signe de tête amical. Comme lui, l'autre était épuisé et attendait l'aube avec impatience : peut-être pourraient-ils alors voler quelques instants de repos avant le départ. Puis il faudrait remonter en selle et ne presque pas s'arrêter de la journée, par des routes poussiéreuses ou à travers champs, sous un soleil implacable, jusqu'au soir, sans répit.

Les mercenaires arrivaient tout droit de Nordheim. Ils y avaient suivi l'armée de Christian de Brunswick, l'un des quelques irréductibles à n'avoir pas désarmé après l'échec de la révolution de Bohême[1]. Frère cadet du duc de Brunswick-Wolfenbüttel, il n'avait pas 25 ans et dirigeait déjà sa troisième campagne contre l'empereur Ferdinand et les catholiques allemands. Ainsi avait-il, dès l'hiver, quitté les Provinces-Unies à la tête de régiments levés grâce aux subsides hollandais, dévasté l'évêché d'Osnabrück et remonté la Weser jusqu'à Rinteln. Puis, toujours plus loin

1. Commencée en 1618, la révolution de Bohême vit la plupart des princes protestants allemands prendre les armes et guerroyer contre l'empereur Ferdinand II. Elle prit fin à la bataille de la Montagne Blanche, le 8 novembre 1620, avec la victoire des catholiques et des impériaux. Venait de se jouer le premier acte d'un conflit appelé à déchirer le Saint Empire jusqu'en 1648 : la guerre de Trente Ans.

vers l'ouest, il gagna Gröningen avant d'établir son quartier général à Nordheim, au cœur du Saint Empire. Malgré ces succès apparents, Christian n'était ni bon politique ni habile stratège. Sa famille et nombre de princes protestants rechignaient à le soutenir pour ne pas encourir le courroux impérial, tandis qu'il avait fait montre par le passé d'un plus grand talent pour piller des provinces et rançonner des villes que pour emporter des batailles. En cette année 1623, son intention était de remonter le cours de l'Elbe jusqu'à la Bohême et de la soulever tout en faisant alliance contre l'Empereur avec la Transylvanie, Etat vassal de l'Empire ottoman. Le projet était ambitieux, fou sans doute. D'ailleurs, afin de rejoindre la Bohême, Christian devait traverser la Saxe, ce qu'il ne pouvait risquer de faire sans l'autorisation du puissant duc saxon…

Pour Elsing et ses compagnons, l'aventure brunswickoise s'était arrêtée là, c'est-à-dire à Nordheim où, début juillet, ils cantonnaient encore avec une armée forte de quelques 21 000 soldats. Un soir, leur capitaine avait annoncé qu'il venait d'accepter une mission de confiance. Il s'agissait d'escorter jusqu'à Wielstadt un certain Maximilian Osiander, qui lui avait été présenté comme l'un des proches conseillers de Christian de Brunswick. En fait, le capitaine ignorait alors tout de cet Osiander. Il savait en revanche qu'il faudrait faire vite, très vite, et que le salaire serait à la mesure de l'effort. Les deux premiers jours de voyage s'avéreraient les plus dangereux, quand il s'agirait de traverser les régions contrôlées par les régiments bavarois de l'Empereur. Ensuite, le chemin serait libre. « Et peut-être même plaisant ! » avait ajouté le capitaine.

Plaisant ! songea Elsing en frissonnant de fatigue. *La bonne farce ! Que pouvait-il y avoir de plaisant à chevaucher grand train du matin à la nuit, sans vraiment ménager les montures et certes pas les cavaliers ? Et cela pour une peste d'homme qui vous regarde comme… Comme…*

Mais Elsing était trop harassé pour trouver ses mots, même en pensée.

Résigné, il interrompit sa marche, posa son mousquet crosse contre terre et, les deux mains agrippées au canon, s'y appuya de tout son poids. Il balaya d'un long regard le relief inégal des ruines alentour, s'aperçut qu'il s'était un peu trop éloigné des feux. Surtout, il approchait des vestiges du cloître où, la veille au soir, le fameux Osiander s'était isolé pour la nuit.

L'homme s'était attiré l'inimitié de son escorte dès le début du voyage. Affichant un mépris hautain, il ne cherchait la compagnie de personne et n'adressait la parole aux mercenaires que pour les envoyer chercher le capitaine, le seul à qui il daignait glisser quelques mots de loin en loin.

Cette morgue était déjà assez détestable, mais elle aurait sans doute été mieux admise, car mieux comprise, venant de l'un de ces grands gentilshommes pour qui l'essentiel de l'humanité n'est que valetaille. Or Osiander était une brute. Doué d'un physique d'Hercule obèse, le cheveu gras et les joues toujours râpeuses, il buvait, mangeait, rotait, pétait et se grattait les puces comme le dernier des traîne-rapières. Il était en outre vêtu en reître : bottes fatiguées, culottes usées, vieux pourpoint ouvert sur une chemise crasseuse et chapeau informe ; à son côté pendait une épée qui semblait avoir beaucoup servi. En un mot, Osiander avait le profil idéal pour être admis, en égal, parmi les mercenaires. Alors d'où venait qu'il les regardait de si haut ? D'où venait cette fierté hautaine qui leur donnait à croire qu'ils étaient des poux dont il devait supporter la présence ?

Le troisième soir, au bivouac, un homme n'y tenant plus provoqua une querelle avec Osiander. C'était un Saxon maigre mais vif qui avait gagné l'estime de ses pairs par son courage, ses qualités d'escrimeur et le plaisir évident qu'il prenait à tuer. Bien sûr, le capitaine s'interposa. Mais Osiander déclara qu'il se battrait s'il obtenait l'assurance que nul n'interviendrait, quoi qu'il advienne. On promit et fit cercle autour des duellistes.

Ce fut à peine un combat.

Durant cinq bonnes minutes, Osiander excita son adversaire. Affectant une aisance théâtrale, il feinta beaucoup, ne prit jamais l'initiative d'un assaut, dévia toutes les attaques avec une économie de mouvements insultante. Vite épuisé, l'autre se laissa gagner par la rage et chargea dans un grand cri furieux. Osiander ne cilla pas, ne fit rien pour s'écarter. Au dernier moment, il saisit de la main gauche la lame qui s'abattait sur lui et interrompit l'élan du Saxon en lui pointant l'estoc contre la glotte. Le mercenaire se figea, d'abord incrédule, puis effrayé. Les yeux dans les yeux, les escrimeurs restèrent longtemps immobiles. Le Saxon tremblait, transpirait à grosses gouttes, n'osait pas bouger sous peine d'être égorgé aussitôt. Dans le même temps, il tentait de dégager sa rapière du poing nu et ensanglanté d'Osiander ; elle jouait à peine, semblait prise dans un étau. « Pitié… » gémit-il. Osiander sourit, et seul le mercenaire vit l'éclat jaune qui brilla dans son regard quand, pivotant le poignet, il cassa net la lame d'acier. Puis le Saxon sentit un flot poisseux couler contre sa gorge : Osiander venait de lui percer la jugulaire…

Rebroussant chemin vers les feux de camp, Elsing frissonna encore, non de fatigue cette fois. Il était un soldat de fortune. Il avait vu bien des horreurs, auxquelles il participa souvent. Mais il savait que la mort du Saxon resterait longtemps gravée dans sa mémoire. Il savait également qu'il n'oublierait jamais Osiander. Si la violence et la cruauté devaient avoir un visage, c'était celui-là.

Soudain, Elsing entendit un bruit.

Il s'arrêta, serra son mousquet à rouet contre lui, le doigt sur la détente, et s'adossa au mur qu'il s'apprêtait à contourner. Il tendit l'oreille. Avait-il rêvé ? Non. Il y avait quelqu'un, quelqu'un qui venait de faire craquer une branche sous sa semelle. Elsing hésita à donner l'alerte. Après tout, ce n'était peut-être rien. Il devait vérifier et, si nécessaire, un coup de feu alarmerait ses camarades tout aussi efficacement qu'un appel aux armes.

Elsing prit une inspiration puis, tout en épaulant son mousquet, pivota pour mettre en joue le coin d'ombre où l'on avait bougé. Il balaya deux fois l'air de son canon avant de trouver sa cible…

… un mercenaire qui achevait de se soulager et trempa ses bottes en sursautant.

Elsing lâcha un soupir, baissa son arme. L'autre lui sourit, désolé, et s'en retourna bientôt.

Comme son cœur battait encore fort dans sa poitrine, Elsing estima qu'il avait mérité de faire une pause. Il avisa un muret contre lequel il s'assit et posa son mousquet. L'envie lui vint de priser un brin : nul doute que cela lui donnerait le coup de fouet dont il avait tant besoin. Il fouilla ses basques à la recherche de son tabac, ne le trouva pas, se souvint qu'il l'avait laissé avec ses maigres affaires, près de sa couverture. Pestant, Elsing se relevait quand on le saisit par l'arrière et l'égorgea d'un coup de dague.

Il mourut presque aussitôt mais, dans un mouvement convulsif des jambes, fit tomber son mousquet. Le choc déclencha le mécanisme de mise à feu et la détonation claqua dans le silence.

Kantz et le frère Markus étaient seuls au pied du mur d'enceinte lorsque le coup de feu retentit. Ils échangèrent un regard surpris, se hâtèrent aussitôt d'escalader la paroi. De l'autre côté, ils s'adressèrent un signe de tête confiant et se séparèrent pour pénétrer dans le dédale des ruines. Ils savaient que le reste des templiers en avait sans doute fait autant. Il importait désormais d'aller vite, de fondre sur un adversaire qui ne tarderait pas à prendre les armes et se déployer pour combattre.

Remontant à petites foulées un couloir obscur entre deux bâtisses, Kantz tomba soudain nez à nez avec une sentinelle désemparée. Il lui déchargea son pistolet en plein visage et dépassa sans s'arrêter l'homme qui s'effondrait lentement, la face ensanglantée et l'arrière du crâne emporté. Des cris, des détonations, des bruits de courses et de luttes résonnaient, impossibles à situer. Des chevaux hennissaient nerveusement.

A l'approche d'un bâtiment, Kantz hésita : il lui semblait avoir surpris un mouvement à l'intérieur. Il tenait sa rapière dans la main droite, son pistolet dans la gauche. Un pistolet déchargé, certes, mais qui pouvait encore servir de massue – la base de sa crosse était même renforcée de métal à cet effet. D'un mouvement sec du poignet, Kantz fit tournoyer l'arme pour la saisir par le canon. Alors, seulement, il tenta un coup d'œil dans l'édifice partiellement effondré. Il ne vit que des masses sombres indistinctes d'où saillaient des pièces de charpente. L'avait-on aperçu ? Entendu ? C'était presque certain. Néanmoins, si un ennemi était embusqué là, Kantz devait le déloger.

Il entra.

L'attaque vint de la gauche. Kantz fut saisi à bras-le-corps, presque soulevé du sol et violemment plaqué contre un mur. Le choc lui coupa le souffle ; un angle de pierre lui meurtrit les reins. Sa rapière était inutilisable contre un assaillant qui le ceinturait encore. Kantz tenta des coups de genou dont le dernier fit mouche à la seconde où la lame d'un poignard brillait dans le noir. Il réussit à se dégager, évita l'acier qui visait son ventre, frappa son adversaire à la tête avec son pistolet. Une fois, deux fois, trois fois, quatre fois peut-être. Jusqu'à entendre l'os craquer et sentir des gouttes chaudes lui gicler au visage.

Essoufflé, Kantz s'écarta du cadavre les bras ballants et lâcha le pistolet poisseux. Il tarda à recouvrer ses esprits. La rumeur confuse des combats parvenait difficilement à ses oreilles bourdonnantes. Il sortit du bâtiment, fit quelques pas au hasard, trouva dans un angle de murs un escalier qui montait vers la nuit. Il l'escalada. Il devait se repérer, voir où l'on se battait, surprendre d'éventuels fuyards. Plus que tout, il craignait que ne s'échappe celui que les templiers et lui étaient venus chercher.

En haut des marches, Kantz observa les alentours et aperçut le frère Markus qui, non loin de là, était aux prises avec deux spadassins : il était blessé, avait besoin d'aide. Redescendre et cheminer par les ruines serait trop long, trop hasardeux. Aussi Kantz n'hésita pas. Il prit un pas d'élan, franchit d'un saut trois mètres de vide, se reçut au sommet d'un mur épais qu'il remonta tout du long, bondit encore, se laissa tomber assis sur un vieux toit et glissa jusqu'au sol dans un fracas de tuiles.

Son arrivée surprit l'un des mercenaires qu'un méchant direct du gauche estourbit aussitôt. L'autre s'apprêtait déjà à achever le frère maréchal. Kantz s'élança, attrapa l'homme par le col et le catapulta en arrière avec une force décuplée. Accompagnant le mouvement, il pivota, brandit sa rapière…

… et se figea en reconnaissant celui qu'il allait clouer au sol.

« Vous ? »

De longues secondes s'écoulèrent, incrédules et silencieuses.

Et soudain le frère Markus hurla :

« CHEVALIER ! »

Kantz se détourna et manqua de peu d'être transpercé. C'était le second mercenaire qui revenait à la charge. Le chevalier rompit, dévia plusieurs coups d'épée avant de riposter et prendre du champ. Son adversaire était habile escrimeur ; pire, il avait l'expérience de la guerre et connaissait bien des ruses. Ils enchaînèrent les échanges furieux. Puis Kantz crut trouver une ouverture. Il attaqua, découvrit son flanc, reçut la botte de son adversaire dans les côtes. La respiration coupée, il grimaça et chancela. L'autre voulut exploiter l'avantage : il redoubla d'ardeur. Kantz ne put alors que se défendre, reculant, reculant encore, jusqu'à gravir en aveugle un éboulis instable. Le mercenaire sabra l'air sous Kantz qui bondit à pieds joints et répliqua d'un large moulinet. Le spadassin se cambra pour ne pas être égorgé. Déséquilibré, il fit quelques pas en arrière. Le chevalier en profita pour quitter son promontoire. Il reprit aussitôt l'assaut, tenta quelques feintes malhabiles. Le mercenaire donna dans le piège. Il se fendit trop, la jambe, le corps et le bras dans l'axe de sa rapière pointant comme une flèche. Kantz emmêla les gardes de leurs épées et, de tout son poids, porta un, deux crochets du gauche qui broyèrent lèvres et nez, assommèrent presque le mercenaire, lui firent mettre un genou à terre. Dégageant sa lame, le chevalier se releva et conclut par un grand coup de pied sous le menton. L'homme tomba à la renverse, les bras en croix, la mâchoire et la nuque brisées.

Sans reprendre son souffle, Kantz se précipita vers le frère Markus. Lequel avait au côté une blessure qui n'était pas trop mauvaise, une autre à la cuisse qui l'empêchait de marcher et le ferait seulement boiter quelque temps si la gangrène ne s'en mêlait pas. Mais pour être épuisé, le frère maréchal était conscient.

« L'avez-vous trouvé ? demanda-t-il.

— Point encore.

— Alors courez, chevalier ! Ne vous inquiétez pas de moi ! Courez ! »

Regardant de droite et de gauche, Kantz trouva un pistolet qu'il confia au frère Markus.

« Chargez-le, dit-il. Et ne tentez pas de bouger. Je ferai savoir où vous êtes. »

Le templier acquiesça et regarda le chevalier qui s'éloignait déjà.

A petites foulées, Kantz traversa les ruines et gagna celles du vieux cloître, où se concentraient les derniers combats. Une vingtaine de bretteurs, mercenaires et templiers, s'y affrontaient en une mêlée confuse. L'acier rencontrait l'acier, trouvait des chairs et tranchait l'os. Des corps se bousculaient. Les cris des guerriers se mêlaient aux râles des mourants. Certains avaient abandonné la rapière pour la dague. D'autres s'étaient empoignés, roulaient par terre et, rendus insanes par la rage de survivre, tentaient d'étrangler l'adversaire, de lui crever les yeux avec les pouces, de le mordre à la gorge jusqu'à faire couler le sang. Tous les coups étaient permis, et le secours d'un allié frappant par surprise garantissait souvent la victoire.

C'est là, dans ce chaos furieux, que Kantz le vit pour la première fois.

Plus grand que la normale, l'homme était aussi gras que musculeux. Il se battait avec une aisance indécente, hilare et débraillé, son torse luisant de sueur. On aurait pu le croire enivré et sans doute l'était-il, moins de vin que de violence cependant. Il éclatait d'un rire d'ogre chaque fois qu'il blessait, mutilait, tuait. Il lui arriva même de précéder un coup de grâce de quelques pas de danse moqueurs.

Kantz ne s'y trompa pas et le colosse, à son tour, repéra le chevalier. Fut-il surpris ? Peut-être. Mais il le cacha bien et afficha cette joie que l'on réserve d'ordinaire à un vieil ami retrouvé au détour d'une rue. Lorsque leurs regards se croisèrent, Kantz éprouva une vive chaleur à la paume gauche, celle où un pentacle sacré était tatoué. Aussitôt, il avança.

L'autre ne l'attendit pas. Il lui adressa une révérence et quitta le cloître.

Kantz se pressa, traversa la mêlée et, au passage, sauva la vie d'un templier en embrochant un mercenaire par-derrière. Puis il s'aventura dans les ruines au-delà.

Guidé par son instinct, il traversa une bâtisse, enjamba un fossé, longea une paroi, fit quelques détours. Enfin, il poussa une porte vermoulue pour pénétrer dans un vaste espace envahi de décombres, entre des pans de mur inégaux. Un coup de feu claqua. Kantz sentit un trait brûlant lui griffer la joue : la balle n'avait fait que l'effleurer.

Impassible, il se tourna vers le tireur. Celui qu'il traquait se tenait à distance respectable, un pistolet fumant à la main et la rapière à la ceinture. La voûte du ciel les coiffait. Les bruits de la bataille semblaient étrangement lointains.

L'aube pointait.

« Manqué, fit le chevalier en dégantant sa main gauche.

— Point tant puisque tu saignes… Qui te dit que j'espérais mieux ?

— Je connais ta race.

— Alors tu sais nos caprices. »

Dans le noir, les yeux de l'homme brillèrent d'une lueur orangée.

« C'est la première fois, sais-tu ?

— Que tu me rencontres ? demanda Kantz.

— Toi ou l'un de tes pairs, oui…

— C'est l'évidence.

— Vraiment ?

— Sinon, tu ne serais pas là, à me parler. »

L'autre éclata de rire.

« Car tu te figures pouvoir me vaincre ?

— Oui. »

L'assurance de Kantz n'était pas feinte. La lame nue de sa rapière fut, un bref instant, parcourue d'étincelles pourpres.

« C'est peut-être bien possible… Mais comment savoir ?

— Bientôt, nous saurons », promit Kantz.

Il fit un pas en avant.

« J'ai peur que non, chevalier. Nous allons devoir remettre notre rencontre à plus tard. Des tâches pressantes m'appellent. »

Trois silhouettes sortirent des ténèbres environnantes. Elles n'y étaient pas dissimulées : elles en naquirent. Kantz sentit la paume de sa main tatouée le démanger ; le pentacle commença à palpiter en rougeoyant.

« A bientôt, chevalier ! Je t'étriperai un autre jour. Ou une autre nuit !

— Lâche ! Reste et combats ! »

Mais Kantz n'interpellait déjà plus que le vide, tandis que les silhouettes approchaient. Elles avaient l'apparence de spadassins tout drapés et encapuchonnés de noir. Des masques aveugles, en cuivre, leur étaient rivetés sur la face, découpés de manière à ne laisser voir que le menton et une bouche maigre, crevassée, desséchée. Une bouche de cadavre.

Kantz se mit en garde. Il devinait à qui – ou plutôt à quoi – il avait affaire. Malheureusement, il ne se sentait pas capable de vaincre de telles créatures en cette heure. Son tatouage le démangeait. Une goutte de sueur lui vint à la tempe.

Les spectres se déployèrent en arc de cercle et, dans un même mouvement, à la même seconde, dégainèrent des rapières dont le métal blanchâtre tinta.

De la main gauche, Kantz tira la dague qu'il avait au ceinturon, contre les reins. Il fit un pas en arrière et prit une pose résolument défensive. Campé ferme sur ses jambes, le dos rond, ses deux lames brandies à l'horizontale devant lui, il se tenait prêt. Son regard balayait ses ennemis mais lui bougeait à peine. La goutte de sueur serpenta sur sa joue, jusqu'à la commissure des lèvres.

Le spectre de droite attaqua le premier. Il se rua sur Kantz, porta deux ou trois coups et s'éloigna. Il fut aussitôt relayé par un autre qui, obligeant le chevalier à faire volte-face, se contenta lui aussi d'un bref échange, continua sur sa lancée. Le troisième chargea immédiatement. Kantz pivota en catastrophe pour faire face, para une botte experte et laissa son adversaire le dépasser.

Le souffle court, Kantz regarda les spectres retrouver leurs positions initiales. Il songea qu'ils ne voulaient pas le tuer, mais le retenir pour couvrir la fuite de leur maître. Ou peut-être jouaient-ils un jeu cruel avant la mise à mort. Quoi qu'il en soit, Kantz ne supporterait pas longtemps ce traitement. Il s'aperçut qu'il était blessé : une estafilade au bras droit.

Les spectres reprirent bientôt leur danse macabre…

Dans le cloître, les templiers victorieux comptaient les morts et soignaient sans distinction tous les blessés lorsque leur maréchal parut, soutenu par un frère. Il boitait, avait la cuisse et le côté ensanglantés, s'appuyait sur une rapière au fourreau comme sur une canne. On se précipita, voulut en vain le faire asseoir.

Fouillant l'assistance du regard, le frère Markus demanda :

« Où est le chevalier ? »

Les templiers se dévisagèrent, hésitèrent, cherchèrent autour d'eux.

« Il n'est pas du nombre des morts ni des blessés, fit un frère.

— Je l'ai pourtant vu ici durant la… » commença un autre.

Mais son maréchal le fit taire :

« Ecoutez ! »

Tous firent silence et les échos distants d'un combat leur parvinrent.

« Vite ! ordonna le frère Markus. Hâtez-vous et le secourez ! »

Cinq templiers tirèrent l'épée et s'élancèrent.

Kantz était en nage. Il respirait mal et tenait tout juste debout. La pointe de sa rapière griffait le sol au hasard de ses pas incertains ; son bras gauche pendait mol et sanglant. Il était également blessé au poignet, à l'épaule, à la cuisse, sur le flanc en deux endroits. Les plaies étaient peu profondes : elles n'étaient que cruelles et douloureuses.

Les spectres ne l'avaient pas épargné, prolongeant les échanges à l'envi, prenant chacun la suite de l'autre et recommençant. Dès que le chevalier s'accordait au rythme d'un combat, dès qu'il trouvait ses marques et commençait à échafauder une tactique, son adversaire rompait et laissait la place. C'était comme escalader une montagne vers un sommet toujours mouvant. Ne sachant plus où donner de la tête, Kantz ne tarda pas à faiblir. Dans le même temps, les spectres se firent plus agressifs, plus véloces, plus vicieux. Ils semblaient infatigables et l'étaient bel et bien.

Kantz était désormais au bord de la syncope. Il voyait à travers un brouillard ; un bourdonnement continu l'assourdissait. Un spectre le surprit, se glissa derrière lui et lacéra ses omoplates au passage. Le chevalier grimaça, tomba à genoux. Il dut s'appuyer sur le poing qui serrait sa rapière pour ne pas s'étaler de tout son long. De sa bouche coula un filet de bave rouge. Un second spectre bondit et frappa. Par réflexe, Kantz interposa sa main gauche. Des étincelles pourpres crépitèrent lorsque l'acier honni rencontra sans dommage le pentacle saint.

Les spectres eurent un mouvement de surprise et reculèrent. A l'instant même, les templiers arrivèrent avec le premier rayon de soleil. Sans hâte, les spectres firent ensemble quelques pas en arrière et s'évanouirent peu à peu dans l'ombre.

« Chevalier ! Chevalier ! Etes-vous sauf ? »

Kantz sentit des mains le soutenir.

« Grand Dieu !… Mais que n'appeliez-vous pas ! »

Kantz ne put retenir un sourire résigné.

Il parvenait à peine à respirer, alors pour ce qui était de crier à l'aide…

2

Réveillé tard, Tobias Haug passa le gros de la journée à ne rien faire ou presque. Il somnola, joua quelques patiences accroupi sur son lit, s'amusa – le plus souvent avec succès – à lancer les cartes dans son chapeau retourné, tricha aux dés contre un adversaire imaginaire. Mais surtout, il resta allongé, torse nu, et contempla longuement le plafond, ses taches et ses lézardes, les mouches qui s'y promenaient. Il ne mangea pas parce qu'il n'avait rien à se mettre sous la dent; il but à même le broc l'eau destinée à sa toilette. Le temps s'écoula ainsi, paisible. Les volets mi-clos préservaient dans la chambre une pénombre agréable et tiède. Dehors, c'était la canicule.

Vers cinq heures, Tobias Haug se leva, enfila une chemise, mit ses bas puis ses bottes – celles-ci, largement évasées, montraient la dentelle jaunie qui terminaient ses chausses, juste sous le genou. Il se débarbouilla avec ce qui restait d'eau, s'inquiéta particulièrement de l'élégance de sa moustache et de son bouc : quelques petits coups de ciseaux s'avérèrent nécessaires; un coup de rasoir lui fit les joues nettes. Enfin, il passa son baudrier et se coiffa d'un feutre dont le panache avait connu des jours meilleurs.

Reculant de quelques pas, Haug vérifia sa mise grâce au petit miroir posé sur le meuble de toilette. Il se sourit, prit une pose avantageuse. Certes, il y avait des cavaliers plus élégants. Mais lui était bel homme, dans ce genre canaille qui plaisait tant aux dames. Il était de surcroît grand, mince, athlétique, jeune encore puisqu'il se donnait vingt-cinq ans – et peu importait qu'il soit plus vieux de sept. D'épais cheveux blonds et des yeux verts ajoutaient à son charme. Cependant, une observation attentive s'avérait moins flatteuse : une ruse envieuse habitait ce regard et il y avait plus de mépris que de nonchalance dans le sourire. L'homme, en fait, brillait de l'éclat sombre et trompeur des arrivistes.

Néanmoins satisfait, Haug fixa le fourreau de sa rapière aux boucles de son baudrier et sortit. Il habitait un second. Au-dessous vivait la famille d'un cordonnier, lequel avait son atelier au rez-de-chaussée. Or à peine Haug s'était-il engagé dans l'escalier qu'il entendit son propriétaire discutant avec l'artisan. Il pesta, rebroussa chemin à pas de loup, s'enferma à double tour tandis que, déjà, quelqu'un montait. Il poussa les volets, eut un mouvement de recul et plissa les paupières contre l'aveuglante lumière qui l'assaillit.

On frappa.

« Monsieur Haug ? fit une voix mâle. Monsieur Haug ! Il nous faut parler du loyer. Voilà trois mois que je ne vois rien venir. Et ceci malgré vos promesses, monsieur Haug… Monsieur Haug ? »

Mais répondre était bien la dernière chose que souhaitait Tobias Haug. Il emprunta la fenêtre, se laissa tomber sans bruit sur le toit d'une remise, enjamba un mur et atterrit souplement dans une ruelle.

Il affichait un franc sourire, ravi du tour qu'il venait de jouer.

La chaleur surprit Haug et ne tarda pas à le mettre en nage. Dans un ciel pur, presque blanc, brillait un soleil impitoyable et triomphant. L'air cuisait. L'ombre était rare et d'un médiocre réconfort. Sans être désertes, les rues de Wielstadt étaient bien moins fréquentées qu'elles ne l'auraient dû à cette heure. Ceux qui le pouvaient marchaient vite, pressés de quitter la fournaise ; les autres, comme assommés, avaient le pas lourd, le souffle court, la tête basse. Les fronts et les tempes luisaient de sueur. Les portefaix et les tireurs de charrette à bras faisaient une besogne héroïque.

Tobias Haug ne traîna pas. Ce n'était pas la canicule qui le chassait, ni la perspective de croiser son propriétaire, mais l'insupportable odeur qui régnait dans le quartier. Toutes proches, des tanneries dégageaient une puanteur ignoble, stagnante faute de vent, et que la canicule décuplait. Elles étaient réparties le long de la Wiel – cette rivière serpentant rive gauche avant de rejoindre le Rhin – et l'une d'elles se dressait même à un jet de pierre de la chambre de Haug. Le seul avantage de ce voisinage était qu'il obligeait à pratiquer des loyers bas. Une piètre consolation. Car rien ne pouvait compenser le supplice de cette pestilence infligée à des nez qui, pourtant, n'étaient guère délicats. Privée d'égouts comme toutes les villes du XVIIe siècle, Wielstadt fleurait le fumier, le crottin mille fois piétiné, l'urine chaude et la crasse d'une multitude malpropre. Cet infect bouquet s'estompait néanmoins quand, des tanneries, arrivaient la fragrance entêtante des peaux écharnées, les émanations des cuves à chaux, les vapeurs âcres des bains d'acide, les effluves de teinture. Se calfeutrer chez soi était presque inutile. Il n'y avait de véritable salut que dans la fuite.

L'air devint ainsi plus respirable après quelques pâtés de maisons. Haug franchit alors un pont de bois sur la Wiel, pénétra dans le quartier des Petites-Forges, emprunta des venelles qui étaient autant de détours mais offraient une pénombre bienvenue. Il remonta ensuite la rue des Ecuries-Sanglantes vers la halle Saint-Patrick. Cernée de commerces et de tavernes, cette place couverte accueillait chaque mercredi le plus grand marché de la rive gauche. Elle n'était sinon – comme aujourd'hui – qu'un lieu de passage abandonné aux promeneurs, aux mendiants, aux chiens errants. Les cabarets alentour, en revanche, débordaient de clientèle. Tous avaient dressé des tréteaux dehors, servaient jusque dans la rue des groupes agglutinés aux fenêtres.

Haug reconnut des amis attablés sous une treille, et qui buvaient joyeusement. Il les rejoignit, offrit aussitôt une tournée pour qu'on lui fasse bon accueil et ne doute pas de sa générosité. Par la suite, il entretint l'illusion, oublia souvent de commander lorsque son tour venait, but beaucoup quand il payait, à peine moins sinon. Il eut bientôt faim, une faim terrible car il n'avait pas mangé depuis la veille. Heureusement, son voisin prit les devants, demanda du pain, du fromage et des fruits. Vantant le bel appétit de chacun, Haug fit bombance. Puis, alors qu'il ne lui restait que quelques piécettes, il proposa une partie de dés. La chance lui sourit. Il gagna, parut employer tous ses gains à régaler la compagnie, empocha en fait un coquet bénéfice.

Le temps passa vite et Haug faillit se faire surprendre. Le soleil était déjà bas quand il s'en fut, repus, en laissant l'impression qu'il était le meilleur des camarades…

La cour était déserte, isolée, silencieuse. Les bâtiments qui l'encadraient comptaient quatre à cinq étages. Du carré de ciel tombait la lumière affaiblie, indirecte, d'un proche crépuscule. C'était rive droite, dans le quartier de la Croix-de-l'Orme, un quartier populaire dont les habitants savaient ce qu'il fallait ne pas voir.

Tobias Haug arriva le premier. Pour tuer le temps, il fit quelques mouvements d'assouplissement qu'il savait inutiles, tira l'épée et porta des bottes dans le vide. Il ne s'interrompit pas lorsqu'il entendit un carrosse s'arrêter non loin ; il s'entraînait toujours quand on entra dans la cour. Malgré de longues nuits de débauche, sa condition physique restait excellente. Il avait le poignet sûr, à la fois ferme et souple, et maniait la rapière avec aisance. Il était, à l'évidence, un escrimeur averti. Et telle était bien l'impression qu'il souhaitait donner.

Du coin de l'œil, Haug surveilla les trois aristocrates richement vêtus qui venaient d'arriver. L'un s'avança, la mine grave. Il avait la cinquantaine et le cheveu blanchi, semblait robuste cependant. Sans doute était-il le vétéran de quelques batailles et longues chevauchées, ce genre d'hommes issus de vieille mais petite noblesse que les princes aiment attacher au service de leurs fils.

« Le bonjour, monsieur.

— Le bonjour, monsieur », répondit Haug en cessant enfin ses exercices.

Il rengaina, adressa un salut aux deux autres restés en retrait. Ceux-là n'avaient pas vingt ans et le plus jeune n'était qu'un adolescent. Livide, il avait les mains tremblantes et le regard voilé par la peur.

« Je ne vois pas vos témoins, s'étonna l'homme aux cheveux blancs.

— C'est que je n'en ai pas…

— Vraiment ?

— Ils ne serviraient de rien », affirma Haug.

L'usage voulait que chaque participant à un duel vienne accompagné d'un ou deux témoins, dont le rôle avoué était de s'assurer de la régularité de la rencontre. En réalité, ils constituaient une escorte prête à en découdre en cas de guet-apens. Parfois, on convenait que les témoins s'affronteraient eux aussi deux par deux. Une querelle privée pouvait ainsi opposer des bretteurs qui, pour la plupart, ne se connaissaient pas, se haïssaient encore moins, et se tueraient pourtant.

« Je suis prêt, affirma Haug en affichant une parfaite décontraction.

— Nous le sommes aussi. Et ce duel aura lieu si vous le désirez. Cependant…

— Cependant ?

— Cependant j'avais espéré que nous pourrions vider cette querelle dans l'honneur, quoique sans croiser le fer… »

Il en coûtait visiblement au vieux gentilhomme de proposer pareille chose. Il s'efforçait de garder une contenance, mais son regard flanchait, sa voix tremblait.

Pourquoi t'humilies-tu de la sorte ? songea Haug. *Qu'est-ce qui t'y oblige ? Je parie que tu n'en ferais pas autant pour ton propre fils. Alors pourquoi ? Une ancienne promesse que tu as faite au père et qui t'oblige à protéger le béjaune, envers et contre tout ? Ah il est beau, ton champion ! Regarde-le, vieil imbécile. Regarde-le qui sue la trouille. Il ne doit plus avoir un fil de sec à cette heure.*

Il y eut alors un bruit de ferraille : l'adolescent venait de lâcher sa rapière. Honteux, fébrile, il voulut la ramasser, s'empressa, se prit la jambe dans son fourreau, s'entailla l'index sur la lame.

« Je vous en conjure, monsieur… Il n'a pas seize ans ! »

Haug, l'œil rieur, toisa son vis-à-vis.

« Si je ne me trompe, votre protégé est fort bien né, non ?

— Oui. Il est le…

— Peu importe. Je veux dire qu'à son âge et compte tenu de son rang, il pourrait prétendre à commander un régiment avec grade de colonel. Et il serait trop jeune pour mourir ? »

Si elle était perfide, la remarque n'en était pas moins juste. L'autre, d'ailleurs, n'y trouva rien à redire.

Il y eut un long silence que Tobias Haug prolongea à l'envi. Il s'amusait beaucoup.

Il avait voulu cette rencontre. Il l'avait provoquée et soigneusement organisée. Tout l'art était dans le choix de la victime. Il fallait un jeune aristocrate débauché, plein de morgue mais sans courage. Celui-là, Haug l'avait suivi et épié durant plusieurs jours. Puis, l'avant-veille au soir, il l'avait attendu de longues heures à la porte d'une maison de jeu. Quand il se montra enfin, l'adolescent était ivre, une courtisane au bras. Haug le bouscula, en fit juste assez pour que le ton monte. L'esclandre attira des curieux et, devant eux, Haug se laissa défier en duel. Le piège venait de se refermer.

« Que proposez-vous ? demanda Haug.

— Une réconciliation.

— Vous oubliez que je suis l'offensé…

— On vous fera de sincères excuses. La chose est déjà arrangée.

— Serions-nous ici, si des excuses suffisaient ?

— Mais alors que voulez-vous ? » fit le vieux gentilhomme.

Puis il comprit.

La porte s'ouvrit à la volée et Tobias Haug fit son entrée aux « Huit Tonneaux ». Il lança un salut collectif et jovial, fut accueilli par tous comme un vieil ami disparu, échangea des accolades, traversa la taverne bondée jusqu'au comptoir. Le patron l'y attendait, l'œil mauvais.

« Je t'ai dit de ne plus mettre les pieds chez moi.

— Erreur ! fit Haug. Tu m'as dit de ne pas revenir avant de t'avoir payé.

— Et alors ?

— Alors voici ! »

Haug attrapa une serveuse par la taille et vida une bourse ventrue sur le plateau qu'elle tenait. Les thalers dégringolèrent.

« Il y a bien plus que le compte, l'ami ! » Puis, se tournant vers la salle, il ajouta à la cantonade : « C'est nuit de fête ! Je veux que chacun boive à ma santé, et jusqu'à plus soif ! »

Des vivats ponctuèrent l'annonce ; des applaudissements crépitèrent ; des cris joyeux éclatèrent partout dans la salle. Ravi, Haug saisit un pichet, trouva une table dans la cohue et fut bientôt rejoint par des amis qu'ils connaissaient à peine, des catins enamourées. Il était riche, aimé, et cela seul comptait. Demain serait un autre jour.

Assise à l'écart, une femme ne partageait pas la liesse générale. Dès qu'il était entré, elle avait suivi Haug d'un regard inamical. Elle était jeune et belle, brune, habillée comme un homme, l'épée au côté.

Elle vida son verre, se leva, partit sans payer. Le tavernier s'en aperçut mais ne songea pas une seconde à réclamer son dû.

Il savait à qui il avait affaire.

3

La nuit tombait, envahissait les bois alentours, gagnait la clairière où les templiers avaient dressé leurs tentes, autour de maigres feux. Agenouillé à l'écart, Kantz se recueillait tête nue, mains jointes, paupières baissées. Ses lèvres bougeaient à peine. Devant lui, sa rapière était fichée tel un crucifix guerrier.

Le bruit d'une branche brisée sous la semelle interrompit sa prière.

« Veuillez me pardonner, fit le frère maréchal Markus qui approchait. Je ne voulais pas vous importuner.

— Ce n'est rien. »

Kantz arracha son épée du sol, en nettoya l'estoc terreux, la remit au fourreau et s'assit. Le templier s'installa à ses côtés sur une souche, la jambe gauche tendue pour atténuer la douleur de sa cuisse blessée.

« Etes-vous bien allant, chevalier ?

— Je suis fatigué. Comme nous tous.

— Vos blessures ? »

Kantz fit jouer ses omoplates et grimaça. Il avait le poignet droit bandé ; une estafilade sur sa joue droite cicatrisait, laisserait sans doute une marque.

« Le dos me doule[1] fort encore, mais vos baumes font merveille. Il n'y paraîtra bientôt plus.

— J'en suis heureux. Je prierai pour votre prompte guérison. »

Le templier bougea et, sous le pansement que cachait son pourpoint, le coup d'épée qu'il avait reçu au flanc se rappela méchamment à lui. Il se contracta, dut attendre de retrouver son souffle pour dire :

« Nous n'avons guère eut l'occasion de causer, depuis ce matin… »

Kantz acquiesça, absent.

1. Douler : faire souffrir, être douloureux.

Après la bataille, les frères levèrent le camp en début d'après-midi seulement. Il leur fallut d'abord porter secours à tous les blessés, attendre que les mourants rendent l'âme, creuser une fosse pour les cadavres de l'ennemi. Puis on alla chercher les montures restées à une demie lieue de l'abbaye, et l'on prit la route. La plupart des moines soldats chevauchaient devant, au pas. Suivait le chariot des estropiés, auquel était attachée la chaîne des prisonniers en état de marcher. Un dernier attelage emportait les dépouilles des templiers tombés au combat.

« Nous passerons demain par l'abbaye de Vals, indiqua le frère Markus pour mettre fin au silence. Nos morts y trouveront une sépulture décente en terre consacrée, et les plus gravement navrés y seront soignés. Nous pourrons alors aller bon train jusqu'à Wielstadt. »

Il espérait une réplique. Ce ne fut pas celle escomptée.

« Ce sont des chrétiens que nous avons occis ce jourd'hui, affirma Kantz.

— Des reîtres, précisa le templier. Protestants pour la plupart, c'est-à-dire hérétiques. De surcroît, avions-nous le choix ? »

Kantz préféra ne pas répondre. Il se leva péniblement, soupira.

« N'êtes-vous pas las de cette guerre ? N'a-t-elle pas que trop duré ? »

Elle durait, en fait, depuis cinq ans et venait de prendre un tour nouveau. Après la bataille de la Montagne Blanche, certains princes protestants ne désarmèrent pas contre l'Empereur et entreprirent de sillonner le pays à la tête de troupes levées sur leurs propres deniers, ou grâce à des subsides étrangers. Poursuivis par les régiments bavarois et espagnols du général Tilly, ils traversèrent la Rhénanie, la Westphalie, l'Alsace et la Lorraine. Ils livrèrent quelques batailles sanglantes et rarement victorieuses. En terre catholique, ils dévastèrent les campagnes et pillèrent les villes, autant par calcul stratégique que pour satisfaire les appétits d'une soldatesque vorace. Régulièrement, ils trouvèrent refuge et soutien dans les Provinces-Unies hollandaises. Puis, en cette année 1623, ils portèrent la guerre ailleurs. Dans le nord du Saint Empire d'une part, où le comte Mansfeld, après avoir pillé l'évêché de Münster, occupa dès le printemps la Frise orientale et l'Oldenbourg. Jusqu'aux portes de la Saxe d'autre part, où Christian de Brunswick s'était imprudemment avancé, à la tête d'un important contingent.

« Nous ne sommes, ni vous ni moi, de ceux qui décident les guerres, dit le frère Markus. Nous sommes des soldats, chacun à notre manière. Alors nous combattons. Vous, les rejetons des Enfers. Moi, les adversaires de l'Eglise. C'est là tout. A chacun sa besogne. »

Kantz se tourna vers le templier qui, impassible, fixait les ténèbres. Il ignorait tout de son passé mais le devinait fils de bonne noblesse allemande. Ses traits sévères évoquaient la rigueur et le courage. Il était grand et mince, le port noble et martial, avait passé la quarantaine. En sa qualité de frère maréchal, il était le chef militaire de la commanderie de Wielstadt, à la fois moine et capitaine. Il avait derrière lui deux décennies de service. Son expérience de la guerre était déjà grande quand la Bohême se souleva. Depuis, il n'avait presque pas dessellé ni remit la rapière au fourreau. Champions du catholicisme, bras armé du pape, les Templiers étaient de toutes les batailles.

« Chaque jour passant, déclara Kantz, j'ai le sentiment que la paix s'éloigne un peu plus. C'est à croire que de mauvais génies attisent tous les feux, soufflent sur toutes les braises, et qu'ils n'auront de cesse que de savoir le Saint Empire tout entier consumé. »

Dos au frère Markus, Kantz resta un long moment immobile et sans mot dire, les poings sur les hanches. Il fallait que sa colère retombe, qu'il oublie un peu la haine qu'il avait de cette guerre et de ceux qui la voulaient. Le silence dura entre les deux hommes, presque hostile, jusqu'au moment où Kantz lâcha :

« C'était un démon. »

Le templier eut un mouvement de surprise.

« Je vous demande pardon ? »

Kantz lui fit face, étrangement résigné, comme si la révélation qu'il faisait lui était aussi pénible à dire qu'à admettre.

« Celui que nous pourchassions, celui que les mercenaires escortaient… Je ne sais trop ce que sont les créatures qui s'amusèrent si bien à me tourmenter, mais leur maître était un démon.

— En êtes-vous certain ?

— Oui. J'ai vu luire les *braises de l'Enfer.* Cela ne permet pas le doute.

— Les braises de… ?

— De l'enfer. C'est le nom que l'on donne à l'éclat jaune qui brille dans les yeux des possédés, sous l'effet d'un sentiment violent. L'envie, la joie, la colère… Je vous le dis : un démon, et des plus terribles, habite le corps de cet homme. »

Le frère maréchal accueillit la nouvelle avec une sincère inquiétude. Il ne songea cependant pas une seconde à mettre la parole du chevalier en doute.

« Les prisonniers, fit-il, prétendent qu'il se nomme Maximilian Osiander.

— Cela ne me dit rien.

— Moi non plus. Ils ignorent presque tout de lui, sinon. Mais ils le détestaient, et le craignaient beaucoup. D'une peur profonde… Il semble qu'Osiander les épouvantait, même s'ils peinent, par orgueil de soldat, à l'avouer. »

Kantz le croyait volontiers.

Il savait quelle aura malfaisante entourait les démons incarnés. Elle ne se manifestait pas immédiatement. Mais, à fréquenter le démon, on ressentait une gène d'abord, une angoisse ensuite. Puis venait la crainte qui, à son tour, se muait parfois en une terreur sourde, viscérale. Le comble était que certains hommes ou femmes ne fuyaient pas. Ils restaient au contraire, comme fascinés par la malveillance féroce qu'ils devinaient chez leur nouveau maître.

« Peut-on le vaincre ? demanda le frère Markus.

— Moi je le puis, affirma Kantz. Avec l'aide de Dieu, et cette épée », ajouta-t-il en tapotant la rapière qui pendait à son côté. « Mais pour être véritablement détruit, un démon doit être tué le jour anniversaire où, dans le mois, il a rejoint notre monde. C'est le calendrier lunaire qui préside au destin des démons. Toute la difficulté est donc de connaître le zodiaque d'un démon. Et s'il est sage, il ne s'exposera jamais au danger quand les astres lui sont défavorables.

— Il nous faudra donc le débusquer.

— Oui. Si cela est possible. »

Kantz semblait abattu. Le templier voulut le réconforter et dit :

« Les mercenaires avaient pour mission d'escorter Osiander jusqu'à Wielstadt.

— Mais où dans Wielstadt ? soupira Kantz.

— Le point de rendez-vous, seul leur capitaine le savait. Malheureusement, il a pu s'échapper. Il se nomme…

— Jacob Huyghens. Je le connais. Du moins, je l'ai connu. »

4

Encore tout crotté de sa chevauchée, Maximilian Osiander se tenait seul dans le salon enténébré. Face à l'une des grandes fenêtres qui touchaient presque le plafond, il regardait la cour pavée où, sous le ciel nocturne de Wielstadt, s'activait une armée de valets. Ils travaillaient en silence, à la lueur de lanternes sourdes, s'employaient à décharger meubles et tapis de plusieurs chariots bâchés. Les chevaux de trait, paisibles, avaient des chaussons de tissus aux sabots ; bien graissés, les essieux et les roues ne grinçaient pas. Les valets œuvraient vite. Dans moins d'une heure, l'hôtel particulier serait aménagé.

Osiander ne bougea pas quand il entendit une porte gémir dans son dos. Les talons de deux individus martelèrent le parquet à sa rencontre. Des hommes. L'un portait des bottes : ses éperons cliquetaient ; le second avait des souliers et la soie crissait à chaque pas.

« Monsieur, nous ne vous attendions pas de…

— … de sitôt, oui. »

Osiander se tourna vers celui qui s'était adressé à lui. Il le dominait de toute sa taille, de toute sa masse. Petit et bossu, l'autre se tenait le chapeau à la main. Il était richement vêtu, en bourgeois parvenu. D'entrée, Osiander le méprisa. On put le lire dans ses yeux.

« Je me nomme…

— Jarold Börgartz », l'interrompit encore Osiander.

Mais il ne le regardait pas.

En revanche, il dévisageait le deuxième homme. Celui-là avait l'allure et la vêture d'un reître. Il était grand, le corps sec et nerveux. Une rapière pendait sur sa cuisse ; la poignée d'une dague dépassait de sa botte. Il portait un pourpoint de buffle largement ouvert sur une chemise douteuse, tachée de vieille sueur. Ses cheveux – d'un blond presque blanc – caressaient ses épaules. Sa bouche lippue avait quelque chose d'obscène : trop rouge, trop charnue, trop humide. Tenu par des sangles et des boucles métalliques, un masque de cuir couvrait le côté gauche de son visage, ne laissant voir que l'œil.

Tout le long du scrupuleux examen, le spadassin ne cilla pas, fit son possible pour cacher son trouble. Osiander apprécia l'effort.

« Nos valets font vite et bien, dit Börgartz. Tous composent votre domestique. L'hôtel vous sied ?

— Non.

— Non ?

— Je ne veux pas de la valetaille. Je garde l'hôtel.

— Comme il vous plaira. Cependant il me semble que…

— Pas de valetaille », répéta Osiander du ton de celui qui veut être obéi.

Börgartz pâlit, humilié d'être traité comme un inférieur. Il se contint néanmoins, trouva vite un nouveau sujet de conversation.

« Et votre escorte ?

— Il n'y a plus d'escorte. Décimée.

— Décimée ? Voulez-vous dire que…

— Je veux dire que nous avons été assaillis chemin faisant. Par des templiers qui, je n'en doute pas, nous cherchaient.

— Mais j'ignorais tout de cela, s'alarma Börgartz.

— Bien sûr, que vous l'ignoriez, lâcha Osiander avec un regard terrible et menaçant. Comment l'auriez-vous pu savoir ? »

Börgartz balbutia, comprit les soupçons d'Osiander, en perdit presque le souffle. Puis il se reprit et, dans un sursaut d'orgueil, décréta :

« Monsieur, vous ne pouvez imaginer que l'un des nôtres vous a trahi. Je vous jure sur l'honneur que… »

Osiander le coupa dans son élan, une main levée et un sourire aux lèvres

« C'est bien, monsieur Börgartz… C'est bien… », dit-il en se tournant vers la fenêtre.

Mais l'autre insistait :

« Vous devez croire en notre loyauté. Elle est sans faille.

— Le bonsoir, monsieur Börgartz. Au plaisir de vous revoir. »

Börgartz hésita.

Enfin, il réunit ce qui lui restait de dignité pour saluer, et s'en fut d'un pas vif.

De nouveau, le silence s'installa dans le salon. Il dura longtemps, jusqu'au moment où Osiander s'adressa au spadassin qui n'avait pas bougé.

« Ton nom ?

— Reinecker.

— Je devine que l'on t'a attaché à mon service.

— Oui.

— Et que l'on t'a chargé de rapporter, en secret, le moindre de mes gestes…

Reinecker ne tergiversa pas :

« Oui.

— Il faudra le faire, à l'occasion. Mais il faudra surtout bien me servir. Laissons-les croire que tu m'espionnes, et que je suis la brute qu'ils se figurent. Est-ce entendu ? »

— C'est entendu. »

Osiander lança une œillade rusée à Reinecker. Il l'avait bien jugé.

« Dès demain, tu engageras des hommes. De bons bretteurs, et qui tuent sans songer. Avec eux tu surveilleras une taverne. La *Tête de Loup*. Tu connais ?

— Oui.

— Parfait. C'est là que devait me conduire mon escorte. Son capitaine se nomme Huyghens, et je sais qu'il a survécu à l'assaut des Templiers. Il se montrera peut-être là-bas. Je veux que tu te saisisses de lui et me l'amènes. Compris ?

— Oui.

— Alors va. »

Docile, Reinecker était arrivé à la porte quand son maître l'interpella.

« Une dernière chose…

— Oui ?

— Il y aura un jour où tu me trahiras, comme tu viens de trahir Börgartz. Ce jour-là, assure-toi de m'avoir bien tué. »

5

Kantz et les templiers revinrent à la nuit noire d'une expédition qui les avait tenus éloignés de Wielstadt pendant trois semaines. Trois semaines de chevauchée, de canicule et de poussière, de campement à la dure, avec comme point d'orgue, le combat furieux livré dans l'abbaye. Parce qu'ils s'étaient aventurés loin vers l'est et souvent hors des sentiers battus, leur périple avait été ponctué de tristes découvertes. Des fermes mises à sac, des champs calcinés, des vergers rasés. Mais aussi quelques grappes de miséreux pendus aux arbres ; un charnier pourrissant sous le soleil ; des cadavres abandonnés nus et mutilés, au creux des fossés ; une famille crucifiée sur un mur de grange.

Kantz laissa les frères rue de Vienne et rentra à pied. Il était épuisé, empestait l'écurie, avait pour l'humanité un dégoût qui s'étendait jusqu'à sa propre personne. Il voulait dormir, boire peut-être, oublier. Plus que tout, il voulait être seul.

En conséquence, l'accueil ravi qui l'attendait fut presque une torture. A peine avait-il poussé la porte que Heide, sa vieille gouvernante, se précipitait à sa rencontre, lui souhaitait la bienvenue. Elle s'inquiéta de sa santé, l'aida presque de force à se débarrasser de son chapeau et de son pourpoint, le poussa vers la cuisine. Petite et menue, voûtée par l'âge, elle semblait minuscule près de Kantz ; ses yeux clairs étaient embués de larmes qu'elle s'efforçait d'essuyer discrètement, tout en s'affairant et parlant beaucoup. Derrière elle arriva Stefan, un jeune gaillard blond au service de la maisonnée depuis bientôt trois ans. Lui aussi était réjoui par le retour de son maître. Mais il n'eut pas le temps de l'exprimer.

Alors que Heide obligeait Kantz à s'asseoir pour le débotter, une flèche de lumière jaillit par la fenêtre ouverte du jardin. Elle virevolta dans la pièce, rasa dangereusement quelques bibelots, parut rebondir contre les murs et le plafond, fit une explosion de pétales en traversant un bouquet en pot, enchaîna deux grandes boucles verticales et s'arrêta net devant le visage du chevalier. C'était Chandelle, brillante comme jamais, ses ailes diaphanes battant si vite qu'on ne pouvait les voir.

Elle posa un baiser sur le nez de Kantz puis, une main sur la hanche, l'autre levée haut, la fée-demoiselle montra son plus joli profil et prit la pose canaille d'une gitane concluant un numéro de danse.

Kantz se renfonça dans son siège en soupirant.

Malgré lui, malgré la fatigue et la guerre, il souriait.

Le lendemain matin, le soleil était déjà haut lorsque Kantz se réveilla. Il paressa un peu, apprécia le confort de son lit couvert dont les rideaux, par ces chaleurs, restaient ouverts. Les volets bien clos laissaient filtrer une lumière pâle que l'on devinait éblouissante au-dehors. La chambre, parfaitement paisible, conservait un reste de fraîcheur nocturne.

Kantz se leva enfin, fit sa toilette, passa des vêtements propres et repassés. Puis il descendit dans la cuisine, en quête d'un déjeuner tardif. Il était affamé.

La maison était modeste, traditionnelle, avec une étroite façade à colombages et deux étages faisant saillie au-dessus du rez-de-chaussée. On entrait par un long couloir aveugle qui allait de la rue à la cour, desservait un escalier à vis. Une porte latérale ouvrait sur la « salle », à la fois salle à vivre et salle à manger ; celle-ci communiquait directement avec la cuisine. Kantz avait ses appartements au premier. La chambre de Heide était au second, jouxtant le grenier sous les combles. Pour Stefan, une pièce avait été bâtie, faute de place, au fond de la cour aménagée en jardin.

« Vous voilà seulement levé ? lança Heide en voyant paraître Kantz.

— Bonjour, Heide.

— Bonjour, Monsieur. Vous m'avez l'air affamé comme loup en hiver.

— Tu devines bien.

— A pareille heure, je ne sais si vous déjeunerez ou dînerez[1].

— Peu m'importe la repue. Je veux manger. »

Après le bénédicité qu'il ne manquait jamais de dire, Kantz se régala d'une omelette, de jambon, de fromage, de fruits et de vin coupé. Heide avait acheté une miche de pain blanc – presque une friandise – pour

1. Voir note 1 p. 51.

l'occasion. Le chevalier songea à lui reprocher cette dépense mais renonça. Repu, il sécha son verre et demanda :

« Où est Stefan ?

— Quérir de l'eau. La plupart des fontaines ne donnent plus et les porteurs pratiquent des prix insolents. Il nous faudra bientôt boire l'eau du Rhin. » Heide soupira. « Fasse le Ciel qu'il pleuve sous peu.

— Et Chandelle ?

— Ça ! lâcha la gouvernante. Bien malin qui peut le dire ! »

Kantz savait que la fée-demoiselle agaçait volontiers Heide par son inconséquence et son entêtement : pour une ménagère, c'était un peu comme avoir chez soi une tornade miniature, et passablement capricieuse. Sans piper mot, il se leva de table et avait déjà un pied dans le couloir quand Heide lança :

« Elle vous a attendu, savez-vous ? »

Kantz se retourna.

« Pardon ?

— Chandelle. Elle s'est languie tout le long de votre absence. Une vraie pucelle amoureuse. »

C'était dit sans méchanceté. Et si le ton était moqueur, on sentait poindre une compassion sincère, trop pudique sans doute.

Kantz sourit.

« Merci, Heide.

— Et merci pour quoi ? » s'offusqua la gouvernante en rougissant.

Elle se ressaisit aussitôt, empoigna le coin de son tablier pour briquer la table. Elle n'adressa plus un regard à son maître mais marmonna beaucoup…

Kantz monta à l'étage, traversa sa chambre et pénétra dans son cabinet particulier. La pièce était petite, étrange, toute tendue de velours pourpre. Une unique fenêtre en vitrail l'éclairait, encadrée par les hauts rayonnages d'une bibliothèque. Quelques meubles seulement : un fauteuil, une table encombrée de livres et de papiers, un gros coffre, un lutrin portant un épais grimoire à couverture de cuir et fermoir d'argent. Un prie-Dieu en ébène achevait de décorer cette chapelle profane – la « chambre du sorcier », ainsi que la nommait Heide. Ici, Kantz étudiait et priait, de longues heures, des jours entiers parfois. Car s'il ne fréquentait pas les églises et n'aimait guère les prêtres, Kantz était pieux. Sa foi était sincère et savante, sereine, nourrie de lectures et de méditations.

De sa bibliothèque, le chevalier tira plusieurs volumes qu'il feuilleta l'un après l'autre, jusqu'à trouver le texte qu'il cherchait. Le livre sous le bras, il quitta la pièce dont la porte se verrouilla derrière lui. Il rafla au passage un oreiller sur son lit, descendit dans le jardin. Il avait là un vieux fauteuil en bois qu'il sortait dès les beaux jours et laissait jusqu'à l'automne à l'ombre d'un orme centenaire – *son* orme. Utilisant l'oreiller comme un coussin, Kantz s'installa confortablement, lut à plusieurs reprises une seule et même page, baissa les paupières pour réfléchir et – gagné par la tiédeur et le calme ambiants – finit par s'endormir.

Sur ses genoux, le livre ouvert laissait voir une gravure : celle d'un masque aveugle et riveté.

Une cloche sonnant trois heures réveilla Kantz. Il bâilla, s'étira, retrouva Heide et Stefan dans la cuisine. Tendant au jeune homme le livre sur lequel il s'était assoupi, il dit :

« Porte ceci dans ma chambre et rejoins-moi ici. Nous sortons. »

Tandis que Stefan obéissait, Heide aida Kantz à enfiler un pourpoint gris à crevés blancs. Un vêtement dont il se serait bien passé. Mais il était gentilhomme et ne pouvait sortir en chemise.

« Où allez-vous ? » demanda la vieille gouvernante en apportant le chapeau et l'épée de son maître. Stefan était déjà de retour, tête nue, un gilet sans manches passé sur sa camisole de gros drap.

« Nous allons chez Zacharios, faire achat de quelques bouteilles.

— Monsieur… hésita Heide. C'est-à-dire que…

— Ne t'alarme de rien. Il me fera crédit. »

Le chevalier et son valet sortirent dans la rue, où une chaleur de forge les surprit. D'un bleu tirant sur le blanc, le ciel était une toile monochrome où brillait un soleil énorme. Sa lumière éblouissait, obligeait à plisser les paupières, douloureuse. Chaque pas soulevait une poussière qui poudrait les chausses, encroûtait les narines, collait aux peaux moites.

Ils n'avaient qu'une dizaine de pâtés de maisons à franchir et arriveraient pourtant en sueur. Chemin faisant, Kantz observa Stefan du coin de l'œil, se dit qu'il avait bien changé depuis l'hiver 1620. Il était alors un adolescent sans feu ni lieu, dégourdi et joyeux, qui vivait de rapines. A vingt ans, il était à présent un adulte. Il était surtout un excellent valet sachant lire, compter, obéir, faire le nécessaire de son propre chef et devancer les désirs de son maître. Le chevalier n'avait jamais regretté de l'avoir pris à son service, sur les conseils de Heide. Au contraire, il se reprochait souvent de n'avoir offert à Stefan qu'un emploi de domestique. Il lui semblait que le jeune homme méritait mieux. Peut-être pourrait-il le faire admettre en tant que second clerc dans une étude ? Ou comme commis chez un négociant qui, le moment venu, le nommerait son secrétaire particulier ? Kantz devait y songer.

Rue des Coquillards, ils trouvèrent porte close à l'enseigne de la « Cigogne Noire ». C'était anormal. Ils frappèrent à l'huis, heurtèrent les volets en vain.

Intrigués, ils firent le tour de l'auberge, traversèrent la cour, y remarquèrent des meubles brisés empilés – des chaises surtout, mais aussi un banc et une table ; une caisse contenait de la vaisselle en morceaux, ainsi que des pichets et des gobelets en étain auquel nul ne pourrait rendre leurs formes initiales : ils devaient avoir été piétinés. Stefan sur les talons, Kantz poussa la porte des cuisines, entra, gagna la salle commune. Elle était plongée dans la pénombre, les tables et les bancs empilés le long des murs. Et au milieu du vaste espace dégagé, un colosse pataud armé d'un balai rêvassait plus qu'il ne travaillait.

« Holà, Feodor ! Y es-tu ? »

Le grand benêt sursauta, lâcha son balai, renversa un seau d'eau à ses pieds.

« Chevalier Kantz ! Le bonjour de moi pour vous ! »

Kantz ne s'étonnait plus que personne ne leur ait répondu quand, avec Stefan, ils avaient toqué : Feodor avait des absences qui l'entraînaient volontiers assez loin du monde terrestre. Restait le mystère d'une fermeture exceptionnelle.

« Le bonjour pour toi pareil, Stefan ! » ajouta Feodor.

Il approcha bras ouverts, enlaça Kantz qui subit l'épreuve sans broncher. Puis, tandis que Stefan affrontait courageusement un sort identique, le chevalier remarqua des éclaboussures sur les murs et quelques carreaux cassés. Il découvrit également une méchante bosse sur le front du géant. Pour finir, un lustre manquait.

« Que s'est-il passé ici, Feodor ?

— Oh ! fit l'autre, tristement. Une grande querelle avec des cris et des horions donnés.

— Je vois. Zacharios est-il blessé ?

— Non, non. Juste moi avec une chaise qui a un peu estourbi Feodor sur la tête.

— Où est-il ?

— Feodor ? »

Stefan pouffa.

« Non, fit Kantz. Zacharios. Où se trouve-t-il, maintenant ?

— Dans la cave. »

Le chevalier laissa Feodor à son ménage et, à Stefan qui le suivait, dit : « Toi qui es si enjoué, apporte ton aide à Feodor, veux-tu ? »

La cave de la *Cigogne Noire* était telle qu'on pouvait l'attendre : silencieuse et ténébreuse. Le plafond bas reposait sur des colonnes massives ; un dallage de pierre recouvrait le sol. Il régnait là une fraîcheur humide qui fit frissonner Kantz dès l'escalier. Absorbé par sa tâche, Zacharios ne l'entendit pas venir. Il sondait les tonneaux de vin et de bière, comptait les bouteilles, notait le résultat sur un carnet. Des bougies de suif l'éclairaient.

Zacharios était un faune. Il avait ainsi des pattes de bouc ; de courtes cornes saillaient sur son front ; ses cheveux bouclaient ; sa barbe pointait naturellement. Il était petit, même pour sa race. De tous les « peuples fabuleux », les faunes étaient les plus nombreux à s'être mêlés aux hommes. On les avait longtemps crus disparus, engloutis dans l'oubli en même temps que le monde hellénique. Ils avaient néanmoins refait surface à la Renaissance, et essaimé partout en Europe.

Zacharios, quant à lui, était né à Wielstadt. Il avait la grosse quarantaine, possédait la *Cigogne Noire* depuis treize ans. Râleur mais généreux, maniant volontiers l'ironie, il était le meilleur ami de Kantz.

« Le bonjour, maître Zacharios, fit Kantz en esquissant une révérence.

— Kantz ! Quelle joie de te revoir ! » Un franc sourire aux lèvres, le faune se leva pour échanger une accolade. « Depuis quand ne nous sommes vus ?

— Un mois ou presque, il me semble.

— C'est trop long ! Je devrais t'en tenir rigueur. »

Les yeux de Zacharios, cependant, disaient tout le contraire. Le chevalier trouva un tonnelet où s'asseoir ; l'autre prit place sur un tabouret et, d'un tonneau, tira deux verres de vin.

« Je suis passé par la salle, dit simplement Kantz après avoir trinqué.

— Bah ! Une querelle qui tourna mal et prit comme un feu de paille. Quelques plaies et bosses, des carreaux cassés, des meubles bousculés et de la vaisselle fêlée. Ce ne serait presque rien si le guet ne m'avait obligé à fermer boutique pour quelques jours. Et je crois bien que ce sont les centaures de la garde, en ramenant l'ordre, qui firent le plus de dégâts. De la belle ouvrage, tu peux m'en croire ! »

Zacharios but une gorgée de vin. Kantz devinait que son ami minimisait l'événement mais préféra passer outre.

« Le motif de la querelle ?

— Le duc de Bavière. J'avais hier à ma table des soldats bavarois qui voulurent boire à la santé de leur prince et invitèrent l'assistance à les imiter. Certains s'en offusquèrent, le firent savoir. Le ton monta et… »

Zacharios reposa son verre d'un geste trop vif, s'éclaboussa la manche. « A la parfin, me diras-tu ce qui pressait tant l'Empereur de conférer à Maximilien la dignité électorale ? Sais-tu quel ressentiment cela fit naître chez les plus tempérés des réformés ? Et jusque dans mon auberge ? »

Kantz, impavide, ne répondit pas aussitôt.

« Oui, je le sais. Et je sais comme toi que l'Empereur devait tôt ou tard marquer sa reconnaissance au duc de Bavière. Le moment était peut-être mal choisi, il est vrai. »

Constitué d'une multitude de royaumes, comtés, duchés, fiefs, villes libres et autres terres d'Eglise, le Saint Empire romain germanique était une monarchie élective. Son souverain était ainsi élu par la Diète, un collège de sept électeurs réunissant trois princes ecclésiastiques (les archevêques de Mayence, Cologne et Trèves) et quatre princes laïques (le roi de Bohême, le duc de Saxe, le margrave de Brandebourg et le comte palatin du Rhin). Dans les faits, la lignée catholique des Habsbourg occupait le trône impérial depuis deux siècles. Pour autant, la Diète ne jouait pas les utilités. Elle participait au gouvernement de l'Empire et chaque élection était l'occasion de tractations d'autant plus âpres que le duc de Saxe et le Palatin étaient protestants.

Sacré empereur le 9 septembre 1619, Ferdinand II était aussi l'héritier légitime de la couronne de Bohême. Une Bohême révoltée qui n'allait pas tarder à s'élire un nouveau roi en la personne de Frédéric V, le comte palatin. Le Saint Empire était en crise, des provinces se soulevaient, les princes protestants s'armaient. Ferdinand ne pouvait rester sans rien faire. Cependant les caisses étaient vides, tandis que les maigres troupes impériales étaient occupées ailleurs. Aussi l'Empereur se tourna-t-il vers le très pieux et non moins ambitieux duc Maximilien de Bavière. Celui-ci fournit d'importants régiments commandés par le général Tilly, et l'on sait ce qu'il advint de la révolution de Bohême. La guerre se prolongeant, les subsides et régiments du puissant duc furent encore et toujours mis à contribution. Maximilien y gagna des terres et des honneurs, mais Ferdinand avait promis plus. Il fallut bientôt tenir.

Le 7 janvier 1623, l'Empereur convoqua à Ratisbonne une Députation, c'est-à-dire une réunion restreinte de la Diète. Son intention était de déposséder Frédéric V de sa dignité de prince électeur pour la conférer à Maximilien. En avait-il le droit ? La question fut âprement débattue durant de longues semaines, tandis que les opérations militaires se poursuivaient en Frise et Westphalie. Finalement, Ferdinand obtint gain de cause. Le parti protestant n'y put rien : désormais, le duc de Saxe serait le seul représentant de la religion réformée au sein d'une Diète majoritairement catholique. Des voix inquiètes s'élevèrent. On craignait que l'élévation du duc bavarois à la dignité électorale prolonge le conflit en alarmant les luthériens et calvinistes allemands. On avait raison.

« Enfin, conclut Zacharios, ce qui est fait est fait. Quand bien même ce n'était pas à faire… » Il remplit les verres et proposa : « Parlons de toi, plutôt. De quand es-tu rentré ? »

Le chevalier raconta, en partie, son expédition avec les templiers. Il expliqua qu'ils étaient sur les traces d'un homme et de son escorte, sans dire les motifs ni préciser que l'homme s'était avéré être un démon. En fait, Kantz interrompit son récit au moment où il volait au secours du frère Markus pour tomber nez à nez avec quelqu'un qu'il avait reconnu et manqué de tuer.

« Qui donc ? demanda Zacharios.

— Jacob Huyghens.

— Jacob ? Un mercenaire ?

— Oui. J'appris même qu'il était le capitaine de ceux que nous avons vaincus. »

Cela faisait presque trois ans que l'on était sans nouvelles de Jacob. Avant cela, il était un étudiant en droit promis à un bel avenir. Kantz le connaissait bien. Avec quelques autres, ils formaient un groupe d'amis réunis autour d'un libraire, Günter Vecht. Réservé, volontiers austère, Jacob n'était pas le personnage le plus marquant de ce petit cercle. Mais il comptait, était aimé. Puis vint la guerre. Du jour au lendemain, à l'hiver 1620, Jacob disparut. Kantz le soupçonnait déjà, à l'époque, d'avoir participé à la bataille de la Montagne Blanche. Aussi devina-t-on que le jeune homme avait définitivement pris les armes, qu'il avait rejoint les troupes des princes en lutte contre l'Empereur. Car Jacob était protestant. Un protestant sincère qui n'avait pu rester les bras croisés tandis que l'on bafouait sa foi et persécutait ses coreligionnaires.

« A-t-il été pris ? s'enquit Zacharios. Ne me dis pas que…

— Non, le rassura Kantz. Il est sauf et s'est échappé. »

Le faune acquiesça, soulagé. « Quel curieux destin, à la parfin. Qui, naguère, aurait pu deviner que Jacob deviendrait soldat ?

— C'est la guerre, affirma Kantz. Grâce au dragon, nous croyons en être préservés, ici, à Wielstadt. Elle nous semble être une guerre étrangère.

Il est vrai que les armées des uns ou des autres ne nous menacent pas. Mais la guerre est perverse. Elle a mille façons de nous atteindre. Vois comme elle a bouleversé la vie de Jacob. Dieu seul sait ce qu'il a pu faire, de son gré ou non, en presque trois ans de campagne. A-t-il participé au sac de Paderborn ? Etait-il à la bataille de Lorsch ? A-t-il pillé Osnabrück ? Et quelles horreurs a-t-il vu les impériaux commettre ? Toutes les guerres sont infâmes. Celle-ci l'est plus encore. Quiconque s'y engagera perdra son innocence, son âme, sa vie. Je te le dis, Zacharios, Jacob n'est que le premier. Cette guerre aura raison de chacun de nous. »

Le faune déglutit, fixa longtemps son ami. Ils restèrent silencieux.

Kantz avait dans le regard une lassitude qui touchait au désespoir.

6

La journée avait pourtant bien commencé. Certes, il faisait une chaleur du diable et le quartier puait toujours autant, mais Haug avait trouvé au lever, glissé sous sa porte, un message d'excellent augure.

Natif de Liverpool, Tobias Haug se nommait en réalité Tobias Hoggins. Il était arrivé dans le Saint Empire avec les troupes que le roi d'Angleterre, Jacques Ier, avait envoyées défendre le Palatinat rhénan. Nous étions en 1620, avant la bataille de la Montagne Blanche mais après que le comte palatin, Frédéric V, eut accepté la couronne de Bohême. Malgré ses réticences à s'impliquer dans le conflit, Jacques Ier ne pouvait pas faire moins. Parce qu'il gouvernait la plus grande puissance protestante d'Occident, il se devait de manifester son soutien aux Réformés allemands. En outre, Frédéric V était son gendre.

Le comte palatin régnait en fait sur deux territoires distincts : le Palatinat rhénan qui s'étendait de part et d'autre du Rhin moyen, et le Haut-Palatinat, situé au nord de la Bavière, 250 kilomètres plus loin vers l'est. Le Haut-Palatinat fut très tôt envahi par le duc de Bavière. Quant au Palatinat rhénan, des régiments espagnols l'attaquèrent dès l'été 1620 au nom de l'Empereur. Lorsque la bataille de la Montagne Blanche eut lieu, les possessions palatines situées sur la rive gauche du Rhin étaient déjà occupées. Sur la rive droite, en revanche, des villes résistaient encore. Deux ans durant, catholiques et protestants se livrèrent une guerre féroce dans le Palatinat rhénan – une guerre qu'ils portèrent largement alentour, qui n'épargna surtout pas les populations, et qui fit la ruine de ce coin d'Europe. Une à une, les dernières citadelles rhénanes du Palatin tombèrent : Heidelberg et Mannheim en 1622, au terme de sièges terribles ; Frankenhalt en 1623, par reddition négociée.

Venu avec la garnison qui défendit héroïquement Heidelberg, Tobias

Hoggins n'eut pas à subir la canonnade des Impériaux. Parlant trois mots d'allemand, il déserta bien avant, changea de nom et entama une vie d'aventures. Il se fit mercenaire, brigand, courrier, garde du corps. Ainsi, c'est en qualité d'homme de main qu'il arriva à Wielstadt. Il y suivit son maître, un homme étrange et secret, dont il ne connaissait pas le visage et qui pouvait le laisser de longues semaines sans nouvelles, mais qui payait grassement.

Comme il fallait bien vivre entre deux missions de confiance, Haug pratiquait le métier de duelliste. Le plus souvent, des bourgeois incapables de se battre (et qui n'avaient pas même le droit de porter l'épée, faute d'être gentilshommes) l'employaient pour donner à un aristocrate la leçon que – selon eux – ce dernier méritait. Il suffisait alors à Haug de provoquer l'autre en duel sous un prétexte quelconque. Selon le cas et le salaire, il infligeait à son adversaire une défaite humiliante, le blessait ou le tuait – de sorte que Haug n'était jamais qu'un assassin professionnel qui donnait rendez-vous à ses victimes. Quand les clients se faisaient rares, il se choisissait lui-même une proie, de préférence un jeune fat fortuné dont les proches voudraient défendre la vie et l'honneur, en déboursant discrètement. De loin en loin, cela rapportait beaucoup à qui savait s'y prendre. Mais Tobias Haug était dépensier, joueur, buveur, amateur d'affections tarifées, volontiers paresseux. De sorte qu'il passait l'essentiel de son temps à courir après l'argent et fuir ses créanciers.

A force de s'accumuler, les dettes finissaient régulièrement par peser lourd, par devenir dangereuses. Il y avait bien sûr le risque qu'un commerçant porte plainte devant les tribunaux. Ce n'était pas le pire, cependant. Le vrai péril venait des prêteurs sur gages. Haug avait souvent recours à eux. Trop souvent, ces derniers temps. Il devait se refaire, gagner vite et beaucoup. Le comble était que, quelques jours plus tôt, Haug avait extorqué la somme nécessaire à la famille d'un béjaune si terrifié qu'il peinait à tenir son épée. Que restait-il du pécule après des nuits de débauches joyeuses ? Presque rien. Haug ne regrettait même pas son inconséquence. Les thalers lui brûlaient les doigts : il l'avait admis comme une fatalité.

Ce matin-là, donc, vers onze heures, Tobias Haug découvrit un pli qu'une main anonyme avait glissé sous sa porte. Il avait dormi comme une souche, n'avait entendu personne monter l'escalier. Pour ce qu'il en savait, le papier pouvait tout aussi bien avoir été déjà déposé quand il était rentré peu avant l'aube, abruti de chants, de vin et de fatigue. Un sourire aux lèvres, il s'empressa de faire sauter le cachet de cire vierge et lut :

« Sois ce jourd'hui à l'endroit que tu sais, à l'heure que tu sais. Si rien ne vient, n'attends point. »

Pas de signature. Elle aurait d'ailleurs été inutile. Haug savait qui était l'auteur de ces lignes et ce qu'elles signifiaient. Son maître avait une mission à lui confier. Avec la mission viendrait un salaire, peut-être une avance, de quoi régler les créances les plus urgentes.

Haug s'accorda encore quelques heures de sommeil, paressa chez lui et ne sortit qu'en fin d'après-midi. Il se promena, acheta un petit pâté en croûte à un marchand ambulant, but un verre à la fenêtre d'une auberge, marcha le long du Rhin pour profiter de sa fraîcheur. Ses pas le conduisirent devant les « Huit Tonneaux ». Il lui restait de l'argent. Fort peu pour vivre plusieurs jours comme il l'avait prévu, mais bien assez pour quatre ou cinq pichets, une partie de dés, un repas et la ribaude qui ne manquerait pas de s'asseoir sur ses genoux. Comme il avait l'espoir d'un gain prochain, il entra, ne se priva de rien, dépensa tout.

Les choses, ensuite, se gâtèrent.

La nuit était tombée quand les trois hommes surprirent Haug au sortir de la taverne. Ils l'entraînèrent rapidement dans une ruelle voisine et le plaquèrent contre un mur. Haug comprit aussitôt à qui il avait affaire. Conscient qu'il n'aurait pas le dessus, il se rebiffa mollement, voulut négocier, tenta une plaisanterie. Il en fut quitte pour un coup de poing au ventre qui lui coupa le souffle.

« Il est deux choses, fit une voix féminine depuis l'ombre, deux choses que le Roi Misère ne souffre pas. »

Toujours maintenu, Haug se redressa. Il vit approcher une très jeune femme. Elle avait dix-sept ans à peine, était habillée comme un spadassin, l'épée au côté. De longs cheveux noirs couvraient ses épaules. Elle était jolie, mince, sûre d'elle-même.

« Ecoutez, commença Haug, je ne... »

Mais il ne put achever : l'une des brutes venait de lui envoyer un second direct à l'estomac.

« Convenons, dit l'inconnue, que je parle et que tu ne fais qu'écouter. C'est entendu ? » Haug acquiesça. « Très bien... Donc, il est deux choses que le Roi Misère ne souffre pas. La première est qu'on lui fasse des dettes sans rembourser. La seconde est qu'on se moque de lui.

— Mais jamais je n'ai... » se rebella Haug malgré lui.

Cette fois encore, un coup le fit taire. L'homme qui frappait interrogea la jeune femme du regard. Elle acquiesça et Haug reçut un genou dans le bas-ventre. Il gémit. Ses bourreaux le laissèrent s'affaisser sans lui lâcher les bras.

« Reprenons… La somme que tu dois au Roi Misère est de conséquence. Tu devrais payer, or rien ne vient tandis que tes finances sont excellentes. Ne nie pas. J'étais aux "Huit Tonneaux", le soir où tu fis montre d'une si grande libéralité. Et ce soir encore, tu as fait bombance. Alors comment crois-tu que le Roi Misère prit la chose ?…

— J'aurai l'argent… promit Haug. Bientôt… Je paierai.

— Bien sûr que tu paieras. Et avant trois jours. Sinon…

— Avant trois jours, c'est entendu. »

La jeune femme s'éloigna et, presque sortie de la ruelle, dit à ses sbires qui n'avaient pas bougé :

« Je veux qu'il se souvienne de la rossée. Mais ne lui rompez pas le cou ni les membres. Un estropié ne nous servirait de rien. Retrouvez-moi au *Dragon couché* quand vous en aurez fini. »

Tobias Haug fut malgré tout au rendez-vous, place d'Augsbourg, à l'heure dite.

Il arriva crotté, en boitant, le visage tuméfié et du sang sur sa chemise, mais il arriva à temps : un clocher sonna bientôt onze coups. Peu après, un carrosse sans armoiries fit son entrée sur l'esplanade déserte. Il s'arrêta à la hauteur de Haug. Une portière ouverte invita le duelliste à monter, ce qu'il fit.

Dans la cabine, un homme seul attendait. Il était grand, élégant, richement vêtu, les cheveux gris. Un masque d'or lui cachait le visage, ne laissant voir que des yeux noirs. Dès que Haug se fut assis sur la banquette en face de lui, dos au sens de la marche, le carrosse s'ébranla.

Ils restèrent un moment silencieux. Haug était conscient de la piètre image qu'il donnait de lui-même, et n'osait rien dire. Immobile, l'autre le fixait d'un regard sévère.

« Que t'est-il arrivé ? demanda enfin l'homme au masque.

— Une mauvaise rencontre. Des détrousseurs, mentit Haug.

— Cela ne pouvait advenir à pire moment. J'avais une mission à te confier…

— Je la remplirai ! Je…

— Non, fit le Masque d'or en levant la main. Oublie cela.

— Mais pourquoi, Monseigneur ? » lança Haug.

Il voyait s'éloigner la perspective d'un salaire dont il avait plus que jamais besoin.

« Si tu voyais ta mine, tu ne songerais pas à poser la question. Et Dieu seul sait quelle figure tu auras demain… »

L'homme masqué se tut, mais continua de dévisager Haug.

« Combien étaient-ils, ces détrousseurs ?

— Trois.

— Une chance que tu aies survécu. A te voir, on jurerait qu'ils ont eu le dessus… Et pourtant te voilà, toujours riche de tes bottes et de ton épée… »

Le ton était plus que suspicieux. Haug voulut se justifier par un nouveau mensonge :

« A vous dire vrai, Monseigneur…

— Ne te donne pas tant de peine, Haug. Je sais ce que tu es et ce que tu vaux. »

L'homme au masque avait une canne posée près de lui. Il l'empoigna, voulut frapper du pommeau contre le toit de la cabine. Pour le cocher, ce serait le signe de s'arrêter et Haug devrait descendre.

« De grâce, Monseigneur ! implora ce dernier. Acceptez au moins de me dire de quoi il retourne ! »

L'autre suspendit son geste, parut réfléchir, puis se renfonça dans son siège. Le carrosse roulait toujours.

« Il s'agit d'une lettre à remettre en main propre. A une certaine personne vivant à Heidelberg.

— Je connais la ville, affirma Haug convaincu de marquer un point.

— Je le sais. Et voilà pourquoi j'avais de prime songé à toi.

— Avec votre permission, j'accomplirai cette tâche.

— Impossible. En cette heure, tu peux encore tromper ton monde. Mais demain, le corps te doulera tout entier. Tu seras même incapable de tenir en selle. »

Le Masque d'or avait raison. Cependant, il paraissait disposé à accueillir toute proposition raisonnable. Haug eut alors l'idée qui pouvait le sauver.

« La mission est urgente ?

— Oui. »

Haug acquiesça. « Ce pli, l'avez-vous céans ?

— Je l'ai.

— De l'argent ?

— J'ai avec moi le pécule que j'escomptais te donner.

— Alors confiez-moi l'un et l'autre, Monseigneur. Je me fais fort de trouver le parfait messager. »

L'homme masqué hésita.

« Il faut un homme de confiance, dit-il. Et que nos ennemis ne connaissent pas. Un homme qui saura faire face au danger, qui accomplira sa mission quoiqu'il en coûte et ne songera jamais à trahir.

— Je m'assurerai de son silence de la meilleure des manières : il ne saura pas qui il sert. »

Une nouvelle fois, le maître de Haug s'accorda le temps de la réflexion.

« C'est entendu, lâcha-t-il. Nous ferons comme tu dis. Mais ne me fais pas défaut. Je me fie à ton jugement et ne tolérerai pas un mauvais succès en cette entreprise.

— Ai-je déjà failli ? demanda Haug avec un sourire satisfait.

— Ce jourd'hui, il s'en fallut de peu. »

Le carrosse laissa Haug en haut de la rue des Trousse-Cotte et s'éloigna presque aussitôt. Le quartier était animé, à la fois populeux et mal famé. Par les portes et les fenêtres grandes ouvertes des tavernes, sortaient des cris, des chants et des rires, tout un brouhaha joyeux qui résonnait dans la nuit. Des prostituées allaient et venaient, aguicheuses, montraient leurs jambes ou se soupesaient les seins quand passaient des hommes, soldats et marins pour la plupart.

Haug se hâta. Avant de le livrer à ses brutes, la jeune messagère du Roi Misère avait dit qu'elle serait au « Dragon couché », un cabaret tout proche. Avec un peu de chance, Haug l'y retrouverait et pourrait conclure un accord.

Il claudiquait toujours ; ses côtes le faisaient souffrir ; la tête lui tournait un peu. Tout à ses projets, il ne remarqua pas la ribaude qui le suivit longtemps des yeux. Elle était rousse et belle, provoquante dans la robe rouge qui flattait ses courbes et découvraient une gorge laiteuse. Curieusement, personne ne semblait s'intéresser à elle.

Ni même la voir.

7

En 1623, l'ordre du Temple s'apprêtait à célébrer le centenaire de sa seconde existence.

Fondé au XIIe siècle par une poignée de pieux chevaliers en Palestine, il avait prospéré deux siècles durant avant d'être diffamé, combattu, ruiné, puis finalement aboli en 1312. Les « Chevaliers du Christ » faillirent alors disparaître. Quelques-uns, guère plus nombreux – selon la légende – que leurs glorieux fondateurs, trouvèrent cependant refuge dans le Saint Empire romain germanique. Des congrégations amies les y accueillirent ; des princes leur offrirent protection. Ce furent malgré tout des années noires, au cours desquelles les Templiers s'employèrent clandestinement à se réorganiser, gagner de nouveaux frères et cultiver de nouvelles terres. Ils firent si bien que, le XVIe siècle commençant, l'ordre n'attendait qu'un retour en grâce papale pour revenir occuper le devant de la scène militaire et religieuse allemande.

A l'époque, deux menaces pesaient contre l'Occident chrétien. La première, intérieure, était la Réforme ; la seconde, extérieure, était l'ambition de conquête ottomane. Rome pouvait-elle se passer encore longtemps de l'aide du Temple qui, en retour, ne demandait que le droit d'exister au grand jour ? Il semblait que non, mais le pape hésitait toujours lorsqu'en 1529, le Turc pénétra en Autriche et assiégea Vienne. Sans attendre, les Templiers se mobilisèrent partout en Allemagne du Sud, revêtirent leurs couleurs et prirent les armes. Les armées ottomanes furent repoussées et les Templiers passèrent pour les principaux artisans de la victoire. Deux mois plus tard, une bulle papale consacrait leur renaissance.

Jadis, au faîte de sa gloire, l'ordre comptait plusieurs provinces : en Terre sainte, celles de Jérusalem, de Tripoli et d'Antioche ; en Occident, celles de France, Angleterre, Poitou, Provence, Aragon, Portugal, Pouille et Hongrie. Désormais, les fiefs et terres des Templiers étaient distribués dans deux provinces, l'une et l'autre allemandes : celles de Rhénanie et de Bavière. La province rhénane était de loin la plus vaste et, jusqu'à la guerre, la plus riche ; sa « maison » – ou commanderie – principale se trouvait à Wielstadt. Frère Berthold, commandeur de la maison de Wielstadt, avait ainsi autorité sur l'ensemble de la province de Rhénanie.

Avec son escorte, le frère commandeur Berthold rentra au crépuscule d'une tournée d'inspection dans le proche évêché de Paderborn, où le Temple possédait des fermes que la soldatesque de Christian de Brunswick avait pillées l'an passé. Les cavaliers et les montures s'en revenaient fourbus après deux longues semaines. Ils passèrent sans gloire le splendide portail au-dessus duquel flottait l'étendard blanc à croix vermeille.

La commanderie de Wielstadt était située non loin du port, entre les deux bras du Rhin. C'était une immense abbaye fortifiée en pleine ville, avec chapelle, cloître, réfectoire, cuisines, dortoirs, écuries, étables, greniers, cimetière et potager, ainsi qu'une auberge pour les pèlerins et les visiteurs. A la fois moines et soldats, les Templiers menaient là une existence de travail et de prière, quand ils ne combattaient pas. Levés dès l'aube, ils vivaient toujours selon les sévères obligations d'une Règle rédigée au XIIe siècle par saint Bernard et le premier maître de l'ordre, Hugues de Payns.

Abandonnant sa monture à un sergent[1], le frère Berthold retrouva son maréchal qui l'attendait. Ils se saluèrent, échangèrent une accolade chaleureuse. La cinquantaine bien avancée, le commandeur était solidement bâti, avait le cuir tanné, le cheveu gris et ras, la barbe fournie. On l'imaginait plus volontiers portant la cotte de maille et le haubert que le pourpoint blanc, la casaque et le feutre des Templiers modernes ; de même, il avait des mains à manier une lourde flamberge plutôt que la rapière ou le pistolet. Il était pourtant un mousquetaire, comme tous les frères chevaliers. Equipés d'un casque et d'un plastron d'armure, les frères sergents combattaient en tant qu'arquebusiers à cheval.

« Qu'en est-il de nos terres de Paderborn ? demanda bientôt le frère Markus.

— On a rebâti et commencé de ressemer, mais elles coûteront longtemps

1. Au sein du Temple, les *frères chevaliers* étaient tous de noble naissance. Les *frères sergents*, roturiers, occupaient des positions subalternes. Ils n'étaient pas vêtus de blanc, mais de noir ou de brun. Ils portaient néanmoins la croix vermeille et étaient sinon des templiers à part entière.

avant de rapporter… Pour le comble, la plupart des villages sont dépeuplés. Soit parce que leurs habitants ont été massacrés, soit parce qu'ils ont fui. Les horreurs qui furent commises là-bas dépassent l'entendement. Des hordes infernales n'eurent pas fait pire. »

Ils marchaient, allaient vers le bâtiment où le frère Berthold avait ses quartiers.

« Et votre mission ? reprit ce dernier.

— Comme nous étions informés de votre retour, le chevalier Kantz patiente dans le cloître. Vous apprendrez tout de sa bouche. »

C'était une pièce austère, pauvrement meublée, aux murs nus. Kantz et le frère maréchal d'un côté, le frère Berthold de l'autre, les trois hommes étaient assis à une table encombrée de paperasse. Des chandelles de suif donnaient une lumière mouvante. Grand comme la main, un crucifix de bois était accroché à la porte.

« Ainsi, il s'agirait d'un démon, conclut le frère commandeur lorsque Kantz eut achevé son récit.

— Nous nous figurions avoir affaire à un émissaire de l'Ombre, indiqua le chevalier. Maximilian Osiander l'est peut-être, mais il est bien plus…

— Nos espions ne se sont donc pas entièrement fourvoyés, intervint le frère Markus.

— Certes, certes… » lui accorda son commandeur. Puis, s'adressant à Kantz : « Est-il à Wielstadt ?

— C'est à craindre. Notre ville était sa destination première.

— Et qu'y venait-il faire ?

— Nous l'ignorons.

— Peut-on le trouver ? Le débusquer par quelque manière ?

— Non. Je devinerai sa présence si je l'approche, mais c'est là tout. »

Le frère Berthold réprima un geste d'impatience. Il soupira, ferma les paupières, se massa l'arête du nez entre le pouce et l'index. Enfin, il demanda :

« Que savons-nous de lui ?

— Rien ou presque, répondit le frère maréchal. Son nom, bien sûr, ou du moins celui du malheureux dont ce démon a dévoré l'âme et pris le corps. Nous savons aussi qu'il comptait parmi les proches conseillers de Christian de Brunswick.

— Sans pouvoir dire, précisa Kantz, si Osiander était déjà possédé quand il avait l'oreille de Brunswick.

— Rien ou presque en effet », lâcha le frère commandeur avec amertume, reprenant les mots de son maréchal. « Et ces créatures que vous affrontâtes, chevalier ?

— Des créatures de l'Ombre, à n'en pas douter. Elles ont pour nom : *Spectres Assassins*. Elles sont des esprits malins tirées des Limbes par un enchantement. En notre monde, elles se réfugient dans les ténèbres et s'en nourrissent ; elles peuvent s'y mouvoir et en saillir selon leur caprice. Le jour et les vives lumières leur sont hostiles. Mais dès la nuit venue…

— Peut-on les vaincre et les détruire ?

— Oui. Il ne suffit que de courage et de bon acier. »

Tout cela, Kantz l'avait appris récemment dans ses livres, lesquels avaient pour la plupart une méchante odeur de soufre. Il préféra se taire sur ce point, pour ne pas éprouver la piété des templiers qui, d'ailleurs, se gardèrent bien d'approfondir la question.

« Alors que faire, chevalier ? s'enquit le frère commandeur Berthold.

— Attendre, dit Kantz. Nous jouons les noirs dans cette partie. Le premier coup ne nous revient pas. »

La réunion achevée, Kantz traversa la cloître avec le frère Markus, lequel avait tenu à le raccompagner aux portes de la commanderie.

La nuit était tombée. Sous les arcades, des templiers allaient solitaires et silencieux, ou par deux, discutant à voix basse. L'un d'eux, enveloppé dans un grand manteau blanc, était assis sur un banc de pierre. C'était un beau vieillard, robuste encore, le visage ridé et le cheveu rare. Kantz le remarqua sans raison particulière mais leurs regards se trouvèrent un long moment tandis que le chevalier passait.

« Etes-vous sûr de ne pas souhaiter une escorte ? demanda le maréchal tandis le frère portier ouvrait la poterne. Ne serait-ce que pour tenir les flambeaux. »

Mais Kantz déclina l'offre et s'aventura seul dans les rues enténébrées. Après la canicule du jour, la ville connaissait des heures délicieuses, fraîches et paisibles, dont le chevalier voulait profiter. Des étoiles tombait ce qu'il fallait de lumière à un promeneur sans sommeil ; un petit vent caressait la ville ; une quiétude languissante gagnait l'âme et le corps.

Oublieux du monde, Kantz flâna et ne fit aucune rencontre.

Du moins jusque chez lui.

8

Posant le livre sur sa poitrine, Günter Vecht retint un bâillement et, s'étirant, prit garde à ne pas déranger celle qui dormait à ses côtés. Tout était calme dans la chambre à coucher. La chandelle posée près du lit donnait un rien de lumière vivante. Derrière les volets mi-clos, la fenêtre ouverte laissait passer la fraîcheur ainsi que les reflets bleutés du ciel étoilé. Le silence avait envahi la maison dont les boiseries, parfois, craquaient.

A cinquante-sept ans, Günter Vecht était un homme heureux.

Sa santé, d'abord, s'avérait excellente pour quelqu'un de sa génération, en un siècle où les années pesaient lourd passée la quarantaine. A son âge, en principe, on était un vieillard quand on n'avait pas trépassé. Vecht, lui, appartenait à cette catégorie d'êtres que la mort foudroie mais que le temps use à peine. Il était bâti en Hercule, jouissait d'une vigueur qui impressionnait naguère et laissait désormais incrédule. De surcroît, il portait beau. Les rhumatismes l'épargnaient ; il avait toutes ses dents et les avait saines ; il voyait, entendait et mangeait comme à vingt ans. Avec les rides, son visage de patriarche romain avait gagné en charme et en autorité. Et si ses cheveux blanchis désertaient le haut de son crâne, ils poussaient drus et longs ailleurs. Bref, même les marques de la vieillesse semblaient destinées à souligner, par contraste, son étonnante vitalité. On l'imaginait volontiers mourir centenaire.

Les affaires, cependant, n'allaient pas si bien. Günter Vecht était libraire, ce qui signifiait à l'époque qu'il était également imprimeur – sa boutique et les ateliers se situaient au rez-de-chaussée d'une vaste maison dont il était propriétaire ; lui logeait à l'étage. Trois années de guerre dans le Palatinat et ses environs avaient suffi à ruiner la Rhénanie. Wielstadt avait alors accusé un coup sévère, car sa richesse venait surtout des échanges commerciaux qui se faisaient *via* le Rhin, entre nord et sud.

L'activité économique de la région cessant, ou du moins diminuant dramatiquement, la cité perdit de son influence au profit d'autres villes portuaires telles qu'Anvers et Amsterdam. A son niveau, Vecht fit très tôt l'expérience de la pénurie et de l'inflation : faute de matières premières, il dut imprimer moins et augmenter ses prix. La ruine, cependant, ne le menaçait pas en ce chaud mois d'été 1623. Il avait les reins assez solides pour tenir encore et espérait – légitimement, semblait-il – que tout irait mieux maintenant que le Palatinat rhénan avait capitulé, que la guerre se faisait ailleurs. Vecht était si confiant en l'avenir qu'il avait contracté des emprunts pour acheter une belle demeure où, sous peu, il emménagerait en famille.

Et tel était le véritable motif du bonheur de Günter Vecht. Ce n'était ni sa santé, ni la perspective d'un retour à la prospérité. Après une longue vie de célibataire, après une multitude d'aventures galantes, Vecht s'était marié et vivait une idylle. Annerose, son épouse qui en cette heure dormait si paisiblement près de lui, n'avait guère plus de trente ans. Elle était la veuve d'un fabriquant de papier qui, ruiné par la guerre, s'était suicidé ne laissant à sa femme que des dettes et une fillette de quelques mois à peine. L'enfant avait à présent deux ans et un nouveau père. Le libraire l'entendait qui respirait paisiblement dans son berceau, au pied du lit conjugal.

Se tournant vers Annerose, Vecht dut résister à la tentation d'effleurer les longs cheveux blonds, une épaule nue et, là-bas sous le drap, l'éminence d'une hanche ronde. Il admira longtemps la belle endormie, espérant qu'elle se réveillerait seule, lui sourirait et l'attirerait vers elle. Il pourrait alors goûter sa bouche, sa gorge, son ventre, plonger vers le refuge de ses cuisses. Il serait tendre et patient, ferait naître en elle une houle chaude, profonde et lente, invincible. Les yeux au ras du corps alangui, il guetterait les premiers frissons, écouterait les soupirs, verrait les joues rosir. Les poings serrés sur l'étoffe, elle ondulerait bientôt, aurait des mouvements qu'elle peinerait à réprimer, des gestes pour fuir les délices d'une torture consentie. Puis Annerose se cambrerait sous la déferlante soudaine, étoufferait un gémissement en mordant sa lèvre et retomberait vaincue, repue, paisible. Il faudrait alors cesser la caresse juste avant la douleur, poser un baiser sur le doux renflement, aller chercher la récompense d'un regard amoureux.

Tout cela, Vecht le rêva et faillit le faire.

Mais un bruit dans la maison vint rompre l'enchantement.

L'escalier débouchait dans un couloir carrelé, entre la boutique et l'atelier d'imprimerie. Vecht s'y engagea prudemment. Il était pieds nus, vêtu de ses chausses et de sa chemise dont les pans lui couvraient les cuisses. Sa main droite serrait un lourd bâton clouté ; la gauche, une chandelle qu'il tenait haut pour éclairer d'avantage. Il ne se souciait pas d'être silencieux, encore moins d'être invisible. Il allait lentement cependant, scrutait les ténèbres à chaque pas, tendait l'oreille. Il redoutait d'être surpris.

La porte de l'atelier était bien close. Il entra dans la boutique, fit gémir le parquet. Il se figea aussitôt. Günter Vecht n'était pas un pleutre. Il s'était déjà battu plusieurs fois dans sa vie, le plus souvent contre des brutes bornées et fières d'elles-mêmes, race qu'il détestait. Il ne craignait donc pas les coups et les distribuait volontiers à l'occasion. Or cette fois-ci, il ne s'agissait pas seulement de lui. Il songeait à Annerose, à l'enfant. Il voulait les protéger et tremblait pour eux.

La boutique semblait vide, mais elle avait plein de recoins obscurs qui étaient autant de cachettes. Il avança, s'arrêta au milieu de la pièce et la balaya d'un long regard circulaire.

C'était une porte ou un volet forcé qu'il avait entendu depuis sa chambre. Après, plus rien. Pouvait-il s'être trompé ? Il l'espérait sans le croire. Quoi qu'il en soit, il était incapable de regagner son lit avant d'avoir inspecté la maison de la cave aux combles. Si quelqu'un était entré, il lui fallait le trouver, le mettre en fuite, lui rompre le cou si nécessaire. Et si l'intrus n'était pas seul, Vecht ferait front, frapperait tant qu'il pourrait, hurlerait à réveiller la ville. Devrait-il en mourir qu'il ne reculerait pas. Il protégeait bien plus que quelques livres précieux et ses économies.

Il n'y avait personne dans la boutique. Côté rue, la porte et la fenêtre étaient protégées par d'épais volets toujours en place, et intacts. Restait la porte de la réserve, pièce qui avait une lucarne donnant sur l'arrière cour. L'ouverture était étroite. Néanmoins, un homme mince pouvait s'y faufiler. Il fallait vérifier.

Quelqu'un martela subitement le volet de la porte d'entrée. Vecht sursauta, manqua lâcher sa chandelle dont la flammc vacilla. Il hésita. On frappa encore. Le cœur battant, Günter Vecht alla ouvrir la fenêtre sur rue mais se contenta d'entrebâiller le volet. Il empoignait ferme son gourdin.

« Qui va là ? »

Un homme se tenait tout près, empêchant Vecht de distinguer autre chose que quelques silhouettes tenant des flambeaux dans la rue.

« Un meurtrier s'est échappé », dit-il.

Il avait l'allure et la vêture d'un spadassin. L'épée au côté, il portait un grand chapeau qui cachait ses yeux. Sa bouche était épaisse, humide, purpurine. Un étrange masque de cuir couvrait sa joue gauche.

« Et alors ? fit Vecht, méfiant.

— Nous l'avons pourchassé jusque céans. Il peut s'être caché chez vous.

— Et qui me parle ?

— J'ai grade d'exempt au guet de Wielstadt. »

Tu me mens, compère, songea Vecht.

« Et eux ?

— Exempts comme moi. »

Un autre mensonge.

Les exempts du guet étaient, en quelque sorte, les inspecteurs en civil de la police municipale. Ils étaient peu nombreux, très discrets ; on leur confiait les enquêtes criminelles les plus délicates. De fait, poursuivre des criminels dans les rues, en pleine nuit, n'entrait certes pas dans leurs attributions légitimes. Du moins Vecht croyait-il le savoir.

« Passant devant chez vous, insista l'autre, nous avons vu une lumière derrière vos volets. Aussi avons-nous pensé que…

— Il n'y a sous mon toit que ma femme, ma fille et moi. Et je suis le seul à ne pas être ensommeillé. C'est ma chandelle que vous avez aperçue, messieurs.

— Il est fort tard », fit le spadassin qui, à son tour, devenait soupçonneux. « Vous ne dormez donc pas ?

— Le sommeil me fuit, qu'y puis-je ? J'allais boire un verre de vin quand vous avez frappé à mon huis.

— L'homme est cependant dangereux. La prudence dicte de nous assurer que ce meurtrier n'est pas chez vous.

— Ne vous inquiétez de rien, affirma Vecht d'un ton ferme. Tous mes huis sont bien clos tandis que votre homme s'éloigne chaque minute un peu plus. »

Le prétendu exempt hésita, comprit qu'il ne forcerait pas la porte du libraire sans esclandre.

« C'est bien, dit-il à ses sbires. Cherchons ailleurs. »

Et il s'éloigna enfin.

Après avoir refermé le volet et la fenêtre, Günter Vecht resta un instant songeur, soulagé de s'en être tiré à si bon compte mais encore soucieux, incapable de deviner qui étaient les spadassins et ce qu'ils voulaient réellement. Tout à ses pensées, il s'en retournait déjà lorsqu'il entendit un gémissement.

Cette fois, c'était sûr : il y avait quelqu'un dans la réserve.

Le bras tendu, Vecht poussa la porte de son arrière-boutique en se tenant tout contre le mur, hors de vue et d'atteinte. Il était toujours armé de son bâton ferré. En revanche, il avait posé la bougie en bonne place pour éclairer les lieux. Le battant grinça et s'ouvrit en grand. Le libraire attendit un peu avant de hasarder :

« Qui est là ? »

Une voix mâle et faible lui répondit :

« Günter… Günter, est-ce vous ? »

Intrigué, Vecht jeta un œil à l'intérieur, n'eut que le temps de deviner un corps allongé parmi les caisses et les piles de papier vierge.

« Qui est là ? répéta-t-il.

— C'est moi, Günter… Jacob… Jacob Huyghens… »

9

« Vous rentrez fort tard. »

Elle l'attendait à sa porte, près de la fenêtre à laquelle Heide avait laissé une bougie allumée avant d'aller se coucher. La rue Königberg était sinon déserte, silencieuse et obscure sous le ciel piqueté d'étoiles.

« Je ne me savais pas attendu, répondit Kantz. A qui ai-je l'honneur de parler ? »

L'inconnue ne répondit pas, mais se laissa dévisager.

Elle était jeune, jolie sans doute, pour autant que le chevalier put en juger en dépit du feutre qui la coiffait. L'épée au côté, elle était vêtue en spadassin : bottes, chausses et pourpoint entrouvert montrant la chemise. Kantz, sans y paraître, nota que les bottes et les chausses étaient fatiguées, que le pourpoint avait quelques accrocs. Cependant, la chemise était propre. Et la rapière, plus courte et légère que la normale, devait avoir été forgée sur mesure. *La belle se donne des airs de truanderie*, songea Kantz, *mais elle n'est point si miséreuse*.

« Il faut me suivre, dit-elle

— Vous le disiez vous-même : il est fort tard. Convenons plutôt de nous retrouver demain. »

Elle lui lança un petit objet qu'il attrapa au vol de sa main toujours gantée. Il s'agissait d'un jeton en plomb, assez semblable à une petite pièce de monnaie. Sur une face, le jeton était grossièrement frappé d'une couronne et d'une inscription : *Miseria Rex*.

Le Roi Misère, en latin.

« Il vous attend.

— Alors montrez-moi le chemin. »

Emboîtant le pas à la jeune femme, Kantz eut un regard pour la chandelle qui, derrière les carreaux, brûlait à son intention. Il se dit qu'il ne rentrerait pas assez tôt pour l'éteindre.

Ils cheminèrent longtemps et, de rues en venelles, s'enfoncèrent dans une cité de plus en plus sordide.

Dès le crépuscule, les villes du XVIIe siècle devenaient des dédales ténébreux où l'on s'aventurait à ses risques et périls. L'éclairage public restait à inventer, pour le bonheur des malandrins en embuscade et le malheur des noctambules esseulés. Les mauvaises rencontres étaient partout probables, mais elles étaient certaines en quelques lieux. Il existait ainsi à Wielstadt des poches de misère et de violence, cachées dans les tréfonds. Même de jour, le guet n'y venait qu'en grand nombre et prêt à livrer bataille.

Kantz comprit bientôt que la jeune fille le conduisait vers l'un de ces coupe-gorge. Elle marchait d'un pas vif, assuré, ne se retournait jamais. Le chevalier devina cependant que cette hardiesse était feinte, ou du moins forcée. Il savait d'expérience que ceux qui ne craignent rien n'éprouvent pas le besoin de le montrer. Or la demoiselle manifestait trop d'aplomb, trop de morgue. Peut-être estimait-elle avoir un rang à tenir. Mais vis-à-vis de qui ? Des truands qu'une messagère du Roi Misère fréquentait à coup sûr ? Oui, c'était possible. Son sexe était une faiblesse qu'elle pouvait vouloir faire oublier par un excès de confiance affiché. Les mœurs du siècle étaient profondément misogynes. Dans la roture comme dans la noblesse, on n'envisageait pas qu'une femme s'habille en homme, et certes pas en spadassin. L'idée était grotesque, aberrante, scandaleuse, contraire aux lois humaines et divines. Il était d'ailleurs certain que la charmante amazone que suivait Kantz vivait en marge de la société par la force des choses. Ainsi vêtue, l'épée au côté, elle n'aurait pu faire trois pas dans la Wielstadt des honnêtes gens sans être arrêtée par le guet et bientôt condamnée.

Pour l'heure, elle allait libre et confiante par des cours et des ruelles toujours plus tortueuses, crasseuses et sinistres. Kantz voulait croire qu'ils approchaient du but. Ils rencontraient souvent, désormais, des personnages à la mine inquiétante qui les regardaient passer sans mot dire. Ils adressaient au chevalier des regards hostiles, comme pour lui faire comprendre qu'il n'était pas chez lui et risquait gros. Cela ne faisait aucun doute. Kantz ne devait sans doute qu'à son accompagnatrice d'être toujours en vie. Elle était, elle, en terrain de connaissance.

Elle s'arrêta enfin au fond d'une venelle profondément encaissée entre des murs lépreux.

« C'est là », dit-elle.

S'avançant, Kantz vit quelques marches qui descendaient vers une porte basse, dans un renfoncement maçonné.

« Seul ? demanda-t-il.

— Seul. »

Il acquiesça, dépassa son guide, emprunta le petit escalier et poussa le battant vermoulu. Ce qu'il y avait de l'autre côté, Kantz dut attendre que ses yeux se soient accoutumés à la lumière pour le voir.

C'était une arrière-cour chaude et lumineuse, cernée par des bâtiments de quelques étages, sous un carré de ciel étoilé vers où montaient les fumées. De grands flambeaux éclairaient en faisant danser les ombres ; ils crépitaient dans l'air saturé d'odeurs puissantes : vin aigre, corps malpropres, épices et bois brûlé.

Il régnait en ce lieu une ambiance de foire villageoise et de bivouac mercenaire un soir d'après pillage. Assis en cercle sur des tapis déchirés, une poignée de vrais mendiants et faux estropiés s'amusaient à une partie de trictrac. Non loin d'eux, des hommes attablés buvaient et riaient, servis par des filles trop gaies, débraillées, qui feignaient la colère quand on les touchait. Dans un escalier à claire-voie, des enfants poursuivaient en criant un chaton effrayé ; d'autres, avec de petits fouets, faisaient tourbillonner des toupies de bois. Sur une terrasse, accroupies autour d'un grand baquet d'eau, des femmes en chignon, les bras nus et les hanches larges, battaient vigoureusement le linge qu'elles mettaient à sécher sur des cordes tendues ; elles échangeaient des propos vulgaires et menaçaient de leurs battoirs les gamins qui venaient se perdre parmi les draps humides. Des gaillards féroces, à la voix forte, jouaient aux quilles et misaient peu. Une truie et ses petits somnolaient dans un enclos. Le long d'un mur, sous un appentis, des grabats et des couvertures accueillaient des hommes endormis, ou qui tuaient le temps, l'œil vague, en fumant des pipes. Ils pouvaient voir, entre les jambes des spectateurs, deux lutteurs en sueur qui s'empoignaient, souffraient, grognaient, roulaient sur le sol malpropre, se relevaient furieux et ravis. Des chiens rôdaient, allaient mendier près des tables, se disputaient des os. Un soudard besognait debout une femme échevelée ; troussée haut, elle lui serrait la taille entre les jambes. Deux faunes rivalisaient d'adresse au couteau en visant une cible de fortune. Depuis un balcon, une *Egyptienne*[1] agitait ses jupes au rythme d'un tambourin

1. Une bohémienne.

qu'étouffaient les bravos des voyeurs. Sous un porche, un quarteron de tire-laine partageaient un butin. Et il y avait encore toute une société de gueuses, voleurs et miséreux qui allaient, venaient, s'apostrophaient d'une fenêtre à l'autre, donnaient à voir ou à entendre des parties de dés acharnées, des querelles jalouses, des menaces d'ivrognes, des embrassades viriles, des œillades galantes, des chants hurlés, des conciliabules secrets, des baisers goulus et des caresses furtives.

Kantz, pour la première fois de sa vie, était admis dans le saint des saints de la truanderie de Wielstadt, dans sa Cour des Miracles.

Cette cour avait un monarque.

« Approche, fit le Roi Misère. Approche, chevalier. Viens te joindre à moi. As-tu soupé ? »

Seul devant un repas de banquet, il trônait en vue de tous sur un fauteuil dont les ors s'écaillaient. Il souriait franchement et s'employait à démembrer un poulet rôti.

Kantz s'avança, salua le chapeau à la main. Le Roi Misère claqua des doigts pour que l'on apporte un tabouret et fut aussitôt obéi. Le chevalier s'assit, conscient de l'estime que lui manifestait son hôte en l'accueillant à sa table. Néanmoins, le tabouret était bas.

« Mange, invita le Roi Misère. Taille dans ce qui te plaira. Et tiens, prends mon verre. Je lamperai au cruchon. »

Gros et grand, gras et fort, il avait l'allure et les manières d'un rustre. Il portait à même la peau un pourpoint de cuir bâillant sur un torse puissant, velu, luisant de transpiration. Ses cheveux lui tombaient sur le visage, sales et mal peignés ; sa barbe broussailleuse retenait des miettes et des gouttes de sauce. Il parlait volontiers la bouche pleine, faisait passer chaque bouchée d'une gorgée de vin, buvait en s'inondant le menton. Mais cette outrance vulgaire était trompeuse. Elle déguisait une intelligence rusée que le regard, vif et pétillant, trahissait à l'occasion.

Par politesse, Kantz mangea et but un peu. Il dut reconnaître que les viandes étaient excellentes et les crus, délicieux.

« Celui-là vient d'Alsace, indiqua le Roi Misère en notant la mimique admirative du chevalier. On en trouve plus guère de nos jours depuis… Enfin tu le sais comme moi. » Il faisait allusion au pillage de la province, en 1621. « Il m'en reste encore tout un tonneau. Je t'en ferai porter, si cela te sied…

— Grand merci mais je bois peu. Ton vin tournerait vinaigre chez moi.

— Et ta servante, Heide ? Ou Stefan ? Ils l'aimeraient peut-être. »

Pour le Roi Misère, c'était une manière de dire à Kantz qu'il n'ignorait rien le concernant. Le chevalier ne fut pas dupe et préféra répliquer sur le ton de la plaisanterie.

« Ils ne sont pas accoutumés à semblable nectar. De sorte qu'ils ne voudraient plus boire autre chose et que je passerais pour un mauvais maître en refusant, ou paierais de ma ruine la paix dans ma maisonnée. »

Beau joueur, le Roi Misère s'esclaffa.

Puis il repoussa son assiette en bousculant quelques plats et, appuyé sur les coudes, se pencha vers Kantz.

« De quand date notre dernière rencontre, chevalier ?

— Trois ans.

— Point tant, puisque nous étions à l'hiver.

— Soit, concéda Kantz. Deux ans et quelques mois.

— Tu n'as guère changé. Peut-être le poil un peu plus blanc, sur les tempes…

— Peut-être, oui.

— Et ce bijou à ton oreille, l'avais-tu déjà ? »

Instinctivement, Kantz porta les doigts à la perle baroque noire qui pendait à son oreille. « Je l'avais. »

Le Roi Misère fixa longtemps le chevalier impassible.

« Il faudra un jour que nous parlions bec à bec, et que tu me contes ton histoire. Tu as de grands secrets et les secrets ne me plaisent que si je les partage. » Kantz sourit. « Te plairait-il, céans, de me dire d'où te vient le dessin qui orne cette main toujours gantée ? Ou qui te donna cette épée capable de prodiges, à ce que l'on dit ?

— Non. Il ne me plairait pas. »

Le Roi Misère se renfonça dans son fauteuil, sans doute plus amusé qu'agacé. Il devait s'attendre à cette réponse.

« Va donc au diable, chevalier ! Tu fais un bien mauvais convive…

— Tu n'es pas des premiers à me chanter pouille[1] sur cet air-là. Mais si ce n'est pas l'agrément de ma compagnie qui me vaut d'être à ta table, me diras-tu ce que c'est ? »

Le Roi Misère laissa passer quelques secondes avant d'expliquer :

« J'ai une mission à te confier, chevalier.

— Une mission ?

— Oui, et de confiance. » Comme Kantz se taisait, il poursuivit : « Il s'agit de porter une lettre à Heidelberg et de la remettre, de la main à la

1. Chanter pouille : réprimander, faire des reproches.

main, à une certaine personne que je te dirai. Puis il faudra revenir avec la réponse.

— De qui est la lettre ?

— Il importe peu que tu le saches. »

Kantz affronta le regard impérieux du Roi Misère. Enfin, il dit :

« Non.

— Tu refuses ?

— Je refuse car je ne suis pas attaché à ton service. Je ne suis ni l'un de tes gueux, ni l'un de tes reîtres. Choisis tes valets parmi tes sujets, Roi Misère. Ils te servent bien. » Il se leva, prit son chapeau. « Permets que je me retire. »

Il s'aperçut alors qu'un grand silence régnait dans la cour, que toutes et tous s'étaient figés pour suivre la scène qui se jouait entre leur monarque et son invité. Des têtes nouvelles apparurent aux fenêtres, aux balcons, aux portes. On chuchotait pour informer les retardataires. Les flambeaux grésillaient. Un chien gémit, intrigué par ce calme soudain.

Alors, depuis son trône, le Roi Misère dit d'un ton égal :

« Tu cours grand risque à me défier en mon fief, chevalier. Si tu veux vivre, assieds-toi et écoute plutôt. Lorsque tu vins naguère quérir mon aide, il me souvient avoir accepté. Mais il me souvient aussi y avoir mis une condition : tu serais mon débiteur et devrais, un jour, me rendre la faveur. Ce jour est venu, chevalier. Et je n'imagine pas que tu puisses faillir à ta parole. Il ne s'agit après tout que d'une lettre, quand j'aurai pu te demander une vie… Buvons encore et parlons, veux-tu ? »

Après le départ de Kantz, Tobias Haug parut. Il n'était pas encore remis de la rossée reçue la veille mais s'efforçait de faire bonne figure. Il boitait cependant, réprimait une grimace à chaque pas, avait le visage tuméfié.

Ayant rejoint le Roi Misère, il se tint légèrement en retrait et respecta son silence.

« Tu as entendu ?

— Oui.

— Kantz portera la lettre. Maintenant, il faut payer.

— J'ai la moitié de la somme. Le reste lorsque Kantz sera de retour avec la réponse.

— Non. Je ne veux pas avoir à espérer la réussite du chevalier. Je ne traite pas avec ton maître, mais avec toi.

— Mais…

— Tu m'es venu voir, poursuivit le Roi Misère sans se retourner. Tu proposais une affaire qui ne me coûterait rien et rapporterait beaucoup. Je n'avais qu'à obtenir du chevalier qu'il porte une lettre. C'est chose faite : Kantz a promis et il tiendra. A présent, je veux ce qui me revient. Car il n'est question que de tes dettes, n'est-ce pas ? Tes dettes que tu rembourses grâce au salaire d'un labeur qu'un autre accomplira pour toi. Aussi, peu m'importe les projets de ton maître. Peu m'importe qu'il attende le bon succès de cette entreprise pour régler le solde. Je ne veux avoir affaire qu'à toi et je veux être payé, jusqu'au dernier thaler dû, que Kantz échoue ou non. C'est bien compris ?

— Oui », fit Haug.

Il était résigné.

« Alors déguerpis. Et prie le ciel que Kantz succède[1]. »

1. Succéder : réussir.

10

Ce fut un périple sans encombre. Alternant le pas et le trot pour ménager sa monture, Kantz alla néanmoins bon train et gagna Heidelberg en cinq jours. Il longea le cours du Rhin, traversa successivement les évêchés de Cologne, Trêves et Mayence avant de pénétrer dans le Palatinat. La guerre qui, depuis l'hiver, s'était portée ailleurs dans le Saint Empire, avait éprouvé ces régions. Et plus on allait vers le sud, plus les stigmates de deux années d'horreur s'offraient aux yeux. Au bout de la route, Kantz découvrit ainsi les terres du Palatin exsangues et désertées, parsemées de villages ruinés, de champs en friche, de vergers saccagés.

Un périple sans encombre donc, mais non sans surprise.

Le premier soir, Kantz fit étape dans la ville de Cologne, où il bénéficia de l'hospitalité du Temple. Si la commanderie locale n'était pas aussi grande que celle de Wielstadt, laquelle était « maison chêvetaine de province », elle réservait néanmoins quelques cellules à ses invités. Après les vêpres, le chevalier se retira dans celle qui lui avait été assignée, fit sa toilette et, en quête d'un peigne, ouvrit l'une de ses sacoches de selle. Une petite créature lumineuse en jaillit comme catapultée : c'était Chandelle.

Affectant un parfait naturel, prenant surtout garde à ne pas croiser le regard de Kantz, la fée-demoiselle voleta pour un tour du propriétaire qui dura peu car la pièce était petite et des plus austères.

« Que fais-tu là, toi ? »

Elle fit mine de ne pas entendre, d'être fascinée par la contemplation d'un crucifix anodin devant lequel elle volait sur place.

« Je n'ai pas souvenir de t'avoir conviée. »

Il s'agissait, à n'en pas douter, d'un crucifix passionnant.

« Je crois même t'avoir confiée aux bons soins de Heide, en te priant d'être sage. »

Il y avait un personnage sur la croix.

« Et tu y consentis, docile comme jamais. »

Un personnage fort peu vêtu et qui semblait beaucoup souffrir.

« Donc tu promis sans tenir. C'est-à-dire que tu mentis. »

Mais que pouvait-il bien avoir sur la tête, ce curieux personnage ?

« Cependant, il n'est pas question que je rebrousse chemin et te ramène à Wielstadt… »

Ah ! Voilà qui commençait à plaire à Chandelle.

« … Aussi vais-je t'abandonner aux frères de cette commanderie. Ils te garderont sous cloche jusqu'à mon retour. »

Hein ?

Chandelle pivota, lança un regard effaré à Kantz et plongea dans la sacoche qui l'avait amenée. Un carreau d'arbalète n'aurait pas été plus direct, ni plus rapide. Sous le choc, le rabat de la sacoche se referma.

Le chevalier retint un rire et se dit qu'une nuit d'inquiétude serait une punition bien suffisante. Il se coucha, souffla la bougie, s'endormit en souriant.

A son réveil, il trouva la petite créature tendrement lovée sur sa poitrine.

Il attendit un peu avant de la réveiller.

Chandelle fut ainsi du voyage jusqu'à Heidelberg.

Comme Kantz chevauchait le plus souvent par des routes désertes, la fée-demoiselle volait librement alentour et, le soir, ne retournait dans la sacoche que le temps de rejoindre la chambre. De fait, chaque fois qu'ils firent étape à l'auberge, Kantz dut exiger de dormir seul. Cela n'allait pas de soi. A une époque où l'intimité de corps comptait peu, il n'était pas rare que deux ou trois parfaits étrangers – pourvu qu'ils soient du même sexe – partagent un lit sans s'offusquer. Si l'on voulait éviter la compagnie, il fallait payer pour autant de personnes que le lit pouvait en accueillir.

Heidelberg était une ville de moyenne importance, construite au bord du Neckar, un affluent du Rhin. Elle s'étirait au bas d'une colline boisée, très escarpée, à laquelle son château était accroché ; des ouvrages fortifiés achevaient de la défendre. L'an passé, en 1622, la capitale palatine avait subi un long siège imposé par les armées impériales. La Députation de Ratisbonne ayant entériné la mise sous séquestre des biens du comte Palatin, la cité était désormais occupée de plein droit par les troupes de

Maximilien de Bavière. Parallèlement, les Jésuites s'employaient avec succès à en extirper l'hérésie protestante.

Kantz arriva le soir, peu avant que les portes de Heidelberg ne soient fermées pour la nuit. Une adresse était inscrite sur la lettre que lui avait confiée le Roi Misère : Madame la Baronne de Ludehn, Hôtel de Ludehn. Pressé d'en finir, le chevalier se fit indiquer le chemin et passa bientôt le porche d'une luxueuse demeure. Des carrosses et des valets en livrée attendaient dans la cour ; par les fenêtres grandes ouvertes du rez-de-chaussée, sortait la rumeur policée d'une réunion mondaine : la baronne recevait. Toujours à cheval, Kantz demanda s'il était bien à l'hôtel de Ludehn et un page, très occupé à suivre une partie de dés entre cochers, répondit que oui sans se retourner. Kantz mit pied à terre, tapa sur l'épaule du page, lui plaça d'autorité les rênes de sa monture dans les mains, dit « Je reviens », et gravit les marches du perron.

Il n'eut pas à frapper. Un majordome ouvrit à son approche et le considéra d'un œil soupçonneux. Tout vêtu de noir, poussiéreux, l'épée au côté et le pourpoint ouvert sur la chemise à cause de la chaleur, Kantz ressemblait trop à un spadassin pour inspirer confiance. Du point de vue du majordome, une chose était sûre : le nom de ce particulier ne figurait certainement pas sur la liste des invités de la baronne. Restait à savoir ce qu'il venait faire ici.

« Bonjour, Monsieur. Puis-je vous aider ?

— Je suis porteur d'un pli pour Madame la Baronne de Ludehn.

— Oui, Monsieur. Si vous voulez bien me conf…

— Non. C'est un pli que je dois remettre en main propre.

— Ah, je vois… » Le majordome hésita. « Si Monsieur veut bien me suivre… »

A l'évidence, il lui en coûtait de laisser le chevalier entrer. Il le conduisit néanmoins dans une discrète antichambre à l'écart des salons, le pria de patienter et s'en fut. Quelques minutes plus tard, la baronne paraissait.

Elle avait trente ans à peine, beaucoup d'élégance et de beauté, et la tranquille assurance des femmes à qui le premier regard suffit. Tout, en elle, séduisait : l'harmonie de la silhouette, la distinction naturelle du geste, la perfection sereine d'un visage à la fois volontaire et gracieux. Des paillettes dorées étincelaient dans ses yeux verts ; un feu roux capricieux semblait caresser ses cheveux blonds, bouclés et soyeux. Un rien de rose sur les joues, de rouge sur les lèvres, soulignait la pâleur d'une carnation délicate.

Et il y avait ce sourire, ce sourire tendre et complice qui laissait longtemps dans les cœurs un souvenir délicieux.

Otant son chapeau, Kantz salua respectueusement et se présenta. En réponse, madame de Ludehn lui tendit la main. Il s'inclina pour en effleurer les doigts de son souffle, remarqua un curieux bijou à l'annulaire : une chevalière, c'est-à-dire une bague d'homme. Cela pouvait signifier que la baronne était veuve et qu'elle témoignait ainsi une fidélité durable au défunt mari. Ou peut-être lui venait-elle d'un père mort sans héritier mâle. C'était en tout cas un étrange caprice de femme que de mettre une aussi grosse bague à une aussi jolie main.

« Je vous prie, Monsieur, de bien vouloir m'excuser de vous avoir fait attendre. »

Madame de Ludehn parlait allemand avec une pointe d'accent hollandais qui ajoutait à son charme. Sans doute était-elle native des Provinces-Unies – lesquelles n'étaient pas encore le royaume des Pays-Bas[1].

« Dire que j'ai attendu serait trop dire, Madame. A moi, plutôt, de solliciter votre indulgence puisque j'ai le front de paraître devant vous tout crotté, et de maculer vos tapis.

— Monsieur, vos manières disent assez que vous êtes gentilhomme. Porteriez-vous la bure, que l'on vous devinerait. »

C'était plus courtois que sincère. Face à Kantz dont les épaules, les cuisses et les bottes étaient couvertes de la poussière des chemins palatins, la baronne avait la taille bien prise dans une magnifique robe émeraude dont la jupe bouffait sur le vertugadin[2]. Un décolleté carré, bordé de dentelle, montrait une gorge admirable, ronde et blanche, qu'ornait un grain de beauté mutin.

Considérant que les civilités d'usage avaient assez duré, Kantz tira la fameuse lettre de sa manche.

« Voici, Madame », dit-il.

De l'ongle, Madame de Ludehn ôta le cachet de cire et, tandis que le chevalier reculait de quelques pas, lut. Quand elle eut fini, elle replia soigneusement la missive, resta songeuse.

« Y a-t-il une réponse ? demanda Kantz

1. Longtemps colonie espagnole, les provinces des Pays-Bas s'étendaient alors sur la Belgique, le Luxembourg et les Pays-Bas actuels. Après des années de révolte et de persécution, les provinces du nord, converties au protestantisme, gagnèrent *de facto* leur indépendance en 1609 et devinrent les Provinces-Unies ; les provinces du sud demeurèrent catholiques et soumises à l'Espagne : ce sont les Pays-Bas espagnols.

2. Bourrelet qui faisait bouffer la jupe autour des hanches.

— Pardon ? fit la baronne encore toute à ses pensées.

— La lettre. On m'a dit qu'il pourrait y avoir une réponse dont je serais chargé.

— Oui… » lâcha-t-elle distraitement.

Puis elle se ressaisit soudain et confirma :

« Oui, il y aura une réponse. Il faudra la venir chercher demain, dès le matin. Cela vous est-il possible ?

— Oui, Madame. »

Madame de Ludehn était toujours soucieuse lorsque le chevalier se retira : le regard vague, elle répondit à peine à ses salutations. Kantz retrouva seul le chemin de la sortie et, en bas des marches du perron, il ne put s'empêcher de jeter un œil vers la fenêtre de l'antichambre.

Il n'y vit personne.

11

L'Hôtel de Ville de Wielstadt était un imposant bâtiment en pierre beige avec des parements de brique rouge aux fenêtres, des tours d'angle jumelles, de hauts toits d'ardoise et un beffroi central dominant la porte principale. Faisant face à l'esplanade pavée qui portait son nom, l'édifice était à la fois solennel et élégant. A l'arrière, un parc le prolongeait. Quadrillé par de larges allées que l'on empruntait aussi bien à pied qu'à cheval ou en carrosse, ce vaste jardin composait un décor où les parterres, les massifs, les pelouses, les bosquets et les bassins s'organisaient harmonieusement autour d'un labyrinthe de haies. C'était un lieu de promenade privilégié, mais aussi de rendez-vous : au fond du parc, un petit bois conservé à l'état de nature offrait un refuge propice aux retrouvailles galantes comme aux complots.

En cette fin d'après-midi, deux gentilshommes attendaient sous le couvert des arbres, loin des regards, au détour d'une sente touffue. L'un était longiligne, sévère et impassible ; il se nommait Seelgen. L'autre, plus petit et légèrement bossu, était le sieur Börgartz. Enveloppés malgré la chaleur dans de grandes capes, ils portaient des chapeaux à large bord qui, s'ils baissaient un peu la tête, pouvaient les rendre méconnaissables. La précaution n'était pas inutile. Seelgen était un notable issu de la haute bourgeoisie protestante de Wielstadt. Quant à Börgartz, il était le cadet d'une vieille et riche famille aristocratique ; plus que lui, l'enflure qu'il avait sur l'omoplate gauche était assez célèbre.

« Si… disait Börgartz en allant et venant. Si vous aviez pu voir avec quelle morgue il me considéra ! Et quels affronts il me fit !… Je… Je ne sais ce qui me retint de le souffleter ! »

La peur, songea Seelgen.

« Cet Osiander, poursuivait l'autre, est le dernier des rustres, le dernier des fats !… C'était à croire qu'il était le maître et moi le valet ! Mais sait-il seulement qui je suis ?… »

Il le sait. Et s'en moque.

« Croyez m'en, conclut Börgartz en se plantant devant le protestant, rien de bon ne peut sortir de cet homme-là. Je crains le pire pour notre fraternité. Le pire, m'entendez-vous ?

— Je vous entends. Mais il ne sert de rien de s'alarmer avant d'avoir deviné le motif de sa venue. N'oubliez pas : c'est la Bavière qui l'envoie.

— Mais pourquoi ? s'énerva Börgartz en reprenant sa ronde inutile. Pourquoi, à la parfin ?

— Nous devons éclairer ce mystère et, dans l'attente, faire montre de la plus extrême prudence. Vous fûtes bien avisé de souffrir sans mot dire les offenses d'Osiander et de ne pas… »

Piqué au vif, Börgartz se figea.

« Diriez-vous que j'ai eu peur ? demanda-t-il d'une voix tremblante de colère.

— Certes non, mentit Seelgen. Je dis au rebours que… »

Il s'interrompit soudain, désigna le sentier du menton, et dit :

« On vient. »

Presque aussitôt, un spadassin parut d'entre les fourrés. C'était Reinecker, vêtu comme de coutume de cuir brun usé, une plume de faisan au chapeau, une dague dans la botte et l'épée au côté.

« Vous êtes en retard, lui reprocha Börgartz.

— Oui », fit Reinecker sans manifester le moindre embarras.

Paupières plissées, il leva les yeux vers les frondaisons. Puis il regarda alentour et ôta son feutre pour s'essuyer le front d'un revers de manche.

« Il fait bon, ici », dit-il.

Ses longs cheveux d'un blond très pâle, presque blanc, étaient collés par une sueur qui perlait sur ses tempes et imprégnait le masque qui lui couvrait la joue.

« Alors ? s'impatienta Börgartz.

— Que voulez-vous savoir ? demanda le spadassin en se recoiffant de son chapeau.

— Mais tout !

— Tout, c'est presque rien. »

Seelgen jugea bon d'intervenir. « Il était entendu que vous ne seriez attaché au service d'Osiander que pour apprendre ses projets, et nous les rapporter scrupuleusement… »

Le protestant avait la belle cinquantaine, la barbe rase et le cheveu gris.

Grand, mince, roide et grave, on l'imaginait volontiers lisant les psaumes à l'office, écouté et respecté de tous.

S'adressant à lui, Reinecker fut moins désinvolte.

« Je le répète, Monsieur : je n'ai presque rien à vous dire. Osiander mange peu, dort à peine, ne sort jamais, lit beaucoup.

— Il lit ? s'étonna Börgartz. Et que lit-il ?

— Je ne sais. Des livres tirés de ses bagages. »

Les lectures d'Osiander n'intéressait pas Seelgen qui demanda :

« Et sinon ?

— Sinon, dit Reinecker, il me fait parfois des questions et me renvoie quand j'ai répondu.

— Des questions ? dit Seelgen en prenant Börgartz de court. Des questions sur quels sujets ? »

Le spadassin eut une moue vague, haussa les épaules. « Sur toute sorte de sujets… Wielstadt. La guerre dans nos régions. Le Dragon… » Il parut réfléchir et ajouta en fin de liste, comme si la chose était évidente : « Vous. »

Börgartz tressaillit. « Moi, voulez-vous dire ?

— Point tant », répliqua Reinecker.

Il regarda Seelgen. « Vous surtout, Monsieur. »

Le bossu afficha d'abord un grand soulagement. Puis en lui germa l'idée que, considérant son rang, il devrait faire l'objet de la curiosité d'Osiander – et certes pas le protestant qui n'était, après tout, qu'un conseiller.

Quant à lui, Seelgen restait impassible. Il réfléchit et dit :

« Osiander se défie sans doute de vous, Reinecker. Vous devez gagner sa confiance et récolter ses confidences… Pour l'heure, votre pêche est fort maigre. »

Cela sonnait tel un reproche. Le spadassin se défendit :

« Je puis vous dire une chose certaine, cependant. Osiander voit, dans la mauvaise rencontre qu'il eut avec le Temple, l'indice que sa venue à Wielstadt était dénoncée. Il ne doute pas de l'existence d'un traître dans nos rangs. Cette idée le hante et je devine qu'il s'emploie, par d'autres voies que les miennes, à étayer les soupçons qu'il nourrit déjà. Et dès lors que son opinion sera faite… »

Une fois que Reinecker s'en fut retourné par le sentier, Börgartz demanda :

« Doit-on se fier à lui ?

— Reinecker ?… Oui », mentit Seelgen.

En fait, il était convaincu que le spadassin les trahissait au bénéfice d'Osiander, qu'il ne leur avait dit que ce que son véritable maître désirait qu'ils entendent. Mais sachant cela, les informations que laissait transpirer Osiander étaient peut-être plus édifiantes qu'un rapport précis et objectif de ses activités, car elles révélaient, en creux, ses intentions. Celles-ci étaient claires aux yeux de Seelgen : Osiander voulait les inquiéter, Börgartz et lui.

Concernant Börgartz, c'était réussi. Anxieux, il lâcha :

« Si Osiander croit avoir été trahi, qui peut-il soupçonner sinon ceux qui partageaient le secret de son arrivée ?

— Cela est vrai, confirma tranquillement le protestant.

— Et ne suis-je pas de ce faible nombre ? Tout m'accuse, Seelgen. Tout ! »

Idiot ! pensa Seelgen. *Tu ne songes donc qu'à toi ? Et moi, ne savais-je pas quand et par quelle route viendrait Osiander ? Ne vois-tu pas que je fais un traître tout aussi probable que toi ?*

Cette idée, sans doute, aurait réconforté le petit homme.

Seelgen choisit de se taire.

Après être sorti du parc, Reinecker fit quelques détours et grimpa dans un carrosse qui attendait. Il y retrouva Osiander.

« Alors ? » fit ce dernier.

Assis de profil, il occupait toute une banquette, le dos appuyé contre la cabine et une jambe allongée sur le cuir matelassé. Il portait mal d'assez beaux vêtements, donnait l'image d'un hobereau de province brutal et endimanché. Il buvait une bouteille de vin au goulot.

« J'ai dit ce que vous vouliez, annonça Reinecker en s'installant en face.

— Rien de plus ?

— Non.

— Rien de moins ?

— Non plus.

— En ce cas, nous leur avons donné des sujets d'inquiétude. C'est très bien… »

Il acheva sa bouteille en quelques lampées et hurla :

« Roule, cocher ! »

Le carrosse s'ébranla aussitôt et, bringuebalant, résonna du martèlement des sabots, des grincements de la cabine, du gémissement des essieux, du grondement continu des roues.

« Tu as échoué à retrouver le capitaine Huyghens, dit Osiander d'une voix assez forte pour couvrir le vacarme.

— Il s'en fallut de peu. Nous l'avons blessé mais…

— Il se sait menacé, désormais. Il se cache sans doute.

— Je le retrouverai néanmoins. Où qu'il soit.

— Non. D'autres s'en chargeront. » Reinecker acquiesça sans comprendre : il ignorait l'existence des trois spectres. « Quant à toi… »

Un cahot violent interrompit la conversation. Par la fenêtre de la portière, Osiander jeta un œil vers le ciel. Il ne vit pas le soleil au-dessus des toits mais devina sa position.

« Les portes de la ville seront bientôt closes, reprit-il. Tu seras parti avant cela, avec tes hommes.

— Où irai-je ?

— A Heidelberg.

— Que devrai-je y faire ?

— Me donner à la parfin, je l'espère, un premier motif d'être content de toi… »

Il régnait dans la pièce une pénombre profonde. La pâle lueur nocturne qui passait les hautes fenêtres ne suffisait pas à chasser les ténèbres d'où naquirent deux silhouettes drapées de noir. Celles-ci s'inclinèrent devant leur maître qui les attendait debout, immobile et sévère. Puis elles relevèrent vers lui des faces aveugles, cachées par des masques de cuivre rivetés ne laissant voir que la bouche et le menton.

« Le Gardien… commença le premier spectre.

— … est revenu, acheva le second…

— Il a paru…

— … au chevalier…

— Il lui parlera bientôt…

— … si rien n'est fait.

— Je le sais », fit Osiander.

Les spectres reprirent, de leur voix sépulcrale :

« Notre frère est parti…

— … chercher le Gardien. Il le trouvera…

— … et le détruira…

— Car tels…

— … étaient vos ordres…

— Mais nous…

— … nous ne faisons rien.

— Nous attendons…

— … et c'est tout. »

Osiander acquiesça, conscient du ressentiment de ses créatures.

Les trois spectres n'étaient en fait qu'une seule entité ; une même intelligence mauvaise les dirigeait. Ils détestaient être séparés car ils se savaient, alors, affaiblis.

« Vous n'aurez plus à vous languir dans les Limbes du retour de votre frère, dit le démon. J'ai une autre proie pour vous. Vous la connaissez. Il s'agit du capitaine commandant les mercenaires qui devaient m'escorter jusques ici. »

Les spectres hochèrent à peine la tête.

« Il se nomme Jacob Huyghens, poursuivit Osiander. Pour l'heure, il se cache à Wielstadt.

— Est-ce…

— … sûr ? »

Osiander haussa les épaules.

« Je le crois, à tout le moins… S'il commet la folie de sortir à la nuit, vous le trouverez sans peine.

— Et quand nous…

— … l'aurons trouvé ?

— Il faudra lui faire dire ce qu'il sait, puis le tuer. Ou le tuer sans attendre s'il ne peut être pris. »

A la pensée qu'il venait de condamner un homme à mort, les yeux du démon étincelèrent d'un éclat jaune orangé. Même si cela ne servait pas ses intérêts, la part la plus sombre de son âme maudite espérait que Huyghens serait assassiné sans autre forme de procès. En définitive, il doutait de plus en plus que le capitaine soit pour quelque chose dans l'embuscade que le Temple leur avait tendue sur la route de Wielstadt. Mais les crimes gratuits n'étaient-ils pas les plus goûteux ? En outre, il fallait bien qu'Osiander donne un os à ronger à ses serviteurs de l'Ombre. Cet os se nommait Jacob Huyghens, et voilà tout.

Les spectres s'inclinèrent et, reculant, s'évanouirent dans l'obscurité.

12

Le soir venu, Kantz trouva une bonne auberge, prit une chambre et paya ce qu'il fallait pour ne pas avoir à la partager. Dès qu'il y fut seul, il libéra une Chandelle de fort mauvaise humeur car cela faisait une bonne heure qu'ils avaient franchi les portes de Heidelberg et, donc, que la fée-demoiselle était recluse dans sa sacoche. Boudeuse, elle alla droit à la fenêtre pour observer la rue. Lui recommandant de ne pas se montrer trop, Kantz descendit prendre son repas dans la grande salle commune. Ils avaient leur chambre au premier étage.

Le hasard voulut que le chevalier soit assis à côté de trois pères jésuites. Il les salua et, parce qu'il ne pouvait pas l'éviter, écouta leur conversation en dînant. Les deux plus jeunes – ils avaient la trentaine – étaient à Heidelberg depuis l'automne dernier, c'est-à-dire depuis la capitulation de la ville. Ils y avaient œuvré au rétablissement du culte catholique et pouvaient témoigner des progrès accomplis en quelques mois : la masse des fidèles retrouvait déjà le chemin des églises, tandis que le Collège fondé par la Compagnie de Jésus accueillait des étudiants chaque jour plus nombreux. Quant à la célèbre université de Heidelberg, elle avait cessé d'être un haut lieu du calvinisme allemand – offerte au pape par le duc de Bavière, son inestimable bibliothèque venait d'ailleurs d'être déménagée[1].

Enthousiastes, les deux jésuites s'enflammèrent à l'évocation de l'extraordinaire convoi que Léon Allatius, le bibliothécaire du Vatican, était venu chercher de Rome en personne. Mais ils s'aperçurent que leur aîné – un quinquagénaire aux joues pâles et creuses – les écoutait à peine, se

1. Le convoi transportant la bibliothèque de Heidelberg comptait plus de cent mulets. Il partit au début du printemps 1623 et, après un long périple à travers les Alpes, arriva à Rome quelques semaines seulement après la mort du pape Grégoire XV, survenue le 8 juillet de cette même année.

contentait le plus souvent de hocher la tête et d'afficher un triste sourire quand ils s'adressaient à lui. Ils s'excusèrent, confus, se reprochèrent d'avoir à ce point manqué de tact. Kantz apprit alors que le vieil homme portait le deuil d'un ami, jésuite comme lui : le père Luvin.

A ces mots, le chevalier se tourna vers ses voisins de table.

« Veuillez me pardonner, mes pères. J'ai surpris malgré moi votre conversation. Venez-vous d'évoquer le père Luvin ? Le père Pierre-Etienne Luvin de Janty ?

— Oui, mon fils, confirma le vieux jésuite.

— Et vous disiez que… ?

— Que le Très-Haut a rappelé auprès de lui le père Luvin, en effet… Le connaissiez-vous ?

— A peine, mentit Kantz… Où repose-t-il ?

— Ici, à Heidelberg. »

Kantz marqua un temps puis, presque pour lui-même, le regard vague, dit :

« Je… Je le croyais en Lorraine.

— Il y était. »

Le jésuite précisa que le père Luvin avait été appelé à Heidelberg, au printemps, pour étudier de précieux manuscrits découverts dans les archives de l'université palatine. Après le déménagement de la bibliothèque, il resta à travailler sur quelques textes trop fragiles pour voyager. Agé, fatigué, il s'épuisa à la tâche et passa courant mai. Il avait soixante et onze ans, si Kantz comptait bien.

Lorsque le chevalier poussa la porte de la chambre, Chandelle se hâta de rejoindre la fenêtre pour donner l'impression qu'elle n'avait pas bougé et boudait encore. Elle espérait faire naître chez Kantz un sentiment coupable qui lui vaudrait d'être cajolée. Elle serait d'abord de marbre, se laisserait peu à peu fléchir et, magnanime, accorderait enfin son pardon à un maître trop heureux d'être aimé par une si fidèle, gracieuse et miséricordieuse créature. Elle ne doutait pas d'avoir ourdi un plan excellent. Elle en fut pour ses frais.

Comme la nuit tombait, Chandelle put épier Kantz sans en avoir l'air, dans le reflet de la vitre. Elle le vit entrer, ôter son chapeau, défaire son baudrier, jeter sa rapière au fourreau sur le lit. Déjà inquiète, elle suivit le chevalier du coin de l'œil quand, la mine sombre, il tira une chaise à lui. Il s'assit, poussa un soupir las et ne bougea plus.

Au début, Chandelle s'efforça de faire la tête très ostensiblement. Mais une angoisse la gagnait. Abandonnant sa comédie inutile, elle se détourna de la fenêtre et, portée par ses ailes diaphanes, vola vers son maître. Elle lui tourna autour, hésita, fit pour être remarquée quelques timides et vaines tentatives.

Kantz se tenait penché en avant, les coudes appuyés sur les genoux et les mains jointes. Il regardait entre ses cuisses la largeur de plancher qu'encadraient ses bottes poussiéreuses, et voyageait en étranger dans son propre passé. Ses pensées vagabondaient, lointaines et douloureuses. Elles effeuillaient un cahier de souvenirs fragmentés : la campagne lorraine en été ; la Sorbonne enneigée ; la place Saint-Pierre que mille flambeaux illuminent un soir de Noël ; un bal à la cour d'Espagne ; un camp militaire envahi par la boue, sous une pluie glaciale ; une chasse à courre dans le bois de Fontainebleau ; une mission d'ambassade au Louvre ; une embuscade déjouée sur la route de Liège ; un manuscrit retrouvé dans un couvent allemand. Et à chaque page tournée, ou presque, apparaissait le père Luvin aidant de ses conseils un jeune et aventureux jésuite que dévorait une pieuse ambition.

Kantz revint à la vie lorsque, passée par en dessous, Chandelle leva vers lui un minois soucieux. Il se redressa, chassa la mémoire en s'ébrouant, s'étira.

« Tout va bien, Chandelle. »

La fée-demoiselle se posa sur la table et adressa à son maître un regard soupçonneux.

« Puisque je te dis que tout va bien !… C'est la fatigue du voyage qui me fait une triste figure, et rien de plus. »

Chandelle croisa les bras, ferma un œil à demi et, bouche pincée, fit jouer un bout de langue sous sa joue tout en dévisageant le chevalier. Elle garda la pose assez longtemps pour le convaincre qu'elle n'était dupe, qu'il ferait mieux de parler, qu'elle ne céderait pas et était à deux doigts de se mettre en colère. Imperturbable, Kantz se pencha vers elle, laissa passer quelques secondes et, à voix basse, porta un coup fatal à son sévère inquisiteur :

« N'as-tu pas faim ? J'ai du gâteau. »

Du gâteau ?

Chandelle se découvrit soudain une faim de loup et oublia le reste. Le halo palpitant d'impatience, elle trépigna tandis que Kantz sortait sans hâte un mouchoir de sa manche, le déployait sur la table et révélait la moitié d'un macaron particulièrement prometteur, doré à point et fleurant bon l'amande.

« Bon appétit, Chandelle. »

La fée n'écoutait déjà plus. Assise sur le mouchoir, elle mordait à belles dents dans le biscuit qui, comparé à sa frimousse, avait des dimensions formidables.

Il faisait nuit noire lorsque Kantz fut réveillé par le livre qui, lui échappant des mains, heurta le plancher. La bougie sur la tablette près du lit brûlait encore. Chandelle avait roulé de l'oreiller sur le drap et dormait en chien de fusil, repue. Il n'y avait pas un bruit dans l'auberge ni au-dehors.

Confortablement allongé avec une édition in-douze de l'Ecclésiaste, le chevalier s'était assoupi tout habillé, encore botté. Pour se dévêtir, il devait d'abord se lever, ce qu'il fit avec un luxe de précautions inutiles car Chandelle avait un sommeil d'ivrogne. N'empêche, il s'efforça de ne pas la déranger et y parvint. Quand le matelas eut un doux mouvement de houle, la petite fée l'accompagna en changeant de côté.

Kantz rangea d'abord le livre tombé ouvert sur ses pages. Puis il défit son pourpoint et, tandis qu'il dégageait une épaule, sentit un picotement fugitif dans la main gauche, sa main marquée d'un pentacle sacré. Il se figea, tourna lentement la tête vers la fenêtre, et le vit.

L'homme se tenait à un angle de rue. Droit et impassible, il regardait Kantz. Sa haute silhouette était enveloppée dans un manteau blanc qui semblait presque scintiller à la lueur des étoiles. Un capuchon le coiffait, ne laissant paraître qu'une barbe argentée. Le chevalier reconnut néanmoins ce vieux templier qu'il avait remarqué quelques jours plus tôt, sans savoir pourquoi, dans le cloître de la commanderie de Wielstadt.

Immobiles, les deux hommes se dévisagèrent un long moment. Enfin, le templier tourna les talons et partit d'un pas calme.

Pour Kantz, ce fut le signal d'agir.

Il ajusta vivement son pourpoint, saisit sa rapière au fourreau, ouvrit la fenêtre et, du premier, sauta dans la rue. Tout en passant son baudrier, il se hâta vers une intersection où, déjà, le templier tournait. Il y arriva à temps pour voir l'autre s'engager dans une ruelle perpendiculaire. Le vieil homme marchait : Kantz ne doutait pas de le rattraper bientôt. Mais quand il atteignit la venelle, celle-ci s'avéra déserte. Elle n'était pourtant pas si courte. A moins d'avoir couru dès l'angle, le templier ne pouvait l'avoir remontée de bout en bout avant l'arrivée du chevalier. Et pourquoi aurait-il subitement fui ? Kantz était, au contraire, convaincu que le templier ne lui était apparu que pour être suivi.

Vigilant, néanmoins, Kantz tira l'épée avant d'aller plus avant. L'endroit était aussi obscur que silencieux sous le ciel étoilé où s'étiraient des lambeaux de nuages. Le chevalier passa cependant sans encombre, moins soulagé d'être sauf que fâché d'avoir perdu du temps par excès de prudence.

Il était désormais à une intersection. Tournant sur lui-même, il envisagea toutes les options. La ruelle était dans son dos. A droite, après un bout de rue, une place avec son église. Devant, une voie pavée tortueuse qui s'enfonçait dans Heidelberg endormie. A gauche, une impasse menant au portail d'un hôtel particulier. Kantz faisait face à l'impasse quand une intuition lui vint. Il pivota, regarda de nouveau en direction de l'église.

Là où il n'y avait personne quelques secondes plus tôt, là se tenait le vieil homme drapé de blanc, au pied d'une statue équestre qui marquait le centre de la place…

Le chevalier remit la rapière au fourreau.

L'instant était à la fois étrange et solennel. Sous l'immensité nocturne, perdus au cœur d'une ville sans bruit ni vie, ils étaient comme seuls au monde, cernés par des ténèbres infinies.

Distant d'une vingtaine de mètres, le templier parla. Ses lèvres bougèrent mais n'émirent aucun son. Puis une voix résonna dans l'esprit de Kantz.

« *Approchez, chevalier.* »

Kantz obéit.

La paume de sa main gauche le démangeait et il ne doutait pas de marcher vers un fantôme. Il savait qu'un grand nombre d'âmes erraient dans les Limbes, que toutes n'étaient pas mauvaises, que certaines s'efforçaient par-delà la mort de poursuivre une noble tâche, d'aider les justes, de protéger les êtres aimés. A force de volonté, quelques-unes parvenaient à se manifester aux vivants, présences discrètes hantant un lieu familier ou apparitions spectrales dont la vue, souvent, effrayait.

Kantz, lui, allait sans crainte. Mais un trouble naquit en lui alors qu'il approchait du templier et de la masse énorme de la statue qui dominait ce dernier. C'était le sentiment vague d'une menace, d'un drame imminent. Dans le même temps, le picotement dans sa main augmenta, devint chaleur, presque douleur.

Il était à dix pas du fantôme quand il vit et comprit.

Dans le dos du templier, de la masse obscure du piédestal monumental, un masque en cuivre venait d'émerger et, à sa suite, la silhouette menaçante d'un spadassin encapuchonné de noir.

« PRENEZ GARDE ! » hurla le chevalier en s'élançant et tirant l'épée.

Trop tard.

Déjà, une lame pâle comme un rayon de lune jaillissait de la poitrine du templier. Déjà, le corps drapé du grand manteau blanc s'effondrait.

Rapière au poing, Kantz attaqua le *spectre assassin* et l'engagea dans un échange féroce. Le spadassin surgi des Ombres dut rompre, reculer hors de portée pour ne pas être débordé. Kantz le laissa prendre du champ. Il devait, lui aussi, retrouver ses marques. Il lui fallait surtout chasser la colère qui l'avait un bref instant submergé, au point de lui faire commettre une terrible imprudence. Car le chevalier avait chargé sans attendre de voir si le spectre était accompagné de ses doubles. Par chance, cela semblait ne pas être le cas…

Les deux adversaires se faisaient face. Kantz ne quittait pas du regard le masque rutilant, découpé de manière à ne montrer qu'un menton grisâtre, parcheminé, et des lèvres desséchées. Cinq gros rivets fichés dans l'os, depuis le milieu du front jusqu'à la bouche, tenait ce masque dont la surface lisse et convexe, épousant le visage au plus près, ne ménageait aucune place à un nez sans doute amputé.

Kantz et le spectre bondirent à la même seconde. Entraînés par leur élan, ils portèrent des coups terribles, bataillèrent en tournant l'un sur l'autre, se séparèrent à reculons. Ayant échangé leurs places, ils se toisèrent encore. Cette passe furieuse avait valu au chevalier une estafilade au bras. Quant au spectre, il avait été touché au côté mais ne semblait pas en souffrir.

Du coin de l'œil, Kantz vit le templier qui, allongé, tendait la main vers lui et parlait. Une fois encore, les mots – comme venus d'outre-tombe – tardèrent à se faire entendre.

« *Le masque, chevalier… Frappez le masque…* »

Le spectre se rua soudain à l'attaque.

Distrait un bref instant, Kantz para en catastrophe, céda du terrain, riposta enfin. Les rapières se trouvèrent et se croisèrent en crissant ; leurs gardes s'emmêlèrent. De sa main libre, chacun saisit le poignet adverse et, nez à nez, les deux bretteurs rivalisèrent de force. Le spectre l'emporta. Il repoussa le chevalier de tout son poids et Kantz, en perdant l'équilibre, sabra à hauteur de visage. Sa lame fendit l'air, mais la pointe effleura le masque. Il y eut un crépitement et des étincelles pourpres quand l'acier griffa le cuivre. Le spectre tituba tandis que le chevalier tombait à la renverse.

Le templier avait rampé jusqu'au piédestal pour s'y adosser. Au sol, Kantz échangea avec lui un regard d'intelligence avant de se relever et prendre l'initiative d'un nouvel assaut. Le spectre arborait désormais un masque balafré. Sur la défensive, il céda du terrain, dévia deux bottes mortelles, contre-attaqua dès qu'il crut trouver une ouverture… Et commit une faute fatale. Il hoqueta, eut un bref sursaut et se figea, la rapière du chevalier plantée jusqu'à la garde dans le plexus. Des éclairs pourpres parcouraient la lame de bout en bout. Affirmant sa prise, Kantz s'accola au spectre qui, la tête rejetée en arrière, semblait tétanisé. Ils restèrent ainsi immobiles durant de longues secondes. Puis le spadassin des Ombres baissa la tête, afficha un sourire cruel et, d'une voix rauque, dit :

« Tu ne m'as pas vaincu.

— Vraiment ? »

Kantz lâcha sa rapière pour saisir le spectre à la gorge. D'un même mouvement, sa main gauche alla chercher contre ses reins une dague de parade qu'il brandit bien haut et enfonça d'un coup sec dans le masque.

Le spectre poussa un cri strident, inhumain, quand l'acier traversa le cuivre, l'os, et pointa par l'occiput. Hurlant toujours, il s'arracha à l'étreinte du chevalier, fit quelques pas malhabiles en battant des bras et s'affaissa telle une outre pleine dont le fond se déchire. Il ne subsista plus de lui qu'un masque de cuivre que transperçait une dague. Tout le reste – le corps, la cape et l'épée – disparut.

Passé le moment de stupeur que connaît toujours un homme après un combat à mort, Kantz se hâta de rejoindre le templier et s'agenouilla près de lui. Le fantôme n'était déjà plus qu'une silhouette trouble et pâle.

« Qui êtes-vous ? Que me vouliez-vous ? » demanda le chevalier à voix basse.

Du bruit, à quelques rues de là, l'alerta : des gens en armes venaient en courant. Il y avait maintenant de la lumière aux fenêtres des façades ; des téméraires entrouvraient leurs volets.

Lorsque Kantz s'intéressa de nouveau au templier, il vit que celui-ci lui parlait. Pourtant, cette fois-ci, les mots n'avaient aucun écho dans la conscience du chevalier.

« Je ne vous comprends pas… Je ne vous comprends pas ! »

Le temps pressait. Non seulement la patrouille approchait, mais le fantôme s'estompait un peu plus chaque seconde.

Le templier parlait toujours, inaudible. Kantz fit alors un grand effort de concentration et réussit à surprendre quelques fragments de phrases :

« *… les Gardiens du Ponant… Il vous faut… le caveau… il est à… la prophétie…*

— Une prophétie ? Quelle prophétie ? »

Quelqu'un, depuis un balcon, appela la garde.

« *La prophétie... Malachie... Un grand... sur le monde... Il n'y a pas... prophétie de Malachie... La clef... Vous êtes la...* »

A cet instant, le fantôme acheva de se dissiper dans la nuit.

Incapable de penser, Kantz se redressa, considéra les alentours avec effarement. Il se découvrait seul au milieu d'une place déserte. Il ne restait qu'un masque de cuivre mutilé pour témoigner de ce qui s'était déroulé ici.

Sous le coup d'émotions qui l'enivraient, le chevalier eut tout de même la présence d'esprit de décamper avant l'arrivée du guet.

13

Chandelle se réveilla à l'aube et, ouvrant les paupières, découvrit que Kantz n'était pas couché. L'esprit embrumé, elle s'appuya sur un coude, bâilla, considéra la chambre d'un œil vague, et vit son maître assis à la fenêtre. Tout allait bien, donc. Elle se leva, s'étira avec un soupir d'aise qui lui fit cambrer les reins. Puis, d'un bon léger, elle vint se poser sur l'épaule du chevalier pour s'y blottir. Elle se gratta distraitement la fesse et se rendormit bientôt, un paisible sourire aux lèvres.

De retour après minuit, Kantz avait regagné sa chambre comme il l'avait quittée, c'est-à-dire par la fenêtre. Les portes de l'auberge étant closes jusqu'à l'aube, il préféra ne réveiller personne et profita du lierre vigoureux qui couvrait la façade. On ne le vit pas ; on ne l'entendit pas plus. Si le guet venait enquêter, l'aubergiste pourrait affirmer que le sieur Kantz avait passé la nuit sous son toit.

Chandelle dormait ; elle ronflait même un peu, gavée de macaron.

Sans bruit, le chevalier lava la blessure qu'il avait au bras. La plaie était légère. Elle saignait à peine et ne faisait pas souffrir. Il la banda néanmoins avant de changer de chemise. Il fourra l'autre dans son sac en songeant aux reproches inquiets que lui ferait Heide dès la prochaine lessive, envisagea de jeter le vêtement, se dit qu'il n'était pas si riche. Après quelques travaux d'aiguille, il n'y paraîtrait plus sous le pourpoint.

Conscient qu'il ne trouverait pas le sommeil, Kantz approcha une chaise de la fenêtre restée ouverte. Il s'assit et, les chevilles croisées sur le chambranle, il fixa un point lointain dont il ne détourna pas le regard des heures durant.

La lueur des étoiles l'éclairait à peine ; un souffle frais caressait son visage impassible ; et l'aube le surprit, comme soudaine.

Tenant son cheval par la bride, Kantz arriva à l'hôtel de Ludehn assez tôt dans la matinée. La rue était animée, bruyante, populeuse ; on n'avançait pas sans jouer des coudes. Un soleil radieux, encore bas dans le ciel, promettait une belle canicule.

Kantz espérait être déjà loin de Heidelberg à midi. Il était prêt à partir, n'attendait plus que de recevoir la lettre de la baronne pour reprendre la route. Il avait hâte d'en finir avec cette mission idiote, anodine et dévoreuse de temps, que le Roi Misère lui avait imposée. D'ailleurs, celui-ci était-il le véritable commanditaire ? Le chevalier devinait plutôt qu'il n'était qu'un intermédiaire. Quelqu'un – mais qui ? – devait avoir payé le Roi Misère afin qu'il trouve un zélé messager. Restait à comprendre pourquoi le Roi Misère avait désigné Kantz, et non l'un de ses nombreux sujets. Ce choix lui avait-il été imposé ?

Quoi qu'il en soit, des affaires autrement plus urgentes appelaient le chevalier à Wielstadt. Il avait, dans la nuit, affronté et détruit l'un des *spectres assassins* de Maximilian Osiander. Le redoutable spadassin n'avait sans doute pas surgi de l'Ombre à son intention ; sa cible semblait être le fantôme du templier. Ce dernier, cependant, avait été frappé alors qu'il s'apprêtait à parler à Kantz, et cela ne pouvait être un hasard. Qu'allait-il révéler ? Pourquoi Osiander voulait-il le faire taire ? Kantz devinait que les réponses à ces questions se trouvaient à Wielstadt. Le Temple avait peut-être des révélations à lui faire…

Tandis que Kantz fendait la foule vers la luxueuse demeure de madame de Ludehn, une exclamation retenue – surprise et douleur mêlées – le fit pivoter soudain. Un garçon sale et déguenillé se suçait l'index : à l'évidence, il s'était intéressé de trop près aux sacoches de selle du chevalier, et de l'une d'elles en particulier. Kantz lui adressa un regard noir. Le gamin décampa sans comprendre qu'elle était la créature qui lui avait mordu le doigt. Car c'était bien la trace de minuscules incisives qu'il avait dans la chair.

Devant l'hôtel de Ludehn, une chaise à porteurs encombrait l'entrée de la cour. Les deux valets qui l'avaient posée attendaient entre les brancards, tandis que son occupant – un jeune aristocrate aux cheveux roux, coiffé d'un beau feutre à panache et élégamment vêtu – discutait par la portière ouverte, une jambe sortie. Son respectueux interlocuteur acquiesçait souvent, un petit bonnet de tissu entre les mains. Chauve et bedonnant, il portait un tablier taché d'encre, de suie ou de graisse.

Le porche n'était pas assez large pour permettre à Kantz de les ignorer discrètement. En passant, il les salua donc d'un signe de tête et entra dans la cour. Mais il n'avait pas fait dix pas qu'on l'interpellait.

« Monsieur le Chevalier ! Monsieur le Chevalier ! »

Kantz se retourna. La chaise à porteurs avait disparu mais l'homme au tablier approchait en ôtant le bonnet dont il venait tout juste de se recoiffer.

« Monsieur le Chevalier ! J'ai bien l'honneur, n'est-ce pas, de parler au chevalier Kantz ?

— En effet… » répondit Kantz du ton de celui qui ignore à qui il s'adresse, pressent qu'il devrait savoir et craint de commettre un impair.

« Je suis maître Dobush, expliqua l'autre en souriant. Vous souvenez-vous de moi ? »

Le chevalier hésita. Puis il considéra le tablier noirci et la lumière se fit : c'était de l'encre qui le maculait.

« Maître Dobush, oui. Je vous remets à présent. Nous avons dîné ensemble, je crois, à la table de maître Vecht.

— Mais oui, mais oui ! C'était à l'automne dernier, en compagnie de la charmante Madame Vecht. »

Kantz se souvenait.

Il se souvenait surtout de la mauvaise surprise que lui avait fait Günter Vecht en invitant quelqu'un qu'il ne connaissait pas en même temps que lui. Le chevalier se méfiait des têtes nouvelles par principe, convaincu que son cercle d'amis suffisait. N'empêche, le déjeuner n'avait pas été si désagréable que cela. Maître Dobush, libraire et imprimeur établi à Heidelberg, s'était avéré un agréable convive. Sauf erreur, il avait trouvé refuge à Wielstadt et souvent bénéficié de l'hospitalité des Vecht en attendant que le siège de la capitale palatine prenne fin.

« Puis-je vous demander des nouvelles de maître Vecht et de madame ?

— Ils sont bien allant.

— Et la fillette ?

— Elle aussi.

— J'ai gardé de cette enfant un délicieux souvenir…

— Oui. »

En multipliant les réponses laconiques, Kantz espérait décourager le libraire. Cette stratégie porta ses fruits.

« Voudriez-vous leur donner mon bonjour ? demanda Dobush.

— Je le ferai.

— C'est bien aimable. Monsieur le Chevalier, je suis ravi de vous avoir rencontré. Si vous deviez rester à Heidelberg, venez donc chez moi. Vous y trouverez toujours bon accueil. Il vous suffira, pour me trouver, de demander après moi : tout le monde sait mon adresse.

— Je vous remercie, maître Dobush. »

Sans quitter son sourire, le libraire salua, remit son bonnet, et s'en fut. Presque amusé, le chevalier regarda s'éloigner ce jovial bonhomme.

Après avoir laissé sa monture en bas du perron, et remarqué un valet gardant un cheval sellé pour un homme, Kantz fut accueillit en haut des marches par le même majordome que la veille. Le domestique l'invita à entrer, dit que Madame la baronne le priait de patienter, et l'abandonna dans un ravissant salon dont la porte du fond était entrouverte. Discret, Kantz resta près des fenêtres donnant sur la cour. Il entendit bientôt madame de Ludehn qui lui parlait depuis la pièce voisine.

« Veuillez me pardonner de vous faire attendre, Monsieur le Chevalier.

— Je vous en prie, Madame.

— Je suis à vous dans un instant. Mais vous savez que, lorsque l'on est femme et coquette, l'on ne finit jamais de se préparer… »

Le chevalier ne sut pas quoi répondre. Une galanterie aurait certainement été d'à propos.

« Chevalier ? fit la voix de la baronne.

— Oui, Madame ?

— Je ne vous entendais plus.

— C'est que je ne disais rien, Madame. »

La porte s'ouvrit et la baronne entra.

Radieuse, toute de rouille et de brun vêtue, elle était habillée d'un pourpoint joliment taillé pour souligner la taille, de plusieurs jupes relevées sur la cuisse droite, de chausses et d'une paire de hautes bottes en daim. C'était une tenue parfaitement extravagante, scandaleuse même, mais d'une parfaite élégance. La baronne la portait avec un naturel plein de grâce.

Kantz, qui n'avait jamais vu une aussi ravissante écuyère, en resta sans voix.

« Le bonjour, Monsieur le Chevalier. »

Elle lui tendit le bras. Il prit sa main et s'inclina.

« Bonjour, Madame.

— Vous voyez, l'attente ne fut guère longue.

— En effet. »

Sur le rebord de la cheminée, près d'un miroir, était posé un chapeau qui aurait pu passer pour un feutre d'homme. La baronne s'en coiffa et, après un coup d'œil expert vers son reflet, demanda :

« Y allons-nous ?

— Pardon, Madame ? »

Madame de Ludehn eut l'un de ses sourires enchanteurs, à la fois tendres et rusés, complices et moqueurs.

« Allons, chevalier. N'avez-vous pas vu le cheval dans la cour ? Je vous ai dit hier qu'il faudrait porter une réponse à Wielstadt. Cette réponse, c'est moi. »

14

Après dîner, Günter Vecht sortit pour se rendre à pied, quelques rues plus loin, dans la demeure bourgeoise qu'il avait acquise dernièrement et dont l'aménagement s'achevait. Cette promenade vespérale n'avait rien d'exceptionnel : elle était quotidienne et le libraire la doublait même, depuis une semaine environ, d'une inspection matinale. Les travaux allaient bon train. Le gros œuvre était fait et les artisans terminaient la décoration intérieure selon les indications de madame. Les Vecht abandonneraient bientôt le modeste appartement situé au-dessus de la librairie. Ils ne le regretteraient pas. Leur futur domicile consistait en deux corps de logis que séparait une large et belle cour. C'était grand, trop grand sans doute pour un couple et une fillette. Mais des naissances étaient espérées, et Vecht avait l'ambition d'engager des domestiques qu'il faudrait héberger. D'ici là, les chambres les moins luxueuses – en fond de cour – pourraient être louées.

Vecht regarda à droite et à gauche avant d'introduire sa clef dans la serrure. La rue offrait un spectacle paisible tandis que le jour baissait. Des badauds profitaient de la tiédeur du soir, se croisaient, se saluaient parfois, s'arrêtaient pour bavarder – à Wielstadt, chaque quartier était un village. Une tablée joyeuse buvait sous l'auvent d'une taverne. Un marchand ambulant, fatigué, vantait sans conviction la qualité de ses rubans. A sa fenêtre, un artisan discutait avec une jolie voisine qui se faisait prier pour venir voir à l'intérieur. Un mercier posait les volets de sa boutique ; il houspillait un apprenti qui ne l'aidait pas assez. Une solide matrone, rouge de colère contenue, ramenait par l'oreille un garçon récalcitrant.

En passant le seuil de son futur domicile, Vecht eut une pensée pour le gamin et la correction à laquelle il semblait condamné. Puis il songea à tout autre chose en franchissant un couloir encombré de matériaux et d'outils. Sans quitter le corps de logis principal, il gagna et emprunta un escalier à vis. Il ne manquait plus qu'un coup de balai au premier ; au second, en revanche, les grandes salles vides que traversa le libraire attendaient encore d'être tapissées. Vecht n'était cependant pas venu vérifier l'avancée des travaux. Il frappa à une porte, attendit. Enfin, quelqu'un donna un tour de clef et lui ouvrit.

Vecht entra.

Contrairement au reste de l'étage, la chambre s'avérait décorée et meublée, de sorte que les ouvriers ne s'étonnaient pas qu'elle soit verrouillée : ils n'avaient plus rien à y faire. Ils auraient cependant été surpris d'apprendre qu'elle était habitée. Reclus le jour, son locataire attendait le soir que la maison soit vide pour se dégourdir les jambes et prendre l'air dans la cour, à l'abri des regards. Il sortait d'ailleurs assez peu de son antre, où il avait longtemps gardé le lit. C'était le libraire qui, chaque matin, lui apportait à manger et à boire en même temps que les provisions destinées aux artisans.

« Bonjour, Günter. »

A vingt-trois ans, Jacob Huyghens semblait plus vieux de dix ou quinze. Il était resté mince et vigoureux ; peut-être même était-il plus musclé que naguère. Mais des rides précoces creusaient son visage tandis qu'une vieille cicatrice épousait sa mâchoire de l'oreille au menton. Surtout, il avait malgré son âge le regard d'un vétéran désenchanté – l'innocence est toujours la première victime de la guerre.

« Nous nous sommes déjà vus et salués ce matin, lui fit gentiment remarquer Vecht.

— C'est juste. »

Sans trop boiter, Huyghens alla s'asseoir sur le lit pour enfiler ses bottes. Il portait sinon des bas neufs, des chausses grises et une chemise blanche, propre et repassée. Un pourpoint assorti à ses chausses pendait au dossier d'une chaise.

« Je me réjouis de vous voir presque remis de vos blessures, nota le libraire. Il n'y paraîtra bientôt plus.

— Oui, dit gravement Huyghens. Je vous dois la vie.

— Allons, mon ami ! Ce n'est pas…

— Je sais. Vous ne vouliez pas me rappeler vos bienfaits. Il n'en est pas moins vrai que je serais mort sans les soins que vous m'avez généreusement prodigués. »

Cette fameuse nuit, quand Vecht l'avait trouvé caché dans sa remise, Huyghens était à bout de force. Traqué, blessé, il avait déjà perdu beaucoup de sang. Des spadassins à ses trousses n'avaient pas hésité, quelques minutes plus tôt, à frapper à la porte du libraire en se faisant passer pour des exempts ; ils seraient entrés si Vecht, méfiant, ne les avait renvoyés.

Le premier élan de Günter Vecht avait été de porter secours à son ami. Mais tandis qu'il examinait les plaies, de coupables scrupules lui vinrent. Huyghens avait disparu depuis deux ans et demi. Qu'était-il devenu ? Qu'avait-il fait ? Et quels tragiques événements l'avaient ramené ici ? Qui étaient les hommes qui le pourchassaient ? Que lui reprochaient-ils et à quelles extrémités étaient-ils prêts pour le retrouver ? Vecht songeait qu'à aider Huyghens, il risquait peut-être la vie d'Annerose et de la petite. Déjà, les spadassins se doutaient que leur proie s'était réfugiée chez lui. Qu'adviendrait-il si, d'une manière ou d'une autre, ils s'en persuadaient ?

Devinant peut-être les craintes du libraire, Huyghens avait dit :

« Je ne vous demande que quelques heures… Jusqu'à l'aube, pas plus… »

Alors, à sa grande honte, Vecht avait baissé la tête et bredouillé :

« Je… Je ne sais…

— Je serai parti avant la venue des gens de votre imprimerie… Vous… Vous pourrez dire que… que vous ignoriez que j'étais céans… Je sortirai comme je suis entré et… et vous n'aurez plus jamais de mes nouvelles… »

Incapable de tenir assis, le jeune homme parlait difficilement. D'un bras faible, il avait désigné la lucarne qu'il avait brisée.

« Vous saignez d'abondance. Vous ne verrez pas le jour prochain si rien n'est fait… Je vais chercher des linges et de l'eau. »

A cet instant, Vecht ignorait encore ce qu'il ferait de son ami. Il s'était levé et avait alors découvert que sa femme les observait depuis l'embrasure de la porte, les pieds nus, enroulée dans un drap du lit. Les spadassins l'avait réveillée et, comme son mari tardait à la rejoindre, Annerose était descendue voir.

« Qui est-ce ? avait-elle demandé.

— Jacob Huyghens. Tu ne le connais pas, mais je crois t'avoir déjà parlé de lui.

— Il est poursuivi… »

Elle se tenait droite et dardait sur son époux un regard assuré.

« Oui, fit Vecht.

— Par ceux qui frappèrent à notre huis tout à l'heure…

— Oui.

— Est-il de tes amis ?
— Oui.
— Alors nous devons le secourir.
— Ma mie ! Tu dois… » Il hésita, jeta un bref coup d'œil au blessé, s'approcha d'Annerose pour lui dire à voix basse : « Tu dois songer que…
— Je dois songer à notre bonheur. Je ne sais si je t'aimerais encore si tu devenais lâche en croyant faire mon bien. Et toi, qui sait si un jour tu ne me reprocherais pas d'avoir abandonné un ami en mon nom ? »

S'il ne l'avait pas déjà été, Vecht serait devenu fou amoureux d'elle à cette seconde. Elle reprit :

« Tu allais chercher de l'eau et du linge. L'idée est excellente. Fais vite. »

Elle le dépassa et s'agenouilla près de Huyghens. D'un geste sec, elle déchira la chemise ensanglantée.

« N'ayez crainte, dit-elle en souriant. Je suis issue d'une famille de soldats et j'ai cousu autant de blessures que de culottes. Si vous pouvez être sauvé, vous le serez. »

Une heure avant l'aube, Huyghens dormait, ses plaies bandées et suturées.

Pour les Vecht, le problème se posa alors de savoir où héberger le jeune homme en toute discrétion. Très vite, il apparut que la demeure récemment acquise serait parfaite. Certes, les ouvriers y travaillaient encore. Mais une chambre était achevée, où l'on entassait des meubles ; il ne serait pas même nécessaire d'y porter un lit qui se trouvait déjà là. Ainsi fut fait. Les premiers jours, Huyghens exigeant une attention constante, Vecht donna congé aux artisans tandis qu'Annerose ne quittait pas le chevet du blessé. Celui-ci alla bientôt mieux, retrouva l'appétit, gagna des forces. Ne lui manquait plus que du repos.

Annerose avait tenu parole : il vivrait.

« Je sais que je vous dois la vie, reprit Huyghens. A vous et votre épouse.
— Oublions cela, voulez-vous ? dit Vecht. Et ne songez donc point tant à la mort.
— C'est que j'ai trop souvent eu commerce avec elle… »

Vecht ne releva pas.

Avec Annerose, ils avaient convenu de ne poser aucune question et de seulement prêter une oreille attentive aux confidences que Huyghens voudrait bien leur faire. Celui-ci n'en fit aucune. Il ne raconta ni les circonstances qui l'avaient conduit à trouver refuge chez les Vecht, ni les années écoulées depuis qu'il avait quitté Wielstadt. En revanche, il avait trouvé un sincère plaisir à évoquer le temps où, jeune étudiant en droit, il fréquentait la boutique et les amis du libraire : Apollonius de Pise, le poète sans le sou ; Thadeus Lunkewitz, vieux juif et savant kabbaliste ; Willem, le maître typographe de Vecht ; et bien sûr le chevalier Kantz.

Souvent Huyghens et Vecht s'étaient surpris à parler de cette période comme d'une époque reculée. Elle n'était pourtant pas si lointaine : moins de trois ans avaient passé. Mais elle était définitivement révolue. Thadeus était mort. Kantz, à présent, disparaissait parfois des mois durant. Vecht s'était marié et, peu à peu, ses habitudes changèrent, sa disponibilité faiblit ; il n'y avait guère que Willem et Apollonius qu'il voyait encore. Quant à Huyghens, il n'avait plus rien en commun avec le jeune protestant idéaliste venu de Frankenhalt pour achever ses études de droit à Wielstadt. L'hiver 1620 n'avait pas seulement sonné le glas d'un Saint Empire romain germanique en paix. Il avait aussi sonné celui d'une amitié heureuse.

Quand il fut botté, Huyghens enfila son pourpoint. En passant la manche droite, il se détourna pour cacher une grimace douloureuse.

« Je pars, dit-il.

— Maintenant ?

— Oui.

— Mais vous n'y pensez pas, Jacob ! s'exclama le libraire. Demeurez encore. Quelques jours à tout le moins...

— Non, mon ami. J'ai trop longtemps profité de votre hospitalité et je suis résolu à partir. »

De sous le lit, il tira son baudrier de cuir et sa rapière au fourreau.

Résigné, le libraire demanda :

« Où allez-vous ?

— Je ne puis le dire.

— Vous défiez-vous de moi ? »

Huyghens eut un pâle sourire. « Vous savez bien que non.

— Alors quoi ?

— Ce serait vous faire courir grand risque que de vous dire où je vais. Et je suis des derniers qui voudraient vous nuire.

— Quittez-vous Wielstadt ?

— Non.

— Gardez cette chambre, en ce cas. Vous entrerez et sortirez par le jardin, et ce sera bien le diable si l'on vous voit. »

Huyghens passa son baudrier et y accrocha le fourreau.

« Je m'en vais débusquer un loup, dit-il. Il me faudra sans doute m'aventurer dans son antre. Si j'échoue, je ne veux pas qu'il puisse remonter ma piste jusques ici. Jusques à vous. Je dois vous quitter et me loger ailleurs. »

Vecht fit une dernière tentative :

« Je puis vous assurer qu'Annerose ne verrait guère d'un bon œil que…

— Je suis reconnaissant à votre épouse des bons soins qu'elle eut pour moi, l'interrompit Huyghens. Et je gage qu'elle me dirait, comme vous, de demeurer. Mais vous me voyez sur mon département. Je n'attendais que de vous saluer, et vous remercier encore. »

Vecht rendit les armes.

« Soit. Partez.

— Adieu, mon ami.

— Avez-vous de l'argent ?

— Oui.

— Alors au revoir, Jacob.

— Puis-je emporter ceci ? »

Il avait à la main un psautier que lui avait confié le libraire et qui avait accompagné sa convalescence.

« Naturellement. Il est à vous.

— Merci. »

Ils échangèrent une accolade, puis Huyghens quitta la chambre sans se retourner. Il était encore dans l'escalier quand Vecht parut en haut des marches et lui lança :

« Vous savez que ma porte vous sera toujours ouverte…

— Oui, Günter. Je le sais. »

Vecht pressentit alors que c'était la dernière fois qu'ils se parlaient.

15

Madame de Ludehn avait un vrai talent, celui d'imposer sa volonté, voire son caprice, sans démonstration d'autorité. Le plus souvent, elle usait de son charme et parvenait à ses fins par des ruses enjôleuses. Mais si elle devinait une résistance trop sévère, elle n'hésitait pas à placer l'adversaire devant le fait accompli et comptait sur son ravissant sourire pour adoucir les effets du coup de force. On capitulait d'ordinaire, puis l'on pardonnait.

C'est cette seconde stratégie qu'elle avait adoptée avec Kantz en lui annonçant qu'il devrait l'accompagner jusqu'à Wielstadt et que, de surcroît, elle irait à cheval. Elle n'obtint pas une victoire totale, cependant. Car si Kantz céda, il céda de très mauvaise grâce et sans rien cacher de sa rancœur.

« De force forcée, je vous mènerai à Wielstadt, Madame. Mais n'espérez pas gagner mon assentiment. Votre projet est une folie que je condamne. »

Le trajet, en effet, n'était pas sans danger. La guerre avait oublié dans le pays des bandes mercenaires converties au brigandage. Elle avait aussi jeté sur les routes des villages entiers de paysans misérables, affamés, désespérés, qui hantaient toujours les campagnes et menaçaient les voyageurs.

« Ce ne sont pas là de maigres périls, avait insisté Kantz. Prenez une forte escorte et roulez carrosse.

— Pour ce qui est du carrosse, avait répondu la baronne, il suivra avec les bagages… Et j'ai une escorte, puisque je vous ai ! Seriez-vous homme à abandonner une dame ?

— Ne vous gaussez pas, Madame. Un homme seul ne pourra rien contre des miséreux que la faim aura rendu fous. Non plus que contre des malandrins déterminés. Je me battrai s'il le faut, mais cela ne vous sauvera pas.

— Tous ces périls dont vous me parlez, les avez-vous encontrés en venant jusques ici ?

— Non. Cependant je fus discret, rapide, et chanceux sans doute.

— Alors fiez-vous toujours à votre bonne étoile, chevalier. Quant à moi, je ne vous incommoderai pas. Nous irons du train qu'il vous plaira. »

C'était, pour Kantz, un autre motif d'inquiétude.

Passe encore si madame de Ludehn avait résolu d'aller en carrosse. Mais supporterait-elle sans faiblir l'épreuve d'une chevauchée de plusieurs jours ? Quoi qu'elle en dise, le chevalier craignait qu'elle les ralentisse. Il faudrait la ménager, s'arrêter souvent, écourter les étapes, s'inquiéter de trouver chaque soir un gîte décent. Au final, elle pourrait renoncer. Kantz ne doutait d'ailleurs pas que cela arriverait ; il se demandait quand. Selon lui, la baronne se faisait une idée romanesque d'un périple de trois cents kilomètres, par des routes poussiéreuses et sous un soleil de plomb. Elle devait se représenter de belles cavalcades et des nuits étoilées. Elle oubliait la soif, la fatigue et les courbatures ; elle n'imaginait pas le décor sordide de certains relais de poste. Quand elle en aurait fait l'expérience, elle regagnerait bien vite son carrosse. Elle y serait, au moins, à l'abri des balles perdues. Car ainsi que le chevalier avait tenté de l'en convaincre, les inconforts du voyage étaient encore le moins que la baronne avait à redouter. Et d'abord, savait-elle monter autrement que pour aller du carrousel à une partie de chasse ? L'équitation que pratiquaient les femmes du monde n'était jamais, aux yeux de Kantz, qu'un aimable divertissement.

Il fut très vite rassuré sur ce point, et peu à peu détrompé sur tous les autres. Madame de Ludehn s'avéra être non seulement une excellente cavalière, mais une cavalière endurante. Le premier jour, elle chevaucha botte à botte avec Kantz, au pas ou au trot, au galop à l'occasion. Comme elle ne se plaignit pas, n'exigea rien pour elle et se contenta des pauses que l'on octroya aux montures, elle fit une assez forte impression au chevalier. Le soir, à l'auberge, elle ne leva pas le nez sur le méchant ragoût qui lui fut servi, ne dit rien en découvrant la chambre et la paillasse où il lui faudrait dormir. L'endroit était si misérable que Kantz s'en excusa.

« Je suis fourbue, répondit-elle, et dormirais sur un tapis de clous. »

Puis avec un sourire rusé qu'atténuait à peine la fatigue, elle ajouta :

« Vous voyez que je ne suis point tant tracasseuse… »

Le lendemain, elle se leva à l'aube, plus fraîche, dispose et jolie que jamais.

La baronne savait qu'elle avait commencé de gagner l'estime du chevalier. Les jours qui suivirent, elle s'employa à lui plaire. Elle fut charmante, enjouée, parfois drôle ; elle avait de la culture et de l'esprit. Fille cadette d'un riche bourgeois protestant, elle était française. Elle avait cependant grandi à La Haye, chez un oncle. A seize ans, elle épousa monsieur de Ludehn, un baron palatin et ami de la famille, qu'elle suivit à Heidelberg. En 1620, la révolution de Bohême lui enleva son époux ; celui-ci rejoignit les insurgés et mourut au combat. Comme la guerre gagnait le Palatinat, la baronne choisit un exil hollandais. Elle ne devait retourner à Heidelberg que deux ans plus tard, après le siège, durant l'hiver 1622.

A Kantz, madame de Ludehn eut l'intelligence de ne poser aucune question personnelle, outre les deux ou trois qu'il éluda au début du voyage. Par discrétion et politesse d'abord. Mais surtout parce qu'elle avait compris que rien ne lui serait plus désagréable que la curiosité futile d'une mondaine – du moins prendrait-il ainsi la chose. Elle ne savait pourtant rien de lui. Au bas de la lettre que le chevalier lui avait remise, ces lignes avaient été hâtivement ajoutées par l'auteur : *« Le porteur est digne de confiance mais il n'est pas des nôtres. Il ignore qui nous sommes et les desseins que nous avons. Ne l'éclairez en rien, car il pourrait alors nous mal servir. »* C'était court, très court. Trop court. La brièveté du post-scriptum trahissait une décision de dernière minute, une urgence qui – autant que les mauvaises nouvelles dont le courrier l'informait par ailleurs – avait alarmé la baronne et provoqué son départ.

Parallèlement, son intérêt pour Kantz s'en trouva accru. Qui était-il et pourquoi l'avait-on choisi ? Quelles qualités le distinguaient ? Il avait la quarantaine et n'était donc plus si jeune – pour preuve, ses cheveux grisonnaient et un genou semblait le faire souffrir, en fin de journée surtout. Longiligne, sec, presque maigre, il montait et portait l'épée avec l'aisance d'un soldat de métier. Il n'était pas, cependant, un spadassin ordinaire. Le jour de leur rencontre, en le découvrant grave et tout de noir vêtu dans son salon, madame de Ludehn s'était dit que, si un prêtre devait prendre les armes, il ne s'habillerait pas autrement. Elle s'en était d'ailleurs bientôt confiée à lui, avec une fausse innocence.

« Vous voyant, on s'apense que l'homme d'épée cache un jésuite… » avait-elle dit tandis qu'ils attendaient un bac pour franchir une rivière.

Le chevalier n'avait pas répondu. Leur bac accostait et le passeur les hâtait d'embarquer. Kantz le toisa et n'eut pas à dire un mot pour faire comprendre au rustre qu'il n'était pas de ceux que l'on bouscule sans manière.

De fait, le chevalier intimidait dès le premier abord. Sa haute taille, la sévérité de ses traits et la sobre élégance de sa mise y étaient pour beaucoup. Mais c'était surtout son regard gris, glacé et implacable qui impressionnait, un regard dont l'intensité inquisitrice créait des silences insupportables. Enfin, deux détails achevaient le portrait de cet homme étrange et inquiétant : une perle baroque noire en guise de bijou d'oreille, et une main gauche toujours gantée.

La fréquentation de Kantz n'atténua en rien la curiosité de la baronne. Au contraire, de jour en jour, il en vint à exercer sur elle une fascination singulière. Souvent, en chevauchant, elle l'observait du coin de l'œil et tentait de deviner ses secrets. Le reste du temps, quand ils allaient au pas ou s'arrêtaient pour faire boire les chevaux, ils discutaient. Car Kantz était assez courtois pour converser quand il ne s'agissait pas de lui. Madame de Ludehn découvrit alors son exceptionnelle érudition. Non, décidément, il n'était pas un spadassin ordinaire. Il savait le grec et le latin, connaissant les classiques sur le bout des doigts, parlait plusieurs langues modernes dont le français qu'il pratiquait sans accent à la différence de la baronne, trop tôt expatriée. Ce petit rien la vexa. Désireuse de briller, elle choisit d'aborder un sujet de prédilection : l'astronomie, étude peu commune qui la passionnait. Mais c'était encore un domaine où le chevalier excellait. Il semblait avoir tout lu et retenu, de Ptolémée à Copernic, et jusqu'à Galilée et Kepler[1]. Le chevalier s'abstint cependant de préciser qu'il avait également de solides notions d'astrologie, pouvait tracer un zodiaque et l'interpréter. Il ne craignait pas tant de chatouiller l'orgueil de la baronne, que de susciter son intérêt et devoir causer légèrement d'un sujet sérieux. Pour Kantz, l'astrologie était tout sauf une distraction de salon destinée à tromper l'ennui et flatter la vanité de riches désœuvrés. Les conjonctions astrales se révélaient favorables ou non; les astres exerçaient de réelles influences sur les êtres et les choses; l'univers était un macrocosme dont les lois exprimaient la volonté divine, et où l'homme, le monde sensible et celui des sphères éthérées étaient étroitement associés. Kantz préféra donc

1. Astronome et mathématicien grec du IIe siècle après Jésus-Christ, Ptolémée imagina un système du monde géocentrique, c'est-à-dire où les planètes et le soleil tournent autour d'une Terre immobile. Ce modèle, reconnu par l'Eglise, fut admis jusqu'à la Renaissance. Nicolas Copernic (1473-1543) fut le premier à affirmer que toutes les planètes, dont la Terre, tournent autour du soleil. Ce système fut popularisé et démontré par Galileo Galilei (1564-1642), dit Galilée, lequel eut maille à partir avec l'Inquisition. Egalement ardent défenseur du système copernicien, Johannes Kepler (1571-1630) naquit et vécut dans le Saint Empire. Il élabora les trois lois astronomiques qui portent son nom et qui permettront à Isaac Newton, à la fin du XVIIe siècle, de dégager le principe de l'attraction universelle.

se taire et il songea à Osiander, lequel ne pouvait être détruit qu'à la date où, dans le mois lunaire, il s'était incarné sur terre. Madame de Ludehn, elle, bouda un peu.

En définitive, les premiers jours de voyage se déroulèrent bien mieux que le chevalier ne l'avait craint au départ. La baronne n'était pas un réel fardeau et il retrouva même en sa compagnie le plaisir de conversations érudites et policées. Ils allaient assez bon train. Le matin, le carrosse emmenant les bagages de madame de Ludehn partait plus tôt et les retrouvait à l'étape du soir. Eux prenaient parfois des chemins de traverse qui étaient à la fois plus agréables et moins propices aux mauvaises rencontres. Kantz avait mis cinq jours pour gagner Heidelberg tandis que le retour se ferait en une semaine – il s'attendait à pire. Ils seraient bientôt rendus s'ils évitaient les accidents et n'étaient pas attaqués.

Il n'y eut guère que Chandelle qui trouva de véritables raisons de se plaindre. La présence de la baronne, en effet, obligeait la petite fée à rester enfermée dans la sacoche de selle du chevalier, où elle s'ennuyait à mourir. Par bonté d'âme, Kantz laissait bâiller le rabat de sorte que Chandelle, sa tête dépassant à peine, pouvait au moins profiter du paysage. L'attention était généreuse mais la consolation, fort maigre. Il n'était cependant pas question que la fée-demoiselle, comme à l'aller, virevolte autour de son maître, fugue selon son caprice et se délecte du soleil estival. Tout cela à cause d'une aventurière – point si belle, à y bien regarder – qui faisait les yeux doux au chevalier. Très vite, Chandelle développa une haine farouche à l'égard de madame de Ludehn.

La jalousie, bien sûr, n'avait rien à y voir.

16

Le matin du sixième jour, alors qu'ils venaient de passer la frontière de l'évêché de Cologne, la baronne proposa un détour.

« Il y a, dit-elle, un village à quelques lieues vers l'est. Il se nomme Mölein, je crois. Nous y dîneront, s'il plaît à vous.

— Mölein ? s'étonna Kantz. D'où connaissez-vous ce lieu ? »

Madame de Ludehn esquissa un sourire et baissa les yeux, moitié timide, moitié complice. « En ma mémoire, Mölein est attaché au plus délicieux des souvenirs. Vous ai-je dit que je vécus un peu à Cologne, en mes jeunes et folles années ? »

Devinant une aventure galante où monsieur de Ludehn n'avait probablement joué qu'un rôle accessoire, le chevalier préféra ne pas savoir. Il ne tenait pas l'esprit d'adultère pour une vertu.

Au petit trot, ils arrivèrent peu après midi. Bourg plutôt que village, Mölein étalait une centaine de toits de chaume et de tuiles rouges au creux d'un vallon verdoyant, entre prés et champs. Une route serpentait vers lui, le traversait, s'éloignait en direction de l'ouest où des bois moutonnaient. Un beau soleil brillait sur ce décor paisible que la guerre, à l'évidence, avait épargné. Kantz songea que l'endroit, à l'écart des grands axes mais point trop éloigné, charmant de surcroît, était le cadre idéal pour une escapade amoureuse. Ne manquait qu'une auberge accueillante.

« Vous verrez que l'auberge est adorable », dit la baronne tandis qu'il pénétrait dans les rues tranquilles de Mölein.

Cette fois, le chevalier ne douta plus qu'elle l'avait convié à un curieux pèlerinage. Il ne lui vint pas à l'esprit que madame de Ludehn comptait peut-être ressusciter le passé avec un nouveau partenaire. Il avait depuis longtemps oublié qu'il pouvait plaire aux femmes.

Située à la périphérie du bourg, comme adossée à une pente herbeuse et arborée qui déclinait vers une rivière, l'auberge était un ancien corps de ferme. Dans la cour, Kantz mit pied à terre mais retint la baronne qui allait en faire autant.

« Demeurez en selle, Madame. Je vais voir. »

La cour était déserte et l'auberge semblait l'être tout autant. Ils n'avaient pas croisé grand monde en traversant le bourg. La canicule de la mi-journée devait garder les gens chez eux, du moins ceux qui n'étaient pas aux champs. Des meuglements et bêlements troublaient parfois le silence. On entendait aussi le choc régulier d'un marteau sur l'enclume.

Plus prudent que méfiant, Kantz poussa la porte d'une salle rustique, dallée de pierre, où régnait une fraîche pénombre. Quelques tables et bancs la meublaient. Au fond, un escalier de bois montait vers une galerie desservant sans doute les chambres. Il n'y avait personne.

Le chevalier ôta son chapeau, s'essuya le front, attendit un peu, appela enfin. Presque aussitôt, un homme vint par une porte latérale. Bien que maigre, il arborait une brioche rondelette sous son tablier. Il avait le bras gauche amputé à hauteur du coude et paraissait étonné de découvrir quelqu'un dans l'auberge.

« Pouvez-vous servir deux repas sans languir ? demanda Kantz.

— Oui, Monsieur.

— Alors faites… »

Tandis que l'aubergiste s'employait à passer le chiffon sur une table, Kantz ajouta :

« On ne se bouscule pas, chez vous…

— C'est qu'avec la guerre, les voyageurs sont rares… Et la plupart passent par la route de Cologne. » C'était aussi celle que le chevalier avait prévu, à l'origine, d'emprunter. « Mais Notre-Seigneur, dans Son infinie bonté, a daigné nous épargner la soldatesque. Aussi, je ne me plains pas. »

Kantz acquiesça et sortit chercher la baronne.

Ils déjeunèrent en tête-à-tête, veillés par l'aubergiste, sa femme et trois garçons qui n'avaient pas vingt ans réunis. Au début, tous s'étaient trouvé quelque chose à faire dans la salle. Mais bientôt, ils s'alignèrent silencieux et immobiles, comme à l'église pendant le sermon. Ils n'avaient d'yeux que pour la baronne, c'est-à-dire pour la première aristocrate qu'il leur était donné d'approcher de si près. Celle-ci, en tenue de cavalière, s'avérait aussi belle, élégante et raffinée qu'ils pouvaient le rêver. Ils se fabriquaient des souvenirs et ne voulaient rien perdre du spectacle. On ne les croirait pas quand ils raconteraient.

A la fin du repas, madame de Ludehn fit ses compliments à l'aubergiste qui rosit de plaisir, s'inclina beaucoup, voulut présenter sa famille. La baronne accepta gracieusement et, souriante, répondit par des signes de tête aux courbettes malhabiles que chacun lui fit à l'appel de son nom. Kantz n'aima pas cette comédie. La baronne n'y voyait peut-être pas malice, mais que faisait-elle sinon l'aumône de sa sympathie ? Le pire, sans doute, était que tous se réjouissaient, l'une de donner, les autres de recevoir.

Le chevalier se leva.

« Un instant, je vous prie, l'arrêta madame de Ludehn.

— Il nous faut partir, Madame. »

Elle l'ignora et, se tournant vers l'aubergiste, demanda :

« Vous avez des chambres, n'est-ce pas ?

— Certes oui, Madame.

— Bien, j'en veux une. Meshui[1]. »

On s'affaira aussitôt, tandis que Kantz disait :

« Madame, quelle est cette fantaisie ?

— N'ayez crainte, chevalier. Il n'est pas question de passer la nuit ici. La repue fut copieuse et je m'en trouve lasse. De plus, nous sommes aux heures les plus chaudes du jour.

— Pour autant, la route est longue encore.

— Elle n'est point si longue que vous dites, chevalier. Et qu'importe si nous arrivons ce soir une heure avant ou après le coucher du soleil ? Et ne me parlez plus de brigands ou de claquedents en embuscade, je vous en prie ! »

Sur ces mots, elle eut un mouvement d'impatience, l'esquisse d'un geste pour congédier. Elle le retint à temps mais Kantz le surprit, et se figea.

« Auriez-vous dans l'idée, Madame, que je suis un domestique ? » demanda-t-il d'une voix trop calme.

La baronne se leva de son siège sans oser affronter le regard du chevalier. Elle balbutia des excuses et, très pâle, elle se hâta vers l'escalier. Elle gagna la galerie, s'engouffra dans la chambre que l'épouse de l'aubergiste achevait de préparer. La femme referma la porte en sortant et descendit les marches sur la pointe des pieds.

Kantz resta un moment à regarder la porte. Il ne put s'empêcher de songer qu'en fin de compte, madame de Ludehn avait obtenu ce qu'elle désirait : ils ne quitteraient pas Mölein aussitôt.

Songeur, il sortit, prit son cheval et celui de la baronne par la bride,

1. Maintenant.

demanda à l'un des gamins où était l'écurie. Il n'y en avait pas à l'auberge ; il fallait aller chez le maréchal-ferrant. Kantz se fit indiquer le chemin et, contre quelques pièces, confia les montures aux bons soins du forgeron, un grand rouquin trapu et bossu, aussi laid que le dieu Héphaïstos.

Ses sacoches de selle rejetées sur l'épaule, le chevalier trouva à la limite du bourg un coin tranquille, herbu et ombragé, loin des regards. Là, il libéra Chandelle en lui commandant d'aller où elle voulait, mais sans être vue. Trop heureuse de l'aubaine, la fée réalisa quelques boucles en l'air. Bras écartés et tête tendue, elle offrit tout son petit corps nu à la caresse du soleil, avant de monter vers le bleu du ciel. La lumière du jour était à ce point vive que Chandelle se fondait en elle, presque invisible.

Puis Kantz s'allongea et, le chapeau sur les yeux, les mains sous la nuque, il s'efforça de se prendre son mal en patience, de se détendre et réfléchir.

Quelque chose lui agaçait la moustache…

Et recommençait.

Quelque chose ou quelqu'un ?

Ouvrant les paupières, Kantz souleva le bord de son chapeau et se redressa sur les coudes, encore ensommeillé. Il s'était endormi sans s'en apercevoir. Quelle heure pouvait-il être ? Il chercha le soleil en plissant les yeux, observa que l'après-midi était bien avancé. Devant lui Chandelle virevoltait, frénétique.

« Que se passe-t-il, Chandelle ? »

La fée-demoiselle interrompit sa ronde folle, fit de grands gestes avec les bras. Elle semblait paniquée.

« C'est la baronne ? Elle cherche après moi ? »

Chandelle secoua la tête en haussant les épaules. A l'évidence, rien ne pouvait l'inquiéter concernant madame de Ludehn.

« Un danger ? »

Elle acquiesça, pointa le doigt vers l'intérieur du bourg. Un cheval hennit.

« Quel danger ? Montre-moi, Chandelle. »

Kantz se leva et, à petites foulées, suivit la fée entre les maisons.

Tandis qu'ils approchaient, le chevalier entendit d'autres hennissements, des claquements de sabots, des cliquetis métalliques : le bruit d'une troupe montée. Au coin d'une rue, il jeta un œil, vérifia que des cavaliers avaient pénétré dans Mölein. Ils s'étaient regroupés à l'intersection des deux principaux axes du bourg, autour de leur chef, et commençaient de se disperser. Une douzaine d'hommes en armes. Avec quelques autres, le chef resta au milieu du carrefour.

« Reinecker ! » souffla Kantz.

Il l'avait reconnu à ses lèvres purpurines, ses yeux exorbités, ses cheveux d'un blond si pâle qu'ils semblaient blancs. Ils s'étaient affrontés durant l'hiver 1620 et, depuis, Reinecker devait cacher sous un masque de cuir l'horrible brûlure que le chevalier lui avait infligé au visage. Il était, à l'époque, l'exécuteur des basses œuvres d'une redoutable société secrète : la Sainte-Vehme. Sans doute la servait-il encore.

« Tu ne l'as pas oublié, n'est-ce pas ? » murmura Kantz.

Chandelle fit non de la tête. Elle avait peur.

Il était prêt à s'élancer mais la petite fée l'arrêta en désignant la direction opposée. Kantz comprit qu'elle indiquait le trajet le plus court vers l'écurie du maréchal-ferrant. Vers la monture du chevalier, donc.

« Non, Chandelle. Il me faut secourir la baronne. C'est elle qu'ils cherchent. » Cette idée venait de le frapper comme une évidence. « Quant à toi, va attendre à la sortie du bourg. »

Trois chevaux attendaient devant l'auberge. La cour était déserte sinon.

Prudent, Kantz épia les alentours avant d'enjamber un muret et, ramassé sur lui-même, d'approcher de l'ancien corps de ferme. Il n'avait pas été repéré. Peut-être même ignorait-on sa présence. Il pouvait encore bénéficier de l'effet de surprise.

En passant devant l'appentis où la baronne et lui avaient laissé leurs montures pendant le repas, le chevalier surprit un reniflement misérable. Le benjamin de l'aubergiste y était recroquevillé dans un coin.

« N'aie crainte, petit, murmura Kantz… As-tu du courage ? » Le gamin acquiesça en séchant ses larmes. « Alors je veux que tu coures chez le forgeron et fasses seller nos chevaux. Il faut le faire pour la belle dame que tu as vue tout à l'heure. Quant à moi, je me charge des soldats… Est-ce entendu ? »

Le garçon acquiesça de nouveau et détala. Espérant qu'il ferait le nécessaire, le chevalier avança en catimini vers les fenêtres de l'auberge. A l'intérieur, deux spadassins malmenaient le patron. Un troisième regardait et parlait ; il tenait un pistolet. Du sang aux lèvres, l'aubergiste désigna du menton l'escalier qui montait vers les chambres, dont celle où la baronne s'était retirée.

La rapière au poing gauche, Kantz enfonça la porte d'un coup de botte. De sa main droite jaillit un poignard qui fendit l'air et se planta jusqu'à la garde dans la gorge de l'homme au pistolet. Celui-ci s'effondra, lâcha son arme. Le rouet se déclencha en heurtant le sol.

La détonation claqua.

Depuis le centre du bourg, Reinecker dressa l'oreille.

« AVEC MOI ! » hurla-t-il à ses sbires en piquant des deux vers l'auberge.

Kantz n'eut que le temps de passer son épée dans la main droite : les deux mercenaires se ruaient déjà sur lui. Du pied, il projeta un tabouret qui fit trébucher le premier. Le second attaqua. Kantz para, riposta, enchaîna avec un crochet du gauche. Sonné, l'homme chancela à reculons. L'autre bondit pour se fendre et porter un coup d'estoc. Le chevalier s'effaça, saisit son adversaire par le col. Déséquilibré, celui-ci partit en avant, percuta un mur ; il s'y fracassa le visage et s'effondra en laissant une traînée sanglante sur la pierre. Kantz fit aussitôt volte-face : le spadassin survivant chargeait. Le chevalier plongea, roula à sa rencontre, se redressa un genou à terre, laissa le mercenaire s'empaler sur sa rapière tendue. Le malheureux était mort lorsque Kantz se releva, dégagea sa lame et le regarda s'affaisser doucement.

Le combat n'avait pas duré plus d'une minute.

« La baronne ? demanda Kantz.

— Là... Là-haut... » répondit l'aubergiste tétanisé.

D'une main tremblante, il désignait la galerie desservant les chambres.

« Fuyez ! » ordonna le chevalier.

Il ne s'inquiéta pas de savoir s'il était obéi, gravit les marches quatre à quatre et fit irruption dans la chambre.

Vide. Le lit n'était pas même défait.

Kantz se précipita à la fenêtre grande ouverte, se pencha et comprit. A la hauteur du premier étage, un balcon longeait la façade : il suffisait d'enjamber la fenêtre pour y accéder et rejoindre, au bout, un escalier de bois qui descendait.

Le chevalier jeta un regard en arrière quand il entendit, de l'autre côté du bâtiment, une cavalcade dans la cour et Reinecker qui aboyait des ordres. Il poussa un meuble contre la porte et sortit sur le balcon. Il vit alors madame de Ludehn qui s'en revenait de la rivière, ignorante du drame qui se jouait. Plus loin, au-delà du cours d'eau, un cavalier s'éloignait au grand galop.

Kantz sauta par-dessus la balustrade, se reçut dans l'herbe, courut vers la baronne.

« A COUVERT ! » hurla-t-il.

Stupéfaite, elle le regardait sans comprendre.

« Par le Christ, à couvert ! »

D'instinct, il la plaqua au sol. A la même seconde, un coup de feu claqua, une balle siffla près d'eux. Kantz poussa la baronne derrière des buissons, aperçut Reinecker qui, furieux, jetait un pistolet fumant par la fenêtre de l'auberge.

« Mais, chevalier, que… ?

— La Sainte-Vehme. Elle vous traque. »

Madame de Ludehn pâlit mais resta maîtresse d'elle-même.

« La Vehme ? Qu'allons-nous faire ?

— Trouver nos chevaux et fuir. »

Kantz lui saisit le poignet et l'entraîna à sa suite. Heureusement, elle était habillée en écuyère : bottes, chausses et pourpoint, donc ; ni robe ni jupons pour entraver ses mouvements. A l'abri des regards, ils décampèrent derrière un mur et s'enfoncèrent dans le bourg tandis que Reinecker et ses hommes avançaient vers les buissons qu'ils venaient de quitter.

Dans l'écurie, un mercenaire croate, édenté et crasseux, tenait le fils de l'aubergiste par les cheveux et collait contre sa gorge la lame nue d'un poignard. Devant eux, le maréchal-ferrant les regardait, désarmé et frémissant de rage.

« Ces chevaux, lâcha le Croate en désignant les deux montures sellées, ils sont à qui ?

— A des étrangers, répondit le forgeron d'une voix blanche.

— Un homme et une femme ?

— Oui.

— Où sont-ils ?

— Ici », fit une voix dans son dos.

Oubliant son otage, le mercenaire se tourna à demi. Assez en tout cas pour que Kantz lui lacère la face d'un coup de rapière. L'homme hurla, lâcha son poignard, tomba à genoux en portant les mains à son visage ensanglanté. Le forgeron saisit une fourche et la lui planta entre les omoplates.

« Fuyez, dit-il tandis que le gamin se réfugiait dans ses bras. Et ne revenez jamais. Les pistolets dans vos fontes sont bien chargés. »

Avant d'en faire autant, le chevalier aida madame de Ludehn à monter en selle. Puis il adressa au maréchal-ferrant un regard ambigu, à la fois reconnaissant et désolé. La violence, jusqu'à ce jour, avait épargné Mölein.

« Fuyez, vous dis-je ! »

Kantz et la baronne quittèrent l'écurie et s'engouffrèrent au galop dans la première rue venue. A un carrefour, un mercenaire les aperçut et battit le rappel. Ils changèrent de cap, sautèrent un muret puis un fossé, traversèrent une cour. Ils prirent une ruelle étroite, déboulèrent sur la place principale du bourg. Des cavaliers arrivaient de tous côtés.

« Nous sommes pris ! » s'effraya madame de Ludehn.

Son cheval piaffant sous lui, Kantz regarda alentour, avisa une venelle déserte.

« Par là ! »

Des coups de feu claquèrent. La baronne puis Kantz s'enfuirent par la venelle. Six cavaliers se lancèrent à leur poursuite. Le passage était encaissé, obscur et tortueux. La cavalcade l'emplissait d'un vacarme assourdissant. Les épaules et les cuisses frôlaient dangereusement les murs. Au premier détour que fit la venelle, les mercenaires découvrirent le chevalier et sa monture, arrêtés en travers, une dizaine de mètres en avant. Les chevaux refusèrent cet obstacle imprévu, infranchissable. Un mercenaire vida les étriers. Kantz, impassible, brandissait ses pistolets.

Il visa et fit feu à hauteur d'encolure.

Deux montures furent frappées. Elles hennirent, se cabrèrent, renversèrent leurs cavaliers, bousculèrent les autres dans l'étroite ruelle. L'une d'elles s'effondra – des jets de sang fusaient de son cou transpercé. Des cris de colère et d'impuissance jaillirent du chaos aussitôt provoqué. C'était une mêlée confuse où les bêtes affolées ruaient, glissaient, trébuchaient. Les hommes n'y pouvaient rien. Ils jouaient des éperons en vain, s'égosillaient, tiraient sur les rênes, s'accrochaient aux crinières pour ne pas tomber. La panique les gagna bientôt eux aussi. Un crâne fut défoncé par un coup de sabot ; une jambe brisa net sous le poids d'un cheval ; un mercenaire étouffait, écrasé contre un mur.

Derrière, immobile et furieux, dressé sur ses étriers, Reinecker regarda Kantz s'éloigner tandis que la fumée âcre de ses pistolets tardait à se disperser.

17

A la sortie de Mölein, Kantz fut rejoint par Chandelle qui s'efforça de voler à sa hauteur sur quelques dizaines de mètres. Lancé au grand galop, il l'attrapa sans ralentir et la cacha sous son pourpoint. Non loin, il retrouva madame de Ludehn qui attendait derrière un moulin. Le chevalier dit qu'ils avaient gagné un temps précieux mais ne devaient pas se croire tirés d'affaire. Reinecker n'était pas homme à renoncer : il aurait tôt fait d'organiser la traque.

Kantz ouvrant la route, ils filèrent à vive allure vers les bois voisins et y disparurent. Ils profitèrent du couvert des arbres aussi longtemps que possible, puis coupèrent à travers champs et remontèrent le cours d'une rivière. Ils n'épargnèrent pas les montures, chevauchèrent jusqu'au crépuscule sans être inquiétés. La nuit les surprit en rase campagne, à proximité d'une ruine où le chevalier décida qu'ils camperaient. Les chevaux étaient épuisés ; les cavaliers n'allaient guère mieux.

Madame de Ludehn tomba dans les bras de Kantz quand il l'aida à mettre pied à terre. Elle ne tenait pas debout, peinait à garder les yeux ouverts. Il dut la porter pour l'allonger contre un pan de mur. Elle s'endormit aussitôt en balbutiant des remerciements. Plus tard, il lui fit une couverture d'un tapis de selle.

Kantz s'occupa ensuite des montures : elles n'auraient pas leur ration d'avoine ce soir. En revanche, il dégotta dans ses sacoches de selle un morceau de viande séchée qu'il grignota rêveusement, Chandelle sur l'épaule, le regard perdu vers une ligne d'horizon à peine plus sombre que le ciel étoilé. Il ne sentait plus ses reins ; son genou gauche le faisait souffrir. Surtout, des questions le taraudaient.

Ainsi, la baronne était poursuivie par la Sainte-Vehme. A Mölein, lorsque le chevalier lui avait révélé qui la cherchait, madame de Ludehn n'avait pas manifesté de réelle surprise. De la crainte, certes ; mais rien de l'étonnement spontané de qui se découvre, sans comprendre, un adversaire redoutable. Elle n'ignorait donc pas que la Vehme la menaçait. Avait-elle précipitamment quitté Heidelberg en l'apprenant ? Encourir les foudres de la Sainte-Vehme était en tout cas une excellente raison de fuir.

Deux ans et demi auparavant, Kantz avait lui-même affronté cette redoutable société secrète. Il savait le peu de cas qu'elle faisait de la vie humaine en rendant une « justice » qui, souvent, servait plus ses intérêts que ceux de la société. Pour partie, ses chefs étaient des ennemis – féroces mais sincères – de toutes les libertés. La plupart, cependant, étaient des notables uniquement motivés par l'ambition et le goût du pouvoir : la Vehme leur donnait les moyens d'intriguer, de s'enrichir, de gagner des honneurs. De nuire, surtout. Moins puissante que jadis, la Sainte-Vehme était encore crainte dans tout le Saint Empire. Et à raison[1].

Restait à comprendre ce que la Vehme voulait à madame de Ludehn…

Une chose était certaine, en revanche : le détour par Mölein ne devait rien au hasard, ni à un caprice. En retrouvant la baronne derrière l'auberge, à proximité de la rivière, Kantz avait également aperçu un cavalier qui s'éloignait du bourg. Même si le chevalier ne les avait pas vus ensemble, tout portait à croire que ces deux-là venaient de se séparer. Par conséquent, ce n'était pas la nostalgie d'une escapade amoureuse qui avait amené madame de Ludehn à Mölein. Pas plus que la fatigue ne l'avait poussée à réclamer un lit qu'elle n'avait pas défait. Non, la baronne avait un rendez-vous secret dont les détails avaient été minutieusement réglés, jusqu'au choix d'une auberge isolée proposant des chambres que l'on pouvait quitter en toute discrétion par les fenêtres et un balcon. Si Reinecker et ses hommes n'étaient pas arrivés au pire moment, Kantz n'aurait sans doute jamais su que madame de Ludehn était sortie. Quant à découvrir qu'elle s'était esquivée pour rencontrer quelqu'un…

En songeant aux tueurs de la Sainte-Vehme, Kantz se dit que leur

1. La Sainte-Vehme naquit au milieu du XIIIe siècle, dans une Westphalie livrée à l'anarchie et au brigandage. Se substituant aux autorités judiciaires défaillantes, cette société secrète accusait, jugeait et condamnait ; elle n'appliquait qu'une sentence : la mort. Elle acquit une puissance immense et compta, au XIVe siècle, plus de cent mille affiliés issus de toutes les classes sociales. Le rétablissement de l'autorité impériale en Westphalie ne fit pas disparaître ce sinistre tribunal. A partir du XVIe siècle, la Vehme continua de rendre et faire exécuter ses arrêts dans la clandestinité ; elle ne cessa d'exister qu'après l'invasion de l'Allemagne par les troupes napoléoniennes. L'auteur a néanmoins pris quelques libertés avec la réalité historique, plus particulièrement en étendant l'influence de la Sainte-Vehme à l'ensemble du Saint Empire romain germanique. On voudra bien le lui pardonner. Merci.

intervention était en effet tombée à point nommé. Ce ne pouvait être une coïncidence. Le plus probable était qu'ils avaient suivi le cavalier et que les événements s'étaient ensuite précipités. Reinecker était-il au courant du rendez-vous ? La Vehme ayant des espions partout, la chose s'avérait possible.

N'empêche, le plus épais mystère entourait le fameux cavalier. Qui était-il ? Quel rôle jouait-il dans cette affaire ? D'où venait-il et quand avait-on convenu qu'il retrouverait la baronne à Mölein ? Sur ce dernier point, le chevalier se faisait peu à peu une idée. Selon lui, la baronne avait décidé de son propre chef de gagner Wielstadt. Sinon, pourquoi n'avait-on pas prévenu Kantz qu'il serait courrier à l'aller et garde du corps au retour ? Pour ne pas risquer d'essuyer un refus de sa part ? Certes pas, puisqu'il n'était pas en mesure de décliner l'offre du Roi Misère. Le départ de la baronne n'était donc pas prévu au programme. De fait, le rendez-vous à Mölein ne pouvait pas l'être non plus. Il fallait par conséquent que ce soit madame de Ludehn qui l'ait organisé à Heidelberg. Mais dans quel but ?

Cela, il y avait peut-être un moyen de le découvrir.

Bousculant Chandelle qui somnolait sur son épaule, Kantz se leva et s'assura d'abord que la baronne dormait profondément. Puis la fée-demoiselle le vit fouiller dans les sacoches de selle de l'aventurière honnie. Elle n'avait pas une grande estime pour madame de Ludehn, ni de respect pour son intimité, mais s'étonna néanmoins : son maître n'était pas un voleur.

Le chevalier trouva ce qu'il cherchait : la fameuse lettre dont il avait été le porteur. Commandant à Chandelle d'approcher pour profiter de sa lumière, il déplia la missive et lut :

« Madame,

« Le temps presse et il ne faut point tant languir. Nos espions disent que l'Hydre saura bientôt ce que nous savons. Il est peut-être déjà trop tard. Nous ignorons si vous courez grand risque mais vous recommandons la plus extrême prudence. Il n'est pas douteux que les regards de nos ennemis sont d'ores en avant tournés vers Heidelberg.

« On ne peut mieux faire que ce que vous avez fait et nous vous serons longtemps reconnaissants de vos services. Cependant, le temps est venu pour vous de laisser à d'autres le soin d'achever une œuvre que vous avez si bien entreprise. Aussi, nous vous prions de confier ce que vous savez au porteur de cette lettre et de ne plus rien faire qui pourrait attirer sur vous l'attention d'un adversaire redoutable. »

Suivait une formule de politesse, deux initiales – « R.C. » – en guise de signature, et un post-scriptum : *« Le porteur est digne de confiance mais il n'est pas des nôtres. Il ignore qui nous sommes et les desseins que nous avons. Ne l'éclairez en rien, car il pourrait alors nous mal servir. »*

Ces dernières lignes semblaient avoir été hâtivement tracées par l'auteur : l'écriture était moins soignée et l'encre était plus sombre que celle du texte principal. Comme madame de Ludehn quelques jours auparavant, Kantz déduisit de cet ajout que la décision de lui confier la lettre avait été prise dans l'urgence. Mais l'information capitale de ce post-scriptum était les craintes exprimées : si le chevalier en savait trop, il pourrait ruer dans les brancards. Quel but poursuivaient donc la baronne et son correspondant ? A priori, le fait que madame de Ludehn soit ennemie de la Vehme plaidait en sa faveur. Cependant, parce que deux loups également féroces peuvent se disputer une même proie, Kantz se garda de conclure.

Les initiales « R.C. » ne lui inspiraient rien. Pas plus que la première personne du pluriel que le signataire employait. S'exprimait-il au nom d'une organisation à laquelle appartenait la baronne ? Un pluriel de majesté était une autre possibilité. Quoi qu'il en soit, « l'Hydre » et les « adversaires » désignaient à coup sûr la Sainte-Vehme et ses affiliés. C'était du moins à souhaiter : on n'a pas besoin d'autres ennemis que la Vehme quand celle-ci vous poursuit…

Enfin, il y avait le « ce que vous savez » que madame de Ludehn était censée remettre au chevalier. On avait prévenu Kantz qu'il serait chargé d'une réponse et il avait imaginé rapporter une lettre. Mais il pouvait encore s'agir d'un paquet susceptible de contenir à peu près n'importe quoi, pourvu qu'un cavalier puisse l'emporter. Cette lettre ou ce colis, la baronne avait sans doute préféré l'amener personnellement à Wielstadt. Se méfiait-elle du chevalier ? Avait-elle saisi l'occasion de quitter Heidelberg ?

Par acquit de conscience, Kantz jeta encore un œil dans les sacoches de madame de Ludehn. Il n'y découvrit rien d'intéressant et en profita pour ranger la lettre. Prudente, la baronne devait conserver le « ce que vous savez » sur elle. Ou bien elle l'avait dissimulé parmi les bagages qui suivaient en carrosse. Dans un cas comme dans l'autre, le chevalier n'en apprendrait pas plus cette nuit.

Mieux valait dormir et attendre le matin. Dès le lendemain, Kantz aurait une conversation sérieuse avec la baronne et exigerait des réponses. Il avait risqué sa vie pour elle. Cela méritait bien quelques explications.

Kantz découvrit qu'il était assoiffé : sans s'en apercevoir, il avait fait un sort au morceau de viande séchée. De sa selle, il décrocha une outre d'eau et alla s'asseoir à l'écart des ruines, sur un rocher plat qui saillait en haut d'une pente herbeuse. Il but trois longues gorgées d'eau tiédasse, en versa un peu dans le creux de sa paume. Chandelle se posa sur son poignet, s'agenouilla et, les mains en coupe, but à son tour. Le chevalier la regardait, plus attendri qu'il ne l'aurait avoué. Elle lui sourit timidement en s'essuyant le menton, ramena une lourde mèche acajou derrière son oreille, sourit encore. Elle semblait heureuse.

Mais soudain, quelque chose attira son attention.

Comme un chat qu'un bruit intrigue, Chandelle se redressa et fixa un point distant. Elle resta ainsi de longues secondes, immobile, concentrée, tous les sens aux aguets et parfaitement indifférente au reste du monde. Kantz crut d'abord que Reinecker et ses hommes approchaient. Pourtant, lui n'entendait ni ne voyait rien d'anormal. Dans le grand silence obscur de la campagne, il aurait dû au moins surprendre la rumeur d'une cavalcade, peut-être apercevoir les flammes mouvantes de flambeaux. Ce n'était donc pas ça. D'ailleurs, Chandelle ne manifestait pas d'inquiétude. Juste un intérêt extrême.

D'un bond, elle s'éleva à quatre ou cinq mètres au-dessus du chevalier. Son halo étincelait.

« Chandelle ! ordonna Kantz à voix basse. Reviens ! On pourrait t'apercev… ! »

Il n'acheva pas. La fée était déjà redescendue sans qu'il crut une seconde qu'elle avait obéi. Excitée et joyeuse, elle montrait du doigt…

… la vingtaine de petites lumières qui venaient d'apparaître à l'orée d'un bois, quelques centaines de mètres plus loin.

« Qu'est cela ? » lâcha Kantz en croyant comprendre.

Abandonnant son maître, Chandelle fila en direction des lueurs, s'arrêta, revint vers le chevalier et, de la main, lui fit signe de venir.

Il hésita.

Immobile dans l'air, elle tapa du pied contre un sol imaginaire et répéta son invite. Kantz comprit qu'il n'aurait pas une troisième chance d'accepter.

« C'est bon, dit-il. Je te suis. »

Ensemble, ils descendirent la colline que dominaient les ruines. Les lumières oscillaient près de la masse sombre des arbres, pareilles à des lumignons pastel doucement animés par le vent. Elles attendaient.

Kantz ne se hâtait pas.

N'y tenant plus, Chandelle le dépassa à mi-parcours, rejoignit les sphères colorées, resta un peu en leur compagnie, revint vers son maître et l'escorta sur les derniers mètres.

Ainsi que le chevalier l'avait deviné, les lumières étaient autant de fées-demoiselles. Plus ou moins alignées, elles flottaient à hauteur d'homme et le dévisageaient. Il y en avait des rondes et des minces, des grandes et des petites, des blondes et des brunes ; pas de rousse, cependant. Leurs ailes de libellule scintillaient dans l'obscurité ; leurs halos étaient rose tendre, vert pâle, bleu ciel, jaune paille ou garance. Toutes affichaient cet air timide et narquois qu'ont les adolescentes devant un spectacle incongru et grivois. Très fière, Chandelle s'était écarté de Kantz qui avait le sentiment bizarre d'être un jeune prétendant livré à la curiosité d'une tribu de futures belles-sœurs à la fois moqueuses et bienveillantes. Elles gloussaient, lui lançaient des regards en coin, se murmuraient des choses à l'oreille et pouffaient de plus belle. Le chevalier n'entendait pas ce qu'elles se disaient. D'ailleurs, jusqu'alors, il croyait la race de Chandelle muette.

Les fées-demoiselles s'enhardirent peu à peu. Elles approchèrent, voletèrent autour de Kantz, l'examinèrent sous toutes les coutures. L'une d'elles se posa sur son chapeau. A l'écart, Chandelle laissait faire. Le chevalier aussi, émerveillé et vaguement incrédule. Puis les fées l'abandonnèrent et se réunirent autour de Chandelle. Elles eurent un bref conciliabule, revinrent auprès de Kantz, le prirent par les mains, les manches, le col, tout ce qu'elles pouvaient empoigner, et l'attirèrent vers les arbres.

Jetant un coup d'œil vers les ruines, là-haut derrière, où dormait la baronne, Kantz suivit le mouvement.

« Où allons-nous, Chandelle ? » demanda-t-il.

Il n'obtint pas de réponse et, guidé par un chapelet de lumières vivantes, pénétra dans le bois. Chandelle ouvrait la marche.

Après quelques pas, l'obscurité fut totale. Les épaisses frondaisons cachaient le ciel et, curieusement, les fées brillaient sans irradier leur clarté. Leurs halos étaient comme des sphères pleines d'une brillance qui ne passait pas l'enveloppe. Kantz foulait un sous-bois touffu ; des branches, parfois, lui caressaient le visage. Il ne voyait que les fées dans les ténèbres profondes et avançait en confiance. Depuis la paume de sa main tatouée, une douce chaleur envahissait son bras gauche.

Chandelle la première, ils s'arrêtèrent à la limite d'une clairière circulaire, au centre de laquelle était un grand dolmen. L'air semblait scintiller alentour, sous une voûte étoilée bleu marine. La table de pierre, grisaille, miroitait à peine. La rumeur d'une mélopée cristalline habillait la nuit.

Les fées-demoiselles s'écartèrent de part et d'autre de Kantz, comme si elles lui laissaient l'honneur de passer en tête. La chaleur du pentacle sacré gagnait maintenant son épaule, irradiait vers le cœur.

Le chevalier sortit du couvert des arbres.

Et ce fut l'oubli.

Le lendemain, à l'aube, Kantz se réveilla près du dolmen. Il était seul avec Chandelle dans la clairière et n'avait jamais aussi bien dormi.

Il se leva, s'étira, ôta son pourpoint humide de rosée et le rejeta sur son épaule.

« Je devine que tu ne me diras pas ce qui advint cette nuit… »

D'une moue ambiguë, Chandelle avoua son impuissance. Soit elle n'avait pas la réponse, soit elle n'était pas libre de la fournir à son maître.

« Je devinais donc bien… Allons retrouver madame de Ludehn, veux-tu ? Et espérons qu'elle dorme toujours. »

La petite fée haussa les épaules et ne manifesta pas un grand enthousiasme.

A l'orée du bois, Kantz cacha Chandelle sous son pourpoint et marcha vers les ruines. Il les découvrit vides. Un cheval manquait.

La baronne lui avait faussé compagnie.

En chevauchant vers l'ouest, Kantz rejoignit la route de Cologne. Il mit cap au nord et s'arrêta à la première auberge qu'il rencontra. Tandis que l'on nourrissait son cheval, il se renseigna en déjeunant. On n'avait pas vu de cavalière solitaire. En revanche, un carrosse avait été attaqué la veille au matin. Par chance, il ne transportait pas de voyageurs, uniquement des malles que les brigands avaient ouvertes puis abandonnées. On ne comptait qu'une victime : le cocher ; certains prétendaient qu'il avait été torturé avant d'être assassiné.

Il ne faisait aucun doute que le carrosse était celui qui emmenait les bagages de madame de Ludehn. Quant aux prétendus brigands, il ne pouvait s'agir que de Reinecker et sa clique. Ils avaient commis leur forfait le matin, c'est-à-dire avant d'arriver à Mölein : le cocher, sans doute, avait parlé. Surtout, ils avaient fouillés les malles de la baronne. Que cherchaient-ils sinon le fameux « ce que vous savez » ?

Kantz reprit la route en songeant à madame de Ludehn. Elle était, décidément, adepte des départs précipités. Mais pourquoi celui de ce matin ?

Le chevalier imaginait la scène : la baronne se réveille et se découvre seule. Panique-t-elle ? Non, car une femme capable de garder la tête froide sous les balles de la Sainte-Vehme ne s'affole pas ainsi. Se croit-elle abandonnée ? Pas plus. Les deux chevaux sont là : Kantz ne peut donc être parti bien loin. Elle se figure peut-être qu'il est allé chercher de l'eau, ou chasser, ou ramasser des baies dans les bois voisins. Quoi qu'il en soit, il sera bientôt de retour et posera des questions. Il voudra savoir qui elle est vraiment, ce qu'elle va faire à Wielstadt, pourquoi la Vehme est après elle. Et comme il a risqué sa vie pour la sauver, il ne se satisfera pas de faux-fuyants ni de mensonges. De fait, il ne fallut sans doute pas longtemps à madame de Ludehn pour prendre sa décision, seller sa monture et fuir un chevalier qui, déjà, en savait beaucoup trop et pouvait devenir gênant. Le post-scriptum de la lettre qu'elle avait reçue le disait clairement : *Ne l'éclairez en rien, car il pourrait alors nous mal servir.*

Evitant Cologne, Kantz ne ménagea pas sa monture et rejoignit Wielstadt à la nuit. Les portes de la ville étaient closes mais le chevalier, de longue date, possédait un laissez-passer du Temple. Comme il eut soin de se présenter à la porte des Chevaliers-du-Christ, dont la garde et l'entretien étaient à la charge de la commanderie de Wielstadt, le papier fut un sésame efficace.

De retour chez lui, il ne put empêcher Heide de se lever et lui préparer un repas, tandis que Stefan ramenait le cheval de louage à l'écurie. Rassasié, Kantz monta dans sa chambre et s'endormit tout habillé. Il réagit à peine lorsque ses domestiques unirent leurs forces pour le débotter.

18

Osiander était assis à son bureau. Devant lui, Reinecker se tenait poussiéreux et tête baissée, le chapeau à la main. Il faisait nuit derrière les volets clos. L'obscurité noyait les murs et le plafond du salon, le faisait paraître minuscule, comme recroquevillé autour de l'unique bougie dont la flamme, craintive, éclairait à peine. On n'entendait que le souffle rauque du démon contenant sa colère.

Reinecker, tout juste descendu de cheval, venait de raconter le désastre de Mölein. Il était mal à l'aise. Il craignait non seulement l'ire de son maître mais devinait des présences invisibles dans les ténèbres. Il éprouvait un sentiment rare chez lui : la peur.

« Combien d'hommes as-tu perdus ? demanda Osiander.

— Six, Monsieur.

— Et tu ne comptes que les morts…

— Oui.

— Vous étiez ?…

— Une douzaine.

— Et contre vous ?

— Un homme seulement. »

Osiander savait tout cela. Mais il voulait prolonger l'humiliation de Reinecker en l'obligeant à répéter les détails de son échec.

« La baronne ?

— Echappée.

— Le manuscrit ?

— Disparu avec elle. Si elle l'avait.

— Elle l'avait, crois-m'en. »

Osiander regarda longuement Reinecker

Le spadassin avait manqué de peu de s'acquitter de sa mission. Avec ses hommes, il était arrivé à Heidelberg le lendemain, le surlendemain peut-être, du départ de madame de Ludehn. Les *Wissenden*[1] de la capitale palatine l'informèrent, le dirigèrent sur un petit libraire qu'il fit parler. Fort de ces renseignements, il se lança aussitôt à la poursuite de la baronne et de son précieux secret. Reinecker et ses sbires chevauchèrent à bride abattue, ne dormant que quelques heures par nuit. Ils rattrapèrent d'abord le carrosse emmenant les malles de la baronne. Torturé, le cocher dit que sa maîtresse se trouvait à Mölein, avec pour seule escorte le cavalier qui l'escortait depuis Heidelberg. Une aubaine.

Mais ce cavalier était Kantz, songea Osiander.

Roide, Reinecker ne cillait pas. Il résistait à la tentation de mordiller ses lèvres épaisses et violacées, toujours humides. Des gouttes de sueur coulaient de sous le masque de cuir qui lui couvrait le côté gauche du visage.

« Ce n'est rien, dit subitement Osiander…

— Pardon, Monsieur ?

— Je ne peux pas te reprocher le mauvais succès de ta mission. Tu n'étais pas de taille. Face au chevalier Kantz, un autre que toi aurait pareillement échoué. »

Reinecker, à présent, frémissait de rage contenue. Le démon ne pouvait pas lui infliger pire traitement, et il le savait.

« Je sais son logis, cracha le spadassin d'une voix blanche. Je puis le tuer. Un mot de vous et…

— Non, lâcha Osiander avec un geste badin.

— Monsieur !

— Non, te dis-je.

— Monsieur, insista Reinecker, je puis vous assurer que… »

Osiander se leva soudain d'un bond, renversa son fauteuil, frappa du poing sur la table. Il éructa.

« NON ! »

Reinecker se figea, le cœur battant. Il y eut un mouvement dans l'ombre, à croire que l'obscurité était un rideau derrière lequel passaient des êtres silencieux.

Osiander s'était dressé de toute sa taille, de toute sa masse furieuse. Livide, il se pencha sur le bureau qui gémit quand il s'y appuya des deux mains. Les articulations de ses doigts blanchirent. Une respiration rauque

1. Littéralement : ceux qui savent (all.). Nom donné aux affiliés de la Sainte-Vehme.

et sifflante soulevait son torse puissant. Un muscle palpitait le long de sa mâchoire.

Il regarda le spadassin droit dans les yeux.

« Sais-tu, murmura-t-il, qui est Kantz ? Sais-tu *ce* qu'il est ?… Non, tu l'ignores et tu fais bien. De même que tu ignores qui je suis. Et là encore, tu fais bien. »

Un bref instant, une étincelle jaune illumina sa prunelle. Reinecker retint un mouvement de recul.

Osiander se laissa tomber dans son fauteuil, comme épuisé. Il fixa le plafond un long moment, se calma et dit :

« Si nous tuons le chevalier, un autre le remplacera. Celui-là, nous ne le connaîtrons pas. Celui-là sera peut-être pire… S'il faut tuer Kantz, nous le ferons. Ce sera sans doute bientôt. Mais nous ne le ferons certes pas pour satisfaire ton caprice, ou soulager ton orgueil. »

Il se tourna vers Reinecker et lui intima :

« Meshui, garde-toi d'encore discuter mes ordres. »

Après le départ de Reinecker, Osiander se leva et, les bras croisés, vint se placer devant son bureau. Les deux spectres naquirent alors de l'ombre et s'inclinèrent face à lui.

« Notre frère…

— … a été vaincu.

— Banni à jamais…

— … par le chevalier.

— Je le sais, fit Osiander.

— Nous voulons…

— … la vengeance.

— Vous l'aurez. Mais il n'est pas encore temps.

— Quand viendra…

— … le temps ?

— Quand je le voudrais. »

Les spectres semblèrent hésiter. Mais ils s'inclinèrent encore, soumis. Satisfait, Osiander demanda :

« Et votre chasse ?

— Elle est…

— … presque achevée.

— Nous avons retrouvé…

— … l'homme et nous…

— … attendons les ordres. »

Osiander sourit. « Tuez-le.
— Quand le…
— … ferons-nous ?
— La nuit prochaine. »

Dès qu'il fut sorti, Reinecker s'arrêta et prit plusieurs grandes goulées d'air frais. Il se sentait nauséeux, avait trop chaud. Ses mains tremblaient.

Contrecoup de la peur, une faiblesse l'envahit. Il s'appuya dos à un mur dans la rue déserte et, les jambes molles, résista à la tentation de se laisser glisser jusqu'à s'asseoir. Les paupières baissées, il leva le visage vers le ciel et attendit que le silence nocturne l'apaise.

Il avait la conviction de servir un fou, un monstre. L'idée lui vint de changer de maître.

Un pas hésitant attira bientôt son attention. Il ouvrit les yeux et vit une vieille miséreuse qui approchait. Elle portait une cape en loque sur une jupe rouille ; un bonnet rouge la coiffait.

Elle sourit en passant devant le spadassin.

« Qu'as-tu, grand-mère ? » lança-t-il haineusement.

La femme ne dit rien et continua son chemin. Mais parvenue au bout de la rue, elle se retourna pour regarder Reinecker qui s'éloignait dans la direction opposée.

19

Le lendemain de son retour à Wielstadt, Kantz se leva tard. Il fit une grande toilette, se rasa soigneusement, passa des vêtements propres et repassés de frais, chaussa des souliers plutôt que ses bottes de monte. Puis, quittant sa chambre, il laissa sans déplaisir sa rapière et son baudrier accrochés à une patère. Dans la *salle*, il retrouva Heide et Stefan qui ne lui posèrent aucune question concernant sa longue absence : ils connaissaient leur maître. Parce qu'on était vendredi, le chevalier se contenta d'un repas maigre et d'un verre d'eau avant de s'isoler dans son cabinet particulier.

Comme chaque fois qu'il avait à réfléchir et prendre une décision importante, Kantz se recueillit d'abord, agenouillé sur le prie-Dieu d'ébène, face à la fenêtre en vitrail qu'encadraient les rayonnages de la bibliothèque. Toute tendue de velours pourpre, la pièce était fraîche et silencieuse; la lumière y tombait paisible, morcelée et colorée. Pour le chevalier, la prière n'était pas un moyen, et certes pas celui d'obtenir quoique ce soit du Créateur ou de ses saints. Elle était une fin, l'expression d'une piété sincère et humble, un pèlerinage spirituel dont la destination compte moins que le voyage, ses rencontres et ses embûches. Deux heures s'écoulèrent ainsi, loin du monde, hors du temps.

Enfin, Kantz se signa, alla ouvrir à Chandelle qui n'aimait guère les portes closes, et revint s'asseoir dans sa *chaire à bras* – son fauteuil. Il résolut aussitôt d'oublier madame de Ludehn, la Sainte-Vehme et leurs intrigues pour le moment. D'ailleurs, avait-il un rôle à jouer dans cette étrange affaire ? Rien n'était moins sûr. Sans doute, en d'autres circonstances, aurait-il cherché plus avant. Mais son premier devoir, à l'été 1623, était de retrouver Osiander et de le détruire.

Malheureusement, Kantz ignorait tout du démon, et jusqu'à ses intentions. Pourquoi s'était-il incarné en ce monde ? Que venait-il faire à Wielstadt ? Peut-être était-ce cela que le fantôme du templier, cette fameuse nuit à Heidelberg, avait tenté de révéler. Deux choses étaient certaines, cependant. La première était que le revenant avait un important message à délivrer au chevalier ; la seconde était qu'Osiander avait voulu l'empêcher de parler en lançant un *spectre assassin* à ses trousses. Le démon n'échoua d'ailleurs que de très peu, et Kantz put seulement recueillir des bribes de phrases absconses avant que le fantôme ne retourne dans les Limbes. Probablement pour toujours.

Entre autres mystérieuses allusions, le revenant avait évoqué Malachie et sa prophétie…

Kantz se leva et procura une fausse joie à Chandelle qui crut qu'il sortait : elle était capable de toutes les ruses pour tenir compagnie au chevalier dans son cabinet particulier, mais elle s'y ennuyait à mourir. C'est donc avec dépit qu'elle vit son maître prendre un gros volume sur un rayonnage et retourner s'asseoir dans son fauteuil.

Le gros volume en question était un *Ancien Testament*, en latin, que Kantz feuilleta jusqu'au dernier des douze livres prophétiques qui le concluaient : celui de Malachie. Pareil à la plupart des érudits de son siècle, Kantz connaissait la Bible sur le bout des doigts et pouvait en réciter des passages entiers. Le livre de Malachie est court – quatre chapitres pour une cinquantaine de versets – et consiste essentiellement en de pieux commandements que conforte la menace du courroux divin. Le chevalier relut le texte par acquit de conscience : il savait avant de commencer qu'il n'en tirerait rien. Ce fut le cas.

Kantz se dit alors qu'il se trompait sans doute de Malachie.

Et de prophétie.

Apollonius de Pise avait cinquante-trois ans, l'œil rieur, le cheveu rare et les joues creuses. Poète et philosophe, il devait une relative célébrité aux pamphlets que lui inspiraient l'actualité et les travers de ses illustres contemporains. Avant de s'établir à Wielstadt, il avait longtemps voyagé et pouvait se vanter d'être passé par la plupart des cours princières et geôles d'Europe, son talent satirique lui ayant souvent valu de briller sous les ors des premières avant de croupir sur la paille des secondes. De cette époque mouvementée, il avait conservé la silhouette maigre de ceux qui ne mangent pas à leur faim, boivent plutôt et dorment à la dure. La sagesse ne lui était pas venue avec l'âge. Pauvre comme Job, il vivait de la générosité de quelques amis et continuait de composer des libelles dont il oubliait simplement de signer les plus virulents. Cela ne trompait pas grand monde mais décourageait les poursuites.

Lorsque Kantz poussa la porte de la librairie de Günter Vecht, Apollonius achevait à peine le prologue d'une épopée qui, à l'évidence, fascinait. Il y avait une vingtaine d'hommes, de femmes et d'enfants, arrivés là on ne sait comment, clients pour quelques-uns mais curieux pour la plupart, et qui écoutaient comme à la veillée. Vecht était du nombre, ainsi que les ouvriers de l'imprimerie voisine, désertée pour l'occasion. Tout ce petit monde se serrait comme il pouvait entre les étagères ; des gamins étaient grimpés sur un coffre ; un marchand ambulant grignotait distraitement les biscuits de son éventaire.

Debout sur une table, ravi et pérorant un peu, Apollonius venait de raconter comment, talonnée par les Impériaux, l'armée de Christian de Brunswick avait presque rejoint les Provinces-Unies au terme d'une fuite éperdue à travers l'Allemagne. Car le projet fou de Christian avait échoué. Lui qui avait conduit une armée de 21 000 hommes jusqu'en Basse-Saxe dans l'intention de remonter l'Elbe et de s'en aller soulever la Bohême, s'était vu refuser le passage par le duc de Saxe. Piégé et bientôt désavoué par les siens, Christian refusa néanmoins d'entendre raison et de rendre les armes. Il fit tant et si bien que l'Empereur, en désespoir de cause, lança contre lui les troupes que commandait le général Tilly. Christian battit aussitôt en retraite vers les Provinces-Unies, son seul salut. Abandonnant les blessés et les traînards, l'armée protestante sema la désolation sur son passage et parcourut près de 200 kilomètres en une semaine. Le 4 août, elle arriva épuisée à Greven, soit à une journée de marche de la frontière hollandaise. Mais Tilly, déjà, était en vue…

Kantz ignorait tout de ces événements et, comme il prenait le récit en route, voulut savoir de quoi il retournait. Un bourgeois, du coin de la bouche, lui expliqua qu'Apollonius racontait Stadtlohn.

« Stadtlohn ?

— Mais oui, Stadtlohn ! »

Stadtlohn était le village aux environs duquel, le 6 août, avait eu lieu le gros de la bataille entre les troupes de Christian de Brunswick et celles de Tilly. On était aujourd'hui le 9 et la chose était de renommée publique à Wielstadt. D'ailleurs, ce n'était pas tant ce que relatait Apollonius que le talent qu'il y mettait qui fascinait l'auditoire. Mais pour Kantz, Stadtlohn restait un hameau perdu qu'il peinait à situer, quelque part aux confins du

Saint Empire et des Provinces-Unies, à vingt ou vingt-cinq lieues au nord de Wielstadt. Il s'impatienta :

« Mais quoi, Stadtlohn ?

— La bataille, à la parfin ! s'agaça l'autre. La bataille ! Que n'écoutez-vous pas plutôt… »

Sa voix mourut.

Il avait commis deux erreurs. La première avait été de parler un peu trop vivement ; la seconde avait été de se tourner assez pour découvrir à qui il s'adressait. Il pâlit.

« Je vous demande pardon ? fit Kantz d'une voix glaciale.

— C'est-à-dire… Enfin… N'est-ce pas ?… Vous devez comprendre que… »

Le chevalier sentit qu'on le tirait par la manche. Il baissa les yeux et vit Willem.

« Suivez-moi donc, chevalier », proposa le Nain.

Au grand soulagement du bourgeois, Kantz obtempéra.

Derrière Willem, il s'efforça – vainement – de ne bousculer personne tandis que se poursuivait le récit d'une bataille furieuse. Ils franchirent le couloir de séparation qui longeait la boutique et entrèrent dans l'atelier d'imprimerie désert. La voix d'Apollonius leur parvenait assourdie. Il flottait là une forte odeur d'encre et de papier, de plomb et de colle, de graisse et de sueur. Des feuillets imprimés séchaient, pliés sur des cordes tendues entre les presses à vis.

Willem était un digne représentant du peuple nain. Trapu mais vif, il mesurait un mètre quarante environ et semblait aussi solide qu'un billot de chêne. Il l'était, au physique comme au mental. Très roux, il n'arborait pas la barbe traditionnelle de ses ancêtres, mais une magnifique paire de moustaches qu'il retroussait en crocs. Originaire des Hautes Terres d'Ecosse, Willem portait le kilt et, quand il sortait, un béret plat orné d'une plume de faisan. Il était depuis quelques années l'ami et le maître typographe de Günter Vecht.

« Comment vous en va ? demanda Willem avec ce fort accent rocailleux dont il n'avait jamais réussi à se départir.

— Fort bien, je vous remercie. Et vous même ?

— Aussi bien qu'il est possible… Il y a long que nous ne vous avons vu céans. »

C'était un regret, non un reproche.

Naguère, Willem, le chevalier et quelques autres se retrouvaient régulièrement autour de Günter Vecht. La librairie était leur point de ralliement. Mais le temps et la guerre avaient passé.

« Ce n'est que trop vrai… » reconnut Kantz.

Il ôta son chapeau, le posa et, d'un revers de poignet, s'essuya le front. Le parement de sa manche de chemise, rabattu sur celle du pourpoint, s'en trouva bruni. Kantz lâcha un bruit de bouche agacé. Par ces chaleurs, on ne pouvait faire trois pas dans Wielstadt sans récolter une fine pellicule de poussière et transpiration mêlées.

« Tenez », fit Willem en tendant un linge propre.

Le chevalier remercia, se frotta longuement le visage, la nuque et le cou. Puis il lâcha :

« Et si vous me disiez de quoi il retourne ?

— Parlez-vous d'Apollonius ?

— Non. Je parle du récit qu'il fait. »

Le Nain afficha un air intrigué.

« Vous ignorez donc ce qu'il advint à Stadtlohn ?

— Je l'ignore tout à plein et espère l'apprendre par votre truchement. »

Avec une concision qu'Apollonius aurait sans doute condamnée, Willem expliqua que Christian de Brunswick avait dû fuir la Basse-Saxe avec son armée, qu'il avait espéré trouver refuge dans les Provinces-Unies et que, en définitive, les Impériaux l'avaient rattrapé à quelques lieues du salut. Dès le 5 août, les protestants durent repousser un premier assaut de l'avant-garde catholique, ce qui interrompit leur fuite. Mais la véritable bataille eut lieu le lendemain, non loin de Stadtlohn. Malgré la résistance héroïque et le sacrifice de quelques-uns, les troupes brunswickoises ne purent jamais passer la frontière et furent massacrées. Au soir du 6 août, il ne restait rien de l'armée que Christian commandait.

« Mais je m'étonne, conclut Willem, que vous ne sachiez pas déjà tout cela. Voilà presque deux jours que cette bataille est dans toutes les bouches. D'où croyez-vous qu'Apollonius tient toute sa science ?

— Je ne suis rentré que de cette nuit, expliqua le chevalier. Je reviens de Heidelberg. »

Le Nain acquiesça sans mot dire : il comprenait mais ne voulait pas risquer d'être indiscret en posant des questions.

A cet instant, des applaudissements retentirent dans la librairie. Surpris, Kantz se tourna vers la porte et la boutique au-delà. Puis, du regard, il interrogea Willem qui expliqua :

« Apollonius en a fini. A la parfin, le travail va reprendre.

— C'est Apollonius que l'on applaudit ?
— Ce matin, déjà, il a rencontré un beau succès…
— Voulez-vous dire que ce n'est pas la première fois que… ?
— Je veux dire que, depuis hier, Apollonius a donné plusieurs représentations. Nous finirons par faire payer l'entrée. »
Kantz secoua doucement la tête avec un sourire.
« Je crois, dit-il… Je crois qu'Apollonius ne laissera jamais de me surprendre… »

La librairie ne tarda pas à se vider.
Les curieux s'en allèrent. Aiguillonnés par Willem, les ouvriers retournèrent à leurs presses, encres et plombs. Quelques clients seulement restèrent. Ainsi qu'Apollonius qui, descendu de sa table, à l'écart, écoutait Vecht.
« Vous devriez écrire tout cela, disait le libraire. Nous en ferions une gazette que l'on s'arracherait.
— Croyez-vous ?
— J'en suis assuré !
— M'est plutôt avis que mon récit plaît dans le chaud du moment. Vous connaissez les *Wielstadter* : dans trois jours au mieux, ils auront oublié jusqu'au nom de Stadtlohn.
— Voilà pourquoi il ne faut point tant languir ! Ecrivez, Apollonius. Ecrivez !
— Je ne sais… »
Kantz, en approchant, interrompit leur conciliabule.
« Chevalier ! s'exclama Apollonius. C'est donc bien vous que je vis entrer tout à l'heure ! Mais où étiez-vous donc passé ? »
Ils échangèrent une accolade, pratique à laquelle Kantz ne s'adonnait d'ordinaire qu'à contrecœur.
« J'étais à côté, dit-il. Avec Willem. »
Le libraire s'esclaffa avant, à son tour, d'asséner quelques tapes viriles dans le dos du chevalier. Là encore, Kantz se laissa faire. Il tenta même d'exprimer la joie sincère qu'il avait à retrouver ses amis : cela se résuma à des gestes empruntés et un sourire malhabile.
« Mais qui vous parle de cela ? » fit Vecht. Bras tendu, il tenait Kantz par les épaules. « Apollonius vous demandait où vous aviez disparu depuis votre dernière visite ! A quand remonte-t-elle, d'ailleurs, cette visite ?
— Je crains qu'il ne faille compter les mois plutôt que les semaines… C'était à l'hiver. Ou peut-être au printemps.

— Au printemps ou peut-être à l'hiver ! Entendez-vous cela, Apollonius ? »

Vecht lâcha enfin le chevalier.

« Allons, tempéra le poète… Le chevalier ne nous a pas oubliés et cela seul importe. Et plutôt que de faire des reproches, pourquoi n'iriez-vous pas quérir une bouteille qui célébrerait nos retrouvailles ?

— L'idée est excellente ! »

Le libraire marcha jusqu'à la porte latérale, passa la tête dans le couloir et appela :

« Annerose ! Annerose, m'entends-tu ? Apporte une bouteille et des verres, veux-tu ? Le chevalier est céans ! »

Puis il annonça à sa clientèle que l'on fermait, qu'il fallait partir. « Mais si, mais si. Vous reviendrez demain. » Un étudiant était néanmoins très décidé à acheter un ouvrage. Tout en le poussant avec quelques autres vers la sortie, Vecht lui fourra le livre entre les mains. « Vous payerez plus tard. Demain ou un autre jour. Quand il vous plaira. Au revoir, monsieur. » Il referma la porte sur le jeune homme médusé, tira les rideaux et se tourna tout joyeux vers ses amis en se frottant les mains.

Annerose parut, blonde, belle, radieuse. Elle avait revêtu une robe modeste dans la coupe et l'étoffe, mais dont le bleu soulignait l'azur de ses yeux. Elle portait un plateau chargé de deux pichets et plusieurs gobelets en étain. Apollonius lui fit un compliment ; Kantz ôta son chapeau et la salua. Elle ne resta pas, échangea des politesses, posa son plateau et s'en fut. Vecht ne la quitta pas des yeux tout du long.

Quand ils eurent trinqué, le libraire adressa une œillade complice à Kantz et lui dit :

« Nous direz-vous meshui ce qui vous amène ?

— Un livre, répondit franchement le chevalier.

— Un livre ?

— Ou plutôt un texte. Une prophétie.

— Laquelle ?

— Celle de saint Malachie.

— La prophétie des papes ? intervint Apollonius.

— Oui, confirma Kantz. Celle-là même. La connaissez-vous ?

— Un peu. Assez à tout le moins pour m'étonner de vous y voir mettre le nez. D'où vous vient cette idée, chevalier ? »

Kantz eut une moue vague et haussa les épaules. Il préférait ne pas parler du fantôme de Heidelberg. Mais surtout, il partageait le scepticisme d'Apollonius. Lui non plus ne croyait pas beaucoup à la prophétie de saint Malachie[1].

Apollonius remplit son verre – pour la troisième fois – et précisa :

« J'étais encore à Venise lorsque le *Lignum Vitæ* parut…

— Le *Lignum Vitæ* ? fit Kantz. Qu'est-ce que cela ?

— Un ouvrage consacré aux évêques issus des Bénédictins, indiqua Vecht. Son auteur était un moine, lui-même de l'ordre de saint Benoît. Je parle d'ailleurs de lui au passé sans savoir ce qui advint de l'homme. Il a, ou avait, pour nom…

— Arnold de Wion, dit Apollonius. C'est lui qui, en 1590, révéla la prophétie. Et c'est encore lui qui la publia cinq ans plus tard, à la suite de son *Lignum Vitæ*. Cette initiative ne fit d'ailleurs qu'attiser les braises d'une querelle que l'on croyait éteinte, mais dont le feu couvait.

— Car à cette date, deux papes avaient déjà succédé à Grégoire XIV, souligna Kantz. Innocent IX et Clément VIII.

— Tout juste. Et certains se piquèrent de penser qu'à y bien regarder, les formules qui les désignaient dès l'an 1590 n'étaient pas si mauvaises. Il n'y a pas pire aveugle que celui qui veut croire… »

Rêveur, Apollonius se tut et sécha son verre. Sans doute songeait-il à ses jeunes années. Il avait vingt-cinq ans à l'époque et l'on devinait sans mal quel parti il avait pris lors de la polémique suscitée par la prophétie des papes. Et avec quelle fougue.

Abandonnant le poète à ses souvenirs, Kantz se tourna vers Günter Vecht.

1. La prophétie de saint Malachie fut révélée en 1590, tandis que l'on s'apprêtait à élire le successeur du pape Urbain VII. Connue sous le nom de « prophétie des papes », elle consiste en une liste de 111 devises supposées résumer la personnalité ou le règne de tous les papes depuis l'an 1143 jusqu'à la fin du monde. Son auteur serait saint Malachie, un évêque irlandais né en 1094 et mort à Clairvaux en 1148. Jusqu'à Urbain VII, les devises tombent assez juste. Mais celles qui suivent exigent, pour le moins, une forte dose de bonne volonté interprétative. On soupçonna d'ailleurs très vite un faux destiné à favoriser la candidature au Saint-Siège du cardinal Jérôme Simoncelli. Celui-ci naquit à Orvieto (dont l'étymologie est : *urbs vetus*, « vieille ville » en latin), tandis que la devise censée désigner le successeur d'Urbain VII est : de antiquitate urbis, « de l'antiquité de la ville ». Méfiant, le conclave préféra élire le pape Grégoire XIV et, du même coup, fit mentir une prophétie dont, à ce jour, l'Eglise n'a confirmé ni infirmé l'authenticité. A noter que, selon le décompte de la prophétie de saint Malachie, le dernier pape viendra après le successeur de Jean-Paul II…

« Pour ce que vaut cette prophétie, il me faut la lire. Avez-vous un *Lignum Vitæ* ?

— Non.

— Sauriez-vous où je puis le trouver ? »

Le libraire réfléchit, puis dit :

« Je crois connaître, à Wielstadt, quelqu'un qui voudra vous le prêter. Mais je ne veux rien promettre. Reposez-vous sur moi. Si je succède, je vous ferai porter le livre. Dès demain peut-être.

— Je vous remercie. »

L'un et l'autre se tournèrent alors vers Apollonius qui, tristement, lâcha :

« La bouteille est vide. »

20

Jacob Huyghens mourut peu avant minuit, seul et effrayé, au fond d'une impasse puante où deux créatures de l'Ombre l'acculèrent.

Il avait longtemps couru et arriva hors d'haleine, en sueur, débraillé et le regard fou. De nouveau il crut avoir semé ses poursuivants ; de nouveau il se trompa. Les spectres étaient là. Il les vit qui entraient dans le cul-de sac, drapés dans une étoffe plus sombre que la nuit, l'épée au poing. Ils marchaient, sûrs de la victoire. Peut-être souriaient-ils. Ils avaient, en tout cas, trouvé un ignoble plaisir à nourrir la terreur de leur proie, à raviver son courage en disparaissant parfois, à briser l'espérance en resurgissant soudain. Toujours ils lui avaient permis de s'échapper.

Toujours.

Pour que dure la chasse.

Au début, Jacob avait appelé, crié, imploré une aide qui ne vint pas. On dut l'entendre pourtant. On préféra oublier, fermer les volets, prendre un autre chemin. Le souffle lui manqua bientôt. Peu à peu il se tut, la poitrine incendiée et les tempes bourdonnantes. Il ne fit plus que fuir. De temps à autre, il s'arrêtait pantelant et regardait en arrière. Quelques secondes passaient, puis les sinistres silhouettes se montraient, sans cesse présentes, jamais lointaines. Et la course reprenait, chaque fois plus douloureuse. Jacob s'épuisa. Ahuri par la peur, le corps à la torture, il était incapable de penser. Il se perdit dans le dédale du vieux Wielstadt partout désert, obscur et silencieux.

La ville, cette nuit-là, fut une nécropole sans lumière ni vie où mourait l'espoir.

Dans l'impasse, Jacob Huyghens comprit que la traque s'achevait. Alors il tira l'épée et fit face. Durant ses années de guerre, au hasard des batailles, des embuscades et des pillages, il croyait avoir souvent observé la mort en face. Il savait à présent qu'il s'était trompé. La Camarde est une maîtresse jalouse qui n'autorise qu'un regard.

Un regard qui ne trompe pas.

Jacob chancelait.

Devant les spectres qui avançaient, il fit une pitoyable tentative pour se mettre en garde. Son bras faiblit ; l'estoc de sa rapière racla la terre. Il renonça. Il voyait trouble, n'entendait plus, peinait à garder les yeux ouverts. Ses genoux faiblissant, il trébucha sur place pendant que les spectres l'entouraient. Il réussit néanmoins à rester debout, ricana et adressa à ses bourreaux un sourire d'ivrogne.

Il sentit à peine les lames le transpercer. Et tandis que les spectres le regardaient s'affaisser avant de frapper encore, il lui sembla apercevoir le reflet de son visage dans le cuivre rutilant des masques rivetés.

Etendu par terre, la poitrine ensanglantée, il fixa à jamais le ciel constellé et mourut.

La nuit était belle.

21

Kantz se rendit à la commanderie de Wielstadt un peu avant sexte, c'est-à-dire un peu avant midi.

Quand ils n'étaient pas en campagne, les Chevaliers du Christ vivaient au rythme des heures canoniales[1] et partageaient leur temps entre travail, étude et prière : ils étaient, d'abord, des moines. Ils se levaient à prime pour entendre la messe puis, si le service militaire le permettait, ils devaient également assister aux messes de tierce, none, vêpres, complies et matines. Il n'y avait pas de messe à sexte : c'était l'heure du premier repas de la journée, pris en commun dans le réfectoire ; le dîner était servi après les vêpres. Les Templiers ne chantaient pas les laudes, car ils dormaient dès après les matines, soit du milieu de la nuit jusqu'à l'aube. Selon la Règle édictée au XIIe siècle, les clochers des commanderies sonnaient ainsi sept des huit offices de la liturgie romaine[2].

1. Depuis le Moyen Age, les heures canoniales – c'est-à-dire conformes aux règles de l'Eglise – réglaient la vie dans les monastères ; elles indiquaient quand prier, étudier, travailler, se restaurer ou se reposer. Eté comme hiver, on comptait douze heures d'une durée égale entre le coucher et le lever du soleil, et douze autres ensuite. Les heures canoniales étaient donc plus ou moins longues selon la saison. Néanmoins, la sixième heure diurne commençait toujours lorsque le soleil était à son zénith ; de même, la sixième heure nocturne correspondait immanquablement au milieu de la nuit.

2. Selon le Bréviaire romain, fixé par le pape Pie V en 1568, les huit offices de prières étaient : matines, laudes, prime, tierce, sexte, none, vêpres et complies. Les offices de prime, tierce, sexte et none étaient désignés selon le moment de leur célébration – soit à la première, troisième, sixième et neuvième heure canoniale du jour. On chantait les vêpres au coucher du soleil, les complies entre vêpres et matines, les matines au milieu de la nuit et les laudes une heure avant l'aube. La journée liturgique allant de minuit à minuit, les matines étaient le premier office du service divin.

En arrivant à la mi-journée, Kantz comptait rencontrer les frères Berthold et Markus avant le déjeuner. Ils avaient malheureusement quitté Wielstadt et ne seraient pas de retour avant deux ou trois jours. L'un et l'autre étaient à Cologne, d'où un régiment de l'ordre allait bientôt partir pour prêter main-forte à Tilly. Après avoir vaincu Christian de Brunswick à Stadtlohn, le général wallon marchait déjà vers le nord afin de combattre en Frise la seconde armée des protestants révoltés, celle que commandait Mansfeld.

Kantz apprit tout cela de la bouche du frère portier. Le contretemps était fâcheux. Le chevalier avait des révélations à faire et, surtout, des questions à poser. Il voulait parler de la nuit mouvementée qu'il avait passée à Heidelberg, de son combat contre le *spectre assassin*, de sa rencontre avec le fantôme entrevu pour la première fois dans le cloître de la commanderie de Wielstadt. Il espérait que les frères Berthold et Markus pourraient l'éclairer sur l'identité, les intentions et les propos du revenant. Peut-être avaient-ils également du neuf concernant Osiander.

Au sortir de la commanderie, une chaise à porteurs croisa Kantz. Soucieux, il la dépassa sans un regard, entendit qu'on l'appelait, se retourna. La chaise était arrêtée pour permettre à son occupant de descendre. L'homme était petit, blond, presque chauve ; une soutane l'habillait ; ses souliers à boucle, cirés de frais, rutilaient. Ebloui par le soleil, Kantz ne reconnut pas aussitôt le père Färber.

« Monsieur le Chevalier, je suis enchanté de vous trouver céans. Vous partiez ?

— Bonjour, mon père. Oui, je partais.

— Vous souhaitiez sans doute visiter le frère commandeur… Vous a-t-on dit qu'il était à Cologne avec son maréchal ?

— Oui.

— Ils seront bientôt tous deux revenus. Ce n'est, je crois, l'affaire que de quelques jours.

— Merci, mon père. Au revoir.

— Avez-vous dîné ? »

Kantz hésita, troublé par l'amicale prévenance du père Färber. Le prêtre était le chapelain de la commanderie de Wielstadt et, jusqu'à présent, il n'avait manifesté à son égard qu'une méfiance hostile. Les frères trouvaient eux aussi une forte odeur de soufre au chevalier. Ils étaient cependant pragmatiques et savaient les services qu'il rendait : ils étaient des alliés de circonstance car leurs adversaires, souvent, étaient les mêmes.

Aveuglé par sa foi, le père Färber, lui, n'avait jamais fait montre d'une telle tolérance. Bien au contraire.

« Non, dit finalement Kantz.

— En ce cas, je vous invite. Il y a long depuis que nous nous sommes vus et je gage que nous avons beaucoup à nous dire.

— Je ne sais si…

— Allons, Monsieur le Chevalier ! Ne vous faites point tant prier… »

Ce disant, le prêtre voulut le prendre par le coude, mais la sévérité naturelle du chevalier le retint. Aussi se contenta-t-il de sourire et d'ouvrir le chemin d'un large geste du bras. Intrigué, Kantz accepta l'invitation.

« S'il plaît à vous, dit le père Färber sur le ton de la conversation, nous deviserons d'une affaire qui inquiète fort Monseigneur l'évêque et vous me direz les progrès que vous faites, dont je ne doute pas qu'ils sont grands…

— Oui ?

— Je parle de ce démon qui hante Wielstadt. »

Prudent, Kantz acquiesça vaguement. Il savait désormais ce que le prêtre lui voulait et comprenait les raisons de son affabilité. Néanmoins, concernant Osiander et ses spectres, il ignorait ce que les frères Berthold et Markus avaient bien voulu confier au chapelain, et il craignait de leur jouer un mauvais tour en en disant trop.

Prêtres parmi les moines, les chapelains du Temple assuraient le service religieux. Ils disaient la messe, administraient les sacrements, recueillaient les confessions. Jadis, l'ordre nommait librement ses chapelains. En 1529, cependant, le pape Clément VII refusa de reconduire ce privilège quand il consacra la renaissance des Templiers. Les chapelains étaient désormais désignés par les évêques qui avaient soin de choisir des hommes loyaux, zélés, et qui leur rapportaient tout. De fait, les frères se méfiaient – à raison, en règle générale – des prêtres qu'on leur attribuait. C'était le cas à Wielstadt, où le père Färber ne faisait d'ailleurs pas mystère de son indéfectible fidélité à l'évêque. Cela n'allait pas sans heurts ni grincements de dents.

Kantz et le chapelain traversaient la cour en direction de la chapelle lorsqu'un rugissement retentit. Une ombre gigantesque passa sur eux et ils levèrent les yeux pour voir le dragon s'éloigner d'un ample mouvement d'ailes. Ils n'exprimèrent ni crainte ni surprise. Ils regardèrent le dragon comme un marin observe une tempête depuis la côte, ou comme un montagnard considère une avalanche lointaine : le danger n'était pas pour eux.

Aussi spectaculaire qu'elle soit, la scène était plus que familière. Elle était anodine.

Kantz et le père Färber déjeunèrent en tête à tête dans le presbytère, servis par un valet si discret qu'ils l'oublièrent bientôt.

Le repas fut courtois, agréable en dépit des efforts insidieux de l'un pour faire parler son invité, et de l'autre pour ne rien révéler sans paraître rétif. Il est vrai que le chapelain y mit les formes. Affectant un air badin, il dit le peu qu'il savait ou prétendait savoir, sollicita l'avis du chevalier, évita les questions trop directes, émit des hypothèses plus ou moins innocentes, fit parfois dévier la conversation mais revint toujours à sa préoccupation première : Osiander, ses spectres et leurs secrets.

Kantz déjoua tous les pièges et veilla à ce que ses silences n'en disent pas plus long que ses réponses évasives. Il devina que le prêtre en savait autant que les frères Berthold et Markus la dernière fois qu'ils les avaient rencontrés, et s'en tint là. Il n'évoqua pas Heidelberg ni le fantôme du templier. Pas plus que la prophétie de saint Malachie.

En revanche, il se souvint d'un fragment de phrase qui – prononcé par le revenant – l'intriguait particulièrement et, sur une impulsion, il demanda :

« Savez-vous ce que sont les Gardiens du Ponant ? »

Lancée de but en blanc, sa question le surprit presque autant que le chapelain.

Le père Färber sourit. Il repoussa son assiette, vida son verre, s'essuya les lèvres avec un coin de serviette, regarda Kantz et sourit encore.

« Chevalier, je vais vous donner motif de vous réjouir de m'avoir encontré ce jourd'hui. Moi et non pas le frère Berthold que vous veniez visiter…

— Vraiment ?

— Oui. Pour la raison que je vais vous répondre, ce que le frère commandeur ne ferait pas, vous pouvez m'en croire.

— Soit. Je vous écoute, mon père. »

Le chapelain se renfonça dans son fauteuil, fit signe au valet de remplir les verres. Kantz, en posant la main sur le sien, refusa.

« Vous savez combien les Templiers sont jaloux de leurs secrets et combien ces secrets sont nombreux, dit le père Färber. Les Gardiens du Ponant touchent à l'un d'eux… »

Et voici ce qu'il raconta au chevalier :

Jadis, au temps de sa splendeur, le Temple avait été le dépositaire d'une mystérieuse prophétie. Il en possédait deux exemplaires manuscrits, préservés séparément pour qu'ils ne puissent être volés ou détruits ensemble.

L'un – le manuscrit d'Orient – fut conservé à Jérusalem, puis à Chypre ; l'autre – le manuscrit d'Occident – ne quitta jamais l'Europe.

« Ce fut longtemps l'un des secrets les mieux scellés de l'ordre, précisa le prêtre. Même parmi les frères, rares étaient ceux qui le partageaient. »

Des templiers, triés sur le volet, formaient une élite chargée de garder les manuscrits : les Gardiens du Levant pour le manuscrit d'Orient et les Gardiens du Ponant pour celui d'Occident. Les Gardiens du Ponant disparurent dans la tourmente qui, au début du XIVe siècle, emporta le Temple ; leur manuscrit fut perdu. Depuis Chypre, en revanche, les Gardiens du Levant purent s'enfuir et se cacher avec le manuscrit d'Orient. Il semble qu'ils survécurent aux terribles épreuves que traversa l'ordre jusqu'au XVIe siècle.

« Car lorsque le Temple ressuscita, dit le père Färber, il manifesta sa reconnaissance et sa soumission en faisant don au pape du précieux manuscrit. Les Gardiens du Levant, qui dès lors n'avaient plus raison d'être, disparurent à leur tour. »

Découvrant la prophétie, le Vatican décida de n'en rien révéler.

« Mais vous savez ce qu'il advient fatalement des secrets que l'on partage…

— Ils transpirent, nota Kantz.

— Et celui-là fit comme les autres. »

Au fil des ans, une rumeur grandit à Rome. On sut que les Templiers avaient confié un secret au pape, que ce secret était une prophétie, qu'elle devait être de saint Malachie. On ne parla bientôt plus que de cela, au point que l'Eglise se décida à faire connaître le texte. Mais comme elle avait nié l'existence du manuscrit d'Orient durant des décennies et ne pouvait se désavouer, il lui fallut prendre des chemins détournés.

« Et c'est ainsi, dit le chapelain, qu'un moine bénédictin sortit d'on ne sait où une prophétie qu'il attribuait à saint Malachie.

— Le moine se nommait Arnold de Wyon, lâcha Kantz. Et sa prophétie était la trop fameuse prophétie des papes… »

Le père Färber acquiesça en affichant un sourire malin.

Kantz s'en retourna en début d'après-midi et trouva Willem à sa porte. Le Nain, qui arrivait tout juste, apportait un exemplaire du *Lignum Vitæ* de la part de Günter Vecht.

« Il ne fallait pas vous donner cette peine, fit le chevalier.

— J'avais à faire par chez vous.

— Etes-vous meshui libre de votre temps ?

— Oui.

— Alors demeurez et buvez un verre en ma compagnie. »

Le Nain accepta volontiers. Sous son bonnet à plume de faisan, son visage était rouge et luisant de sueur. Le brûlant soleil qui écrasait Wielstadt n'épargnait pas sa carnation de roux ; la chaleur l'incommodait beaucoup. La douceur des étés écossais lui manquait.

« Ne pleuvra-t-il donc jamais ? » râla Willem en entrant à la suite du chevalier.

Lorsqu'il se laissait aller, son accent rocailleux redoublait.

« Il y aura bientôt un orage, affirma Kantz. Je vous prédis même un véritable déluge.

— Dieu vous entende… »

La *salle* était tiède, silencieuse, plongée dans un faux jour reposant.

Otant son chapeau et son baudrier, Kantz pria Willem de s'asseoir et appela. Stefan poussa la porte du fond, ses cheveux blonds en bataille et la figure chiffonnée : il devait faire une sieste à l'ombre de l'orme.

« Où est Heide ?

— Sortie, répondit le valet en réprimant un bâillement.

— Et Chandelle ?

— Je l'ignore, Monsieur. Que puis-je pour votre service ? »

Kantz l'envoya chercher un pichet de blanc à l'auberge voisine et, pour s'assurer de boire frais, exigea que le vin soit tiré d'un tonneau à la cave. Puis, tandis que le jeune homme déguerpissait, il s'attabla en face de Willem.

Le Nain posa le livre entre eux et le heurta d'un index crocheté.

« Vecht n'a pu l'acheter en votre nom. Il faudra donc le rendre.

— A qui appartient-il ?

— Je ne puis le dire.

— Soit. »

Kantz ouvrit le livre, chercha en vain un ex-libris et croisa le regard amusé de Willem.

« Ne serait-ce pas trop simple ? demanda le Nain.

— Il est vrai… C'est une première édition.

— Oui. Faite à Venise en 1595. Je ne sais s'il y en eut d'autres. »

Le chevalier feuilleta distraitement le livre.

« L'avez-vous lu ?

— Un peu.

— Assez pour vous faire un avis ? »

Willem hésita.

« Je l'aurais lu dix fois en tout sens que je ne saurais vous dire mon sentiment. »

Essoufflé et écarlate, Stefan revint bientôt avec le pichet. Il fit le service et son maître l'autorisa à se remplir un verre à la condition qu'il aille le boire ailleurs. Le valet ne se fit pas prier pour retourner sous l'orme, dans le jardin.

Le vin était frais, léger, vif en bouche : un véritable vin de soif. Kantz et Willem en apprécièrent les premières gorgées sans mot dire, puis vidèrent le pichet en bavardant. Le Nain, surtout, parla. A Kantz qui n'avait pas passé cinq nuits à demeure depuis des semaines, il donna des nouvelles de Wielstadt. Piochant au hasard dans sa mémoire, il relata quelques-unes des innombrables anecdotes – tragiques, comiques ou anodines – qui font la vie d'une cité. Ainsi furent évoqués un menuisier qui tua l'âne du voisin à coups de bûche, une femme dont le chat éborgna l'amant et réveilla le mari, un confiseur emprisonné parce qu'il fourrait ses pralines au poison, une troupe de comédiens qui devait le gros de son succès au décolleté de son héroïne, un prédicateur calviniste dont les sermons enflammaient les foules, un meunier accusé de mouiller sa farine avant la pesée, une faiseuse d'anges qui périt sur le bûcher, l'explosion d'un alambic qui ôta à un alchimiste ses sourcils, un morceau d'oreille et le goût des expérimentations inédites.

Kantz avait déjà raccompagné Willem à la porte quand il se souvint du libraire qu'il avait croisé à Heidelberg : il lui avait promis de saluer les Vecht en son nom.

« Avant que vous ne partiez et que j'oublie encore…

— Oui ? fit le Nain en coiffant son bonnet plat.

— J'ai encontré à Heidelberg quelqu'un de votre connaissance. Maître Dobush. Vous souvenez-vous de lui ? »

Willem acquiesça, le visage soudain fermé. « Quand l'avez-vous vu ?

— Ce devait être quelque chose comme le 1er ou le 2e jour de ce mois.

— Il est mort depuis. »

Kantz marqua un temps avant de demander :

« Comment le savez-vous ?

— Comme nous étions sur le point de conclure une affaire avec Dobush, sa veuve nous l'a fait savoir par courrier. La lettre est arrivée ce matin. »

Le chevalier avait parlé à Dobush dans la cour de madame de Ludehn. La baronne ne portait pas chance à ses invités.

« Sait-on la cause du trépas ?

— Dobush fut assassiné. La lettre ne dit rien de plus sur ce sujet. »

Kantz laissa partir Willem, convaincu que le libraire palatin était au nombre des victimes de Reinecker.

De la Sainte-Vehme, donc.

Kantz passa le reste de la journée à lire et étudier le *Lignum Vitæ*.

Ecrit en latin, le livre était pour l'essentiel consacré aux évêques issus de l'ordre des Bénédictins. A priori, cette partie ne concernait pas le chevalier. Il la parcourut néanmoins par acquit de conscience. Outrageusement hagiographique, le style était plat quand il n'était pas pompeux. Le fond n'ayant pas plus d'intérêt que la forme, Kantz manqua plusieurs fois de piquer du nez. Mais le vin avait peut-être sa part dans cette somnolence.

Le texte prophétique était relégué en fin d'ouvrage. Il tenait sur quelques pages et consistait en des devises latines censées qualifier le règne ou la personnalité des papes depuis Célestin II, soit depuis 1143. De Célestin II à Urbain VII, élu en 1590, le nom des papes était inscrit en vis-à-vis de leurs devises respectives et, déjà, Kantz nota que dix antipapes[1] s'étaient mêlés aux légitimes successeurs de saint Pierre. Pour n'en citer que quelques-uns, Pascal III, Clément VII et Alexandre V faisaient tache dans le tableau.

Passant outre, Kantz nota que les papes n'étaient plus nommés après Urbain VII, c'est-à-dire après la révélation de la prophétie. Une main anonyme avait cependant ajouté à la plume les noms et dates d'élections de ceux qui s'étaient succédés depuis : Grégoire XIV (1590), Innocent IX (1591), Clément VIII (1592), Léon XI (1605), Paul V (1605) et Grégoire XV (1621) ; ce dernier étant mort le 8 juillet 1623, le trône pontifical était vacant pour l'heure. Kantz compta cent onze devises, dont trente et une restaient à pourvoir. Quant au dernier pape, ce n'était pas une devise qui lui était consacrée mais un petit texte :

A l'heure de la suprême persécution de la Sainte Eglise romaine, c'est Pierre de Rome qui sera assis sur le trône pontifical. Il conduira le troupeau à travers de multiples tribulations. Après quoi, la Ville aux sept collines sera détruite et le Juge redoutable viendra juger les hommes[2].

Le dernier pape se nommerait donc Pierre comme le premier, et la

1. Un antipape est un pape élu irrégulièrement et non reconnu par l'Eglise.

2. A l'intention des latinistes : *In persecutione extrema Sacrae Romanae Ecclesiae sedebit Petrus Romanus, qui pascet oves in multis tribulationibus ; quibus transactis, Civitas septicollis diruetur ; et Judex tremendus judicabit populum.*

destruction de Rome – la ville aux sept collines – annoncerait le Jour du Jugement Dernier…

L'ensemble n'était guère convaincant et, en d'autres circonstances, le chevalier n'aurait sans doute pas poussé plus avant. Le soir tombant, il dîna frugalement et reprit son étude. Dans le refuge de sa bibliothèque, il s'attacha à juger la pertinence des devises avec impartialité.

Si l'on oubliait que certaines qualifiaient des antipapes, toutes tombaient assez juste jusqu'à Urbain VII. Ainsi, Célestin II était désigné par : *Ex castro Tiberis*, ce qui signifiait : Du château du Tibre ; or il s'appelait Guy Châtel et naquit à Titerna, sur le Tibre. Ce n'était qu'un exemple parmi d'autres.

En revanche, les devises suivantes convenaient moins aux successeurs d'Urbain VII. Pour Grégoire XIV : *De antiquitate urbis* (De l'antiquité de la ville) ; pour Innocent IX : *Pia civitas in bello* (La cité pieuse pendant la guerre) ; pour Clément VIII : *Crux Romulea* (La croix romaine). Malgré ses efforts, Kantz ne trouva rien qui légitimait indiscutablement ces devises. Mais il se dit qu'il pouvait ignorer le détail qui, dans le règne ou la personnalité des papes concernés, justifiait chaque formule. Malheureusement, les devises des premiers papes du XVIIe siècle – que Kantz connaissait mieux – n'étaient pas plus satisfaisantes. Pour Léon XI : *Undosus vir* (L'homme fait comme une onde) ; pour Paul V : *Gens perversa* (La race perverse) ; et pour Grégoire XV : *In tribulatione pacis* (Dans le trouble de la paix).

On pouvait arguer que Grégoire XV, par la faute de la guerre qui sévissait encore dans le Saint Empire, avait connu un règne troublé – mais quel pape avait eu un règne paisible ? Et quelle était la « race perverse » du pontificat de Paul V ? Et en quoi Léon XI était-il « fait comme une onde » ? Etait-il si souple, au propre comme au figuré ? Kantz s'énerva en réalisant qu'il tombait dans le même piège que les exégètes forcenés : celui de vouloir interpréter à tout prix, jusqu'à l'absurde.

La nuque douloureuse et les paupières lourdes, le chevalier renonça. Si la prophétie de Malachie recelait une révélation, celle-ci était bien cachée et lui échappait encore.

Il gagna sa chambre et s'allongea tout habillé sur son lit pour réfléchir. Le fantôme du templier pouvait-il s'être trompé ? Ou avait-il involontairement induit Kantz en erreur ? En quoi ce texte concernait-il Osiander et ses spectres ? Et les concernait-il seulement ?…

Dans le carré de nuit que découpait la fenêtre grande ouverte, Chandelle dansait, insouciante.

22

L'hôtel particulier que la fraternité avait alloué à madame de Ludehn était à la fois coquet, discret et confortable. Invisible de la rue, il était situé au milieu d'un pâté de maisons. On y accédait par une venelle que l'on n'avait aucune raison d'emprunter sinon. De hauts murs cernaient la cour et le petit jardin derrière.

Lorsqu'elle descendit du carrosse qui était allé la chercher à Cologne, la baronne découvrit sa future domesticité alignée sur les marches du perron : une femme de chambre, deux valets et une cuisinière ; le cocher resterait également à sa disposition. Soucieuse et empressée, levant légèrement ses jupes pour grimper l'escalier, elle passa devant eux sans un regard tandis qu'ils s'inclinaient. Elle trouva Tobias Haug dans l'entrée.

« Il n'y a que vous ?

— Oui, Madame. Pour l'heure. »

Elle espérait un autre comité d'accueil.

« Le Grand Maître ?

— C'est lui qui m'envoie.

— Quand le rencontrerai-je ?

— Bientôt, Madame. Quand il vous plaira.

— Il m'aurait plu de lui parler céans et meshui. »

Le chapeau à la main, Haug fit une révérence – une manière de dire qu'il comprenait mais que la chose était impossible. Puis il indiqua respectueusement une porte, celle d'un salon où ils s'isolèrent.

La pièce était élégante, avec meubles précieux, bibelots rares et tapis de prix, le tout parfaitement agencé. Des miroirs et des dorures y augmentaient la lumière dans le faux jour du couchant. On avait allumé des bougies. Une fenêtre était ouverte sur le jardin. Haug la ferma par prudence.

« C'est vous que j'attendais à Heidelberg, dit madame de Ludehn. Pourquoi n'être pas venu ? Pourquoi avoir mandé le chevalier Kantz ?

— Le Grand Maître l'a voulu ainsi », mentit Haug.

Il n'imaginait pas expliquer qu'il lui avait fallu, à la dernière minute, se trouver un remplaçant parce que des usuriers l'avaient battu comme plâtre. Quatre jours durant, il put à peine marcher et maintenant encore, ses côtes le faisaient souffrir quand il s'étirait.

Pourtant, cette gêne persistante n'était rien comparée à l'angoisse de ne pouvoir payer le solde de sa dette. Haug savait que Roi Misère ne lui accorderait plus aucun délai. Deux semaines étaient déjà écoulées depuis que le monarque des gueux l'avait menacé de mort s'il manquait à sa parole. Afin de tenir ses engagements, Haug devait absolument toucher la seconde moitié du salaire que le Masque d'or avait convenu de lui confier. L'argent, en principe, devait récompenser le messager que Haug choisirait pour aller à Heidelberg à sa place – Kantz, en l'occurrence.

Mais Tobias Haug imagina un scénario différent.

Il savait par ouï-dire que le chevalier devait une faveur au Roi Misère. Alors il alla voir ce dernier et le convainquit de charger Kantz de la fameuse lettre, ce qui ne lui coûterait rien. En échange, Haug reverserait l'intégralité de ce que le Masque d'or était disposé à débourser, soit bien plus qu'il ne devait. Le Roi Misère avait hésité. Car si la somme était belle, il rechignait à libérer Kantz de sa promesse ; une autre occasion, future, lui serait sans doute plus profitable. Ne pouvait-il pas plutôt envoyer l'un de ses hommes à Heidelberg ? Haug refusa. Il savait que la mission était délicate, qu'elle pouvait être dangereuse, que la Sainte-Vehme serait de la partie. Il fallait un homme de la trempe de Kantz.

Il fallait Kantz.

« Le chevalier vous a-t-il donné des motifs d'insatisfaction ? demanda Haug.

— Certes pas. Bien le rebours, c'est lui qui pourrait me reprocher les vilains tours que je lui ai joués…

— Pourquoi l'avoir accompagné ?

— Quoi que le Grand Maître ait pu écrire, il m'apparut impossible de confier le manuscrit à un inconnu.

— Le chevalier était connu de nous.

— Il ne l'était pas de moi », laissa sèchement tomber la baronne.

Haug prit une inspiration. Comme madame de Ludehn avait abordé le sujet la première, il pouvait à présent en venir à ce qui lui importait vraiment. Sa survie en dépendait.

« Le Grand Maître vous prie de me remettre le manuscrit. »

Effarée, la baronne le regarda droit dans les yeux et il craignit aussitôt le pire.

« Je vous demande pardon ? » fit-elle.

Haug quitta l'hôtel particulier à la hâte. Il marchait vite, trottait parfois, courait presque. Il n'allait pas prévenir son maître. Il rentrait chez lui réunir quelques affaires, puis il fuirait Wielstadt. Pour toujours peut-être.

Madame de Ludehn n'avait pas le manuscrit.

Sur le point d'être rattrapée par la Sainte-Vehme à Mölein, elle avait confié le document à un cavalier venu la prévenir du danger qu'elle courait. L'homme, un certain vicomte de Larsvohl, était son amant et chevalier servant. Ils avaient convenu de cet éventuel rendez-vous avant qu'elle ne prenne la route. Lui devait rester à Heidelberg et ouvrir l'œil. Si quelque chose se passait et qu'il était encore humainement possible de rejoindre Mölein au jour dit, le vicomte s'y rendrait pour informer la baronne des derniers développements de l'affaire.

La précaution s'avéra utile.

Le lendemain du départ de madame de Ludehn, on vit un agent de la Vehme – le tristement célèbre Reinecker – rôder autour de son hôtel ; puis, le soir même, le libraire Dobush fut torturé et assassiné. Cela ne pouvait être une coïncidence. Devinant que les tueurs de la Sainte-Vehme savaient désormais l'essentiel sur le manuscrit, comprenant qu'ils remontaient la piste de la baronne, Larsvohl chevaucha à bride abattue et arriva à temps à Mölein.

Quand elle apprit quelle menace pesait sur elle, madame de Ludehn chargea le vicomte de porter le précieux manuscrit à Wielstadt. De son côté, elle s'efforcerait de distraire ses poursuivants et les garder à distance ; elle passerait par Cologne et s'y cacherait si nécessaire. Mais le vicomte ne servait la baronne que par amour et loyauté. Il n'appartenait pas à la fraternité, n'était pas connu d'elle et n'avait jamais mis les pieds à Wielstadt. A qui remettrait-il le manuscrit ? Comment ? Et où ? Madame de Ludehn lui fournit le moyen de se réclamer d'elle et lui dit qui contacter : Jaron Braumüller, un confiseur fidèle à la cause par qui passaient d'ordinaire les messages clandestins.

Les événements se précipitèrent ensuite. La Vehme était déjà dans Mölein au moment où Larsvohl repartait. De son côté, la baronne échappa de justesse à Reinecker, faussa bientôt compagnie à Kantz afin de ne pas avoir à lui rendre des comptes, et trouva refuge à Cologne où elle passa deux nuits. Elle ignorait encore que, Braumüller ayant été accusé d'empoisonnement et emprisonné, il n'y avait personne à Wielstadt pour accueillir le vicomte…

De fait, on était sans nouvelles de lui depuis. Se terrait-il quelque part en ville, en désespérant de retrouver la baronne ? Avait-il été pris ? Vivait-il ? Et qu'était-il advenu du manuscrit ? Etait-il caché ? Perdu ? Entre les mains de la Sainte-Vehme ?

Les réponses à toutes ces questions importaient peu à Tobias Haug tandis qu'il pressait le pas dans le soir. Le sort du vicomte l'indifférait, comme l'indifférait ce qu'était ce mystérieux manuscrit. Seule la disparition du document le concernait. Car elle signifiait l'échec de la mission dont l'avait chargé le Masque d'or. Et là, ce n'était pas la perspective d'encourir la colère de son maître qui effrayait Haug, mais celle de ne pas toucher l'argent que lui réclamait le Roi Misère. Parce qu'il savait tout, tôt ou tard, le Roi Misère apprendrait fatalement de quoi il retournait. S'il voulait vivre, Haug devrait avoir fui avant.

Coupant au plus court, il emprunta le pont Carolus-Magnus, le plus vieux de Wielstadt et le seul à n'être pas bâti – ceci expliquant cela[1]. Comme d'ordinaire, il sentit les tanneries de son quartier avant de les voir. Il longea la Wiel, prit un raccourci par une venelle et quelques arrière-cours en enfilade, allait tourner au coin de sa rue quand on le saisit par le col et l'attira dans l'ombre.

Le contact d'une lame nue contre sa gorge le dissuada de crier ou de se débattre. Celui qui le tenait en respect était un spadassin aux yeux exorbités, aux longs cheveux blond pâle, à la bouche épaisse et purpurine. Un masque de cuir couvrait sa joue gauche.

Il souriait.

« Tu sais qui je suis ? » demanda Reinecker.

Haug acquiesça : *oui*.

« Tu sais qui je sers ? »

Nouvel acquiescement : *oui*.

« Tu sais que, si je voulais te tuer, tu serais déjà mort. »

1. Le Pont-Neuf à Paris, édifié sous Henri IV, doit aux mêmes raisons d'avoir survécu jusqu'à nos jours. Il est le seul, en effet, sur lequel il était formellement interdit de bâtir. Tous les autres supportaient, accrochés à leurs parapets, des bâtisses de bric et de broc, parfois hautes de plusieurs étages, qui cachaient la Seine, mordaient autant sur les trottoirs que sur le vide, et basculaient à l'occasion dans le fleuve. Soyons donc reconnaissants au bon roi Henri pour sa prévoyance, et remercions-le d'avoir permis que le Pont-Neuf devienne le plus vieux pont de la capitale.

Même mouvement de tête, même réponse : *oui.*

« Or tu vis… »

Haug hésita mais : *oui.*

Reinecker desserra son étreinte et lui permit de jeter un œil dans la rue. Il faisait presque nuit. Haug vit néanmoins deux hommes qui attendaient près de chez lui, un troisième à l'angle d'une ruelle voisine et, surtout, plus loin, la jeune amazone brune qui, au nom du Roi Misère, avait ordonné qu'on le tabasse…

Nonchalant, Reinecker rangea son poignard.

« Ta compagnie est très recherchée, à ce qu'il semble », dit-il.

Retrouvant peu à peu des couleurs, Haug le regarda fixement et demanda :

« Que veux-tu ?

— Mais te sauver la vie, Tobias… Te sauver la vie… »

23

Kantz arriva aux Trois-Tours en fin d'après-midi, précédé par le centaure de la garde qui était venu le chercher chez lui. Levé tôt, il avait passé le gros de la journée à se creuser la tête sur la prophétie de saint Malachie ; il avait considéré les devises papales sous tous les angles, cherché des anagrammes, tenté d'établir des correspondances entre les dates d'élection, de naissance et de mort des souverains pontifes. En vain. Le texte restait ce qu'il était : une révélation des plus douteuses. Par l'intermédiaire de Günter Vecht, Kantz envisageait déjà de rendre le *Lignum Vitæ* à son légitime et anonyme propriétaire.

Heide somnolait dans la *salle* quand on avait frappé à la porte. Elle lissa son tablier, vérifia la bonne tenue de son chignon, et alla ouvrir. Ses yeux clairs s'écarquillèrent de surprise quand elle découvrit le centaure qui la plongeait dans l'ombre et bouchait la vue. Il portait une moustache à la royale, un grand feutre à panache blanc, un pourpoint or et azur – les couleurs de Wielstadt. Son large torse était barré par un baudrier de cuir auquel pendait une longue rapière à pommeau d'argent. Sans se présenter, le centaure dit qu'il voulait parler au chevalier. Heide fit diligence.

Mi-hommes, mi-chevaux, les centaures en imposaient. Par la taille et la masse, d'abord. Mais aussi par l'impression de force brute qu'ils dégageaient. En eux bouillonnait une fureur animale et sauvage qu'ils contenaient mal. Impatients, colériques, ils étaient capables de déchaînements de violence inouïs. Quand la fureur les aveuglait, ils oubliaient la prudence et la pitié ; ils pouvaient tuer d'une ruade, bousculer une foule, écraser crânes et membres sous le sabot. Cela ne faisait pas d'eux d'excellents soldats. En revanche, un escadron de centaures n'avait pas son pareil dès qu'il s'agissait de disperser des émeutiers ou, simplement, de calmer leurs ardeurs en paraissant. Il fallait autant de courage que d'inconscience pour faire front à une charge de centaures enragés.

« Où allons-nous ? avait demandé Kantz en reconnaissant un officier de la garde.

— Aux Trois-Tours, s'il plaît à vous. Monsieur le Lieutenant criminel du Prévôt vous y attend.

— Je vous suis. »

Parce qu'elle était prospère, Wielstadt pouvait entretenir d'importantes forces de maintien de l'ordre. Outre la milice bourgeoise, son guet comptait cent cavaliers, deux cents fantassins, une trentaine d'exempts, et toute une armée de secrétaires, greffiers, archivistes, huissiers et autres gratte-papier. Un magistrat – le prévôt – avait la responsabilité de cette lourde et complexe machinerie policière. Il était assisté d'un lieutenant civil et, sur le terrain, d'un lieutenant criminel. Ce dernier désirait rencontrer Kantz.

« Savez-vous pour quelle raison Monsieur von Regenhalt me demande ?

— Je l'ignore, Monsieur le Chevalier », répondit le centaure avec cette froide politesse que les militaires réservent volontiers aux civils.

Ils arrivèrent.

Le quartier général du guet était aux Trois-Tours, un imposant ouvrage fortifié qui défendait jadis une porte de la Wielstadt médiévale. Cernant une vaste cour, d'imposantes murailles se dressaient, aussi hautes que les trois donjons qu'elles unissaient. Alentour, il ne restait rien des anciens remparts de la ville sinon le souvenir et les rues qui en épousaient désormais le tracé. Droite et sombre, la silhouette massive des Trois-Tours dominait un quartier qui avait grandi en l'oubliant.

Pour entrer, on empruntait un pont-levis toujours baissé sur un vestige des douves d'antan. Il régnait une chaleur suffocante dans la cour que le soleil commençait seulement d'épargner ; l'air immobile y avait cuit des heures durant, saturé d'odeurs et de poussière. Kantz et son guide se hâtèrent. Rainer von Regenhalt les attendait devant l'un des donjons.

Devant celui que l'on avait reconverti en prison, si le chevalier ne se trompait pas.

Outre les geôles, oubliettes et salles de torture traditionnelles, la prison des Trois-Tours avait une morgue où l'on exposait les cadavres anonymes que l'on découvrait à l'occasion. L'accès y était libre mais surveillé : libre pour permettre à qui le voulait de venir et peut-être reconnaître un disparu ; surveillé afin de décourager les nécromants et autres amateurs de reliques morbides. Les dépouilles étaient vouées à la fosse commune si personne ne les identifiait après quelques jours – seulement deux ou trois en été.

La cave était basse et fraîche. Des enfilades de colonnes soutenaient les voûtes croisées du plafond. L'air et la lumière entraient par des meurtrières cruciformes qui, dehors, étaient percées au ras des douves. Des tables étaient disposées entre les piliers ; sur certaines, des draps recouvraient des corps. Une puanteur de sang, d'humeurs et de vieille viande imprégnait tout. Un grand silence glaçait l'âme.

« Je souhaite me tromper », dit Regenhalt.

Kantz, la mine sombre, acquiesça.

Ils étaient seuls dans la pièce. Ils parlaient bas, le chapeau à la main, comme dans une église. Ils se tenaient devant une table où un cadavre était allongé. Le chevalier souleva le drap et découvrit un visage familier.

« C'est bien lui, dit-il… C'est Jacob.

— Je suis désolé, chevalier. »

Regenhalt semblait sincère.

Grand et blond, la moustache fière, il était habillé en gentilhomme aventureux : bottes basses et largement évasées, chausses destinées à la monte, solide pourpoint de qualité et feutre à panache ; une lourde rapière, héritée de son père, pendait à son côté. Il avait environ trente-cinq ans, était fils de petite mais vieille noblesse rhénane, avait été soldat avant d'acheter la charge de Lieutenant criminel du Prévôt de Wielstadt. Elle ne lui avait pas coûté bien cher : elle n'attirait ni les honneurs ni la fortune et n'était guère disputée. Elle le satisfaisait pleinement, néanmoins.

« Je vous remercie », dit Kantz sans quitter le cadavre des yeux.

Il écarta le drap plus largement.

Hors les bottes qu'un misérable avait sans doute volées avant l'arrivée du guet, Jacob Huyghens portait encore les vêtements du moment de sa mort. On avait ouvert son pourpoint et sa chemise ensanglantés pour laver ses plaies : plusieurs coups d'épée lui avaient transpercé la poitrine. De sa main toujours gantée, le chevalier effleura l'une des blessures boursouflées. La démangeaison fugitive qui lui vint à la paume l'intrigua.

Un petit livre était posé près du corps.

« Qu'est-ce ? demanda Kantz.

— Un psautier. Huyghens l'avait en poche quand on l'amena… Etait-il protestant ?

— Luthérien. Puis-je conserver le livre ?

— Qui d'autre pourrait le réclamer ? »

Kantz prit le recueil de psaumes, le feuilleta, s'arrêta sur la page de garde, le glissa dans son pourpoint.

« Quand a-t-on trouvé Jacob ? fit-il en rabattant le drap.

— Hier au matin. Malheureusement, je ne mis le nez céans que ce jourd'hui, et tardai donc à reconnaître votre ami…

— Où gisait-il ?

— Dans une ruelle voisine du port.

— Sait-on qui le tua ?

— Non.

— Ni pourquoi ?

— Pas plus. Ses bottes et son épée lui faisaient défaut quand on manda le guet, mais Wielstadt ne manque pas de détrousseurs. Je doute qu'on le tua pour cela. Six coups lui furent portés : c'est cinq de trop.

— Une exécution, lâcha Kantz.

— Oui. Du moins est-ce mon sentiment… »

Le chevalier agrippa le rebord de la table pour peser de tout son poids sur ses bras raidis. Il garda un moment les yeux dans le vague, puis laissa sa tête pendre mollement en avant.

Les paupières closes, il murmura :

« Pourriez-vous me laisser quelques instants et garder la porte, je vous prie ? »

Regenhalt connaissait Kantz depuis des années : sans être amis, ils se vouaient une estime et une confiance réciproques.

Il imagina que le chevalier souhaitait prier et sortit.

Une fois seul en compagnie des morts et de leur silence, Kantz resta longtemps immobile. Enfin il se redressa, prit une grande inspiration et ouvrit les yeux. Il affichait un air fataliste et désolé, celui d'un homme résolu à commettre malgré lui une infamie.

Il voulut croire qu'il n'avait pas le choix.

Une incantation latine aux lèvres, il commença par se recueillir, debout, les mains jointes sur l'abdomen. Quand il fut prêt, il souleva et replia le drap pour exposer le visage de Huyghens. Psalmodiant toujours, il observa avec compassion son ami défunt, trouva à la Mort un air paisible et trompeur, prit le temps d'ôter, doigt après doigt, le gant de cuir fin qui habillait sa main gauche. Il murmura :

« Pardonnez-moi, Jacob. »

Et posa sa paume tatouée sur le front exsangue.

Le cadavre fut saisi d'une convulsion et se figea, tel un supplicié surpris au paroxysme de la souffrance, le corps tendu à se rompre, les yeux écarquillés et la bouche béante, hurlant un cri silencieux. Dans ses yeux brillait un éclat insane, l'éclat d'une âme violentée, torturée, arrachée à l'éternité des Limbes. Un spasme fulgurant remonta le bras du chevalier. Il se cambra, grimaça, rejeta la tête en arrière mais ne retira pas sa main de sous laquelle palpitait une lueur rouge.

Cela ne dura que quelques secondes. Par-delà la mort, Kantz vit un ciel nocturne, une venelle enténébrée, des silhouettes drapées de noir, des masques de cuivre rivetés sur des visages aveugles, des lames nues, blanches comme la lune. Il sentit l'acier déchirer ses chairs, et recommencer. Une douleur aiguë le submergea. Le goût de son propre sang lui vint à la bouche. Ses genoux heurtèrent le sol puis l'univers bascula. Il gisait étendu, ne souffrait plus. Une rumeur ouatée l'assourdissait ; un voile trouble se couchait sur lui. La multitude des étoiles se dilua lentement en une immense clarté et ce fut tout.

Le cadavre s'affaissa.

Kantz lâcha prise et recula en titubant. Il était épuisé, essoufflé, effaré. Sa main gauche pendait inerte et glacée ; il se tenait le poignet. Il marcha vers une colonne et s'y adossa. Avec des gestes fébriles, il se hâta de ganter une main qui reprenait vie peu à peu et commençait de le tourmenter. Enfin, n'en pouvant plus, il se laissa glisser le long de la pierre et resta assis, prostré, pâle et nauséeux.

Un murmure franchit alors ses lèvres, sans cesse répété :

« Seigneur, ayez pitié et pardonnez-moi… Seigneur, ayez pitié et pardonnez-moi… Seigneur, ayez pitié et pardonnez-moi… Seigneur, ayez pitié et pardonnez-moi… »

Kantz rabattait le drap sur la dépouille de Jacob Huyghens lorsque Rainer von Regenhalt, après avoir jeté un pudique coup d'œil à l'intérieur, poussa la porte. Il rejoignit le chevalier et découvrit à quel point celui-ci semblait éprouvé. Kantz était livide, les yeux cernés et les traits tirés. Le remords noyait son regard gris. Il pouvait avoir pleuré.

« Chevalier ! Etes-vous bien allant ?

— Oui. Ne vous inquiétez de rien.

— Vous faites peine à voir. Sortons, voulez-vous ? Il n'y a pire endroit que cet endroit.

— Je veux bien. »

Deux valets entrèrent alors. Ils portaient une civière et venaient chercher un défunt que personne n'avait réclamé. Tout en suivant Regenhalt vers la porte, Kantz les regarda faire. Ils posèrent leur civière sur une table vide, enlevèrent le drap qui couvrait un corps sur une table voisine, et empoignaient déjà le cadavre par les pieds et les épaules lorsque le chevalier les arrêta :

« Un instant ! »

Surpris, le lieutenant se retourna pour voir Kantz qui marchait vivement vers les fossoyeurs ou, plutôt, vers le mort qu'ils allaient emporter.

« Chevalier ! Que se passe-t-il ?

— Je crois connaître cet homme ! »

Les valets s'écartèrent afin de permettre au chevalier, puis à Regenhalt, d'observer le cadavre tout à loisir. Il s'agissait du gentilhomme roux que Kantz avait vu discutant avec le libraire Dobush devant l'hôtel de madame de Ludehn. Le malheureux avait été proprement égorgé. Il gisait en chemise, chausses et bas.

« Qui est-ce ? demanda Regenhalt.

— J'ignore son nom.

— Vous disiez le connaître.

— J'aurais dû dire que son visage m'était connu. Je l'ai croisé à Heidelberg, voilà quelques jours.

— Le saviez-vous à Wielstadt ?

— Non.

— Ni donc ce qu'il y venait faire…

— Non plus. »

Regenhalt fit un petit bruit de bouche dépité. « Vous ne m'êtes pas d'un grand secours, chevalier. Si vous me permettez ce reproche…

— Il est mérité, accorda Kantz… Connaît-on l'assassin de ce malheureux ?

— Les assassins. Ils étaient deux qu'une patrouille a pris sur le fait mais qui, malheureusement, avaient déjà commis l'irréparable. Ils achevaient de déshabiller leur victime. Ils voulurent fuir et furent abattus. L'un mourut aussitôt. L'autre le lendemain, de ses blessures. Ce n'était pas, croyez-m'en, leur premier forfait.

— Quand est-ce arrivé ?

— Il y a trois nuits. »

Soit la nuit, calcula Kantz, où lui-même était rentré de son voyage à Heidelberg.

L'idée lui vint que le gentilhomme assassiné pouvait être le cavalier que madame de Ludehn avait retrouvé à Mölein. Et si la baronne en avait profité pour lui confier le « ce que vous savez » de la fameuse lettre ?

« Je ne comprends pas, dit Kantz… Si les meurtriers n'ont pu s'échapper, où sont les vêtements de la victime ?

— C'est que nul ne prit la peine de rhabiller ce gentilhomme », expliqua Regenhalt en adressant un regard noir aux deux valets.

L'un d'eux s'empressa de sortir un panier de sous la table. Kantz saisit la corbeille et la renversa sur la civière. Il découvrit un baudrier et sa rapière au fourreau, un chapeau dont le panache était cassé, une bourse ventrue, une paire de gants d'équitation, un mouchoir, une dague de chasse, un élégant pourpoint ; le vêtement était sale, froissé et – Kantz le renifla – il empestait l'écurie. Une odeur qui lui évoqua plusieurs jours de chevauchée harassante sous un soleil de plomb.

Regenhalt, quant à lui, avait vidé la bourse. Elle contenait une jolie somme mais, surtout, une chevalière que Kantz reconnut aussitôt : c'était celle qu'il avait remarqué au doigt de madame de Ludehn, lors de leur première rencontre. Il se souvenait qu'elle la portait également pendant le voyage. Cependant, l'avait-elle encore après Mölein ? Il était incapable de le dire.

Le chevalier prit la bague et l'observa soigneusement.

Les armoiries semblaient être les mêmes que celles gravées sur le fronton de l'hôtel de Ludehn. Mais une goutte de boue séchée maculait le blason. Kantz voulut le nettoyer de l'ongle et découvrit qu'il pivotait. L'autre face était frappée d'une rose héraldique sur croix latine.

« Une *rose-croix* ? s'exclama Regenhalt.

— Je crois, dit le chevalier d'une voix égale, qu'il nous faudrait savoir où logeait ce gentilhomme. Car après tout, il devait bien dormir quelque part… »

24

D'un mouvement souple et ferme, Osiander fit voler la rapière de son adversaire épuisé, lui saisit le poignet tandis qu'il trébuchait et, forçant la prise, l'immobilisa. L'homme, un genou à terre, grimaçait de douleur. Osiander se pencha en souriant et, d'une brusque torsion, lui brisa le coude. Le craquement retentit comme un coup de feu dans la salle d'armes. La douleur fit hoqueter le malheureux. Ses yeux se révulsèrent et il tomba évanoui sur le parquet ciré.

« Touché », dit Osiander en se redressant.

Levant les yeux, il aperçut Reinecker qui l'observait, debout près de la porte. Il ne l'avait pas entendu entrer. Le visage du spadassin, pour autant qu'on put en juger dans la lumière crépusculaire qui entrait par les fenêtres, n'exprimait rien.

« Veux-tu croiser le fer ?

— Je vous remercie, Monsieur. Mais je préférerais garder mes bras et jambes intacts.

— Pour les services qu'ils te rendent… »

Reinecker ne cilla pas. Son maître ne savait pas commander sans effrayer ni humilier.

L'homme étendu par terre gémit. Osiander le gratifia d'un coup de pied dans les côtes et le fit taire pour le compte.

« Peut-être, dit Reinecker, devriez-vous épargner mes hommes… »

Le démon ricana.

« Il était à Mölein, n'est-ce pas ? Avec toi et quelques autres ?

— Oui.

— Considérez ceci comme une punition collégiale.

— Oui, Monsieur. »

Osiander jeta sa rapière, ôta sa chemise, s'assit sur une banquette et entreprit de se frictionner le torse et les bras avec une serviette sèche.

« Approche », dit-il.

Le spadassin obéit.

« Qui servais-tu, avant moi ? Börgartz ou Seelgen ?

— Seelgen.

— Et avant lui ?

— Je servais déjà la Sainte-Vehme », éluda Reinecker.

Osiander lui adressa un regard noir.

« Tu sais ce que je veux dire…

— Je servais le juge Gotzler. »

Le démon acquiesça et, pensif, s'essuya les aisselles. Le juge Gotzler avait longtemps présidé le tribunal de Vehme à Wielstadt. Jusqu'à sa mort dans d'étranges circonstances, à l'hiver 1620.

« C'était pourtant déchoir, nota Osiander. Puisque Börgartz succéda à Gotzler, et non Seelgen. »

Il accueillit le prudent silence de Reinecker avec un sourire et affirma :

« Mais tu avais deviné que si Börgartz devenait, par la force des choses, le maître de la Vehme à Wielstadt, Seelgen restait celui de Börgartz. Tu devinas qu'il valait mieux servir celui qui présidait depuis l'ombre, que sa créature sous le soleil… »

Le spadassin acquiesça.

« Tu es intelligent, Reinecker. Très intelligent. Peut-être l'es-tu trop… »

Osiander éclata de rire. Puis il enfila une chemise propre et dit :

« Parle-moi de ce Tobias Haug…

— Il nous servira si nous payons ce qu'il doit. Il n'a pas le choix.

— Alors nous payerons. La Sainte-Vehme est riche.

— Mais Haug ne sait rien ou presque du Masque d'or.

— Peu importe. Nous l'emploierons à tout autre chose… »

Osiander se leva et, prenant Reinecker par l'épaule, il l'entraîna hors de la salle d'armes.

« D'autres nouvelles ? demanda-t-il sur le ton de la conversation.

— Huyghens a reparu. On l'a vu à la *Tête de Loup*.

— Cette affaire est réglée.

— Mais la *Tête de Loup* attire d'autres regards.

— Le guet ? » se moqua Osiander.

Encore ravi par son duel, il manifestait une gaieté qui inquiétait Reinecker. Elle semblait feinte, anormale, presque malsaine. C'était la gaieté d'un fou capable d'égorger un homme à pleines dents, de lui rompre la nuque par caprice, de lui crever les yeux sous les pouces. Reinecker n'était pas à son aise. Il se sentait minuscule et fragile tandis qu'Osiander, qui avait toujours son bras sur ses épaules, le menait fermement dans les couloirs de la grande demeure obscure, déserte et silencieuse.

Pour répondre, le spadassin s'arrêta et se dégagea sans y paraître d'une étreinte qui l'oppressait.

« Non pas le guet, Monsieur. Le Roi Misère. Il a sa part dans tous les commerces clandestins de la ville. Ce que nous faisons à la "Tête de Loup", il ne peut longtemps l'ignorer et certes pas tolérer d'en être exclus.

— Et c'est cela qui t'inquiète tant ? Un roi des mendiants et sa poignée de gueux faméliques ? Allons, Reinecker…

— La menace est sérieuse. Le Roi Misère est puissant. Il pourrait…

— Tu en as assez dit sur ce sujet », décréta le démon.

Ils étaient parvenus dans le hall. Reinecker comprit que son maître le chassait.

« Je dois encore vous remettre ceci », dit-il.

Osiander saisit le pli que lui tendait le spadassin. Il le décacheta et le lut. Un sourire lui vint aux lèvres. Une fugitive lueur jaune brilla dans ses yeux.

« Sais-tu ce que cela dit ?

— Oui, Monsieur.

— As-tu lu ce papier ?

— Non.

— Mais la rumeur t'est parvenue…

— Oui. Il suffit souvent d'écouter pour savoir. »

Osiander froissa la lettre dans son poing. Il oscillait, en fait, entre l'amusement et la colère.

« Ainsi, le Conseil de la Sainte-Vehme me convoque…

— Oui, Monsieur.

— Ils me convoquent !… Moi ! » Il semblait à peine y croire. « Peux-tu l'imaginer, Reinecker ? Ils me convoquent ! » L'agacement pointait dans sa voix. « Suis-je de ceux que l'on convoque ? » Il menaçait à présent de basculer dans la fureur. « Mais qui, qui croient-ils être ? » Il rugit. « QUI ? ME LE DIRAS-TU, REINECKER ? QUI ?

— Je ne sais », dit Reinecker en reculant vers la porte.

Frémissant, Osiander se détourna du spadassin, fit quelques pas et resta à souffler bruyamment, les mains sur les hanches, face au mur.

Il murmura :
« Börgartz signa la lettre, mais c'est Seelgen qui l'écrivit…
— Irez-vous ? » demanda timidement Reinecker.
Le démon lui jeta alors un regard rusé par-dessus l'épaule.
« Oui, j'irai. Et tu m'accompagneras… »

25

Ce matin-là, Günter Vecht avait donné congé à ses employés, Willem y compris. Arrivé tôt, il n'avait pas ouvert la librairie et s'était réfugié dans l'atelier d'imprimerie désert, loin des bruits de la rue, derrière les volets clos. Il y avait débarrassé une table et, à la lumière d'une bougie, avait entrepris de régler la paperasse en retard. La maison était parfaitement silencieuse : depuis que les Vecht avaient pris possession de leur nouvelle demeure, le logement du premier était vacant – Willem devait s'y installer bientôt.

De temps à autre, le libraire délaissait ses comptes, commandes et inventaires pour boire une gorgée de vin, tailler une plume ou remplir l'encrier. Parfois, également, il se levait et parcourait la pièce, passait entre les presses à bras, appréciait l'odeur de papier, caressait du regard les livres en devenir, les cahiers épars, les feuillets qui séchaient pliés sur des cordes tendues, les plaques d'impression finement ciselées, les caractères de plomb qui pouvaient tout dire. Puis il retournait à ses travaux d'écriture, ragaillardi et heureux.

Il était peut-être midi quand Vecht eut soudain l'intuition de ne plus être seul. Il leva le nez, distingua la silhouette d'un spadassin dans l'ombre. Il n'eut pas peur et crut deviner qui était son visiteur.

« Jacob ? Est-ce vous ? »

Sa main gantée reposant sur le pommeau de sa rapière au fourreau, Kantz avança vers la lumière. Il était coiffé de son feutre dont une broche d'argent relevait le bord droit ; son pourpoint et ses chausses étaient noirs ; le rabat dressé de ses bottes de monte lui couvrait le genou.

« Ce n'est que moi », dit-il impassible.

Comme pris en faute, Vecht se leva en bousculant sa chaise. Cet empressement l'étonna lui-même. Décontenancé, il lâcha :

« Chevalier ? Que faites-vous céans ? »

Sans mot dire, Kantz fit quelques pas dans l'atelier.

« Vous n'ouvrez pas à la clientèle, ce jourd'hui ? demanda-t-il.

— Non », répondit le libraire.

Il désigna la table encombrée de papiers. « J'avais fort à faire. Tout ce travail n'avait que trop attendu et je n'aurai pas fini ce soir.

— Vous attendiez Jacob ?

— Non.

— Pourtant, vous…

— Je sais. » Vecht se rassit. « C'est bien son nom que j'ai prononcé avant que de vous reconnaître… »

Kantz s'approcha. En l'éclairant par en dessous, la flamme de la bougie jetait sur son visage émacié des ombres creuses et morbides.

« Quand l'avez-vous encontré, Günter ? »

Vecht fixa le chevalier, lissa sa barbe blonde, puis dit :

« Prenez un siège, mon ami. Je vais tout vous narrer. »

Et il le fit. Il raconta les dramatiques circonstances du retour de Huyghens après trois ans absence. Il raconta comment lui et Annerose l'avaient hébergé, caché, soigné. Il raconta la nuit où, à peine remis de ses blessures, l'étudiant devenu capitaine mercenaire avait tiré sa révérence.

« Quand était-ce ? demanda Kantz.

— Qu'il partit ?

— Oui.

— Il y a dix jours de cela. »

Kantz, toujours debout, se tut et réfléchit.

Il avait reconnu Reinecker à la description du faux exempt lancé aux trousses de Jacob. Ainsi, Huyghens avait d'abord eu maille à partir avec la Sainte-Vehme avant d'être assassiné, deux semaines plus tard, par les spectres d'Osiander. Se pouvait-il que le démon serve la Vehme ?

Le libraire interrompit le fil de ses pensées :

« Comment avez-vous su ? »

De son pourpoint, Kantz tira un psautier que Vecht reconnut aussitôt : il l'avait offert à Huyghens, la nuit de son départ.

« L'imprimatur témoigne que ce recueil fut publié par vos soins, dit le chevalier. Or il est encore neuf. Jacob le possédait donc depuis peu et devait vous avoir rencontré dernièrement.

— Où l'avez-vous trouvé ? »

Le chevalier marqua un temps. Il soutint le regard inquiet de Vecht et dit, impassible, presque cruel :

« Jacob est mort. On trouva le livre dans ses poches.

— Mort ? Mais comment ?

— Assassiné.

— Assassiné ! »

Livide, Günter Vecht se prit la tête dans les mains.

« Assassiné ! répéta-t-il. Assassiné… »

Et comme Kantz ne disait rien, il releva la tête après un moment et demanda :

« Sait-on qui a… ? »

Il s'avéra incapable d'achever.

« Peu importe, fit Kantz.

— Sont-ce les spadassins qui poursuivaient Jacob quand il se réfugia céans ?

— Non.

— Alors qui ?

— Je vous le redis, il importe peu de savoir comment et par qui Jacob fut assassiné. En revanche, il importe d'ores en avant de savoir pourquoi. Je veux le découvrir et peut-être me permettrez-vous de succéder. J'en ai trop fait pour reculer. Vous m'aiderez. »

Le libraire afficha un air incrédule. Des larmes brillaient dans ses yeux.

« Moi ? »

Kantz acquiesça.

« Vous. »

Vecht le dévisagea. Le calme indifférent que le chevalier affectait lui fut soudain odieux. Le chagrin aidant, il s'emporta.

« Mais j'ignore tout de Jacob, chevalier ! Tout ! Je ne lui posai aucune question et il ne me dit rien. Ni de ses amis, ni de ses ennemis, ni de ses projets ! Rien ! Etais-je curieux de sa vie ? Etais-je soucieux de son sort ? Par Dieu oui, je l'étais ! Mais je gardai pour moi toutes les questions que je brûlai de lui faire. Pour la raison que j'avais offert mon hospitalité à un ami et que cette hospitalité ne s'accompagnait d'aucune condition. Vous dites qu'il importe peu de savoir qui tua Jacob ? A moi, il importait peu de savoir ce que Jacob avait fait, faisait ou ferait. Aurait-il assassiné le Pape, que je l'aurais accueilli tout pareil ! Je ne fais pas payer mes bienfaits de confidences. Y trouvez-vous à redire, chevalier ? »

Kantz lança le psautier sur la table. Le livre renversa l'encrier, glissa sur la paperasse et heurta la poitrine du libraire. Surpris, Vecht se tut.

« En avez-vous fini, maître Vecht ? »

Ils se toisèrent.

Un instant, Kantz crut que l'autre allait se lever pour le frapper. Il ne cilla pas, son regard gris et froid rivé à celui du libraire qui, le premier, se détourna.

Vecht recouvra son calme. A la colère succéda l'abattement, et le regret.

« Pardonnez-moi, chevalier. »

Kantz tira un siège à lui, s'assit tout près. Il prit la main du libraire et, d'une voix douce et basse, dit :

« Il vous faut réfléchir, mon ami… La moindre phrase, le moindre mot de Jacob peut être de conséquence. Je sais qui sont ses assassins et vous le dirai un jour. Mais je sais surtout qu'ils tueront encore si rien n'est fait. Vous devez vous souvenir, Günter… Vous souvenir et m'aider… M'aiderez-vous ? »

Résigné, Vecht acquiesça.

« Sur son département, Jacob me dit qu'il s'en allait traquer un loup à Wielstadt, et qu'il devrait sans doute s'aventurer dans son antre pour le débusquer. J'en conçus que Jacob avait dessein de vider une méchante querelle et, bien sûr, m'en inquiétais. Mais je ne devinai pas aussitôt que ces mots en disaient plus long qu'il ne semblait. D'ailleurs, j'en perdis presque le souvenir…

— Mais ?…

— Je vous ai dit qu'Annerose veilla Jacob dans les premiers temps de sa guérison, alors qu'une mauvaise fièvre l'avait saisi.

— Oui.

— Voilà deux jours, je répétai mot pour mot à Annerose la confidence que me fit Jacob. Elle me dit alors que Jacob, dans le délire de la fièvre, avait eu des paroles folles et confuses. Mais certaines lui revenaient souvent à la bouche. Il était question d'un loup et de sa tête, d'une tête de loup… »

Et Vecht ajouta :

« Or il y a bien dans l'*Altstadt*[1] un cabaret à l'enseigne de la Tête de Loup, n'est-ce pas ? Demandez à Zacharios, c'est une chose qu'il ne peut ignorer… »

Ils restèrent un moment immobiles et silencieux.

« Merci », dit enfin Kantz.

Il se leva et, d'un pas lent, marcha vers la porte. Il allait sortir quand le libraire l'appela.

1. Vieille-ville (all.).

« Chevalier.

— Oui ?

— Si tout ce que je viens de dire, je vous l'avais dit plus tôt, Jacob vivrait-il encore ? »

Kantz réfléchit et, se retournant à demi, dit :

« Dieu seul le sait, mon ami. Mais je crois que non… En défiant seul un ennemi puissant, Jacob fut le principal artisan de sa perte. Il le savait fort bien d'ailleurs, ce pourquoi il voulut vous tenir à l'écart de ce combat perdu par avance.

— Alors pourquoi le mena-t-il, ce combat ?

— Pour la raison qu'il n'avait rien à perdre que la vie. Pour un homme tel que Jacob, qui fit la guerre par idéal et s'en revint au désespoir, c'est bien peu. »

26

Sur les dorures du salon, le soleil couchant jetait des feux pourpres qui miroitaient. Debout près de la fenêtre, le visage caressé par les lueurs du crépuscule, Seelgen avait les yeux dans le vague. Grand et mince, sévère et immobile, il s'efforçait d'oublier Jarold Börgartz qui faisait les cent pas dans son dos.

Un tintement attira son attention. Il se retourna.

Börgartz avait interrompu ses allées et venues pour se servir du vin. Ses mains tremblaient. Le col de l'aiguière heurtait le bord du verre.

« Vous ne devriez pas tant boire », dit Seelgen.

L'autre lui adressa un regard coupable et but cependant, jusqu'à la dernière goutte. Il était pâle, transpirait. Son anxiété le rendait pitoyable. Il oubliait de se tenir droit et semblait plus petit, plus bossu que d'ordinaire. Avec ses luxueux vêtements tombant de guingois et ses bas de soie qui plissaient, le président du *heimliche Acht*[1] de Wielstadt ressemblait à un piètre acteur déguisé.

« Je me demande si nous faisons bien, dit-il. Peut-être devrions-nous y réfléchir encore…

— Il n'est plus temps. Les membres du Conseil seront bientôt arrivés.

— Annulons. Nous trouverons un prétexte.

— Non. On ne comprendrait pas cette reculade. Soyez assuré que les *Freischöffen*[2] savent déjà de quoi il retourne. La plupart ne viennent pas pour entendre ce que vous avez à leur dire, mais pour assister au règlement de la querelle qui vous oppose à Osiander…

1. Tribunal secret (all.).
2. Francs-juges (all.).

— La querelle ? lâcha Börgartz en se resservant du vin. Mais qui a parlé d'une querelle ? »

Seelgen soupira et s'efforça de conserver un air patient.

« Par ses agissements, par le mépris affiché qu'il a de nos règles, Osiander conteste votre autorité. Et à travers vous, c'est la Sainte-Vehme qu'il insulte. Sauriez-vous le tolérer plus longtemps ?

— Non bien sûr ! répondit Börgartz dans un sursaut d'orgueil.

— En ce cas, il est à la fois urgent et légitime que la Sainte-Vehme, par votre truchement, demande des comptes au sieur Osiander.

— Certes, certes… »

L'aristocrate sécha son verre et, se redressant, retrouva un semblant d'allure. L'enflure qu'il avait sur l'omoplate gauche parut diminuer.

« Et si, proposa-t-il, et si le Conseil se rangeait derrière Osiander ?… Après tout, pour odieux que soit cet homme, ce n'en est pas moins la Bavière qui nous l'envoie. »

Seelgen acquiesça. C'était le premier argument valable que soulevait Börgartz.

« Voilà pourquoi vous avez convoqué le Conseil des *Freischöffen* une heure avant qu'Osiander ne se présente devant lui. Vous aurez ainsi le loisir d'exprimer vos vues, vos récriminations, et de gagner le Conseil à votre cause. Cela vous sera aisé.

— Vraiment ? »

Son verre de nouveau rempli, Börgartz fit quelques pas. Seelgen sentit qu'il était sur le point de le convaincre.

« Mais oui ! Dans sa majorité, le Conseil vous est déjà acquis. Pour obtenir son assentiment en cette affaire, il vous suffira d'exposer vos griefs. Vous direz qu'Osiander se comporte en despote, qu'il emploie nos gens et notre argent sans vouloir dire à quoi, que nous pouvons craindre le pire quant aux buts qu'il poursuit. Sert-il seulement les intérêts de la Sainte-Vehme ? Nous savons qu'il a chargé Reinecker d'engager des reîtres qui n'obéissent qu'à lui. Pourquoi ? Se défie-t-il de nous ? Nous savons qu'il a envoyé des hommes à Heidelberg. Quelle était leur mission ? Nous savons que cette troupe a fait le coup de feu dans un village proche de Cologne. Contre qui ? Nous savons que cette même troupe, quand elle ne court pas la campagne, garde jalousement une auberge du port. A quelles fins ? »

Seelgen planta son regard dans celui de Börgartz.

« Devant l'assemblée des *Freischöffen*, il vous sera inutile de porter des accusations. Contentez-vous de faire les questions que je viens de vous dire. Vous verrez que les *Freischöffen* n'auront d'autre hâte que de se substituer à vous pour interroger Osiander… »

Börgartz acheva rêveusement de siroter son verre.

« Ainsi, dit-il, je me poserai en juge impartial… S'il plaît à moi, je pourrais même faire montre de clémence envers Osiander. Echanger mon pardon contre sa loyauté… »

Seelgen lui adressa en douce une œillade à la fois admirative, amusée et incrédule.

Pauvre petit bossu, songea-t-il. *Serais-tu beaucoup plus bête si ce qui remplit ta bosse remplissait ta tête ?*

Dans le quartier, un clocher sonna les vêpres.

« Il faut y aller », dit Seelgen.

Il appuya sur un panneau de bois mural qui s'escamota pour révéler un escalier à vis, éclairé par des torches et qui descendait.

En passant le premier, Börgartz trébucha. Le vin était la cause de cette maladresse et Seelgen fut tenté d'y voir un mauvais présage. Puis il se ravisa.

Le présage était, en fait, excellent.

Le carrosse allait bon train dans les rues de Wielstadt. A un carrefour, il ralentit à peine pour permettre à Reinecker d'embarquer et repartit aussitôt à vive allure, laissant derrière lui des piétons bousculés et vociférants.

Dans la cabine bringuebalante, Reinecker s'assit en face d'Osiander. Ce dernier était occupé à se ronger les ongles et crachoter le fruit de sa récolte. Il était sale, mal rasé et mal peigné, ivre peut-être. Sa chemise et son pourpoint bâillaient sur un torse puissant, velu et luisant de transpiration.

« Tu arrives de la *Tête de Loup* ?

— Oui, répondit Reinecker.

— Tout est en ordre ?

— Presque. »

Osiander abandonna ses ongles et soupira.

« La soirée promet d'être belle, Reinecker. Pourquoi viendrais-tu la gâcher ?…

— Les hommes ont capturé une espionne, cette nuit.

— Une espionne ? Tu veux dire : une femme ?… » Osiander s'esclaffa. « Diantre, la belle aventure ! J'espère que tes hommes n'y ont pas perdu trop de cuir ni de poil !

— Elle sert le Roi Misère. »

Osiander cessa de rire mais resta joyeux. Il haussa les épaules.

« Que sait-elle ?

— Elle en vit assez pour tout comprendre.

— Alors tue-la.

— Mais je vous ai dit qui elle sert !

— Et moi je t'ai dit de la tuer ! » lâcha le démon qui, désormais, ne s'amusait plus.

Reinecker serra les dents et acquiesça.

« Autre chose ? reprit Osiander sur un ton désinvolte.

— On dit que la Dame en rouge a reparu. »

De nouveau, Osiander éclata d'un grand rire.

« La Dame en rouge ? Ne me dis pas que tu crois à ces sornettes ! »

Les poings crispés, Reinecker pâlit.

On ne savait au juste qui était la Dame en rouge, ni même si elle existait vraiment. La rumeur populaire prétendait qu'elle revenait lorsqu'un danger menaçait Wielstadt. Certains affirmaient qu'elle se manifestait à la veille de tous les événements d'importance, heureux ou non. Quelques-uns, enfin, disait que la Dame en rouge n'était jamais absente, qu'il suffisait de savoir regarder pour la voir, qu'elle pouvait aussi bien apparaître sous les traits d'une vieille miséreuse que d'une grande aristocrate, d'une putain flamboyante que d'une timide jouvencelle – mais elle était toujours femme et vêtue de rouge.

« Vous ignorez tout de Wielstadt, dit Reinecker d'une voix tremblante de colère contenue. Si vous connaissiez cette ville, vous ne ririez pas du Roi Misère. Ni de la Dame en rouge, Monsieur. »

Dans sa bouche, ce « Monsieur » sonna comme une insulte.

Amusé, méprisant, Osiander adressa un regard en coin au spadassin. Puis il ne s'intéressa plus qu'au défilé des façades.

« Nous voilà rendus, dit-il après un moment.

— Nous arrivons en avance.

— Non. Nous arrivons à l'heure qu'il m'a plu de choisir. » Le carrosse s'arrêta. « As-tu emporté ton pistolet, comme je te l'ai demandé ?

— Oui.

— Oui, *Monsieur*, corrigea Osiander.

— Oui, Monsieur. »

La cave était profonde et basse, voûtée, éclairée aux flambeaux. Depuis une double porte cloutée, un long tapis menait jusque devant une estrade où sept hommes étaient assis en arc de cercle. Solennels et silencieux, ils avaient revêtu pour l'occasion des robes de justice noires. Börgartz occupait au centre la place d'honneur. De part et d'autre siégeaient les six *Freischöffen* de la Sainte-Vehme de Wielstadt, dont Seelgen. Ceux-ci attendaient gravement que le président du *heimliche Acht* prenne la parole.

« Nobles juges, dit enfin Börgartz, je vous ai réunis ce jourd'hui en notre tribunal pour disputer d'un sujet grave qui… »

Tous, à l'exception de Seelgen, sursautèrent quand un grand bruit retentit soudain. Ouverts à la volée, les battants de la porte venaient de claquer contre le mur

« Le bonjour, Messieurs ! » lança Osiander en entrant, Reinecker sur les talons.

L'assistance médusée le vit alors fouler le tapis d'un pas désinvolte et se camper face à l'estrade. Un sourire carnassier aux lèvres, les yeux brillants de malice, il fit une courbette à Börgartz et dit :

« Je vous prie, Monsieur, de bien vouloir excuser mon retard… »

Bouche bée, Börgartz tarda à reprendre possession de ses moyens. Il balbutia des mots inaudibles, chercha en vain le regard et le soutien de Seelgen. Les *Freischöffen* le dévisageaient, impassibles.

« Monsieur, dit-il, vous n'étiez pas attendu de sitôt…

— Est-ce vrai ? »

Du haut de son siège, Börgartz dominait Osiander. En se redressant autant que sa bosse le lui permettait, il afficha une assurance feinte, prit un air digne et, d'un ton qu'il espérait sans réplique, affirma :

« Oui, Monsieur. Comme vous ne pouvez d'ailleurs manquer de le savoir… Aussi vous prierai-je de quitter ce tribunal pour l'heure et d'attendre que l'on vous donne l'entrant. »

Les bras croisés et l'œil rieur, Osiander le considéra un moment avant de lâcher :

« Non. »

S'ensuivit un long silence.

« Monsieur, dit Börgartz en perdant contenance, je vous ordonne de sortir !

— Je m'y refuse.

— Vous refusez ? »

Osiander acquiesça.

Désemparé, Börgartz espéra des *Freischöffen* un secours qui ne vint pas – même Seelgen se contentait d'observer sans mot dire.

« Vous me devez respect et obéissance ! intima-t-il en désespoir de cause.

— Sachant qui je suis et ce que vous êtes, je ne vous dois rien…

— Ce *que* je suis ? reprit Börgartz d'une voix frémissante d'indignation.

— Oui.

— Et… Et qu'est-ce à dire ? »

Börgartz se leva, comme pour mettre Osiander au défi de s'expliquer. Il frémissait de colère. Un tic agitait sa joue et sa paupière.

« Je veux dire que tu es un petit être contrefait et incapable. Un bossu ridicule indigne du nom d'homme. Un gnome dont la place est sur les tréteaux des foires. De quel ventre plein d'ordure es-tu donc sorti ? Pourquoi ne t'a-t-on pas écrasé sous le talon encore vagissant et jeté aux chiens ? »

Börgartz s'empourpra et bondit de l'estrade.

Avec un cri bestial, il se rua tête baissée sur Osiander qui esquiva, l'attrapa par le col au passage et, profitant de son élan, l'envoya rouler aux pieds de Reinecker. Börgartz se releva aussitôt, furieux et humilié. Il découvrit le pistolet que le spadassin portait bien en vue à la ceinture. Il s'en empara sans réfléchir, fit volte-face, brandit l'arme vers Osiander. Il tremblait mais ne pouvait manquer sa cible à cette distance. L'autre souriait, immobile et triomphant, les mains sur les hanches, la poitrine en avant. Les yeux du démon étincelèrent d'un éclat orangé quand Börgartz appuya sur la détente. Le rouet vrombit tel un frelon furieux. La détonation claqua et Börgartz s'effondra, le haut du crâne emporté. A l'ultime seconde, il avait relevé le canon sous sa mâchoire.

Durant un long moment, les juges furent incapables de faire autre chose que fixer le cadavre. Quand Börgartz s'était donné la mort, la plupart avait surpris sur son visage une expression de terreur incrédule. C'était à croire qu'il avait été le spectateur horrifié de son geste suicidaire. Lui et lui seul tenait le pistolet. Lui et lui seul avait tiré.

Et pourtant…

Les portes que l'on refermait et verrouillait tirèrent les *Freischöffen* de leur stupeur. Deux sinistres spadassins surgis de nulle part gardaient désormais la sortie. Ils étaient drapés de noir, portaient des masques de cuivre rutilants, se détachaient à peine des ombres. Les juges s'adressèrent des œillades inquiètes, s'agitèrent sur leurs sièges, échangèrent à voix basse des commentaires anxieux et des questions. Osiander les fit taire d'un geste impérieux.

Dans un profond silence, il gagna l'estrade et prit le fauteuil de Börgartz. Il fit signe à Reinecker d'approcher, lui tendit une lettre qu'il venait de tirer de sa manche.

« Lis », dit-il.

Mal à l'aise depuis que les spectres étaient apparus, Reinecker obéit.

Il s'agissait d'un ordre de mission motivé par les faibles résultats que la Sainte-Vehme de Wielstadt enregistrait depuis quelques années. Emanant de la plus haute autorité, il chargeait Osiander d'enquêter, de comprendre les raisons de cette défaillance et d'y remédier dans les plus brefs délais. Le signataire accordait tous les pouvoirs à son représentant, dont celui de révoquer le président du *heimliche Acht* et de lui succéder.

Sa lecture achevée, Reinecker confia le document à l'examen scrupuleux des juges. Le papier passa alors de main en main et tous constatèrent l'authenticité des sceaux ainsi que du paraphe.

Quand vint son tour, Seelgen se contenta de jeter un bref coup d'œil à l'ordre de mission. Il avait deviné depuis le début ce qu'Osiander était venu faire à Wielstadt, comme il avait compris que Börgartz devrait à sa faiblesse et son incompétence d'être rapidement évincé. Seelgen s'était même employé à précipiter les événements en provoquant la réunion du Conseil, ce qui avait contraint Osiander à prendre les devants. La mort de Börgartz n'était pas indispensable, mais elle ne contrariait en rien les plans du protestant. Quant à Osiander, s'il était intelligent, il était également colérique, impatient et trop sûr de lui. Cela signifiait qu'il pouvait être manipulé, trompé, poussé à la faute…

Tout à ses pensées, Seelgen n'écouta pas le discours enflammé d'Osiander. Celui-ci promettait qu'avant longtemps, la Sainte-Vehme de Wielstadt serait aussi crainte que du temps où Hans Gotzler la dirigeait, qu'elle retrouverait sa prospérité et son influence passées, que son nom susciterait de nouveau l'effroi chez les truands et le respect chez les puissants.

« Dès cette nuit, nous adresserons au Roi Misère un message qui lui fera comprendre que son règne s'achève ! Dès demain, nous porterons aux Rose-Croix un coup qui leur fera mettre un genou à terre et implorer notre clémence ! Cette clémence, nous la leur refuserons comme nous la refuserons à tous nos ennemis. Sachez qu'il n'est plus question, d'ores en avant, d'imaginer de misérables cabales contre des confiseurs. C'est par la terreur, le sang et les larmes que nous imposerons notre loi ! »

Et tandis que, les yeux brillant d'une lueur démoniaque et la bouche humide de salive, Osiander poursuivait un discours enragé, Seelgen adressa à Reinecker un regard où se lisait une question.

Le spadassin y répondit en acquiesçant.

Seelgen scella leur accord en baissant les paupières.

27

En 1614, à Cassel, parut un opuscule anonyme intitulé : « *Fama Fraternitatis Rosae Crucis* » – De l'ordre louable de la Rose-Croix. En marge d'une critique philosophique et religieuse de son époque, ce manifeste dévoilait l'existence, le credo et les origines d'une fraternité secrète et savante : la Rose-Croix. Un an plus tard fut publiée la « *Confessio Fraternitatis* », où les Rose-Croix divulguaient une partie de leur savoir et faisaient de troublantes prophéties. Puis, en 1616, vinrent les « Noces Chymiques de Christian Rose-Croix, en l'an 1459 », long roman initiatique pétri de références et métaphores alchimiques.

Ces trois textes connurent un vif succès. Souvent réédités, ils excitèrent l'imagination des foules et suscitèrent l'intérêt des érudits. D'après la *Fama*, la doctrine rosicrucienne était le fruit de l'enseignement reçu lors d'un voyage en Orient par le fondateur de la Fraternité, un pieux et savant gentilhomme allemand mort centenaire à la fin du XVe siècle. Plus particulièrement inspirés par les écrits de Paracelse, les Rose-Croix empruntaient en fait à nombre de traditions ésotériques pour développer un système théosophique complexe. Ne doutant pas de la perfection de la création que seule l'œuvre du diable venait troubler, ils affirmaient la réalité d'une harmonie entre l'homme, le ciel et la terre. Celui qui savait lire le grand « Livre de la Nature » pouvait donc pénétrer les arcanes de l'univers et, ce faisant, appréhender le divin. Par ailleurs fidèles à la tradition kabbalistique, les Rose-Croix prêtaient un sens caché aux Saintes Ecritures, dont ils prétendaient avoir percé les mystères grâce à la pratique d'une langue sacrée, connue de rares initiés. Enfin, le temps de grandes révélations étant venu, la Fraternité promettait de lever bientôt le voile sur des secrets dont elle était la seule dépositaire. Elle proclamait l'imminence de profonds bouleversements religieux et sociaux, prédisait une « Réformation générale divine et humaine » qui l'amènerait à gouverner un jour l'Europe.

Les Rose-Croix provoquèrent un engouement immense. Dans le Saint Empire, entre 1614 et 1620, plus de deux cents livres leur furent consacrés. Faisant une distinction entre les Rosicruciens (simples membres de la Fraternité) et les véritables Rose-Croix, les auteurs les plus enthousiastes et imaginatifs attribuaient volontiers aux seconds des pouvoirs magiques inouïs. Dans le camp adverse, on taxait les Rose-Croix d'hérésie ; on leur reprochait d'appeler à la sédition contre l'Empereur ; on les accusait de pratiquer la sorcellerie. En définitive, ceux qui s'efforcèrent de commenter objectivement les écrits rosicruciens furent assez peu nombreux, et rarement entendus.

De sorte que malgré une abondante littérature, les Rose-Croix restaient méconnus en cet été 1623. Les révélations promises dans la *Confessio* tardaient à venir, tandis que le symbole de la Fraternité – la « Rose-Croix essentielle » – continuait d'intriguer. Une rose rouge fichée au centre d'une croix latine, rouge également pour avoir été « éclaboussée par le sang mystique et divin du Christ ». Selon certains, l'emblème remontait aux croisades. Toutes les interprétations étaient cependant possibles : alchimiques, théologiques, kabbalistiques, magiques…

Sur la chevalière que Kantz manipulait distraitement, c'était bien une *rose-croix* que l'écusson armorié dévoilait en pivotant. Puisque la bague appartenait à madame de Ludehn, une conclusion s'imposait : la baronne était membre de la Fraternité, ou du moins la servait-elle. En soi, l'information ne valait pas grand-chose. Mais à la lumière des événements récents, elle révélait un fait d'importance : la Sainte-Vehme faisait une guerre aux Rose-Croix. Une guerre secrète et impitoyable, à laquelle Kantz avait pris part malgré lui à Mölein. Une guerre qui, sans doute, s'était déjà portée à Wielstadt. Une guerre, enfin, dont les motifs restaient à découvrir.

Levant les yeux de la chevalière, Kantz balaya la taverne d'un regard las. Il occupait seul une petite table, dans une alcôve dont il avait tiré les rideaux à demi. Ainsi pouvait-il voir sans être vu et épier tout à loisir.

Après sa conversation avec Günter Vecht, Kantz était allé faire une visite à Zacharios. Le faune lui ayant dit à quoi s'attendre à l'enseigne de la *Tête de Loup*, le chevalier était alors passé par chez lui pour se changer. Il avait trouvé au fond d'une malle une paire de bottes hors d'usage, avait repris à Stefan l'un de ses vieux pourpoints et obtenu non sans mal de Heide qu'elle traîne et froisse des chausses dans l'âtre. Il abandonna son trop élégant chapeau à broche d'argent, salit sa chemise, puis s'en fut l'épée au côté en regrettant de s'être rasé au lever.

Chandelle, qui avait assisté à tous les préparatifs avec étonnement, s'amusa beaucoup du résultat et, malgré les conseils de prudence, colla sa frimousse à la vitre afin de voir son maître partir. Dans la rue, Kantz avisa un portefaix coiffé d'un feutre informe et le lui acheta. L'homme ne songea pas une seconde à refuser l'offre – au demeurant généreuse – que lui faisait l'un de ces traîne-rapière, autant mercenaires que brigands, qui pullulaient à Wielstadt depuis la guerre dans le Palatinat. Aussi chaud qu'il soit, le soleil était toujours moins dangereux qu'un coup d'épée en travers du corps.

La *Tête de Loup* était une taverne où les honnêtes gens n'allaient pas. Elle attirait une faune turbulente et souvent joyeuse de soldats, marins, truands, filles faciles et étudiants débauchés. Après la porte, un escalier droit, en pierre, sans rambarde, descendait jusqu'au milieu d'une grande salle en entresol. Il y faisait chaud. Les bavardages, les rires et la musique d'une viole se mêlaient en un vacarme confus. L'air était lourd d'odeurs tenaces : crasse, sueur, suif et bière aigre. Sur les tables immenses, des bougies se consumaient dans des flaques de cire.

Cela faisait des heures que Kantz n'avait pas bougé de l'alcôve. Il était arrivé en fin d'après-midi et, maintenant, il pouvait entrevoir un fragment de ciel nocturne chaque fois que quelqu'un entrait ou sortait. Pour n'intriguer personne, il avait commandé plusieurs pichets de vin au fil de la soirée. Buvant peu, il les avait tous discrètement vidés sur le sol en terre battue, et donnait le change en paraissant ivre et somnolent.

Quelle heure pouvait-il être ? Minuit ?

Le comble était que Kantz ne savait pas ce qu'il attendait, ni même s'il avait de bonnes raisons d'être ici. Les déclarations de Vecht lui avaient donné à penser que la *Tête de Loup* entrait dans les projets de vengeance que Jacob Huyghens semblait nourrir lorsqu'il avait fait ses adieux au libraire. Rien n'était moins sûr, cependant. Et si cela s'avérait exact, si Jacob avait d'une manière ou d'une autre approché de la « Tête de Loup », qu'est-ce que son assassinat par les spectres d'Osiander avait à y voir ?

Huyghens avait escorté le démon sur la route de Wielstadt et le connaissait donc. Parallèlement, pour une raison inconnue, il avait maille à partir avec la Sainte-Vehme puisque Reinecker avait tenté de le tuer. Fallait-il en déduire qu'Osiander et la Vehme poursuivaient des buts identiques, qu'ils étaient alliés, voire que le premier appartenait à la seconde ? L'hypothèse était terrifiante. Mais quand bien même serait-elle vérifiée, elle n'expliquait en rien le rôle que jouait la *Tête de Loup* dans cette affaire. En jouait-elle seulement un, d'ailleurs ? Sans doute que non.

Malheureusement, Kantz n'avait pas d'autre piste. Aussi passa-t-il de longues heures dans cette taverne bruyante et puante, à espérer voir ou entendre quelque chose qui ferait sens. En vain, sembla-t-il. Le chevalier ne faisait pourtant pas fausse route. Car la « Tête de Loup » était un point de ralliement clandestin de la Sainte-Vehme. Sans l'embuscade tendue par les templiers, c'était là qu'Osiander aurait dû être conduit dès son arrivée à Wielstadt. Plus tard, c'était ici que Reinecker et ses sbires avaient attendu Jacob pour l'éliminer. Enfin, c'était dans ces parages que le protestant était imprudemment revenu enquêter, et qu'il avait été repéré par les spectres du démon…

Kantz ignorait tout cela, tandis que la *Tête de Loup* avait les dehors d'une taverne à mille autres pareille. Aussi s'apprêtait-il à renoncer quand, vers minuit, il vit Reinecker entrer, traverser la salle d'un pas assuré et disparaître par la porte du fond.

Pour le chevalier, il ne fut soudain plus question de partir.

Prudent, Kantz commença par observer les deux solides gaillards qui gardaient discrètement l'issue. Ils ne restaient pas campés devant les bras croisés et les jambes écartées, mais ne s'en écartaient jamais ensemble et conservaient toujours un œil sur elle. Si Reinecker n'avait pas échangé un regard entendu avec eux au passage, Kantz ne les aurait sans doute pas remarqués. Ils étaient efficaces, rusés, probablement armés.

Une diversion s'imposait.

Une bougie éclairait l'alcôve. Après l'avoir dangereusement approchée du rideau, Kantz se leva et, un verre à la main, alla s'intéresser à une partie de dés que disputaient des matelots, non loin de la fameuse porte. La toile de jute roussit avant de prendre, puis quelqu'un vit les flammes et cria au feu. En plein été, rien n'effrayait plus qu'un incendie. Il y eut un début de panique dans la taverne. On arracha et piétina le rideau. Tout danger fut bientôt écarté mais Kantz put tromper la vigilance des deux cerbères.

Le chevalier découvrit un couloir obscur et désert. Un grincement attira son attention sur une petite porte entrouverte. Derrière, un escalier en colimaçon descendait. Kantz l'emprunta. Dans des niches murales, des chandelles brûlaient à intervalles réguliers. Il faisait de plus en plus frais à mesure que le chevalier progressait. Une odeur de pierre humide et d'eau croupie montait des profondeurs.

En bas, Kantz entendit des voix, dont celle de Reinecker. A pas de loup, il suivit une galerie jusqu'à une grille en fer forgé. Il ne la poussa pas, regarda au-delà, découvrit une vaste salle inondée dont le bassin communiquait avec plusieurs canaux souterrains. Sur un quai, trois hommes tenaient des torches. Ils observaient Reinecker qui s'éloignait lentement à bord d'une barque à fond plat que des rameurs propulsaient. Les parois ruisselantes d'humidité miroitaient à la lueur des flambeaux ; un doux clapotis berçait le silence. Ils étaient sous l'*Altstadt*, dans les égouts de l'ancienne cité romaine.

« Une dernière chose, dit Reinecker… Tuez la fille.

— Quoi ? fit l'un des hommes restés à quai.

— Tuez la fille et abandonnez le cadavre là où on le trouvera sans mal. Ordre d'Osiander.

— Sais-tu qui elle est ?

— Je le sais.

— Et Osiander, le sait-il ? »

Reinecker esquissa un sourire. Non, Osiander ignorait ce détail.

« Faites ce que je dis. »

La barque glissa sous la voûte d'un canal et disparut dans l'obscurité.

Depuis la grille, Kantz vit les trois hommes attendre sans prononcer un mot, comme s'ils souhaitaient s'assurer que leur chef n'était plus à portée de voix. Enfin, celui à qui Reinecker s'était adressé lâcha :

« L'insensé qui tuera la fille signera son arrêt de mort dans le même temps…

— Reinecker ne le sait que trop bien », répondit un autre. Il avait un fort accent hongrois. « Voilà pourquoi il nous confie la besogne.

— C'est folie ! Le Roi Misère mettra Wielstadt à feu et à sang pour venger le meurtre de sa fille ! »

Sa fille ? songea Kantz.

« Et que préfères-tu ? s'emporta le Hongrois. Encourir la colère d'Osiander ? »

Le seul qui n'avait pas encore parlé était un petit maigre aux cheveux gras.

« Reposez-vous sur moi, proposa-t-il d'un ton conciliant. Je me charge de la fille… Il faudra simplement m'aider à emporter le corps. »

Il souriait, les yeux brillants d'excitation.

Les deux autres le dévisagèrent, à la fois soulagés et méprisants.

« C'est bon, dit le Hongrois. Nous t'aiderons. »

Kantz, alors, rebroussa chemin. Il gagna l'escalier et le gravit vivement, sans bruit. De retour dans le couloir, il trouva un recoin obscur et s'y cacha. Les trois hommes arrivèrent peu après.

« Accordez-moi un moment, dit le petit.

— Un moment ? Il te faut un moment pour tuer ?

— Pour cela, non. Mais pour le reste…

— Le reste ? Il n'est pas question de cela. Tue-la et hâtons de jeter son corps loin d'ici.

— Veux-tu frapper à ma place, l'ami ?… Non ? Aussi, convenons que les choses se feront à ma manière… Allez donc vider un pichet de bière à ma santé. »

Ils se séparèrent, le petit s'éloignant tandis que ses complices franchissaient la porte de communication avec la taverne. Un bref instant, le vacarme de la « Tête de Loup » résonna dans le couloir. Puis le silence revint.

Après quelques secondes, Kantz jeta un œil hors de sa cachette, à temps pour voir le petit homme aux cheveux gras disparaître au bout du couloir. Il s'empressa de le suivre, découvrit un escalier qui montait et s'y engagea prudemment. A l'étage, une porte entrouverte laissait passer un peu de lumière. Le chevalier approcha et entendit :

« Tu vois, il apparaît que tu vas bientôt mourir… Mais je crois que nous allons nous amuser encore un peu ensemble. Qu'en dis-tu, ma belle ?… Attends. Je vais défaire ce méchant chiffon qui t'étouffe. Tu ne crieras pas, n'est-ce pas ?… »

Kantz poussa la porte et entra l'épée au poing. Le petit homme avait déjà ôté son pourpoint. Il se retourna, vit le chevalier, eut un regard paniqué pour la rapière qu'il avait pendue au dossier d'une chaise, hors d'atteinte. Il voulut crier, ouvrit la bouche. Kantz y planta sa lame qui traversa le crâne et resurgit par l'occiput. L'homme mourut avant de s'écrouler.

Une jeune femme brune était attachée sur le lit, en chemise, les jambes nues et les cuisses souillées. Ses chevilles et poignets étaient meurtris par les lanières de cuir qui la retenaient. Elle était inconsciente, bâillonnée, les yeux gonflés et encroûtés de larmes séchées. Une blessure sanguinolente lui sillonnait la joue.

Kantz reconnut l'amazone qui l'avait conduit auprès du Roi Misère, trois semaines plus tôt. S'agenouillant, il tirait sa dague afin de couper les liens quand quelqu'un arriva d'un pas joyeux en disant :

« J'espère qu'elle est encore chaude et vive parce que… Hé ! »

Le chevalier se redressa et fit volte-face. Mais l'autre – un des cerbères de la *Tête de Loup* – brandissait déjà un pistolet.

« Ne bouge pas ! »

Kantz se figea. A cette distance, sa seule chance de survie était que l'arme fasse long feu. C'était possible, mais peu probable. Trop peu pour tenter la chance.

« Tourne-toi et écarte les bras en grand. »

Lentement, Kantz obéit.

L'homme au pistolet avança. Il n'était pas venu seul, cependant.

« Qui es-tu ? fit une voix dont le chevalier reconnut l'accent hongrois.

— Je m'appelle Kantz.

— C'est le Roi Misère qui t'envoie ?

— Non.

— Alors qui ?

— Nul ne m'envoie. »

Le duo s'était approché. L'homme à droite braquait son pistolet vers la tempe du chevalier. Le Hongrois, à gauche, fit le geste d'empoigner la rapière de Kantz.

« Si j'étais toi, dit Kantz sans sourciller, je ne ferai pas ça…

— C'est à moi que tu parles ? demanda le Hongrois.

— Oui.

— Et pourquoi ne devrais-je pas le faire ?

— Pour la raison qu'il faut être déjà mort une fois pour tirer cette épée du fourreau sans dommage.

— Alors je parle à un mort ? »

Kantz planta son regard impassible dans celui du Hongrois.

« Oui. Et j'en fais autant.

— Trouve un autre conte. »

Le Hongrois dégaina la rapière et, bras ouvert, prit une attitude provoquante.

« Eh bien ? »

Une lueur pourpre traversa les yeux du chevalier. Elle eut l'exacte couleur des flammèches qui, aussitôt, entourèrent le poignet du Hongrois, remontèrent son bras jusqu'à l'épaule et crépitèrent au niveau du cœur. Le malheureux grimaça et tomba à genoux. L'homme au pistolet ne vit pas venir le coude qui lui brisa le nez. Kantz le désarma aussitôt et lui tira une balle dans la gorge. Puis il pivota et, d'un coup de botte au visage, acheva le Hongrois.

Quelqu'un pouvait avoir entendu la détonation. Le chevalier se hâta et, moins d'une minute plus tard, il enjambait la fenêtre, la jeune femme toujours évanouie rejetée sur l'épaule. Il se reçut souplement un étage plus bas et disparut au détour d'une rue, poursuivis par des cris et quelques balles perdues.

28

La frange du ciel pâlissait à l'horizon. Mais la nuit était encore profonde dans l'arrière-cour où Kantz, les traits tirés, profitait seul de la dernière fraîcheur avant le jour. Il était épuisé ; son mauvais genou le faisait souffrir ; son pourpoint était croûteux du sang de l'homme qu'il avait abattu à bout portant, d'une balle dans le cou.

Il ne rêvait que de se laver et se coucher.

Il attendait, cependant.

Poussant une porte basse, le Roi Misère le rejoignit. Il portait un gilet court et sans manches ; les pans de sa chemise flottaient hors des chausses. Il semblait las, éprouvé, malheureux. Il avait perdu la superbe que le chevalier lui connaissait. Il n'était plus ce monarque assuré de sa puissance et de sa gloire, cet ogre fait homme, rusé, impitoyable et moqueur, dont les colères comme le rire emportaient tout. Il était un père blessé qui, du haut de son trône, n'avait su protéger sa fille.

« Elle se repose. Les femmes disent que sa santé est bonne.

— J'en suis heureux, répondit Kantz.

— Merci, chevalier. Merci d'avoir sauvée ma fille et de l'avoir ramenée auprès de moi. »

Ils étaient dans le quartier de la Source-Rouge, lequel devait sa célébrité au dédale que composaient quelques pâtés de maisons imbriqués entre la rue des Petits-Ventres, la rue de la Tour-qui-Branle et la large courbe de la rue Sursit. Cette poche inextricable de venelles, cours, impasses et taudis chevauchant les ruelles, constituait un fief de la truanderie de Wielstadt. C'était là que, dernièrement, Kantz avait rencontré le Roi-Misère. Et c'était là qu'il était revenu après s'être échappé de la *Tête de Loup*, sa protégée dans les bras.

« Elle se nomme Eva, dit soudain le Roi Misère après un long silence.

Sa mère mourut en la mettant au monde. J'ai d'autres filles, tu le devines. Et des fils ! Et une armée de bâtards !… Mais Eva… Eva est… »

Kantz acquiesça.

Ils étaient assis sur le même banc de pierre, côte à côte, mais ne se regardaient pas.

« Elle n'aime pas son nom de baptême, sais-tu ? Je crois, en fait, qu'elle n'aime pas être ma fille… D'ailleurs, comment le lui reprocher ? Quoi qu'elle fasse, on dira toujours qu'elle me le doit… Aussi elle n'en fait qu'à sa tête, et n'a de cesse de prouver qu'elle est capable… Elle est courageuse, effrontée, entêtée… Imprudente… Elle me ressemble… »

La voix du Roi Misère mourut. Il se tenait le dos bien droit, les yeux perdus dans le lointain.

« Tu ignorais qu'elle était à la *Tête de Loup*, dit le chevalier.

— Oui. Tout le monde l'ignorait. Et je ne m'inquiétais pas de son absence. Il est dans sa manière de disparaître parfois…

— Mais as-tu idée de ce qu'elle y venait faire ? »

Le Roi Misère soupira et haussa les épaules.

« Des bruits courent sur cette taverne. On dit qu'il s'y passe des choses que je devrais savoir… Sans doute Eva voulut-elle éclaircir seule ce mystère.

— Et elle fut prise.

— Oui. »

Kantz songea à ce qu'il avait découvert à la *Tête de Loup* : un quai souterrain et des canaux qui pouvaient déboucher près du port. Cela sentait la contrebande à plein nez, sans doute le moyen pour Osiander et la Sainte-Vehme de renflouer les caisses.

Le chevalier allait exposer sa théorie quand le Roi Misère le prit de vitesse.

« Ils l'ont attachée, dit-il en serrant les poings. Ils l'ont battue et forcée…

— Oui.

— Avant demain, la *Tête de Loup* ne sera plus que cendre.

— Tu tueras plus d'innocents que de coupables.

— Qu'importe ?

— Ravale ta colère, Roi Misère. Elle est légitime mais elle aveugle ton jugement.

— Qui es-tu pour me parler ainsi ? s'emporta brusquement le Roi Misère en se tournant vers Kantz. Hein ? Qui es-tu ? »

Le chevalier ne cilla pas et soutint sans faiblir le regard furieux.

« Tu sais qui je suis. Et tu sais que je dis vrai. »

Le Roi Misère recouvra son calme peu à peu. Il eut bientôt un geste résigné de la main, comme pour balayer son accès de colère et s'en excuser.

« Qui donna l'ordre de tuer Eva ?

— Il se nomme Osiander.

— Qui est-il ?

— Un démon.

— Un démon véritable ?

— Oui. Et des plus puissants. »

Kantz expliqua alors le peu qu'il savait d'Osiander, de son appartenance à la Sainte-Vehme, des spectres qui le servaient.

« Lorsque tu auras retrouvé ce démon, dit le Roi Misère, lorsque tu le tiendras en ton pouvoir, je veux être là.

— Si la chose est possible, je te le promets. »

Le Roi Misère se leva, fit quelques pas, s'étira en cambrant les reins. Il contempla un moment le ciel qui, telle une étoffe lentement imprégnée, se teintait de rose par l'est. Il vit le dragon qui planait, juste sous le défilé de nuages effilochés.

« C'est à toi et nul autre qu'Eva doit d'être toujours vive, chevalier. Demande-moi ce qui te chante. Fût-ce une vie, tu l'auras.

— Je n'en veux pas tant.

— Mais tu veux quelque chose…

— Oui.

— Parle. »

Le chevalier se leva à son tour et grimaça quand son genou gauche fléchit un peu. Autour des deux hommes, loin au-delà des murs lépreux et des bâtisses aveugles qui cernaient la cour, Wielstadt reprenait vie. Un coq chanta. Des clochers sonnèrent l'heure de prime.

« Je veux savoir qui, par ton truchement, m'envoya à Heidelberg.

— Est-ce de conséquence ?

— Je le crois.

— Il se nomme Tobias Haug, mais j'ignore qui il sert. L'homme est joueur, buveur, noceur, lâche, avare et jaloux. Le diable n'achèterait pas son âme une bouchée de pain dur. Il me devait beaucoup d'argent et, pour sauver sa peau, me proposa une affaire. Son maître était disposé à payer cher si j'obtenais de toi que tu portes une lettre à Heidelberg et reviennes avec la réponse. La somme était coquette, j'acceptai et en reçus la première part à ton département. Il était convenu que le reste me serait payé à ton retour. Mais les choses tournèrent mal. Surtout pour Haug qui n'avait pas le premier thaler de ce qu'il me devait encore. Il repoussa l'échéance de quelques jours. Enfin, cependant que ma patience s'épuisait et que je songeai à le faire étriper, il paya tout soudain.

— D'où lui était venue cette fortune impromptue ?

— Je l'ignore et m'en moque, chevalier. »

Kantz réfléchit, un moment silencieux. Il leva les yeux au ciel, chercha le dragon et ne l'aperçut pas.

Puis il demanda :

« Ce Tobias Haug, où loge-t-il ? »

29

Rentré au petit matin, Kantz dormit tout son saoul et ne se réveilla qu'après midi. Il fit une grande toilette debout dans un banquet d'eau, puis descendit profiter du tardif mais copieux déjeuner que lui avait préparé Heide. Il achevait son repas quand on frappa à la porte d'entrée. Stefan alla voir et revint avec une lettre.

« De la part de Monsieur le Lieutenant criminel du Prévôt », dit-il en répétant les mots du porteur.

Kantz observa le cachet : il faisait si chaud que la cire en était molle ; néanmoins, les armes qui y étaient imprimées étaient bien celles de Rainer von Regenhalt. Le chevalier ouvrit la missive et lut, Chandelle posée sur l'épaule. Ce qu'il apprit l'obligea à bouleverser ses plans pour la journée.

Haug attendrait donc.

A moins que…

« Stefan, nous sortons. Heide, mon pourpoint et mon chapeau, je te prie. Chandelle, je te confie la maison. »

Flottant à hauteur de visage, la fée-demoiselle se mit au garde-à-vous.

Rue de l'Arbre-Vif, Kantz se réfugia avec soulagement dans la gargote où il avait rendez-vous. Il était trois heures. Dehors, un soleil énorme attisait la fournaise d'une canicule immobile. L'air était lourd. Il cuisait sous la chape du ciel où, très haut, filaient des nuages écorchés. Mais en bas, pas un souffle ne venait adoucir le lent et brûlant calvaire que l'été infligeait à Wielstadt.

Rainer von Regenhalt attendait debout devant une fenêtre. Il avait un verre de vin blanc à la main. En voyant entrer le chevalier, il en remplit un second au pichet posé près de lui.

« Grand merci, fit Kantz en acceptant le verre.

— Bonjour, chevalier. Vous semblez fatigué.

— La nuit fut courte.

— Rien à voir avec les coups de pistolets que l'on tira après minuit aux abords d'une certaine taverne, je suppose…

— Non, mentit Kantz. Un mauvais sommeil.

— La chaleur, sans doute… Il nous faudrait un orage. »

Le chevalier vida son verre et ôta son chapeau pour s'essuyer le front d'un revers de manche.

« Que faisons-nous céans ? demanda-t-il.

— Croyez-vous toujours, répliqua Regenhalt, que le gentilhomme que l'on trouva assassiné dans nos rues appartenait à la Rose-Croix ? »

Kantz recoiffa son feutre noir.

Balayant la taverne déserte d'un regard circulaire, il répondit :

« Ce que je crois est que notre gentilhomme fut, à tout le moins, amené à pousser son pion dans une partie opposant la Rose-Croix et la Sainte-Vehme. »

Concernant son périple à Heidelberg, le chevalier n'avait dévoilé que le strict nécessaire. A savoir qu'il avait été chargé de porter une lettre dans le Palatinat, qu'il avait escorté une certaine baronne de Ludehn au retour, et qu'elle lui avait faussé compagnie après une embuscade tendue par la Vehme. Le lieutenant du prévôt connaissait assez bien Kantz pour savoir qu'il n'en avouait jamais plus qu'il ne voulait. Aussi avait-il fait l'économie de questions inutiles. En revanche, il avait subodoré une affaire d'importance et n'était pas resté inactif.

« Mais vous, demanda Regenhalt, quelle part avez-vous dans cette intrigue ?

— A ma connaissance, aucune. J'y fus mêlé de force forcée et cette idée me déplaît. C'est pour cette raison, et pour cette raison seulement, que je désire apprendre le fin mot de l'histoire. Je sais depuis peu que quelqu'un ne ménagea pas ses efforts pour m'entraîner, à mon insu, dans cette aventure.

— Quelqu'un ?

— J'ignore qui, croyez-m'en. Mais je le découvrirai bientôt.

— Alors les deux nouvelles que j'ai à vous faire vous seront peut-être profitables… »

Regenhalt remplit les verres tout en poursuivant :

« De prime, apprenez qu'un homme vint hier aux Trois-Tours. Il visita la salle que vous devinez et s'intéressa assez au corps du malheureux gentilhomme. Il fit quelques questions auxquelles on ne sut répondre et s'en fut. J'étais ailleurs lorsque cela arriva et ne l'appris qu'au soir. A mon tour, je voulus vous le faire savoir aussitôt mais le valet que j'envoyai chez vous ne vous y trouva pas. Néanmoins, la chance nous sourit un peu puisqu'un exempt avait reconnu le visiteur. Il s'agit d'un traîne-rapière, duelliste à ses heures, et qui fraye assez souvent avec un méchant fretin pour être connu de nous.

— Son nom ?

— Tobias Haug. »

Impavide, Kantz but une gorgée de vin frais.

« Et la seconde nouvelle ? »

Regenhalt sécha son verre puis répondit.

« Peut-être avez-vous gardé en votre remembrance que, l'autre jour, vous vous inquiétâtes de savoir où notre mystérieux gentilhomme logeait à Wielstadt, avant que d'être tué. L'idée me parut bonne… »

Si bonne qu'il chargea un exempt d'enquêter, en commençant par le quartier où le gentilhomme avait été assassiné. Dès le lendemain soir, l'exempt revint avec un précieux renseignement : moins d'une semaine plus tôt, un cavalier étranger avait passé une nuit dans une pension misérable de la rue de l'Arbre-Vif ; il avait ensuite disparu sans laisser de trace. Le cavalier et le gentilhomme à la chevalière ne faisaient-ils qu'un ? A priori, rien n'était moins sûr. Mais un détail retenait l'attention. Le logeur du cavalier, un certain Sammer, était l'oncle de l'un des meurtriers du fameux gentilhomme…

« Croyez-vous aux coïncidences, chevalier ? »

« Voici la chambre », dit le vieux Sammer en passant devant pour tenir la porte.

Kantz et Regenhalt entrèrent dans une pièce miteuse, obscure et délabrée. Le lit n'était qu'un cadre de bois autour d'une paillasse ; un bassin et son broc ébréché étaient posés sur un tabouret ; il manquait un clou pour tenir la patère au mur craquelé. Les lattes brutes du plancher gémissaient sous le pied. Une lucarne profondément renfoncée souillait la lumière où dansait la poussière.

« Ainsi ce gentilhomme, qui ne te dit pas son nom, ne dormit ici qu'une nuit… C'est cela ? demanda Rainer von Regenhalt.

— Oui, Monsieur. C'est cela », répondit le logeur.

C'était un vieillard sec et maigre, petit, crasseux, servile par lâcheté. Sa femme, qui observait depuis le couloir, lui ressemblait. Elle ne disait mot, épiait tout, le regard fuyant mais plein de méfiance et de ruse mauvaise.

« Et nul n'occupa cette chambre après lui ?

— Non, Monsieur. »

Kantz marcha jusqu'à la lucarne. Il considéra la pièce et lâcha :

« Tu loues fort cher de fort méchantes chambres… Qui donc peut vouloir payer tant pour loger céans ? »

Surpris, Sammer ne sut que répondre et adressa une œillade inquiète à son épouse.

« Le gentilhomme a dormi, dit-elle soudain. Et puis il est parti comme il était venu. C'est là tout.

— C'est là tout ? Vraiment ? » fit Kantz.

La vieille se recroquevilla dans un mutisme hostile.

« Il n'était plus là au matin, expliqua l'homme.

— Il ne laissa rien ? s'enquit Regenhalt.

— Rien, Monseigneur.

— Il avait un cheval. Qu'en fit-il ?

— Pour la nuit qu'il passa chez nous, il le laissa à l'écurie de l'auberge voisine. »

Kantz soupira.

« C'est bien », dit-il.

Le logeur le dévisagea sans comprendre.

« C'est bien », répéta le chevalier en balayant l'air de la main, en direction de la porte.

Regenhalt reconduisit le vieillard et dut refouler la femme qui, silencieuse et bornée, semblait ne pas vouloir quitter Kantz des yeux. Le lieutenant regarda les Sammer descendre l'escalier, puis il retourna dans la chambre et ferma la porte.

« Ils nous mentent, dit Kantz.

— Oui. Ou du moins ne disent-ils pas tout ce qu'ils savent.

— Il faudra bien qu'ils le disent.

— Et comment voulez-vous les en convaincre ? Je connais les gens de leur sorte. Ils ne sont que rancœur et jalousie. Ils sont cupides et bornés, haineux, ennemis de tout ce qui n'est pas eux. Ils vivent misérablement et pourtant, je gagerai ma solde qu'ils dorment sur un tas d'or lentement amassé… Fiez-vous à moi, il faudra soumettre l'homme et la femme Sammer à la question, avant que de les faire parler…

— Soit. »

Kantz entreprit de fouiller les lieux et le lieutenant du prévôt l'imita. La pièce était petite, presque nue. Ils ne furent pas long à trouver.

« Regardez », dit Regenhalt.

Dans la soucoupe du bougeoir, il y avait un morceau de papier à demi carbonisé. On pouvait encore y déchiffrer les fragments d'une écriture féminine.

« Que lisez-vous, chevalier ?

— Un nom, ce me semble. Quelque chose comme *Grau… Brau…* Ou *Praumül…*

— Braumüller. Et en dessous ? »

Kantz plissa les yeux.

« C'est plus difficile. Une adresse, peut-être. *Rue des Du…* Le reste est détruit. Mais il pourrait s'agir de…

— … la rue des Ducs-de-Saxe, à Wielstadt. »

Le chevalier se souvint alors d'un fait divers dont Willem lui avait parlé, le jour où il lui avait apporté un exemplaire du *Lignum Vitae*. Un confiseur avait été accusé d'empoisonner ses pralines et arrêté. Il se nommait Braumüller.

« Une étrange affaire que cette affaire, reconnut Regenhalt. Selon mon sentiment le confiseur n'était coupable de rien, et fut victime d'une cabale. Il fut d'ailleurs mis au secret dès son arrestation…

— Qui ordonna qu'on l'arrête ?

— Un juge dont le nom ne vous inspirera rien. Mais dont le juge Gotzler fut le mentor… »

Le juge Gotzler avait longtemps dirigé la Sainte-Vehme de Wielstadt. Kantz et Regenhalt avait eu affaire à lui naguère.

« Supposez-vous que la Sainte-Vehme intrigua contre le confiseur ? demanda le chevalier.

— Croyez-m'en, le mot est faible. Cependant, voilà seulement que j'entrevois pourquoi… »

Kantz acquiesça.

« Braumüller appartient à la Rose-Croix, devina-t-il… De là le complot dont il est victime, et qui n'est sans doute qu'un épisode de la guerre que la Sainte-Vehme livre secrètement à la Fraternité rosicrucienne. Mais surtout, de là vient que notre gentilhomme, lui-même allié des Rose-Croix, avait le projet de l'encontrer à Wielstadt, comme l'atteste le billet que nous venons de découvrir… »

Tout à ses pensées, Kantz marcha vers la lucarne. Il songea :

Le gentilhomme est le cavalier que je vis à Mölein, et qui s'éloignait au galop tandis que la baronne s'en revenait vers l'auberge. Sans doute arrivait-il de Heidelberg pour l'avertir de la menace qui pesait sur elle. Craignant d'être bientôt prise par la Sainte-Vehme, la baronne se reposa alors sur le gentilhomme. Elle l'envoya à Wielstadt et écrivit sur un papier le nom et l'adresse de celui qu'il devait approcher. Une grave imprudence, que ce papier. Mais qui démontre que le gentilhomme ne connaissait personne de confiance à Wielstadt, et pas plus Braumüller qu'un autre. Tout cela fut décidé dans le chaud du moment. Malheureusement, la baronne ignorait alors que le confiseur avait été arrêté. De sorte que le gentilhomme, arrivant à Wielstadt, se trouva dépourvu et ne sachant à quelle porte frapper…

« Il faudrait parler au confiseur, dit le chevalier.

— La chose est impossible.

— Ah ! oui… J'oubliais qu'il est au secret.

— Je pourrais faire lever le secret, mais…

— Mais ? »

Rainer von Regenhalt prit une inspiration et lâcha d'un trait :

« Ce matin, on trouva Braumüller égorgé dans sa cellule. Et, près de lui, un arrêt de la Sainte-Vehme le condamnant à mort…

— Braumüller fut assassiné dans les geôles des Trois-Tours ?

— Oui. Comprenez que c'est une nouvelle que j'ai déplaisir à colporter…

— Cela n'a pas de sens ! fit Kantz. Si la Sainte-Vehme voulait la mort du confiseur, pourquoi ne commença-t-elle pas par là ? Pourquoi se donna-t-elle le mal de le compromettre d'abord ? Pourquoi le faire emprisonner ? Il était à la fois plus facile et moins périlleux d'enlever Braumüller chez lui, de le juger et de le pendre. D'ailleurs, n'est-ce pas ainsi que la Sainte-Vehme procède, d'ordinaire ?

— Si fait, reconnut Regenhalt… Mais elle peut avoir changé ses plans tandis que Braumüller était déjà en prison. Peut-être a-t-elle estimé, à la parfin, que Braumüller méritait pire que l'opprobre d'une accusation infamante…

— Et peut-être saisit-elle l'occasion de montrer que nul, où qu'il soit, n'est à l'abri d'elle », conclut le chevalier en pensant tout haut.

Depuis la mort du juge Gotzler, soit depuis trois ans environ, la Sainte-Vehme n'avait presque pas fait parler d'elle à Wielstadt. Et voilà que soudain, la nuit dernière, elle défiait la justice en perpétrant un meurtre aux Trois-Tours et s'attaquait au Roi Misère en tentant d'assassiner sa fille…

Un moment durant, Kantz et le lieutenant du prévôt restèrent silencieux. Puis, n'ayant plus rien à y faire, ils quittèrent la chambre. Tandis qu'ils descendaient l'escalier, Regenhalt glissa à l'oreille du chevalier :

« Ne vous étonnez en rien de ce que je vais dire et abondez dans mon sens s'il plaît à vous de le faire. »

Au rez-de-chaussée, ils retrouvèrent les logeurs qui les attendaient avec anxiété.

« Nous partons, dit Regenhalt. Néanmoins, si vous deviez apprendre quoi que ce soit concernant le gentilhomme que vous savez, vous seriez bien indiqués de me le faire savoir. Une récompense est promise par sa famille à celui, ou celle, qui permettra qu'on le retrouve. »

Une même lueur cupide étincela dans les yeux des Sammer.

« Une récompense ? fit la femme.

— Oui, mentit Regenhalt.

— Est-elle de conséquence, cette récompense ? demanda l'homme.

— La famille du gentilhomme est riche », déclara Kantz.

Pour ce qu'il en savait, ce n'était peut-être pas faux.

Méfiante, la vieille hésitait. Son époux, lui, donna dans le piège :

« Un homme est venu hier au soir. Il nous fit des questions, toutes semblables aux vôtres.

— A-t-il dit son nom ?

— Non », se hâta de répondre la femme.

Elle pressentait une duperie et espérait encourager son mari à se taire.

« Non ? insista Regenhalt.

— Mais cela n'était pas nécessaire, pérora le vieillard. Car je connais l'homme.

— Son nom, lâcha Kantz.

— Haug. Tobias Haug. »

Il n'y avait pas de récompense.

Depuis sa porte, le vieux Sammer vit Kantz et Regenhalt s'éloigner, traverser la cour lépreuse, gagner la rue, y discuter un peu et se séparer. Puis il tira un mouchoir crasseux de sa manche et, tout en essuyant sa nuque maigre, il plissa les paupières pour observer le ciel et son soleil aveuglant. Il faisait chaud et lourd. Le temps promettait un orage qui n'avait que trop tardé.

Encore furieux d'avoir été trompé, le vieillard retourna à l'intérieur. Dans la salle, il s'assit à la table et feignit d'ignorer sa femme. Elle gardait ses distances, muette et immobile, mais dardait sur lui un regard désapprobateur. Il attendit et, dès les premiers mots qu'elle voulut prononcer, il lança :

« Silence, femme !

— Tu en as trop dit.

— Silence, ai-je dit ! Je sais ce que j'ai à faire... Porte-moi plutôt à boire. »

Elle obéit et, bientôt, posa sur la table un verre qu'elle entreprit de remplir au pichet. Elle le fit déborder si largement que du vin coula sur les chausses du vieil homme.

« Es-tu folle ? s'exclama-t-il. A quoi songes-tu ? »

Elle ne l'écoutait pas et considérait Kantz qui se tenait dans l'embrasure de la porte.

Impassible, le chevalier entra, écarta la table, gifla la femme qui tomba à la renverse, saisit le logeur par le col, le souleva du sol et le plaqua contre le mur. Le petit vieillard gémit lorsque son crâne heurta méchamment la pierre.

« Tu vas m'écouter, dit Kantz d'une voix froide. Un matin ou un soir, un gentilhomme frappa à ta porte. Il te fit une excellente impression pour la raison qu'il était riche. Il avait un cheval, une selle, de beaux vêtements, une bourse bien remplie. Tu lui louas le logis qu'il demandait. Ou plutôt devrais-je dire que tu lui louas le *refuge* qu'il demandait. Car pourquoi un riche gentilhomme viendrait-il se perdre céans, sinon pour se cacher ? »

L'homme battait vainement des bras et des jambes ; l'air lui manquait. Kantz serra plus fort.

« Cela, tu le compris. Comme tu compris, aux questions qu'il put te faire, que le gentilhomme était étranger à Wielstadt et n'y était connu de personne. Il payait bien, et je ne doute pas que tous les services que tu lui offris, il les paya au triple du prix. Mais il pouvait partir aussi soudainement qu'il était venu, et avec lui son bel argent. Tu songeas alors que si un malheur lui arrivait, nul ne s'en inquiéterait avant longtemps, et peut-être jamais. De sorte que tu convins avec ton neveu – une franche crapule si j'en crois Regenhalt – de faire un mauvais sort au gentilhomme et de le dépouiller. »

Le vieillard étouffait. Sa figure avait bleui et de grosses larmes coulaient de ses yeux exorbités. Un râle échappait d'entre ses lèvres moribondes. Ses poings agrippés aux poignets du chevalier faiblissaient.

« Cependant, poursuivit Kantz, l'embuscade tourna mal. Surpris par le guet, ton neveu et son complice furent abattus. Je ne sais si tu pleuras ton neveu. Mais sa mort t'assurait de son silence, tandis qu'il te restait encore le cheval et la selle du gentilhomme, ainsi que tout ce qu'il avait pu laisser dans sa chambre. »

Kantz libéra le logeur qui tomba agenouillé en aspirant de grandes goulées d'air. Au même instant, il vit la vieille qui, dans son dos, brandissait à deux mains un couteau de cuisine. Il la frappa à la face d'un revers du poing et l'envoya cogner contre le mur. Comme elle semblait trop choquée pour bouger encore, Kantz reprit :

« Je devine que vous avez déjà vendu le cheval et la selle du gentilhomme, et m'en moque. Mais je veux ce que vous avez trouvé dans sa chambre et qu'il cacha sans doute. Ce peut être une lettre, un coffret, un paquet, un bijou, un livre, un parchemin. Je vous conseille de vous en souvenir, car je ne serai pas patient… »

Kantz considéra les Sammer d'un œil indifférent. Elle, prostrée et la bouche sanglante, tremblait de tous ses membres. Lui s'était mis à quatre pattes et retrouvait peu à peu son souffle ; il hoquetait en lâchant de longs filaments de salive et de glaire. Ils étaient désormais deux vieillards vulnérables et terrifiés. A un autre que le chevalier, ils auraient sans doute fait pitié.

S'accroupissant près de l'homme, Kantz lui attrapa la nuque et murmura à son oreille :

« Sais-tu ce que m'a dit Regenhalt ? Il m'a dit que vous étiez, ta femme et toi, de ces gens bornés et stupides qui se taisent à moins d'être soumis à la question. Dans sa bouche, cela signifiait que nous n'obtiendrions rien de vous. Quant à moi, j'y vis le début d'une solution. Car je n'ai aucun respect pour l'âge, vois-tu ? Je ne respecte que l'innocence et la vertu, et les deux vous manquent… Alors, vieil homme, jusqu'où devrai-je aller pour vaincre ton entêtement ? »

30

De retour chez lui, un paquet sous le bras, Kantz demanda à Heide si Stefan était rentré.

« Non, monsieur, répondit-elle. Je le croyais d'ailleurs avec vous. »

Le maître et le valet étaient en effet partis ensemble de la maison, en début d'après-midi.

« Quand il arrivera, dis-lui de me venir voir aussitôt. »

Sans plus d'explication, Kantz gagna l'étage et s'enferma dans sa bibliothèque. Il ôta son baudrier et son pourpoint, s'assit à son bureau et considéra un moment le paquet qu'il avait posé devant lui.

Le chevalier ne s'était pas trompé. Les Sammer avaient bien fait main basse sur les possessions du gentilhomme assassiné : son cheval, sa selle, les quelques effets qu'il laissa dans sa chambre la nuit de sa mort. Mais ils avaient aussi découvert, malhabilement caché sous la paillasse, un étui de cuir contenant un ouvrage relié. Par chance, ils étaient analphabètes et ne soupçonnaient pas la valeur marchande qu'un livre pouvait avoir. Ils négligèrent leur trouvaille, tandis qu'ils s'empressèrent de revendre tout le reste.

La bêtise des Sammer avait donc servi Kantz qui, à présent, caressait du regard le mystérieux étui. Il devinait qu'il avait sous les yeux l'objet qu'il devait ramener à son insu du Palatinat rhénan, que madame de Ludehn avait choisi d'apporter en personne à Wielstadt, et qu'elle avait enfin confié au gentilhomme quand ils s'étaient secrètement rencontrés à Mölein…

Avec un mélange de curiosité et d'appréhension, Kantz ouvrit l'étui. En fait de livre, il protégeait un manuscrit que l'on avait garni d'une épaisse reliure. La reliure était neuve ; le manuscrit était séculaire – papier jauni, craquelé, cassant. Dès la première page, le chevalier découvrit que quelqu'un avait annoté le texte, et il écarquilla les yeux en reconnaissant l'élégante écriture du père Luvin de Janty.

Le père Luvin était ce jésuite que Kantz avait si bien connu jadis et dont il avait découvert la mort à Heidelberg. Ce fameux soir, il avait dîné près de trois autres membres de la Compagnie de Jésus, lesquels lui avaient rapporté la triste nouvelle. Ils avaient précisé que le vieux prêtre avait quitté sa retraite lorraine pour étudier de précieux documents retrouvés à l'occasion du grand inventaire préalable au déménagement de la bibliothèque palatine. Kantz avait appris avec peine le récent décès de son vieil ami, mentor et confident. Cependant, il ne s'était pas étonné qu'on lui ait confié semblable mission : le père Luvin était l'un des plus grands érudits de son temps et il avait la confiance de Léon Allatius, le bibliothécaire du Vatican.

A l'évidence, donc, le manuscrit que la Sainte-Vehme et la Rose-Croix se disputaient était d'abord passé entre les mains du père Luvin. L'avait-on volé ? Probablement. Avait-on tué le vieux jésuite pour y parvenir ? C'était encore possible. Mais pourquoi ?

Kantz se renfonça dans son fauteuil pour lire tout à son aise les mémoires d'un certain frère Thibault de Lans, né aux alentours de 1260 et fait templier en 1282. Ecrit en latin, le texte ne présentait par grand intérêt. Il racontait à la première personne la vie régulière et monotone d'un modeste templier français de la seconde moitié du XIIIe siècle. Très fragmenté, le récit prenait fin le 19 septembre 1307, date à laquelle le frère Thibault avait écrit : « *Je serai admis demain parmi les Frères d'entre les Frères, et ainsi s'achève la chronique de mes jours.* »

Le père Luvin avait abondamment commenté ce passage. Entre autres hypothèses, il supposait que les « Frères d'entre les Frères » étaient les Gardiens du Ponant. Kantz se souvint de ce que le père Färber, le chapelain de la commanderie de Wielstadt, lui avait dit de ces derniers : les Gardiens du Ponant auraient été une confrérie secrète au sein du Temple. Selon la légende, ils avaient la garde du *manuscrit d'Occident*, l'un des deux exemplaires originaux de la prophétie de saint Malachie ; une confrérie jumelle – les Gardiens du Levant – conservait le *manuscrit d'Orient*. A en croire le père Färber, le manuscrit d'Orient avait été offert au pape par le Temple ressuscité, vers 1530. Le manuscrit d'Occident, lui, disparut dans la tourmente qui emporta l'ordre au début du XIVe siècle et commença de souffler un mois après l'admission du frère Thibault au sein des Gardiens du Ponant[1]. Moins de cinq ans plus tard, le glorieux ordre des Chevaliers du Christ n'existait plus.

1. C'est à l'aube du vendredi 13 octobre 1307 que tous les templiers des commanderies de France furent arrêtés sur l'ordre de Philippe le Bel.

La dernière page du document relié était très différente des autres. Elle était en vélin, s'ornait d'un dessin, et on y lisait :

« *Ecrit le 11ᵉ jour du mois de décembre, l'an 1342, en la cité de Wielstadt. Cette nuit, le Seigneur m'envoya un ange et cet ange me visita en songe. Il parlait la plus belle, la plus pure et la plus sacrée des langues qui est celle du Paradis et du Jardin d'Eden. Et j'écrivis en cette langue ce que l'ange me dit d'écrire, comme je fis ce que l'ange me dit de faire. Ainsi le refuge des derniers Frères sera un jour retrouvé, et avec lui la révélation que les Frères ont gardée et qui repose parmi eux. Béni soit celui qui viendra avec la clef. Béni soit celui qui saura lire et comprendre. Il accomplira la volonté de Dieu et accordera la paix éternelle à mon âme qui jusque-là veillera.* »

Quant au dessin, c'était l'exacte réplique du pentacle sacré que le chevalier avait sur la paume de la main gauche, la main toujours gantée…

Un claquement retentit soudain, aussitôt répété.

Kantz se leva, passa dans la chambre et s'empressa de fermer la fenêtre qui battait contre le mur. Jetant un œil dehors, il s'aperçut qu'il était tard, qu'un vent violent s'était levé, que d'épais nuages cachaient le ciel. Un orage tout proche grondait.

Quelqu'un frappa à la porte.

« Oui ? » fit Kantz.

C'était Stefan.

Pris au dépourvu par le rendez-vous que lui avait fixé Regenhalt en début d'après-midi, le chevalier avait chargé son valet d'espionner Tobias Haug à sa place.

« L'as-tu trouvé ? demanda Kantz

— Oui, Monsieur. C'était la bonne adresse. »

Kantz n'en doutait pas : il tenait le renseignement du Roi Misère.

« Alors ?

— J'ai attendu toute l'après-dînée. L'homme n'est sorti qu'au soir.

— Et pour aller où ? »

Depuis la fenêtre de sa chambre à coucher, la baronne pouvait deviner le front orageux qui avançait dans la nuit. Mais elle ne s'en souciait pas. Ce soir serait un grand soir : elle allait enfin rencontrer le Maître.

Tobias Haug était venu le lui annoncer en fin d'après-midi. Malheureusement, toutes les nouvelles n'étaient pas aussi bonnes. Ainsi, le vicomte de Larsvohl était mort et le manuscrit du frère Thibault avait disparu. Haug avait appris que des truands avaient assassiné le gentilhomme.

Par acquit de conscience, il était allé reconnaître le cadavre aux Trois-Tours mais n'avait pu retrouver le précieux document. On supposait que le vicomte l'avait caché. On espérait surtout que la Sainte-Vehme ne l'avait pas.

Une pluie drue martelait à présent les carreaux. Il faisait très sombre dans la chambre où ne brillait qu'une bougie. La baronne allait appeler pour que l'on fasse de la lumière quand elle se souvint qu'elle avait donné congé à ses domestiques jusqu'au matin.

Elle avait en cela scrupuleusement respecté la première exigence du Maître qui, selon Haug, voulait que l'hôtel particulier soit désert quand son carrosse viendrait la chercher. La seconde était que madame de Ludehn ne devrait pas paraître devant lui à visage découvert. A cette fin, Haug avait apporté un masque d'argent féminin mais anonyme. S'il ne s'agissait que de protéger l'identité de la baronne, la précaution était inutile : le Maître savait parfaitement qui elle était. Mais peut-être s'agissait-il d'un protocole rituel. Ou alors d'autres Rose-Croix seraient présents qui, eux, ne la connaissait pas…

Madame de Ludehn caressait d'un doigt amoureux le masque posé sur le manteau de la cheminée quand un éclair illumina la nuit et qu'éclata le premier coup de tonnerre. La baronne sursauta et fit volte-face vers la fenêtre. Il lui sembla y avoir aperçu une silhouette l'espace d'un instant.

Puis une porte grinça dans son dos.

Le cœur battant, devinant une présence, elle se tourna lentement.

31

Il pleuvait à verse lorsque Kantz enjamba le mur et se reçut dans le jardin de l'hôtel particulier où – du moins l'espérait-il – logeait madame de Ludehn. C'était en tout cas à cette adresse que Tobias Haug s'était rendu en début de soirée, et que Stefan avait entr'aperçu une élégante dame blonde qui pouvait bien être la baronne. Perdue au milieu d'un vaste pâté de maisons, la propriété était insoupçonnable depuis les rues alentour. On ne pouvait y accéder que par une discrète venelle menant au portail ou, comme Kantz, en prenant le chemin des cambrioleurs.

Le chevalier traversait le jardin lorsque l'orage se déchaîna. Plusieurs éclairs le surprirent avant qu'il ne rejoigne la bâtisse. Elle semblait déserte : aucune lumière ni mouvement aux fenêtres, dont la plupart avaient leurs volets grand ouverts. Kantz tarda à remarquer ce détail qui le troubla.

Profitant d'un coup de tonnerre, il fractura une porte basse en pesant lourdement contre elle de l'épaule.

Il attendit, écouta…

Rien, sinon le vacarme de la tempête au-dehors.

Il emprunta un couloir obscur, traversa une antichambre puis un salon, gagna le grand hall donnant sur la cour d'honneur. La double porte n'était pas close. Secoué par le vent, l'un des battants laissait passer des rafales de pluie qui mitraillaient le dallage. Là encore, personne. Aucune des bougies des candélabres muraux ne brillaient, mais une bourrasque pouvait les avoir soufflées.

Un malaise envahissait peu à peu le chevalier. Le pentacle tatoué sur la paume de sa main gantée se réveilla.

Entre deux grondements de tonnerre, un long grincement de charnière attira son attention. C'était à l'étage. Kantz prit l'escalier et gravit souplement les marches quatre à quatre. Au premier, il découvrit un dégagement enténébré et deux portes closes. Il s'immobilisa, tous les sens aux aguets. Sa main gauche le démangeait. Il y avait ici des créatures de l'Ombre et il craignait de deviner lesquelles.

Cette fois, il entendit des pas au-dessus de lui. Des pas rapides mais discrets qu'il suivit des yeux en regardant le plafond.

Kantz tira l'épée et monta prudemment au second. De part et d'autre du palier s'écartait un couloir qui desservait tout l'étage avec, à chaque extrémité, une fenêtre. Le chevalier prit à droite, sans hâte, en s'efforçant de garder le dos au mur. Il n'y voyait presque rien, sauf lorsque la foudre s'abattait au-dehors et envahissait le couloir d'une lumière soudaine. Le souffle court, Kantz tendit l'oreille en vain. Les toits n'étaient pas loin ; l'averse crépitait comme la grêle ; la tourmente agitait les tuiles et sifflait sous les combles.

A la faveur d'un éclair, Kantz distingua deux empreintes de bottes près d'une porte entrebâillée. Elles étaient entourées d'un anneau de gouttelettes, preuve que quelqu'un s'était tenu là un moment, le manteau dégoulinant de pluie.

Le chevalier approcha. Il poussa la porte et observa depuis le couloir une salle aux murs nus, et dont les rares meubles étaient recouverts de draps blancs.

Il entra.

Le plancher gémissait sous son pas. L'air sentait la vieille poussière et les déjections de rats. Des toiles filandreuses pendaient aux angles du plafond. Des trombes d'eau giflaient les vitres branlantes.

La foudre tomba toute proche et son éclat illumina la pièce. Juste après le tonnerre, Kantz entendit un hennissement et les bruits d'un attelage dans la cour. Il courut vers la fenêtre, l'ouvrit et, le visage cinglé par le déluge, regarda deux étages plus bas.

Un carrosse s'arrêtait devant le perron. Le cocher sauta à terre et ouvrit une portière. Aussitôt, un *spectre assassin* embarqua, le corps inanimé de madame de Ludehn jeté sur l'épaule. Avant de regagner son siège, le cocher leva les yeux vers le chevalier qui, reconnaissant Reinecker, cogna rageusement du poing contre le chambranle.

Les ravisseurs étaient déjà dans la demeure à son arrivée.

On l'avait attiré ici pour faciliter leur fuite.

On ?

Dans le dos de Kantz, un masque de cuivre né de l'obscurité refléta un éclair ; une lame blanche parut d'entre les plis d'une cape noire…

Le chevalier pivota et lança le coude d'instinct. Il fit mouche. Frappé au masque, le spectre bascula en arrière et s'effondra parmi les meubles. Kantz se rua hors de la pièce : il était peut-être encore temps de sauver la baronne. Il franchit le couloir, dévala l'escalier jusqu'à premier étage, sauta la volée de marches suivante et déboula dans le hall en se laissant glisser en bas de la rambarde. Par la grande double porte qui battait maintenant à tous les vents, il aperçut le carrosse qui faisait demi-tour sous l'orage.

Un coup de tonnerre accompagna une nouvelle décharge lumineuse. Kantz cligna des paupières et tarda à voir celui qui, comme tombé du plafond en traînées noirâtres, se matérialisa devant lui. Le spectre attaqua. Pris au dépourvu, le chevalier para en catastrophe et rompit. Il jeta un œil dehors.

Le carrosse passait le portail.

Trop tard.

Kantz enragea. D'un ample mouvement de lame, il obligea son adversaire à se découvrir et lui asséna un crochet du gauche furieux. Le spectre vacilla sous l'impact et recula de quelques pas. Mais il riposta aussitôt, engagea le chevalier dans un duel qui leur fit traverser le hall de bout en bout et revenir. Kantz prit enfin l'avantage en taillant à hauteur de visage. Le spectre dut se cambrer pour éviter la rapière qui siffla au ras du masque. Il trébucha, perdit l'équilibre. Kantz allait l'embrocher quand, près d'eux, la tempête souffla une fenêtre dont les vitres explosèrent en libérant une bourrasque chargée de pluie et de débris cristallins. Aveuglé, le chevalier se protégea le visage et battit en retraite.

Reprenant ses esprits, Kantz se mit en garde de tierce, le corps de profil et le poing gauche sur la hanche. Un éclat de verre l'avait blessé au front, du sang lui noyait l'œil mais il restait de marbre. Le spadassin des Ombres allait et venait tel un fauve en cage. Kantz ne le quittait pas du regard et bougeait à peine en pivotant sur sa jambe d'appui. Sous le gant, un fourmillement lui dévorait la paume.

Le tonnerre donna le signal de l'assaut.

Le spectre chargea et entraîna le chevalier dans un ballet mortel qui les poussa vers la cour et l'orage. Kantz céda sciemment du terrain. Juste avant de passer la porte, le dos déjà fouetté par les rafales pluvieuses, il feinta et bondit sur le côté. L'autre se fendait. Kantz l'attrapa par le col, le plia en deux d'un coup de genou au ventre et frappa du pommeau entre les omoplates offertes. Déséquilibré, le *spectre assassin* partit en avant. Il ne put résister au chevalier qui l'utilisa comme un bélier pour écarter les battants de la porte et le jeta du haut des marches du perron.

Impassible sous l'orage, Kantz prit le temps d'ôter son gant. Puis il descendit dans la cour et se posta devant le spectre qui s'était relevé et attendait.

Ils se toisèrent un moment, immobiles et ruisselants. Autour d'eux, le vent hurlait en soulevant des trombes d'eau, le tonnerre faisait trembler les murs, la pluie mitraillait des flaques immenses où se miroitait l'éclat syncopé des éclairs. Dans le creux de la main gauche du chevalier, une lueur rougeoyait.

Le spectre attaqua et prit l'initiative d'un échange féroce. Kantz rendit coup pour coup. Et de parades en ripostes, à force de ruses déjouées et de bottes vaines, ils croisèrent leurs lames jusqu'à la garde et s'agrippèrent les poignets. Arc-boutés l'un contre l'autre, le visage du chevalier touchant presque le masque riveté, ils rivalisèrent de force en grimaçant. Des deux, seul Kantz ressentait les effets de la fatigue. Il faiblit donc et le spectre lui porta un violent coup de tête avant de le repousser. Sonné, la pommette fendue, le chevalier recula en chancelant, glissa sur le pavé inondé. Il tomba à la renverse et lâcha sa rapière.

Le spectre bondit.

Kantz se déporta à temps pour éviter d'être transpercé et lança la jambe. Les chevilles fauchées, le spectre s'étala de tout son long. Il se redressait quand le chevalier le plaqua au sol. Enragés, écumants, ils s'empoignèrent, roulèrent plusieurs fois dans les flaques jusqu'à buter contre la première marche du perron. Kantz réussit à désarmer son adversaire mais finit sur le dos, écrasé par le spectre qui l'étranglait.

Le visage exposé à la pluie battante, le chevalier tenta d'abord de desserrer l'étreinte des doigts décharnés autour de son cou. En vain. Alors il lâcha les poignets du spectre et lui saisit le crâne à pleines mains. Les ongles déchirant les chairs mortes, il glissa peu à peu les pouces sous le masque riveté, au niveau de la mâchoire. Puis il poussa, poussa de toutes ses forces, obligea le spectre à cambrer l'échine et plier la nuque. La tête rejetée en arrière, l'autre affermit sa prise, pesa autant qu'il put sur la gorge de Kantz. Le chevalier était à la torture. L'air lui manquait ; ses poumons brûlaient ; des paillettes multicolores commencèrent d'étinceler devant ses yeux révulsés. Mais il tint bon et, bientôt, on entendit un crissement odieux, le crissement des rivets jouant dans l'os. Le spectre se contracta, un rictus douloureux aux lèvres. Kantz accompagna un ultime effort d'un gémissement rageur et quelque chose craqua sous le masque de cuivre qui, descellé, se souleva d'un centimètre en libérant une humeur noire où luisaient des caillots sanglants.

Le spectre rugit et s'écarta de Kantz dans un sursaut. Basculant sur le côté, le chevalier toussa, cracha, respira cependant. Du coin de l'œil, il observait le spectre qui hurlait toujours et titubait sous l'orage en se tenant le masque. Les vêtements gorgés d'eau, Kantz se releva pesamment et chercha son épée des yeux. Il la vit qui gisait à distance, trébucha plus qu'il ne marcha vers elle, faillit tomber quand il la ramassa.

Débraillé, le front en sang et le regard vitreux, Kantz s'en revenait pour donner le coup de grâce quand son pentacle sacré le brûla comme la braise. Incrédule, il recula d'un pas incertain en surveillant tantôt les hauteurs, tantôt le spectre à l'agonie, et murmura :

« Dieu tout-puissant !... »

La foudre s'abattit sur le masque de cuivre tandis qu'une déflagration de fin du monde secouait la cour. Un feu turquoise embrasa le spectre qui poussa un cri strident avant de disparaître à jamais au cœur d'un jaillissement de lumière. Un noyau d'énergie pure crépita une seconde puis explosa en arcs électriques furieux. Une onde de choc bleutée percuta Kantz de plein fouet.

Le chevalier vola six mètres en arrière et ne se releva pas.

Malgré l'orage, Osiander se tenait sur le perron de son hôtel particulier lorsque le carrosse franchit le portail.

Sitôt après avoir arrêté les chevaux, Reinecker sauta du siège du cocher et ouvrit la portière au spectre qui descendit de la cabine, madame de Ludehn dans les bras. Elle était toujours inconsciente et gémit en sentant la pluie sur son visage. Le spectre gravit les marches du perron et, passant devant son maître à grandes enjambées, porta la baronne à l'intérieur.

« Kantz était là, dit Reinecker.

— Alors je comprends », répondit Osiander.

Un grondement de tonnerre retentit ; un éclair les illumina un instant.

« Vous comprenez ? s'étonna le spadassin. Vous comprenez ce que le chevalier faisait là ?

— Non... Je comprends pourquoi il n'y a plus qu'un spectre pour me servir. » Le démon leva les yeux vers l'orage. « Mais nous avons la baronne, et cela seul importe... »

Il tourna le dos à la tempête et entra dans le hall obscur. Reinecker lui emboîta le pas en demandant :

« Que sait-elle ? Que peut-elle nous apprendre ?

— Rien. Ou presque.

— Alors pourquoi l'avoir ravie ? Haug nous a bien servi cette fois-ci, mais je ne sais s'il trahira encore… »

Osiander s'arrêta en bas de l'escalier et s'énerva :

« Haug trahira si je le veux et si tu l'exiges en mon nom !… »

Il inspira et reprit d'un ton plus calme.

« Quant à Madame de Ludehn, elle n'est pas la proie : elle est l'appât. Dès demain, nous ferons savoir aux Rose-Croix qu'elle est en notre pouvoir.

— Comment ?

— Je ferai une lettre frappée du sceau de la Sainte-Vehme et Haug prétendra l'avoir trouvée sous sa porte.

— Et que dira cette lettre ?

— Cela, tu le sauras bientôt… Meshui, va t'assurer que la baronne est bien gardée. »

Le spadassin acquiesça et s'en fut par l'escalier.

« Je suis… le dernier… » fit une voix caverneuse et traînante derrière Osiander.

Le démon se retourna vers le spectre qui, naissant des ténèbres, ajouta :

« C'est le chevalier… Encore lui…

— Je le sais.

— Toujours lui…

— Oui.

— Je veux la… vengeance…

— Tu *veux* ?

— Oui, insista le spectre. Je *veux*… »

Osiander réfléchit et comprit qu'il devait céder.

« Soit. »

Drapé dans une cape brune, l'homme s'accroupit près de Kantz tandis que crépitait la foudre. Longiligne, il mesurait plus de deux mètres, avait un visage inexpressif et sans âge. Un immense front bombé accentuait les cavités sombres et profondes de ses orbites. Une couronne de cheveux gris, raides et rares, caressait ses épaules. La pluie éclaboussait le haut de son crâne nu.

Il retourna Kantz qui gisait sur le ventre et dit :

« Il vit. »

Il dut parler fort pour se faire entendre sous l'orage. A côté de lui se tenait une femme habillée d'un grand manteau cramoisi ; l'ample capuche ruisselante qui la coiffait cachait son visage. Derrière eux, un carrosse noir attendait, une portière ouverte.

« Porte le chevalier dans la voiture, dit la Dame en rouge. Nous devons le conduire là où il sera en sûreté. »

L'homme souleva Kantz sans effort et marcha vers le carrosse.

Depuis un toit, le dernier *spectre assassin* observait, impuissant. Un éclair découpa sa sinistre silhouette dans la nuit et il disparut.

32

L'orage cessa dans la nuit mais la pluie dura tout le jour suivant. Elle martela les toits sans jamais faiblir, déborda des gouttières, jaillit drue de la gueule des gargouilles, cascada le long des murs, engorgea la terre, lava les pierres et détrempa le bois, fit des flaques puis des mares, noya les cours, inonda quelques caves, nourrit des ruisseaux au milieu des rues, charria la boue et les ordures vers les parties basses de la ville, grossit le Rhin, chassa la gangue puante d'une trop longue canicule.

Et quand prit fin le déluge, Wielstadt s'offrit miroitante et revigorée à la lumière d'un soleil clément.

Kantz se réveilla frais et dispos dans un lit qui n'était pas le sien. Se redressant, il réalisa qu'il était en chemise, puis balaya le décor d'un regard circulaire. La pièce était petite, propre et austère. Le mobilier était des plus sommaires : une table, une chaise, et la couche étroite et dure où le chevalier avait pourtant si bien dormi. Ses vêtements, propres et repassés, étaient pliés sur la table ; sa rapière au fourreau pendait par le baudrier au dossier de la chaise ; son chapeau était accroché à une patère sur la porte. L'unique ornement des murs consistait en un crucifix rustique fixé au-dessus du lit, mais on ne l'avait pas placé là pour soigner l'esthétique.

Une cellule de moine, songea Kantz. *Si je suis à Wielstadt, je peux être au Temple…*

Percée à droite de la porte, une lucarne laissait voir une galerie d'arcades et un jardin ombragé. Une cloche toute proche sonna l'heure de none, soit le milieu de l'après-midi.

Kantz allait se lever quand un homme entra sans frapper et sursauta d'embarras en découvrant le chevalier éveillé. Il avait revêtu une bure blanche frappée d'une croix écarlate : la tenue qu'adoptaient les templiers contraints de renoncer aux armes par l'âge, la maladie ou une blessure. Celui-ci avait la trentaine. Il était grand et fort, boitait cependant, avait des mains immenses et des bras de forgeron. Un visage jovial et des yeux pétillants de gentillesse contrastaient avec ce physique brutal.

« Veuillez me pardonner, dit le templier. Je vous croyais encore ensommeillé…

— Ce n'est rien, le rassura Kantz.

— Je suis le frère Gustav, l'apothicaire de la commanderie.

— Bonjour, mon frère. Je suis…

— Je sais qui vous êtes, Monsieur le Chevalier. L'on me l'a dit… Etes-vous bien allant ?

— Je vais fort bien. Grâce à vos soins, j'en suis certain. »

Le templier esquissa un sourire modeste.

Ecartant le drap, Kantz s'assit jambes pendantes et demanda :

« Quel jour sommes-nous ?

— C'est aujourd'hui mercredi.

— En ce cas, j'ai dormi…

— La nuit et presque tout le jour. »

Le chevalier accueillit la nouvelle d'un hochement de tête fataliste.

« Avez-vous faim ? demanda le frère apothicaire.

— Une faim d'ogre. Comment suis-je arrivé céans ?

— Vous nous avez été confié par un cocher. Etrangement, le frère portier s'avéra incapable de le décrire. Il se souvint en revanche avoir vu une main de femme à la fenêtre du carrosse que le cocher conduisait.

— Une main de femme ?

— Gantée de rouge. »

Ils se turent, devinant l'un et l'autre ce que cela signifiait.

« Je dois vous laisser, dit le templier. Mais demeurez. Le frère Berthold m'a fait lui promettre qu'il serait le premier averti de votre réveil. Il désire vous entretenir de quelque sujet d'importance. »

Il avait déjà ouvert la porte pour sortir lorsque Kantz l'appela.

« Frère Gustav.

— Oui ?

— Soyez assuré de ma reconnaissance pour tous les soins que vous m'avez prodigués. »

L'autre lui sourit avec bonté.

« Vous n'aviez besoin que de repos, chevalier. De repos pour le corps… D'ores en avant, ne vous manque plus que la paix pour l'âme. »

Le frère commandeur Berthold arriva d'un pas vif dans la chambre où Kantz avait dormi, et la trouva vide, porte entrouverte.

« Je suis là ! » lança le chevalier depuis le jardin.

Habillé de pied en cap, il était assis sur un banc de pierre et profitait du soleil. L'averse avait imprégné la terre d'une fraîcheur délicieuse. Des flaques éparses subsistaient dans les allées de gravier.

« Je ne vous savais pas levé, dit le templier en approchant. Frère Gustav dit que votre santé est excellente…

— Elle l'est, et je vous le dois… Vous me trouverez peut-être ingrat, mais avez-vous prévenu mes domestiques du lieu où je me trouvais ? »

Frère Berthold s'assit et répondit que non. Ne sachant pourquoi le chevalier leur était confié en si piètre état par la Dame rouge, les templiers avaient préféré conserver un secret absolu.

« Ce fut sage sans doute », reconnut Kantz.

Et comme le commandeur ne lui posait aucune question, il raconta tout sans préambule, de sa mission à Heidelberg à l'enlèvement de la baronne en passant par le fantôme du templier et sa mystérieuse mise en garde. L'autre ne l'interrompit pas, mais tiqua lorsqu'il évoqua la prophétie de Malachie, les Gardiens du Ponant et, surtout, le manuscrit retrouvé à Heidelberg. Le chevalier tut cependant le sinistre rituel auquel il s'était livré sur le cadavre de Jacob Huyghens – ce souvenir lui était odieux.

« Voilà l'affaire dans son entièreté, conclut Kantz.

— En deux mots, résuma le frère commandeur, la Rose-Croix et la Sainte-Vehme se disputent un manuscrit que vous possédez. Et le démon Osiander aide la Sainte-Vehme dans cette entreprise, pour son propre intérêt sans doute…

— Oui.

— Où se trouve le manuscrit du frère Thibault ?

— Chez moi. Je l'ai remisé dans une pièce où nul autre que moi ne peut entrer.

— Il n'est pas de serrure inviolable, ou d'huis qui ne peut être brisé…

— Ne vous inquiétez de rien », dit Kantz du ton lourd de sous-entendus.

Le templier hocha la tête, songeur. Le chevalier reprit :

« Je suis convaincu que le fantôme qui m'apparut d'abord dans votre cloître, puis à Heidelberg, est le fantôme du frère Thibault de Lans. Si ce qu'il écrivit est juste, il fut le dernier des Gardiens du Ponant. Que pouvez-vous me dire à leur sujet ? »

Embarrassé, le frère Berthold se leva et avança de deux pas.

« C'est un grand secret du Temple que vous me demandez de révéler, chevalier…

— Je le devine. Comme je devine que ce secret me concerne, même si j'ignore encore en quelle manière… N'oubliez pas que le frère Thibault dessina le pentacle qui orne ma main, renchérit Kantz. Croyez-m'en, ce pentacle est unique. »

Dos au chevalier, le templier laissa passer un silence scandé par les gouttes de pluie qui tombaient des toits alentour ; la rumeur vivante de la ville était lointaine.

Puis il lâcha :

« Ce que notre chapelain vous conta avec trop de complaisance est exact. Le Premier Temple fut bien le dépositaire d'une prophétie ignorée du monde.

— La prophétie de Malachie.

— Oui. Elle était inscrite sur deux parchemins dont l'un fut remis au pape Clément VII en 1530. L'autre, celui dont les Gardiens du Ponant avait la charge, je le croyais détruit ou perdu à jamais après la chute du Premier Temple.

— Mais cet autre parchemin, le manuscrit d'Occident, fut sauvé par quelques Gardiens du Ponant.

— Ils étaient cinq, selon une légende à laquelle je n'accordais jusqu'alors aucun crédit. Ils s'échappèrent et se réfugièrent, ici, à Wielstadt.

— Dans son ultime témoignage, le frère Thibault écrit que *« la révélation que les Frères ont gardée repose désormais parmi eux »*. Cela dit assez clairement que la prophétie est cachée dans le tombeau de ces cinq-là. »

Kantz parlait toujours à la nuque du templier. Il ajouta :

« Cependant…

— Cependant vous vous demandez pourquoi le Temple protégea des siècles durant, et avec tant de zèle, une prophétie si médiocre… »

Le chevalier acquiesça. Car la prophétie de saint Malachie avait en définitive été révélée, et chacun avait pu la juger. A l'instar de beaucoup d'autres, Kantz doutait fortement de son authenticité.

« Le véritable secret est là, dit le frère commandeur en se retournant enfin. La prophétie qui fut révélée – la trop fameuse prophétie des papes – n'est pas celle que le Temple avait en sa garde. »

Tandis que Kantz le regardait sans mot dire, il revint s'asseoir sur le banc et déclara :

« Vous savez déjà que le Temple renaissant manifesta sa loyauté au pape en lui confiant le dernier parchemin en sa possession…

— Le manuscrit d'Orient.

— Celui-là même, oui… Cela fut fait dans le plus grand secret. Malheureusement, on se sait comment, le secret transpira après quelques décades. On parla, la rumeur enfla, le mystère excita les imaginations. Quelle était cette prophétie ? Qu'avait annoncé Malachie ? Rome se tut d'abord, puis nia l'existence de la prophétie. Mais rien n'y fit. Et bientôt, des voix s'élevèrent jusqu'au sein de l'Eglise pour exiger que la prophétie soit enfin révélée. Quant aux ennemis de la vraie foi, vous imaginez quel parti ils tirèrent de cette confusion… »

Kantz acquiesça : il savait tout cela de la bouche de père Färber. Selon le chapelain de la commanderie, c'était pour mettre fin aux rumeurs et à la polémique que le Vatican avait finalement décidé de lever le voile sur la prophétie des papes.

Cependant, le frère Berthold avait une tout autre explication.

« Rien, dit-il, n'est meilleur pour faire taire une meute et la décourager de vous mordre les mollets, que de lui jeter une carcasse… C'est ce que fit Rome en créant *ex-nihilo* une fausse prophétie dont le texte fut découvert à point nommé par un moine bénédictin…

— Arnold de Wyon, souffla Kantz en hochant la tête… Mais si la prophétie des papes était destinée à détourner les regards de la véritable prophétie de saint Malachie, pourquoi l'a-t-on truffée d'erreurs ? Je pense aux antipapes que le texte mêle aux papes légitimes…

— Je l'ignore mais vois à cela plusieurs raisons… De prime, les erreurs que vous dites ne furent peut-être pas toutes volontaires. Ensuite, Urbain VII eut sans doute quelques pieux scrupules à produire une fausse prophétie et souhaita que les esprits éclairés ne s'y laisse pas prendre. Enfin, une prophétie douteuse ne pouvait pas manquer de susciter une polémique particulièrement favorable aux ambitions de Rome : on disputa tant et si bien de la prophétie des papes que nul ne supposa jamais qu'il en existait une autre, véritable, dans les coffres de la bibliothèque vaticane… »

Une sorte d'admiration résignée sonnait dans la voix du frère commandeur Berthold. Il condamnait le procédé, mais en admirait l'efficacité.

« Une chose encore, dit Kantz… Dans la prophétie des papes, la devise du successeur annoncé d'Urbain VII, désigne à l'évidence un cardinal…

— Le cardinal Simoncelli.

— Urbain VII espérait-il nommer de la sorte celui qui lui succéderait ? »

Le templier eut un petit rire.

« Bien le rebours, chevalier. Bien le rebours… J'ai dit tout à l'heure que des voix s'étaient élevées dans l'Eglise pour exiger que la prophétie soit révélée. L'une de ces voix était celle d'un ambitieux cardinal, ennemi féroce d'Urbain VII. J'ai nommé le cardinal Simoncelli. Or le pape, qui se savait malade et mourant, savait également que le cardinal était pressenti par beaucoup pour lui succéder sur le trône de saint Pierre. Et il le détestait…

— Le pape lui tira donc sa flèche du Parthe, comprit Kantz. Les cardinaux, réunis en conclave après la mort de Urbain VII, durent trouver curieux que la prophétie désigne comme le prochain pape celui qui avait réclamé qu'elle soit révélée…

— Ils jugèrent en effet la ruse grossière et n'élurent pas le cardinal. De surcroît, certains s'avisèrent que le bénédictin, Arnold de Wyon, était un proche de Simoncelli. Si nécessaire, cela acheva de discréditer et le cardinal, et la prophétie. D'une pierre, deux coups… »

Le soleil déclinait et des ombre obliques s'étiraient dans le jardin.

« Mais la véritable prophétie, fit Kantz, que dit-elle ?

— Je l'ignore, chevalier. Ce secret n'appartient plus au Temple depuis un siècle. »

Kantz se leva, s'étira, inspira profondément. Cette fraîcheur d'après la pluie était délicieuse.

« Savez-vous cependant comment le manuscrit d'Occident et le manuscrit d'Orient arrivèrent en la possession du Temple ? demanda-t-il.

— Saint Malachie mourut à Clairvaux, veillé par saint Bernard auquel il était très lié. Or peut-être savez-vous que saint Bernard…

— … rédigea la Règle de votre ordre », acheva le chevalier.

33

Des questions taraudaient Kantz tandis qu'il rentrait chez lui par des rues détrempées.

La première concernait les ambitions de la Sainte-Vehme. Que la Rose-Croix tente de découvrir une ancienne prophétie n'étonnait pas le chevalier : c'était dans la nature de cette fraternité secrète et savante, passionnée d'occultisme et de théologie. Mais qu'est-ce que la Vehme avait à gagner dans cette affaire ? Elle était un tribunal inique et une organisation redoutable. Tout en prétendant œuvrer pour le bien commun, elle poursuivait en réalité des buts égoïstes et n'avait de cesse d'étendre sa sinistre influence. Jamais, cependant, elle ne s'était mêlée de mystères divins.

Kantz envisagea un instant qu'Osiander pouvait utiliser la Sainte-Vehme à des fins personnelles. On pouvait comprendre qu'un démon s'emploie à chercher et détruire un texte prophétique qui, peut-être, avertissait l'humanité d'un grand péril. Mais grâce au manuscrit d'Orient, la prophétie était déjà connue de l'Eglise depuis un siècle. Si, d'une manière ou d'une autre, les révélations de Malachie pouvaient compromettre un projet infernal, le « mal » était déjà fait.

L'autre point qui intriguait le chevalier était le suivant : les mémoires du frère Thibault de Lans témoignaient que le manuscrit d'Occident avait survécu et qu'il était caché dans le tombeau des derniers Gardiens du Ponant, probablement à Wielstadt. Le templier affirmait en outre avoir fait le nécessaire pour que le tombeau puisse être découvert : *« Et j'écrivis (...) ce que l'ange me dit d'écrire, comme je fis ce que l'ange me dit de faire. Ainsi le refuge des derniers Frères sera un jour retrouvé, et avec lui la révélation que les Frères ont gardée et qui repose parmi eux.* » Mais Kantz n'avait rien lu qui permette de situer le fameux tombeau. De fait, pourquoi la Rose-Croix et la Sainte-Vehme se disputaient-elles un document qui, s'il dévoilait l'existence d'un trésor, n'indiquait pas où chercher, ni comment ? La Vehme ignorait peut-être que les mémoires ne disaient pas tout. La Fraternité, en revanche, savait de quoi il retournait. Alors pourquoi bataillait-elle bec et ongle pour protéger ce texte ?

Kantz était à ce point absorbé par ses réflexions qu'il n'entendit pas le carrosse qui s'arrêtait à sa hauteur et faillit bousculer l'homme qui, venant à sa rencontre, se campait devant lui. Quelqu'un ouvrit la portière du carrosse depuis l'intérieur et l'homme dit :

« Montez donc, chevalier. »

Assis dos au sens de la marche dans le carrosse bringuebalant, Kantz considéra longuement ses deux vis-à-vis. Celui qui l'avait fait monter était blond, habillé en spadassin, avait la trentaine, les joues râpeuses et l'air canaille ; il tenait encore le pistolet armé qu'il avait discrètement montré pour convaincre le chevalier d'embarquer devant lui. Il se nommait Tobias Haug.

L'autre homme était le Grand Maître de la Fraternité de la Rose-Croix. Bien bâti, il avait l'allure et les manières d'un gentilhomme. Un masque d'or cachait son visage, encadré par une épaisse chevelure grise qui s'étalait sur le col en dentelle de son pourpoint. Kantz remarqua à son annulaire une chevalière assez massive pour receler quelque secret.

« Le procédé est brutal, j'en conviens. Mais il me fallait absolument vous parler, chevalier… »

Kantz attendit quelques secondes avant de lâcher :

« Convenons que, tant que je ne saurais pas qui vous êtes, vous me donnerez du *Monsieur* le Chevalier. »

Le Masque d'or ne broncha pas. A côté de lui, Haug bougea nerveusement sur la banquette et s'appliqua à ne pas détourner le canon de son pistolet de la poitrine de Kantz.

L'affaire s'engageait mal.

« Vous détenez, Monsieur le Chevalier, un objet que je suis venu vous prier de me remettre.

— Vraiment ?

— Vous savez bien sûr de quel objet je parle, n'est-ce pas ?

— Non.

— Savez-vous qui je suis, Monsieur le Chevalier ? »

C'était demandé sur le ton de la conversation.

« Je le devine, répondit Kantz.

— Et cela ne vous encourage pas à vous fier à moi ?

— Non. »

Le Grand Maître se renfonça dans la banquette et jeta un œil au dehors. Ils roulaient sans but dans Wielstadt, non loin de la cathédrale.

« L'objet que je désire est un précieux manuscrit. L'œuvre d'un templier de jadis. Ce manuscrit, que vous avez sans doute déjà lu, mène à un trésor. Non pas à un trésor d'or ou de pierres précieuses. Mais un trésor pour qui est avide de savoir, pour qui s'intéresse au devenir du monde… Une prophétie. »

Le Masque d'or s'interrompit, attendit de la part de Kantz une réaction qui ne vint pas.

« Ce manuscrit, vous le possédez. Tobias Haug, qui pour l'heure vous menace de son arme à seule fin de garantir ma sécurité, je vous l'assure… Tobias Haug, donc, apprit que vous aviez découvert et emporté ce document. A ce sujet, je ne sais si je dois louer votre sagacité ou condamner la violence de vos mœurs, Monsieur le Chevalier… »

Imperturbable, Kantz comprit que les Sammer étaient allés trouver Haug, sans doute dans l'espoir de toucher une récompense. Voilà donc comment les Rose-Croix savaient que les mémoires du frère Thibault étaient en sa possession.

« Qu'avez-vous à répondre à cela, Monsieur le Chevalier ?

— Rien. Et certes pas devant vous. »

L'homme au masque se rembrunit. A l'évidence, il avait l'habitude qu'on le traite avec plus d'égards.

« Vous voyez, reprit-il d'un ton sentencieux, que vous ne pouvez espérer me tromper. Je sais bien des choses, plus que j'en ai dit et plus que vous ne vous le figurez… Aussi, je vous prie encore de me remettre le manuscrit du frère Thibault, lequel manuscrit, d'ailleurs, appartient à la Rose-Croix.

— Et de quel droit vous appartient-il ? demanda Kantz d'une voix blanche.

— Du droit que nous, les premiers, l'avons trouvé.

— Il me semblait, à moi, que le père Luvin de Janty était plutôt de ces premiers… »

Piqué au vif, le Grand Maître se tut et s'efforça de conserver son calme.

« Il importe peu, dit-il enfin… Il importe peu de savoir à qui le manuscrit revient de droit.

— J'ai, moi, le sentiment contraire.

— Et, selon vous, le manuscrit dont nous parlons est à sa place chez vous ?

— Je n'ai rien dit de tel.

— CESSEZ CES JEUX ! s'emporta soudain le Masque d'or. Les événements qui se déroulent et s'annoncent vous dépassent. Ne m'obligez pas à prendre des mesures que je réprouve ! Ne m'obligez pas à vous faire tâter de la puissance de la Rose-Croix ! Vous y... »

Il n'acheva pas.

Kantz lança sa jambe et, d'un coup de botte, écrasa le poignet de Haug contre la portière. Surpris, le spadassin lâcha son pistolet tandis que le chevalier bondissait à la rencontre du Grand Maître pour lui glisser sa dague sous le masque.

« Si l'un de vous bouge, ou crie, avertit Kantz, ce sera un massacre. Et nous savons déjà qui de nous trois rendra l'âme le premier. »

D'un mouvement brusque, il obligea le Rose-Croix à s'écarter de son garde du corps désemparé et dit :

« Je ne vous aime pas, Monsieur du Masque. Je n'aime pas vos manières, je n'aime pas votre arrogance, et j'aime encore moins vos menaces.

— Je vous en prie, balbutia l'autre. Il ne s'agit pas de moi... Il en va de la vie d'une femme !

— Expliquez-vous.

— Nos ennemis ont enlevé Madame de Ludehn... Ils... Ils la tueront si nous ne leur abandonnons pas le manuscrit !... »

Tout en maintenant sa lame contre la gorge du Grand Maître, Kantz ramassa le pistolet tombé entre les banquettes. Puis il repoussa son prisonnier et prit du champ en se collant dans un angle de la cabine, le canon pointé vers les deux hommes. Haug lui jetait des regards haineux sans cesser de se masser le poignet.

« Dites au cocher d'arrêter le carrosse, lâcha Kantz.

— Je vous en supplie, Monsieur le Chevalier. Vous condamnez la baronne en ne nous aidant pas !

— Je m'en moque.

— Vous... Vous vous en moquez ?

— Oui.

— Mais comprenez-vous seulement aux mains de qui se trouve Madame de Ludehn en ce moment ?

— Aux mains de la Sainte-Vehme et d'un démon. »

L'homme au masque eut un instant de doute. Son regard exprimait un mélange d'incrédulité et d'effroi.

« Et sachant cela, vous vous refusez à aider une femme ?

— Oui. Arrêtez le carrosse avant qu'il me prenne l'envie de vous jeter à bas.

— Mais quel monstre êtes-vous ? »

Kantz prit une inspiration.

« Je ne suis pas un chevalier tout droit sorti d'un conte. Je ne porte pas une armure blanche et ne vole pas à la rescousse de pucelles emprisonnées… Vous me disiez tout à l'heure de cesser mes jeux. Mais je ne joue pas. Je ne m'affuble pas d'un masque d'or pour des conciliabules secrets, je ne prends pas des airs superbes et mystérieux. Je mène une guerre. Une guerre clandestine dont les nombreuses victimes et les rares héros ne seront jamais reconnus. Une femme va mourir ? Et alors ?… Vous comme elle comprenez trop tard, tragiquement trop tard, que cette guerre à laquelle vous désiriez vous mêler est impitoyable. Qu'elle est tout sauf une distraction de salon, un prétexte à des intrigues vaines… Si vous dites vrai, si le manuscrit que je possède mène à une prophétie ancienne, alors cela seul devrait vous convaincre qu'il ne doit à aucun prix tomber en les mains d'un démon. Quel qu'en soit le prix… Vous me reprochez mon indifférence ? Reprochez-vous plutôt votre inconséquence, car elle est la cause de tout. »

Et en accompagnant son propos d'un mouvement de canon, Kantz ajouta :

« Meshui, faites arrêter le carrosse ou préparez-vous à mourir. Je doute fort que Tobias Haug soit de ceux qui se jettent au-devant des balles pour sauver leurs maîtres… »

Stefan accueillit Kantz avec joie et soulagement.

La veille, ne voyant pas le chevalier revenir, le valet avait affronté l'orage et la nuit pour se rendre chez la baronne. A son arrivée, un carrosse noir quittait l'hôtel mystérieusement désert. Stefan s'était figuré que son maître avait été enlevé, ou pire. Il avait confié ses craintes à Heide et, ensemble, ils avaient vainement attendu jusqu'au matin. Pour tromper son angoisse, Heide était allée prier et brûler quelques cierges à Notre-Dame-des-Sept-Archanges, la cathédrale de Wielstadt. Elle s'y trouvait encore.

Préoccupé, Kantz écouta à peine et répondit bien mal à la sollicitude de son valet. Il monta au premier, entra dans sa chambre, jeta sa rapière sur le lit au passage, poussa de la main gauche la porte de la bibliothèque, et s'enferma. Fouillant parmi les papiers qui encombraient sa table de travail, il trouva un stylet avec lequel il découpa la reliure du manuscrit du frère Thibault. Puis il lâcha un soupir satisfait et se laissa tomber dans son fauteuil.

Il ne s'était pas trompé.

L'idée l'avait frappé tandis qu'il regardait s'éloigner le carrosse du Masque d'or et s'interrogeait : pourquoi la Rose-Croix et la Sainte-Vehme prêtaient-elles tant d'importance à un document qui ne révélait pas l'essentiel, à savoir où était l'emplacement du tombeau des Gardiens du Ponant? La chose était d'autant plus troublante que le frère Thibault affirmait avoir écrit, sous la dictée d'un ange, un texte qui s'avérait introuvable…

Le chevalier avait alors songé à maître Dobush, le petit libraire rencontré à Heidelberg. Celui-ci était à l'évidence un allié de la Fraternité, ce qui lui avait valu d'être assassiné par Reinecker. Il avait ses entrées à l'hôtel de Ludehn et Kantz l'avait vu discutant avec le « gentilhomme de Mölein ». Mais que faisait-il ce matin-là chez la baronne? Sans doute venait-il rendre un manuscrit qu'il avait passé une courte nuit d'été à relier. Il n'avait d'ailleurs pas pris le temps de se changer et portait encore son tablier d'artisan – c'était même à cela que le chevalier l'avait reconnu.

Dès lors, pourquoi madame de Ludehn a-t-elle fait relier les mémoires du frère Thibault ? s'était demandé Kantz. *Pour les garantir des rigueurs du voyage jusqu'à Wielstadt ? Ou cette reliure trop neuve cache-t-elle quelque chose ?*

Cette dernière hypothèse était la bonne.

Eventrés, les plats de la couverture révélaient chacun un feuillet que le chevalier prit et considéra. Quatre lignes manuscrites, sur l'un comme sur l'autre. Le premier était ancien et craquelé; on y reconnaissait l'écriture du frère Thibault. Le texte était rédigé en *« la plus belle, la plus pure et la plus sacrée des langues qui est celle du Paradis et du Jardin d'Eden »*, pour reprendre l'expression du dernier Gardien du Ponant. Il s'agissait en fait du langage adamique, cet idiome primordial et universel qu'employait Adam et que parlent les anges. Le neuvième chapitre de la *Confessio Fraternitatis* révélait que les grands initiés de la Rose-Croix pratiquaient une langue magique cousine du langage adamique. Kantz le croyait d'autant plus volontiers qu'il savait que quelques très rares érudits, aussi pieux que savants, connaissaient eux le langage adamique dans toute sa pureté. Le père Luvin de Janty était l'un de ces élus, et son écriture couvrait le second feuillet d'une suite de lettres parfaitement incompréhensible…

Le chevalier esquissa un sourire nostalgique.

Appelé à Heidelberg pour interpréter le texte dicté par l'ange au frère Thibault, le vieux jésuite s'était exécuté mais avait pris soin de coder sa traduction.

34

L'histoire de la cryptographie est aussi vieille que celle de la guerre et de la diplomatie secrète. Dans les *Vies des douze Césars*, Suétone atteste que Jules César utilisait un *chiffre* – ou méthode de substitution des lettres – pour cacher le sens de certains messages. En l'espèce, il remplaçait chaque lettre du message par celle venant trois places après elle dans l'alphabet : *a* par *D*, *b* par *E*... jusqu'à *z* par *C*. Ce procédé peut être étendu. Connu sous le nom de « chiffre de César », il autorise plusieurs variantes selon que les lettres du texte clair sont décalées de une, deux, trois ou vingt-cinq positions pour produire le texte chiffré.

Une autre méthode de chiffrement consistait à remplacer l'alphabet clair par un alphabet totalement désordonné et non plus simplement décalé : *a* devient *F*, *b* devient *R*, *c* devient *I*, etc. Régulièrement réinventé par tous les écoliers du monde, ce procédé semble sommaire. Il offre pourtant un nombre de combinaisons ahurissant – plus de 400 milliards de milliards – et resta longtemps inviolé.

Le tout, cependant, n'est pas de chiffrer un texte de manière incompréhensible. Encore faut-il que le destinataire puisse recomposer le texte original. Pour cela, deux conditions sont à remplir. La première est que le destinataire connaisse le principe général de chiffrement utilisé ; la seconde est qu'il connaisse la *clef* particulière employée. Ainsi, le principe général de chiffrement dont se servait Jules César était un alphabet décalé. Un parmi vingt-cinq. Lequel était le bon ? C'est cette indispensable précision qu'apporte la clef. De sorte que même si les ennemis de César interceptaient ses messages et savaient qu'ils recouraient à un alphabet décalé, ils étaient condamnés à tester toutes les variantes de ce principe de chiffrement jusqu'à découvrir la solution.

L'efficacité d'un chiffre tient donc moins dans la complexité de son principe général de chiffrement, que dans le nombre des clefs possibles. Un bon chiffre est même celui dont le principe de chiffrement est simple mais dont les clefs sont innombrables. A ce titre, l'emploi d'un alphabet chiffré anarchiquement bouleversé est des plus satisfaisants : les variantes sont légion alors qu'il ne s'agit jamais que de remplacer un alphabet par un autre. Ce principe de « substitution mono-alphabétique » est à ce point efficace qu'on put le simplifier sans s'inquiéter du préjudice causé par la diminution du nombre des clefs potentielles. Cette simplification passa par l'emploi d'un *mot-clef* que le destinataire n'avait qu'à mémoriser pour en déduire aisément l'alphabet chiffré[1].

Durant la Renaissance, l'Europe connut un âge d'or de la cryptographie qui aboutit, enfin, à la mise en lumière des faiblesses du principe de substitution mono-alphabétique. La plus importante est que, selon ce procédé, une lettre de l'alphabet clair est toujours remplacée par un même caractère de l'alphabet chiffré. Or certaines lettres sont plus fréquentes que d'autres : *e*, *a* et *i* sont les lettres les plus répandues en français. Dès lors, il est possible d'établir des correspondances en comparant les fréquences d'apparition des caractères dans un texte chiffré, aux fréquences d'emploi des lettres dans la langue courante : si un caractère revient souvent, c'est sans doute qu'il déguise une lettre très usitée. Cette méthode de cryptanalyse – *l'analyse des fréquences* – a cependant ses limites, surtout si le texte à déchiffrer est court. Mais elle réduit les champs d'investigation et propose des pistes que l'intuition et la logique permettent d'exploiter.

Les cryptographes s'efforcèrent alors d'imaginer des chiffrements plus sûrs. Sans renoncer au principe de substitution mono-alphabétique, certains l'améliorèrent avec l'introduction de signes *nuls* dont le destinataire sait qu'il ne faut pas tenir compte. D'autres inventèrent des codes complexes où une lettre, un chiffre ou un symbole traduit un mot entier selon un répertoire secret. Enfin, des cryptographes mélangèrent chiffres et codes : certains caractères chiffrés valaient pour une lettre, tandis que d'autres valaient pour un mot. Néanmoins, l'adjonction des signes nuls offraient peu d'avantages, tandis que les codes s'avéraient mal commodes et surtout dangereux : que faire si l'ennemi s'empare des précieux

1. On s'entend d'abord sur un mot que l'on purge des lettres répétées : « Wielstadt » devient Wielstad, par exemple. Ce *mot-clef* constitue le début de l'alphabet chiffré : *W* vaut *a*, *I* vaut *b*, *E* vaut *c*, etc. Puis l'on poursuit l'alphabet chiffré en ajoutant les lettres manquantes dans l'ordre alphabétique traditionnel et en commençant par la dernière lettre du *mot-clef*. Dès lors, à partir de « Wielstadt », on obtient la correspondance suivante entre alphabet clair et alphabet chiffré :

```
a b c d e f g h i j k l m n o p q r s t u v w x y z
W I E L S T A D F G H J K M N O P Q R U V X Y Z B C
```

répertoires ? Quant aux solutions intermédiaires, mêlant chiffres et codes, elles restaient en définitive vulnérables à l'analyse des fréquences…

La cryptographie marquait donc le pas quand, au cours du XVIe siècle, Blaise de Vigenère inventa le premier chiffre de « substitution polyalphabétique », c'est-à-dire qui n'utilise pas un, mais plusieurs alphabets chiffrés pour un message. Cette méthode de chiffrement passait par l'emploi d'un « carré de Vigenère », tableau où sont reproduits vingt-six alphabets numérotés présentant tous un décalage de César différent – le premier est décalé d'une lettre, le second de deux, le troisième de trois, etc. En haut du tableau, on reporte un alphabet clair qui est l'alphabet de référence.

Carre de Vigenère

	a	b	c	d	e	f	g	h	i	j	k	l	m	n	o	p	q	r	s	t	u	v	w	x	y	z
01	B	C	D	E	F	G	H	I	J	K	L	M	N	O	P	Q	R	S	T	U	V	W	X	Y	Z	A
02	C	D	E	F	G	H	I	J	K	L	M	N	O	P	Q	R	S	T	U	V	W	X	Y	Z	A	B
03	D	E	F	G	H	I	J	K	L	M	N	O	P	Q	R	S	T	U	V	W	X	Y	Z	A	B	C
04	E	F	G	H	I	J	K	L	M	N	O	P	Q	R	S	T	U	V	W	X	Y	Z	A	B	C	D
05	F	G	H	I	J	K	L	M	N	O	P	Q	R	S	T	U	V	W	X	Y	Z	A	B	C	D	E
06	G	H	I	J	K	L	M	N	O	P	Q	R	S	T	U	V	W	X	Y	Z	A	B	C	D	E	F
07	H	I	J	K	L	M	N	O	P	Q	R	S	T	U	V	W	X	Y	Z	A	B	C	D	E	F	G
08	I	J	K	L	M	N	O	P	Q	R	S	T	U	V	W	X	Y	Z	A	B	C	D	E	F	G	H
09	J	K	L	M	N	O	P	Q	R	S	T	U	V	W	X	Y	Z	A	B	C	D	E	F	G	H	I
10	K	L	M	N	O	P	Q	R	S	T	U	V	W	X	Y	Z	A	B	C	D	E	F	G	H	I	J
11	L	M	N	O	P	Q	R	S	T	U	V	W	X	Y	Z	A	B	C	D	E	F	G	H	I	J	K
12	M	N	O	P	Q	R	S	T	U	V	W	X	Y	Z	A	B	C	D	E	F	G	H	I	J	K	L
13	N	O	P	Q	R	S	T	U	V	W	X	Y	Z	A	B	C	D	E	F	G	H	I	J	K	L	M
14	O	P	Q	R	S	T	U	V	W	X	Y	Z	A	B	C	D	E	F	G	H	I	J	K	L	M	N
15	P	Q	R	S	T	U	V	W	X	Y	Z	A	B	C	D	E	F	G	H	I	J	K	L	M	N	O
16	Q	R	S	T	U	V	W	X	Y	Z	A	B	C	D	E	F	G	H	I	J	K	L	M	N	O	P
17	R	S	T	U	V	W	X	Y	Z	A	B	C	D	E	F	G	H	I	J	K	L	M	N	O	P	Q
18	S	T	U	V	W	X	Y	Z	A	B	C	D	E	F	G	H	I	J	K	L	M	N	O	P	Q	R
19	T	U	V	W	X	Y	Z	A	B	C	D	E	F	G	H	I	J	K	L	M	N	O	P	Q	R	S
20	U	V	W	X	Y	Z	A	B	C	D	E	F	G	H	I	J	K	L	M	N	O	P	Q	R	S	T
21	V	W	X	Y	Z	A	B	C	D	E	F	G	H	I	J	K	L	M	N	O	P	Q	R	S	T	U
22	W	X	Y	Z	A	B	C	D	E	F	G	H	I	J	K	L	M	N	O	P	Q	R	S	T	U	V
23	X	Y	Z	A	B	C	D	E	F	G	H	I	J	K	L	M	N	O	P	Q	R	S	T	U	V	W
24	Y	Z	A	B	C	D	E	F	G	H	I	J	K	L	M	N	O	P	Q	R	S	T	U	V	W	X
25	Z	A	B	C	D	E	F	G	H	I	J	K	L	M	N	O	P	Q	R	S	T	U	V	W	X	Y
26	A	B	C	D	E	F	G	H	I	J	K	L	M	N	O	P	Q	R	S	T	U	V	W	X	Y	Z

Selon la méthode proposée par Vigenère, tout ou partie des alphabets du fameux *carré* sont susceptibles d'être exploités. La première lettre du texte clair pourra être chiffrée selon l'alphabet décalé n° 20, la seconde selon l'alphabet n° 11, la troisième selon le n° 03... Dans les faits, le recours à quatre ou cinq alphabets suffit largement. Mais lesquels, et comment ? C'est ce que précise l'indispensable mot-clef.

La première fonction du mot-clef est de désigner les alphabets utilisés par le cryptographe : si le mot-clef est « ciel », cela signifie qu'il ne faut tenir compte que des alphabets décalés débutant par *c*, *i*, *e* et *l* – soit les lignes 2, 8, 4 et 11 sur le *carré de Vigenère*. La seconde fonction du mot-clef est d'indiquer dans quel ordre les alphabets retenus interviennent dans le processus de chiffrement. La démarche est laborieuse mais simple. La première lettre du texte clair est chiffrée selon le premier alphabet retenu, la deuxième lettre selon le second alphabet retenu, la troisième selon le troisième alphabet, et ainsi de suite : si « ciel » est le mot-clef, les quatre premières lettres du message seront donc respectivement chiffrées en croisant l'alphabet de référence avec les lignes 2, 8, 4 puis 11 du *carré de Vigenère*. Le procédé est ensuite répété aussi longtemps que nécessaire, selon le cycle imposé par le mot-clef. Afin d'éviter les erreurs, une solution efficace consiste à écrire en boucle les lettres du mot-clef, puis les numéros des alphabets correspondants, et encore en dessous le texte clair épelé[1]. On sait ainsi comment chiffrer chaque lettre, et selon quel alphabet. Le destinataire du message secret, lui, opère à l'inverse.

Diplomate français à la retraite, Blaise de Vigenère publia le résultat de ses travaux dans un « Traité des Chiffres », en 1586. Bien que révolutionnaire, sa méthode de chiffrement ne connut aucun succès dans le petit monde de la cryptographie européenne. Elle résistait certes à l'analyse des fréquences et devait rester inviolée jusqu'au XIXe siècle, mais s'avère d'un usage malaisé qui découragea les diplomates et – plus encore – les militaires, lesquels ne pouvaient se permettre de passer des heures à crypter et décrypter leurs communications sur les champs de bataille. Malgré sa force, le chiffre de Vigenère ne fut donc profitable à personne.

1. En utilisant « ciel » comme mot-clef, voilà comment crypter « Wielstadt » selon le chiffre de Vigenère :

Mot-clef	C	I	E	L	C	I	E	L	C
Lignes	02	08	04	11	02	08	04	11	02
Texte clair	w	i	e	l	s	t	a	d	t
Texte chiffré	Y	Q	I	W	U	B	E	O	V

Ou presque…

Familier du chiffre de Vigenère, Kantz posa devant lui la traduction codée du père Luvin et s'attela à la tâche dans le silence de son cabinet privé. Il commença par tracer un *carré de Vigenère*, puis recopia soigneusement le cryptogramme.

« *DqvIiztreOltqglkmqIkryhxaxdvodwkefukpavkrm*

« *SuudounsvumyholqwxehhyvuygnfvYogvreVdxduqjeBlkrdh*

« *BeuorebdxMqvyashxsHlmixdtteGkpglylqvZezhhrqv*

« *KndhlushyoxlzauukDgSkrqSxobkktq* »

Le père Luvin n'avait pas hésité à reproduire les sauts à la ligne et les majuscules du texte clair. Dans l'absolu, il s'agissait là d'un manquement grave à la première règle de la cryptographie : tout ce qui peut faciliter la tâche d'un analyste indiscret doit être évité. Mais le jésuite avait sans doute estimé que cela importait peu en l'occurrence, tant le chiffre de Vigenère était sûr.

Il avait raison.

Mieux qu'un autre, Kantz savait qu'il n'avait aucune chance de décrypter ces quelques lignes sans le mot-clef. Cependant, il connaissait bien le père Luvin de Janty, ou du moins l'avait bien connu. Naguère, ils avaient souvent recouru au chiffre de Vigenère dans leur correspondance secrète et employaient toujours le même mot-clef. Celui-ci tenait en quatre lettres qui étaient les initiales de la devise des Jésuites : *Ad majorem Dei gloriam*[1].

A.M.D.G…

Kantz achevait de déchiffrer la traduction du père Janty lorsque l'on toqua timidement. Levant le nez, il réalisa qu'il travaillait presque dans le noir, alla ouvrir, et découvrit Stefan. Tête nue et essoufflé, le regard inquiet, le jeune homme malmenait le bord de son chapeau entre ses doigts. Une Chandelle affolée par l'anxiété lui tourbillonnait autour.

« Qu'y a-t-il, Stefan ?

— Heide a disparu, Monsieur.

— Disparu ? »

1. Pour la plus grande gloire de Dieu (lat.).

Kantz laissa la porte de son cabinet particulier se refermer derrière lui et jeta un coup d'œil par la fenêtre de la chambre : la nuit tombait.

« Heide est allée prier à Notre-Dame-des-Sept-Archanges, dit Stefan. Comme elle tardait à rentrer, et que je noulais[1] vous importuner, je m'y suis rendu à mon tour. Elle n'y était plus ! »

Le chevalier se souvint alors que, durant son entrevue avec le Grand Maître Rose-Croix, le carrosse n'avait cessé de tourner dans le quartier de la cathédrale. Craignant de comprendre, il saisit son épée et s'engagea dans l'escalier, son valet sur les talons.

« Allons voir, décida Kantz. Et munis-toi d'un solide bâton… »

Mais à peine arrivaient-ils au rez-de-chaussée que trois coups étaient frappés à la porte d'entrée, au bout du couloir. Trois coups assurés qui martelèrent le silence, figèrent Stefan et achevèrent de convaincre le chevalier qu'il avait vu juste.

« Cache-toi, Chandelle, dit Kantz d'une voix calme. Et toi, Stefan, fais entrer… »

Le jeune homme hésita mais obéit.

Tandis que la fée-demoiselle filait à l'étage, Stefan remonta seul l'étroit couloir enténébré et ouvrit. Affectant une pose nonchalante, Tobias Haug se tenait sur le seuil.

« Je suis attendu, je crois », fit-il.

Stefan reconnut celui qu'il avait espionné la veille. Sans rien laisser paraître, il acquiesça et s'effaça.

Haug entra d'un pas tranquille, assuré, comme en terrain conquis. Après le couloir, il s'engagea en confiance dans la *salle* que deux bougies éclairaient à peine. Il comptait y trouver Kantz et la crut déserte.

« Eh bien ? » lâcha-t-il.

Il n'eut pas le temps de se retourner.

Surgissant de l'ombre, Kantz le poussa violemment en avant et le plaqua contre la table en lui remontant le poignet entre les omoplates. Le souffle coupé par le choc, Haug réagit trop tard. Au premier geste qu'il fit, Kantz lui tordit un peu plus le bras.

« Ne m'oblige pas à te rompre l'épaule, menaça le chevalier.

— C'est bon », grimaça l'homme de main.

Mais Kantz voulait être sûr d'être entendu. Il affermit sa prise d'une secousse.

1. Nouloir : ne pas vouloir, se refuser à.

« J'ai compris ! gémit Haug, le visage congestionné par la souffrance. J'ai compris…

— Où est Heide ?

— Je l'ignore…

— Un pouce plus haut, et tu entendras l'os craquer…

— Non !… Je vous jure que je l'ignore.

— Mais c'est toi qui l'a enlevée, non ? »

La joue collée à la table, les traits crispés, Tobias Haug acquiesça.

« Je l'ai confiée à mon maître…

— Le Masque d'or ?

— Oui.

— Où est-il ?

— Je ne sais pas.

— A ton aise… »

Kantz augmenta d'un rien la torsion. La douleur fulgura dans le bras du spadassin.

« NON ! ARRÊTEZ !… » Haug reprit son souffle. « Je ne sais rien. J'ignore même qui il est sous le masque !… Son nom, son passé, ses projets, j'ignore tout !… Je le sers quand il m'appelle et c'est là tout !… »

Le chevalier le crut à regret. A la réflexion, lui non plus ne placerait pas sa confiance en un homme tel que Tobias Haug. Il était sans doute un assez efficace exécuteur des basses œuvres, mais rien de plus.

« Je ne suis que le messager ! renchérit Haug.

— Et quel est le message ? »

Haug hésita.

« Des scrupules ? ironisa Kantz. Parle, sinon…

— Heide mourra si la baronne meurt, dit l'autre d'un trait.

— Et si je te tue ? Maintenant ?

— Cela ne sauvera pas votre domestique, bien le rebours… Remettez-moi le manuscrit du frère Thibault et elle sera libérée dans l'heure… »

Kantz prit une grande inspiration pour contenir sa colère. Comme il l'avait déjà deviné, les Rose-Croix étaient prêts à tout pour libérer madame de Ludehn. Même à céder à Osiander. Même à menacer la vie d'une innocente…

Avec un grognement de dépit, Kantz relâcha Haug et recula d'un pas. Soulagé, l'homme de main attendit que la douleur s'estompe avant de se retourner.

« Alors ? » fit-il en se massant le bras.

Le chevalier le dévisagea un long moment, puis dit :

« Alors c'est entendu. »

Haug avait retrouvé toute sa morgue insolente. Il triompha, un sourire moqueur aux lèvres :

« On dirait que vos beaux principes sur le sacrifice ne valent que pour les autres… »

Le regard de Kantz étincela. D'un coup de poing furieux, il fit jaillir le sang à la bouche de Haug et l'assomma pour le compte.

« Monsieur ! » s'exclama Stefan depuis le couloir.

Immobile, Kantz resta d'abord silencieux à regarder le spadassin inconscient. Puis, tandis que Stefan approchait timidement dans son dos, il dit :

« Apporte-moi de quoi écrire.

— Mais Monsieur !… Et Heide ?…

— Figure-toi que je ne pense qu'à elle. Obéis ! »

Stefan s'empressa et, quand il revint, son maître était assis à la grande table. Haug était toujours étendu là où il était tombé.

« Voilà, Monsieur. »

Kantz prit la plume, l'encre et le papier. Quand il eut rédigé une courte lettre, il réclama de la cire pour la cacheter et renvoya son valet. Enfin, il renversa un broc d'eau sur Haug et l'aida sans ménagement à se relever.

« Je n'ai plus le manuscrit de frère Thibault, mentit Kantz. Je l'ai remis ce matin aux Templiers et rien ne pourra les convaincre de me le rendre. »

Chancelant et trempé, Haug lui adressa une œillade incertaine.

« Mais je sais où est caché le manuscrit d'Occident. Dès que je l'aurai découvert, j'accepterai de le remettre à ton maître. Cette lettre dit où et quand nous pourrons nous retrouver. Elle fixe également tous les détails de la libération de ma gouvernante… Je n'ai qu'une exigence, mais elle n'est pas à négocier.

— Laquelle ? demanda Haug en essuyant sa lèvre sanguinolente.

— Ton maître viendra seul au rendez-vous. Lui, et nul autre que lui.

— Il refusera.

— J'en doute. Contente-toi de porter cette lettre. »

35

Le lendemain, Kantz sortit tôt. Dès les premiers pas qu'il fit dans la rue, il sentit qu'il était observé, peut-être suivi, mais ne laissa rien paraître. Il se rendit directement à la commanderie et demanda à rencontrer le frère Berthold. Il fut aussitôt reçu.

« Je suis venu solliciter de vous une faveur », annonça Kantz après les salutations d'usage.

Ils étaient dans le cabinet de travail du commandeur. Il y régnait une demie pénombre et une fraîcheur agréable, une odeur de pierre humide qui tarderait à s'estomper malgré les beaux jours revenus. Par la fenêtre en ogive, on voyait une cour où des templiers, le mousquet sur l'épaule, manœuvraient en rangs serrés ; un officier lançait des ordres secs.

Le frère Berthold s'était levé pour accueillir le chevalier. Il revint s'asseoir derrière sa table croulant sous la paperasse, désigna un siège à son invité et dit :

« Je vous écoute.

— Cette nuit, expliqua Kantz en s'asseyant, à minuit, l'on frappera à l'huis de votre commanderie.

— Vous ?

— Non. Un homme sans doute, peut-être plusieurs, que je ne connais pas. Heide, ma gouvernante, vous sera alors confiée. J'en appelle à votre générosité pour que vous vous assuriez de sa bonne santé et de sa sûreté, jusqu'à mon retour.

— Les jours de votre domestique sont-ils en danger ?

— Pour l'heure, je ne le crois pas. » Kantz épousseta le bord de son chapeau, qu'il avait à la main. « Heide est retenue prisonnière. Je m'emploie en ce moment à la faire libérer. Si je n'échoue pas, et si l'on ne me trompe pas, elle vous sera confiée cette nuit, à minuit, comme j'ai dit. »

Les coudes sur les bras de son fauteuil, les doigts réunis en clocher devant la bouche, le frère commandeur fixa le chevalier du regard.

« Qui retient Heide ?

— Je ne puis le dire.

— Osiander ?

— Non.

— Où serez-vous, ce soir, à minuit ?

— Je l'ignore encore.

— A Wielstadt ? »

Impassible, Kantz hocha sèchement la tête.

« Si vous n'êtes pas en notre commanderie, comment saurez-vous que Heide nous est confiée ?

— Si elle est bien vive et sauve, il faudra m'en avertir.

— De quelle manière ?

— Deux coups de cloche. L'un grave, l'autre clair. Je comprendrai. »

Songeur, le templier acquiesça pour lui-même. Puis il se leva, marcha jusqu'à la fenêtre et regarda un moment le détachement à l'exercice.

« Je sais l'homme que vous êtes, chevalier. Je sais vos vertus, votre courage, les pieux combats que vous menez… Si l'on retient votre gouvernante prisonnière, si l'on menace sans doute sa vie, c'est pour vous contraindre à faire ce que vous ne feriez sinon. Quoi ? Je l'ignore et n'ose le deviner. Mais j'ai toutes les raisons de nourrir la plus vive inquiétude…

— Si je succède, le Temple n'aura pas à regretter de m'avoir prêté son concours. »

Le frère Berthold se détourna de la fenêtre et dévisagea Kantz. L'air à la fois sévère et soucieux, il lâcha :

« Et si vous échouez ?

— Je n'échouerai pas.

— En avez-vous l'assurance ?

— Non. »

Depuis un coin de rue, un homme observait discrètement l'entrée principale de la commanderie. Il fut bientôt rejoint par Reinecker qui lui demanda :

« Alors ?

— Le chevalier y est toujours », répondit l'autre en désignant, du menton, le portail au-dessus duquel flottait le grand étendard blanc à croix écarlate.

Reinecker réfléchit et supposa que Kantz tentait en ce moment de récupérer le manuscrit du frère Thibault. D'après Haug, le chevalier l'avait confié au Temple avant que Heide ne soit enlevée. Il avait prétendu que le précieux document ne lui était plus nécessaire pour retrouver la prophétie, mais il pouvait avoir menti afin de gagner du temps. Comme d'habitude, Haug n'avait pas cherché plus loin…

Songeur, Reinecker secoua la tête avec dépit.

Tobias Haug renseignait la Sainte-Vehme depuis qu'elle couvrait ses dettes. Même si sa complicité avait permis le rapt de la baronne, Reinecker ne lui vouait aucune estime. En définitive, Haug s'avérait être un piètre allié. Il ne savait rien des secrets de la Rose-Croix et ignorait l'identité du Masque d'or, qu'il trahissait ainsi qu'il l'avait toujours servi : sans scrupules ni zèle. Aujourd'hui pourtant, Haug avait pris les devants. Une heure avant l'aube, il était venu trouver Reinecker pour tout lui révéler du chantage auquel la Rose-Croix soumettait Kantz. Cette initiative intrigua Reinecker qui flaira d'abord un piège, puis devina que Tobias Haug était motivé par la rancune et la lâcheté : il espérait se venger en jetant le chevalier dans les griffes de la Vehme.

« Sais-tu pourquoi nous espionnons Kantz ? demanda le guetteur.

— Ordre d'Osiander. »

La formule avait l'avantage de ne pas appeler la réplique.

De fait, Osiander avait vite compris quel parti tirer de la rencontre annoncée entre Kantz et le Grand Maître de la Rose-Croix. L'occasion était trop belle. Malheureusement, Haug ne connaissait pas la date ni le lieu du rendez-vous, dont le chevalier avait pris soin de fixer les détails par lettre cachetée. Il fallait donc suivre Kantz aussi longtemps que nécessaire, et mettre la main sur le Masque d'or dès qu'il paraîtrait.

« Depuis quand le chevalier est-il dans la commanderie ? » s'enquit Reinecker.

L'homme poussa un soupir qui dénonçait son ennui.

« Une heure, à tout le moins… » déclara-t-il.

Une heure ? C'était bien long.

« Où sont les autres ? s'inquiéta Reinecker en grattant sous son masque de cuir.

— Trispen surveille la porte de la rue des Cygnes. Umrik, celle de la rue des Romains. Vlad va et vient entre nous. Tiens, le voilà qui approche. Le vois-tu ? »

Ils étaient rue du Temple.

Ceinte d'un haut mur, la commanderie occupait l'espace jadis dévolu à un vaste pâté de maisons dans le quartier des Manteaux-Blancs. Il s'agissait d'une ancienne abbaye que le Temple avait acquise et agrandie au fil des ans.

« Et la poterne de la rue de la Faux ? lâcha Reinecker d'une voix tremblante de colère contenue.

— La poterne de… ?

— Incapables… »

Sorti par la poterne de la rue de la Faux, Kantz se rendit à la *Cigogne Noire* afin d'y rencontrer Zacharios. Puis, sur le chemin du retour, il fit un crochet par le cimetière des Anges-Aveugles. Il y resta moins d'une heure, le temps d'un discret repérage, et rentra chez lui. Il ne sortit plus de l'après-midi. A l'approche du crépuscule, il fit d'ultimes recommandations à Stefan et s'en fut, une lanterne sourde à la main. Il avait en tête la traduction du père Luvin, telle qu'il l'avait décryptée la veille au soir avec succès.

« Des Cinq le cinquième fermera la porte et reposera
« Pour long sommeil et rêves vivants sous le Jardin de Pierre
« Veillé par Messagers vigilants depuis les Ténèbres
« En refuge solitaire du Père Prophète. »

A qui connaissait Wielstadt, l'histoire des Gardiens du Ponant et un peu de grec, ces quatre lignes étaient limpides.

36

Le cimetière des Anges-Aveugles devait son nom aux statues qui encadraient son entrée principale : deux anges aux yeux bandés dont l'un souriait et l'autre semblait triste. Il était le plus vaste et, pour partie, le plus ancien de Wielstadt. Jadis limitrophe, il avait été plusieurs fois agrandi avant que la cité ne l'absorbe enfin. Il étalait quelques parcelles en terrasse à flanc de colline, et s'élargissait alentour derrière une haute enceinte de pierre et brique rouge. Ses portes étaient closes du coucher au lever du soleil afin de décourager les rôdeurs, les pillards et autres sorciers en quête de reliques morbides.

Kantz se laissa glisser en bas du mur et, immobile, tous les sens aux aguets, attendit quelques instants. Dans le crépuscule silencieux, les pierres tombales, les monuments funéraires et les arbres de l'allée centrale étalaient des ombres lasses. Rien ne bougeait hormis les ramures que frôlait un vent timide. La nuit s'annonçait claire et paisible. Pour l'heure, la lanterne sourde du chevalier ne lui était d'aucune utilité. Elle brûlait déjà mais son clapet était baissé.

Quand il fut certain que son arrivée n'avait pas été remarquée, Kantz progressa à grandes foulées souples et gagna une portion reculée du cimetière. L'on ne venait plus guère, ici. La nature triomphait, verdoyante et vivace parmi les croix de guingois, les stèles abattues, les dalles érodées, fendues, dévorées de mousse et de lichen. Des ronces et des arbustes poussaient partout sous le couvert de cyprès centenaires dont les racines soulevaient la terre.

Kantz s'arrêta devant un petit édifice qu'il regarda. Au-dessus de la porte entrouverte, une niche abritait la statuette d'un saint qui, à ses pieds, avait un bouclier frappé d'une croix. *Saint Bernard de Clairvaux*, songea le chevalier en écartant un rideau de lierre pour pousser le battant.

Les gonds rouillés grincèrent.

Il entra.

Une odeur d'excréments animaux et de vieille pierre lui vint aux narines tandis qu'il promenait le faisceau lumineux de sa lanterne autour de lui. Il n'éclaira d'abord que des murs nus dans l'espace confiné, un plafond bas, un sol dallé où des flaques croupissaient. Au fond, faisant face à la porte, se dressait la statue d'un templier médiéval en armure. Kantz s'en approcha et déganta sa main gauche qui le démangeait. Le templier était représenté avec un pendentif circulaire et vierge autour du cou. Guidé par l'intuition, Kantz y apposa sa paume tatouée. Une douce chaleur lui envahit le bras et l'épaule. Une lueur rouge irradia d'entre la main et la pierre, un raclement caverneux résonna et, lentement, une large dalle s'enfonça de quelques centimètres dans le sol et s'escamota en crissant.

Quand le silence fut revenu, le chevalier retira sa main. Le pentacle sacré était désormais gravé sur le médaillon de la statue. Kantz enfila son gant en considérant l'escalier abrupt et ténébreux que la dalle venait de révéler, puis il s'engagea dans le passage souterrain à la lumière de sa lanterne. Il compta une vingtaine de marches avant d'arriver.

C'était une crypte étroite et peu profonde, au plafond voûté. De part et d'autre, des cavités murales superposées accueillaient des tombeaux – deux à droite, deux à gauche. Un cinquième, plus imposant, occupait presque tout l'espace au milieu. Il était orné d'un gisant représentant encore un templier en armes, mais dont les traits rappelaient ceux du fantôme du frère Thibault. Entre les mains sculptées reposait un coffret en métal, verre et bois précieux à l'intérieur duquel on pouvait voir un parchemin enroulé, tenu par un ruban cacheté. Le sceau imprimé dans la cire était celui du Temple.

Kantz avança vers le gisant, posa sa lanterne et se pencha sur le tombeau. Bras tendus, il délogeait le reliquaire avec précaution lorsque son pentacle l'avertit d'une présence maléfique. Kantz devina le masque de bronze qui, derrière lui, naissait de l'obscurité. Il retint son souffle, laissa le coffret en place, se redressa doucement. Et fit volte-face en tirant l'épée.

Trop tard. Trop lent.

La lame à demi sortie du fourreau, il se figea. Le *spectre assassin* achevait à peine d'apparaître mais il pointait déjà l'estoc de sa rapière sous le menton du chevalier. Immobile, la tête rejetée en arrière, Kantz attendit de longues secondes un coup de grâce qui ne vint pas.

« Si tu dois me tuer, articula-t-il, fais-le meshui…
— Non, répondit l'autre de sa voix rauque et traînante… Pas encore…
— Pourquoi ?
— Plus… tard… »
La lanterne éclairait par en dessous le masque riveté et la bouche cadavérique. Kantz pouvait surprendre son reflet déformé dans le cuivre rutilant.
« Alors ? demanda-t-il. Que faisons-nous ?
— Prends le… coffret… Pas… de geste brusque… »
Le chevalier obéit et dut pour ce faire tourner le dos au spectre.
« Voilà, dit-il.
— Va par… les degrés… Je te suis…
— Nous sortons ?
— Oui…
— On nous attend ?
— Tu le sauras… bien assez… tôt. »
Kantz précéda le spectre qui lui piquait les reins de son épée. Il gravit les marches sans hâte, conscient qu'il serait transpercé à la première tentative de rébellion ou au moindre faux pas, même involontaire. Il sentait que le spectre n'attendait qu'une occasion, un prétexte pour l'exécuter.

En haut, dans le petit édifice funéraire, le chevalier attendit d'être rejoint avant de continuer. Puis il sortit. Dès qu'il mit le pied dehors, il perçut le bruit d'une étoffe brassant l'air et comprit que le *spectre assassin* venait de disparaître. Il n'était pas seul pour autant. Les armes à la main, Reinecker et quatre spadassins le toisaient à la lueur des étoiles et d'une lune bien ronde. Osiander se tenait en retrait de ses hommes, debout sur une tombe comme sur une estrade.
« Ne t'avais-je pas dit que nous nous retrouverions ? fit-il.
— Tu l'as dit, confirma Kantz. Avant de fuir… »
Le démon sourit en secouant la tête.
« Tu ne manques décidément pas de courage… C'est la prophétie que tu tiens là ? »
Kantz baissa les yeux sur le reliquaire et son parchemin, mais ne répondit pas. Osiander fit signe à Reinecker qui avança, prit le coffret des mains du chevalier, et revint à sa place.
« Me diras-tu comment tu as su ? » demanda Osiander.
Kantz le dévisagea et récita de mémoire :
« Des Cinq le cinquième fermera la porte et reposera
« Pour long sommeil et rêves vivants sous le Jardin de Pierre

« *Veillé par Messagers vigilants depuis les Ténèbres*
« *En refuge solitaire du Père Prophète.* »

Osiander se tint un coude et, de l'index, tapota rêveusement sa bouche plissée.

« Voyons si ma cervelle vaut la tienne, dit-il… Les *cinq* sont les derniers Gardiens du Ponant. Le *cinquième* est le frère Thibault dont le fantôme devait veiller après la mort sur le précieux parchemin : de là le *long sommeil* et les *rêves vivants* qui lui sont promis… Tous reposent en un *refuge solitaire* – c'est le tombeau dont tu sors – dans un *jardin de pierre*, c'est-à-dire un cimetière, où fleurissent les stèles… Mais d'où savais-tu qu'il était question de ce cimetière, et de nul autre ?

— Les *messagers vigilants depuis les ténèbres*, expliqua Kantz. Les anges aveugles qui gardent ce lieu. Ange vient du grec *angelos*, qui signifie messager. »

Osiander acquiesça, admiratif.

« Cependant… » Il désigna la statuette dans la niche, au-dessus de la tête du chevalier. « C'est bien saint Bernard qui est représenté là, non ? Le *père prophète* ne devrait-il pas plutôt être saint Malachie, l'auteur de la prophétie ? »

Kantz haussa les épaules.

« Je ne sais. Je devine que la prophétie fut en réalité révélée à saint Bernard de Clairvaux. J'ignore pourquoi il l'attribua à son ami Malachie.

— Bah ! lâcha le démon avec un geste insouciant. Cela importe peu puisque tu as réussi malgré ce petit écueil. »

Il saisit le reliquaire et le leva pour observer le parchemin à l'intérieur.

« A toi de satisfaire ma curiosité… » fit Kantz.

Osiander marqua un temps.

« Pose ta question.

— Qui t'apprit que j'étais en mesure de retrouver le manuscrit d'Occident ? »

Osiander réfléchit. Il ne voulait pas dire que Tobias Haug trahissait à son profit. C'était une carte qu'il comptait jouer à point nommé.

« Les Rose-Croix, mentit-il. Ils sont si concernés par la santé de la baronne, qu'ils s'empressèrent de m'annoncer que tu avais promis la prophétie pour bientôt. Dès lors, je n'avais plus qu'à te faire épier, puisque tu n'es pas homme à promettre sans tenir…

— Vit-elle ?

— Qui donc ?

— Madame de Ludehn. Est-elle en vie ?

— Ma foi, oui. Elle est bien vive. »

Une chouette ulula dans le grand silence nocturne. Les spadassins, qui ne comprenaient pas de quoi il retournait au juste entre Kantz et Osiander, commençaient à s'impatienter.

« Les gardiens du cimetière peuvent nous surprendre, dit Reinecker. Et appeler le guet. Il faut en finir.

— En finir ? » ironisa le chevalier.

Reinecker lui adressa un regard noir.

« Oui : en finir. Nous avons la prophétie et tu es à notre merci. Que crois-tu qu'il va arriver ?

— Je doute de mourir céans et meshui, si telle est ton idée… »

Enervé, l'homme de main se campa devant Kantz.

« Et d'où te vient cette certitude ?

— Ne me dis pas que tu n'as pas encore compris… »

Reinecker plissa le front, jeta un coup d'œil incertain par-dessus son épaule, vers Osiander, et fixa de nouveau le chevalier.

« Compris quoi ?

— Compris que ton maître se moque du parchemin. Compris que pour lui, le parchemin n'était qu'un prétexte à faire la guerre à la Rose-Croix et débusquer son Grand Maître… Le manuscrit d'Occident n'a aucune valeur aux yeux d'Osiander. La prophétie est déjà connue de l'Eglise depuis que le Temple s'est dépossédé à son profit du manuscrit d'Orient. Et si cela ne suffisait pas, le père Luvin…

— Qui ?

— Peu importe : ton maître sait de qui je parle… Or donc le père Luvin a fort bien pu en faire une copie qui, sans doute, a déjà rejoint les caves de la bibliothèque vaticane… C'est un mauvais secret, que cette prophétie de Malachie. Elle n'a de prix que pour la Rose-Croix, qui en ignore tout et en espère beaucoup…

— Est-ce vrai ? » demanda Reinecker au démon.

Celui-ci, amusé, ne répondit pas.

« Si je vis encore, poursuivit Kantz, c'est parce que j'ai un rendez-vous avec le Masque d'or, et qu'Osiander veut que je vous y conduise. Je vous ai déjà faussé compagnie ce matin. Il ne veut prendre le risque que cela se reproduise… Et quant à moi, ajouta-t-il en trouvant le regard incrédule de Reinecker, crois-tu que je resterais aussi coi et tranquille si je croyais mes jours menacés ? Qu'aurais-je à perdre à faire grande noise et défendre chèrement ma vie ?… Crois-m'en, Reinecker, tu fus la véritable dupe de cette histoire et manquas plusieurs fois de mourir en vain. Jamais le manuscrit d'Occident ne fut ce que voulait ton maître. »

Reinecker hésitait, ne savait plus que croire.

« Chevalier, dit Osiander en posant le reliquaire, tu ne te trompes que sur un point… Car je n'ai pas besoin de toi pour connaître le lieu du rendez-vous : c'est un aveu que je peux t'arracher. Tu sais comme moi qu'un être soumis à la question finit toujours par tout dire… »

Un méchant sourire allongea les lèvres purpurines de Reinecker.

Kantz ne cilla pas.

« Tu peux me torturer, et nul doute que je finirai par parler. Mais il est déjà fort tard et je dois retrouver le Masque à minuit. Il n'attendra pas. Quels que soient les tourments que tu me destines, crois-tu pouvoir venir à bout de ma volonté avant minuit ? »

Osiander se tut, pensif.

« Tu n'as d'autre choix que de me laisser aller au rendez-vous, renchérit Kantz. Et, pour te saisir de lui, espérer que le Masque d'or ne me fera pas faux bond. »

Osiander songeait encore.

« Il peut nous tromper ! intervint Reinecker. Il peut nous conduire n'importe où et permettre au Masque d'or de fuir !…

— Non, lâcha enfin le démon. Il doit se montrer au rendez-vous… Sinon, sa domestique mourra… Tu sais cela, n'est-ce pas, chevalier ?

— Oui, je sais cela.

— En somme, tu échanges la vie du Masque d'or contre celle de ta gouvernante. Et la tienne ? Y songes-tu ?

— Je fais ce que je dois… » lâcha Kantz, impassible. « Et ce sont deux vies que je t'échange contre celle du Rose-Croix…

— Deux ? s'étonna le démon.

— Je veux que tu libères la baronne. Dès qu'elle sera libre et sauve, je te dirais le lieu du rendez-vous. Si tu ne tardes pas, tu auras encore tout le loisir d'y installer une souricière. Songe vite et bien, démon. Le temps presse. »

Reinecker s'emporta.

« Crois-tu être en mesure d'exiger quoi que ce soit ? Hein ? »

Kantz baissa sur lui un regard calme.

« Je crois être un pion que ton maître ne peut se permettre de sacrifier s'il veut emporter la partie. Rien qu'en cela, je préfère mes bottes aux tiennes. »

Dans un élan rageur, Reinecker le gifla brutalement du dos de la main.

Le chevalier essuya le coup sans broncher. Prêt à bondir, les reîtres se crispèrent.

« Il suffit ! ordonna Osiander… Le chevalier a raison. Il est le cavalier noir avec lequel je mettrai le roi blanc en échec. » Il avança vers Kantz. « Mais je m'étonne de te voir jouer cette partie à mes côtés…

— Je ne joue que pour moi, et pour Heide. Dès qu'elle sera libre, je m'emploierai à te détruire. »

Une lueur pourpre fulgura dans les yeux du chevalier. Le démon fut seul à la voir et perdit brièvement contenance.

« Il n'a pas besoin d'être armé, décréta soudain Reinecker en tendant la main vers la rapière de Kantz.

— N'y touche pas, malheureux ! » s'exclama Osiander tandis que le chevalier ne bougeait pas.

Interdit, Reinecker suspendit son geste.

« Pourquoi ?

— Cette épée a d'exceptionnelles propriétés, expliqua Osiander. Tu serais mort si tu l'avais délogée de son fourreau… »

Il poussa son homme de main sur le côté et, sans toucher à la rapière, détacha le fourreau du baudrier de Kantz.

« Le Masque d'or s'étonnera de me voir arriver sans arme, affirma le chevalier.

— C'est juste », reconnut Osiander.

Il jeta la rapière au fourreau dans le monument funéraire. On l'entendit qui dégringolait l'escalier de la crypte.

« Ton épée », lança Osiander en tendant la main à l'un des spadassins.

Sans comprendre, l'homme lui remit son épée. Le démon brisa la lame sur son genou, à quelques centimètres de la garde.

« Ton fourreau, donne-le-moi. »

Le spadassin obéit encore et vit Osiander glisser le tronçon d'épée dans le fourreau puis tendre le tout au chevalier.

« Te voilà équipé », dit-il avec un air malin.

Impassible, Kantz fixa le fourreau à son baudrier. Reinecker, alors, approcha en grattant sa mâchoire râpeuse le long du masque de cuir.

« C'est vrai ? » demanda-t-il.

Le chevalier l'ignora.

« Si j'avais tiré ton épée, insista Reinecker, je serais mort. Vrai ? »

Kantz le considéra d'un œil impassible.

« Vrai », dit-il.

Reinecker le frappa du poing à l'estomac. Plié en deux, le souffle coupé,

Kantz tomba à genoux. Il reçut aussitôt un premier coup de botte dans les côtes, puis un second au visage qui lui ensanglanta la bouche et le fit tomber à la renverse, inconscient.

Reinecker cracha sur le chevalier avant de faire face à son maître.

« Pourquoi cela ? fit Osiander d'un ton badin.

— Il m'en est venu le caprice.

— C'est la meilleure des raisons… »

Osiander se détourna et, les mains sur les hanches, observa le cimetière.

« Emmenez le chevalier dans le carrosse », ordonna-t-il.

Les reîtres s'empressèrent d'obtempérer et s'éloignèrent bientôt en portant Kantz toujours inanimé. Reinecker, lui, resta et s'enquit :

« Et maintenant ? Que faisons-nous ?

— Commençons par céder aux exigences du chevalier et allons chercher la baronne. Nous la libérerons sous ses yeux. Il nous dira le lieu du rendez-vous et nous l'y conduirons avant de préparer le guet-apens.

— Pourquoi ne pas tuer Kantz dès que nous saurons où doit se dérouler la rencontre ?

— Parce que le Masque d'or ne se montrera pas si le chevalier ne paraît pas.

— Alors nous le laissons vivre ?

— Non. » Osiander poussa un soupir. « Kantz n'est pas assez bête pour croire qu'il mène la danse. Il a fait bonne figure devant nous, mais il sait que je ne permettrai pas qu'il survive à cette nuit… Il se défie, et peut-être même a-t-il le projet de nous jouer un mauvais tour… Cependant, il en sait moins qu'il ne le croit. En particulier, il ignore que Tobias Haug est des nôtres…

— Haug ?

— Oui. Tu vas aller le trouver sans languir et lui dire ce que j'attends de lui. Je gage que le Masque d'or n'ira pas au rendez-vous sans son précieux spadassin. C'est de Haug que viendra le coup fatal. Un coup que le chevalier ne verra pas venir.

— Je veux tuer Kantz ! s'insurgea Reinecker.

— Non. Tu veux ce que je veux, ou tu meurs. »

Kantz revint à lui à la faveur d'un brusque cahot et découvrit qu'il était dans un carrosse allant bon train, escorté par une dizaine de cavaliers. Assis sur la même banquette que lui, Reinecker le surveillait, un pistolet armé à la main. En face, Osiander le toisait d'un air satisfait. A côté du démon se tenait madame de Ludehn, pâle mais digne, éprouvée, décoiffée, belle encore dans la robe froissée qu'elle portait le soir de son enlèvement. Elle dévisageait haineusement le chevalier. Sans doute savait-elle ce qui se préparait.

Kantz évita de croiser son regard et nul ne parla jusqu'à ce que le carrosse s'arrête devant les Trois-Tours. On fit alors descendre la baronne. Dès qu'il se fut assuré que des sentinelles l'avaient aperçue et marchaient vers elle, Kantz acquiesça à l'intention d'Osiander qui donna l'ordre de repartir.

« Où allons-nous ? demanda le démon.

— Les jardins de l'Hôtel de Ville, répondit le chevalier.

— Il n'est pas onze heures, indiqua Reinecker sans cesser de tenir Kantz en joue.

— Alors nous avons tout le temps de nous préparer », conclut Osiander.

A mesure que l'on approchait de minuit, une étrange anxiété le gagnait.

37

Il y avait à Wielstadt, dans le parc de l'Hôtel de Ville, un grand labyrinthe végétal. Hautes et épaisses, ses haies formaient un dédale géométrique où l'on pouvait s'amuser à se perdre, et flâner à loisir, mais non s'égarer réellement. Il était parsemé de fontaines, de statues, de bancs, de kiosques et de refuges discrets que les promeneurs s'amusaient à découvrir ou redécouvrir au détour d'un chemin. Son tracé était tel que, malgré les méandres, ses quatre allées principales débouchaient au centre sur un rond-point de gravier cernant un parterre floral et un chêne immense qui passait pour être aussi vieux que la cité.

C'était là que Kantz attendait le Grand Maître de la Rose-Croix. Immobile, il se tenait droit, bien en vue dans le silence et la clarté grisâtre d'une nuit étoilée. Minuit sonnerait bientôt.

En dépit des apparences, le chevalier n'était pas libre de ses mouvements. Il se savait épié, menacé de mort au moindre geste équivoque. Du coin de l'œil, il avait surpris un reflet suspect à l'une des fenêtres de l'Hôtel de Ville dont la masse sombre, au-delà de quelques terrasses en escalier, dominait le parc. Reinecker et ses hommes se cachaient non loin, à l'intérieur du labyrinthe peut-être, alentour sans doute. Enfin, il fallait compter avec le dernier *spectre assassin* – celui-ci pouvait être partout et nulle part dans les ténèbres environnantes…

Une épée brisée au fourreau, le reliquaire à ses pieds, Kantz patientait donc docilement. S'il ne commettait pas d'impair, rien ne se produirait avant l'arrivée du Masque d'or et Heide serait sauvée. Après, tout était possible. Quels ordres avait donnés Osiander ? Le chevalier ne savait rien du dispositif imaginé par le démon. Il n'était certain que d'une chose : Osiander prévoyait de le faire tuer cette nuit. Mais quand, comment…

… et par qui ?

Les candidats au meurtre étaient nombreux. Le spectre qui ne rêvait que de vengeance. Reinecker et ses spadassins à l'affût. Voire un bon tireur à distance : isolé sous le clair de lune, Kantz faisait une cible de choix…

Le chevalier se raidit en entendant un carrosse approcher.

De longues minutes s'écoulèrent, puis deux hommes enroulés dans de grands manteaux noirs apparurent. Méfiants, ils s'arrêtèrent dès qu'ils foulèrent le gravier du rond-point, afin d'observer Kantz et le décor. L'un était le Grand Maître de la Fraternité rosicrucienne. L'autre était Tobias Haug.

« Il était convenu que vous viendriez seul, lança Kantz.

— C'était contraire à la prudence », répondit le Masque d'or.

Le chevalier reconnut sa voix et sa silhouette : c'était bien l'homme à qui il avait parlé la veille dans le carrosse.

« Vous défiez-vous de moi ?

— Je me défie de toutes et tous. Mais ne vous inquiétez pas de Haug. Il n'est là que pour garantir ma sûreté.

— Il est donc le seul dont vous ne vous défiez pas… »

Minuit sonna au carillon municipal. Tandis que le dernier des douze coups achevait de vibrer, le Masque d'or dit :

« A cet instant, votre gouvernante frappe à l'huis de la commanderie, ainsi que vous le désiriez. Avez-vous le parchemin ? »

Kantz ramassa le reliquaire et l'exhiba. Une quinzaine de mètres le séparait des deux autres.

« Je l'ai. Mais je vais attendre un peu avant que de vous le remettre.

— Attendre quoi ?

— Je veux avoir l'assurance que Heide est libre et sauve.

— Nous l'avons bien traitée. Nous ne sommes pas des barbares. »

Le chevalier préféra faire l'économie d'un commentaire cynique et insultant.

« Alors ? fit Haug.

— Nous attendons encore. Avance seulement d'un pas, et je pars. »

Il tournait le dos à un couloir de haies. Il pouvait disparaître aux regards d'un bond.

Les trois hommes se toisèrent, tendus, impatients, inquiets. Enfin, deux tintements de cloche résonnèrent depuis le lointain. L'un grave, l'autre clair. C'était le signal dont Kantz avait convenu avec les templiers.

Il soupira, rassuré.

« C'est bon, dit-il. Le manuscrit d'Occident est à vous.

— En nous le donnant, se justifia le Rose-Croix, vous sauvez la vie d'une femme.

— Libre à vous de le croire. Vous regretterez bientôt vos intrigues. »

Le Masque d'or fit mine de n'avoir pas entendu.

« Haug et vous allez marcher l'un vers l'autre. Quand vous vous rencontrerez, vous déposerez le coffret au sol et reculerez, chevalier. Est-ce entendu ?

— Soit. »

Un souffle d'air caressa le parc et fit bruire les ramures. Le chevalier ouvrit l'œil, tendit l'oreille, mais rien ne vint.

Alors il avança d'un pas lent tandis que Haug approchait. Sur le qui-vive, il guettait à droite, à gauche, se demandait quand et comment Osiander et ses séides allaient intervenir. Il se sentait surveillé, devinait des regards hostiles posés sur lui. Le silence alentour avait une qualité anormale. Le gravier énervait les sens en crissant sous la semelle.

Kantz et Haug se rejoignirent à couvert du grand chêne et, face à face, se dévisagèrent.

« Il n'est plus temps de renoncer, chevalier » dit le Masque d'or.

Impassible, le chevalier se baissa, mit un genou à terre, posa le reliquaire. C'est le moment que Haug choisit pour agir. Ecartant un pan de sa cape, il brandit un pistolet, visa au visage et fit feu. Mais Kantz le prit du vitesse. De la main gauche, il lui avait déjà saisi le poignet pour l'écarter : la balle ricocha contre le tronc du chêne. Dans le même geste, il tira son tronçon d'épée et le planta dans l'abdomen du traître. Frappé de stupeur, Haug hoqueta. Le chevalier se releva en achevant de lui déchirer le ventre jusqu'au plexus. Le duelliste chancela et recula, les poings réunis sur la garde ensanglantée et ses entrailles palpitantes qui débordaient. Avant qu'il ne tombe à la renverse, Kantz attrapa la rapière qu'il avait au côté et la dégaina.

« FUYEZ ! hurla-t-il au Masque d'or incrédule. LA SAINTE-VEHME EST LÀ ! »

Le Rose-Croix hésita puis s'engouffra dans l'allée par laquelle il était venu. Des trois autres surgissaient autant de spadassins.

Derrière l'une des fenêtres de l'Hôtel de Ville, quelqu'un sourit.

Rapière au poing, Kantz ramassa en hâte le pistolet de Haug. Les trois spadassins, armés d'épées et de dagues, approchaient en arc de cercle. Ils avaient de l'assurance et de l'expérience, conservaient entre eux un espace suffisant pour manœuvrer à leur aise, mais pas assez large pour permettre à Kantz de profiter d'une brèche. A pas prudents, le chevalier voulut prendre du champ et mettre le chêne entre ses adversaires et lui. Un reître s'écarta alors du groupe et menaça de le prendre à revers. Kantz renonça et recula jusqu'à s'adosser à une haie.

Il se mit en garde, le pistolet dans la main gauche, tenu par le canon.

Et attendit…

Le Masque d'or courait dans les allées du labyrinthe. La panique l'empêchait de réfléchir et il devait se concentrer pour retrouver son chemin. Des questions le taraudaient, tonitruaient sous son crâne. Il ne comprenait pas pourquoi Tobias Haug avait tenté d'abattre le chevalier. Il ne s'expliquait pas la présence des tueurs de la Sainte-Vehme. Il avait été trahi, mais par qui ? Haug ? Le chevalier ?

Ou les deux ?

Au détour d'un couloir de verdure, sa cape se prit dans une branche et se déchira. Il l'abandonna sans ralentir.

« Il arrive, dit Osiander. Soyez prêts.

— Haug a échoué.

— Je sais, Reinecker. Je sais. Cela importe peu. Le chevalier ne survivra pas à cette nuit. »

Kantz para une attaque avec son pistolet, une seconde avec sa rapière, et repoussa un spadassin d'une bourrade de l'épaule. Il contre-attaqua, transperça une poitrine, acheva le blessé d'un coup de crosse à la tempe. Ce faisant, il découvrit son flanc et reçut une blessure qui lui brûla les côtes. La douleur lui fit lâcher le pistolet.

Grimaçant, il battit en retraite. Il lui fallait reprendre son souffle.

Le Masque d'or jaillit du labyrinthe hors d'haleine et, soulagé, retrouva son carrosse qui l'attendait.

« FOUETTE, COCHER ! FOUETTE ! » cria-t-il en ouvrant la portière.

Mais il se figea aussitôt. Calme et souriant, Osiander le regardait depuis l'intérieur de la cabine. D'un geste ironique, il l'invita à embarquer.

Effaré, le Rose-Croix recula et heurta quelqu'un. Il sursauta, fit volte-face et découvrit un reître dont les longs cheveux étaient si blonds qu'ils semblaient blancs à la lueur nocturne ; un masque de cuir lui couvrait la joue.

Déjà mort à l'arrivée du Masque d'or, le cocher tomba égorgé de son siège.

Plusieurs cavaliers approchèrent au galop pour cerner le carrosse.

Le bras gauche blessé, Kantz jeta une poignée de gravier sanglant au visage d'un spadassin et foudroya le second en lui bottant l'entrejambe. D'un ample coup de taille, il égorgea l'homme tombé à genou, puis ramena sa lame à temps pour dévier la botte mortelle que lui portait le dernier bretteur. Il rompit en ferraillant, prit peu à peu la mesure de son adversaire, attendit une occasion favorable. Pressé d'en finir, l'autre se fendit au terme de l'assaut. Le chevalier s'effaça en lui saisissant le poignet. Il pivota pour se coller à lui et le fit basculer par-dessus son épaule. Le choc étourdit le spadassin qui, une brève seconde, resta étendu les bras en croix. D'un geste vif, Kantz retourna sa rapière afin de la saisir à l'envers, lame vers le bas, et cloua son adversaire au sol. Le malheureux agrippa la lame qui le transperçait. Il gémit, hoqueta, vomit du sang, mourut bientôt.

Essoufflé, le chevalier dégagea son épée et chercha autour de lui. Il n'en avait pas encore fini.

Son pentacle le démangeait.

Effrayé, le Masque d'or tourna plusieurs fois sur lui-même en quête d'un secours, d'une issue, d'un espoir. Les cavaliers immobiles étaient déployés alentour. Reinecker empêchait de retourner dans le labyrinthe.

« Rendez-vous, conseilla Osiander depuis le carrosse.

— Jamais ! »

Le Rose-Croix mit la main sur sa rapière mais Reinecker le surprit d'un coup de poing au visage. Le masque de guingois, il tomba à la renverse. Sa tête heurta le marchepied et il s'assomma.

« Imbécile… » lâcha Reinecker en le soulevant pour le porter dans le carrosse.

Sans ménagement, Osiander aida à coucher le Masque d'or sur une banquette.

« Et à présent ? demanda le spadassin en redescendant.

— Tu prends la tête de l'escorte. Nous partons.

— Mais Kantz ! protesta Reinecker.

— Il a fort à faire pour l'heure. Et j'ai promis sa tête à un autre.

— Mais je…

— En route ! »

Osiander referma la portière du carrosse qui s'ébranla aussitôt.

Semblable à une flaque de mélasse coulant le long d'une pente, une épaisse tache d'ombre s'étirait au ras du sol en direction de Kantz. Elle grandit, s'éleva, prit forme humaine, devint une silhouette drapée de noir qui marchait. Un masque de cuivre et une bouche parcheminée apparurent sous la capuche.

« Tu as… tué mes… frères, dit le *spectre assassin* en tirant l'épée des replis de sa cape… Ce soir, tu… meurs… »

Impassible, le chevalier dénuda sa main gauche tatouée. Le gant était poisseux du sang qui suintait de sa blessure au bras.

« Ce que j'ai déjà fait par deux fois, promit-il, je le referai. Ta maudite existence s'achève ici. »

Le spectre attaqua. Kantz rompit en lui abandonnant un temps la conduite de l'assaut, puis il riposta, prit le dessus, conclut par un coup d'estoc qui ne porta pas. Les deux adversaires s'écartèrent afin de retrouver leurs marques.

Dans le carrosse dont toutes les fenêtres étaient occultées par d'épais rideaux de cuir, Osiander savourait sa victoire. Le Grand Maître de la Rose-Croix était à sa merci et Kantz allait mourir. Dès le lendemain, il annoncerait la nouvelle à ses pairs, ce qui ne manquerait pas de définitivement asseoir son autorité sur l'*heimliche Acht* de Wielstadt, et au-delà. Bientôt, tout le monde saurait dans la cité que la Sainte-Vehme avait recouvré sa puissance. On la craindrait de nouveau comme on la craignait jadis. On n'évoquerait plus son nom qu'à voix basse. On tremblerait en épiant les ombres. Et lui, Osiander, régnerait seul par la peur…

Tout à ses rêves de triomphe, le démon ne remarqua pas que la cavalcade de son escorte s'éloignait à mesure que le carrosse contournait le labyrinthe et roulait vers la sortie.

La voiture ralentit doucement et s'arrêta après un dernier cahot.

Agacé, Osiander souleva un rideau et passa la tête dehors pour interpeller le cocher, Reinecker, ou n'importe qui pourrait lui expliquer ce qui se passait. Il n'eut pas le temps de réagir. Des mains le saisirent par le col et les cheveux tandis que l'on ouvrait la portière.

Osiander fut jeté hors du carrosse et s'écroula dans la poussière.

Kantz attaqua, tenta une feinte dangereuse et, pris de vitesse, dut rompre en catastrophe pour ne pas être embroché. Il souffrait, s'épuisait, se défendait surtout.

C'était son troisième duel contre un *spectre assassin*. A Heidelberg, le combat avait été équitable dès l'instant où le chevalier avait compris qu'il devait frapper au masque. La tâche avait été plus ardue chez la baronne de Ludehn, et elle lui paraissait à présent insurmontable. Le dernier spectre n'était pourtant ni plus fort, ni plus rapide que les deux autres. Mais il semblait tout connaître de l'escrime de Kantz : ses ruses, ses atouts, ses faiblesses, ses bottes favorites. En définitive, le chevalier avait à chaque fois affronté un même ennemi toujours plus expérimenté. Le sinistre trio n'était qu'une seule intelligence. Ce qu'un spectre apprenait, ses frères s'en souvenaient.

Jusqu'à présent, tous les assauts s'étaient conclus par un *statu quo* précaire. Incapable de garder longtemps l'offensive, Kantz devait en revanche mobiliser toutes ses compétences pour seulement survivre. En outre, il fatiguait. Sa blessure au bras continuait de saigner ; celle qu'il avait au côté le faisait souffrir et gênait ses mouvements. Ses tempes bourdonnaient. Ses jambes devenaient lourdes. Son poignet s'engourdissait.

Le spectre, lui, ne faiblissait pas. Et ce qui devait arriver arriva. Au terme d'un échange âprement disputé, il fit voler la rapière de Kantz au loin.

Etourdi par sa chute, Osiander entendit son carrosse repartir. Il tarda à se remettre et, agenouillé, leva un regard incrédule sur les hommes qui l'avaient brutalement tiré de la cabine. Ils étaient trois. Trois brigands ou mercenaires, sales et menaçants, qui le dévisageaient sans pitié.

« Qui... Qui êtes-vous ? » demanda le démon.

Il se redressa avec peine, chercha en vain son escorte. Il porta la main à sa hanche et se souvint aussitôt que son épée était dans le carrosse. D'un revers de manche, il essuya sa bouche maculée de poussière. Ses yeux étincelèrent d'un éclat jaune orangé furieux.

« Qui êtes-vous ? » s'emporta-t-il.

Imperturbables, les trois hommes reculèrent en s'écartant. Un autre approcha. Il était grand et gras, barbu, vêtu de cuir brut et débraillé, le cheveu long et emmêlé, la rapière au côté. On aurait dit un hobereau de province sans manière qui s'apprête à aller courir le sanglier.

« Je suis le Roi Misère, dit-il. Et voici ma cour. »

Une torche s'embrasa alentour. Puis une seconde, une troisième, dix bientôt, vingt, trente, quarante, une cinquantaine enfin. Incrédule, Osiander se découvrit cerné par une foule nombreuse d'hommes et de femmes, d'adolescents et de vieillards, gueux et gueuses, mendiants faméliques, ribaudes, traîne-rapière et tire-laine, éclopés en guenilles, égorgeurs impassibles. C'était tout un peuple né de la nuit et de la misère qui le toisait en juge sévère, à la lumière des flambeaux crépitants. Tout un monde en fait. Celui d'une Wielstadt misérable et méprisée, mais unie, crainte, et vengeresse.

Une jeune fille se détachait de cette multitude. Elle était mince et jolie, habillée en spadassin, s'efforçait de se tenir droite, semblait fragile cependant. Une blessure cicatrisait sur sa joue pâle. Dans son regard brillait le feu trouble de la souffrance et de la colère.

Le corps raide, Kantz reculait. Devant lui, le spectre avançait en souriant, le bras tendu, la rapière pointant vers le chevalier désarmé.

Kantz savait qu'il était inutile de fuir, que le spectre pouvait d'un bond le rejoindre et le transpercer. Il battait prudemment en retraite, à pas comptés, s'efforçait de garder une distance raisonnable entre sa gorge et l'estoc qui la menaçait.

« Veux-tu… prier ? ironisa le *spectre assassin*.

— Prier pour qui ? articula le chevalier. Ton âme est maudite. Mes prières n'y pourront rien changer… »

Le spectre sourit. « Je songeais… à ton âme…

— Elle ne vaut guère mieux que la tienne… »

Kantz avait gagné le couvert du grand chêne. Il piétinait l'épais parterre de fleurs en espérant que Stefan avait obéi à ses ordres.

« Mes frères… ont rejoint les… Limbes… Par… ta faute…

— Non, affirma Kantz. Tes frères ne sont pas dans les Limbes. » Il heurta doucement quelque chose du talon. « Ni ailleurs. » Il ne laissa rien paraître et fit encore un pas en arrière. « Leur âme est détruite à jamais. »

Le chevalier était à présent adossé au tronc rugueux. Son pentacle irradiait une chaleur bienfaisante. Il glissa le pied sous un objet que le spectre ne pouvait voir.

« A… jamais ? fit l'autre.

— Oui. Comme la tienne le sera bientôt. »

Kantz haussa brusquement le genou et fit jaillir une rapière du parterre. Le spectre recula d'instinct tandis que l'épée au fourreau s'élevait. Kantz la saisit de sa main gauche ensanglantée et dégaina tout en repoussant son adversaire d'un violent coup de pied. Déséquilibré, le *spectre assassin* fut pris de court. Il vit trop tard la lame qui fendait l'air en lâchant des particules étincelantes. Le chevalier porta deux coups croisés à hauteur de visage. A chaque fois, l'acier magique crépita en griffant le cuivre. Le spectre hurla. Kantz se fendit et transperça le masque et le crâne. Des zébrures pourpres parcourent la rapière de la garde à la pointe. Le hurlement devint un long gémissement strident. Kantz ne retira pas sa lame avant que le spectre ne tombe à genoux. Quand il la délogea d'un mouvement sec, le spadassin des Ombres bascula à la renverse et disparut. Seul subsista le masque de cuivre.

Epuisé, le chevalier s'appuya du dos contre le chêne et résista à la tentation de s'asseoir. Les yeux fermés, il respira plusieurs fois à pleins poumons, le temps pour son cœur de battre moins fort, moins vite. Enfin, il songea à la prophétie.

La Dame en rouge se tenait là où Kantz avait abandonné le reliquaire. Elle avait le précieux coffret entre les mains. Recouvrant peu à peu son souffle mais encore chancelant, le chevalier marcha vers elle. Elle ne l'attendit pas, eut un doux et triste sourire, puis s'évanouit dans la nuit telle une silhouette vaporeuse balayée par la brise.

Kantz resta un instant interdit, avant de sursauter en entendant Osiander hurler.

Il s'élança dans les allées étroites du labyrinthe.

Debout dans une salle sans lumière, Hans-Georg Seelgen observait le parc depuis une fenêtre de l'Hôtel de Ville. Un sourire plissait ses lèvres maigres. Il avait tout vu et n'attendait plus que se joue l'épilogue d'une pièce dont Osiander avait cru, trop longtemps, qu'il pouvait l'écrire seul.

Une porte grinça. Un homme en armes et botté entra.

« C'est fini, dit Reinecker en approchant.

— Presque, répondit Seelgen sans se retourner.

— Demain, vous dirigerez l'*heimliche Acht* de Wielstadt.

— Oui. Et tu me serviras bien. Pour ton plus grand bénéfice. »

Reinecker se tut et resta cinq pas en arrière. Il ne ressentait pas le besoin de justifier sa trahison. Elle lui semblait aller de soi.

« Que veux-tu ? demanda soudain Seelgen.

— Pardon ?

— Pour prix de tes services futurs et de ta pleine loyauté. Que veux-tu ? »

Reinecker n'eut pas à réfléchir. « Je veux Kantz. Je veux être celui qui le tuera. »

Il distingua alors quelque chose qu'il n'aurait pas dû surprendre : dans le reflet de la vitre, le regard de son nouveau maître étincela brièvement d'une lueur orangée.

« Nous verrons, dit Seelgen. Nous verrons… »

ÉPILOGUE

Dans les jardins de l'Hôtel de Ville, au-delà du labyrinthe, des grands flambeaux fichés en terre brûlaient à la croisée de deux larges allées. Ils éclairaient une silhouette solitaire. Pieds et poings liés, elle était agenouillée, immobile, prostrée. La foule des gueux s'était depuis peu dispersée, cependant que l'on devinait encore la présence de quelques guetteurs invisibles.

L'épée au côté, Kantz avança dans le cercle de lumière. Il tenait serré contre lui son bras gauche blessé. Sa démarche était raide. C'était celle d'un homme épuisé mais résolu.

« Est-ce toi, chevalier ? demanda Osiander.

— Oui », répondit Kantz en s'arrêtant devant lui.

Le démon leva alors un visage supplicié. Il avait, en place des yeux, deux caillots sanglants qui suintaient sur ses joues.

« C'est donc ainsi que tout s'achève ?

— Oui.

— Tu m'as bien trompé, chevalier. Il me faut t'en féliciter. »

Malgré ses liens, Osiander tenta de se lever.

« Ne bouge pas ! » ordonna tranquillement Kantz.

L'autre se le tint pour dit et, haussant les épaules, resta à genoux.

« Tu savais que Tobias Haug trahissait à mon profit, n'est-ce pas ?

— Je l'ai compris en apprenant du Roi Misère que Haug avait payé ses dettes rubis sur l'ongle. D'où pouvait venir cette fortune soudaine, sinon de toi ? Et qui d'autre que Haug pouvait t'avoir indiqué où logeait Madame de Ludehn ?…

— Et tu en dis juste assez à Haug pour qu'il me rapporte que tu allais bientôt rencontrer le Masque d'or. Or comme tu soupçonnais déjà que je n'en voulais qu'à la Rose-Croix, tu savais que je ne négligerais pas cette occasion de frapper la Fraternité à la tête. Tu savais que je te tendrais un piège et tu m'en tendis un autre… »

Osiander eut un petit rire résigné. Il acceptait sa défaite mais ne semblait pas faire cas des conséquences.

« Je doute, dit-il, que le Masque d'or te pardonne un jour de lui avoir fait jouer les appâts…

— Je me servis de lui comme il voulut se servir de moi.

— Où est-il, à cette heure ?

— Je ne sais et je m'en moque. Je gage que le Roi Misère lui a rendu sa liberté. »

Kantz mit la main à l'épée. Devinant son geste, Osiander l'arrêta.

« Encore une chose…

— A l'évidence, ta mort prochaine ne t'inquiète guère…

— Réponds encore à une question. Tu me tueras après… Qu'as-tu à perdre puisque je suis vaincu ?

— Soit.

— Le Roi Misère. Qui l'avertit et pourquoi vint-il à ton secours ?

— Je le fis prévenir ce matin par un mien ami, le faune Zacharios. Mais le Roi Misère ne vint pas à mon secours. Il vint pour venger sa fille… Ce fut sans doute ta plus grande erreur. Nul n'est assez puissant pour défier le Roi Misère. Avant ta venue, la Sainte-Vehme elle-même se tenait à l'écart de lui. »

Kantz tira sa rapière. La lame magique vrombit légèrement et, pour la première fois, le chevalier lut de la peur sur le visage ensanglanté d'Osiander.

« Ton épée ?… s'exclama le démon en tressaillant. Mais tu ne peux l'avoir déjà retrouvée !… C'est impossible ! Impossible !

— Ma rapière m'attendait dans le labyrinthe, où mon valet la laissa selon mes ordres. J'en avais une autre au côté dans le cimetière. Vois-tu, si tu avais laissé Reinecker me désarmer, il y aurait survécu et tu aurais flairé un piège. Je n'ai jamais été aussi près d'être découvert qu'à cet instant…

— Non… Non !

— N'oublie pas que je savais que tu te saisirais de moi. Je ne pouvais prendre le risque que tu me sépares de ma rapière. Surtout en cette nuit… »

Osiander voulut se redresser. Kantz le fit tomber sur le dos d'un coup de botte, et l'obligea à rester allongé en lui écrasant la poitrine.

« Si tu me tues, tenta le démon terrifié, je reviendrai. Je prendrai un autre corps… Ce ne sera que partie remise ! Ton épée sacrée n'y peut rien !…

— Je ne le crois pas. J'ai longuement songé à la nuit de notre rencontre dans les ruines de l'abbaye. J'étais seul, tu avais tes trois spectres avec toi, tu pouvais me vaincre aisément et pourtant tu as fui. Pourquoi ? A cause de la terreur que t'inspirait mon épée. Tu savais qu'elle pouvait te détruire à jamais…

— Tu divagues !

— C'était il y a exactement un mois lunaire, poursuivit Kantz… Mon sentiment est que tu vins sur Terre par une nuit semblable à celle-ci. Mon sentiment est que tu peux être occis cette nuit… Crois-tu que j'aurais pris tous ces risques si je n'avais l'espérance de te vaincre enfin ?

— Et si tu te trompes ? lança le démon en se débattant tandis que la lame magique crépitait d'impatience. Et si tu ne tues que le corps ? Je reviendrai des Enfers pour me venger ! Je serai plus puissant que jamais !

— Adieu, démon.

— NON ! »

Kantz planta sa rapière dans le cœur d'Osiander.

LE CHEVALIER DE WIELSTADT

PROLOGUE

A l'horizon, une lueur laiteuse s'annonce et imprègne de gris la frange orientale du ciel étoilé. L'aube est proche, mais la nuit recouvre encore l'immense cité endormie. Nous sommes à Wielstadt, ville de cinq cent mille âmes érigée sur le Rhin peu avant son embouchure dans la *Rhein See*[1], cet étroit bras de mer né d'un cataclysme oublié des hommes et qui, épousant désormais l'ancien tracé du fleuve inférieur, entraîne loin en terre allemande les flots salés de la *Mare Germanicum*[2].

Depuis le pont Carolus-Magnus, une femme domine les eaux noires et lentes du Rhin. Elle est venue y goûter la solitude et n'aurait pu mieux choisir. De jour, le pont est fréquenté par une foule bruyante qui se bouscule parmi les baladins, les marchands ambulants, les prédicateurs, les mendiants et les vendeurs de libelles. Mais du crépuscule à l'aube, une crainte superstitieuse fait que les *Wielstadter* l'évitent. Certes, il ne fait bon aller nulle part à la nuit dans une cité qui, faute d'éclairage public, devient un dédale ténébreux et livre ses rues à des truands en maraude. Néanmoins, personne n'emprunte le pont Carolus-Magnus dès le jour fini. Pourquoi ? On l'ignore mais c'est ainsi depuis toujours. Même le dernier des ivrognes noctambules trouve en lui la ressource de changer de chemin lorsque se profilent dans l'ombre, de part et d'autre de la chaussée pavée, les deux premières statues gardant le passage.

Immobile et silencieuse, la femme porte un grand manteau cramoisi sur un habit de cavalière tout en cuir et velours rouges. De hautes bottes en daim la chaussent. Elle est gantée, et la capuche qui tombe bas ne laisse rien voir de son visage, hormis la bouche et le menton. Elle se tient

1. Mer du Rhin (all.).
2. Mer du Nord (lat.).

droite, digne. Le vent léger qui la caresse et porte les odeurs du fleuve peine à donner vie au lourd drapé de sa cape.

Des sept que compte Wielstadt, le pont Carolus-Magnus est à la fois le plus vieux et le plus célèbre. Il est également le seul à ne pas être bâti, quand les autres supportent des grappes de bâtisses parasites accrochées à leurs flancs affaiblis. C'est un édifice en pierre monumental, jalonné par les statues dressées dans les demi-lunes que font les parapets en s'évasant à intervalles réguliers. Posé sur plusieurs arches, il enjambe le Rhin peu avant que celui-ci ne s'élargisse autour d'une île, puis ne sépare son cours en deux bras. Il occupe de la sorte une position privilégiée, entre les rives où s'étale la Ville-Neuve et face à l'*Altstadt*[1] qu'enserre la fourche du fleuve. Lorsque l'on s'y trouve, presque toute la cité s'offre à l'œil.

En l'occurrence, c'est bien Wielstadt que la Dame en rouge est venue contempler à la faveur de la grande quiétude nocturne. Pour la plupart des *Wielstadter*, elle n'est qu'une légende, une rumeur, un fantôme. Néanmoins quelques-uns, parmi les sages et les fous, ne doutent pas de son existence. Certains l'ont rencontrée, parfois sans le savoir du fait que la Dame en rouge peut prendre tous les visages de la féminité. Elle apparaît tantôt jeune ou vieille, belle ou laide, pucelle ou putain, aristocrate ou roturière, bourgeoise ou mendiante, et toujours vêtue de rouge. D'aucuns prétendent qu'elle ne se manifeste que lorsque Wielstadt traverse une crise ou connaît un danger. Cela est faux, mais peut-être la remarque-t-on seulement dans ces moments-là. En vérité, la Dame en rouge n'a jamais cessé d'être depuis que sa ville est ville, et ceux qui voient en elle une protectrice tutélaire ne se trompent que de peu. Car de Wielstadt elle est la mémoire, l'émanation, l'incarnation vivante et éternelle. Toutes les grandes cités ont une âme cependant qu'à Wielstadt, cette âme a pris corps. Si la Dame en rouge était une reine, elle serait à la fois la couronne et le royaume. Ainsi, rien des émotions profondes qui animent sa population ne lui est épargné. Ce fut naguère la joie, la colère, la haine, l'insouciance ou l'inquiétude au gré des circonstances historiques.

Et pour l'heure, Wielstadt connaît la peur.

Cette peur l'a envahie lentement, au fil de l'été. De semaine en semaine, nourrie par la rumeur autant que par les faits, elle a gagné sans cesse plus de cœurs, et sans cesse plus profondément. Or ce n'est pas la guerre débutée six ans plus tôt qui effraie Wielstadt, non plus que la menace des disettes ou épidémies dont souffrent encore certaines régions allemandes.

1. Vieille ville (all.).

La ville est prospère et saine en ce début d'automne, et outre qu'une paix précaire s'est instaurée dans le Saint Empire romain germanique ces mois passés, Wielstadt jouit depuis toujours de la protection du dernier des grands dragons d'Occident, monstre survivant du fond des âges et qui n'échoua jamais à mettre en déroute les armées hostiles à sa cité.

Mais il est des dangers contre lesquels ni l'or, ni le fer, ni la poudre, ni même le feu destructeur du Dragon ne peuvent rien. Ce sont des dangers nés de la nuit qui se tapissent dans l'ombre, que l'on devine partout, et dont la menace ronge comme une lèpre à l'âme…

Les étoiles s'estompent à présent ; le ciel a beaucoup pâli. Du Rhin, une brume diaphane monte en grands lambeaux vers les berges herbues. Bientôt, venus de l'horizon rougeoyant, les premiers rayons du soleil silhouetteront la cathédrale Notre-Dame-des-Sept-Archanges dont la Dame en rouge peut déjà distinguer la double flèche gothique qui pointe au-dessus des toits. Alors les clochers des églises et monastères sonneront l'office de prime tandis que le jour se lèvera sur Wielstadt, en ce mardi 1er octobre de l'an 1624.

Tiré par quatre alezans allant au pas, un carrosse précédé par le son régulier des sabots contre les dalles vient de s'immobiliser dans le dos de la Dame en rouge. Toujours tournée vers le fleuve et la ville, elle n'a pas bougé durant l'approche, pas plus qu'elle ne réagit en entendant le cocher sauter de son siège et la rejoindre.

« Il est temps, madame.

— Encore un instant. »

L'homme se tient respectueusement en retrait. Très grand, longiligne, il arbore un visage inexpressif, comme figé dans la cire, que domine un front haut et bombé qui accentue les cavités profondes de ses orbites. Une couronne de cheveux gris et raides cerne son crâne nu et caresse ses épaules.

« Le soleil sera bientôt levé, madame.

— Je sais.

— La ville s'éveille et…

— Tais-toi. Il arrive. »

Loin derrière la Dame en rouge et son serviteur, le grand dragon s'est laissé tomber du ciel et fonce droit sur eux.

Ses ailes de cuir toutes déployées, il file au ras du Rhin dans le sens du cours. Les mouvements d'air que sa masse énorme provoque à pleine vitesse écartent sous lui la brume montée du fleuve et laissent un sillage de remous. Les pattes repliées contre son ventre écailleux, il n'évite les ponts qu'il rencontre qu'à l'ultime seconde et, après chaque obstacle, replonge au plus près des eaux tourmentées. La collerette membraneuse qui orne son crâne saurien est rabattue sur son long cou tendu. Etirée dans l'axe de son corps, sa queue musculeuse, capable d'abattre une tour, oscille à peine.

Face au pont Carolus-Magnus, le Dragon redresse encore son vol sans ralentir. Mais cette fois, il continue de s'élever et pousse un rugissement terrible qui est peut-être un salut. Alors seulement, sa cape battue par des tourbillons furieux, la Dame en rouge lève la tête pour suivre du regard le Gardien de Wielstadt qui s'éloigne et monte triomphant dans un ciel incendié.

« C'est bien, dit-elle comme à regret. Partons. »

1

Pour l'occasion, Rainer von Regenhalt avait passé des habits qui ne convenaient guère au gentilhomme qu'il était. Coiffé d'un feutre cabossé, une vieille rapière au côté et des bottes avachies aux pieds, il était vêtu de cuir usé et de gros drap. Une barbe de vingt-quatre heures lui mangeait les joues et alourdissait sa moustache d'ordinaire bien taillée. Ses cheveux blonds s'étalaient aux épaules sur le col d'une chemise jaunie, tachée de crasse et de sueur.

Il ressemblait ainsi à ces spadassins qui hantaient les rues et tavernes de Wielstadt depuis six ans que la guerre avait éclaté dans le Saint Empire, et plus encore depuis que les canons s'étaient tus au printemps. Déserteurs en fuite, soldats de régiments dispersés ou mercenaires sans emploi, ils étaient beaucoup à avoir gagné la cité rhénane. La paix, qui les avait jetés désœuvrés sur les routes de régions dévastées, n'était sans doute que provisoire. Mais elle avait déjà duré de longs mois en cette année 1624, et il était certain qu'elle passerait l'hiver puisqu'on ne menait campagne qu'aux beaux jours. En l'attente, il fallait bien vivre. La prospérité insolente de Wielstadt avait donc attiré nombre de reîtres et brigands qui s'étaient mêlés à la foule famélique des réfugiés chassés par les pillages.

Si la dégaine de Regenhalt ne convenait pas à son rang, elle convenait en revanche fort bien au quartier où il se trouvait. C'était celui des Deux-Gibets, l'un des plus pauvres et mal famés de Wielstadt. Tout, ici, n'était que venelles, murs lépreux et bâtisses branlantes. On y menait des vies sans espoir ni joies, dans les ordures et les décombres, et l'on s'écharpait pour une paire de souliers troués. Le guet se montrait peu souvent et toujours en nombre. Une patrouille isolée essuyait immanquablement des regards haineux et des insultes à peine contenues. Mais elle pouvait aussi être prise à parti par une population dont la misère exaspérait la colère. Dès lors, les attroupements avaient tôt fait de se muer en embuscades.

Rainer von Regenhalt était de ceux que les habitants des Deux-Gibets détestaient. Fils de petite noblesse rhénane et ancien officier de cavalerie, il n'était ni riche ni puissant, mais occupait le poste de lieutenant criminel du prévôt. Magistrat en charge de la justice et des forces de police, le prévôt était assisté d'un lieutenant civil et, sur le terrain, d'un lieutenant criminel à qui la responsabilité des enquêtes et des opérations de maintien de l'ordre incombait. Regenhalt commandait donc le guet, qu'il avait fini par incarner aux yeux des *Wielstadter.*

En ce petit matin brumeux, sous un ciel empourpré que des nuages commençaient d'envahir, le lieutenant criminel avançait par des rues sombres encore.

Un individu le précédait pour montrer le chemin. Vêtu de hardes crasseuses, l'homme fixait l'allure en marchant d'un pas à la fois vif et prudent. Le quartier, à l'évidence, lui était familier. Petit, maigre, le teint bistre et le cheveu gras, il n'était pourtant pas le mendiant qu'il semblait être. Lui aussi servait la loi. Il appartenait au corps des exempts, c'est-à-dire des enquêteurs en civil. Ils étaient une trentaine à Wielstadt, tous triés sur le volet par Regenhalt en personne.

A l'entrée d'un passage, l'exempt regarda autour de lui avant de s'engager sous une voûte étroite. Regenhalt sur les talons, il rejoignit une cour profonde puant l'urine et la charogne. Les deux hommes la traversèrent sans bruit, descendirent quelques marches de pierre inégales, s'enfoncèrent dans une venelle si étroite que leurs épaules frôlaient les murs. Au bout, ils se faufilèrent entre les planches disjointes d'une palissade et arrivèrent dans un petit terrain vague où se dressaient les vestiges calcinés d'une maison. La ruine était ancienne, envahie de ronces et de broussailles.

« C'est là », dit le faux mendiant.

Regenhalt le dépassa en scrutant les alentours.

« Où ? demanda-t-il.

— Derrière ce mur », répondit l'autre qui paraissait décidé à ne pas aller plus loin.

Ecartant un buisson déjà piétiné, Regenhalt entra dans la ruine par ce qui avait sans doute été l'embrasure d'une porte. Il prit à droite entre les reliefs d'un couloir, jeta à travers les décombres un regard à son subalterne et comprit qu'il était sur le point de trouver. Alors, déjà révulsé par le spectacle qui l'attendait, il contourna un amas de gravats d'où saillaient des poutres noircies…

Et vit le corps.

Immobile et silencieux, la mine sombre, Rainer von Regenhalt resta un long moment à regarder le cadavre tandis qu'une pluie fine commençait de tomber.

Lorsque son valet, peu avant l'aube, l'avait réveillé pour annoncer qu'un exempt le réclamait, il avait aussitôt craint le pire et, de fait, c'était bien la nouvelle tant redoutée qu'on lui apportait.

« Il a recommencé, avait simplement dit l'exempt d'un air sinistre.

— Cette nuit ?

— Oui.

— Où ?

— Aux Deux-Gibets.

— J'arrive.

— J'avertis les patrouilles ?

— Non. Mène-moi d'abord sur place. »

Il lui fallait voir le corps de ses propres yeux. Non pas pour y croire, car il n'y croyait que trop. Mais pour s'obliger à affronter une réalité brutale qui, là, sous ses yeux, ne laissait plus place au doute : le Voleur de visages avait encore frappé.

Regenhalt réagit enfin en entendant son subalterne le rejoindre. L'exempt, cependant, garda ses distances. Par respect sans doute. Peut-être aussi parce qu'il ne voulait pas revoir un cadavre mutilé qu'il avait découvert le premier, sur la foi du témoignage d'un ivrogne rencontré par hasard au sortir d'une taverne clandestine.

« Cours au Trois-Tours, dit Regenhalt. Reviens avec plusieurs patrouilles d'archers et, si tu le peux, des centaures de la Garde. »

L'atrocité du crime l'effrayait, bien sûr. Et son impuissance à l'avoir empêché lui était une torture. Mais pour l'heure, Regenhalt craignait les réactions de la population. Wielstadt avait peur, et cette peur ne demandait qu'à se muer en colère. Or l'on saurait très tôt, très vite, et la nouvelle sans cesse répétée gagnerait en horreur en devenant rumeur.

« Les premiers curieux arriveront bientôt, indiqua le lieutenant criminel. Ils seront vite rejoints, et il nous faudra une troupe pour contenir la foule et empêcher un commencement d'émeute. Ne languis pas. Nous aurons de la chance si nous souffrons seulement quelques jets de pierres avant que de pouvoir emporter le corps. »

Acquiesçant, l'exempt tourna les talons et s'éloigna au trot.

L'averse avait gagné en vigueur. Lentement, sans le quitter des yeux, Regenhalt s'agenouilla près du cadavre.

C'était celui, livide et froid, d'une jeune fille âgée de quinze à dix-sept ans. Elle gisait nue sur le dos, les bras grands écartés et les jambes tendues, chevilles croisées afin qu'un pied repose sur l'autre. Le sexe et les aisselles rasés, elle avait sous le sein gauche une blessure étroite et profonde qui avait beaucoup saigné au long des côtes pour imprégner le sol terreux. Ses cheveux blonds, soigneusement peignés, s'étalaient en éventail comme rayonnant depuis son crâne. Son visage était recouvert d'un mouchoir gorgé de sang où la pluie crépitait en faisant des impacts rosâtres.

D'une main lente, Regenhalt souleva par un coin le tissu poisseux.

En fait de visage, le mouchoir ne cachait qu'un faciès écorché de muscles luisants, de graisse molle et de cartilages blanchâtres. La peau avait été soigneusement découpée et prélevée, sans doute d'une pièce, depuis la racine des cheveux jusqu'au menton en passant au ras des tempes et le long de la mâchoire. C'était comme si l'on avait ôté le masque d'une poupée de chair et de sang. Les yeux vitreux, privés de paupière, fixaient le néant. La bouche sans lèvres, à jamais grimaçante, ouvrait sur des gencives à nu et des dents toutes visibles parcourues de filaments glaireux écarlates. En place du nez était une cavité emplie de caillots et de fourmis grouillantes.

« Seigneur, murmura Regenhalt en reposant le mouchoir, faites que cela cesse… Ou donnez-moi la force d'y mettre fin. »

Une fois encore, le Voleur de visages avait sévi et emporté son sinistre trophée.

2

« Il suffit. »

La voix, calme et bien posée, avait résonné sous les voûtes, comme tombée de nulle part.

Surprise en plein recueillement, l'assistance s'agita, murmurante, tandis que le principal officiant se retournait. Debout près de l'autel, les yeux cachés par le capuchon d'une robe pourpre ornée de motifs impies, il serrait dans son poing une dague sacrificielle poisseuse de sang frais.

« Qui parle ? » demanda-t-il.

La pièce était vaste, très haute, cernée d'arcades. Elle accueillait, perdue dans les profondeurs secrètes des catacombes de Wielstadt, un simulacre d'église. De part et d'autre d'une travée centrale, des bancs et prie-Dieu étaient alignés devant une table de pierre que dominait une grande croix romaine retournée. Un bouc y était crucifié tête en bas, éventré, ses entrailles encore fumantes débordant de la large blessure verticale. Le sang avait inondé le corps nu d'une adolescente attachée sur l'autel.

« Qui ose interrompre les prières des Frères de Baal ? » lança le maître de cérémonie en haussant le ton.

Les douze individus agenouillés aux prie-Dieu se levèrent. Ils étaient masqués et avaient tous l'épée au côté sous d'amples capes pourpres. Inquiets, ils fouillaient les alentours du regard. En vain. Car si les cierges rouges de grands candélabres éclairaient correctement l'autel et ses abords, leur lueur cédait vite à l'obscurité au-delà.

« Montre-toi, profanateur ! » s'exclama brusquement l'officiant dans le silence.

L'adolescente sur l'autel gémit. Droguée, à peine consciente, elle remua mollement et fit cliqueter les courtes chaînes fixées aux fers qui lui entravaient poignets et chevilles.

« Me voilà », fit la voix depuis les ténèbres.

Un homme d'allure sévère et menaçante approcha de la travée entre les bancs.

Il était grand, très mince, le corps sec. Tout de noir vêtu, le col de son pourpoint en cuir de buffle entrouvert sur la chemise et le genou couvert par le rabat dressé de ses hautes bottes de monte, il portait un long manteau qu'écartait la garde ouvragée d'une rapière au fourreau. Sa main gauche – la seule gantée – reposait nonchalante sur le pommeau de l'épée. Le bord de son feutre sans panache, relevé d'un côté par une broche d'argent, couvrait d'ombre un regard où brillait le gris de l'acier.

« Qui es-tu ? » lâcha l'homme en robe pourpre, la main toujours crispée autour de la poignée de sa dague sacrificielle.

L'autre avança dans la lumière. Son visage maigre et grave était rasé à la royale : les joues glabres, une fine moustache et une pointe de barbe soulignant la lèvre inférieure. Il avait le poil noir mais ses tempes blanchissaient depuis la quarantaine venue. Sertie dans l'argent, une perle grise en forme de larme pendait au lobe de son oreille droite.

« Je m'appelle Kantz », dit-il en s'arrêtant à la limite des bancs.

A ces mots, un frisson d'étonnement, d'appréhension peut-être, parcourut les douze hommes masqués.

« Vraiment ? ironisa l'officiant. Je suis ravi de vous rencontrer enfin, chevalier.

— Crois-m'en, c'est un sentiment qui ne durera pas…

— Et qu'espères-tu faire, au juste ?

— Je suis venu mettre un terme à tes crimes. Et s'il le faut, je te tuerai. »

Cela avait été dit avec une parfaite assurance, comme une vérité première qui ne souffre pas la discussion.

Le maître de cérémonie éclata d'un grand rire.

« Me tuer ? Tu veux dire : nous tuer, n'est-ce pas ?

— Si vous ne m'en laissez pas le choix.

— Tous les treize ?

— Oui. Mais il est encore temps, pour vous tous, de rendre les armes et de vous préparer à être jugés pour vos crimes.

— Tu n'es qu'un homme…

— Crois-tu ?

— … et tu es seul.

— Je ne le suis jamais. Le Seigneur m'accompagne.

— Foutaises ! » éructa soudain le maître de cérémonie.

Sa capuche tomba et l'on put voir le visage émacié d'un homme assez âgé dont le crâne, nu sur le dessus, était couronné de longs cheveux blanchâtres.

« Je crache sur ton dieu et ses croyants, poursuivit-il... Sais-tu à tout le moins qui nous sommes ?

— Ce que je vois céans me suffit. Et je sais qui tu es, toi.

— Nous sommes les Frères de Baal. Le grand démon Baal ! Baal-le-Prince ! Baal-le-Sublime !

— Tu te nommes Iurger, faux dévot et vrai prêtre défroqué convaincu d'hérésie et de sorcellerie...

— Ta foi ne peut rien contre Baal ! Ta foi ne peut rien contre nous !

— Ce que ma foi ne fera, le fer y parviendra. »

Mais le fanatique n'écoutait pas. Pris de fureur, il hurla :

« SUS À L'INFIDÈLE, MES FRÈRES ! SUS À L'IMPIE ! »

Les hommes masqués se bousculèrent et renversèrent les bancs et prie-Dieu pour se ruer à l'assaut.

Kantz tenait cachée une paire de pistolets croisés sur le ventre au ceinturon. D'un mouvement d'épaule, il laissa choir sa cape. Dans le même geste, il dégaina et fit feu aussitôt, bras écartés devant lui. A gauche, un homme s'écroula, le front ensanglanté et l'arrière du crâne emporté. A droite, un second tomba à genoux en serrant à deux mains sa gorge transpercée.

Un court instant, ces morts si soudaines figèrent les attaquants de stupeur. Mais Kantz n'attendit pas. Une fraction de seconde suffit pour qu'il saisisse ses pistolets par le canon et lance le premier. L'arme vrombit en tournoyant. Sa crosse renforcée de métal fracassa un visage tandis que le chevalier déviait une lame avec le second pistolet. Ce quatrième adversaire n'eut pas plus de chance que les précédents. Kantz lui botta l'entrejambe avant de lui briser la mâchoire d'un coup de crosse furieux. Bondissant en arrière, il tira sa rapière, repoussa de la semelle un assaillant qui boula dans les jambes de trois autres, se fendit, creva un œil jusqu'au cerveau, puis accomplit un tour complet sur lui-même afin d'éviter un coup d'estoc mortel et laisser un adversaire déséquilibré trébucher plus loin. Au passage, profitant de son élan, il frappa encore du pistolet et défonça une tempe tout en tranchant une gorge d'un revers de lame. Enfin, le chevalier s'immobilisa pendant que plusieurs corps achevaient de s'effondrer autour de lui dans un concert de gémissements.

Il venait, sans subir une égratignure, de vaincre sept hommes en l'espace de quelques battements de cœur…

Lâchant son pistolet, Kantz se mit en garde et toisa les cinq derniers disciples de Baal qui, prudents, se déployaient l'épée au poing mais rechignaient à prendre l'initiative d'un nouvel assaut. L'un d'eux semblait particulièrement incertain. Il transpirait beaucoup, guettait du coin de l'œil les réactions de ses alliés, ne tenait pas en place. Kantz trouva son regard avant de faire mine de le charger. Tapant du pied et projetant le corps en avant, il cria :

« HA ! »

Cette bravade eut raison du maigre courage de l'irrésolu. Il sursauta, lâcha sa rapière et, pris de panique, s'enfuit.

« Plus que quatre, ironisa le chevalier. Je vous attends, messieurs… »

Après la soudaine défection de leur camarade, les autres hésitaient. Car si celui-là avait trouvé le salut dans la fuite, pourquoi pas eux ? Pourquoi se battre encore ?

Mais Iurger, le maître de cérémonie, ne l'entendait pas de cette oreille.

« MEURS ! » hurla-t-il soudain depuis l'autel, un pistolet brandi.

Le coup de feu claqua et Kantz n'eut que le temps de pivoter des épaules en se cambrant. La balle lui frôla la poitrine avant de ricocher contre une colonne. Ce fut le signal de l'attaque pour les quatre affidés restants.

Kantz les surprit tous en écrasant du pied l'extrémité d'un banc de prière qui se redressa comme un bras de catapulte et percuta un homme masqué sous le menton. Celui-ci partit en arrière, la nuque brisée, soulevé du sol par la violence du choc. Le banc n'était pas retombé que le chevalier devait parer les coups de trois lames virevoltantes. Il ferrailla, battit en retraite, feinta pour provoquer une imprudence et réussit à saisir un poignet. Il tira son adversaire à lui et le foudroya d'un coup de tête au visage qu'il redoubla pour ensuite envoyer le malheureux, inconscient, bousculer les autres. Profitant de ce bref répit, Kantz plongea droit devant, roula, ramassa une rapière abandonnée au passage et se releva en faisant volte-face, une épée dans chaque main.

Par défi, il fouetta l'air de ses lames puis chargea. Un tourbillon d'acier cliquetant s'abattit sur les deux survivants qui, épaule contre épaule, battirent d'abord en retraite, reprirent l'ascendant, reculèrent à nouveau. L'œil sûr et le poignet agile, Kantz menait en fait des duels simultanés en consacrant une rapière à chaque bretteur. Un temps sur deux il frappait l'un, puis son voisin, parait, ripostait, parait encore. Sans forcer l'avantage, il habitua ses opposants à cette routine avant de changer brusquement de séquence. Avec une parfaite symétrie, il enroula ses lames autour de celles de ses adversaires, écarta largement les tranchants de la ligne de son corps, se fendit soudain…

… et fit deux morts qui, la gorge transpercée de part en part, chancelèrent d'abord puis s'écroulèrent ensemble, incrédules et hoquetants.

Lâchant sa rapière surnuméraire, le chevalier tourna alors un regard terrible vers l'autel.

« Un geste et elle meurt ! »

Iurger avait libéré la jeune fille promise au sacrifice. Dos à l'autel, il l'enserrait du bras gauche et lui avait glissé son poignard cérémoniel sous le menton.

Avant de rengainer sans mot dire, Kantz essuya la lame de sa rapière ensanglantée entre le pouce et l'index de sa main gauche gantée.

« Je la tuerai si tu approches ! menaça encore le maître de cérémonie.

— Non, fit calmement le chevalier.

— Je jure que si tu fais seulement un pas je…

— Non. Tu n'égorgeras pas cette malheureuse.

— Je…

— Car tant qu'elle vit, tu peux espérer vivre aussi. Mais si elle meurt… »

Le chevalier se baissa pour ramasser l'un de ses pistolets.

« Que… Que fais-tu ?

— Tu le vois. Je charge mon pistolet. »

Et joignant le geste à la parole, Kantz décrocha une poire à poudre de son ceinturon. C'était un objet en corne équipé d'un bec doseur articulé, conçu pour libérer l'exacte quantité de poudre noire nécessaire. Le chevalier fit sauter le bouchon du pouce, puis versa la poudre dans la bouche du canon.

« Arrête cela ! » ordonna Iurger.

Lentement, il entreprit de s'écarter de l'autel, toujours protégé par son bouclier humain.

« Je n'hésiterai pas, tu sais ? reprit-il d'une voix où pointait l'hystérie. Je n'hésiterai pas !

— Bien sûr que si… A la vérité, tu hésites déjà. »

Comme indifférent, Kantz rangea la poire à poudre avant d'extirper une balle d'un petit étui cousu au ceinturon. La balle alla rejoindre la poudre dans le canon, puis la bourre pour y garder le tout, aussitôt tassé à la baguette.

Iurger progressait péniblement. A demi consciente et les jambes flageolantes, l'adolescente était un fardeau nécessaire mais encombrant.

« Tu n'iras nulle part », lâcha le chevalier en trouvant son amorçoir.

Il s'agissait encore d'une poire à poudre, plus petite cependant, et qui contenait la poudre d'amorce, ou pulvérin, indispensable à la mise à feu. Kantz en emplit le bassinet du pistolet.

« J'ai presque fini », annonça-t-il.

Il remontait à présent le rouet de son arme à l'aide d'une petite clef. Le rouet était une petite roue dentée fixée à la platine et munie d'un ressort. Une fois libérée par l'action du doigt sur la détente, elle tournait en frottant contre l'éclat de pyrite que le chien rabattu tenait à son contact. Les étincelles ainsi créées enflammaient le pulvérin qui, lorsque tout allait bien, faisait exploser la poudre noire dans le canon.

Et le coup partait.

Les cliquettements du rouet cessèrent lorsque le mécanisme bloqua.

Iurger se figea tandis que le chevalier pivotait en un éclair pour le mettre en joue. Une dizaine de mètres les séparait.

« C'est toute une affaire que de charger un pistolet à rouet… Crois-tu que j'ai oublié quelque chose ? Ou peut-être espères-tu que je ne fasse pas mouche… Tu aurais tort de me mésestimer…

— Tu… Tu ne tireras pas, bredouilla l'autre dont le visage émacié luisait de transpiration.

— Et pourquoi ?

— Le risque de blesser la fille est trop grand. Il fait sombre, je suis loin et…

— Ta prisonnière ne me semble pas bien vive. Qui me dit que le poison que tu lui as donné ne l'a pas déjà condamnée ?

— Non ! Baal exige des victimes vivantes !… Elle sera bientôt remise si tu ne fais rien !

— Et je devrais te croire…

— Je le jure ! Si elle meurt, cela ne pourra être que par ta faute !

— Alors relâche-la.

— Je ne suis pas si bête !

— Tu l'es bien assez pour rendre un culte sanguinaire à un démon de carnaval… D'ailleurs, je me demande ce qui est le pire. Tuer au nom d'un culte grotesque et illusoire, ou sacrifier des innocents aux démons véritables ?

— Je ne suis pas celui que tu penses, se défendit Iurger. Je ne crois pas en Baal ! Je ne vénère pas Satan ni ses hordes ! Tout ce que j'ai fait, je ne l'ai fait…

— Que pour l'or, oui… Et sans doute pour l'empire que cela te permettait d'exercer sur les dangereux et riches imbéciles qui te suivaient. Que leur as-tu promis ? La gloire ? La fortune ?… Ceux-là ont chèrement payé leur folie. C'est à présent ton tour.

— Il suffit ! s'exclama l'autre en affirmant sa prise sur l'adolescente qui menaçait sans cesse de glisser par terre. Je vais marcher vers cette porte et tu ne feras rien !

— Je t'ai déjà dit que tu n'irais nulle part. »

Un éclat pourpre étincela dans les yeux de Kantz. Aussitôt, le corps nu de la jeune fille fut saisi d'une convulsion brutale qui l'arracha aux bras de Iurger. Une détonation claqua et l'homme, stupéfait, tomba à la renverse, un trou sanglant au front.

Le chevalier baissa son pistolet dont le canon fumait encore.

Immobile au centre de la grande pièce sombre, il regarda autour de lui et se sentit pris de dégoût à la vision du carnage qu'il avait fait.

3

« Il fallait nous attendre, chevalier. »

La pièce souterraine, désormais brillamment éclairée au flambeau, était pleine de templiers occupés à la fouiller, à y rétablir un semblant d'ordre, à ranger les cadavres. Tout de blanc vêtus et l'épée au côté, les frères étaient des mousquetaires. Une croix romaine écarlate s'étalait sur leurs casaques. Les éperons de leurs bottes tintaient.

« C'est miracle que vous n'ayez pas même récolté une égratignure dans cette entreprise. »

Assis sur un banc, Kantz adressa un regard fatigué à son interlocuteur. Grand, athlétique, le frère maréchal Markus allait sur ses quarante-cinq ans. Le port noble et martial, le fourreau d'une lourde rapière lui battant la cuisse, il renvoyait l'image même de ce qu'étaient les Templiers, à la fois moines et guerriers. Sans casaque, il avait une croix rouge cousue au pourpoint à l'endroit du cœur.

« Le temps m'a manqué, expliqua le chevalier.

— Il aurait suffi que vous nous appeliez une heure plus tôt.

— Mais je n'en ai pas eu le loisir. Les laudes[1] avaient déjà sonné lorsque j'appris où et quand les disciples de Baal se réunissaient. Je vous fis aussitôt prévenir et, de mon côté, je me précipitai ici… A mon entrant, cette malheureuse allait être sacrifiée. »

Du menton, il désigna l'adolescente qui, couverte d'un manteau blanc, dormait sur deux bancs accolés. Elle avait le sommeil paisible grâce à la drogue. Cela ne durerait pas.

« Qui est-elle ? demanda le templier.

1. Laudes : l'un des huit offices de prière de la liturgie romaine, célébré une heure avant l'aube.

— Je l'ignore. Elle a pu être enlevée. Ou achetée.

— Achetée !

— Ce ne sont pas les miséreux qui manquent à Wielstadt… Et la misère fait que tout se vend.

— Nous confierons cette pauvre fille à nos moniales, qui prendront grand soin d'elle. »

Depuis sa renaissance au début du XVIe siècle, l'Ordre des Chevaliers du Christ comptait une branche féminine. A Wielstadt, les moniales du Temple avaient la charge de l'hôpital de l'Hôtel-Dieu et de diverses œuvres charitables.

Le frère maréchal observa un moment ses hommes qui s'affairaient en silence. La carcasse éventrée du bouc avait été promptement décrochée de la croix sacrilège que des templiers s'employaient à abattre. Quelques-uns, à grands baquets d'eau, nettoyaient l'autel ensanglanté ; d'autres empilaient les prie-Dieu. Il y avait désormais, parmi les frères chevaliers en blanc, des frères sergents vêtus de noir et tout juste arrivés. Faute d'être nobles de naissance, ceux-là occupaient des positions subalternes au sein de l'ordre. Ils ne portaient pas la casaque des mousquetaires, mais le casque et le plastron des arquebusiers à cheval.

« Vous avez mis à mal onze adversaires, chevalier…

— L'un m'a échappé. Enfui.

— Nous l'avons rencontré et pris. C'est lui qui nous mena jusqu'ici dans ce ténébreux dédale. »

Les catacombes de Wielstadt dataient du haut Moyen Age. Ceux qui osaient s'y aventurer étaient rares, et personne ne pouvait se vanter de les avoir explorées de bout en bout. On prétendait que le Roi Misère, monarque des gueux et gueuses de la cité, en possédait l'unique plan complet, patiemment établi par des générations de voleurs.

« Dès que ce prisonnier aura dit tout ce qui peut nous intéresser, poursuivit le frère Markus, nous le remettrons à la justice.

— A tous les autres j'ai proposé de rendre les armes. Ils ne l'ont pas voulu.

— Vous étiez seul contre treize. Ils ne pouvaient douter de leur victoire. Et quand la bataille a commencé, il est souvent trop tard pour reculer. »

Le templier parlait d'expérience. En qualité de frère maréchal, il était le chef militaire de la commanderie de Wielstadt. Il avait souvent combattu et mené des troupes à la guerre. Contre les Turcs naguère et, plus récemment, sur ordre du pape, contre les princes protestants révoltés dont les armées affrontaient celles, loyalistes et catholiques, du Saint Empire romain germanique.

Kantz se leva et grimaça en déployant le genou gauche, où la douleur d'une blessure ancienne se réveillait parfois. Elle se manifestait d'ailleurs de plus en plus souvent, l'âge et la fatigue aidant.

Suivi du templier, le chevalier approcha des cadavres alignés. Privés de leurs masques, les disciples de Baal montraient des visages juvéniles figés dans la mort.

« Aucun n'a beaucoup plus de vingt ans, remarqua le chevalier.

— Et tous étaient de bonnes familles, à en juger par leur vêture.

— De là venait qu'ils savaient manier l'épée.

— Probablement, oui.

— Riches, jeunes, promis sans doute à un bel avenir… Quel gâchis !…

— Nous découvrirons bientôt qui ils étaient… Mais ne les pleurez pas, chevalier. Tous avaient décidé de leur sort bien avant que vous ne les affrontiez. Le chemin de l'impiété et de l'infamie conduit toujours au trépas. »

Kantz ne releva pas. Il connaissait l'intransigeante piété des Chevaliers du Christ, et ne souhaitait pas entamer un débat. D'ailleurs, lui-même n'avait pas fait montre de pitié, une fois l'épée tirée. Et le regrettait-il vraiment ?

« Comment avez-vous su ? s'enquit soudain le frère Markus.

— Je vous demande pardon ?

— Vous avez dit tout à l'heure que les laudes avaient déjà sonné lorsque vous avez appris où et quand les disciples de Baal se réunissaient… Qui vous l'a révélé ? »

Kantz hésita.

Il rechignait à avouer qui lui avait transmis le renseignement. Il savait que la plupart des gens trouvaient déjà une trop forte odeur de soufre à l'exorciste en armes qu'il était, et que ce sentiment était accru chez les religieux de toute confession, Templiers y compris. A Wielstadt et ailleurs, sa renommée nourrie de la rumeur inspirait la crainte, la méfiance, voire la haine ou l'effroi. Cela tenait d'abord à ses activités, qui l'obligeaient à côtoyer le Mal qu'il combattait. Cela tenait aussi à l'épais mystère qui entourait sa personne. On ignorait qui il était, d'où il venait et le pourquoi de sa croisade solitaire. Kantz était en fait comme ces gens qui font un métier utile mais infâme, et dont on préfère ne rien savoir pour bien dormir.

Un templier qui approchait le dispensa de répondre. Il venait faire un premier rapport à son frère maréchal et, affectant une rigueur excessive censée contrebalancer un embarras palpable, salua sommairement le chevalier sans croiser son regard. Kantz ne s'en offusqua pas. Il s'écarta pour aller ramasser son manteau abandonné dès les début du combat puis, l'époussetant, il marcha vers le corps de Iurger.

Celui-ci gisait encore, les bras écartés et le visage sanglant, là où le chevalier l'avait abattu d'une balle en plein front. Pour une raison ou une autre, les frères avaient renoncé à le déplacer.

Le frère Markus rejoignit Kantz après un moment.

« Ne trouvez-vous pas, s'enquit-il, une étrange et sinistre ironie aux jours que nous traversons ?

— Que voulez-vous dire ? fit le chevalier en se retournant à demi.

— Je veux dire que le Saint Empire connaît enfin la paix après des années de guerre, et que Wielstadt n'a jamais été autant tourmentée. »

Kantz secoua la tête, résigné.

« La paix ne durera pas, dit-il. Le parti protestant n'a pas désarmé.

— Songez-y, commença d'énumérer le templier en suivant le fil de sa pensée. D'abord ces messes noires, auxquelles vous venez de mettre fin mais qui n'avaient que trop duré. Ensuite, ces sépultures profanées et ces cadavres dérobés par l'on ne sait qui. La Sainte-Vehme, qui n'a jamais été aussi active depuis un an et qui multiplie les exécutions sommaires. Et enfin le Voleur de visages, ce monstre que rien ne semble pouvoir arrêter... Combien de victimes lui furent-elles nécessaires pour qu'il succède[1] à faire naître la peur dans tous les cœurs ? Trois ? Quatre ? Et combien s'annoncent encore tandis que... »

Il s'interrompit en songeant que son discours pouvait sonner comme un reproche aux oreilles du chevalier, alors qu'il n'était que l'expression d'un sentiment coupable d'impuissance.

La mine sombre, Kantz prit le temps de la réflexion. Il passa son manteau sur ses épaules et en noua le col, prêt à partir. Alentour, les templiers avaient eux aussi commencé de déserter la salle. On était parti chercher des brancards pour emmener les corps.

« Vous avez raison, reconnut le chevalier. La patience et le courage des *Wielstadter* sont soumis à rude épreuve depuis trop longtemps. Mais je ne sais s'il faut y voir un caprice du destin ou une intention.

— Une intention ? Comment cela ? »

Kantz afficha une moue vague et soucieuse. S'éloignant, il lâcha :

« Je l'ignore au juste. Cependant, je devine que le pire est à venir. Il suffira d'une étincelle pour que la cité s'embrase, si rien n'est fait bientôt. »

1. Succéder : obtenir un succès, réussir.

4

Après les galeries poussiéreuses et obscures, les jambes lourdes d'avoir gravi trop d'escaliers, Kantz retrouva l'air libre avec soulagement pour découvrir, les yeux éblouis de clarté soudaine, que le soleil brillait mais qu'il avait plu à l'aube. De l'eau gouttait des toits de tuile et d'ardoise. Mille fois piétinées déjà, des flaques subsistaient çà et là dans les rues en terre battue. C'était le milieu de la matinée et la ville s'affairait, pleine de bruits et d'odeurs.

Tout semblait normal. La journée promettait d'être belle.

Parce qu'elle était sur son chemin, Kantz décida de faire une halte à la *Cigogne Noire*.

Sise rue des Coquillards, dans un quartier accueillant un marché quotidien, l'auberge était cossue. Bordant une cour où l'on dressait des tables sous les tonnelles dès les beaux jours, le bâtiment principal jouxtait une belle écurie que coiffait une grange dont la paille servait de matelas aux clients les moins riches ou, en période d'affluence, à ceux qui ne trouvaient plus une chambre nulle part. On pouvait alors louer une couverture pour la nuit et profiter de la chaleur des bêtes.

Parti d'un bon pied, Kantz arriva bien avant le coup de feu de midi. Dès qu'il entra dans la grande salle, il chercha du regard le propriétaire des lieux, son ami Zacharios. Mais c'est un géant chauve et pataud, au visage poupin, ventre et poitrine protégés par un large tablier taché, qui marcha vers lui en souriant de toutes ses dents.

« Chevalier Kantz ! Que je suis moi Feodor content de vous revoir encore ! »

L'homme, donc, se nommait Feodor. Sa joie n'était pas feinte, nourrie par la bonté d'une âme simple et innocente. Benêt candide et généreux, Feodor avait été naguère recueilli par Zacharios qui, au matin d'une nuit d'émeute, l'avait trouvé à sa porte, moribond et amnésique. Il parlait, avec un fort accent polonais, un étrange sabir dont la syntaxe était pour le moins imaginative.

Les démonstrations d'affection de Feodor étaient éprouvantes, et Kantz dut subir une rude et malhabile accolade avant de retoucher le sol. Il fallait d'ailleurs être Feodor pour se permettre de telles libertés avec le chevalier.

« Bonjour, Feodor. Te portes-tu bien ?

— Feodor est le bien allant ! »

A en croire le sourire arboré, il s'agissait d'une rare et excellente nouvelle. Mais tout était merveille ou tragédie aux yeux de ce naïf géant.

Le chevalier observa encore la salle.

Dix heures avaient à peine sonné, et pourtant des clients déjeunaient – ou plutôt dînaient[1] – déjà aux grandes tables de bois. Il s'agissait pour la plupart de gens de peu car, selon les usages, l'on vivait d'autant plus tôt dans la journée que l'on occupait une position inférieure dans l'échelle sociale. « Les maçons dînent à dix heures, les moines à onze, le peuple à midi et les gens de pratique à deux heures », disait un adage de l'époque.

« Je ne vois pas Zacharios, nota Kantz.

— Il est dans la cuisine.

— Et Stefan ? »

Kantz avait engagé le dénommé Stefan comme valet à l'hiver 1620, alors que ce dernier était encore adolescent. Stefan avait désormais vingt ans et, depuis le printemps, il travaillait à la « Cigogne » sans avoir formellement quitté le service du chevalier.

Feodor afficha une mine réjouie de conspirateur farceur.

« Stefan il est pas là ici.

— Où est-il donc ?

— Il est allé chercher la petite fiancée au marché.

— La petite fiancée ?

— Chut ! C'est le secret… »

Kantz rejoignit Zacharios en cuisine, dans une chaleur qu'imprégnaient les odeurs de soupes, de volailles à la broche et de ragoûts laissés à mijoter. Le visage rougi au feu, des marmitons s'affairaient devant l'âtre, régulièrement houspillés par le patron qui dirigeait les manœuvres,

1. Voir note 1 page 51.

surveillait les cuissons, goûtait les sauces, lorgnait les plats avant qu'ils ne partent en salle.

« Le bonjour, maître Zacharios.

— Chevalier ! Vas-tu bien ?

— Assez. Et toi ?

— Je désespère de faire de cette clique une brigade efficace. Sais-tu qu'ils m'ont gâté un cuissot dans un feu qui aurait cuit le diable en personne ? »

Le chevalier sourit tandis que les intéressés, tête basse, s'efforçaient de ne rien entendre.

Moins sévère qu'il voulait le paraître, râleur par habitude mais les yeux pétillant toujours de malice, Zacharios était un faune. Petit même selon les critères de sa race, il avait comme tous ses congénères des pattes de bouc, deux courtes cornes saillant du front, les cheveux denses et bouclés, la barbe qui pointait naturellement. De tous les « peuples fabuleux », les faunes étaient le plus répandu en Europe et, sans doute, celui qui s'était le mieux intégré aux sociétés humaines. On les avait longtemps crus disparus, jusqu'à ce qu'ils essaiment à la Renaissance, tandis que l'on redécouvrait le monde hellénique, son histoire, sa culture et ses mythes. Zacharios, pour sa part, n'avait jamais vu le Péloponnèse. Né à Wielstadt, il approchait de la cinquantaine, possédait la « Cigogne Noire » depuis presque quinze ans et était le meilleur ami de Kantz depuis moitié moins.

« Tu as une mine à faire peur. Veux-tu dîner ?

— Si tu m'invites.

— Assieds-toi. J'ai un canard qui te ravira les papilles. »

Rajustant son pourpoint sur sa chemise tachée du sang des adorateurs de Baal et caressant ses joues râpeuses, Kantz s'installa au bout d'une table immense encombrée de victuailles et de vaisselle.

« Dis-moi, fit-il avec un naturel feint, qu'est-ce que c'est que cette histoire de fiancée ? »

Zacharios s'arrêta à mi-chemin de la cheminée, et se retourna.

« Une fiancée ?

— Tu sais très bien de qui je parle. Ce qui fait que tu en sais bien plus long que moi…

— Qui t'a dit ?

— Peu importe.

— Feodor ?

— Feodor. »

Le faune soupira. Il tendit à Kantz l'assiette qu'un gâte-sauce venait de garnir et s'assit.

« Une bouteille et deux verres, lança-t-il.

— Alors ? fit Kantz tandis qu'on les servait.

— Alors elle se nomme Irena. Elle aime Stefan et il l'aime, comme on s'aime à vingt ans. Il voudrait l'épouser et redoute de t'en parler.

— Mais pourquoi ?

— Tu veux le motif véritable ?

— Naturellement.

— Eh bien, c'est parce qu'ils n'ont pas de fortune pour s'établir. Et que toi non plus. »

Un maître n'avait pas droit de vie ou de mort sur son valet. Néanmoins, l'usage accordait au premier un droit de regard sur la vie privée du second. Entre autres choses, un domestique n'épousait pas sans permission, surtout lorsque ce mariage signifiait que le domestique rendrait son tablier. Il était en outre de tradition, quand le maître était généreux, que celui-ci donne non seulement sa bénédiction à l'union, mais gratifie le valet d'un pécule à la mesure de la qualité de ses services passés.

Or de cela le chevalier était incapable. Non pas qu'il soit avare, ou qu'il ait jamais eu à se plaindre du zèle de Stefan.

Il était pauvre, tout simplement.

« Comment trouves-tu le canard ? s'enquit Zacharios en interrompant les pensées de son ami.

— Excellent. »

Les doigts poisseux de sauce épaisse, Kantz repoussa néanmoins une assiette à laquelle il avait à peine touché. Il avoua :

« Je n'ai pas d'argent, sais-tu ?

— Je le sais. Mais nous trouverons bien une solution.

— Une solution ! Et laquelle ?

— Nous discuterons de tout cela plus tard. Tu ne connais pas même la demoiselle qui a ravi le cœur de notre Stefan… Pour l'heure, vide donc ton verre et parle-moi de ce matin. »

Un air de gourmandise s'afficha sur le visage du faune. Il se délectait des nouvelles et des rumeurs, qu'il mettait un point d'honneur à connaître le premier et à diffuser aussitôt. C'était, chez lui, une passion.

Kantz fronça le sourcil. Il s'étonnait que ses exploits dans les catacombes soient déjà arrivés aux oreilles de Zacharios. Le Temple avait l'habitude du secret. Et comme lui n'avait rien dit à personne…

« A quoi songes-tu, Zacharios ?

— Mais au corps, pour sûr !

— Le corps ? Quel corps ? »

Le faune resta un instant à dévisager le chevalier, ne sachant s'il fallait rire ou bien…

« Tu l'ignores vraiment ?

— Ignorer quoi, à la parfin ! » s'énerva Kantz.

La patience n'était pas la première de ses qualités.

Soudain grave, Zacharios annonça :

« Le Voleur de visages. Il a fait une nouvelle victime cette nuit. Le guet a retrouvé le cadavre au matin.

— Mon Dieu ! lâcha Kantz dans un souffle. Encore ?

— Tu ne savais pas ?

— Tu vois bien que non… »

5

Au sortir de la *Cigogne Noire*, Kantz prit la direction des Trois-Tours par des rues populeuses, bruyantes, saturées d'odeurs puissantes, souvent étroites, rarement pavées, et que l'on ne pouvait emprunter sans se crotter jusqu'au mollet. Certains avaient chaussé sur leurs souliers des galoches de bois qui récoltaient le plus gros de la poussière, mais seuls les moins riches allaient à pied. Les autres se déplaçaient à dos de mule, à cheval, en chaise à porteurs. Celle-ci était fort appréciée car elle se faufilait aisément dans les foules et le labyrinthe des venelles. Les carrosses, eux, marquaient sans cesse le pas, obligeant les cochers à jouer de la voix et du fouet pour avancer. La plus grande confusion naissait lorsqu'un carrosse en rencontrait un second. Qui devait céder le passage ? Des querelles de préséance éclataient, interminables, tandis que la cohue grossissait alentour. On se fâchait vite. Les cochers s'insultaient, les piétons insultaient les cochers, les cochers insultaient les piétons. Il arrivait que les coups succèdent aux invectives, et l'intervention du guet – chaque fois trop tardive – n'arrangeait les choses que très exceptionnellement. La mêlée devenait alors générale et l'on considérait que tout s'achevait pour le mieux lorsque l'on déplorait quelques yeux pochés, nez cassés et dents perdues seulement…

Les Trois-Tours étaient le quartier général du guet de Wielstadt. Il s'agissait d'un imposant ouvrage fortifié qui, jadis, défendait une porte de la cité médiévale. Il ne restait rien des anciens remparts sinon que des rues en épousaient désormais le tracé, mais l'on avait préservé les Trois-tours dont la silhouette sinistre dominait désormais un quartier étalé sur l'une des cinq collines de la ville. C'était une place forte composée de trois donjons massifs qui, reliés par des murailles aussi hautes qu'eux, encadraient une cour triangulaire.

Dès le pont-levis toujours baissé sur les douves herbeuses qui entouraient encore les Trois-Tours, Kantz demanda après Regenhalt. La sentinelle qui lui répondit était un centaure portant un plastron de cuirasse et un feutre dont le panache duveteux, jaune et bleu, était aux couleurs de la ville.

« Monsieur le Lieutenant criminel du Prévôt est sorti.

— Pour aller où ?

— Je l'ignore, monsieur.

— Quand reviendra-t-il ?

— Je l'ignore, monsieur. »

Kantz n'insista pas.

Songeant que Regenhalt pouvait être à table, le chevalier se rendit dans une auberge proche où il savait que le lieutenant du prévôt avait ses habitudes. Il ne l'y trouva pas, attendit un peu, s'accorda un pichet de bière, puis revint aux Trois-tours.

La sentinelle, roide et le mousquet posé crosse à terre, n'avait pas bougé. Raclant le sol d'un sabot distrait, le centaure regarda Kantz passer devant le poste de garde et entrer dans la vaste cour. Malgré ses dimensions réelles, celle-ci semblait étroite tant les murs qui la cernaient l'encaissaient profondément. De fait, pour en éclairer tous les recoins, il fallait que le soleil soit à son zénith comme en cette heure. Les rayons verticaux inondaient la cour de lumière et chauffaient une terre mêlée de paille d'où montaient des relents d'urine et de crottin.

Sans demander son chemin, Kantz marcha droit sur l'une des tours, grimpa quelques marches jusqu'à un dégagement en terrasse et s'assit sur un banc de pierre, à l'ombre d'un mur que grimpait un lierre dont les feuilles s'ourlaient de rouge et de brun. Les bras croisés et le chapeau sur les yeux, il se laissa aller, adossé.

Il n'avait rien d'autre à faire qu'attendre Regenhalt et réfléchir.

La première victime du Voleur de visages avait été découverte durant la dernière quinzaine d'août. Il s'agissait d'une jeune femme, presque une adolescente, qui gisait nue dans le bosquet d'un square, les aisselles et le pubis tondus, les bras en croix, le visage soigneusement découpé et prélevé. Ce fait divers macabre n'avait, alors, pas fait sensation. Toutes les grandes cités du XVIIe siècle étaient violentes, et Wielstadt l'était sans doute plus qu'une autre : l'aube s'y levait rarement sur moins d'un assassinat ou deux. Ce cadavre – qui ne fut d'ailleurs jamais identifié – n'émut donc guère.

Deux semaines plus tard, au matin du 10 septembre, une patrouille de nuit qui achevait sa ronde trouva un second corps. C'était à nouveau celui d'une jeune inconnue défigurée, dénudée, rasée, abandonnée dans une pose christique. Les *Wielstadter* ne s'en inquiétèrent pas. Non par indifférence, mais faute d'être informés. En effet, sur ordre du bourgmestre, le secret fut gardé tandis que le guet était chargé d'entamer une discrète enquête. Kantz lui-même, malgré les liens privilégiés qu'il entretenait avec Rainer von Regenhalt, n'apprit rien.

La troisième victime fut découverte le mercredi 18, au détour d'une venelle misérable, peu avant midi. En se fiant à l'état du cadavre, on présuma que l'assassin avait frappé dans la nuit du lundi au mardi, ce qui devait être confirmé plus tard. Là encore, le bourgmestre s'efforça d'étouffer l'affaire. Il n'y parvint pas cependant, car il s'avéra que l'on put, pour la première fois, identifier la victime. Elle était fille d'excellente famille et sa mystérieuse disparition, au retour d'un rendez-vous amoureux où elle s'était rendue seule et sans autorisation, était déjà annoncée par les gazettes du jour.

Dès lors, il fut impossible de cacher la vérité au public, et la nouvelle courait les rues lorsque, le surlendemain, un autre cadavre fut ramassé au fond d'une ruine. Vieux d'une quinzaine de jours au moins, partiellement dévoré par les rats et largement putréfié, c'était bien celui d'une jeune fille nue, même si rien ne permettait d'affirmer qu'elle avait été défigurée. Mais la rumeur publique, qui ne s'embarrasse jamais de nuances, enfla, s'agrémenta de détails inventés, de révélations terrifiantes, pour gagner tout Wielstadt malgré les dénégations des autorités et les appels au calme.

On se souvint de la victime du mois d'août. On en devina d'autres, toujours plus nombreuses à mesure que le temps passait et que les imaginations fonctionnaient, nourries par le goût du morbide. L'assassin – mais n'y en avait-il qu'un ? – hérita de son surnom. Des tavernes des bas-fonds aux salons de l'Hôtel de Ville, il ne fut bientôt plus question que du Voleur de visages, de son identité, de ses mobiles. Etait-il seulement humain ? Œuvrait-il pour le compte de quelque sinistre puissance ? Qui lui dictait ses actes ? Que faisait-il des visages qu'il emportait toujours ? S'en faisait-il des masques ? Les dévorait-il ?

La colère grandit en même temps que la peur. On taxa le guet d'incompétence ; on soupçonna que les dissimulations du bourgmestre avaient des motifs coupables ; on songea à armer des milices ; on envisagea le décret d'un couvre-feu. Puis la ville en émoi trembla dans l'attente de la prochaine découverte macabre.

Une semaine passa et rien ne vint. Une seconde s'écoula encore sans cadavre et Wielstadt crut que le danger s'était éloigné…

… jusqu'à ce matin du 1er octobre.

« Vous m'attendiez ? »

Surpris dans ses méditations, Kantz leva le nez puis se mit debout en découvrant Regenhalt. Dans la cour, en bas des marches de pierre, le carrosse qui avait ramené le lieutenant s'ébranlait.

« Bonjour, Rainer.

— Bonjour, chevalier. A vous voir, on jurerait que vous avez livré bataille. »

De fait, les traits tirés par la fatigue et les joues râpeuses, Kantz faisait peine à voir dans ses habits froissés et poussiéreux. Les taches de sang étaient invisibles sur le tissu noir de son pourpoint et de ses hauts-de-chausses, mais elles n'avaient pas épargné sa chemise blanche dont le col était déchiré.

Regenhalt, en revanche, faisait honneur à son rang et à sa fonction. Elégamment vêtu de gris et de rouge, en souliers et bas blancs, un luxueux baudrier lui barrant la poitrine, il avait pris le temps de se changer, laver et raser depuis la macabre découverte qu'il avait faite à l'aube, dans le quartier des Deux-Gibets.

« Patientez-vous depuis longtemps ? demanda-t-il.

— Point trop.

— Bien sûr, vous savez…

— Oui.

— Comment ?

— Toute la ville sait.

— J'en ai peur, oui… Entrez donc. »

Il faisait frais et obscur à l'intérieur de la tour. Un silence d'église régnait entre les murs en pierre de taille que de rares fenêtres perçaient. Le sol dallé était nu. Les semelles y claquaient, sonores.

Par un escalier en colimaçon qu'éclairaient des meurtrières ouvertes sur la ville, les deux hommes gagnèrent un étage et empruntèrent un couloir. Après une antichambre où travaillaient des employés aux écritures, Kantz et Regenhalt entrèrent dans le cabinet particulier de ce dernier. Un huissier en livrée leur ouvrit la porte.

« Avez-vous dîné, chevalier ?

— Non, pour ainsi dire. »

Les quelques bouchées de canard que Kantz avait avalées à la « Cigogne Noire » ne constituaient pas un repas.

Regenhalt interpella alors l'huissier avant que celui-ci ne se retire.

« Faites-nous servir une collation, je vous prie. N'importe quoi.

— Bien, monsieur. »

Puis, en ayant l'air de s'excuser, il expliqua au chevalier :

« Je n'ai pas grand faim mais sac vide ne tient pas debout. »

Il désigna un siège à son invité, avant de s'asseoir derrière son bureau en lâchant un soupir las.

« Ainsi donc, fit Kantz, le Voleur de visages a encore frappé…

— Oui, acquiesça Regenhalt. Cette nuit… Nous avons trouvé le corps ce matin à l'aube.

— Il ne fait aucun doute qu'il s'agit bien d'une victime du Voleur de visages, n'est-ce pas ?

— Aucun, vous pouvez m'en croire.

— Encore une jeune fille ?

— Oui. Nue, rasée, gisant en croix, et le visage… et le visage… »

Il s'interrompit, perdu dans le souvenir d'une vision horrible.

Puis il éclata soudain :

« Bon Dieu, chevalier ! Mais pourquoi ce démon inflige-t-il semblable supplice à ces malheureuses ! »

Kantz croisa un regard désemparé et furieux.

« Je l'ignore, répliqua-t-il calmement. Cela ne correspond à aucun rituel dont j'ai connaissance… Et je crois nous avons plutôt affaire à un fou qu'à un démon. Peut-être à une âme damnée.

— Un homme peut faire cela ?

— En doutez-vous encore ? »

Du pouce et de l'index, le lieutenant criminel du prévôt lissa sa moustache blonde.

« Non, bien sûr. »

La guerre dans le Saint Empire avait été le théâtre d'horreurs inimaginables, en particulier infligées aux populations civiles. Dans certains bourgs et villages mis à sac, on avait vu des enfants éventrés, des vieillards jetés au bûcher, des filles violées devant leurs mères, des épouses forcées devant leurs maris, des femmes pendues par les seins à des crocs de boucher, des hommes crucifiés, écorchés vifs, empalés sur des tisons ardents, enterrés tous les membres brisés et respirant encore. Les coupables étaient des troupes régulières et, plus souvent, des bandes de mercenaires devenus brigands.

« Où étiez-vous ? demanda Kantz.

— A l'Hôtel de Ville, où le bourgmestre m'avait convoqué.

— Et que vous a dit Monsieur le bourgmestre Sturger ?

— Il m'a surtout fait des reproches, comme vous le devinez… Il sait que le Conseil de Ville ne le réélira pas si le Voleur de visages n'est pas pris bientôt. Et je ne sais ce qui l'inquiète le plus, entre la perspective de perdre son siège et celle de voir ce siège échoir au conseiller Seelgen…

— Tout cela n'est que politique », souffla Kantz avec mépris.

Héritée du Moyen Age, l'organisation administrative de Wielstadt était complexe. Les notables des quartiers élisaient leurs représentants parmi la bourgeoisie, lesquels représentants nommaient à leur tour les membres de diverses chambres qui se partageaient – et se disputaient à l'occasion – prérogatives et responsabilités. La plus importante de ces assemblées, le Conseil de Ville, comptait douze bourgeois élus pour cinq ans, trois aristocrates et autant de religieux. C'était le Conseil de Ville qui désignait le bourgmestre, appelé à siéger trois ans durant.

Regenhalt afficha un air désolé.

« Je vous l'accorde, mais qu'y pouvons-nous ?

— Rien sans doute. Cependant, tandis que le Conseil de Ville se déchire, rien n'est fait pour arrêter le monstre que nous savons.

— Vous êtes sévère, chevalier. Croyez-vous que je ne fais rien ? »

Kantz s'excusa d'un signe de tête.

« Vous avez raison, Rainer. Je suis injuste… Malgré tout, le secret que le bourgmestre a imposé dans les premiers temps de cette affaire a certainement desservi Wielstadt.

— Je suis convaincu qu'il s'agissait en effet d'une erreur… Mais je n'avais d'autre choix qu'obéir et me taire. Je sers le prévôt, lequel prend ses ordres du bourgmestre. J'ai dit que l'on ne peut mener de bonnes enquêtes sans faire de bruit. On m'a répondu que je devrais m'y employer malgré tout.

— Je ne vous fais aucun reproche. Vous vous battiez avec une main liée dans le dos…

— Cela est bien fini. Il n'est plus question de secret maintenant que tout Wielstadt tremble. Je peux désormais agir et enquêter en pleine liberté.

— Oui, mais c'est bien malgré le bourgmestre Sturger, n'est-ce pas ?

— C'est vrai. Et d'ores en avant, rien ne va assez vite à son goût… »

Ils se turent un moment, songeurs.

Sturger, dont l'exercice s'achevait, avait succédé à son prédécesseur dix-huit mois plus tôt, à la mort de celui-ci. Bourgmestre par intérim, il espérait bien être élu prochainement. Mais il comptait de nombreux ennemis qui travaillaient à sa perte et tiraient habilement parti des troubles que traversait Wielstadt.

« Voyez-vous, reprit Regenhalt, le comble est que Sturger m'est sympathique malgré ses erreurs. C'est un esprit éclairé et un piètre intriguant que je crois sincèrement soucieux des intérêts de la ville. Mais il ne sera pas appelé à se succéder s'il échoue à ramener la sérénité dans les cœurs. Et s'il n'y avait encore que le Voleur de visages pour inquiéter Wielstadt… Il nous faut aussi compter avec les profanateurs de sépultures qui sévissent depuis peu, les messes noires qui selon la rumeur se tiennent dans les catacombes, les…

— De cela, vous n'avez plus à vous faire souci, l'interrompit Kantz.

— Je vous demande pardon ?

— Ce matin, avec l'aide du Temple, j'ai mis un terme aux activités de ceux qui se livraient aux messes noires dont vous faisiez mention. De là vient le triste état de ma vêture et de ma mine.

— Un *terme* ? » répéta le lieutenant.

En quelques phrases, Kantz expliqua comment il avait, au matin, affronté et vaincu les adorateurs de Baal. Il acheva son récit en évoquant le prisonnier que les Templiers comptaient bientôt livrer au guet.

« Qu'ils le gardent autant qu'il leur plaira ! lâcha Regenhalt. Pour l'heure, j'ai bien d'autres problèmes à régler. »

A cet instant, l'huissier frappa et ouvrit la porte pour permettre d'entrer à un valet qui, sur un plateau, apportait un repas froid.

Rainer von Regenhalt se découvrit une plus grande faim qu'il ne croyait et il fit honneur à la charcuterie, aux fromages et à la miche de pain de seigle qu'on lui avait servis.

Kantz, en revanche, avait à peine touché à la nourriture. Tandis que le lieutenant achevait de déjeuner, il se tenait debout près de la fenêtre à regarder la cour, silencieux et pensif, les mains réunies dans le dos, massant du pouce le creux de son poing gauche ganté.

« Il tue toujours durant la nuit du lundi au mardi », dit-il soudain.

Regenhalt but une gorgée de bière avant de reposer sa chope.

« Le Voleur de visages ?

— Oui. Nous sommes aujourd'hui le mardi 1er octobre. Or, si je me souviens bien, le premier corps fut trouvé au matin du mardi 19 août. Le deuxième, au matin du mardi 10 septembre. Le troisième, au matin du mercredi 18, mais nous savons que la victime fut tuée dans la nuit du lundi 16 au mardi 17. Le quatrième corps…

— … dont nous ignorons toujours s'il s'agit de celui d'une victime du Voleur de visages…

— … fut découvert en piètre état, il est vrai. L'état d'un corps abandonné depuis deux à trois semaines, d'où nous pouvons déduire que la malheureuse périt peut-être durant la première semaine de septembre. Pourquoi pas dans la nuit du lundi 2 au mardi 3 ?… »

Kantz parlait sans passion. Il songeait tout haut, son regard clair et pénétrant toujours dirigé vers la cour, deux étages plus bas.

« Si vous ne vous trompez pas, chevalier, deux cadavres manquent à l'appel… fit Regenhalt en se levant.

— Celui du lundi 25 août…

— … et celui du lundi 22 dernier.

— En effet.

— Et qu'est-ce que ce jour peut avoir de particulier ? »

Le chevalier haussa les épaules.

« Le lundi est le jour dédié à la lune, à laquelle il doit son nom… Mais cela mis à part…

— Et les autres jours ? A quels astres sont-ils dédiés ? »

Kantz ne répondit pas, faute d'avoir entendu. Il s'était à nouveau abîmé dans la contemplation de la cour où un escadron de centaures répétait un exercice en faisant grand bruit.

Regenhalt ne répéta pas sa question.

Il mit à profit le silence pour observer le profil sévère du chevalier, et songea qu'il le connaissait depuis plusieurs années, qu'il se considérait comme son ami et que, malgré cela, il ignorait presque tout de lui.

Que savait-il au juste de cet homme ? Rien, sinon qu'il menait une croisade solitaire et pieuse contre le Mal, était excellent escrimeur, érudit et grand connaisseur des arts occultes. Sans doute était-il gentilhomme. Peut-être avait-il été jésuite…

Mais quoi d'autre ?

Tout le reste nourrissait la rumeur : le passé lointain de Kantz, les pouvoirs surnaturels – presque démoniaques – qu'on lui prêtait, l'origine du pentacle sacré gravé sur la paume de sa main gauche toujours gantée, la nature de sa rapière que lui seul pouvait manier sans périr, et jusqu'à cette curieuse perle baroque noire en boucle d'oreille. Certains le prétendaient sorcier ; d'autres supposaient qu'il n'était pas même humain…

Quoi qu'il en soit, ceux qui ne le craignaient pas le respectaient toujours. Le mystère qui l'entourait faisait forte impression, et l'on perdait vite contenance confronté à sa haute stature, à son attitude sévère et, surtout, au feu glacé de ses yeux gris acier qui sondaient jusqu'à l'âme.

« Que comptez-vous faire ? » demanda Kantz en se retournant enfin.

Surpris, Regenhalt tarda à répliquer.

« Concernant… le Voleur de visages ? hésita-t-il.

— Oui.

— Je l'ignore. Le crime de ce matin, comme tous les autres, ne m'a apporté aucun indice. Je n'ai ni piste ni preuve et…

— Avez-vous tout pouvoir ?

— Oui.

— Alors exposez le corps.

— Exposer le corps ?

— Oui. Faites imprimer des avis pour l'annoncer et, dès demain, exposez le corps en public… Qu'avez-vous à craindre ? Les *Wielstadter* ne verront rien de pire que ce qu'ils imaginent et que colporte la rumeur… Vous ignorez encore qui est cette pauvre fille qui fut assassinée, je crois…

— C'est vrai.

— Un proche parent, un amant la reconnaîtra peut-être à quelque détail intime…

— Et après ?

— Que sais-je, moi ? Nous verrons bien !… Et quand vous n'apprendriez rien, nous pouvons encore espérer que la population sera sensible au fait qu'on ne lui cache plus rien… »

Rainer von Regenhalt réfléchit un instant, puis lâcha :

« Ce sera peut-être interprété comme un aveu d'impuissance de la part du guet. Mais après tout, il ne saurait y avoir d'aveu plus sincère… »

6

En milieu d'après-midi, Kantz regagna la maison qu'il habitait rue Königberg, simple demeure d'architecture traditionnelle, avec une étroite façade à colombages et deux étages faisant saillie au-dessus du rez-de-chaussée.

Dès le long couloir aveugle qui allait de la rue à la cour, le chevalier fut accueilli par Chandelle. Haute d'une douzaine de centimètres, le corps nu et lumineux, la gracieuse petite fée avait adopté le chevalier plus que l'inverse, quelques années auparavant. En le voyant, elle vola à sa rencontre de toute la force de ses ailes de libellule, l'index levé contre ses lèvres pincées.

La demeure était silencieuse, comme déserte.

« Qu'y a-t-il, Chandelle ? »

La fée-demoiselle ne répondit pas. Elle en était incapable, du moins pour des oreilles humaines. En revanche, elle savait fort bien s'exprimer à grand renfort de gestes et mimiques.

« Eh bien quoi ? » insista Kantz en ôtant son chapeau.

Chandelle lui flottait à hauteur de visage. Excédée, elle tapa du pied et colla encore, plusieurs fois, son doigt aux lèvres.

« C'est entendu ! murmura le chevalier. Je me tais. »

Il se débarrassa de son manteau, défit son ceinturon, le mit au crochet, et ne put empêcher la rapière au fourreau de cogner contre le mur. Chandelle le foudroya du regard.

« Pardon », fit-il.

Elle leva les yeux au plafond, résignée.

Kantz comprit en pénétrant dans la grande salle à vivre – à la fois salle à manger et cuisine, où l'on emmenait son ouvrage et passait à l'époque le plus clair de son temps libre, surtout aux mauvais jours, parce que s'y trouvait une cheminée pourvoyeuse de chaleur et lumière. Preuve de son importance, on l'appelait alors la *salle*, tout simplement.

Heide, la vieille gouvernante du chevalier, dormait à la grande table. Petite et menue, sa tête blanche posée sur ses avant-bras croisés, elle ronflait doucement. Tout près d'elle il y avait quelques piles de torchons pliés, et Kantz comprit qu'elle avait voulu s'accorder un bref instant de repos avant d'être surprise par le sommeil. Cela lui arrivait souvent désormais, malgré le zèle qu'elle avait à servir son maître. Elle avait, de fait, beaucoup vieilli ces derniers mois. L'âge est une crue lente qui monte patiemment les digues et déferle soudain.

D'un grand geste, Chandelle désigna la dormeuse comme on exhibe, énervé, une évidence trop longtemps ignorée.

Alors ? semblait-elle dire. *Ne t'avais-je pas prévenu, tête-de-bois ?*

Kantz acquiesça. Puis il traversa la pièce à pas de loup pour gagner les escaliers et monter au premier.

Chandelle l'y suivit sans rancune.

Il faut savoir pardonner.

Kantz se débotta dans sa chambre, assis sur le grand lit à colonnes, puis il passa dans la pièce adjacente dont la porte se déverrouilla au simple contact de sa paume tatouée.

Heide avait surnommé l'endroit la « chambre du sorcier ». Elle était paisible, plus longue que large, toute tendue de velours pourpre, avec une unique fenêtre en vitrail qu'encadraient les rayonnages d'une impressionnante bibliothèque. Une Bible ouverte sur un lutrin précieux et un prie-Dieu d'ébène donnaient à la salle des allures de chapelle profane. D'ailleurs, le chevalier venait non seulement y lire et réfléchir, mais aussi se recueillir et prier. Car il était pieux, bien que détestant les églises.

Près d'une table encombrée de livres et de papiers, Kantz tira un lourd fauteuil. Il s'y installa, croisa les chevilles sur un coffre ancien, dégrafa largement son pourpoint de buffle noir, poussa un long soupir, se laissa aller en fermant les paupières et s'endormit tout à fait.

La lueur émanant du corps de Chandelle pâlit quand, à son tour, lovée dans le creux de l'épaule de Kantz, tout contre son cou, la jolie petite fée s'abandonna au sommeil, heureuse et confiante, son épaisse chevelure acajou lui servant d'oreiller.

7

Elle avait la taille fine, le port noble, les yeux vairons, de longs cheveux blond cendré et cette élégante beauté que les femmes naguère splendides gagnent lorsque les ans s'ajoutent aux ans, et avec eux les premières rides, portées comme des bijoux. Coiffée d'un filet de perles sur le chignon, elle portait une robe luxueuse, gris et blanc, rehaussée de brocart et de dentelle. Elle se tenait assise dans son petit salon, un charmant soulier pointant de sous la jupe et les jupons, face à la fenêtre donnant sur le jardin. La lumière du couchant l'éclairait tandis qu'elle caressait, distraite, un chaton endormi sur ses genoux.

On frappa.

« Oui ? », fit-elle.

Un laquais poussa la porte pour annoncer Monsieur le Conseiller Seelgen.

« Faites entrer, mon bon. »

Laissant la porte entrouverte, le domestique se retira tandis que paraissait un homme longiligne, osseux, la mine austère et tout vêtu de noir, comme ces protestants puritains et implacables auxquels il prétendait ressembler. La barbe rase et le cheveu gris, Hans-Georg Seelgen avait la cinquantaine, un nez d'aigle et un regard où brillait une intelligence hautaine.

« Le bonsoir, Monsieur le Conseiller.

— Bonsoir, madame.

— Que me vaut le plaisir de votre visite ? »

Il approcha du fauteuil afin d'effleurer du souffle la main qu'on lui tendait négligemment.

« Je viens, madame, pour vous dire…

— Pourriez-vous, s'il vous plaît, parler un peu plus bas ? Je ne voudrais pas que notre conversation réveille Circé. »

Un temps interdit, Seelgen baissa les yeux sur le chaton blanc endormi et comprit. Son visage se durcit, mais il reprit malgré tout un ton plus bas :

« Je venais, donc, vous dire les soucis du conseil…

— Car on se fait souci.

— Oui.

— Beaucoup ?

— Assez.

— Ah. »

La femme, elle, ne semblait nourrir aucune inquiétude. Elle souriait, quelque peu moqueuse, et demanda :

« Et qu'est-ce qui chagrine tant ces messieurs de la Sainte-Vehme ?

— On se demande si votre plan portera bientôt ses fruits.

— Mais c'est certain.

— On voudrait en être assuré.

— Je le suis bien, moi. »

Le conseiller se contint tandis qu'un éclair orangé traversait ses yeux. On nommait cet éclat les *braises de l'Enfer.* Sous le coup d'une émotion intense, il trahissait la présence d'une âme démoniaque prisonnière d'un corps d'homme.

La femme surprit la lueur dans le reflet d'un carreau et, bien que sachant ce qu'elle signifiait, ne s'en émut pas.

« Autre chose ? fit-elle après un silence.

— Vous ne pouvez agir de la sorte, s'énerva Seelgen. Votre insolence et le mépris que vous affichez pour la Sainte-Vehme finiront par vous nuire. Un autre déjà a commis cette erreur. Pour son malheur.

— Maximilian Osiander était une brute…

— Il n'était point si bête.

— … et sa première faute fut de méconnaître les secrets de Wielstadt. Je ne les connais, moi, que trop bien. Et j'en tire bénéfice.

— Et la Vehme ?

— Quoi, la Vehme ?

— Quel bénéfice peut-elle espérer tirer de vos intrigues ?… Vous courez deux lièvres à la fois, et c'est toujours un de trop. La cabale que vous menez contre le chevalier Kantz est toute personnelle. La Sainte-Vehme, que je représente ici devant vous, n'a guère à y gagner… »

Pour la première fois, la femme daigna lever sur Seelgen le regard de ses yeux gris et vert.

« La Sainte-Vehme que vous représentez ici ? reprit-elle d'un ton amusé. A d'autres, Seelgen !… Je sais qui vous êtes et les ambitions que vous nourrissez… En outre, je crois que votre Sainte-Vehme est bien ingrate de se plaindre de moi. Songera-t-elle seulement à me remercier lorsque vous serez fait bourgmestre ? Et vous, me remercierez-vous ?

— Je ne suis pas encore bourgmestre, lâcha le conseiller en fixant un point lointain par la fenêtre.

— Vous le serez bientôt. Vous avez attendu des années, que sont les quelques jours qui restent ?

— Si vous succédez…

— Je succéderai, vous pouvez m'en croire. Je n'ai jamais échoué.

— A une exception près… »

C'était un coup bas qui fit l'effet d'une gifle à la belle élégante.

« Cette ancienne affaire avec le chevalier sera réglée avant longtemps, dit-elle d'une voix froide.

— Ne vous laissez pas aveugler par votre désir de vengeance, madame.

— Au plaisir de vous revoir, Monsieur le Conseiller. »

Sans ajouter un mot, Hans-Georg Seelgen s'inclina et sortit.

Peu après le départ du conseiller, la femme aux yeux vairons se leva puis, ayant délicatement déposé sur le fauteuil le chaton qui – encore endormi – resta dans une position fantasque, elle marcha vers une porte, tira un cordon de sonnette, revint vers la fenêtre et attendit.

Moins d'une minute plus tard, précédé d'un bruit de bottes martelant le parquet dans un cliquetis d'éperons, un homme qui avait l'allure et la vêture d'un reître entra dans son dos.

Il était grand, le corps sec et nerveux. Une rapière pendait sur sa cuisse et il portait un pourpoint usé, rapiécé, largement ouvert sur une chemise douteuse, tachée de vieille sueur. Ses cheveux – d'un blond presque blanc – caressaient ses épaules. Semblable à un fruit trop mûr, sa bouche lippue rouge et charnue, luisante, avait quelque chose d'obscène. Tenu par des sangles et des boucles métalliques, un masque de cuir couvrait le côté gauche de son visage, ne laissant voir que l'œil. On devinait dessous les boursouflures d'une terrible brûlure.

« Dites-moi, Reinecker. Si vous aviez le choix entre tuer Kantz et le faire beaucoup souffrir, que choisiriez-vous ? »

Le spadassin ne fut pas long à répondre.

« Je commencerai, madame, par le faire beaucoup souffrir. Et je le tuerai ensuite. »

La femme sourit.

« L'idée, fit-elle, me paraît excellente. »

Et dans son regard brillèrent, fugitives, les braises de l'Enfer.

Cette nuit-là à Wielstadt, quelque part en un refuge secret, un dément à demi nu oscillait accroupi d'avant en arrière, les genoux ramenés contre la poitrine et les bras noués autour des chevilles. De ses lèvres craquelées sortait une mélopée sans cesse répétée à la lueur d'une bougie qui éclairait une peau luisante de crasse, parcourue de cicatrices anciennes et de blessures suintantes :

« Dans ses bastions croîtront les ronces, dans ses forteresses, l'ortie et l'épine ; ce sera la tanière des chacals. Les chats sauvages rencontreront les hyènes, le satyre appellera la satyre, là encore se tapira Lilith, elle trouvera le repos[1]... Dans ses bastions croîtront les ronces, dans ses forteresses, l'ortie et l'épine ; ce sera la tanière des chacals. Les chats sauvages rencontreront les hyènes, le satyre appellera la satyre, là encore se tapira Lilith, elle trouvera le repos... Dans ses bastions... »

L'homme avait un masque de peau humaine collé sanglant au visage.

1. Isaïe (XXIV, 13-14).

8

Le lendemain, un vent automnal soufflait dans les rues de Wielstadt, charriant les puanteurs humaines et animales de la ville, et caressant des feuillages que rongeaient des couleurs incendiées. Le ciel était clair et lumineux. Il faisait doux. L'été tardait à mourir cette année-là.

Kantz, rasé de frais et remis de ses fatigues, se rendit aux Trois-Tours en début d'après-midi. Un spectacle inhabituel l'y attendait. Dans la vaste cour principale, une foule patiente s'étirait à l'ombre d'une muraille pour s'amasser devant celui des trois donjons qui abritait la prison municipale. Les geôles – que le chevalier avait fréquentées en une occasion – étaient aux étages et la cave servait de morgue. On gardait là, plus ou moins longtemps selon la saison, les cadavres dont on ignorait l'identité, dans l'attente souvent illusoire que des proches les reconnaissent et les emportent. Ce serait peu dire que ce spectacle drainait d'ordinaire une affluence moindre. Mais annoncée depuis la veille au soir par des avis placardés partout, l'occasion d'approcher la dernière victime du Voleur de visage était trop belle…

Une bonne centaine de personnes de tout âge, sexe et origine sociale piétinait. D'autres arrivaient régulièrement tandis que les premières disparaissaient peu à peu, en file indienne, par une porte basse. Des marchands ambulants, leurs éventaires sur le ventre, allaient et venaient, vantaient à gorge déployée leurs pâtisseries, fruits, pâtés de viande, boissons diverses qu'ils proposaient au gobelet. Des centaures de la Garde, armés pour la plupart de lourds gourdins plombés, certains de mousquets, veillaient au grain. Il ne faisait aucun doute qu'ils prendraient un pourcentage sur le bénéfice des commerçants.

En tendant le cou, Kantz aperçut quelqu'un de sa connaissance qui, à mi-hauteur d'un escalier menant au chemin de ronde, observait l'affluence.

Vêtu d'un pourpoint et de culottes brun roux, l'épée au côté, l'homme était l'un des exempts de Regenhalt. Il avait la trentaine athlétique et se nommait Henschel.

« Bonjour, chevalier, dit-il tandis que Kantz le rejoignait.

— Bonjour… Monsieur von Regenhalt est-il céans ?

— Non, monsieur. Il a été retenu à l'Hôtel de Ville. »

Les deux hommes, côte à côte, s'accoudèrent à la balustrade de pierre.

« On dirait que c'est ici jour de foire, lâcha l'exempt.

— Monsieur le Prévôt devrait peut-être songer à ouvrir un cabinet de curiosités… »

L'air grave, Henschel ne releva pas la boutade.

« Regardez cette foule, chevalier… Il y a là des bourgeois, des ouvriers, des artisans, des religieux et même des gens de condition. Croyez-vous qu'ils viennent dans l'espoir de reconnaître la malheureuse qui périt hier ?

— Non, bien sûr.

— Alors quoi ? »

Le chevalier soupira.

« C'est à croire que vous ignorez encore tout de la nature humaine, et n'avez pas désespéré d'elle… Certains sont venus animés d'une curiosité malsaine, c'est certain. Cependant, je pense que la plupart sont venus affronter leur peur et trouver une manière de réconfort.

— Une manière de réconfort ?

— Oui… Ce qui est advenu à cette pauvre victime les a épargnés, n'est-ce pas ? Ils viennent s'en assurer, en quelque sorte. Se confronter à la mort, c'est se sentir vivant. Et parce qu'ils ont, eux, survécu, le Voleur de visages leur paraîtra moins terrible… Rien n'est pire pour l'âme qu'une menace vague. En lui donnant corps, on se soulage du plus gros de l'angoisse. Il faut commencer par deviner son ennemi pour se sentir capable de l'affronter… Vous avez été soldat, vous avez combattu. Et que préfériez-vous ? Voir devant vos troupes une armée hostile, même supérieure en nombre ? Ou savoir qu'un corps franc rôdait quelque part derrière vos lignes, prêt à fondre sur vous à tout instant ?…

— Croyez-vous ?… »

Mais ce n'était pas une question. Tout juste l'amorce d'une réflexion intérieure qui occupa Henschel quelques minutes durant.

« Je présume que personne encore n'a reconnu le cadavre, dit enfin Kantz.

— Pas pour l'heure, non… Mais la chose est possible. La victime a sur le poignet une tache claire à nulle autre pareille.

— Je souhaite que cela suffise. »

Le chevalier se redressa et frotta ses mains pour débarrasser ses gants de la poussière récoltée au contact de la balustrade.

« Vous partez ?

— Oui. Je ne suis d'aucune utilité céans… Mais si quelque chose advenait…

— … Je vous ferai aussitôt prévenir, oui.

— Merci.

— Au revoir, chevalier. »

Kantz descendit l'escalier et, alors qu'il longeait la foule vers la porte des Trois-Tours et son pont-levis, il accrocha sans le vouloir le regard d'une jolie fillette à la peau mate, aux yeux et aux cheveux noirs, et vêtue de haillons colorés. Une bohémienne. Ou plutôt une Egyptienne, comme on disait alors. Une jeune femme qui lui ressemblait beaucoup la tenait par la main dans la file.

A croire qu'elle le connaissait, la gamine observa le chevalier avec un air grave et insistant. A lui cependant, elle ne disait rien. Tout le temps qu'il mit à passer, il songea à l'aborder, elle ou son aînée. Mais pour dire quoi ?

Et il s'en fut, étrangement troublé.

Il ne devait comprendre que bien plus tard ce qui venait de se dérouler.

9

Le soir, Kantz attendit la fin du dîner pour inviter Heide, qui l'avait servi, à s'asseoir avec lui à la grande table de chêne posée devant la cheminée. La vieille gouvernante achevait tout juste la vaisselle.

« J'ai encore à faire, monsieur.

— Tu finiras plus tard. Assieds-toi donc. »

Poussant ostensiblement un soupir, Heide obéit en s'essuyant les mains à son tablier. Elle était petite et fragile, voûtée par l'âge, mais dans ses yeux verts brillait l'étincelle d'une volonté farouche. Susceptible et volontiers bougonne, elle servait le chevalier avec dévouement, même si elle y mettait rarement les formes. Kantz, en retour, n'était pas un maître trop sévère.

« Qu'y a-t-il, monsieur ?

— Nous avons à parler.

— Ah. Et de quoi ?

— De Stefan. »

Heide se tut un instant.

Depuis le centre de la table, assise sur la coupelle d'un bougeoir, Chandelle cessa de dévorer le demi-grain de raisin qu'elle tenait à deux mains, et leva le nez, soudainement intéressée par la conversation.

« Qu'a-t-il fait ? demanda la vieille gouvernante.

— Il veut se fiancer.

— Ce n'est pas un crime.

— Tu le savais ?

— Oui.

— Qui d'autre sait ?

— Tout le monde.

— Günter, Willem, Apollonius ?…

— Et quelques voisins. Tout le monde, vous dis-je.

— Tout le monde, sauf moi.

— Oui. Vous connaissez tout des conjonctions astrales néfastes ou propices, mais vous ignoriez cela…

— Je devine que même Chandelle eut vent de la nouvelle avant moi…

— Comment savoir ? Mais je crois que vous devinez bien. »

Kantz baissa le regard sur la petite fée qui, le menton luisant de jus sucré, fourrageait de l'auriculaire entre joue et gencive. Elle y découvrit quelque chose qu'elle considéra, ravie, avant de se sucer l'ongle et de remarquer qu'on l'observait. Son aura vira au rose de confusion.

« Et comment se fait-il que je sois le dernier à apprendre les ambitions de mon valet ? »

Embarrassée, Heide lissa son tablier.

« Puis-je vous répondre franchement ?

— Va.

— C'est parce que vous n'êtes pas le meilleur des amis, ni le meilleur des maîtres. »

Kantz accusa le coup sans ciller.

« Pour être franc, ça l'était… Tu m'avais averti.

— Ne vous fâchez pas, monsieur. Mais considérez les choses avec honnêteté. Avez-vous déjà confié un secret intime à l'un de vos amis ? Savent-ils seulement qui vous êtes ? Vous ne dites rien et vous vous étonnez que l'on ne vous parle point !… Voulez-vous mon sentiment ? Vous êtes de ceux qu'il faut aimer malgré eux. Et je vous trouve bien chanceux d'être à la fois si bien aimé et si bien servi…

— Je serais un monstre, à t'entendre.

— Le mot est fort. Cependant, il est des natures plus chaleureuses que la vôtre, avouez-le… »

C'était un euphémisme. Même le chevalier, en son for intérieur, dut en convenir. Malgré tout, il voulut se défendre :

« Ai-je jamais maltraité Stefan ?

— Certes non. Mais lui avez-vous parlé ? Vous êtes-vous inquiété auprès de lui de ses désirs, de ses projets, de son bonheur ?…

— Il ne me paraissait pas malheureux !

— Il ne l'est pas !… Mais il ne coûte rien de demander, pour le seul bénéfice de montrer que l'on se soucie d'autrui… Enfin, monsieur, vous ne vous êtes pas même aperçu qu'il était amoureux alors que voilà des mois qu'il brise tout et se cogne aux murs à trop songer à sa belle !…

— Je n'ai fait aucune difficulté quand il a voulu travailler à la *Cigogne Noire*…

— Souvenez-vous d'abord que c'est M. Zacharios qui a demandé pour lui. Ensuite, ne comprenez-vous pas pourquoi Stefan désirait avoir la liberté de découcher sans vous dire où il allait ?… »

Lèvres pincées et l'index battant la mesure sur le bois de la table, Kantz réfléchit.

« Je croyais que Stefan ne m'avait rien dit de ses projets de fiançailles pour la raison qu'il sait que je ne pourrais pas l'aider à s'établir…

— Mais Stefan ne songe pas à vous demander un thaler !… C'est juste qu'il redoute de vous présenter Irena. Et qu'elle-même n'est guère raffolée de cette idée…

— Je ne suis pas un ogre, à la parfin !

— C'est vrai. Les ogres ne dévorent que les enfants. Vous faites, vous, votre ordinaire de tout un chacun. »

Chandelle pouffa et n'eut cure de l'œillade assassine que lui adressa le chevalier. Heureuse de sa réplique et considérant qu'elle mettait un terme parfait à la conversation, Heide se leva.

« L'as-tu déjà rencontrée ? s'enquit Kantz.

— Irena ?… Bien sûr. C'est une charmante petite que vous rencontrerez bientôt à votre tour.

— Vraiment ?

— Vous vous souvenez que, ce dimanche, les Vecht nous reçoivent… »

Günter Vecht, libraire et imprimeur à Wielstadt, comptait parmi les rares intimes du chevalier. Il était marié depuis peu à une veuve, mère d'une fillette qu'il avait adoptée.

« Je m'en souviens, mentit Kantz.

— … Eh bien, Irena y sera aussi. En même temps que tous vos amis. Ce sera une excellente journée.

— D'où me vient l'idée que tout cela fut soigneusement organisé dans mon dos ? »

Quand bien même l'envie lui en serait-elle venue, Heide n'eut pas l'occasion de répondre. On frappa à la porte à cet instant et elle alla ouvrir.

« Bonsoir, chevalier, fit Regenhalt tandis que Heide le débarrassait de son chapeau et de son manteau.

— Bonsoir. Asseyez-vous, je vous en prie.

— Merci.

— Avez-vous soupé, Rainer ?

— Point encore, mais je ne peux rester longtemps céans. Je ne fais que passer. »

De son propre chef, Heide apporta une bouteille de vin et deux gobelets en étain. Le chevalier fit le service tandis que sa gouvernante se retirait. Chandelle s'était réfugiée en haut de la grande horloge à balancier. Elle observait, discrète.

Regenhalt but une longue gorgée avec un soupir d'aise, en homme qui apprécie enfin un moment de repos après une rude journée. Puis il tira une lettre de sa manche et dit :

« D'une part, je suis venu vous apporter ceci.

— Et d'autre part ?

— Lisez d'abord. »

Avant d'obéir, Kantz considéra le cachet de cire rouge et reconnut les armoiries de Wielstadt : un blason divisé en quartiers dont le premier et le quatrième s'ornaient d'un même dragon, le second d'un vaisseau marchand, le troisième de trois disques figurant des pièces de monnaie.

Le lieutenant criminel attendit que le chevalier ait achevé sa lecture.

« Savez-vous de quoi il retourne ? demanda enfin Kantz en agitant la lettre dépliée.

— Je crois savoir, oui.

— Le bourgmestre veut me rencontrer bientôt.

— Alors j'avais deviné juste. Vous dit-il pourquoi ?

— Pas à proprement parler, non.

— Irez-vous ?

— Nous verrons. »

Kantz glissa le pli dans sa manche, comme pour indiquer que tout avait été dit à ce sujet. Il remplit à nouveau les deux gobelets et trinqua :

« A votre santé, Rainer… Vous disiez, tout à l'heure, que vous aviez deux motifs de me venir voir. Quel est le second ?

— Il est advenu quelque chose d'étrange aux Trois-Tours, cet après-dîner…

— Je vous écoute. »

De retour vers cinq heures d'une interminable réunion, Regenhalt avait trouvé dans son bureau un exempt qui l'attendait, celui-là même avec qui Kantz avait échangé quelques mots un peu plus tôt.

« Que se passe-t-il, Henschel ? Du nouveau, enfin ?

— Je le crois, monsieur. »

L'exempt avait alors raconté comment une femme d'un certain âge, jusque-là noyée dans la masse des curieux venus voir la dernière victime du Voleur de visage, avait involontairement attiré l'attention sur elle en perdant connaissance tandis qu'elle passait devant le cadavre.

« Rien d'étonnant à cela, Henschel. Le spectacle est pénible…

— Il est vrai, monsieur. Mais j'étais présent et j'ai entendu le cri déchirant que la femme poussa avant de s'évanouir. C'était comme le cri d'une mère qui voit son enfant mort… »

L'exempt avait alors fait porter la femme dans une pièce tranquille. Pour cela, il avait dû jouer de son autorité contre un jeune manchot qui l'accompagnait et prétendait la ramener chez elle aussitôt.

« Son fils ?

— Sans doute, oui. Vous verrez qu'ils ont un air de famille.

— Et après ?

— J'interrogeai le jeune homme puis, dès qu'elle eut recouvré ses sens, la femme. Chaque fois pour le même résultat nul. Tout ce que je pus obtenir d'eux est leurs noms : Britta et Karl Tappert. Mais aucun n'avoua avoir reconnu la victime à la tache de naissance qu'elle a au poignet, ou à tout autre détail. Je suis pourtant convaincu que c'est le cas.

— Où sont-ils ?

— Dans la salle voisine, sous bonne garde. »

Regenhalt avait aussitôt rencontré la femme et le manchot.

En vain.

« Sont-ils toujours aux Trois-Tours ? s'enquit Kantz avant de sécher son verre.

— Non.

— Vous les avez relâchés ?

— Que vouliez-vous que je fisse ? Que je les jette dans un cul-de-basse-fosse ? Que je les soumette à la question ?… Si je devais passer les fers à tous ceux que l'on soupçonne de mentir au guet…

— Mais vous, croyez-vous que les Tappert vous ont menti ?

— Je n'en doute pas. Ils savent quelque chose et se taisent.

— Cela n'a pas de sens. S'ils savent qui est la victime, pourquoi le cacher ?

— Allez savoir, chevalier. Allez savoir… »

La voix de Regenhalt mourut. Il resta un moment à contempler rêveusement son gobelet de vin.

De sa main gantée, Kantz attrapa la bouteille et s'aperçut qu'elle était vide. Déjà ? Il la reposa en se souvenant que son invité s'était souvent servi. Regenhalt buvait pourtant peu, d'ordinaire. Ou du moins buvait-il raisonnablement.

« Peut-être auriez-vous dû faire suivre la femme et le manchot tandis qu'ils quittaient les Trois-Tours… proposa le chevalier.

— Je le fis. Mais il y avait foire aujourd'hui, place des Fontaines. Henschel les perdit de vue là-bas, pour ne plus les retrouver.

— Ce qui fait que nous ignorons où ils habitent. Et si même ils se nomment Tappert…

— Voilà. »

Regenhalt se leva, visiblement fatigué et découragé. Il prit son manteau, coiffa son chapeau, avant que Kantz ne le raccompagne jusqu'à la porte. Il faisait nuit, mais une patrouille du guet attendait le lieutenant avec des lanternes.

« Bonsoir, mon ami.

— Bonsoir, chevalier.

— Nous saurons bien triompher de ces épreuves, comme des précédentes…

— Oui, sans doute. Mais combien d'innocents devront périr avant notre succès ? »

Regenhalt et son escorte partirent sur ces mots. Depuis le seuil de sa maison, Kantz les regarda s'éloigner et disparaître au coin de la rue, dans un cliquetis d'équipements guerriers, au rythme du pas cadencé des archers.

C'est en refermant la porte que le chevalier entendit un bruit de papier froissé sous sa semelle. Il se baissa, ramassa une lettre et, pour en examiner le cachet, la leva à la lueur des étoiles et d'une lune dont le premier quartier avait commencé de s'élargir. Une couronne royale était gravée dans la cire, ainsi que ces mots latins :

Miseria Rex.

Deux heures plus tard, peu avant minuit, Kantz sortait discrètement de chez lui et ne remarquait pas celui qui l'observait.

La barbe blanche, le cheveu gris et long, le visage noble mais buriné par le soleil et les grands vents, un bâton de marche à la main, l'homme portait un vieux manteau poussiéreux qui le faisait ressembler à ces pèlerins qui sillonnaient les routes d'Europe des années durant, après avoir tout abandonné, vers quelque destination pieuse.

Dès que le chevalier eut disparu dans la nuit, l'inconnu s'en fut sans se retourner.

10

Minuit sonnait lorsque Kantz s'aventura, seul et sans lumière, dans le quartier de la Croix-de-l'Orme. Pour le chevalier comme pour la plupart de ses concitoyens, cela revenait à pénétrer en territoire étranger. Voire en territoire ennemi, puisque la nuit était tombée.

Rien ne semblait pourtant distinguer la Croix-de-l'Orme des autres quartiers de Wielstadt. Il n'était ni très pauvre, ni très riche, ni très violent. A qui ne connaissait pas la ville, il donnait l'image d'un quartier populaire, assez prospère, plutôt sûr, où il faisait bon vivre. C'était le cas, certes. Mais la Croix-de-l'Orme sortait du lot. Ses habitants le quittaient peu, y revenaient toujours, n'aimaient guère les nouvelles têtes. On les reconnaissait aisément car ils parlaient avec un accent, unique dans le Saint Empire, parfois si prononcé qu'il sonnait tel un curieux sabir aux oreilles profanes. Parce qu'ils cultivaient le secret de leurs différences, parce que le reste de la population les considérait d'un œil à la fois curieux et méfiant, les gens de la Croix-de-l'Orme se considéraient comme des Wielstadter à part. Et les faits leur donnaient raison. Les lois communes de la cité ne s'appliquaient pas pleinement dans ce quartier, où l'on respectait bien moins les édits de l'Hôtel de Ville que l'autorité du Roi Misère.

Les rues et venelles qu'empruntait Kantz étaient des couloirs ténébreux, sinistres, à la fois silencieux et pleins d'échos, que coiffait un ciel étoilé chiche de sa lumière. Très vite, le chevalier eut le sentiment d'être observé. Sans y paraître, il surprit du coin de l'œil des mouvements fugitifs. Des bruits, également, attirèrent son attention : froissement d'étoffe, poussière crissant sous la semelle, et même des cris de rapace nocturne émis sans doute par des gosiers humains…

A mesure qu'il allait plus avant dans le dédale de la Croix-de-l'Orme, les indices que Kantz était épié se firent flagrants. Ce n'était pas sa vigilance qui s'accroissait, mais l'assurance des guetteurs qui augmentait. Ceux-là, bientôt, ne se cachèrent plus, et le chevalier vit çà et là des spadassins qui le regardaient passer avec une indifférence feinte. Ils le gratifiaient à peine d'un regard las et lui adressaient la parole encore moins. Malgré tout, leur seule présence, ostensiblement manifestée, semblait signifier à l'intrus qu'il n'était pas le bienvenu et qu'il était encore temps, pour lui, de rebrousser chemin avant que les choses ne tournent mal.

Nullement impressionné, Kantz poursuivit son chemin. Et il était presque arrivé lorsque, à l'entrée d'une ruelle, un individu surgit de nulle part se dressa devant lui.

« Où crois-tu aller, l'ami ? »

L'homme était grand, costaud, crasseux, habillé de vieux vêtements rapiécés. Campé sur ses jambes, les poings aux hanches, il avait un large coutelas glissé en évidence dans la ceinture.

« L'ami ? fit Kantz. Et d'où vient que tu me tutoies, *l'ami* ? »

L'homme éclata d'un rire bref et avança d'un pas. Ce faisant, il accrocha le regard terrible, gris acier, du chevalier. Le mauvais sourire qui barrait son visage balafré faiblit.

« Sais-tu seulement où tu te trouves ?

— Je le sais.

— Alors tu dois être un fou…

— Je suis venu voir ton maître.

— Mon maître ?

— Le Roi Misère. As-tu oublié qui tu sers ? »

Une lueur de colère étincela dans les yeux du truand. Au même moment, deux hommes vinrent se placer derrière le chevalier qui, impassible, continuait de toiser son vis-à-vis.

« Il ne suffit pas de le vouloir pour rencontrer le Roi Misère, fit le balafré.

— Je m'appelle Kantz. Le Roi Misère m'attend.

— Je le saurais si cela était vrai. »

Kantz plongea la main dans son pourpoint et tendit la lettre qu'on avait glissée sous sa porte.

« Regarde le sceau, dit-il. C'est celui de ton maître. »

L'homme examina le cachet de cire brisé, avant de hausser les épaules.

« N'importe qui peut l'avoir contrefait…

— Contrefaire le sceau du Roi Misère ? T'y risquerais-tu, toi ? » s'amusa Kantz.

En son for intérieur, l'homme dut bien reconnaître que non. Mais il trouva une parade.

« Je ne sais pas lire, annonça-t-il. Cette lettre peut dire n'importe quoi…

— Elle dit, lâcha Kantz d'un ton où pointait l'impatience, que le Roi Misère m'attend dans la maison qui ferme cette ruelle, cette nuit, à minuit. Par ta faute, je suis déjà en retard…

— Et moi, j'ai ordre de ne laisser passer personne. Ni toi, ni un autre.

— Dis-moi *tu* encore une fois, et je te passe mon épée au travers du corps. »

Lâchée d'un ton calme, la menace fit mouche. Aussitôt sur la défensive, le balafré et ses deux acolytes se raidirent.

« Va plutôt dire à ton maître que je suis là, fit Kantz. J'attendrai ici et me retirerai si le Roi Misère renonce à me recevoir.

— Je ne goûte guère la manière dont tu me parles…

— Réjouis-toi de n'avoir pas encore goûté à autre chose.

— Hein ? »

Pour toute réponse, Kantz lança son coude dans le visage de l'homme qui se tenait derrière lui, à sa droite. Puis, pivotant, il attrapa celui à gauche par le col, se colla à lui et l'immobilisa en lui glissant sa propre dague sous la mâchoire. Sidéré, le truand au coutelas n'eut pas le temps d'esquisser le moindre geste.

« Va prévenir ton maître », lui ordonna le chevalier.

Lentement, sans lâcher son bouclier humain, il recula dos à un mur et se plaça de manière à pouvoir surveiller le balafré et celui qui, mal remis du coup de coude qui lui avait brisé le nez, peinait à se relever, bouche et menton sanglants.

« Tu as eu raison de toute ma patience, lança Kantz. Obéis ! »

Mais l'autre hésitait encore à abandonner ses compagnons à la merci du chevalier. Kantz affermit sa prise et fit gémir son prisonnier en lui entaillant légèrement la glotte. Plusieurs spadassins, lame au clair, commençaient d'approcher prudemment dans la ruelle.

« Arrêtez ! » lança une voix féminine depuis l'ombre.

Une jeune femme – elle n'avait pas vingt ans et semblait plus jeune encore – se montra. Elle était jolie, mince et musclée, bottée, habillée en cavalière, le pourpoint grand ouvert sur une chemise d'homme. Tête nue, ses longs cheveux noirs réunis en une natte passée sur l'épaule, elle avait le regard dur et l'épée au côté. Une fine cicatrice sillonnait sa joue, depuis la pommette jusqu'à la commissure des lèvres.

Elle se nommait Eva et était la fille du Roi Misère.

« Mon père t'attend, chevalier. »

Encore un tutoiement.

Mais Kantz jugea qu'il n'était pas de bonne politique, cette fois-ci, de s'en offusquer.

Le Roi Misère était un homme imposant, grand, large d'épaules, ventru, tout en graisse et muscles, qui parlait d'une voix forte, s'esclaffait d'un rire d'ogre, s'abandonnait parfois à des colères terribles ou s'abîmait au contraire, le regard fixe et le corps frémissant, dans des silences courroucés bien plus redoutables encore. Il avait cinquante ans environ, une barbe broussailleuse qui grisonnait, le cheveu long et sale. Une forte odeur de sueur et de vin aigre émanait de sa personne.

« Je suis désolé des soucis que l'on t'a faits, chevalier. »

Pieds nus dans des souliers bourgeois à boucle, le Roi Misère portait cette nuit-là des culottes de cuir et une veste longue, sans manches, qui lui descendait jusqu'aux genoux. Le col de sa chemise à jabot ouvrait sur une poitrine épaisse et velue. Il n'était pas armé.

Kantz ne répondit pas aussitôt. Accoudé au manteau d'une cheminée sur lequel brûlaient des cierges d'église, il coula un regard soupçonneux vers Eva qui, près de la porte, l'ignorait ostensiblement. Ils étaient au rez-de-chaussée d'une maison discrète, silencieuse, dont les fenêtres étaient condamnées par des planches clouées en travers. La pièce était à peine meublée : une table branlante, deux tabourets et une chaise à accoudoirs qu'occupait le Roi Misère.

« Oublions cela », proposa le chevalier.

D'un geste, le Roi Misère signifia à sa fille de sortir. Elle se retira sans un mot, mais non sans avoir adressé à Kantz une œillade pleine de haine et de mépris.

« Eva ne t'aime guère, fit le Roi Misère dès la porte refermée.

— C'est peu dire.

— Je ne sais si elle te pardonnera un jour de lui avoir sauvé la vie… Elle est fière, orgueilleuse. Trop, sans doute.

— Elle est jeune encore…

— Je l'avais chargée d'organiser cette rencontre. Je savais que cette mission ne l'enchantait pas, mais je pensais qu'elle me servirait mieux. Et si quelqu'un d'autre t'avait joué le méchant tour qu'elle t'a joué… »

Le Roi Misère, roi des gueux et gueuses de Wielstadt, régnait depuis deux décennies sur la Cour des Miracles de la ville. Kantz et lui se connaissaient bien : ils avaient même collaboré parfois. D'une certaine manière, le Roi Misère était un monarque généreux, sincèrement soucieux des intérêts de ses sujets. Mais il exigeait une obéissance sans faille en retour, et n'hésitait pas à condamner à mort ceux qui le trahissaient. Son monde était celui de la nuit et des tréfonds, un monde où l'on n'imposait pas son autorité sans violence.

Le chevalier haussa les épaules.

« Je te l'ai dit, Roi Misère : oublions cela… Je regrette seulement d'avoir dû lever la main sur tes hommes.

— Bah ! Un nez cabossé et une gorge égratignée n'ont jamais tué quiconque… Et je sais que si tu l'avais voulu, tu aurais occis les trois imbéciles trop zélés que ma fille avait dressés sur ta route…

— Je ne tue jamais pour rien. De plus, ces hommes ne voulaient que bien te servir. Ils ne méritaient pas de mourir et j'espère que tu ne les blâmeras pas pour ce qu'ils ont fait. A y bien songer…

— … ma fille est la seule qui mérite punition, oui… Mais les terribles épreuves qu'elle a endurées l'an passé l'ont transformée pour le pire, sais-tu ? Quelque chose, en elle, est brisé à jamais… »

Le Roi Misère, le regard lointain, serra les poings en père blessé et furieux. Kantz jugea qu'il était temps de changer de sujet.

« Pourquoi voulais-tu me rencontrer ? »

S'ébrouant, l'autre se leva et marcha vers la table où attendaient une bouteille de vin blanc et des gobelets en terre cuite.

« D'abord pour te féliciter, chevalier. L'autre matin, tu as fait merveille dans les catacombes…

— Tes renseignements étaient exacts. Les Fils de Baal se réunissaient en effet là où tu m'as dirigé.

— Je suis ravi de t'avoir pu aider…

— Néanmoins, et contrairement à ce que tu m'avais laissé entendre, ces fanatiques n'avaient pas partie liée avec le Voleur de visages…

— Vraiment ?

— … Et cela, tu le savais. »

Le Roi Misère servit deux verres de vin. Sur le ton de la conversation, il lâcha :

« Tes soupçons pourraient me fâcher…

— Tu m'as trompé, lâcha Kantz impassible. Tu m'as trompé, et tu m'as utilisé. Je voudrais savoir pourquoi.

— As-tu par ma faute accompli quelque mauvaise action ? N'était-il pas urgent que quelqu'un mette les Fils de Baal hors d'état de nuire ? N'avaient-ils pas commis assez de crimes pour cela ?

— Si.

— Rien ne t'obligeait à les tuer tous. Alors que me reproches-tu au juste ? »

Le Roi Misère, souriant, tendit un verre au chevalier. Kantz comprit que ce verre était une offre de réconciliation et que, s'il l'acceptait, le débat serait clos à jamais. Les deux hommes se dévisagèrent un moment, sans ciller, éclairés de profil par les cierges posés sur le manteau de cheminée.

Puis Kantz prit le gobelet en grès et but une gorgée.

« A la bonne heure ! » fit le roi des truands avant de vider le sien cul sec.

Saisissant une bouteille par le goulot au passage, il retourna s'asseoir sur sa chaise. Il se servit encore et demanda :

« Sais-tu ce qui se dit dans les rues ?… Il se dit que Wielstadt est une cité pécheresse qui a seulement commencé d'expier ses fautes. Il se dit que les malheurs qui la frappent sont une volonté divine, et que le Voleur de visages est l'instrument d'une vengeance supérieure… Qu'en penses-tu ? »

Le chevalier prit un tabouret.

« Je crois, dit-il, que le Seigneur a sans doute mieux à faire que poursuivre les *Wielstadter* de sa vindicte. Quant à savoir si le Voleur de visages est le bras armé de quelque puissance… »

Il n'acheva pas, songeur.

« Je crois, moi, que la Vehme est derrière tout cela », fit le Roi Misère.

Kantz lui adressa un regard intéressé.

La Sainte-Vehme était une organisation secrète et redoutable. Elle avait été fondée au début du XIIIe siècle pour se substituer aux autorités judiciaires défaillantes, dans une Westphalie abandonnée à l'anarchie et au brigandage. Elle accusait, jugeait et condamnait pour n'appliquer qu'une seule sentence : la mort, le plus souvent par pendaison. Elle acquit bientôt une puissance immense et dépassa les cent mille affiliés issus de toutes les classes sociales. Le rétablissement de l'autorité impériale en Westphalie ne fit pas disparaître la Sainte-Vehme qui, à partir du XVIe siècle, essaima dans le Saint Empire et continua de rendre et exécuter ses arrêts dans la clandestinité. Elle était particulièrement active et influente à Wielstadt depuis quelques mois, après une longue période de sommeil.

Kantz, qui avait affronté la Vehme et ses sbires à plusieurs reprises ces dernières années, se demandait parfois s'il n'avait pas réveillé le monstre.

Il savait en tout cas qu'elle n'était pas le tribunal intègre et rigoureux, épris de morale et soucieux d'ordre public, qu'elle prétendait être. Elle était un instrument de pouvoir au service des ambitions politiques de ses membres les plus éminents. Le chevalier soupçonnait en outre que des démons incarnés avaient, à Wielstadt, infiltré le sommet de sa hiérarchie.

Mais dans quel but ?

« Songe aux troubles que traverse Wielstadt, reprit le Roi Misère. Les Fils de Baal, les profanateurs de sépultures, le Voleur de visages… A qui est-ce que tout cela profite ? A la Sainte-Vehme dont on dit depuis peu qu'elle seule pourrait ramener l'ordre dans la ville… Et qui est pressenti pour succéder bientôt au bourgmestre Sturger ?…

— Le conseiller Seelgen.

— Le conseiller Seelgen dont les sympathies pour la Vehme sont si bien connues qu'il passe pour son candidat déclaré… »

La situation avait de quoi inquiéter le Roi Misère car la Sainte-Vehme était, pour la truanderie de Wielstadt, un ennemi de loin plus dangereux que la justice officielle. Elle ne s'embarrassait pas de preuve ni de témoignage ; elle ne jugeait pas au grand jour ; ses procédures étaient expéditives. Elle intriguait dans l'ombre, agissait durant la nuit, et laissait au matin des pendus dont la condamnation était épinglée aux vêtements. « Exécuté après jugement rendu par la Sainte-Vehme. Convaincu de vol. » « Exécuté après jugement rendu par la Sainte-Vehme. Convaincu de meurtre. » « Exécuté après jugement rendu par la Sainte-Vehme. Convaincu d'hérésie. »

Ces malheureux étaient-ils coupables d'autre chose que d'avoir déplu à leurs juges et bourreaux ? Pour quelques crapules avérées, combien d'innocents sacrifiés aux intérêts du sinistre tribunal ? Et comme il arrivait que des familles entières soient retrouvées la corde au cou, on imagine la terreur que la Sainte-Vehme inspirait aux populations. Nul n'était à l'abri de ses exécuteurs des basses œuvres.

« Tu as vaincu les Fils de Baal, chevalier. Tu dois à présent trouver et vaincre le Voleur de visages avant qu'il ne soit trop tard et que Wielstadt tombe aux mains de la Vehme…

— Crois-tu que je ne m'y emploie pas ?

— Je te fournirai toute l'aide nécessaire, insista le Roi Misère d'une voix où pointait l'inquiétude. Toute, m'entends-tu ? »

Kantz prit un temps. Du pouce, il massa la paume de sa main toujours gantée, puis dit :

« Tu peux peut-être m'aider dès à présent.

— Je t'écoute.

— Cet après-dîner, un événement étrange est advenu aux Trois-Tours. Si tu découvres le fin mot de ce mystère, Roi Misère, j'ai bon espoir que nous progresserons… »

Le chevalier ne rentra chez lui qu'à l'aube.

Il dormit toute la matinée, déjeuna frugalement, alla rendre une première visite à Zacharios, une seconde à Regenhalt et, n'ayant rien appris, revint chez lui pour lire et réfléchir. Il hésita jusqu'au bout et, finalement, prit sa décision sur un coup de tête.

La nuit était tombée quand il réclama ses bottes et son manteau à Heide.

« Où allez-vous à pareille heure, monsieur ?

— Ne t'inquiète pas. Je serai bientôt revenu. »

Et il sortit.

11

Ce soir-là, le bourgmestre Sturger donna chez lui une réception qui attira la crème de la bonne société de Wielstadt. On dîna de mets raffinés et de grands crus, au son d'un orchestre de chambre, servi par de nombreux et discrets domestiques en livrée.

Après les desserts, quelques rares convives se retirèrent. Mais la plupart restèrent à converser, jouer aux cartes et siroter des liqueurs dans les salons ou sur la terrasse dominant les jardins de la superbe demeure. Dehors, un second orchestre jouait à l'abri d'un kiosque érigé pour l'occasion. Des flambeaux éclairaient les allées du parc arboré, à l'intention des promeneurs désireux de profiter de la quiétude nocturne. Il faisait doux sous le ciel étoilé. Un vent léger passait comme une caresse sur les visages chauffés par le vin et l'excès de bonne chère.

Parmi ses invités qui, tous, rivalisaient de richesse et d'élégance, Franz-Adolf Sturger ne déparait pas. C'était un bel homme de grande taille, aux yeux noirs, aux cheveux gris et épais, qui avait dépassé la cinquantaine et s'en trouvait fort bien. Les fées qui s'étaient penchées sur son berceau s'étaient montrées particulièrement généreuses. Sa prestance en imposait aux hommes ; son charme plaisait aux femmes ; ses excellentes manières faisaient l'admiration des mondains ; son esprit cultivé séduisait les érudits. Il jouissait, de surcroît, d'une immense fortune personnelle qui avait suffi à lui ouvrir toutes grandes les portes de Wielstadt où, venu du Palatinat rhénan, il s'était établi peu avant que la guerre n'éclate.

Abandonnant en s'excusant l'épouse d'un banquier dont le bavardage l'ennuyait à mourir, le bourgmestre Sturger quitta la terrasse, distribua des sourires au hasard des salons traversés, et se réfugia dans son cabinet privé. Mais à peine s'était-il, avec un soupir de soulagement, laissé tomber dans un fauteuil, que l'on frappait discrètement à la porte.

« Entrez, Wolters… » fit-il d'une voix lasse et résignée.

Il ne s'était pas trompé, car ce fut en effet son secrétaire particulier qui poussa la porte avant de la refermer derrière lui. Les accords de l'orchestre et le brouhaha des conversations leur parvenaient étouffés.

« Il ne sert de rien, dit le jeune homme, de régaler tout ce monde si vous ne vous montrez pas…

— Bah ! lâcha Sturger. La plupart ne sont venus que pour ma table, ma cave et le calme de mes jardins…

— Ce n'est point si vrai, monsieur.

— Ce l'est bien trop à mon goût… »

Wolters, dont la semelle des souliers vernis craquait sur le parquet, approcha.

« J'ai pu m'entretenir avec les conseillers Fiebig et Klein. L'un comme l'autre m'ont assuré qu'ils voteront pour vous. Il suffira que…

— Que quoi ? Quelles faveurs ont encore réclamées ces vertueux édiles ? Une diminution des taxes portuaires sur les produits qu'ils commercent ? Un titre de membre honoraire de l'Université ? Une charge à bon prix pour un bâtard encombrant ? Quoi ?… »

Le secrétaire, qui connaissait son maître, voulut tempérer sa colère.

« Tout cela n'est que de la politique, monsieur. Et s'il faut en passer par là pour vous permettre d'agir dans l'intérêt de Wielstadt, pourquoi ne pas…

— La politique… Ce devrait être la plus belle des choses, ne crois-tu pas ?

— Certes.

— Alors d'où lui vient cette puanteur ? D'où vient que ce sont les plus corrompus qui y prospèrent ?…

— Votre intégrité ne vous a pas empêché de devenir bourgmestre, monsieur.

— Mais je ne suis devenu bourgmestre que pour la raison que mon prédécesseur mourut sans crier gare alors que j'étais Premier Conseiller ! Sans cela… »

Dans un geste d'agacement, Sturger se leva et marcha jusqu'à la fenêtre d'où l'on voyait un bout de jardin et l'immensité du ciel.

« Et puis, murmura-t-il, tout cela sera bientôt fini…

— Non, monsieur ! Tout n'est pas perdu. Vous comptez encore des alliés, et des indécis pourraient bien prendre votre parti. Le Conseil ne votera que dans dix jours. Si nous jouons correctement cette partie, votre défaite n'est pas certaine. »

Le bourgmestre se retourna à demi et, le regard dur, demanda :

« Y crois-tu vraiment ?

— Oui », répondit le jeune homme.

Mais il baissa les yeux et un silence s'installa.

« Allons ! fit Sturger avec un brusque retour d'enthousiasme. Ce que j'ai fait pour Wielstadt durant ces quelques mois, je l'ai bien fait et il ne sera pas aisé à la Sainte-Vehme de le défaire… Raccompagnez-moi auprès de nos invités et faisons-leur bonne figure dans l'adversité, voulez-vous ? »

D'autorité, il prit le coude de son secrétaire particulier et, ensemble, ils passèrent la porte pour retrouver des couloirs brillamment éclairés.

« Je vous répète, monsieur, que tout espoir n'est pas vain. Si l'on venait à prendre le Voleur de visages, par exemple…

— Je sais, Wolters, je sais… Allez donc distraire cette pauvre Mme Lübbe qui s'ennuie tant cependant que son mari perd une fortune aux cartes… »

Docile mais pas dupe de l'insouciance de son maître, le jeune homme s'éloigna en direction d'une femme d'un âge certain qui, esseulée, pillait une corbeille de confiserie.

De son côté, le bourgmestre tournait les talons vers les grands salons lorsqu'un domestique lui apporta un mot plié sur un plateau d'argent.

Depuis une fenêtre du premier étage de la résidence Sturger, Kantz observait la terrasse où aristocrates et grands bourgeois des deux sexes prenaient du bon temps tandis que, dans une cave des Trois-tours, le cadavre d'une jeune fille défigurée pourrissait. Parmi les invités se trouvait une femme splendide et élégante, blonde, qu'il connaissait. Les regards du chevalier n'étaient pas les seuls qu'attirait Mme de Ludehn, joyeuse et badinante, un verre de vin doré à la main.

Lorsqu'il entendit une porte s'ouvrir dans son dos, Kantz se retourna, le chapeau à la main et l'épée au côté.

« Bonsoir, Monsieur le Bourgmestre.

— Bonsoir, Monsieur le Chevalier. »

Laissant le soin de fermer la porte à un valet qui resta dans le couloir, Sturger avança vers un petit meuble sur lequel étaient posés des verres à liqueur et une carafe pleine d'un liquide écarlate.

« Buvez-vous, chevalier ?

— Rarement.

— Et ce soir ?

— Non, merci. »

Le bourgmestre se servit, porta le verre à ses lèvres, sirota sans quitter le chevalier des yeux, puis lâcha :

« On m'a dit le plus grand bien de vous, chevalier…

— Qui ?

— Un peu tout le monde.

— Je doute qu'autant de gens m'apprécient.

— Et vous ? M'appréciez-vous ?

— Il est encore trop tôt pour le dire. »

Sturger sourit.

« On m'a également dit de vous que vous n'étiez pas de la race des courtisans. Sur ce point au moins, l'on ne m'a pas menti… »

Kantz, roide et impassible, ne répondit pas. Tombé par la fenêtre dans son dos, un rayon de lune accrocha la nacre de la perle noire qui pendait à son oreille.

« Depuis combien de temps vivez-vous à Wielstadt, chevalier ?

— Depuis quelques années.

— Et avant cela ?

— J'ai beaucoup voyagé.

— Voyagé et combattu.

— Et combattu, oui.

— Donc voilà des années que vous êtes à Wielstadt et que vous la protégez, et nul ne vous a encore rendu les honneurs qui vous sont dus…

— C'est une manière de voir les choses. »

Sturger but une infime gorgée de liqueur.

« Voulez-vous que cela change, chevalier ?

— Non.

— Il ne vous déplaît pas de vivre dans l'ombre ?

— J'y ai pris mes habitudes.

— Mais vous êtes pauvre.

— Je ne suis pas riche.

— La ville pourrait vous gratifier d'une pension…

— A quel titre ?

— A quel titre ? Que sais-je, moi ?… Vous n'imaginez pas le nombre de ceux qui en font bien moins que vous et que l'Hôtel de Ville rémunère grassement.

— J'imagine fort bien, au contraire.

— Certains ne font même rien.

— Grand bien leur fasse… Me direz-vous, Monsieur le Bourgmestre, pourquoi vous avez désiré que je vous vienne voir ce soir ? »

Sturger eut encore un sourire mais se tut. Il retourna vers le service à liqueur et posa son verre.

« Je vous prie de me pardonner, Monsieur le Chevalier. C'est juste que je ne suis pas accoutumé à cela.

— Accoutumé à quoi ?

— A fréquenter un homme qui ne désire ni les honneurs ni la fortune. Dans le monde où je vis, cela n'arrive presque jamais.

— Alors vous êtes, et de loin, plus à plaindre que moi.

— Vous ne voulez vraiment pas goûter à cette liqueur de cerise ?

— Non. »

L'index sur le bouchon de la carafe en cristal, le bourgmestre parut hésiter à se resservir et, l'espace d'une seconde, tandis qu'il lui tournait le dos, sa silhouette parut familière au chevalier. L'impression était idiote puisque Kantz avait eu plusieurs fois l'occasion d'apercevoir Sturger lors de cérémonies publiques.

« Vous me voyez bien embarrassé, Monsieur le Chevalier. Car j'ai une faveur à vous demander et je ne sais quoi vous proposer en retour…

— Une faveur ?

— Un service, plutôt. Je voudrais que vous rencontriez une mienne amie, que vous écoutiez son histoire, et que vous lui apportiez votre aide si possible.

— De quoi s'agit-il, au juste ?

— Je préférerais que vous appreniez tout de la bouche de cette dame.

— Je préférerais, moi, savoir de quoi il retourne avant que de promettre quoi que ce soit. »

Les deux hommes se toisèrent et Sturger comprit qu'il n'emporterait pas cette bataille, tout bourgmestre de l'une des plus puissantes villes libres du Saint Empire qu'il était.

« Bien, dit-il après un temps. Asseyez-vous, chevalier. »

Plus tard cette nuit-là, bien après le départ de Kantz et tandis que les derniers invités s'en étaient enfin retournés, le bourgmestre Sturger, seul sur la terrasse de sa splendide demeure, fut rejoint par une femme qui ne s'était pas montrée à la soirée. Elle était belle et distinguée, avait de longs cheveux blond cendré et les yeux vairons, l'un gris, l'autre vert.

« Alors ? fit-elle sans préambule.

— Alors le chevalier n'a rien promis.

— Il n’a rien promis mais il tiendra. Il ira voir Mme de Rigemont.

— Je n’aime guère le jeu que nous jouons.

— Préférez-vous que le chevalier sache qui vous êtes et qui il sert ?… Vous savez ce qui adviendrait s’il venait à le découvrir, n’est-ce pas ?

— Oui, bien sûr…

— Si quelqu’un doit retrouver le *Troisième Manifeste*, ce ne peut être que lui. A moins de renoncer, nous devons en passer par Kantz.

— Je doute, cependant, que ce que lui dira Mme de Rigemont l’intéressera assez pour qu’il persévère.

— Croyez-m’en, il persévérera dès qu’il aura trouvé le portrait. »

Sturger se raidit.

« Le portrait ? Quel portrait, Agnès ?

— Ne vous inquiétez pas de cela. Ne vous inquiétez d’ailleurs de rien. Occupez-vous des affaires de la ville, je me charge du reste. Vous ai-je déjà fait défaut ?

— Il viendra bien un moment où nous devrons dire à Kantz de quoi il retourne !

— Oui. Quand il sera trop tard. »

12

Ce samedi, en début d'après-midi, Kantz passa par le parc de l'Hôtel de Ville pour se rendre rue des Sœurs-Pucelles, chez Mme de Rigemont.

A l'adresse que le bourgmestre lui avait indiquée la veille au soir, il trouva un petit mais joli hôtel particulier tout en pierre beige, bâti de neuf ou restauré récemment. Le porche ouvrait sur une cour pavée que cernait un parterre de fleurs. Au centre était une mignonne fontaine figurant trois naïades baignant dans l'eau coulée des jarres qu'elles avaient à l'épaule. Des bancs entouraient le bassin.

Deux heures n'avaient pas encore sonné et, comme il était en avance, le chevalier résolut de patienter dans un estaminet situé un peu plus haut dans la rue. En fait d'estaminet, il s'agissait d'une simple baraque en planches où se tenait le patron, d'une large bâche tendue sur des piquets et, en guise de tables, d'une dizaine de fûts dressés auxquels on buvait debout. Chaque soir, il fallait démonter la tente et la ranger dans la baraque. Les tonneaux étaient empilés tout contre.

Son verre de vin – payé d'avance – à la main, Kantz cherchait un fût libre lorsqu'il accrocha le regard d'un personnage pittoresque qui sourit largement et s'exclama :

« Chevalier ! Joignez-vous donc à moi ! »

Kantz rejoignit celui qui l'avait ainsi interpellé, et fait se retourner les autres clients.

« Bonjour, Apollonius. »

Ils échangèrent une poignée de main.

En dépit du patronyme dont il s'affublait, Apollonius de Pise n'avait pas vu le jour en Toscane. Le plus probable était qu'il y avait peut-être séjourné, comme il avait séjourné dans la plupart des grandes villes européennes au cours d'une vie d'errance.

« Bonjour, chevalier. Il y avait long que nous ne nous étions vus.

— C'est vrai. »

L'homme allait sur ses cinquante-cinq ans. Il avait la prunelle rieuse et le sourire facile, un nez en bec d'aigle, une bouche aux lèvres fines, les joues creuses et les pommettes saillantes, le cheveu rare et fin. Il n'était ni grand ni petit, mais fort maigre et très mal vêtu. Ses bas étaient troués, de même que la semelle de ses souliers épuisés. Ses hauts de chausses, trop souvent rapiécés, étaient une mosaïque de tissus élimés. La veste longue qu'il portait sur la chemise avait le col effiloché et les coudes luisants.

A le voir, on devinait qu'il mangeait rarement à sa faim. Il devait, en revanche, boire souvent.

« Que faites-vous par ici, chevalier ?

— J'ai un rendez-vous.

— Ici ? s'étonna Apollonius en posant l'index sur le fût qui les séparait.

— Non pas. »

De sa main toujours gantée, Kantz désigna l'hôtel aux naïades.

« Chez Mme de Rigemont ?

— Oui. La connaissez-vous ?

— Je sais d'elle ce que l'on sait.

— Et que sait-on ?

— Rien sinon qu'elle nous est arrivée de Lorraine il y a quelques mois à peine, et qu'elle voyage encore beaucoup. Elle fréquente peu le grand monde mais l'on a souvent vu le carrosse de notre cher bourgmestre s'arrêter chez elle…

— Elle serait sa maîtresse ? »

Apollonius s'esclaffa.

« J'en doute, chevalier.

— Pourquoi ?

— Vous comprendrez en la voyant… Mais d'où vous est venue cette idée ? »

Kantz ne répondit pas.

Avisant les feuillets couverts d'une écriture raturée qui s'étalaient sur le tonneau et qu'un pichet préservait des courants d'air, il demanda :

« Vous écrivez ?

— Quelques vers. Assez médiocres au demeurant, comme le vin que l'on sert ici. Ceci explique sans doute cela… »

Poète et philosophe, pamphlétaire féroce et fin lettré, Apollonius jouissait d'une plume élégante, d'un sens critique acéré et d'une liberté de pensée qui lui avaient souvent valu de croupir en prison ou d'émigrer à la hâte, menacé par les nervis de quelque puissant courroucé. Il s'était définitivement établi à Wielstadt où, pauvre comme Job, il vivait de la générosité de quelques amis et continuait d'exercer ses talents satiriques dans des libelles qui, si l'on se les arrachait, ne lui rapportaient que des ennuis. Certains soirs, cette vie lui était pénible. Mais toute autre lui aurait été odieuse.

« L'inspiration ne se trouve pas au fond d'une bouteille, voulut le raisonner Kantz.

— C'est que vous n'avez pas assez bien cherché. »

Apollonius eut alors un regard étrange, désemparé, triste sans doute, désespéré peut-être, que le chevalier ne vit pas car au même moment un carrosse sortait de l'hôtel de Rigemont.

Tirée par deux superbes chevaux, la voiture passa au trot en soulevant de la poussière. Kantz eut cependant le temps de reconnaître l'élégante assise à l'intérieur. Tout comme Apollonius, qui s'était retourné.

« Mais l'on aurait dit… commença le libelliste.

— … Mme de Ludehn, oui.

— Vraiment ?

— A n'en pas douter », fit le chevalier, les yeux encore braqués sur l'angle de rue auquel le carrosse avait disparu.

Cette fois, il était plus que jamais décidé à honorer son rendez-vous avec Mme de Rigemont.

Il était tout juste deux heures de l'après-midi lorsque Kantz franchit seul le porche de l'hôtel, contourna la fontaine aux naïades et gravit les quelques marches du perron. Un valet, qui l'avait vu approcher, lui ouvrit.

« Je suis le chevalier Kantz. Mme de Rigemont m'attend.

— Certainement, Monsieur le Chevalier. Suivez-moi, je vous prie. »

Kantz fut conduit dans un petit salon dont les fenêtres, grandes ouvertes, donnaient sur un mignon jardin cloîtré. Devant l'une de ces fenêtres, tournant le dos à la porte et toute vêtue de noir, une vieille dame aux cheveux blancs était assise dans un fauteuil. Un second fauteuil, vide, était posé à côté d'elle.

« Entrez, Monsieur le Chevalier, entrez… Et souffrez que je ne me lève pas pour vous accueillir. »

La voix était douce, aimable, légèrement chevrotante, avec une pointe d'accent français.

Kantz, le chapeau à la main, approcha pour découvrir que Mme de Rigemont était petite, empâtée, souriante mais assez laide, âgée d'au moins soixante-dix ans, et aveugle. Ses yeux sans vie semblaient recouverts d'une humeur laiteuse, telles deux billes de verre dépoli.

Elle tendit, toujours assise, une main hésitante que le chevalier prit pour l'effleurer de son souffle.

« Madame.

— Asseyez-vous, monsieur. »

Kantz s'installa dans le fauteuil vacant.

« Désirez-vous boire quelque chose, Monsieur le Chevalier ? Un verre de vin ? Une tasse de chocolat ?

— Non, merci, madame.

— J'en suis, quant à moi, folle…

— Pardon, madame ?

— Du chocolat, je veux dire ! » Ce malentendu parut l'amuser. « J'adore le chocolat ! Le goût m'en est venu à la cour de Lorraine et, depuis, je ne peux plus m'en passer… »

A cela, le chevalier ne trouva rien à répondre.

« Je suis, enchaîna Mme de Rigemont, ravie que vous ayez accepté de me venir voir. Pour ma part, je ne pourrai vous rendre jamais la politesse… A quoi ressemblez-vous, Monsieur le Chevalier ? »

Kantz adressa à la vieille dame un regard interdit qu'elle fut, bien sûr, incapable de surprendre. Mais elle perçut néanmoins l'embarras du chevalier et sourit.

« Je devine que ma requête vous a gêné, et je vous prie de m'en excuser. Oubliez cela et donnez-moi plutôt votre main… »

Il faillit tendre sa main gantée et tatouée, renonça, tendit l'autre. Tâtonnant d'abord dans le vide, Mme de Rigemont la prit entre les siennes. Elle ferma alors les paupières, pencha la tête en arrière et garda un instant la pose, comme recueillie.

Ce curieux manège dura un peu trop longtemps au goût de Kantz. Il s'était résolu à retirer sa main d'autorité quand l'aveugle la lâcha et dit :

« On ne m'avait pas trompée à votre sujet… »

Elle rouvrit les yeux et, un sourire compatissant aux lèvres, dirigea son regard mort sur Kantz. Elle dit encore :

« Vous avez traversé bien des épreuves, n'est-ce pas, Monsieur le Chevalier ? »

Il ne répondit pas, plus intrigué que troublé.

Le chevalier commençait à songer qu'il avait affaire à une originale, à une folle peut-être. D'ordinaire prompt à détecter les manifestations surnaturelles, le pentacle sacré qui ornait sa paume n'avait à aucun moment réagi. Ni quand la vieille femme lui avait pris la main. Ni durant tout le temps qu'elle l'avait tenue. Mais quelle comédie jouait-elle ?

« Que vous a dit Monsieur le Bourgmestre de mes inquiétudes ? demanda soudain Mme de Rigemont.

— Il m'en a dit assez pour que je souhaite les entendre de votre bouche.

— En ce cas, vous savez que Mathilde a disparu.

— Est-ce le nom de votre protégée ?

— Ma pupille. Mathilde est une orpheline que j'ai adoptée en sa petite enfance, et que j'ai prise à mon service dès sa sortie du couvent. Je puis vous assurer qu'elle y reçut la meilleure éducation, car j'y ai veillé.

— Que savez-vous de ses origines ?

— Rien. Elle fut abandonnée au berceau. »

Sans y être invitée, Mme de Rigemont fit alors le portrait d'une jeune fille de dix-sept ans, douce, aimable, sage, et fort belle.

Kantz haussa le sourcil.

« Belle ? releva-t-il.

— Des cheveux comme une soie d'or. Un profil angélique. Des yeux bleus comme l'eau des sources des montagnes… Je n'ai pas toujours été aveugle, monsieur. Et contrairement à la vue, la mémoire ne me fait pas défaut… »

Elle se tut, pensive.

« Tout le monde vous dira que Mathilde est la plus charmante des personnes, ajouta-t-elle enfin. Il faut ne pas la connaître pour la point aimer. Si vous l'aviez déjà rencontrée… »

Elle n'acheva pas, tandis que l'émotion la gagnait. Une émotion dont la sincérité ne convainquit pas entièrement le chevalier.

« Racontez-moi en quelles circonstances Mathilde a disparu.

— Oui, fit la vieille dame d'une voix étranglée. J'y viens… »

Et elle s'exécuta.

Deux mois plus tôt environ, Mathilde était tombée dans un « état de grande langueur ». Fatiguée dès le lever et privée d'appétit, elle devint l'ombre d'elle-même et fut bientôt incapable de quitter le lit. Les médecins qui se succédèrent à son chevet ne purent rien pour elle, et Mme de Rigemont mit le holà avant qu'une énième saignée n'achève de tuer sa pupille. On résolut alors, en dernière extrémité, d'appeler Theophilus Heich, un médecin des pauvres, dont on disait qu'il guérissait tout.

Un soir, Heich vint. Il ausculta Mathilde, ne promit rien, revint le lendemain avec des potions de sa composition. L'état de la jeune fille cessa d'empirer et, après quelques jours, toujours très faible, elle réclama un bol de bouillon. Ce petit mieux persuada Mme de Rigemont que Heich était l'homme de la situation. L'excellente impression qu'il lui fit fut d'ailleurs confirmée par les faits. Mathilde alla mieux. Et même si elle s'avérait toujours incapable de marcher, elle supportait désormais de passer quelques heures dans le jardin. Elle reprit des joues et des couleurs.

Heich soignait Mathilde avec ses mystérieuses potions depuis quinze jours lorsque Mme de Rigemont reçut une lettre : une complexe affaire d'héritage l'appelait en Lorraine, où elle avait des terres. Il lui fallait donc s'absenter, pour – en faisant vite – trois semaines au moins. Mathilde ne pouvait être transportée et Mme de Rigemont ne pouvait pas plus se résoudre à l'*abandonner* – c'est le terme qu'elle employa devant Kantz. Elle songeait donc à annuler son voyage lorsque sa protégée proposa de finir sa convalescence chez Theophilus Heich. Ainsi fut fait. Le médecin accueillit sa malade à demeure et, confiante, Mme de Rigemont prit la route de Nancy, capitale du duché de Lorraine, avec armes, bagages et domestiques.

Quand elle revint à Wielstadt, on était déjà sans nouvelles de Heich et Mathilde depuis plusieurs jours…

« Quand êtes-vous revenue de Lorraine ? s'enquit Kantz.

— Ce mardi, répondit la vieille dame.

— Vous avez aussitôt, je suppose, envoyé vos gens chez le médecin ?

— Oui. Ils ont trouvé porte close et ont frappé en vain. A les en croire, la maison est déserte et les voisins qu'ils ont questionnés disent que M. Heich n'a pas reparu de plusieurs jours… »

Le chevalier hésita, ne sachant comment aborder le problème. Mais il ne pouvait passer outre.

« Ce pourrait être une escapade amoureuse…

— Je vous demande pardon ?

— A vous entendre, Mathilde est fort belle…

— Elle est aussi fort sage !… Et quand bien même diriez-vous vrai, je sais que Mathilde n'aurait pas manqué de me confier ses intentions avant que de partir. Ou, à tout le moins, de me laisser une lettre… Non, Monsieur le Chevalier. Mathilde n'a pas disparu de son plein gré. Quelqu'un, quelque part, la retient prisonnière. »

Si rien de pire ne lui est déjà arrivé, songea Kantz.

« Vous connaissez-vous des ennemis ? demanda-t-il.

— Aucun… Et qui pourrait vouloir nuire à Mathilde ? »

Le chevalier ne répondit pas. Au vu des circonstances, il ne pouvait que songer au Voleur de visages et à la précision chirurgicale avec laquelle celui-ci prélevait le faciès de ses victimes. Un détail concernant le dernier cadavre découvert lui revint en mémoire.

« Mathilde avait-elle, de naissance, une tache claire à l'intérieur du poignet ?

— Non. Pourquoi donc ? »

Kantz jugea inutile d'aggraver les inquiétudes de la vieille dame et se tut. Il s'accorda le temps de la réflexion, puis dit :

« Parlez-moi du bon Dr Heich, je vous prie… »

Ce samedi, en fin d'après-midi, Kantz quitta l'hôtel de Rigemont pour se rendre aux Trois-Tours. Il n'y trouva pas Regenhalt et s'en retourna, déçu. Il comptait en effet lui raconter par le menu l'étrange démarche du bourgmestre, et les non moins curieuses révélations de Mme de Rigemont. Il espérait également, si possible, obtenir des renseignements sur la vieille aveugle, voire sur ce prétendu Dr Heich dont il n'avait jamais entendu parler.

L'affaire le troublait à plus d'un titre. Ce n'était pas tant la disparition du médecin et de sa patiente qui l'intriguait que les circonstances dans lesquelles cette double disparition lui avait été rapportée.

Prenons Sturger, pour commencer. Voilà un homme qui, d'un claquement de doigts, pouvait mobiliser le guet et ses exempts. Aussi, pourquoi avait-il requis les services de Kantz ? S'agissait-il d'une exigence de Mme de Rigemont, exigence à laquelle le bourgmestre avait cédé par faveur ? C'était faire peu de cas du chevalier et de ses qualités. Kantz était un exorciste en armes, un homme prompt et habile à combattre le Mal et ses suppôts, qu'ils soient de ce monde ou non. Mais enquêter sur l'hypothétique – et trivial – enlèvement d'une jeune fille n'entrait pas dans le cadre de la croisade qu'il menait ici-bas. Cela, le bourgmestre ne pouvait l'ignorer. Fallait-il en conclure que la disparition de Mathilde cachait une sombre intrigue à la mesure des compétences du chevalier et que, le sachant, Sturger avait fait appel à lui en toute connaissance de cause ?…

Quant à Mme de Rigemont, elle n'avait guère été convaincante. Kantz pensait en effet avoir relevé des incohérences de détails dans son récit, tandis que la comédie que la vieille dame avait jouée en lui prenant la main, comme pour sonder son âme, l'avait laissé de glace. Une excentricité, sans doute. Ou peut-être une ruse destinée à masquer autre chose… Quoi qu'il en soit, Kantz avait le sentiment qu'on lui cachait l'essentiel. Sturger et Mme de Rigemont étaient-ils de mèche ? Celle-ci obéissait-elle au bourgmestre ou, au contraire, avait-elle usé de quelque influence sur lui ?

Toutes ces questions sans réponse nourrissaient un sentiment ambigu chez Kantz. D'une part, le désir de découvrir de quoi il retournait exactement. D'autre part, une prudence instinctive qui lui faisait craindre d'être manipulé. Une chose était sûre, cependant : le chevalier ne comptait pas se jeter tête baissée dans cette aventure. Il lui fallait réfléchir, et longuement.

Du moins était-ce son intention…

A son retour, Kantz trouva la maison vide ou presque.

Chandelle qui s'ennuyait à mourir voletait bien çà et là, mais Heide était sortie. La gouvernante avait cependant laissé une note : elle disait être chez les Vecht pour aider à préparer le déjeuner de dimanche, auquel tous les amis du libraire étaient conviés.

Kantz songea que Stefan, son valet, serait de la fête. Cela le décida à écrire une lettre qu'il fit aussitôt porter à l'Hôtel de Ville par le fils d'un voisin. Moins d'une heure plus tard, un centaure de la Garde frappait à la porte et remettait la réponse du bourgmestre. Celui-ci se réjouissait d'apprendre que le chevalier avait résolu d'enquêter sur la mystérieuse disparition de Mathilde.

Payée en thalers d'argent, une forte somme accompagnait la missive. Elle était le double de ce que Kantz avait exigé – à regret – pour prix de ses services.

13

« Vous n'avez presque pas dit mot de tout le repas, chevalier. »

L'après-midi de ce dimanche 6 octobre finissait. Kantz, réfugié au fond du jardin à l'ombre d'un jeune tilleul, se retourna vers celui qui, dans son dos, s'était approché sans qu'il l'entende.

« Veuillez me pardonner, Günter. Je ne vous ai pas fait honneur.

— Vous avez surtout manqué le dessert… »

Le chevalier ne put s'empêcher de sourire.

Günter Vecht frôlait la soixantaine, ce qui – en ce siècle – aurait dû faire de lui un vieillard édenté et perclus de rhumatisme. Mais il n'était pas un sexagénaire ordinaire. Bâti en hercule, il portait beau, jouissait d'une exceptionnelle vitalité et semblait destiné à mourir centenaire. Il avait le cheveu blanc, long et dru, bien que désertant le haut de son crâne. Avec l'âge, les rides lui avaient sculpté un visage de patriarche, tout en charme et autorité. Il plaisait beaucoup aux femmes et avait connu, naguère, de nombreuses aventures galantes. Ce n'était plus vrai. Sa vigueur et son appétit sexuel – presque légendaires – n'avaient pas décliné, cependant. Vecht était tout simplement l'amoureux fidèle de sa femme. Elle se nommait Annerose, était la veuve d'un papetier ruiné par la guerre et qui l'avait laissée, à trente ans et mère d'une petite fille, croulant sous les dettes. La gamine, Ani, avait désormais trois ans.

« Venez donc, chevalier. Il reste de la tarte et Apollonius aura tôt fait de siffler les liqueurs. »

Libraire et imprimeur prospère, Günter Vecht habitait avec sa famille une belle demeure qu'il avait fait bâtir l'année passée. Elle consistait en deux bâtiments unis par une galerie d'étage et que séparait une cour lumineuse et aérée. Les fenêtres du second bâtiment donnaient, derrière, sur un jardin clos. C'est là que le chevalier s'était discrètement retiré après les fromages. Il n'était pas resté seul longtemps.

« Je ne suis pas d'humeur joyeuse, Günter. Je m'en voudrais de gâcher la fête…

— Mais nous sommes tous accoutumés à votre triste figure, chevalier ! Et l'on ne vous en aime pas moins…

— Merci.

— Venez. Sinon, l'on finira par croire que vous boudez la compagnie.

— Vous savez qu'il ne s'agit pas de cela. »

Devenu grave, Vecht posa une main amicale sur l'épaule du chevalier.

« Oubliez vos tracas, mon ami. Oubliez, ne serait-ce qu'une heure durant, les horreurs de ce monde en l'époque terrible que nous vivons. Buvez un peu, si cela doit vous y aider. De nous tous, vous êtes sans doute celui qui se trouve le plus en mal de gaieté… »

Il soupira.

« Depuis combien de temps nous connaissons-nous, chevalier ?

— Je ne sais pas… Sept ans peut-être.

— En ce cas, durant tout ce temps, je ne crois pas vous avoir vu rire trois fois. Rire véritablement. A gorge déployée… »

Kantz ne répondit pas. Que dire puisque le libraire avait raison ?

« Mais je n'ai pas encore désespéré que cela arrive, reprit joyeusement Vecht. Vous verrez qu'il n'est pas douloureux de rire, et peut-être y prendrez-vous goût !

— Qui sait ? fit le chevalier en esquissant un sourire.

— Un sourire ? C'est déjà ça !… Retournons auprès des autres, voulez-vous ? A y bien songer, vous n'êtes pas un aussi piètre compagnon que vous semblez le croire… »

Ils étaient tous venus.

Il y avait bien sûr Apollonius, arrivé le premier ; Willem, le maître typographe de Vecht ; Zacharios, qui avait confié la *Cigogne Noire* à l'un de ses frères et amené Feodor ; et Stefan qui, ces derniers mois, échappait à son statut de valet pour être admis en égal par les autres. Afin de faire honneur aux amis de son époux, Annerose avait tenu à préparer et servir le repas elle-même. Heide l'y avait aidée sans jamais trouver vraiment le temps de s'asseoir, malgré les protestations répétées de chacun. La douce Irena s'était également rendue utile avec un zèle timide, sincère et charmant. Sa présentation à Kantz avait été un moment attendu et redouté.

C'était arrivé peu avant les entrées.

Le chevalier, assis à la grande table dressée pour l'occasion dans la cour, conversait avec Zacharios et Apollonius lorsque ces deux-là se turent soudain. Kantz se retourna alors pour découvrir une jeune femme au bras de son valet endimanché. Elle était vêtue d'une robe neuve et rougissait beaucoup. Stefan ne débordait pas d'assurance non plus.

« Monsieur, balbutia-t-il, permettez-moi de… Puis-je vous… J'ai l'honneur de… »

Surgi des cuisines à la suite de tous ceux qui n'étaient pas encore présents, Vecht arriva à la rescousse.

« Chevalier, voici Irena que vous brûliez de rencontrer. »

Au libraire, Kantz adressa une œillade interloquée tandis que l'intéressée, devenue pivoine, faisait une révérence et commençait un compliment. Il l'écouta d'une oreille distraite mais ne manqua pas le regard insistant de Heide.

« Je suis en effet, déclara-t-il sans conviction, bien content de vous rencontrer, mademoiselle. » C'est tout juste si l'assistance n'émit pas un murmure d'approbation. « Il paraît que Stefan souhaite vous épouser. L'aimez-vous ? »

Le visage d'Irena afficha le rouge d'un fer au feu.

« Oui, dit-elle d'une toute petite voix.

— Et je l'aime aussi », intervint Stefan.

Un silence se fit.

« Alors c'est entendu. Vous avez ma bénédiction… Approchez, Stefan. » On nota qu'il le vouvoyait désormais. « Je vous libère de mon service si vous le désirez. Et tenez, voici pour vous deux. »

De son pourpoint, il tira une bourse replète et cliquetante qu'il tendit au jeune homme cependant que Vecht et Zacharios échangeaient des regards incrédules et des haussements d'épaules. Ils avaient résolu, en secret, d'avancer à Kantz le pécule nécessaire à l'élargissement de son valet. Ils ignoraient bien où le chevalier avait trouvé l'argent.

« Merci beaucoup, monsieur, fit Stefan en acceptant la bourse. Merci beaucoup. Pour tout.

— Ce n'est rien. »

Et Kantz se retourna vers Zacharios et Apollonius, comme pour reprendre leur conversation interrompue.

De l'avis général, le chevalier avait fait preuve d'une sensibilité exceptionnelle en cette occasion. Le repas fut joyeux, chacun se découvrant libéré d'un poids qu'il ne soupçonnait pas.

Lorsque Vecht et Kantz revinrent du jardin, les femmes étaient en cuisine tandis que les hommes s'étaient regroupés à l'extrémité de la grande table, près d'une bouteille d'eau-de-vie. Le vin les avait rendus gais et complices, heureux d'être ensemble. Ils parlaient assez fort, riaient facilement, grignotaient des restants de dessert et essuyaient à la nappe leurs doigts poisseux de miel ou de confiture.

Réveillée de sa sieste, la petite Ani avait rejoint les adultes. Sous la surveillance discrète de sa mère qui guettait par la fenêtre, elle cavalait autour de la table en s'esclaffant, poursuivie par Feodor qui ne s'amusait pas moins et trottait en bon géant pataud. Emerveillée, la gamine tendait ses bras potelés vers une Chandelle mutine qui virevoltait en l'air et laissait des traînées colorées derrière elle. Heide l'avait découverte trop tard dans un panier, entre deux pâtés en croûte. Kantz avait froncé le sourcil car il préférait que la fée-demoiselle reste chez lui, où elle ne risquait pas d'attirer les convoitises. Mais Chandelle n'était pas un secret que l'on gardait longtemps et, en cet instant, elle prenait un plaisir trop évident à enchanter Ani pour que l'on songe à lui reprocher encore son escapade. Feodor, qui adorait Chandelle, était également aux anges. Il s'épuisait à courir et faisait trembler les verres sur la table quand il passait tout près.

Bien qu'ayant l'œil vitreux et l'équilibre incertain, Apollonius fut le premier à remarquer que Vecht ramenait Kantz.

« Chevalier ! Prenez une chaise et goûtez donc le kirsch de maître Zacharios ! »

Après avoir évité et Chandelle, et Ani, et Feodor qui passaient en trombe, le chevalier s'assit de bonne grâce parmi ses amis. Ils ne lui demandèrent pas ce qu'il était allé faire dans le jardin car ils le connaissaient, lui et ses accès de mélancolie. Ils parlèrent d'autre chose et s'employèrent à le distraire.

En les voyant tous ainsi réunis, Kantz se dit qu'il ne manquait que les morts. Il songea à Jacob, ce jeune étudiant protestant qui avait pris les armes pour défendre sa foi et avait fini assassiné au fond d'une ruelle. Puis ses pensées allèrent à Thadeus Lunkewitz, vieux juif apatride et grand érudit dont le décès tragique avait à jamais bouleversé le chevalier. Sans la guerre et les horreurs tapies dans la nuit que Kantz s'efforçait de combattre, l'un et l'autre seraient sans doute là, aujourd'hui…

« A quoi songez-vous, chevalier ? »

Willem s'était penché pour, en marge de la conversation principale, glisser ces mots à Kantz. Il devait avoir deviné que de sombres réflexions le hantaient.

« Je songeais aux amis disparus.
— Jacob…
— Et Thadeus, oui…
— Le seul véritable honneur que l'on puisse faire aux morts est de ne les point oublier… »

Il parlait avec l'accent rocailleux des Hautes Terres qui l'avaient vu naître. Mais pour exotiques qu'elles soient, ses origines écossaises étaient encore ce que l'on remarquait le moins chez lui. Car le maître typographe de Günter Vecht était un digne représentant du peuple nain. Trapu mais vif, il mesurait un mètre quarante environ et semblait aussi solide que le granit de ses contrées natales. Il était très roux, n'arborait pas la barbe traditionnelle de ces ancêtres mais une magnifique paire de moustaches qu'il retroussait en croc. Il portait le kilt et avait accroché son béret plat, orné d'une plume de faisan, au dossier de sa chaise.

« J'ai parlé à Stefan d'un projet qui le tente, dit-il.
— Lequel ?
— Celui de le prendre comme apprenti à l'imprimerie.
— L'idée me semble bonne.
— Il a déjà vingt ans, ce qui fait qu'il est un peu âgé. Mais grâce à vous il sait lire, écrire, compter. Si la typographie lui plaît, je ne doute pas qu'il apprendra vite. C'est un beau et bon métier.
— Je le crois. »

Zacharios, qui les écoutait, fit alors mine de bouder.

« Je constate, dit-il d'une voix assez forte pour être entendu de tous, que travailler à la *Cigogne* n'est plus digne de M. Stefan… »

Embarrassé, le jeune homme voulut se défendre.

« Mais pas du tout, maître Zacharios. C'est juste que…
— Mais je te taquine, grand crétin ! »

Kantz sourit, les autres s'esclaffèrent et Stefan se joignit à eux sans rancune.

« Et votre rendez-vous ? demanda Apollonius par-dessus la table.
— Mon rendez-vous ? s'étonna le chevalier.
— Hier. Avec Mme de Rigemont.
— Oh !… Rien qui mérite d'être raconté. En revanche, l'un de vous connaît-il un certain Theophilus Heich ? Il serait médecin.
— Ce nom m'est familier, fit Vecht. Un médecin, dites-vous ?
— Moi je le connais », affirma Zacharios.

Cela n'étonna personne. Si quelqu'un devait savoir quelque chose sur qui que ce soit, ce ne pouvait être que le faune.

« Il passe pour ne soigner que les pauvres et presque tout guérir. Mais je ne sais s'il est véritablement docteur en médecine… »

Il y eut alors un fracas et tout le monde se contorsionna sur son siège. Les femmes jaillirent de la cuisine comme catapultées.

« Que s'est-il passé ? » s'écria une Annerose déjà inquiète pour sa fille.

Il s'était passé que Feodor avait trébuché sur un pavé, qu'il était tombé tête la première dans un arbuste en pot, que la terre noire lui avait fait un masque de carnaval et que Chandelle et Ani, ravies, n'en pouvaient plus de rire.

L'après-midi s'étira et, quand vint le soir, les convives se dirent qu'ils étaient bien, qu'il était trop tôt pour se séparer et qu'il restait assez de nourriture pour improviser un dîner.

Heide, en mettant la table avec Irena, demanda à la cantonade :

« Où est M. Apollonius ?

— Il cuve à l'étage, répondit Willem. Mais le premier bouchon de bouteille qui sautera le mettra en bas du lit.

— Et M. le Chevalier ? »

Tous échangèrent des regards étonnés, chacun croyant Kantz en la compagnie d'un autre.

Cette fois, il ne s'était pas réfugié dans le jardin. On chercha, on appela, et l'on finit par réveiller Apollonius qui passa une tête ébouriffée par une fenêtre du premier et demanda ce qui se passait. Comme on lui expliquait, il répliqua :

« Aurais-je oublié de vous le dire ?… Le chevalier m'a prié de l'excuser auprès de vous. Il a dû se retirer pour quelque affaire… »

Un peu fâchée mais surtout résignée, Heide hocha la tête.

14

Kantz n'avait, en fait, nulle part où aller. Il erra dans la ville, au hasard des rues, sans remarquer le crépuscule qui tombait. Ses pas finirent par le mener jusqu'au quartier des Deux-Gibets où, quelques jours plus tôt, la dernière victime du Voleur de visages avait été découverte.

Il faisait déjà nuit lorsqu'il arriva.

Des quatre, Frick était le plus grand, le plus fort et le plus docile. C'était donc à lui que l'on avait confié le soin de creuser, et ce serait lui encore qui porterait les sacs au retour. Pour l'heure, il pelletait la terre à la lueur d'une lanterne que tenait Schäfer, le chef de la bande. Rouaud, le Français, se soulageait contre l'un des murs éboulés de la ruine qui les entourait. Heichel faisait le guet un peu plus loin.

Ils s'étaient connus l'an passé dans les rangs de l'armée de Christian de Brunswick, celle qui avait semé la désolation dans le Saint Empire en le traversant d'ouest en est, pour finalement rebrousser chemin depuis la Saxe et, au terme d'une retraite de plusieurs semaines, être rattrapée et massacrée par les troupes impériales à Stadtlohn, le 6 août 1623, tout près de la frontière des Provinces-Unies où Brunswick espérait trouver refuge. Schäfer et les trois autres ne durent pas à la chance ni au courage d'avoir survécu au désastre. Ils avaient, en fait, déserté bien avant Stadtlohn. Comme les Impériaux faisaient la chasse aux égarés et fuyards ennemis, ils passèrent un hiver terrible, cachés dans la forêt de Westphalie. Puis, au printemps, la guerre ne semblant pas destinée à reprendre, ils allèrent à Wielstadt.

Là, à l'initiative de Schäfer, ils se firent pilleurs de tombes, voleurs de cadavres et marchands de reliques macabres. La ville regorgeait d'alchimistes, de sorciers, de nécromants avides de matière première. Les affaires n'étaient pas mauvaises et valaient les risques encourus, même si le meilleur client de la bande avait récemment disparu du jour au lendemain en laissant à Schäfer une dépouille fraîchement exhumée sur les bras. On avait vendu le corps au détail, ce qui rapportait moins mais était mieux que rien. Et puis il y avait encore toute une gamme de produits morbides susceptible d'être négociée : corde de pendu, ongles et cheveux de cadavre, sang, bile, humeurs diverses, terre de cimetière consacrée… Il n'y avait qu'à se baisser pour ramasser.

Dès qu'il apprit que le Voleur de visages avait fait une nouvelle victime, Schäfer songea à récolter la terre que la malheureuse avait imprégnée de son sang. Il en espérait, et à raison, un bon prix. Cependant, il ne put mettre immédiatement son plan à exécution car le guet laissa des sentinelles sur place trois jours durant. Finalement, la surveillance fut levée, mais l'on parlait à présent de faire venir un prêtre pour exorciser l'endroit. Il fallait faire vite. Cette nuit était peut-être la seule occasion d'agir, ne serait-ce que pour prendre de vitesse ceux qui pourraient avoir eu la même idée.

« En a-t-on bientôt fini ? demanda Rouaud qui approchait en achevant de nouer sa braguette.

— Parle-moi fort, lui ordonna Schäfer. Oui, c'est bientôt fini. »

Il était assez maigre et avait le visage grêlé.

Devant lui, Frick avait creusé un grand rectangle profond d'une dizaine de centimètres. De quoi remplir deux bons sacs.

Petit et osseux, un épais coutelas à la ceinture, le Français balaya le décor d'un regard circulaire : les bâtisses alentour étaient des formes noires et sinistres dans le silence nocturne.

« Je n'aime pas ce lieu, expliqua-t-il. Il me donne la chair de poule. »

Schäfer lui adressa une œillade méprisante.

« C'est bon, fit-il à l'intention de Frick. Noue les sacs. Nous partons. » Puis, se tournant vers Rouaud : « Va chercher Heichel.

— Inutile, Schäfer. Il arrive. »

Les trois hommes se tournèrent vers Heichel qui sortait de l'ombre. Bedonnant et presque chauve, la rapière au côté, il boitait de naissance et était le bâtard d'une paysanne hollandaise violée par des soldats espagnols.

« Quelqu'un vient », dit-il.

Kantz fut presque surpris de découvrir, au détour d'une venelle, le terrain vague et la maison effondrée où le Voleur de visages avait supplicié sa victime. Il n'avait pas songé à venir là et ignorait ce qu'il y pouvait faire. Le chevalier avança malgré tout parmi les décombres envahies de verdure, la paume de sa main tatouée le picotant étrangement sous le gant. Les étoiles et une lune presque ronde donnaient juste assez de lumière pour dessiner la silhouette tourmentée des ruines.

Il n'y avait pas un bruit.

« Ne bouge pas », fit une voix avec un fort accent français.

Kantz se figea, une lame nue effleurant sa gorge. Son agresseur se tenait dans son dos, tout contre lui. Il dégageait une puissante odeur de crasse et de sueur.

« Qui es-tu ? demanda le chevalier, impassible.

— Avance. »

Le Français l'obligea à passer sous l'arche d'une porte, à longer un ancien couloir, et Kantz découvrit l'endroit précis où la dernière victime du Voleur de visages avait subi son calvaire. La terre y était creusée sur une faible profondeur. Deux hommes se tenaient là. L'un avait le visage marqué par la petite vérole ; l'autre, un colosse, tenait une pelle comme on tient une arme.

En voyant les sacs par terre, le chevalier comprit aussitôt à qui il avait affaire : des malfrats chasseurs de reliques.

« Ton nom », lança le grêlé.

Il avait dégainé sa rapière. A son attitude, on devinait qu'il savait s'en servir.

« Kantz.

— Que fais-tu ici à pareille heure ?

— Rien.

— Je crois, moi, que tu as eu la même idée que nous.

— Non. »

Schäfer eut un mauvais sourire.

« Alors tu te promènes ?…

— En quelque sorte. Que voulez-vous ?

— Je veux ta bourse, tes bottes et ton épée. Si tu obéis, tu vivras.

— Ma bourse est vide. Mes bottes sont faites à mon pied. Et mon épée n'appartient qu'à moi. »

Kantz ne parlait pas comme un prisonnier menacé d'être égorgé. Son calme, son assurance, sa morgue inquiétèrent Schäfer qui jugea utile d'appeler du renfort.

« Heichel ! Prends son arme. »

Un quatrième homme apparut en claudiquant. Il approcha prudemment du chevalier.

« Tu mourras si tu fais cela », le prévint Kantz.

Son regard, terrible, impressionna Heichel. Le Hollandais, hésitant, se tourna vers son chef.

« Fais-le ! » ordonna Schäfer.

Heichel tendit la main vers la rapière de Kantz, et en saisit la poignée.

« Adieu », lui murmura, impassible, le chevalier.

L'homme avait à peine dégagé un pouce de lame qu'une lueur pourpre étincelait dans les yeux de Kantz. A cette seconde, des flammèches de même couleur entourèrent le poing du truand, crépitèrent au long de son bras jusqu'à la poitrine, et firent un tourbillon furieux au niveau du cœur.

Heichel s'écroula mort, le corps agité de mouvements convulsifs. Mais Kantz avait déjà lancé son coude dans le ventre du Français derrière lui. Il le saisit par le poignet, le fit basculer par-dessus son épaule et le laissa retomber lourdement avant de lui briser le coude d'une brusque torsion. Rouaud lâcha son coutelas en hoquetant de douleur. Le chevalier tira alors sa rapière et se mit en garde, à temps pour voir Schäfer et son complice déguerpir à toutes jambes.

Il ne les poursuivit pas.

D'un coup de botte au visage, il assomma Rouaud qui gémissait, sanglotait, tentait de se relever. Puis il marcha calmement vers les sacs que les fuyards avaient abandonnés. Il les éventra à la pointe de l'épée et les regarda vomir leur terre.

C'est alors qu'il entendit un bruit derrière un muret couvert de broussailles.

« Que fais-tu là, toi ? »

Acculée, la femme se dressa hors de sa cachette avec un regard farouche. Elle était jeune, belle, avait de longs cheveux noirs et les yeux maquillés. Elle portait, sous un manteau noir troué, un corsage blanc décolleté et des jupes bariolées. Un foulard rehaussé de sequins la coiffait. Elle était pieds nus. Une chaîne dorée entourait sa cheville droite.

Kantz la reconnut aussitôt et rengaina son arme. C'était l'Egyptienne qui, trois jours plus tôt aux Trois-Tours, tenait la main de la gamine qui avait longuement dévisagé le chevalier. L'une et l'autre se ressemblaient. Elles pouvaient être sœurs, ou mère et fille.

« Qui es-tu ? » demanda Kantz.

La jeune femme fit mine de reculer. Il la retint par le poignet et, du menton, désigna le lieu du combat.

« Etais-tu avec eux ?…

— Non.

— Parle !

— J'étais là avant qu'ils n'arrivent. Je me suis cachée.

— Que faisais-tu ici ? Et aux Trois-Tours, l'autre jour ? »

Elle ne répondit pas, les yeux pleins de colère. Kantz lui serra le poignet.

« Il fallait que je sois sûre ! avoua-t-elle à regret.

— Sûre ?… Mais sûre de quoi ? »

Elle fit non de la tête.

« Réponds-moi, sinon… »

Elle le surprit d'un coup de pied et réussit à libérer son bras. Son manteau se déchirant, elle abandonna un large morceau d'étoffe dans le poing du chevalier. Simultanément, sa main droite brandit une dague effilée. Kantz se jeta en arrière tandis que la lame lacérait son pourpoint de bas en haut, lui frôlait la jugulaire, balafrait sa joue. L'œil gauche aveuglé, il trébucha, porta la main à son visage, vit qu'elle était poisseuse de sang.

La Gitane, déjà, avait disparu dans la nuit.

Mais elle avait laissé, en même temps qu'un lambeau de manteau, une petite bourse qui s'était ouverte en tombant et rendait à la lune des reflets métalliques.

15

Au sortir du quartier des Deux-Gibets cette nuit-là, Kantz fit un détour par le poste de guet le plus proche. C'était, rive droite, celui de l'une des sept portes fortifiées qui défendaient Wielstadt : la porte des Chevaliers-du-Christ, laquelle devait son nom aux Templiers qui l'avaient bâtie et en avaient la garde. Après s'être fait reconnaître, Kantz dit de quoi il retournait. Il confia Rouaud dont le coude enflait aux sentinelles du Temple et demanda à ce que son prisonnier soit soigné et conduit dès le matin aux Trois-Tours.

Puis, confiant dans le zèle des frères et refusant de les laisser soigner sa joue blessée, il rentra chez lui.

La nuit était bien avancée, et pourtant Heide ne dormait pas. Elle était dans la *salle*, où elle cousait à la lueur d'une bougie, dos à la cheminée dont les braises rougeoyaient sous la cendre.

Lorsque Kantz parut, le pourpoint lacéré et tenant contre sa joue un mouchoir ensanglanté, la vieille gouvernante renonça aussitôt à lui reprocher d'avoir faussé compagnie à tout le monde chez les Vecht. Elle l'aida à se débarrasser, l'assit d'autorité sur un tabouret, raviva les braises de l'âtre, fit tiédir de l'eau et entreprit de nettoyer la blessure avec un linge propre. L'entaille avait beaucoup saigné mais n'était guère profonde : il ne serait pas nécessaire de recoudre, ce que le chevalier avait très tôt compris. Le pourpoint et la chemise, en revanche, étaient fichus.

Heide ne posa aucune question.

« Otez ces hardes, dit-elle quand elle eut pansé son maître. Je vous apporte une chemise propre. »

Tandis qu'il attendait torse nu, Kantz songea à l'Egyptienne. Il ne lui en voulait pas du cuisant revers qu'elle lui avait infligé. Elle était à l'évidence effrayée par lui et n'avait fait que se défendre. Et si, comme c'était probable, elle vivait dans la rue et y avait appris à jouer du couteau pour survivre, il fallait croire qu'elle aurait pu blesser très gravement le chevalier. Si impressionnante qu'elle soit, l'estafilade n'était jamais que cela : une estafilade. En définitive, il s'en tirait plutôt à bon compte.

« Voilà », fit Heide en revenant.

Kantz enfila la chemise qu'on lui tendait. Le contact du tissu propre et l'odeur de savon l'apaisèrent. Il se découvrit une légère faim, demanda du pain et du vin, picora des grains dans le plat de raisins rouges posé au centre de la table, finit par tirer toute la grappe à lui.

Heide resta à ses côtés et reprit son ouvrage : elle doublait les talons d'une paire de bas appartenant au chevalier. Ses doigts maigres et crevassés tremblaient un peu. Elle se piqua le doigt et, pestant contre elle-même, le porta à sa bouche.

« Où donc est Chandelle ? fit Kantz en trempant son pain dans le vin pour en ramollir la croûte.

— Elle est restée chez les Vecht, monsieur. »

Il ne masqua pas son étonnement. Depuis qu'elle s'était entichée du chevalier, la fée n'avait jamais supporté longtemps d'être séparée de lui. Il était toujours nécessaire de ruser pour partir sans elle, et on devait s'attendre à la retrouver boudeuse quand on y parvenait.

« Ou plutôt, expliqua la gouvernante, je devrais dire que Chandelle est restée auprès de la petite Ani. Elles s'adorent l'une et l'autre, savez-vous ? Et le plus difficile fut encore d'obliger Feodor à ne pas rester également. Il a pleuré à gros sanglots en partant… »

Kantz trouva soudain à la maison une curieuse tristesse, à croire que la seule présence de Chandelle suffisait, insensiblement, à égayer un endroit, et qu'il fallait qu'elle s'en éloigne pour que le manque apparaisse. Peut-être, aussi, le chevalier était-il plus attaché à la gracile petite fée qu'il ne voulait le croire.

« Mais vous connaissez, comme moi, Chandelle et son inconstance, monsieur. Je ne doute pas qu'elle vous… qu'elle nous reviendra bientôt. »

Kantz acquiesça distraitement. Il n'avait plus faim.

« Je monte me coucher », dit-il.

Il allait se lever quand Heide l'arrêta.

« Monsieur…

— Oui ?

— J'ai quelque chose à vous dire… »

Kantz était fatigué et il ne se sentait pas d'humeur bavarde. Cependant la vieille femme avait un air grave et embarrassé qui ne lui était pas coutumier et qui retint le chevalier.

« Que se passe-t-il, Heide ? »

Elle prit une inspiration et, le regard plongé dans celui de Kantz, demanda :

« Vous souvenez-vous du jour où je vous rencontrai pour la première fois ?

— Bien sûr. »

C'était des années plus tôt. Kantz était à Wielstadt depuis une semaine à peine, et il venait d'acheter la maison quand Heide avait frappé à sa porte pour proposer ses services.

« Je vous ai alors dit que j'avais eu vent de votre arrivée par une voisine et que, convaincue qu'un gentilhomme ne pouvait rester sans domestique, j'avais conçu seule de vous venir voir…

— Mais oui. »

Trop heureux de l'aubaine, le chevalier l'avait embauchée aussitôt. Elle avait à peine discuté ses gages.

« Cela est faux, fit Heide en baissant les yeux. L'idée n'était pas de moi… A l'époque, mon défunt mari m'avait laissé assez de fortune pour vivre modestement, et je ne comptais faire rien d'autre qu'attendre de le rejoindre. Mais un jour, un homme frappa à ma porte… »

Il était grand, âgé, avait une barbe blanche qui contrastait avec le bleu de ses yeux et le hâle de son visage creusé de rides. Il portait un long manteau sur des vêtements grossiers et poussiéreux, tenait un bâton de marche aussi haut que lui. Malgré la pauvreté de ses habits, il avait noble et fière allure. En le voyant, Heide – qui était pieuse – avait songé à quelque patriarche biblique déchu.

« Sans me dire qui il était, il m'indiqua qu'un gentilhomme sans ami ni fortune était depuis peu à Wielstadt, et qu'il serait bon que je le rejoigne et m'efforce de le bien servir. Puis il me dit où vous étiez et s'en fut… La nuit passa sans que je trouve le sommeil. Cet homme ne m'avait donné d'ordre en rien, et pourtant je sentais que je devais lui obéir. De même, il n'avait pas imposé le secret, et pourtant je ne parlai jamais de lui à quiconque… Pas même à vous, malgré les années et vos bontés à mon égard. Jusqu'à ce soir… »

Kantz resta d'abord impassible, puis il esquissa un sourire tendre lorsque Heide trouva le courage de relever les yeux sur lui.

« Pourquoi me parles-tu de tout cela ?… Pourquoi maintenant ? »

Une lueur d'inquiétude traversa le regard de la vieille femme. Elle déglutit et, d'un coin de mouchoir, essuya ses lèvres fines et roses.

« Durant toutes ces années, dit-elle, je ne revis pas cet homme, au point que je doutais presque de l'avoir jamais rencontré. Mais voilà quelques jours qu'il me semble l'apercevoir partout, dès que je sors. Et ce soir, il se tenait au bout de la rue à mon retour. C'était à croire qu'il m'attendait et qu'il voulait que je le reconnaisse…

— A-t-il parlé ?

— Non. Il a tourné les talons sitôt qu'il sut que je l'avais vu. »

Après avoir tapoté la main de Heide, Kantz se leva. Une vieille douleur se réveilla dans son genou gauche.

« Tu ne dois t'inquiéter en rien, Heide. Je connais celui dont tu me parles. Il ne nous est pas un ennemi.

— Vous le connaissez ? s'étonna la gouvernante.

— Oui.

— Et d'où le connaissez-vous, monsieur ? Savez-vous qui il est ?

— Il a fait de moi l'homme que je suis devenu. Je puis même dire qu'il me sauva la vie naguère… »

Le souvenir d'une nuit terrible, glaciale et pluvieuse, revint à la mémoire du chevalier. Des doigts, il frôla son cou, là où la corde humide avait frotté.

« A-t-il un nom ? » demanda Heide.

Parvenu en bas de l'escalier, Kantz faillit répondre.

« Il en a plusieurs, éluda-t-il.

— Dites-m'en seulement un…

— Bonsoir, fit-il en gravissant l'escalier. Tu n'as rien à craindre, Heide. Et moins encore à te reprocher. »

Une fois seule, la vieille servante se signa. Petite et chétive, comme perdue dans la grande pièce silencieuse que la flamme mourante de la chandelle peinait à éclairer, elle devinait un drame à venir.

Un drame qui la frapperait, elle, quoi qu'en dise le chevalier et si confiant qu'il paraisse.

16

Ce lundi en fin de matinée, Kantz se rendit aux Trois-Tours et fut aussitôt reçu par Regenhalt. Il venait s'assurer que le prisonnier qu'il avait confié dans la nuit aux templiers de la porte des Chevaliers-du-Christ avait effectivement été remis au guet.

« L'homme est au cachot, confirma le lieutenant criminel. D'où nous le sortez-vous ? »

Kantz expliqua en quelles circonstances il avait affronté et capturé l'individu. Il précisa qu'un cadavre devait se trouver encore sur les lieux, mais ne dit rien de l'Egyptienne qu'il y avait surprise.

« Des chasseurs de reliques… fit Regenhalt avec dégoût. Sont-ce eux qui vous ont fait cette blessure ? »

Sans répondre, Kantz effleura son estafilade à la joue. Elle le picotait et tendait sa peau, gênant les mouvements de sa mâchoire.

« Je n'ai pas encore trouvé le temps de faire interroger votre homme, reprit l'officier.

— Il est français. Je ne sais rien de plus le concernant.

— C'est déjà plus que moi… Mais je doute d'avoir le loisir de me consacrer à lui. En particulier ce jourd'hui… »

Ils échangèrent un regard. Le chevalier acquiesça.

« Nous sommes lundi, fit-il.

— Oui… Si vous ne vous méprenez pas, le Voleur de visages frappera cette nuit.

— Je le crains.

— Vous dites que le lundi est le jour de la lune, n'est-ce pas ? Et les autres jours ?

— Les Anciens nommèrent certains jours selon les sphères célestes. Lundi est le *Lunae dies*, le jour de la lune ; mardi est le *Martis dies*, le jour de Mars ; mercredi, *Mercurii dies*, le jour de Mercure ; jeudi, *Jovis dies*, le jour du Jupiter. Seuls samedi et dimanche échappent à la règle. Comme vous le savez, samedi est le *sabbati dies*, le jour du sabbat, et dimanche est le *dies dominica*, le jour du Seigneur. Néanmoins, les traditions ésotériques associent le samedi à Saturne et le dimanche au soleil. De la sorte, chacun des sept astres[1] a son jour.

— Mais entre tous les astres, qu'est-ce que la lune a de particulier ?

— Rien. D'ailleurs, vous me faisiez remarquer l'autre jour que le Voleur de visages ne semblait pas avoir tué dans la nuit du lundi 23 septembre. Vous ne vous trompiez pas…

— Il n'empêche. Je compte tripler les patrouilles ce soir. Les centaures de la Garde seront également de la partie. Ce sera une longue, très longue nuit. »

Kantz ne dit rien et marcha vers la fenêtre dominant la grande cour. Il remarqua que le ciel se couvrait. Du nord arrivaient des nuages qui jetaient des ombres immenses sur le monde et les espoirs des vivants.

Plus tard dans l'après-midi, le chevalier arriva devant chez Theophilus Heich, à l'adresse que lui avait indiquée Mme de Rigemont. C'était, rue du Vieux-Pressoir, dans un quartier protestant, une maison étroite, moins haute que ses voisines qui l'enserraient étroitement. Son toit pointu faisait une flèche découpant le ciel entre deux murs sombres.

La porte et les volets étaient fermés. Après avoir frappé en pure perte, Kantz remarqua un passage voûté qui traversait la bâtisse. Il l'emprunta jusqu'à une cour collective minuscule où deux chats efflanqués se disputaient une carcasse de pigeon. Il effraya les animaux qui s'écartèrent en feulant, l'air mauvais et les oreilles aplaties.

La demeure du médecin avait, de ce côté-ci, une seconde porte. Kantz la poussa et elle s'ouvrit en grinçant, serrure fracturée.

Prudent, le chevalier tira l'épée avant d'entrer dans un cellier. Il écouta, n'entendit rien, visita le rez-de-chaussée. Il compta trois pièces, dont la traditionnelle *salle* avec cheminée. Tout y était propre et bien rangé. Très bien rangé, comme est laissé un domicile en prévision d'une longue absence. Kantz passa son doigt sur un meuble. C'est à peine s'il récolta quelques grains de poussière.

Il n'y avait pas de cave. Un escalier droit, en bois, montait à l'étage.

Convaincu que la maison était déserte, Kantz remit l'épée au fourreau et

1. Les astronomes de l'époque n'établissaient pas un distinguo précis entre planètes, étoiles et satellites. En outre, au début du XVIIe siècle, Pluton restait à découvrir.

gravit les marches qui grincèrent sous son poids. Les deux pièces du premier étaient une chambre et un cabinet de travail. Un bureau, une chaise, un coffre ouvert et une bibliothèque presque vide meublaient le cabinet. Les rares livres sur les rayonnages étaient des traités de médecine ; un désordre de paperasse débordait du coffre qui semblait avoir été fouillé sans ménagements.

Ceux qui ont forcé la porte sont venus chercher quelque chose dans ce coffre, songea le chevalier. *L'ont-ils trouvé ?*

Il examina plusieurs papiers, lut des notes personnelles sans doute écrites de la main de Heich, des ébauches de poèmes, des courriers anodins, rien qui présentait un grand intérêt.

Kantz gagna la chambre.

Ses volets clos la plongeaient dans la pénombre. Parce qu'elle était située au-dessus de la *salle*, elle aussi avait une cheminée. Sur le lit, le matelas était replié ; des draps et couvertures pliés attendaient tout près. En soulevant le couvercle du coffre à vêtements, le chevalier trouva des habits bourgeois lavés et repassés. Une paire de pantoufles en cuir était posée sous le meuble de toilette ; il n'y avait pas d'eau dans la cuvette ni dans le broc en étain. Le vase de nuit s'avéra sec.

Une chambre, remarqua Kantz. *Un lit... Si la protégée de Mme de Rigemont a logé ici, où a-t-elle dormi ?*

Le lit à colonnes était assez grand pour deux.

Adossé à un mur de la chambre, les bras croisés sur la poitrine, le chevalier réfléchit. Il se dit que l'ordre régnant dans la maison donnait à penser que son occupant ne l'avait pas quittée à la hâte, et certainement pas contre sa volonté. Heich comptait-il néanmoins revenir ? Il avait laissé des vêtements, ses pantoufles et, dans la *salle*, un chaud manteau accroché au clou. Il avait surtout laissé les meubles. Lui appartenaient-ils ?

Le regard du chevalier s'arrêta sur la cheminée. Il approcha, s'accroupit, remua les cendres, trouva des lambeaux d'étoffe calcinés. Les restes d'une robe de femme ? Peut-être. Un petit objet avait roulé dans un coin de l'âtre. Il était noirci de suie mais n'avait pas fondu : c'était un médaillon que Kantz examina...

... avant de l'empocher vivement en entendant des bruits au rez-de-chaussée.

Kantz descendit l'escalier à pas de loup, la main droite tenant le fourreau de sa rapière pour qu'il ne heurte rien, l'autre serrant la poignée de l'arme. Quelqu'un, dans la *salle*, faisait beaucoup de bruit – ou plutôt ne s'efforçait pas d'être discret, ce qui revenait à produire un semblant de vacarme dans la maison jusque-là silencieuse. S'il s'agissait d'un cambrioleur, ce devait être le pire à avoir jamais pratiqué son art à Wielstadt. Le chevalier se détendit mais, en bas des marches, il résolut néanmoins de jeter d'abord un coup d'œil par la porte entrebâillée.

Une femme avait déjà ouvert en grand les fenêtres et les volets. Grasse et brune, les joues molles et rouges, elle retournait à présent les chaises sur la table avec l'intention évidente de faire le ménage. Elle portait des galoches, une jupe grossière, une chemise sous le corset. Un balai planté dans un seau d'eau savonneuse attendait d'être employé.

Kantz se montra. Sans être vu pour autant, car la femme avait entrepris de nettoyer le plancher en lui tournant le dos.

« Qui êtes-vous ? » demanda-t-il.

La femme sursauta en faisant volte-face. Elle lâcha son balai et renversa le seau à ses pieds.

« Vous n'avez rien à craindre de moi. Je suis le chevalier Kantz et je ne vous veux aucun mal. »

Au regard qu'elle eut, il comprit qu'elle le connaissait de nom et de réputation. Elle ne parut guère plus rassurée.

« Qui êtes-vous ? répéta-t-il.

— Je… je sers le Dr Heich. Je viens ici une fois la semaine pour ranger et nettoyer…

— Votre nom ?

— Gretel. Gretel Könif.

— Comment êtes-vous entrée, Gretel ? »

Sans trop bouger, elle désigna du menton la porte donnant sur la rue.

« J'ai… la clef… »

Le chevalier devina qu'elle n'était pas encore allée dans le cellier. Elle n'aurait certes pas entamé son ménage si elle avait trouvé la porte de derrière fracturée.

« Quand êtes-vous venue pour la dernière fois ?

— Jeudi. »

Il fallait donc croire que le ou les cambrioleurs avaient visité la maison dans l'intervalle, c'est-à-dire après que Mme de Rigemont se fut inquiétée de la disparition de Mathilde.

Gretel Könif n'osait quitter Kantz des yeux.

Elle tremblait un peu. Sa respiration faisait gonfler sa poitrine laiteuse dans le décolleté. Une goutte de sueur perla sur sa lèvre supérieure, qu'un rien de moustache brunissait.

Le chevalier sourit.

« Encore une fois, Gretel, vous n'avez rien à craindre de moi. Asseyons-nous et discutons un peu, voulez-vous ? »

La domestique ayant acquiescé mécaniquement, Kantz approcha sans hâte ni geste brusque, installa deux chaises l'une en face de l'autre, s'assit sur la première, offrit la seconde.

Il fut obéi.

« Voilà. Ne sommes-nous pas mieux ainsi ?

— Si…

— Vous devez vous demander ce que je fais ici et, plus encore, comment je suis entré. N'est-ce pas ? »

Elle hocha la tête tandis qu'il ôtait son chapeau et le posait sur la table.

« Je suis entré par la cour, Gretel.

— L'huis n'était pas… clos ?

— Non. Quelqu'un a brisé la serrure. Savez-vous qui ? »

Le regard de la femme s'emplit d'inquiétude.

« Non, monsieur !… Je vous jure que…

— Je vous crois, Gretel. Je vous crois et ne vous accuse de rien… Pourquoi auriez-vous brisé cette serrure, puisque vous avez la clef de la rue ? »

Il marqua un point. Convaincue que l'on ne pouvait, en toute logique, lui reprocher cette effraction, Gretel s'enhardit et demanda :

« Mais qui a brisé l'huis ?

— Je l'ignore. De même que j'ignore pourquoi… Cependant, il y a à l'étage un coffre empli de lettres et de papiers dans lequel on a sans doute fouillé. Savez-vous si ce coffre contenait quelque document de valeur ?

— Non, Monsieur le Chevalier.

— J'ai également trouvé, dans la cheminée de la chambre, les restes d'un vêtement brûlé. Avez-vous idée de ce dont il s'agit ? »

Elle afficha une mine étonnée et affirma que non. Kantz tira alors de sa poche le bijou noir de suie. La femme ne le reconnut pas.

Déçu, le chevalier fit la moue. Puis il dit :

« Si je suis ici, c'est pour la raison que je désire rencontrer votre maître. Pouvez-vous me dire où est le Dr Heich ?

— Il est parti en voyage.

— Pour quelle destination ?

— Je ne sais pas.

— Quand est-il parti ?

— Il y a deux à trois semaines. »

Soit après le départ de Mme de Rigemont pour la Lorraine.

« Quand doit-il revenir ?

— A ce qu'il m'avait dit, il comptait être revenu à ce jour.

— Et ce retard ne t'inquiète pas ?

— Non. Car M. Heich, par une lettre, a averti qu'il ne reviendrait pas si tôt.

— Une lettre ? L'as-tu, cette lettre ?

— Je ne sais pas lire, Monsieur le Chevalier. La lettre était adressée à M. Hallhuber, qui m'a informée.

— Qui est ce M. Hallhuber ?

— Un apothicaire et ami du Dr Heich. Il tient boutique rue Kercher. »

Kantz se tut, et resta un moment à considérer Gretel Könif.

Cet examen embarrassa la femme qui malaxait, sur ses genoux, le tissu de sa robe. Elle tressaillit lorsque le chevalier se leva soudain et prit son chapeau.

« Je m'en vais, dit-il. Veillez à faire fermer l'huis qui fut forcé. Des planches et quelques clous y suffiront.

— Bien.

— Je suppose que vous avez un mari qui pourra s'en charger.

— Oui.

— Où logez-vous ?

— Deux bâtisses plus haut à main droite. Au premier étage de la maison qui jouxte la boulangerie.

— Lorsque Theophilus Heich reviendra, je voudrais que vous me fassiez prévenir. N'y manquez surtout pas… J'habite rue Königberg, près de la place des Ambassadeurs. »

Parvenu à la porte, la main déjà sur la poignée, Kantz se retourna.

« Je voudrais savoir une dernière chose… Lorsque Heich est parti en voyage, il est parti seul, n'est-ce pas ?

— En effet.

— Et il n'a jamais accueilli ici une jeune malade. »

Gretel regarda le chevalier sans comprendre.

« Non, dit-elle enfin. Pour autant que je sache.

— Auriez-vous pu l'ignorer, si cela avait été ? »

Elle ne sut que répondre, mais la question était toute rhétorique.

17

Ce premier lundi d'octobre, Kantz frappa à la porte des Vecht en début de soirée. Il tenait à s'excuser d'être parti la veille sans saluer personne, et s'inquiétait de savoir ce que devenait Chandelle. Tout semblait aller pour le mieux : la fée-demoiselle se trouvait fort bien où elle était et l'on n'avait pas à se plaindre d'elle ; Ani n'avait jamais été aussi joyeuse qu'en sa compagnie. Quant à tenir rigueur au chevalier de s'être discrètement esquivé, il n'en était pas question. Pour preuve, Günter voulut le garder à souper et Annerose insista. Lui ne put qu'accepter.

Le dîner fut agréable à Kantz. Les Vecht composaient un couple dont le bonheur faisait plaisir à voir et Chandelle, par quelques pitreries, enchanta la compagnie. La guerre qui menaçait de reprendre ne fut pas évoquée, ni le Voleur de visages, ni aucun des drames qui frappaient Wielstadt et rongeaient le chevalier.

Aux liqueurs, Annerose monta voir sa fille qui ne dormait pas, pleurait, et redescendit avec elle. Les enfants ont avec les chats le don unique de chercher l'affection de ceux qui les fuient. Cela ne manqua pas avec Kantz. Ani grimpa d'autorité sur ses genoux, joua un peu et s'assoupit, paisible, tandis que lui, raide et pataud, lançait des regards inquiets à la ronde. Complices, ravis, le libraire et sa femme profitèrent du tableau. On se moqua avec tendresse de Kantz qui affrontait des spectres mais ne savait que faire d'une enfant de trois ans endormie dans ses bras. Beau joueur, le chevalier sourit. Puis Vecht jugea que le supplice avait assez duré. On porta la gamine dans son lit ; Chandelle voulut y dormir aussi.

La nuit était tombée quand vint le moment de partir. Günter raccompagna Kantz jusqu'à la porte et, sur le seuil, lui dit :

« Vous serez toujours le bienvenu parmi nous, chevalier.

— Merci. J'envie le bonheur qui règne dans votre maisonnée et je comprends que Chandelle se trouve mieux sous votre toit que sous le mien.

— Je crois plus volontiers que Chandelle goûte avant tout la compagnie d'Ani. D'ailleurs, je redoute dès à présent le chagrin qu'éprouvera la petite lorsque Chandelle s'en retournera chez vous.

— Je doute que cela arrive jamais… Bonsoir, Günter. Assurez votre épouse de ma sympathie. Je ne suis guère à mon aise dans les démonstrations d'affection mais…

— Je sais, mon ami. Rentrez bien. »

Une patrouille du guet passa à cet instant dans la rue et, tandis que la porte se refermait, ce fut pour le chevalier un brusque retour à la réalité.

Cette nuit, le Voleur de visages tuerait.

De nouveau hanté par de sombres pensées, Kantz fit un léger détour et, passant sous les fenêtres de la *Cigogne Noire*, vit l'une d'elles allumée.

Il frappa aux volets mi-clos, aperçut à travers les épais carreaux Zacharios qui approchait, intrigué, une bougie à la main. En le reconnaissant, le faune lui fit signe de passer par la cour et ouvrit bientôt la porte de derrière.

« Bonsoir, chevalier. Qui t'a gratifié de cet ornement ? »

Kantz comprit l'allusion, s'en amusa, et frôla du bout des doigts sa blessure à la joue. Il l'avait presque oubliée.

« Une mauvaise rencontre, fit-il. Je te dérange ?

— Non. Mais parle à voix basse, mes clients dorment. »

Ils traversèrent la cuisine. Dans la grande salle déserte, obscure et silencieuse, les chaises étaient retournées sur toutes les tables sauf une, celle où Zacharios travaillait. Ils s'y installèrent, Kantz posant son chapeau et détachant le fourreau de sa rapière.

« Je faisais mes comptes, dit le faune en désignant les livres et la paperasse.

— Alors je te dérange.

— Bien le rebours ! Tu me fournis un excellent prétexte à reporter cette corvée.

— Je suis ravi de te rendre ce service.

— Un verre de vin ?

— Volontiers. »

Zacharios se leva et, après quelques minutes, revint avec un pichet et deux gobelets d'étain. Il revint également avec Feodor. En chemise et jambes nues, le colosse avait la mine renfrognée d'un poupon au réveil.

« J'ai trouvé ce géantin crétin dans la cave, expliqua le faune. Il se cachait accroupi derrière un tonneau deux fois moins large que lui, et n'avait pas soufflé sa chandelle !

— Le bonsoir de Feodor à vous, chevalier.

— Que faisais-tu dans la cave, Feodor ?

— Mais il y venait siffler une bouteille, pardi ! » annonça Zacharios.

De fait, le grand benêt avait à la main une bouteille d'*eau-de-vie des faunes* encore à moitié pleine. Cet alcool, qui ne devait rien à ses prétendus inventeurs, était une liqueur infâme et redoutable dont Feodor se délectait. Il pouvait en boire des litres jusqu'à tomber ivre mort. C'était son seul vice.

« Pose cette bouteille et assieds-toi là sans bouger, ordonna Zacharios. Nous verrons tout à l'heure quelle sera ta punition. »

Feodor, penaud, obéit.

Il y avait fort à parier, cependant, que la punition promise serait légère. Car Zacharios, qui avait bon cœur, ne gardait jamais longtemps rancune contre son valet. L'innocence de ce dernier le protégeait.

Kantz et le faune échangèrent un regard d'intelligence. Puis, considérant le cas « Feodor » réglé pour l'heure, Zacharios demanda :

« Qu'est-ce qui t'amène à pareille heure, chevalier ?

— Le bourgmestre m'a voulu confier une mission, et je l'ai acceptée.

— C'est de là que t'es venue la petite fortune que tu as donnée à Stefan ?

— Oui. Je n'ai d'ailleurs accepté cette mission que pour cet argent dont j'avais grand besoin.

— De quelle mission s'agit-il ? »

Kantz s'expliqua.

Il dit tout de son entrevue avec Sturger, de sa rencontre avec Mme de Rigemont, de ses découvertes au domicile du Dr Heich, et du possible rapt de Mathilde.

« Un rapt dont tu sembles douter, nota le faune.

— Je ne sais trop quoi penser… Sans le bijou et les lambeaux de robe trouvés dans la cheminée, je douterais qu'une femme soit jamais passée par cette maison… Et la domestique affirme que son maître n'a jamais hébergé la moindre jeune fille. Mathilde ou une autre…

— La domestique peut t'avoir menti.

— Non, elle avait trop peur pour cela. En outre, rien n'est fait dans la maison pour accueillir une malade.

— Sauf si la malade partageait le lit de son médecin…

— J'y ai songé. Mais la vérité est que, parfois, j'en viens à douter de l'existence même de cette Mathilde. »

Zacharios emplit les gobelets et but une gorgée de vin.

« Tu dis que l'huis du médecin a été forcé…

— Oui.

— Que venait-on faire chez lui ?

— Ça !… Peut-être voulait-on fouiller son coffre à documents…

— … ou laisser dans l'âtre ces indices qui t'intriguent. »

Le chevalier marqua un temps.

« C'est une idée, dit-il.

— As-tu le bijou ? »

Kantz exhiba le pendentif encroûté de suie.

« On dirait de l'argent… Une vraie chance qu'il n'ait pas fondu, ironisa le faune.

— Je peux le nettoyer beaucoup ! » intervint Feodor, les yeux pleins d'espoir.

Après l'épisode de la bouteille volée, il était très désireux de bien faire.

« Soit, fit Kantz. Mais ne va pas le briser !

— Je jure la promesse, Monsieur le Chevalier. »

Feodor alla chercher un bol d'eau, une brosse, un linge propre, et il se mit au travail tandis que la conversation reprenait. Sa lourdeur et sa maladresse à mouvoir son corps contrastaient avec une prodigieuse habileté dans les travaux délicats.

« Si, comme tu le supposes, reprit Zacharios, Mathilde n'existe que dans l'imagination de Mme de Rigemont, à quoi rime toute cette histoire ?

— Mathilde existe peut-être, tempéra Kantz. Ce dont je doute le plus, c'est qu'elle fut jamais confiée à Theophilus Heich… Mais pour répondre à ta question, mon sentiment est que l'on veut que je m'intéresse à ce médecin.

— La disparition de Mathilde ne serait qu'un appât ?

— Oui… Heich, en revanche, est bel et bien absent de chez lui depuis quelque temps.

— Il est en voyage, non ?

— Il devrait être déjà rentré. Peut-être a-t-il fui. Peut-être se cache-t-il.

— De qui et pourquoi ?

— C'est là toute l'énigme… Car il y a une énigme, et que je veux résoudre, même si pour cela je dois jouer les imbéciles et faire mine d'avaler tout gros les mensonges que l'on me fait…

— Et voilà fini ! » s'exclama Feodor.

Il montrait, très fier, le pendentif nettoyé. Zacharios le prit.

« C'est bien de l'argent, confirma-t-il. Ce n'est pas neuf mais c'est de la belle ouvrage… Tiens, on dirait que cela s'ouvre… »

Kantz saisit le bijou, l'examina, trouva en effet une minuscule charnière. Il força de l'ongle et souleva un couvercle. A l'intérieur, il y avait un portrait miniature, peint sur bois dans un ovale et verni. C'était le portrait d'une très belle jeune femme aux cheveux blond cendré. Elle souriait.

Le chevalier pâlit.

D'une main tremblante, il approcha la flamme de la bougie pour mieux voir. Le peintre avait-il poussé le souci du détail jusqu'à reproduire les yeux vairons de son modèle ?

Les couleurs, malheureusement, avaient passé.

« Qu'as-tu ? s'inquiéta Zacharios. Tu es plus blanc qu'un mort. »

Kantz leva sur le faune un regard à la fois effaré et désemparé.

« Cette… Cette femme, fit-il…

— La reconnais-tu ?

— Oui… C'était il y a longtemps… Je l'ai… »

Il hésita, plus lâcha d'un trait :

« Je l'ai aimée. »

Fort tard dans la nuit, deux carrosses qui se croisaient rue du Chemin-creux s'arrêtèrent porte à porte. Une conversation s'engagea alors entre les occupants de chaque voiture.

« Soyons brefs, dit Hans-Georg Seelgen. Les rues grouillent de patrouilles et je ne voudrais pas que l'on nous vît ensemble.

— Vous pourrez rassurer ces messieurs de la Sainte-Vehme, répliqua la femme aux yeux vairons. Le chevalier a visité la maison de Theophilus Heich ce jourd'hui.

— Le piège est grossier. Kantz ne s'y laissera pas prendre.

— Bien sûr que si.

— Vous tenez son intelligence en piètre estime. C'est une erreur.

— Je connais Franç… » Elle se reprit. « Je connais Kantz mieux que quiconque en ce monde. Je sais qu'il devinera une machination, mais je sais surtout qu'il ne résistera pas à la tentation d'en découvrir les rouages secrets. Il est ainsi fait et cela causera sa perte…

— Nous avons, nous, beaucoup à perdre si vous vous trompez.

— Fiez-vous à moi, j'ai tout prévu. Et au cas, fort improbable, où le chevalier viendrait à manquer de zèle, j'ai laissé à son intention un certain bijou qui ne manquera pas d'exciter sa curiosité.

— A vous en croire, la pièce est déjà jouée.

— Elle est déjà écrite… Chassez-vous à courre, Monsieur le Conseiller ?

— Oui.

— Alors vous savez que tout l'art est de bien rabattre le gibier.

— Le chevalier est un gibier fort dangereux. Vous courrez grand risque à le traquer.

— Mais je ne traque personne, moi. J'attends que l'on tombe dans les rets que je tends. »

18

Ce fut une nuit sans sommeil, et les premiers feux de l'aube trouvèrent Kantz allongé tout habillé sur son lit. Il avait les traits fatigués, le regard vague, les joues râpeuses. Son poing ganté serrait le pendentif trouvé chez Theophilus Heich.

Quelqu'un, soudain, frappa violemment à la porte, et recommença en appelant depuis la rue.

« MONSIEUR LE CHEVALIER ! MONSIEUR LE CHEVALIER ! »

Devinant de quoi il retournait, Kantz se leva, enfila ses bottes à la hâte, attrapa son lourd ceinturon et sa rapière au fourreau. On tambourinait toujours. Au sortir de sa chambre, le chevalier vit Heide qui, en chemise et la paupière encore lourde, paraissait en haut de l'escalier. Il la rassura d'un mot, lui dit de retourner se coucher, et descendit ouvrir.

Celui qui faisait tant de bruit était un centaure de la Garde. Il tenait un cheval par la bride. Des têtes se montraient aux fenêtres de la rue déserte.

« Monsieur von Regenhalt m'envoie, Monsieur le Chevalier.

— Je vous suis », fit Kantz en montant en selle.

Armés de mousquets, des centaures alignés gardaient l'entrée de l'impasse. Devant eux des curieux s'amassaient déjà, murmuraient, se haussaient sur la pointe des pieds pour voir. C'était dans le quartier des Manteaux-Blancs, en Ville-Vieille, non loin de la commanderie des templiers de Wielstadt. Les lueurs du petit matin donnaient à tous un teint blafard. Un vent frisquet soufflait sous le ciel couvert.

Kantz et son guide arrivèrent au trot. Ils ralentirent l'allure, écartèrent la foule sans ménagements – « PLACE ! PLACE ! » – et franchirent la haie des centaures. Le chevalier mit aussitôt pied à terre. Il confia sa monture au premier venu et vit Regenhalt qui, du fond de la venelle, lui adressait un signe.

« Ici, chevalier. »

En compagnie d'Henschel, l'un de ses exempts, le lieutenant criminel se tenait près d'une forme blanche étendue par terre. Un drap recouvrait le cadavre. Quelques archers du guet, roides et blêmes, montaient la garde en s'efforçant de regarder ailleurs.

« Vous aviez malheureusement raison, chevalier. »

Kantz s'accroupit et remarqua que le corps, contrairement aux précédentes victimes du Voleur de visages, ne gisait pas dans la position d'un Christ en croix – bras grands écartés, jambes tendues et chevilles croisées. Une tache éloquente, cependant, rougissait le drap à l'endroit de la poitrine et de la tête. Un pied féminin, le talon hors du soulier, dépassait à l'autre bout.

Par respect pour la dépouille, le chevalier souleva à peine un coin de tissu et se pencha pour regarder. Il découvrit une jeune femme brune, égorgée, dont le sang maculait tout le devant de sa robe. Son visage n'avait pas été prélevé, même si une profonde entaille en traçait le contour depuis la racine des cheveux jusqu'au menton. La peau du front, décollée et rabattue sur les yeux, faisait un ourlet ignoble qui montrait la blancheur du crâne. Les joues pendaient, flasques et suintantes.

« Sait-on qui elle est ? demanda Kantz en se relevant.

— Point encore, répondit Regenhalt.

— Elle n'est pas nue, ses cheveux ne sont pas étalés en auréole et son corps n'imite pas la pose d'un crucifié. Quelqu'un l'aurait-il déplacée dans l'espoir de la secourir ?

— Non. Mais si le Voleur de visages a laissé cette malheureuse ainsi, c'est parce qu'il fut obligé d'interrompre sa besogne.

— Par qui ?

— Par moi », dit Henschel.

Le chevalier se tourna vers l'exempt.

« Vraiment ? Avez-vous vu notre homme ?

— Je n'ai vu qu'une silhouette qui escaladait ce mur et disparaissait.

— Comment est-ce arrivé ?

— De la plus étrange manière », intervint Rainer von Regenhalt.

La nuit finissait lorsqu'une jeune femme paniquée s'était présentée aux Trois-Tours. Aussitôt entendue par Henschel, elle avait prétendu avoir vu un homme entraîner dans une venelle une malheureuse qui se débattait.

« Sans attendre, expliqua l'exempt, je pris quelques hommes avec moi et je me précipitai à l'endroit qu'avait indiqué la jeune femme.

— C'est-à-dire ici même, supposa Kantz.

— Oui. Mais nous sommes arrivés trop tard. Je n'ai eu que le temps de voir un homme s'enfuir et disparaître dans l'ombre. Le corps de sa victime était encore chaud.

— Nous l'avons manqué de peu », se désola Regenhalt.

Le chevalier se tut pour réfléchir.

« Il y a long d'ici aux Trois-Tours, dit-il enfin.

— Et alors ?

— Je veux dire que la femme qui vous est venue prévenir a sans doute croisé plusieurs patrouilles sur son chemin. Pourquoi ne les a-t-elle pas alertées ? Sans compter qu'elle aurait pu crier en voyant le commencement du drame. Comme la ville grouillait d'archers cette nuit, on l'aurait entendue à coup sûr.

— Elle peut avoir redouté que le tueur ne se retourne contre elle, proposa Henschel.

— J'aimerais la rencontrer. »

Regenhalt et son exempt échangèrent un regard embarrassé.

« Elle nous a faussé compagnie, avoua le lieutenant criminel. Elle n'était déjà plus là quand j'ai envoyé quelqu'un la chercher aux Trois-Tours…

— A-t-elle dit qui elle était ? Où elle logeait ?

— Non.

— A quoi ressemblait-elle ?

— C'était une Egyptienne, indiqua Henschel. Fort belle, pour autant qu'il m'en souvienne. De grands yeux noirs, des cheveux…

— Une Egyptienne ? l'interrompit le chevalier.

— Mais oui. Pourquoi ?

— Allait-elle pieds nus ? Avait-elle une chaînette à la cheville ?

— Cela, je ne saurais le dire…

— La connaissez-vous ? s'enquit Regenhalt.

— Je le crois », rétorqua Kantz en portant la main à sa joue balafrée.

On se préparait à emporter le corps et, à l'entrée de l'impasse, la foule grossissait, de plus en plus curieuse et agitée. Le soleil qui s'était levé au-dessus des toits peinait à transpercer les nuages de ses rayons.

Légèrement à l'écart, Kantz et Regenhalt discutaient.

« La première fois que je vis cette Egyptienne, expliquait le chevalier, ce fut aux Trois-Tours, le jour où vous aviez promis à la foule de voir la précédente victime du Voleur de visages. Puis je la revis à la nuit, dimanche, là où le corps de cette même victime a été découvert. C'est elle qui, pour m'échapper, me fit cette blessure.

— Vous m'aviez caché tout cela, chevalier… »

Le reproche sous-entendu n'émut pas Kantz.

« Je vous le dis à présent.

— Croyez-vous que l'Egyptienne ait partie liée avec le tueur ?

— Je l'ignore. Mais une autre chose m'intrigue.

— Quoi donc ?

— Voyez où nous sommes, et songez au temps qu'il faut pour courir d'ici aux Trois-Tours et revenir…

— J'y ai songé. C'est au moins l'affaire de la demie d'une heure.

— Soit bien plus qu'il n'en faut à un homme pour seulement égorger une jeune fille et commencer de lui découper le visage. »

Le lieutenant criminel du prévôt de Wielstadt acquiesça, soucieux.

« C'est à croire, dit-il, que l'Egyptienne savait ce qui allait advenir. D'une manière ou d'une autre.

— Cela seul peut expliquer comment votre exempt arriva si tôt ! »

Regenhalt eut un triste sourire.

« Quand je vous disais, chevalier, que ce dernier meurtre fut découvert de la plus étrange manière… »

Il y eut alors du mouvement à l'entrée de la venelle. Kantz et Regenhalt se retournèrent.

Un couple de quinquagénaires, que les centaures avaient autorisé à passer sur l'ordre d'Henschel, approchait. L'homme et son épouse semblaient être de braves gens, petits-bourgeois ou artisans. Ils marchaient lentement en se tenant par le bras, les traits défaits, pâles, et le regard rongé d'inquiétude. L'exempt aidait à soutenir la femme qui paraissait être sur le point de s'évanouir.

« Les parents, murmura le lieutenant. Ils savent déjà mais ne peuvent y croire. »

Il laissa le chevalier, conseilla à la mère de ne pas aller plus loin, accompagna le père jusqu'au cadavre.

Dès que l'on eut écarté le drap, l'homme lâcha un sanglot et tomba à genoux. Il répétait un prénom qui, dans sa gorge nouée, devenait un râle en se mêlant aux pleurs. Quelques pas derrière lui, sa femme comprit. Elle poussa un cri rauque et il fallut que deux archers épaulent Henschel pour qu'elle ne se rue pas, comme folle, vers le corps encore tiède de sa fille. Elle hurlait, se débattait, demandait « Pourquoi ? Pourquoi ? », prenait et le monde et le Ciel à témoin.

Un silence terrible s'abattit sur la venelle, sur le quartier, sur la ville peut-être. Et l'on n'entendait que la mère qui à présent gémissait, brisée, incrédule, voulait mourir pour échapper au cauchemar. Elle se laissa tomber au sol et ne bougea plus, le corps crispé autour de la douleur qui lui déchirait l'âme et fouillait tout son être.

Passant soudain au ras des toits, le dragon protecteur de Wielstadt coucha sur tous son ombre immense. Puis le monstre rugit en reprenant de la hauteur dans un grand claquement de ses ailes de cuir.

Kantz, les poings serrés, quitta la ruelle.

En traversant la foule muette, le chevalier sentit qu'on lui attrapait le coude. Il se dégagea d'un geste brusque et s'en fut sans ralentir ni s'intéresser à l'importun.

L'autre insista cependant et le rejoignit quelques pas plus loin.

« Chevalier ! »

Piqué au vif, Kantz fit brusquement volte-face quand il sentit qu'on le touchait encore. La fatigue d'une nuit blanche, les épreuves traversées ces derniers jours et, surtout, le terrible spectacle d'une mère au supplice, avaient eu raison de sa patience. Les yeux étincelant de colère contenue, il toisa sévèrement son vis-à-vis.

Il s'agissait à l'évidence d'un templier. Le regard du chevalier ne s'en adoucit pas pour autant.

Grand, musculeux, l'homme donnait l'impression d'avoir tout juste mis pied à terre après des mois de chevauchée. Il était mal rasé, portait des vêtements blancs mais poussiéreux et élimés, des bottes de monte usées, un grand manteau troué frappé de la croix écarlate de l'Ordre ; il avait l'épée au côté et une dague à la cheville.

Si un templier se faisait mercenaire ou bandit des grands chemins, il aurait cette allure-là.

« Il me faut vous parler, chevalier.

— Plus tard.

— Quand ?

— Nous verrons bien. »

Kantz se détourna et s'en fut tandis que le moine-soldat, immobile, le regardait s'éloigner.

19

Kantz passa l'essentiel de la matinée à rechercher son Egyptienne. Il ne savait rien d'elle, ou presque, mais croyait avoir deviné où elle vivait. Ce devait être dans le quartier de l'Epée.

L'idée était venue au chevalier durant sa nuit d'insomnie, lorsqu'il avait enfin examiné en détail la bourse que la jeune femme avait perdue l'autre soir en s'enfuyant. Kantz avait alors compté une trentaine de petites pièces en cuivre. De la menue monnaie donc, laquelle donnait à penser que l'Egyptienne mendiait, ce qui n'avait rien d'étonnant. Plus intéressant : les piécettes étaient pour la plupart étrangères – sous français, pennies anglais, maravédis espagnols, stuivers danois, deniers lorrains, mitraille frappée aux quatre coins du Saint Empire romain germanique…

Une collection aussi hétéroclite ne pouvait avoir été récoltée n'importe où à Wielstadt. Il fallait que ce soit dans l'un des secteurs les plus cosmopolites de la ville, et Kantz avait très tôt songé au quartier de l'Epée. Tous les nouveaux arrivants qu'accueillait la cité passaient par ici. C'était le refuge des mercenaires, des marchands, des pèlerins et, depuis le début de la guerre, celui des déserteurs et des réfugiés. Les auberges, les campements de fortune et les taudis loués y abondaient.

Le chevalier avait bien conscience que les chances s'avéraient faibles de retrouver l'Egyptienne dans le quartier de l'Epée. S'y trouvait-elle réellement ? Rien de moins sûr. Et même si cela était, quel espoir avait-il de recueillir un témoignage utile dans le chaos de cette Babel moderne où rien ni personne n'attirait l'attention ? Quant à croiser par hasard la Gitane au détour d'une rue…

Kantz fit malgré tout de son mieux. Pour maigre qu'elle soit, la piste qui menait à l'Epée était la seule dont il disposait, et il lui semblait indispensable d'interroger l'Egyptienne depuis qu'il savait que celle-ci était impliquée, de près ou de loin, dans le dernier meurtre du Voleur de visages. Par conséquent le chevalier rôda, épia, posa des questions. Ses efforts furent vains et, midi approchant, il résolut à regret d'interrompre ses recherches pour faire une visite à l'hôtel de Rigemont.

Il se promit, cependant, de revenir bientôt.

Dès qu'il se présenta, Mme de Rigemont reçut le chevalier dans son petit salon, où une femme lui faisait la lecture.

« Entrez, chevalier. Entrez. » Elle s'adressa à sa dame de compagnie. « Marguerite, donnez un siège au chevalier, voulez-vous ? »

La caméristе s'exécuta sans trop oser regarder Kantz.

Il le remarqua, songea à sa joue balafrée, à sa barbe naissante, aux vêtements qu'il n'avait pas quittés de la nuit. Ajoutez à cela la perle baroque noire en pendant d'oreille, la lourde rapière, le pourpoint de spadassin, les bottes de cavalier et la poussière récoltée dans les rues. Sans même compter avec la sinistre réputation qui le précédait presque partout, Kantz n'avait rien d'un chevalier mondain.

« Je suis venu vous annoncer, dit-il en s'asseyant, que le Voleur de visages a malheureusement fait une nouvelle victime cette nuit. »

Mme de Rigemont tourna vers lui un visage inquiet.

« Par pitié, ne me dites pas que…

— Non, madame. Mathilde n'est pas la victime dont je vous parle.

— Dieu soit loué !

— Vous auriez bientôt appris ce drame, et je ne voulais pas que vous vous puissiez faire la moindre inquiétude…

— Grand merci, Monsieur le Chevalier. »

Kantz se tut et prit le temps d'observer Marguerite, la dame de compagnie. C'était une femme sans laideur ni beauté, vêtue modestement, d'attitude effacée. On la devinait volontiers célibataire, vierge sans doute, ou vivant à jamais dans le souvenir d'un ancien amour contrarié. Le genre de personne qui ne s'estime guère, se croit destinée à servir, y trouve quelque joie, mène une vie morne et, souvent, meurt en ne laissant aux autres que de maigres regrets, vite oubliés. Il est des gens que tout effraie, au point qu'ils deviennent insensiblement les figurants de leur propre existence.

« Et avez-vous du nouveau concernant notre affaire ? demanda la vieille aveugle.

— Peut-être. »

Sans dire qu'il soupçonnait Mathilde – si elle existait vraiment – de n'y avoir jamais mis les pieds, Kantz expliqua qu'il avait visité, la veille, la demeure du Dr Heich. Il passa sous silence sa conversation avec la domestique du médecin, parla en revanche de la porte fracturée et des lambeaux de robe calcinés dans la cheminée. Enfin, il tira de sa manche le pendentif en argent découvert sur place.

« Ce bijou appartient-il à Mathilde ? »

Marguerite se leva pour placer le pendentif dans les mains de sa maîtresse. Celle-ci, dès qu'elle l'eut effleuré des doigts, le reconnut.

« Oui, chevalier ! Oui ! »

La voix tremblante, Mme de Rigemont semblait osciller entre deux sentiments. Devait-elle se réjouir ou s'inquiéter de cette trouvaille ?

« Il y a un portrait à l'intérieur, dit Kantz. Le saviez-vous ?

— Oui, je le savais.

— Est-ce celui de Mathilde ? »

Elle hésita :

« En… quelque sorte.

— Comment cela ? »

La vieille dame rendit le bijou à sa dame de compagnie.

« Je crois vous avoir dit, Monsieur le Chevalier, que Mathilde était une enfant trouvée, n'est-ce pas ?

— Vous me l'avez dit.

— Mathilde était un nourrisson quand elle fut abandonnée. Ce pendentif se trouvait dans son couffin, de sorte que l'on a supposé que le portrait en miniature était celui de sa mère, ou du moins celui d'une proche parente. Le temps nous donna raison car en devenant femme, Mathilde ressembla de plus en plus au portrait… »

Kantz se figea et pâlit. La gorge serrée, il demanda :

« Quand était-ce, madame ?

— Quoi donc ?

— Quand Mathilde fut-elle abandonnée ? »

Mme de Rigemont, prenant son temps pour réfléchir, pencha la tête en arrière. Ses lèvres remuèrent tandis qu'elle comptait.

Le chevalier crispa les poings.

« Madame, je vous en prie ! Répondez !

— C'était à la fin de l'hiver de l'an 1607, je crois.

— Vous croyez ?

— Non, non. J'en suis bien sûre. »

Kantz, le regard vide, s'abîma dans ses souvenirs, incapable de croire à ce qui semblait s'imposer comme une évidence.

C'était impossible, et pourtant tout concordait.

20

Après avoir longtemps erré tel un automate dans les rues, Kantz se rafraîchit à une fontaine qui marquait un carrefour, quelque part dans le quartier de l'Université. Il resta un moment penché au-dessus du bassin et le visage dégoulinant, indifférent aux regards des passants. Puis il s'assit sur la margelle et s'efforça de rassembler ses esprits.

Avait-il une fille ?

Il peinait à le croire, et pourtant…

En quête d'informations précises concernant Mathilde, Kantz avait harcelé Mme de Rigemont de questions urgentes. Les réponses obtenues ne lui avaient pas permis d'en apprendre beaucoup plus, et certainement pas assez pour se faire une opinion définitive. Livré aux affres du doute, il avait quitté l'hôtel particulier sans un mot d'excuse ni d'explication, dans un état proche de l'hébétude.

Mathilde avait donc été abandonnée dix-sept ans plus tôt en Lorraine, non loin de Nancy, peu après sa naissance. Recueillie et élevée chez les sœurs, elle avait eu la chance de bénéficier de la protection d'une aristocrate charitable, Mme de Rigemont, que son sort émut. On ne savait rien de ses origines. Le portrait du pendentif trouvé dans le couffin était-il celui de sa mère ? Sans doute, tant la ressemblance s'avérait frappante avec la très belle jeune fille que Mathilde était devenue. Mais cela mis à part…

A quinze ans, son éducation faite, l'orpheline quitta le couvent et entra au service de sa marraine en qualité de dame de compagnie. Un an plus tard environ, elle arrivait à Wielstadt où Mme de Rigemont avait résolu de s'établir pour fuir les dangers de la guerre. C'est là que Mathilde devait bientôt disparaître, en même temps que le médecin chargé de guérir l'inexplicable langueur morbide qui l'avait saisie.

Si l'on ignorait qui était la femme du portrait, Kantz, lui, l'avait reconnue. Il connaissait son nom et ses secrets. Et sachant qui était la mère de Mathilde, il devinait qui devait être le père. Les dates, l'identité de la mère, le coin de Lorraine où l'enfant avait été abandonnée, tout correspondait. Tout, sauf une intime conviction qui ne suffisait pas à étouffer les doutes et les craintes du chevalier. Il ne pouvait se résoudre à admettre que Mathilde soit sa fille. Quelque chose, au fond de lui, l'en empêchait. Mais quoi ? Le refus né d'une lâcheté déguisée ? Ou une intuition sincère ?

Juste avant de laisser Mme de Rigemont, Kantz lui avait demandé de dépeindre Mathilde encore une fois et de ne négliger aucun détail. La jeune femme, par exemple, avait-elle les yeux vairons ? Surprise par cette question, la vieille aveugle avait répondu que non, pour ensuite évoquer un regard que l'on n'oubliait pas : il était clair, froid, parfois terrible, toujours troublant, souvent intimidant. Ce faisant, elle avait décrit un regard qu'elle ne pouvait pourtant pas connaître : celui de Kantz.

Que faire à présent ?

Le chevalier se leva de la margelle et observa longuement les alentours, comme un homme qui cherche son chemin.

Si la véritable urgence était d'arrêter le Voleur de visages, il fallait d'abord en passer par l'Egyptienne, ce qui signifiait poursuivre les investigations – pour hasardeuses qu'elles soient – dans le quartier de l'Epée. Kantz savait que son devoir était là, mais une obsession l'habitait désormais : retrouver Mathilde et résoudre le mystère de sa naissance.

Il mit donc le cap sur la rue Kercher.

La boutique de Joachim Hallhuber était sombre et basse. Sur des rayonnages en bois, derrière le comptoir, des dizaines de pots s'alignaient. Ils portaient, inscrits au pinceau, des noms latins d'herbes, racines, métaux et différents composés. Un étrange mélange d'odeurs imprégnait l'air.

Lorsque Kantz entra, l'apothicaire était déjà occupé à servir un client.

« Je suis à vous tout de suite, monsieur. »

Le chevalier acquiesça et s'intéressa à un ouvrage botanique ouvert sur un présentoir dans un meuble vitré. Les planches illustrées, peintes à la main, étaient splendides.

Dès qu'il eut payé, le client sortit et Hallhuber vint vers Kantz. C'était un grand homme maigre d'aspect sympathique. Il portait un costume bourgeois avec bas blancs et souliers à boucle. Il pouvait avoir une cinquantaine d'années. Quelques dents lui manquaient.

« Le bonjour, monsieur. Que puis-je pour votre service ?

— Je suis le chevalier Kantz. »

Une lueur inquiète parut dans l'œil de l'apothicaire, signe qu'il connaissait le chevalier de réputation. Une visite de Kantz n'augurait jamais rien de bon, à ce que l'on disait.

« Je suis, Monsieur le Chevalier, enchanté de faire votre connaissance.

— Je cherche l'un de vos amis.

— Qui ?

— Le Dr Theophilus Heich.

— Puis-je savoir pourquoi vous cherchez le Dr Heich ?

— Cela n'est pas nécessaire. Savez-vous où il se trouve ?

— Le Dr Heich loge rue du Vieux-press…

— Je sais où il loge. Il n'y est pas. »

Il y eut un silence, que Kantz rompit :

« C'est sa domestique, la femme Könif, qui m'amène chez vous… A l'en croire, son maître est parti en voyage. Il devrait être revenu mais vous a fait parvenir une lettre pour avertir de son retard.

— C'est exact.

— Je voudrais voir cette lettre.

— Je… Je ne l'ai plus.

— C'est fâcheux. »

Le chevalier posa un regard implacable sur Hallhuber. A supposer qu'il en eut l'idée, celui-ci ne trouva pas la ressource de mentir.

« Je vous l'assure, Monsieur le Chevalier. Mon commis, par erreur, l'a utilisée pour emballer une préparation.

— Soit. Que disait la lettre ?

— Le Dr Heich me disait qu'il rentrerait plus tard qu'il ne l'avait prévu et qu'il me serait reconnaissant de l'annoncer à sa domestique. Il ajoutait que je ne devais m'inquiéter de rien et qu'il serait bientôt revenu.

— Et c'est tout ?

— Oui.

— En êtes-vous bien sûr ? »

A cet instant, une femme entra dans la boutique. Hallhuber s'excusa auprès de Kantz et se hâta de servir l'importune. Il la raccompagnait à la porte quand le chevalier dit :

« Vous seriez bien aimable de fermer votre boutique, monsieur. »

L'apothicaire hocha la tête, mit le verrou et tira le rideau.

« Voilà. Nous ne serons plus dérangés, Monsieur le Chevalier. »

Kantz fit quelques pas dans la boutique, comme pour prendre possession des lieux et s'y imposer. Il passa derrière le comptoir, caressa de l'index quelques bocaux, souleva le couvercle d'autres, en renifla le contenu à l'occasion.

Hallhuber le regarda faire sans mot dire, immobile.

« La lettre est-elle arrivée par la malle-poste ? demanda le chevalier.

— Non.

— Qui vous l'a portée ? »

L'apothicaire expliqua qu'il avait trouvé la missive, un matin, glissée sous sa porte. Elle n'était ni salie, ni froissée, ni écornée. Ce n'était pas un courrier qui avait longtemps voyagé.

« Mais il ne fait aucun doute, selon vous, que Theophilus Heich en était l'auteur…

— J'ai bien reconnu son écriture, Monsieur le Chevalier.

— De sorte qu'il pourrait tout aussi bien l'avoir déposée lui-même… »

Hallhuber haussa les épaules sans comprendre. Kantz enchaîna aussitôt.

« Quelle était la destination du voyage que Theophilus Heich entreprit dernièrement ?

— Il devait se rendre à Stuttgart.

— Qu'allait-il y faire ?

— Cela, je ne saurais le dire.

— Pourquoi ? Ne le lui avez-vous pas demandé ?

— Si fait, mais…

— … il n'a pas répondu.

— En effet. »

Kantz pinça les lèvres et acquiesça en donnant à croire qu'il en savait long et que les anodines réponses de l'apothicaire étaient, pour lui, lourdes de sens.

« Connaissiez-vous Heich depuis longtemps ?

— Depuis quelques années.

— Diriez-vous qu'il était un ami ? »

Le chevalier venait de parler du médecin au passé, pour la seconde fois en deux questions. Hallhuber eut comme un sursaut.

« Mais il l'est toujours ! »

Kantz esquissa un sourire.

« Je n'en doute pas, monsieur Hallhuber. Parlez-moi de lui. »

L'apothicaire fit alors le portrait d'un homme bon, généreux, très savant, dévoué aux pauvres. Agé de cinquante-cinq ans environ, Heich s'était établi à Wielstadt vers 1618 pour y pratiquer, dans l'ombre, une médecine charitable. Il était un praticien doué. Certaines de ses guérisons passaient pour proprement…

En présence du chevalier, Hallhuber buta sur le mot par crainte d'un blasphème. Kantz l'aida.

« Pour proprement miraculeuses ? proposa-t-il.

— Oui… En quelque sorte.

— Et avez-vous été le témoin de l'une de ces extraordinaires guérisons ?

— Oui, quand le Dr Heich soigna ma fille.

— De quoi souffrait mademoiselle votre fille ?

— D'un grand état de faiblesse qui l'empêchait de s'alimenter, l'obligeait à garder le lit et semblait destiné à l'emporter. »

Kantz songea alors aux symptômes – identiques – de la mystérieuse maladie de Mathilde. Et là encore, les remèdes de Theophilus Heich avaient fait merveille.

« Je suppose que vous vouez depuis une infinie gratitude au Dr Heich, fit le chevalier. Vous a-t-il jamais parlé d'une jeune fille souffrant de la même maladie que votre fille, et qu'il aurait hébergée chez lui ? Une certaine Mathilde, protégée de Mme de Rigemont.

— Non.

— Puisque nous parlons des malades, où les recevait-il ? Se déplaçait-il toujours chez eux ?

— Cela arrive parfois. Mais le plus souvent, le Dr Heich rencontre ses malades ici.

— Ici ? Dans votre boutique ?

— Non pas. Il y a, côté cour, deux pièces que je possède et que le Dr Heich avait aménagées de sorte à y recevoir ses… »

Le chevalier l'interrompit en levant le doigt.

« Je veux que vous m'y meniez. »

En sortant dans la cour, Kantz et l'apothicaire furent accueillis par les aboiements soudains d'un dogue énorme qui, heureusement, était accroché par une chaîne à un solide anneau. Hallhuber, en passant, gronda le molosse qui ne se calma pas.

Au fond de la cour était une petite maison en planches, à peine deux pièces superposées sous un toit incliné. Le chevalier remarqua que la serrure de la porte d'entrée était forte et neuve. Il demanda pourquoi.

« La semaine passée, à la nuit, expliqua l'apothicaire, j'ai surpris des voleurs qui venaient tout juste de forcer l'huis. Par chance, je n'étais pas seul et les voleurs, effrayés, se sont aussitôt enfuis.

— Avez-vous prévenu le guet ?

— Certainement. Les archers sont venus, ils ont vu et, contrairement à César, ils s'en sont repartis sans rien vaincre…

— De sorte que vous avez fait l'achat de ce Cerbère, fit Kantz en désignant le chien qui grondait et tirait sur sa chaîne.

— Oui. J'avoue mieux dormir depuis, et mon épouse et ma fille aussi.

— Les voleurs ont-ils eu le loisir d'emporter quelque chose ?

— Je ne le crois pas.

— Les avez-vous vus ?

— A peine.

— Pourriez-vous les reconnaître ?

— Non. Si ce n'est que…

— Quoi donc ?

— Il m'a semblé que l'un d'eux avait comme un masque de cuir sur le visage…

— Un homme grand, blond, vêtu en spadassin ?

— Oui. »

Reinecker, le plus dangereux tueur de la Sainte-Vehme.

Ce masque de cuir, il le portait depuis que Kantz lui avait gravement brûlé le côté du visage lors de leur première confrontation, six ans plus tôt. Leurs chemins s'étaient croisés à plusieurs reprises depuis.

La perspective de rencontrer encore Reinecker ne réjouissait pas le chevalier : ils étaient des ennemis acharnés et, tôt ou tard, l'un tuerait l'autre. Mais surtout, l'apparition de cet homme de main dénué de scrupules et capable de toutes les bassesses signifiait que la Vehme était de la partie. S'intéressait-elle donc, elle aussi, à Theophilus Heich ?

Le Roi Misère avait dit qu'il soupçonnait la société secrète d'être pour quelque chose dans les meurtres du Voleur de visages. Existait-il un rapport entre cet assassin et le Dr Heich ? Kantz songea brusquement qu'il fallait avoir de la science et de la pratique pour défigurer un cadavre aussi proprement que le Voleur de visages le faisait…

« C'est bon, lâcha le chevalier. Entrons.

— Verriez-vous un inconvénient à ce que je vous laisse ? Je serai dans ma boutique. Vous comprenez, mes clients…

— Je comprends. Allez, je vous en prie. »

Kantz entra seul dans le cabinet médical de Heich et n'y trouva rien que de très normal : trois chaises, un bureau, une table d'examen, quelques livres savants et, sur des étagères, tout un arsenal d'instruments dignes d'une salle de torture – lames, pinces, bassines, marteaux à rompre les os, scies, clystères, curettes. La pièce était en ordre ; une mince couche de poussière indiquait qu'elle n'avait pas servi depuis deux à trois semaines.

Derrière une porte, un escalier à vis montait. Le chevalier l'emprunta pour gagner une salle aménagée sous les combles. Un vieux fauteuil, une table, un lutrin, un coffre à documents et une petite bibliothèque la meublaient. Le coffre contenait des ouvrages de médecine, de chirurgie, d'anatomie et de botanique ; annotés d'une belle écriture, les traités anatomiques étaient les plus nombreux.

Une odeur d'alcool flottait dans l'air et vrillait les tempes. En cherchant d'où elle venait, Kantz écarta un rideau sur le double battant d'un grand placard mural. Il l'ouvrit et découvrit, à côté d'un squelette suspendu à une potence, des casiers dans lesquels étaient rangés des bocaux transparents de toutes tailles. Fermés par des bouchons de liège cachetés à la cire, ils contenaient des organes et des membres humains. Le chevalier reconnut un cœur, un foie, des reins, une main de femme, un pied d'enfant et même une tête dont la bouche et les paupières étaient cousues – tous baignant dans un liquide trouble. Il y avait aussi des fœtus à différents stades de développement. Des yeux, par dizaines, se serraient dans une jarre en verre comme des oignons au vinaigre.

Refermant le placard, Kantz descendit au rez-de-chaussée et, après un dernier coup d'œil au décor, sortit dans la cour. Pleine des aboiements du chien de l'apothicaire, elle était profondément encaissée entre des murs percés de rares fenêtres, accessible seulement par la porte de l'arrière-salle de Hallhuber et, à droite, par la grille qui gardait un passage étroit menant à la rue Kercher.

Il y avait un homme devant cette grille entrouverte.

C'était Reinecker.

Kantz se figea, indifférent au dogue qui aboyait, bavait, grattait le sol vers lui et tendait sa chaîne.

Reinecker le fixait d'un regard tranquille et cruel. Tandis qu'il braquait un pistolet sur le chevalier, ses épaisses lèvres purpurines dessinaient un sourire. Son chapeau et ses longs cheveux blonds, presque blancs, cachaient en partie le masque de cuir qui – tenu par des sangles et des boucles cuivrées – lui couvrait la joue et cernait son œil gauche. Sa main libre reposait mollement sur le pommeau de sa rapière au fourreau.

Impassible, Kantz toisa son ennemi juré. Il le connaissait assez bien pour savoir qu'à cette distance, Reinecker ne pouvait manquer de lui loger une balle en plein front. Sa seule chance de survie était que le coup fasse long feu, ou du moins que la poudre dans le canon tarde à exploser. Un délai d'une fraction de seconde, voilà tout ce qu'il pouvait espérer. Serait-ce assez pour s'écarter de la ligne de tir ?

Le molosse enrageait à présent. Le chevalier immobile et hors d'atteinte était une provocation qu'il ne supportait pas. Ses aboiements redoublèrent ; de la bave lui coulait des babines. Par moments, il bondissait en faisant claquer sa chaîne. Mais le collier, la laisse et l'anneau rivé au mur tenaient bon. Pour combien de temps encore ?

« Fais ce que tu as à faire, dit Kantz. Que l'on en finisse. »

Le sourire du spadassin s'élargit et devint obscène.

« A ta guise. »

Reinecker visa le chevalier au visage...

... puis il écarta le bras et fit feu.

La balle frappa un maillon de la chaîne qui céda. Soudainement libéré, le dogue fut sur Kantz en trois bonds et lui sauta à la gorge. Le chevalier, d'instinct, leva le bras pour se protéger. La violence du choc le renversa tandis que les mâchoires écumantes se refermaient sur une double épaisseur de cuir : le revers du gant d'escrime et la manche du pourpoint. L'homme et le chien roulèrent par terre en bataillant au milieu d'un tourbillon de poussière et de grognements. Le chevalier grimaçait, employait toute son énergie à repousser la bête furieuse, enfonçait son poignet aussi loin que possible dans la gueule du molosse. Il sentait l'étau des crocs qui se resserrait et commençait de lui meurtrir les chairs. Il s'épuisait cependant que les griffes du dogue attaquaient frénétiquement ses épaules et son ventre. En désespoir de cause, sa main droite tâtonna à la recherche de sa dague. Il la trouva, frappa au flanc. Le chien gémit mais ne lâcha pas prise. Il mordit plus fort au contraire, en agitant la tête. Une bave épaisse moucheta le visage de Kantz qui porta un second coup, un troisième, et encore. Le dogue, enfin, roula sur le côté en lâchant une plainte sonore. Le chevalier se dressa sur les genoux et, brandissant son poignard à deux mains, il le plongea dans le cou de l'animal déjà agonisant. Des giclées tièdes l'aveuglant, il répéta son geste jusqu'à ne plus larder qu'un cadavre.

Alors seulement Kantz se laissa tomber assis. Il souffrait de quelques griffures et d'une morsure à l'avant-bras. Essoufflé, épuisé, couvert de sueur crasseuse et de sang, il toussa, cracha, tourna un regard ahuri vers la grille. Reinecker n'était plus là.

Hallhuber arriva bientôt, affolé, un bâton ferré au poing.

Il était bien temps.

21

Comme l'Hôtel-Dieu que tenait le Temple n'était pas loin, Kantz résolut de s'y faire soigner. Les moniales, qui le connaissaient, lui firent bon accueil. Elles le lavèrent, pansèrent ses plaies, bandèrent son bras, lui firent même l'aumône d'une chemise propre et lui proposèrent un repas. Il accepta mais, en marchant vers le réfectoire de l'hôpital, un épuisement soudain l'envahit. Le soir approchait et le chevalier n'avait pas mangé ni dormi depuis la veille. Des bourdonnements lui vinrent aux oreilles ; sa vue se troubla ; ses jambes se dérobèrent. Il s'effondra tel un sac éventré par le fond et sombra dans l'inconscience.

L'élégante aux yeux vairons était assise seule sur un banc de pierre, au milieu d'un charmant jardin où brûlaient quelques flambeaux. Au-dessus, une lune bien ronde avant entreprit l'ascension d'un ciel plein d'étoiles. La nuit était froide. Le vent qui soufflait parfois faisait naître des frissons le long de l'échine. Il ne semblait pas, cependant, incommoder la femme qui avait seulement posé un châle sur ses épaules.

Annoncé par le crissement du gravier sous ses semelles, Reinecker approcha dans la lumière des flammes mouvantes et s'inclina.

« Madame.

— Avez-vous fait ce que je voulais ? Le chevalier vous a-t-il vu ? »

Le spadassin eut un méchant sourire.

« Oui, madame. N'en doutez pas.

— Parfait. Désormais, ce pauvre Kantz ne doit plus savoir que penser. Savez-vous ce que cela signifie ?… Cela signifie qu'il ne va pas tarder à commettre des erreurs. »

La femme se tut, parut songeuse, ajusta d'une main délicate sa chevelure blonde.

Elle reprit :

« D'ores en avant, je sais que vous épiiez le chevalier jour et nuit.

— Seul, madame ?

— Bien sûr que non. Ne soyez pas idiot. »

Reinecker essuya l'insulte sans ciller.

« La Sainte-Vehme a dépêché des hommes pour vous aider dans cette entreprise. Je ne les ai pas obtenus sans mal. Il faudra donc les ménager.

— Les ménager ?

— Veillez à ce qu'ils ne meurent pas trop vite, voilà tout… Est-il vraiment nécessaire que je vous explique par le menu tout ce que je dis ?

— Non, madame. J'ai compris.

— A la bonne heure. Ces hommes, vous les avez sans doute croisés dans la petite cour en venant ici…

— Quoi ? s'étonna le spadassin. Cette… *bande* ? »

La femme leva sur lui ses yeux gris et vert.

« Eh bien ? Ils ne vous plaisent pas ?

— Non. Je connais certains d'entre eux. Ils ne sont pas fiables.

— A ce que l'on dit, vous n'êtes pas, vous non plus, un modèle de loyauté…

— Je ne parle pas de loyauté. Je parle de compétence.

— Vous les croyez incapables ?

— Ils le sont, madame. Ce sont des pillards, des tortionnaires et des tueurs, mais en aucun cas d'habiles hommes de main. Il leur manque le courage et l'expérience des missions de confiance. Kantz ne fera qu'une bouchée de ces reîtres s'il les surprend.

— Il faudra donc que le chevalier ne les voie point.

— Madame, je vous assure que…

— Il suffit ! Je fais avec ce que la Vehme me donne et il faudra, à votre tour, vous en contenter ! »

Elle s'était levée, belle et terrible, le regard incendié.

Après un moment d'hésitation, Reinecker battit en retraite.

« Bien, madame.

— Où est Kantz, à cet instant ?

— A l'Hôtel-Dieu.

— Alors ne tardez pas. Vous savez ce que vous avez à faire. »

Deux à trois heures plus tard, il faisait encore nuit lorsque la faim réveilla Kantz. Il était couché en chemise dans une cellule monacale de l'Hôtel-Dieu, et se souvenait à peine qu'on l'y avait porté et dévêtu. La pièce était petite, sans fenêtre. Un lit étroit, un tabouret et un banc à dossier qui servait également de coffre suffisaient à la meubler.

Posé sur le banc et recouvert d'un torchon, un solide repas froid attendait le chevalier. Il dévora, ne laissa rien, but tout le pichet d'eau avant de s'habiller et quitter la chambre. Dans le couloir, il croisa une religieuse qui s'inquiéta de sa santé.

« Je vais bien mieux, ma sœur. Quelle heure est-il ? »

On venait de célébrer les matines ; il était donc minuit passé.

« Je venais justement vous visiter, Monsieur le Chevalier, et vous réveiller au besoin.

— Que se passe-t-il ?

— Une voiture attend dehors. Son cocher a demandé après vous. »

Kantz remercia la moniale et, intrigué, se hâta.

Un carrosse noir, sans armoiries, était en effet garé devant les portes de l'Hôtel-Dieu. Le chevalier reconnut aussitôt le cocher et les deux chevaux dont la robe avait des reflets roux à la lune. Une main féminine gantée de cuir cramoisi tenait la portière ouverte.

Kantz grimpa à bord. La voiture s'ébranla aussitôt.

« Bonsoir, Monsieur le Chevalier », dit la Dame en rouge d'une voix où se mêlaient tous les accents de Wielstadt.

Elle était, comme de coutume, vêtue d'étoffes écarlates. Un capuchon cachait son visage. On ne voyait que sa bouche et son menton, et cependant on la devinait belle.

« Bonsoir, madame. Où allons-nous ?

— Dans le quartier de l'Epée.

— Et qu'allons-nous y faire ? »

Ils devaient parler fort pour couvrir le vacarme des sabots contre le pavé et les grincements de la cabine.

La Dame en rouge sourit.

« Je peine à croire que vous n'avez pas déjà deviné, Monsieur le Chevalier.

— Vous me semblez bien sûre de votre fait.

— Je le suis. »

Le carrosse laissa Kantz à la périphérie du quartier de l'Epée. Mais avant de laisser repartir la Dame en rouge, le chevalier, une botte sur le marchepied, voulut poser une dernière question.

« Pourquoi m'aidez-vous ?

— Parce que vous œuvrez pour le bien de ma ville, et que vos ennemis sont aussi les miens.
— Mes ennemis ? J'ignore encore qui ils sont.
— Si vous l'ignorez vraiment, il ne m'appartient pas de vous le révéler. Je puis seulement vous dire que quelqu'un, depuis peu, travaille avec acharnement à votre perte.
— Qui ?
— Cherchez dans votre passé, Monsieur le Chevalier. »
Le cocher, sur un ordre de la Dame en rouge, lança les chevaux. Kantz regarda l'équipage s'éloigner et disparaître à sa vue, comme englouti dans une masse brumeuse au détour d'une rue.
La nuit était froide.
Parcouru d'un frisson, le chevalier ferma le col de son pourpoint et observa les alentours. Il se trouvait tout près du pont des Apôtres, en haut d'une pente en friche qui déclinait vers le fleuve. L'endroit était désert, silencieux, obscur. La pleine lune disparaissait par intermittence derrière des nuages nomades.
Longeant le pont, Kantz descendit le dénivelé de la berge par un sentier que l'usage avait tracé dans les broussailles et les ronces. Sous l'amorce de la première arche, un campement de fortune jouxtait les eaux clapotantes du Rhin. Il y faisait humide ; une odeur de vase, pierre humide et bois pourri envahissait les narines. Quelques maigres feux crépitaient parmi les refuges en toile et les baraques construites de bric et de broc. Des silhouettes se dessinaient par endroits, fugitives.
Assis sur des caisses posées dans la boue, deux hommes en guenilles discutaient à voix basse et se passaient une bouteille. Le chevalier approcha d'eux.
« Je cherche une Egyptienne, dit-il. Elle vit céans. »
Les gueux lui adressèrent un regard dur par-dessous. Puis l'un haussa les épaules et, du pouce, désigna une tente. Il se moquait bien de savoir ce que cet inconnu voulait à la bohémienne. C'était chacun pour soi, ici. La misère a très tôt raison de la compassion.
Kantz marcha vers l'abri qu'on lui avait indiqué. Fait de couvertures et de draps cousus, il semblait être ouvert à tous les courants d'air. Des perches et des piquets récupérés le soutenaient ; des planches vermoulues et des panneaux de cuir bouilli le consolidaient. Il y avait de la lumière à l'intérieur.
Soulevant un pan d'étoffe crasseux, le chevalier se pencha pour entrer. La lumière venait d'un trognon de bougie dont la flamme générait un ruban de fumée noire. Des tapis déchirés et des lambeaux de bâche couvraient

le sol terreux qui se montrait çà et là. Des casiers accueillaient un bric-à-brac de linge, de vaisselle, d'objets trouvés, volés, souvent ébréchés. Sur un grabat, dans un recoin, dormait la fillette que le chevalier avait vue pour la première fois aux Trois-Tours, une semaine plus tôt. Accroupie près d'elle, une jeune femme tirait les tarots sur une planchette posée en travers de ses genoux. Des sequins brillaient au châle qui coiffait ses longs cheveux noirs.

Sans lever les yeux des cartes qu'elle retournait et alignait, l'Egyptienne dit :

« Je vous attendais.

— Vraiment ? » fit le chevalier en s'asseyant en face.

Du bout de l'index, elle tapota une carte qu'elle venait de poser au centre de toutes les autres. Kantz reconnut le Cavalier d'Epée.

Traditionnellement, un jeu de tarot divinatoire compte soixante-dix-huit cartes, ou « lames », ou encore « arcanes ». Il existe vingt-deux arcanes majeurs et cinquante-six mineurs. Chaque arcane majeur est unique – le Bateleur, l'Impératrice, la Mort, la Lune, etc. – et possède sa signification propre. Quant aux arcanes mineurs, ils sont divisés en quatre séries représentées par un symbole : Bâton, Coupe, Epée et Denier. Une série compte dix cartes numérotées de 1 à 10, et quatre « têtes » parmi lesquelles le Roy, la Reyne, le Cavalier et le Valet.

A en croire la bohémienne, Kantz était donc le Cavalier d'Epée.

« Ainsi, dit-il, me voilà sur un bout de papier fort…

— Oui. Les cartes vous ont annoncé.

— Et que disent-elles encore ?

— Le Pendu, là, est signe d'expiation. La Maison Dieu, qui est sortie tête en bas, annonce de grands malheurs. La Lune trahit vos inquiétudes, et la Mort, associée à la Roue de la Fortune, promet un décès soudain. Le vôtre, peut-être. Voulez-vous que je continue ? »

Elle se redressa et fixa le chevalier de ses splendides yeux noirs et maquillés. La flamme de la chandelle y faisait luire des étoiles d'or.

« Qui êtes-vous ? demanda Kantz.

— Je me nomme Maria.

— C'est un prénom que cela…

— Maria suffit bien. »

Avec l'aisance née de l'habitude, l'Egyptienne réunit ses cartes et les mélangea. Elle tendit au chevalier le paquet en éventail.

« Tirez une carte au hasard de la main gauche. »

Il s'exécuta. Le pentacle gravé dans sa paume le picota et il obtint le Cavalier d'Epée.

« Voyez, fit la jeune femme.
— Je vois.
— Vous voyez mais vous ne croyez pas.
— Non.
— Gardez néanmoins cet arcane. Il vous revient. »
Kantz glissa la carte dans le revers de son gant.
« A moi de vous donner quelque chose », dit-il.
De son pourpoint, il tira la petite bourse que Maria avait perdue cette fameuse nuit, dans le quartier des Deux-Gibets.
« C'est à vous, je crois.
— Merci. »
Elle prit la bourse et se leva pour la cacher dans un pot en terre cuite. Sa démarche était légère et gracieuse. La chaînette à sa cheville nue étincela sous le frou-frou des jupes et jupons empilés.
« Nos routes se sont souvent croisées, Maria. Que faisiez-vous, cette nuit-là, aux Deux-Gibets ?
— Je venais voir.
— Et avant cela, aux Trois-Tours.
— Là encore, je venais voir.
— Mais voir quoi ? »
Elle ne répondit pas, revint s'asseoir, et toisa sans crainte le chevalier. Il avait, lui, l'habitude d'impressionner ses vis-à-vis par sa seule présence. L'aplomb de l'Egyptienne l'intriguait autant que sa beauté farouche le troublait.
Comme si elle avait deviné les pensées de Kantz, la jeune femme expliqua :
« J'ai vu mourir mon père, ma mère, mon oncle, mes tantes, mes frères et quatre de mes sœurs. Les soudards qui nous ont attaqués ont d'abord forcé ma mère, ma tante et mes sœurs, chacune à leur tour, sous les yeux des autres – la plus jeune n'avait pas dix ans. Puis ils se sont amusés à torturer les hommes. Enfin, ils ont égorgé tout le monde, volé ce qu'ils pouvaient emporter, et s'en sont repartis après avoir brûlé nos chariots… C'était il y a un an, quelque part en Bavière. Depuis cette nuit, plus rien ne peut me faire peur, Monsieur le Chevalier. Pas même vous. Pas même votre épée sacrée. Pas même le pentacle que vous cachez sous votre gant… »
Kantz posa les yeux sur la petite fille endormie.
« Et elle ? A-t-elle vu ces horreurs ?
— Liliana ?… Oui. Nous nous étions cachées ensemble dans un

fourré. Et elle n'a plus dit un mot depuis… Je ne sais si elle reparlera un jour », ajouta la jeune femme.

A vingt-cinq ans à peine, elle avait déjà connu les tragédies de plusieurs vies. Son regard était plein de la gravité tranquille qui vient après les épreuves et que l'on ne rencontre d'ordinaire que chez les vieillards.

« Je ne te veux aucun mal, Maria. Ni à toi ni à ta sœur.

— Je le sais.

— Je puis même vous aider peut-être. »

Elle se raidit. « Je n'ai besoin de personne !… Je ne demande qu'à vivre en paix. Ne vous souciez pas de moi.

— Il est trop tard pour cela. Tu possèdes un secret que je dois connaître. Dis-le-moi, et je m'en irai.

— Vous vous trompez. Je n'ai pas de secret… Vous voulez me secourir ? Alors commencez par oublier qui je suis. Il paraît que ceux qui vous fréquentent trop finissent toujours par mourir bientôt. »

Kantz se tut.

Un silence s'installa. La fillette gémit dans son sommeil et se retourna.

L'Egyptienne baissa les yeux, puis les leva pleins de larmes sur le chevalier.

« Je vous en prie, murmura-t-elle. Partez…

— Maria, fit Kantz d'une voix douce, tu dois me dire le secret qui te ronge. » Il songea à lui prendre les mains et renonça. « La nuit passée, tu as averti le guet d'un meurtre horrible qui s'allait commettre. C'était un acte courageux, mais je sais que tu as menti. Tu n'as pas été le témoin du commencement de ce crime. En revanche, tu savais, par quelque manière, ce qui allait advenir. Tu dois me dire comment…

— Si… Si je vous le dis… Partirez-vous ?

— Je te le promets. »

Un peu plus tard, Reinecker observa Kantz qui s'éloignait. D'un geste, il indiqua à l'un de ses hommes de le suivre. Puis il dévala la berge et disparut sous le pont. Il lui fallait apprendre ce que le chevalier y était venu faire.

22

La pluie menaçait en ce mercredi 9 octobre 1624, et c'est couvert d'un grand manteau que Kantz, peu après l'heure du déjeuner, se rendit à la commanderie de Wielstadt.

Elle se situait non loin du port, dans l'*Altstadt*, entre les deux bras que faisait le Rhin en se divisant au cœur de la cité. Cette immense abbaye fortifiée et superbement pavoisée était la « maison principale du Temple » de la province de Rhénanie, ce qui signifiait qu'elle avait autorité sur l'ensemble des commanderies, hommes, terres, biens et activités de l'ordre dans cette région. Jadis, aux premiers temps de leur gloire, les Chevaliers du Christ comptaient de nombreuses provinces en Terre sainte et en Occident. Depuis sa renaissance consacrée par bulle papale en 1529, le Temple ne possédait plus que des fiefs allemands répartis en deux provinces – la seconde était celle de Bavière.

En arrivant à la porte principale de la commanderie, Kantz voulut montrer l'invitation que le frère commandeur Berthold lui avait fait parvenir le matin même. Cela ne fut pas nécessaire car, dès qu'il le vit, le frère portier indiqua au chevalier qu'on l'attendait dans le petit cloître annexe jouxtant la chapelle, celui où d'ordinaire les laïcs n'étaient pas admis.

Le frère Berthold s'y trouvait effectivement.

Solidement bâti, tout vêtu de blanc et une croix écarlate cousue sur le cœur, il avait le poil gris, le cheveu ras, le cuir tanné et la barbe fournie. Il approchait de la soixantaine mais des exercices quotidiens et une hygiène de vie rigoureuse l'avaient maintenu en excellente forme physique. Il se dégageait de lui une impression de vigueur, de force brute. Cet homme était taillé pour porter le lourd haubert médiéval et chevaucher des jours durant, flamberge au côté, sous le soleil de Palestine. Le destin lui avait joué un mauvais tour en le faisant naître quelques siècles trop tard.

Assis au milieu du jardin que cernaient les arcades du cloître, le frère commandeur conversait à voix basse avec un templier. Ils n'entendirent pas Kantz approcher, si bien qu'il les surprit en se raclant la gorge à quelques mètres d'eux.

« Soyez le bienvenu, chevalier. Permettez-moi de vous présenter le frère Lukas », dit le frère Berthold.

Il s'efforçait de se montrer chaleureux, mais une profonde inquiétude se lisait sur son visage.

« Je crois que vous vous êtes déjà croisés hier », ajouta-t-il.

Dévisageant le frère Lukas, le chevalier reconnut le templier qu'il avait refusé d'écouter, la veille au matin, en quittant la ruelle où la dernière victime du Voleur de visages venait d'être découverte. Désormais propre et bien rasé, l'individu portait cependant les mêmes vêtements usés, rapiécés, délavés. Il avait toujours cette allure de cavalier mercenaire.

Kantz échangea une poignée de main avec lui.

« Etes-vous attaché à la commanderie de Wielstadt, mon frère ?

— Non pas. Ma commanderie est en Hongrie, et cela fait si longtemps que je n'y suis retourné, que j'hésite à dire que je lui appartiens encore. »

D'un geste, le frère commandeur invita Kantz et le templier hongrois à s'asseoir sur les bancs qui faisaient un carré, à l'intersection des chemins de gravier découpant le jardin.

« Chevalier, dit-il, je vous remercie d'être venu aussi vite.

— Votre billet laissait entendre que l'affaire était pressante.

— Je puis vous assurer qu'elle l'est. Il est question du Voleur de visages.

— Je sais qui il est, annonça brutalement le frère Lukas.

— Vous le connaissez ? s'étonna Kantz.

— Je ne le connais même que trop bien. Voilà des années que je le poursuis à travers tout le Saint Empire.

— Mais avant d'aller plus loin, intervint le frère Berthold, je souhaiterais que vous juriez le secret sur certaines des révélations que l'on vous va faire, chevalier…

— Je ne cacherai rien qui pourrait sauver des vies, lâcha froidement Kantz.

— Il ne saurait être question de cela.

— Alors quoi ? »

Les templiers hésitèrent, se consultèrent du regard, puis le frère commandeur dit :

« Celui que l'on appelle le Voleur de visages est l'un des nôtres. Ou du moins il le fut naguère, avant de basculer dans la folie meurtrière que vous savez.

— Un templier ?

— Oui. Au sein de l'ordre, il était le frère József... »

Le chevalier se tut.

Il connaissait le frère commandeur Berthold depuis assez longtemps pour savoir que celui-ci était soucieux de l'intégrité et de la réputation de son ordre, mais pas au point de retenir des informations capitales touchant à la sécurité publique.

Une question, néanmoins, lui brûlait les lèvres.

« Depuis combien de temps savez-vous cela ?

— Je ne le sais que d'hier, chevalier. N'allez pas croire que le Temple vous ait caché quoi que ce soit sur ce sujet.

— Je ne suis à Wielstadt que depuis ce lundi, se crut obligé d'expliquer le frère Lukas. Et tout ce que le frère commandeur sait, il le tient de ma bouche. Avant cela, il ignorait jusqu'à l'existence de József.

— Soit, fit Kantz.

— Vous fûtes d'ailleurs le premier à qui je voulus parler hier matin, souvenez-vous-en...

— C'est vrai... A ce sujet, puisque vous êtes depuis peu à Wielstadt, comment avez-vous su qui j'étais ? »

Le templier hongrois eut un léger sourire.

« Votre réputation, chevalier. Et votre allure à nulle autre pareille... De plus, j'étais là à votre arrivée et votre nom fut murmuré dans la foule. »

Kantz comprit, acquiesça. A son oreille, la perle baroque noire oscilla.

« Revenons au frère József, voulez-vous ? proposa-t-il. Que savez-vous au juste de lui pour affirmer qu'il est le Voleur de visages ? »

Et voilà ce que le frère Lukas expliqua :

Tout avait commencé six ans plus tôt, en Hongrie orientale, quand des templiers tardèrent à revenir d'une mission de routine aux confins de l'Empire ottoman. La région était dangereuse car elle attirait la convoitise de potentats turcs locaux dont les cavaliers passaient souvent la frontière pour se livrer au brigandage et au pillage en terre chrétienne. Les régiments du Temple étaient en état de guerre permanent dans ces marches hongroises dont ils avaient la garde, sillonnaient les routes et surveillaient les campagnes depuis un siècle. Aussi fréquents qu'imprévisibles, les accrochages avec les troupes irrégulières des Ottomans étaient toujours meurtriers.

Comme on était sans nouvelles de la patrouille après plusieurs jours, une expédition de recherche fut organisée.

« Et que découvrit cette expédition ? demanda Kantz.

— Les dépouilles mortelles de nos frères, que les Turcomans avaient abandonnées mutilées et pourrissantes dans un vallon », répondit le frère commandeur Berthold.

Ajoutées à d'autres indices, la disposition des cadavres, la nature du lieu et les traces au sol semblaient indiquer que les templiers avaient tendu une embuscade à un ennemi de très loin supérieur en nombre, et qu'ils avaient lutté jusqu'au dernier. Sans doute convaincus qu'ils n'y survivraient pas, ils avaient abattu leurs chevaux afin que ceux-ci ne tombent pas aux mains de l'adversaire. Un corps manquait, cependant : celui du frère József, un jeune templier.

« Un instant, fit Kantz. Si les frères avaient encore leurs montures, pourquoi n'ont-ils pas fui ? Pourquoi voulurent-ils affronter les Turcs, ce qui les condamnait à une mort certaine ?

— Cela, répliqua le frère Lukas, les frères de l'expédition de secours ne le comprirent que plus tard, en visitant un poste avancé où la patrouille avait fait étape. Elle escortait alors un carrosse qui, semble-t-il, emmenait vers Presbourg la jeune veuve d'un riche seigneur hongrois… »

Ce carrosse qu'elle avait croisé par hasard, la patrouille avait résolu de l'accompagner jusqu'à la limite des terres que menaçaient les bandes ottomanes. Et quand des cavaliers turcs surgirent en nombre, les templiers résolurent de sacrifier leurs vies pour protéger la fuite du carrosse.

« Du moins est-ce ce que l'on supposa, conclut le frère Lukas.

— Qu'advint-il du carrosse ?

— Je l'ignore.

— Et quant au frère József ? »

On présuma qu'il avait été capturé et l'on résolut d'annoncer la triste nouvelle à sa famille. Le messager n'eut pas à aller bien loin : issu de la petite noblesse d'épée hongroise, József était le fils cadet d'un baron sans fortune des environs d'Esztergom.

Ainsi s'achevait, croyait-on, l'histoire du frère József.

Ce n'était en fait que la fin du premier acte.

Un an passa avant que József, ou son fantôme, ne reparaisse soudainement.

« C'était à l'hiver 1619, dit le frère Lukas. Admis depuis peu parmi les Chevaliers du Christ, j'étais alors à la commanderie de Presbourg quand des crimes, en tous points semblables à ceux qui vous occupent aujourd'hui, commencèrent d'y être perpétrés. Les édiles ayant sollicité le secours du Temple, le chapitre[1] se réunit et – j'ignore encore pourquoi – je demandai devant tous que cette affaire me soit confiée. Cela me fut accordé. »

Le templier se tut un instant, songeur. Puis il reprit :

« Au cours de mon enquête, j'eus bientôt vent d'un massacre commis un mois plus tôt dans un château isolé entre Presbourg et Esztergom. Le vieux maître des lieux, son épouse, leurs deux filles et un valet fidèle avaient été assassinés au cours d'une nuit d'horreur. »

Comme on avait découpé et emporté le visage des femmes, il ne faisait aucun doute que le meurtrier était celui qui terrorisait désormais Presbourg. Le frère Lukas envoya un templier sur place. Celui-ci revint pour dire que des témoins dignes de foi lui avaient affirmé que le valet du château conservait encore un souffle de vie quand on l'avait trouvé, et qu'il l'avait employé à dire le nom de l'assassin…

« József, glissa Kantz.

— Oui. Le fils cadet de la famille qui, après un an d'absence, n'avait reparu que pour tuer et mutiler les siens. Car, vous l'avez compris, le vieux couple était ses père et mère ; leurs deux filles étaient ses sœurs…

— Je devine que personne n'avait alors cru le valet.

— En effet. Mais je le crus, moi. Fort du nom de l'assassin, je poursuivis mes recherches et appris très vite le passé du frère József, son aventure sur la frontière ottomane, le mystère de sa disparition… Je pensais toucher au but quand, soudain, les crimes cessèrent à Presbourg.

— Mais ils reprirent ailleurs.

— Oui, à Vienne, comme je devais l'apprendre bientôt. Sans pour autant renoncer à mes vœux, j'ai alors demandé mon congé de l'Ordre…

— Notre Règle le permet, précisa le frère commandeur.

— … et je me suis rendu à Vienne. La suite, chevalier, vous la devinez : Vienne n'était que la première étape d'une longue traque qui m'occupe encore et m'amène ici, sur les traces du Voleur de visages. J'arrive tout juste de Münster, où ce monstre m'a encore semé dernièrement. »

Kantz observa le templier hongrois et vit un homme épuisé mais déterminé dont toutes les pensées, toutes les ambitions se concentraient en une obsession qui, tel un feu, le dévorait et l'animait à la fois. Il crut se reconnaître en lui et le prit en pitié.

1. Assemblée des frères d'une commanderie, au cours de laquelle d'importantes décisions sont prises et débattues par tous.

« Sans doute, dit-il, la guerre qui éclata en Bohême avant de gagner toutes les Allemagnes ne vous facilita pas la tâche…

— C'est vrai. Le Voleur de visages, en revanche, sut tirer un grand bénéfice de ce désordre. Il pouvait aisément disparaître dès que je l'approchais de trop près, et ses malheureuses victimes ne pesaient pas lourd en regard des horreurs des batailles, des villes pillées, des campagnes incendiées. On me refusa souvent une aide qui m'aurait été précieuse. De plus, je n'étais libre d'agir qu'en terre chrétienne. Ailleurs, les questions d'un Chevalier du Christ n'étaient pas les bienvenues, et l'on me ferma plusieurs fois les portes de villes où je savais que le Voleur de visages sévissait… »

Le frère Lukas serra les poings et son regard, fixé sur une colère profonde, étincela. Il ajouta d'une voix vibrante :

« Si vous saviez, au cours de ces années, combien de fois j'ai été tout près de lui mettre la main au collet. A Magdebourg, j'avais même découvert son antre mais il avait fui une heure plus tôt en abandonnant certains de ses trophées…

— Vous parlez des visages de ses victimes ?

— Oui. Je sais qu'il les porte comme des masques et les conserve aussi longtemps que possible, jusqu'à ce qu'ils ne soient plus que des lambeaux de chair décomposée… Il vit sinon comme une bête, dans les tréfonds des villes qu'il hante, et ne sort qu'à la nuit. Je le soupçonne de se nourrir d'ordures disputées aux rats et aux chiens. »

En proie à un tourment intérieur haineux, le templier tarda à recouvrer son calme. Le frère commandeur Berthold lui posa une main amicale sur l'épaule.

« Nous saurons, nous, le retrouver, promit-il. Et le chevalier nous y aidera… Il s'y emploie d'ailleurs déjà. »

Le frère Lukas adressa alors un regard plein d'espoir à Kantz, comme un homme suppliant qu'on le libère d'une torture.

« Prenez garde, dit-il. Je ne l'ai affronté qu'en une occasion, et il a manqué me tuer. »

Il souleva son pourpoint et montra plusieurs cicatrices parcourant son abdomen. Au chevalier, elles n'évoquèrent pas des blessures de guerre, mais des scarifications rituelles.

« Le Voleur de visages ne tue que durant les nuits de lundi à mardi, avança-t-il.

— Point toutes, répondit distraitement l'autre. Il ne tue jamais durant les semaines de lune morte. »

Furieux contre lui-même, Kantz ferma les paupières et poussa un soupir. Mais comment n'y avait-il pas songé ?

La rotation de la lune autour de la terre et sa position relative par rapport au soleil font qu'un cycle lunaire – ou lunaison – comporte quatre phases : la nouvelle lune, quand la lune devient invisible parce qu'elle se situe entre le soleil et notre planète ; le premier quartier ; la pleine lune, quand le soleil l'éclaire tout entière ; et le dernier quartier. Ainsi la lune semble naître, croître, diminuer et disparaître au cours d'une période d'environ vingt-neuf jours.

Une semaine de lune morte étant une semaine comptant une nuit sans lune, le Voleur de visages n'assassinait que trois semaines sur quatre. De là venait que l'on pouvait croire que des cadavres manquaient depuis que le tueur sévissait à Wielstadt. Ce dernier respectait, en fait, un calendrier rigoureux.

Un calendrier, cependant, dont le sens échappait au chevalier.

« Pourquoi un calendrier lunaire ? demanda-t-il.

— Je l'ignore, rétorqua le frère Lukas. Mais c'est ainsi depuis toujours…

— Peut-être devriez-vous, proposa le commandeur, montrer vos croquis au chevalier.

— Quels croquis ? s'enquit Kantz.

— Le frère Lukas a dessiné les masques de peau que le Voleur de visages abandonna à Magdebourg. D'étranges signes y étaient gravés à l'encre. »

D'un étui posé à ses pieds, le templier hongrois tira des rouleaux qu'il déploya. Sur chaque feuillet, un ovale grossier – avec des taches sombres pour la bouche et les yeux – figurait un visage. Au front des masques, une plume malhabile avait reproduit des caractères complexes.

« Connaissez-vous ces signes ? demanda le frère Berthold.

— Oui, répondit Kantz. Ils appartiennent à un alphabet ancien et sacré. L'alphabet hénokien. »

Le frère Lukas acquiesça : il semblait déjà le savoir.

« Est-ce que cela vous dit quelque chose ? fit-il. Des érudits à qui j'ai montré ces dessins ont parfois, comme vous, reconnu cette langue. Mais aucun ne savait la traduire.

— Cela dit un nom… »

Le chevalier fixa un point lointain du regard, et lâcha :

« Lilith. »

23

Le livre d'Hénok[1] est un manuscrit apocryphe, terme désignant tout texte dont l'authenticité n'a pas été suffisamment établie et qui a été rejeté par les Eglises chrétiennes. Il porte le nom de son auteur supposé, Hénok, un patriarche biblique qui, d'après l'Ancien Testament, ne mourut pas mais disparut mystérieusement « car Dieu l'enleva[2] ».

Ce livre fait le récit de ce qui fut révélé à Hénok dans les cieux et, plus particulièrement, raconte par le menu un événement à peine évoqué par les deux premiers versets du chapitre VI de la Genèse : « Lorsque les hommes commencèrent d'être nombreux sur la face de la terre et que des filles leur furent nées, les fils de Dieu trouvèrent que les filles des hommes leur convenaient et ils prirent pour femmes toutes celles qu'il leur plut. » Ces « fils de Dieu » (*Béné Elohim* en hébreu) sont des anges, et de leur union avec des humaines naquit une descendance[3]. La Bible n'en dit guère plus.

Le livre d'Hénok, lui, est riche de révélations.

Il précise que les anges qui se laissèrent tenter par les « filles des hommes » étaient au nombre de deux cents. Il nomme les principaux d'entre eux, cite leurs chefs (Semyaza en tête), et rapporte :

« Ceux-ci, et tous les autres avec eux, prirent des femmes : chacun en choisit une, et ils commencèrent à aller vers elles (…). Or celles-ci conçurent et mirent au monde des géants dont la hauteur était de trois mille coudées. Ils dévorèrent tout le fruit du travail des hommes, jusqu'à ce que ceux-ci ne puissent plus se nourrir. Alors les géants se tournèrent

1. Hénok, Enoch, Hénoch : différentes orthographes sont parfois usitées. L'auteur a retenu celle de la Bible de Jérusalem.

2. Genèse (V, 24).

3. Genèse (VI, 4).

contre les hommes pour les dévorer. Et ils commencèrent à pécher contre les oiseaux et contre les bêtes, les reptiles et les poissons ; puis ils se dévorèrent la chair entre eux, et ils en burent le sang. »

Certains anges, en outre, enseignèrent aux mortels des savoirs qui les pervertirent et provoquèrent leur perte.

« Azazel apprit aux hommes à fabriquer les épées et les glaives, le bouclier et la cuirasse de la poitrine, et il leur montra les métaux, et l'art de les travailler, et les bracelets, et les parures. Aux femmes il montra l'art de peindre le tour des yeux à l'antimoine et d'embellir les paupières, et les pierres les plus belles et les plus précieuses et toutes les teintures de couleur (…). L'impiété fut grande et générale. Les hommes forniquèrent, et ils errèrent, et toutes les voies furent corrompues.

« Amiziras instruisit les enchanteurs et les coupeurs de racines. Armaros apprit à rompre les charmes, Baraqiel instruisit les astrologues, Kôkabiel enseigna les signes, Tamiel la signification de l'aspect des étoiles, et Asdariel le cours de la lune. »

Un autre encore, Kasdeya, « montra aux fils des hommes toutes les plaies mauvaises des esprits et des démons, et la plaie de l'embryon dans le sein pour qu'il tombe ».

« Et dans leur anéantissement, les hommes crièrent, et leur clameur monta au ciel. »

Les sept archanges – Uriel, Raphaël, Raguel, Michel, Saraqiel, Gabriel et Rémeiel – entendirent cette clameur et ils intercédèrent auprès de Dieu. Celui-ci, alors, envoya l'un de ses anges avertir Noé du Déluge. Puis Il confia de terribles missions à ses plus fidèles serviteurs.

« Le Seigneur dit encore à Raphaël : *Enchaîne Azazel, pied et mains, et jette-le dans les ténèbres ; et ouvre le désert qui est en Dudaël, et jette-le là. Jette sur lui des pierres raboteuses et tranchantes, et couvre-le de ténèbres, et qu'il y reste éternellement ; couvre aussi sa face pour qu'il ne voie pas la lumière. Et, au grand jour du Jugement, qu'il soit jeté dans le brasier.*

« Et à Michel le Seigneur dit : *Va, enchaîne Semyaza et ses compagnons qui se sont unis aux femmes pour se souiller avec elles dans toute leur impureté. Et, lorsque tous leurs enfants se seront égorgés, et lorsqu'eux-mêmes auront vu la destruction de leurs bien-aimés, enchaîne-les pour soixante-dix générations sous les collines de la terre jusqu'au jour de leur Jugement et de leur consommation, jusqu'à ce que soit consommé le jugement éternel. En ces jours, on les emmènera dans l'abîme de feu, dans les tourments, et ils seront pour toujours enfermés dans la prison.* »

La volonté du Seigneur fut faite, les anges coupables furent punis et, bientôt, l'archange Michel les prit en pitié.

« Et, ce jour-là, Michel parla pour dire à Raphaël : *La puissance de l'Esprit me transporte et m'irrite au sujet de la sévérité du châtiment des secrets, du châtiment des anges : quel est celui qui pourra supporter le châtiment rigoureux qui a été exercé, et devant lequel ils fondent ?*

« Et Michel prit de nouveau la parole et dit à Raphaël : *Quel est celui dont le cœur ne serait pas touché par ce châtiment, et qui ne serait pas troublé par le châtiment prononcé contre les anges ainsi chassés ?* »

Le livre d'Hénok ajoute cependant que Michel renonça à plaider la cause des anges déchus devant Dieu car, dit-il, « *le Seigneur est irrité contre eux pour la raison qu'ils agissent comme s'ils étaient le Seigneur. C'est pourquoi tout ce qui est secret viendra contre eux pour les siècles des siècles ; car ni ange ni homme ne recevra sa part, mais eux seuls ont reçu le châtiment pour les siècles des siècles.* »

Les contemporains du Christ et les premiers chrétiens connaissaient bien le livre d'Hénok, et saint Jude le cite dans son épître[1]. Embarrassés par ce texte, les Pères de l'Eglise hésitèrent cependant longtemps à le commenter, puis saint Augustin le contesta en invoquant une nouvelle interprétation du passage originel de la Genèse : les « fils de Dieu » seraient les descendants de Seth plutôt que des anges ; les « filles des hommes », elles, seraient les descendantes de Caïn. Dès lors, il n'était plus question d'anges pervers commettant le péché de chair avec des femmes.

Au IVe siècle, le concile de Laodicée exclut définitivement le livre d'Hénok du canon biblique. Ses copies furent perdues ou détruites au fil des générations, et l'Inquisition – par le fer et le feu – acheva de le vouer à l'oubli. Même Kantz, dans le secret d'une bibliothèque qui recelait pourtant bien des trésors, ne le possédait pas.

Il connaissait cependant l'histoire de ces deux cents anges déchus que l'on nommait les Hénokiens et que Dieu avait condamnés à d'éternels tourments. Il savait également que le livre d'Hénok constituait pour partie un traité d'astronomie, grâce aux révélations de l'archange Uriel touchant à la course des astres qui y étaient rapportées. Sur la base de cet enseignement, il était possible – disait-on – d'établir un calendrier régulier, précis et élégant.

Un calendrier qui tenait aussi bien compte des révolutions de la terre autour du soleil que des phases de la lune…

1. Jude (14).

24

De la commanderie, Kantz se rendit directement aux Trois-Tours pour y rencontrer Rainer von Regenhalt, lieutenant criminel du prévôt de Wielstadt. Une pluie fine s'était mise à tomber d'un ciel bas dont la grisaille, dans le soir précoce, gagnait les cœurs. Les gens ne traînaient pas ; les marchands rangeaient leurs étals. Des volets, déjà, se fermaient.

On allumait les flambeaux quand le chevalier arriva, passa le pont-levis, longea le poste de garde sous les remparts et traversa l'immense cour. Il se fit annoncer par un secrétaire qui lui tint la porte ouverte et se retira sans bruit.

Assis derrière son bureau croulant sous la paperasse, Regenhalt travaillait à la lueur des six bougies d'un candélabre, les flammèches soulignant la maigreur de son visage creusé par les soucis. En voyant Kantz paraître, il posa sa plume avant de montrer ses doigts tâchés d'encre pour s'excuser de ne pas lui serrer la main. Il l'invita, en revanche, à s'asseoir.

« Je venais aux nouvelles, dit Kantz.

— Il n'y en a pas… » soupira l'officier.

Puis il lâcha d'une voix morte :

« Sinon que la dernière victime se nommait Martina, qu'elle avait dix-sept ans et revenait d'avoir passé la nuit au chevet d'une amie malade quand elle fut tuée… Elle sera mise en terre demain, avec les honneurs de la ville par décision du Conseil. Lequel Conseil est désormais presque tout entier hostile au bourgmestre Sturger…

— L'avez-vous vu ?

— Le bourgmestre ? Oui, hier avant dîner… Il sait que plus rien ne le peut sauver hors la capture, dans les plus brefs délais, du Voleur de visages. Sturger m'a d'ailleurs dit que si je persistais à échouer, sa dernière décision serait de m'obliger à revendre ma charge de lieutenant criminel. » Il tapa du poing sur la table et renversa son encrier. « Si je *persistais* à échouer ! C'est le mot qu'il employa, le croyez-vous ? Persister ! Se figure-t-il que je m'emploie à laisser ce monstre en liberté ? »

Le chevalier se tut d'abord et dévisagea Regenhalt le temps que celui-ci recouvre un semblant de calme. L'homme était à l'évidence épuisé, dégoutté, rongé par un sentiment d'impuissance et de culpabilité.

« Le peut-il ? demanda Kantz.

— Quoi donc ?

— Le bourgmestre peut-il vous contraindre à céder votre charge ? »

Le lieutenant haussa les épaules.

« Il le peut, oui, à supposer qu'elle intéresse quelqu'un par ces jours… Mais il n'aura sans doute pas à le faire. Cette charge d'officier m'est devenue insupportable, et la perspective de la garder sous les ordres d'un bourgmestre tout dévoué à la Sainte-Vehme m'est insupportable.

— Vous présumez donc que le conseiller Seelgen sera élu…

— Et qui d'autre ?… Pour lui, au demeurant, la chose est déjà acquise. Il a même eu le front de m'approcher ce jourd'hui !

— Que vous voulait-il ?

— Il prétendit venir en ami et se contenta d'évoquer le souvenir de mon père. Mais le message était clair… »

Le père de Regenhalt, mort durant l'hiver 1620, avait naguère été membre de la Sainte-Vehme avant de s'en séparer à la suite d'un scandale. Mais selon un vieil adage, on ne quitte jamais vraiment la Vehme : tout juste peut-elle vous autoriser à prendre quelques distances. Rainer, quant à lui, avait toujours entretenu des rapports troubles avec elle. Il ne lui appartenait pas et, même, la détestait pour ce qu'elle était, à savoir une organisation tentaculaire et criminelle qui se targuait de rendre la justice quand elle ne servait en fait que ses propres intérêts en usant du chantage et de l'assassinat. La Sainte-Vehme connaissait cependant les secrets des Regenhalt, et les compromissions anciennes du père pesaient sur la conscience et les libertés du fils.

Kantz vit le regard de l'officier du guet s'égarer. Il devina à quoi il pensait et préféra revenir au sujet qui les intéressait.

« Quand le Conseil de Ville doit-il se réunir pour voter ?

— Ce vendredi.

— C'est aujourd'hui mercredi. Le Voleur de visages n'aura pas tué à nouveau d'ici là.

— A vous entendre, on pourrait penser que vous le regrettez…

— Ne vous méprenez pas, Rainer. Je songe seulement que notre meilleure chance d'arrêter ce monstre serait de le prendre sur le fait.

— Vous oubliez cette Egyptienne qui semblait savoir quand et où il tuerait… »

Kantz secoua la tête.

« Je crains qu'elle ne puisse pas, malheureusement, nous être d'une grande aide dans l'immédiat.

— Qu'en savez-vous, chevalier ?

— Je l'ai retrouvée et je lui ai parlé.

— Quand ?

— Cette dernière nuit. »

Regenhalt dévisagea le chevalier d'un air à la fois incrédule et exaspéré.

« Et voilà tout ? s'exclama-t-il. Vous retrouvez un témoin capital à notre affaire, et l'idée d'amener cette personne devant moi ne vous vient pas ?

— Je vous répète que, pour l'heure, cette Egyptienne est bien incapable de nous aider, annonça calmement Kantz.

— J'aimerais m'en assurer personnellement.

— C'est impossible. Je lui ai donné ma parole que je ne la dénoncerais pas si elle se confiait à moi. »

L'officier laissa traîner un silence en lissant sa moustache blonde.

Kantz n'était pas l'un de ses subordonnés, ni même un auxiliaire de justice. Il menait une croisade solitaire et, parfois, les ennemis qu'il affrontait inquiétaient également Wielstadt. C'était alors la force des choses qui conduisait le chevalier à collaborer avec le guet. Mais il agissait comme bon lui semblait, n'était redevable à la ville en rien, et Regenhalt devait composer avec cet état de fait.

« Puis-je au moins savoir le nom de cette Egyptienne ?

— Si vous me promettez de ne pas vous employer à la retrouver.

— Soit.

— Elle se nomme Maria et a pour seule famille une jeune sœur, Liliana. Elles vivent dans le plus grand dénuement et ce sont les malheurs de la guerre qui les ont conduites à Wielstadt. Elles n'y sont que depuis peu.

— Et comment Maria savait-elle où et quand le Voleur de visages allait frapper, cette autre nuit ? »

Le chevalier se carra dans son siège, croisa les jambes et expliqua :

« Au début du mois de septembre, des rêves ont commencé de la hanter. Des rêves terribles et sanglants qui montraient des jeunes femmes poignardées et mutilées. Ces cauchemars se répétèrent de loin en loin, toujours plus terrifiants, et à chaque fois une victime différente périssait sous le couteau d'un assassin invisible… »

Kantz s'interrompit pour jauger Regenhalt du regard. L'autre l'écoutait, impassible.

« Comme les crimes du Voleur de visages furent d'abord tenus secrets, Maria ne put faire le rapprochement. Puis, il y a peu, elle devina que ses rêves pouvaient être des visions. Désemparée, elle voulut s'en assurer. Elle résolut alors de voir la victime du quartier des Deux-Gibets et le lieu de son supplice : c'est à ces deux occasions que je la rencontrai…

— Votre Egyptienne tenait donc à s'assurer que ses rêves avaient un fondement de vérité.

— Oui. Aux Trois-Tours, elle reconnut les blessures infligées au cadavre. Et dans la ruine des Deux-Gibets, elle reconnut le décor de son plus récent cauchemar. Cela l'effraya et elle ne sut que faire.

— Que n'a-t-elle prévenu personne ?

— Qui l'aurait crue, elle, une Egyptienne ? Elle craignit d'être accusée de mensonge, voire de sorcellerie. On l'aurait jetée dans un cul-de-basse-fosse et soumise à la question… Et que serait-il advenu de sa jeune sœur ?… Voilà tout ce qui la retint, et la retient encore, de parler… »

De bonne foi, Regenhalt acquiesça pour montrer qu'il comprenait, et encouragea le chevalier à poursuivre.

« La peur au ventre et ne comprenant pas ce qui lui arrivait, Maria attendit sa prochaine vision. Celle-ci vint en effet, mais Maria remarqua que l'aube se levait presque dans son rêve, cependant qu'il faisait encore nuit noire quand elle se réveilla en sueur et le cœur battant. Elle comprit alors que ses visions décrivaient l'avenir. Un avenir proche, distant d'une heure à peine peut-être. Serait-ce assez pour sauver la malheureuse promise au couteau du Voleur de visages ?… Oubliant les craintes que lui inspirait le guet, Maria se rua aux Trois-Tours et fit le mensonge malhabile que vous savez en prétendant avoir vu un homme entraîner par force une jeune femme dans une ruelle. La suite vous est connue… »

Kantz se tut et Regenhalt, après un moment, lâcha :

« Tout cela, vous le tenez de la bouche de l'Egyptienne.

— Oui.

— Elle pourrait vous avoir menti…

— Non. Il y avait tous les accents de la vérité dans son discours. Un temps, elle a cru devenir folle, et vous pouvez vous fier à moi quand je dis que les épreuves qu'elle traverse la terrifient. D'ailleurs, elle n'aurait sans doute pas parlé à un autre que moi.

— Mais croyez-vous possible que Maria voie les crimes du Voleur de visages avant qu'il ne les commette ?

— Des choses plus étranges sont déjà advenues, non ? L'an passé, le fantôme d'un templier m'aida à déjouer un complot de la Sainte-Vehme… »

Le chevalier marquait un point, ce que Regenhalt fut bien obligé de reconnaître. Depuis le début de la guerre dans le Saint Empire, les phénomènes surnaturels s'étaient multipliés à Wielstadt. On ne savait plus que croire. Les lois régissant l'univers semblaient s'être affolées, ou du moins s'être assez affaiblies pour permettre à l'impossible de se produire.

« Admettons que tout cela soit vrai, chevalier… En ce cas, nous devons être au côté de l'Egyptienne quand sa prochaine vision lui viendra.

— Ce sera lundi 14 octobre et nous sommes déjà convenus que je serai à son chevet.

— Vous seul ?

— Elle ne veut que moi. Mais rien n'empêchera que vos hommes et vous attendrez non loin. Il faudra que la chance nous sourie, cependant. Car Maria connaît mal Wielstadt et il n'est pas dit qu'elle reconnaîtra le lieu du crime qui lui apparaîtra.

— Il faudra surtout qu'elle ne nous ait pas faussé compagnie avant cette fameuse nuit…

— Cela n'arrivera pas.

— Je pourrais la faire discrètement surveiller.

— Là où Maria vit, je doute qu'un exempt reste longtemps inaperçu… Je ne veux pas risquer de perdre le peu de confiance que Maria m'accorde. Elle est farouche et effrayée : un rien y suffirait.

— Souhaitons que vous ne vous trompiez pas, chevalier. Cette Egyptienne semble être notre meilleur atout. »

Ce mot – atout – réveilla en Kantz le souvenir de la carte de tarot que Maria lui avait donnée. Avant de partir, il l'avait déchirée pour n'en conserver qu'une moitié. L'autre, il l'avait confiée à l'Egyptienne ; elle avait demandé pourquoi. « Si tu désires me voir, avait-il répondu, et si tu ne peux ou ne veux te rendre chez moi, il suffira que quelqu'un me porte ceci. Je saurai alors qu'il s'agit de toi et je viendrai aussitôt… De même, si l'on te remet le morceau que je possède, tu comprendras qu'il y a un grand danger et tu iras aux Trois-Tours, avec ta sœur, afin d'y réclamer la protection du guet. Promets-moi que tu le feras. » Sur son instance, elle avait promis.

Sortant l'arcane déchiré de sa manche, le chevalier expliqua de quoi il retournait.

« Faites passer le mot à vos exempts, conclut-il. Si les choses tournent mal, il faudra faire bon accueil à Maria.

— Vous pouvez compter sur moi. Mais que craignez-vous ?

— Rien.

— C'est-à-dire tout.

— Oui. Maria est la seule qui pourrait dire ce que l'avenir nous réserve. »

Regenhalt raccompagna Kantz jusqu'au pont-levis toujours baissé. Tandis qu'ils traversaient la vaste cour que la pluie, désormais battante, mitraillait à la lueur des flambeaux, le chevalier dit :

« Il y a une faveur que vous pourriez m'accorder.

— Je vous écoute.

— Pourriez-vous vous renseigner pour moi sur une personne ? Il s'agit d'un certain Theophilus Heich. Il a cinquante ans environ, pratique la médecine rue Kercher et semble avoir disparu depuis quelque temps. Il est, je crois, originaire du Wurtemberg.

— Savez-vous où il loge ?

— Rue du Vieux-Pressoir. Mais vous ne l'y trouverez pas.

— Que lui voulez-vous ?

— A vrai dire, je ne sais… La vérité est que le bourgmestre Sturger, par des moyens détournés, a su faire en sorte que je m'intéresse à ce Heich. J'ignore pourquoi et je voudrais le découvrir… En outre, je sais depuis hier que la Sainte-Vehme s'intéresse également au médecin. »

Ils s'arrêtèrent, près du poste de garde où des archers jouaient aux dés, sous le couvert du passage perçant la muraille. Kantz expliqua alors en quelles circonstances Reinecker l'avait retrouvé.

« Si Reinecker avait voulu vous tuer, remarqua Regenhalt, il aurait fait feu sur vous. Il n'aurait pas libéré le chien…

— Je suis de votre avis. Cela ressemblait plutôt à une démonstration de force et à un avertissement. Une manière de me faire comprendre qu'il ne me craignait pas…

— Je vais faire garder votre maison.

— Non merci, mon ami. Si Maria n'aperçoit ne serait-ce que l'ombre d'un archer près de ma maison, elle pourrait tourner les talons aussitôt.

— Permettez-moi d'insister.

— Je sais les risques que je prends. Je les ai toujours pris et je les prendrai encore. Et puis vous l'avez dit : si la Sainte-Vehme avait souhaité ma mort... »

Ils durent s'écarter quand une patrouille, revenant de la ville, passa près d'eux. Les hommes, trempés jusqu'à l'os, avaient la tête basse et le pas lourd. Leurs bottes faisaient des bruits de succion. Les flammes, qui léchaient les murs et noircissaient la voûte du large couloir ouvert au vent, éclairèrent des visages humides et tendus.

« Mes hommes sont épuisés, dit le lieutenant criminel quand la patrouille se fut éloignée. Et pour ne rien arranger, il nous a fallu faire face cet après-dîner à un commencement d'émeute... Un boucher, que ses voisins accusaient d'être le Voleur de visages parce qu'il savait manier le couteau. Et s'il découpait les carcasses, pourquoi pas les visages ?... Le pauvre homme a manqué être battu à mort...

— Wielstadt a peur, fit Kantz. Cela la rend folle... La protection du Dragon nous a accoutumés à ne rien craindre venant du dehors, et voilà qu'un ennemi se terre en nos murs... »

Regenhalt secoua la tête, comme pour en chasser de mauvaises pensées. Puis il dévisagea le chevalier, parut hésiter, et dit :

« Puisque Sturger semble vous avoir attiré dans une aventure à laquelle la Sainte-Vehme est mêlée, il y a quelque chose que vous devriez sans doute savoir...

— Laquelle ?

— Je ne pourrais l'affirmer, mais je soupçonne notre bourgmestre d'appartenir à la Rose-Croix. »

Kantz resta impassible. Il s'étonnait cependant que la nouvelle le surprenne si peu. Elle semblait confirmer une intuition diffuse.

« Cela expliquerait la haine que la Vehme voue à Sturger, dit-il. Et la crainte qu'il a de perdre son poste au profit du conseiller Seelgen.

— N'est-ce pas ?... Pour lui, cela revient à livrer la ville à l'ennemi. »

Le chevalier se souvint alors d'une femme blonde et belle qu'il avait reconnue parmi les invités du bourgmestre, le soir où ce dernier l'avait convoqué. Il s'agissait de la baronne de Ludehn, une riche veuve exilée du Palatinat rhénan. Sur l'instant, Kantz ne s'était pas étonné de voir cette aristocrate chez Sturger à l'occasion d'une réception : elle y était à sa place en qualité de grande mondaine. Mais elle était aussi une rosicrucienne, comme il l'avait découvert un an plus tôt à ses dépens.

A l'époque, la Sainte-Vehme et les Rose-Croix se livraient une guerre secrète à laquelle le chevalier s'était retrouvé mêlé malgré lui. Il se demandait à présent si l'histoire ne se répétait pas.

« Voulez-vous une escorte ? s'enquit soudainement Regenhalt en tirant Kantz de ses rêveries.

— Je vous demande pardon ?

— Une escorte. En voulez-vous une ?... Il fait nuit noire. »

Le chevalier répondit à peine et s'en fut, seul.

25

Enroulé dans son grand manteau noir, le col relevé et le chapeau sur les yeux, Kantz rentra par des rues désertes et sombres qu'emplissait le crépitement de la pluie contre les tuiles et la pierre. Il allait d'un bon pas et, tout du long, songea à la Rose-Croix.

Cette société secrète et savante avait révélé son existence au début du siècle avec la parution de trois textes que le chevalier possédait, avait lus et connaissait bien. Publiée en 1614 à Cassel, la *Fama Fraternitatis Rosae Crucis* (De l'ordre louable de la Rose-Croix) dévoilait la doctrine et les origines, probablement légendaires, de la Fraternité. Un second opuscule – la *Confessio Fraternitatis* – fut imprimé un an plus tard : tout en laissant entrevoir une partie du savoir ésotérique des rosicruciens, il annonçait de prochains et grands bouleversements mondiaux. On attendait donc un troisième manifeste quand, en 1616, vinrent les *Noces Chymiques de Christian Rose-Croix*, long roman initiatique truffé d'obscures références et métaphores alchimiques.

Ces trois textes connurent un vif succès. Souvent réédités, ils excitèrent l'imagination des foules, suscitèrent l'intérêt des érudits, engendrèrent une abondante littérature critique.

D'après la *Fama*, le fondateur de la Fraternité, Christian Rosenkreutz, naquit en 1378. Issu d'une famille pauvre de la noblesse allemande, il fut élevé dans un monastère avant d'entreprendre un long voyage en Orient dont il revint riche d'un immense savoir. De retour en Allemagne, il réunit trois frères qu'il avait connus dans son couvent d'origine et composa avec eux le premier noyau de la Fraternité. Quatre autres les rejoignirent bientôt pour bâtir une grande demeure – le couvent du Saint-Esprit – et se livrer à des études savantes tout en alternant labeur et méditation, sur le modèle monastique. (Leur Règle imposait de se conformer aux usages du siècle, de ne pas porter d'habit particulier, d'utiliser comme sceau les initiales R.C., de se consacrer bénévolement à la guérison des malades et de taire l'existence de la Fraternité.) Christian Rosenkreutz mourut centenaire. Gardé longtemps caché, le lieu de sa sépulture ne fut découvert que cent vingt ans plus tard, en 1604, à l'occasion de travaux dans le couvent du Saint-Esprit. Pour les lointains successeurs des premiers frères, vint alors le temps de se disperser à travers le monde, de gagner des fidèles et de lever une partie du voile sur les secrets dont ils étaient dépositaires.

En marge de la biographie de Rosenkreutz, la *Fama Fraternitatis Rosae Crucis* exprime une doctrine que la *Confessio Fraternitatis* développa et, sur certains points, révisa. Faisant l'éloge de la kabbale et des écrits de Paracelse, les auteurs de la *Fama* croient en la perfection de la Création, que seule l'œuvre du diable trouble. Mais heureusement, une harmonie consubstantielle existe entre l'Homme, le Ciel et la terre, et le philosophe qui sait lire le grand « Livre de la Nature » – le *Liber Mundi* – peut espérer pénétrer les arcanes de l'univers et, ce faisant, appréhender le divin.

Cette vision est tempérée par les auteurs de la *Confessio*, qui se refusent à mettre la philosophie et la théologie sur le même plan. Selon eux, la seconde est supérieure à la première, car seule la grâce divine permet de comprendre les secrets de la Création et, si le *Liber Mundi* est ouvert aux yeux de tous, il ne peut être compris que d'une minorité. Contrairement à la *Fama*, la *Confessio Fraternitatis* accorde d'ailleurs une place prépondérante aux Saintes Ecritures, définies comme « le compendium et la quintessence du monde entier ».

Invitant à faire une lecture spirituelle de la Bible pour parvenir à l'illumination, la *Confessio* affirme en outre que le merveilleux agencement de l'univers – décrit par la *Fama* – est compromis : « C'est notre Seigneur Jéhova qui (…) inverse le cours de la nature. » De grands bouleversements s'annoncent qu'il est temps, pour les Rose-Croix, de bientôt révéler. Texte prophétique et apocalyptique, la *Confessio* affirme que : « Le monde a désormais presque atteint le temps de son repos et se hâte vers une aube nouvelle. »

Après la *Fama Fraternitatis Rosae Crucis* et la *Confessio Fraternitatis*, on espérait un troisième manifeste rosicrucien. Ce fut cependant un curieux roman ésotérique qui parut, les fameuses *Noces Chymiques*, et des années plus tard, les extraordinaires révélations promises sur le devenir du monde et les mystères de la Fraternité tardaient encore à venir.

La *Confessio*, cependant, levait une partie du voile sur certains secrets. Kantz se souvenait plus particulièrement qu'il était question d'une écriture magique connue des grands initiés de la Rose-Croix. Cette écriture passait pour être l'héritière, à peine corrompue, du langage adamique, idiome primordial et universel que parlent les anges et qu'Hénok employa pour converser avec eux lorsqu'il fut élevé dans les Cieux.

Le chevalier connaissait cette langue sous un autre nom :

L'hénokien.

Quand il arriva, Kantz trouva sa maison déserte, silencieuse, sans feu ni lumière. Dans la *salle*, quelques vieilles braises luisaient à peine au fond de l'âtre.

« Heide ? »

Pas de réponse.

Pris d'un mauvais pressentiment, le chevalier abandonna son manteau lourd de pluie et appela encore, cette fois plus fort.

« Heide ! »

Inquiet, il tendit l'oreille et guetta le moindre bruit, le moindre signe de vie. Il n'entendit que les grincements ordinaires de la maison, le crépitement de la pluie au-dehors et les plaintes du vent.

Son pentacle commença à le démanger.

Puis il chauffa, devint brûlant, presque insupportable.

Kantz dénuda sa main gauche à la hâte et jeta son gant comme s'il était la cause de la douleur. Le pentacle sacré, gravé dans la chair, brillait, palpitait, donnait la lueur écarlate d'un fer rougi au feu. Sa chaleur vivante remontait le bras et gagnait l'épaule. Il n'avait jamais réagi avec autant de force à une manifestation surnaturelle.

Devinant ce qui se passait, le chevalier tira l'épée. Des flammèches pourpres en parcourant déjà la lame.

Kantz avança prudemment dans la *salle*. Comme il craignait pour la vie de Heide, sa première idée fut de monter visiter les étages. Mais, guidé par son instinct, il poussa la porte qui donnait sur le jardin et sortit sous le déluge.

Le Voleur de visages l'attendait bien en vue, accroupi sur un mur.

Kantz s'immobilisa, l'épée basse, vigilant cependant. Hors de portée, l'autre le toisait sans manifester de crainte. Mais il pouvait attaquer ou s'enfuir au premier geste suspect. Mieux valait ne pas le provoquer.

Un long manteau sombre le couvrait, et sa capuche laissait paraître un visage qui ne lui appartenait pas, masque de peau exsangue que tenaient des cordelettes rugueuses nouées dans les chairs cadavériques. Sa pose avait quelque chose de simiesque, de bestial. Il se tenait assis sur les talons, genoux écartés, penché en avant, la main droite agrippée à la pierre entre ses bottes. Cette attitude lui semblait naturelle et confortable, comme la manifestation d'une humanité pervertie. On le devinait prêt à bondir avec aisance et force pour déchaîner des instincts brutaux. Une menace de violence féroce suintait de tout son être.

Les deux hommes s'observèrent longtemps sous la pluie qui les trempait et dont ils n'avaient cure ni l'un ni l'autre.

« *Il est venu*, lança soudain le Voleur de visages en hénokien. *Tu l'as rencontré.*

— *Qui ?* » demanda Kantz, sans s'émouvoir, dans la même langue.

La voix de l'assassin était rauque, hésitante, déformée par le masque de peau qui gênait le mouvement de sa mâchoire.

« *Mon chasseur. Mon frère. Mon ennemi... Il est arrivé... Réveillé !... Il t'a vu.*

— *Tu parles du frère Lukas ?*

— *Oui ! Lui !... Tu lui as parlé, tu lui as parlé !... Je le sais... Il est là. Tout près... Je le sens...* »

Le Voleur de visages leva le nez pour renifler alentours, tel un animal en chasse.

« *Je suis ici seul*, dit le chevalier.

— *Il veut me tuer, sais-tu ?... Il veut me tuer.*

— *Il veut t'empêcher de tuer.*

— *Pourquoi ? Pourquoi ?... Toutes pécheresses ! Toutes !*

— *Non. Tu te trompes.*

— *Toutes ! Toutes filles de Lilith !... La grande débauchée ! La hyène faite femme !... Toutes ! Elles ont le visage de la honte et leur ventre est l'enfer !... Toutes !* »

A peine nommée dans la Bible mais en bonne place dans la hiérarchie infernale, Lilith[1] était un démon femelle redoutable. A son évocation, Kantz frémit.

« *Je puis t'aider*, dit le chevalier. *Tu dois seulement le vouloir et me le permettre.* »

Il tendit sa main gauche, où le pentacle rougeoyait toujours. Le Voleur de visages se redressa soudain.

1. Une certaine tradition rabbinique fait de Lilith – démon féminin échappé d'un mythe assyro-babylonien – la première femme qui, avant Eve, fut donnée à Adam.

« M'aider ?... Il est trop tard pour cela... Je suis perdu. Maudit ! Sacrifié !... Je le sais, je le sais... Mais tout bientôt va s'achever ! Bientôt !

— Je ne te comprends pas.

— Bientôt !... Lilith est proche. Ses catins meurent... Bientôt, il n'y aura plus qu'elle et j'aurai fini !... Bientôt !

— Dis-moi ton nom. »

Le dément parut réfléchir.

« Je suis... Je suis... Je suis le bras vengeur du Seigneur ! Je suis Son ange destructeur qui souffre pour le rachat de ses fautes. »

Kantz sentit que le Voleur de visages allait partir. Un sentiment d'urgence lui fit hausser le ton.

« Ton nom ! Il te faut me le dire !

— Józs... József ?

— Non ! Ton nom véritable ! Ton nom d'Hénokien !... Sans lui, je ne peux rien ! »

Mais l'autre bondit soudain hors de la vue du chevalier qui esquissa un pas inutile dans sa direction, puis pesta, enrageant d'impuissance.

Il y eut alors du bruit dans la *salle*, où quelqu'un faisait de la lumière. C'était Heide qui secouait son manteau plein d'eau à la lueur d'une bougie. Elle sursauta en voyant le chevalier paraître par le jardin, trempé des pieds à la tête, l'épée au poing et la main gauche nue.

« Dieu du Ciel, chevalier ! Vous m'avez effrayée !

— J'en suis désolé.

— Mais que faisiez-vous dehors par ce temps ?

— Et toi ?

— J'étais chez une voisine qui se trouve fort mal depuis ce matin... Mais approchez donc que je vous débarrasse de ces vêtements. Il faut vous sécher ! »

Kantz n'eut pas l'occasion d'obéir car à cet instant, on frappa à la porte côté rue.

26

L'homme avait bu.

Vautré dans un siège face à une fenêtre dont la pluie battait les carreaux, il fixait d'un œil morne ce spectacle qui l'indifférait. Un bruit de mitraille humide emplissait la pièce sans lumière. Une bouteille presque vide était posée par terre, près du fauteuil, à portée d'une main molle et pendante. Parfois, un ricanement sinistre prenait l'homme qui, ensuite, secouait la tête, comme résigné. Il ne faisait rien pour écarter les épaisses mèches grises tombées devant sa vue, ni les quelques cheveux collés à sa bouche humide.

Une femme entra, belle et blonde, le port digne, les yeux vairons. Il y eut un froissement de soie quand elle passa la porte.

« Triste spectacle, dit-elle en approchant. J'espère que personne ne vous a vu en pareil état.

— Personne, répondit Sturger d'une voix pâteuse. Il n'y a plus personne… Et qui pourrait me voir ? On me fuit, mes domestiques m'évitent, même Wolters est parti… Je le croyais pourtant fidèle, celui-là… La petite crapule !…

— Vous baissez les bras, Monsieur le Bourgmestre. »

Il tressaillit.

« Bourgmestre ? Mais je ne le suis déjà plus, bourgmestre… Seriez-vous la seule à l'ignorer encore ? »

Elle ne répondit pas ; il poursuivit :

« Et sachez que je ne baisse pas les bras : on me les a coupés… Le dernier meurtre du Voleur de visages a eu raison de mes ultimes espérances. Il y a même eu un commencement d'émeute ce jourd'hui… Je… Je ne serai pas élu… Et à ma place… »

Sturger serra les dents. Une haine farouche illumina son regard.

« Seelgen… » lâcha-t-il.

La femme fit quelques pas vers la fenêtre, et renversa par mégarde le cadavre d'une bouteille qui roula, roula, roula sur le parquet dans le silence et buta contre un meuble.

« Le Conseil ne se réunit que ce vendredi pour voter. D'ici là…

— D'ici là rien !… Que voulez-vous qu'il advienne ? Espérez-vous un miracle ?

— Non, bien sûr. Cependant…

— Et puis je me moque bien de ne plus être bourgmestre ! »

Il baissa le ton :

« Il y a plus grave. Beaucoup plus grave… »

L'élégante aux yeux vairons se tourna vers Sturger et, pour la première fois, parut intéressée par la conversation.

« Expliquez-moi. »

L'autre haussa les épaules. Puis, attrapant sa bouteille, il but plusieurs lampées.

« La Fraternité me cherche noise, avoua-t-il en se séchant la bouche de la manche.

— A quel titre ?

— Au titre que les frères ont deviné que j'étais responsable de la malheureuse expédition de Stuttgart ! Au titre que certains songent à me juger pour trahison ! Au titre que l'on finira bientôt par me chasser de la Rose-Croix comme d'autres me chassent de Wielstadt… »

Il se leva, chancela, prit appui sur le dossier de son fauteuil.

« La belle réussite, n'est-ce pas ?… Je perds Wielstadt et, par ma faute, le *Troisième Manifeste* est lui aussi perdu… J'aurais véritablement échoué en tous points… »

Il tenta de sourire.

« Le manuscrit n'est pas perdu, répondit la femme d'un ton raisonnable. Le chevalier peut encore succéder à le retrouver… Nous savons que Heich est à Wielstadt. Il ne pourra pas échapper longtemps à Kantz.

— Vraiment ?… Encore faudrait-il que le chevalier sache ce qu'il cherche et pourquoi ! »

Sturger avança vers l'élégante aux yeux vairons, presque menaçant.

« Toute cette mascarade que vous avez imaginée… Toute cette mascarade doit cesser… Je veux que le chevalier apprenne de quoi il retourne ! Je veux que vous le lui fassiez savoir… d'une manière ou d'une autre… M'entendez-vous ?

— Vous déraisonnez. »

Il éructa.

« Je l'exige, Agnès ! Je l'exige !… Il faut aussi que la Rose-Croix sache pourquoi j'ai fait ce que j'ai fait… Et c'est vous – vous ! – qui l'expliquerez !… »

Sous le coup de l'émotion, une faiblesse le prit et il dut s'asseoir. Le vin le rendait furieux mais, en réalité, il était rongé par l'angoisse de celui qui voit son monde s'effondrer.

« Je n'ai suivi que trop aveuglément vos plans… Nous seuls en connaissons le détail. Même la Rigemont ignore l'essentiel… Vous devez parler pour moi, Agnès. Sans cela, je suis perdu… »

La femme considéra longuement le bourgmestre.

Elle connaissait les hommes et la terrible emprise qu'elle pouvait exercer sur eux, jusqu'à leur faire commettre des folies. Mais cette intelligence qu'elle employait à dominer ses amants, cette intelligence lui permettait également de savoir quand ceux-ci lui avaient irrémédiablement échappé.

« Soit, dit-elle. Mais cela ne peut se faire aisément. Accordez-moi deux jours pour mettre au point toutes ces choses… »

Sturger laissa poindre un petit rire amer.

« Deux jours… fit-il en fixant la fenêtre du regard. C'est sans doute tout ce qui me reste… »

27

La pluie diminua, puis cessa tandis qu'ils marchaient. Au milieu des rues, les courants chargés de boue et d'ordures se tarirent. Les nuages avaient déserté le ciel nocturne. Le vent se tut, et il ne resta plus que la froidure dans le grand silence de Wielstadt endormie.

Kantz suivait Eva qui allait vivement sans se soucier de lui. Ils piétinaient des flaques épaisses et évitaient de passer sous la bordure des toits, qui dégoulinaient. Arrivée à l'improviste, tout juste après le départ du Voleur de visages, la fille du Roi Misère n'avait pas laissé au chevalier le temps de se changer : ses vêtements mouillés lui collaient à la peau. Elle-même était trempée, ce qui n'améliorait pas son humeur revêche. Elle n'aimait pas Kantz et ne faisait rien pour le masquer. Toute son attitude disait bien qu'elle était là, en sa compagnie, contre son gré.

Le chevalier, bientôt, en eut assez de ce manège.

« Il suffit ! » dit-il en s'arrêtant.

La jeune femme se retourna, exaspérée, une main sur le pommeau de sa rapière au fourreau. Elle ne manquait ni d'allure ni de charme dans ses habits de cavalière, en bottes, culottes de peau et pourpoint. Un chapeau d'homme – dont la pluie avait rendu le panache piteux – la coiffait. Elle le portait légèrement penché sur le côté. Une broche grossière tenait le col de son manteau gris souris.

« Eh bien ? fit-elle.

— Vous ne me chérissez guère, c'est entendu. Mais je n'ai pas à subir vos humeurs… Ma journée fut longue et vous aurez bientôt raison de ma patience. Dites-moi où nous allons, ou allez-y seule ! »

Elle le toisa, hautaine. Puis, considérant les alentours, elle lâcha :

« Pas ici.

— Si. Ici, et meshui[1]. »

Elle soupira.

« Plus bas, alors. »

Le chevalier daigna baisser le ton.

« Soit », concéda-t-il.

La semaine passée, Kantz avait prié le Roi Misère de rechercher ce mystérieux couple qui, aux Trois-Tours, semblait avoir reconnu l'une des victimes du Voleur de visages mais avait soutenu que non, bien que la femme se soit évanouie d'émotion en découvrant le cadavre. En fait de couple, il s'agissait sans doute d'une mère et de son fils. Ils avaient prétendu se nommer Britta et Karl Tappert. L'exempt que Regenhalt, pas dupe de leurs mensonges, avait chargé de les suivre, les avait perdus place des Fontaines, où se tenait une foire populeuse.

« Nous les avons retrouvés, dit Eva.

— Les Tappert ?

— Oui.

— Comment ?

— A vrai dire, ce sont eux qui vinrent à nous. Ils avaient à se plaindre et demandaient l'arbitrage du Roi Misère. »

La femme, Britta, avait bel et bien reconnu la victime défigurée, grâce à une tache de naissance que la malheureuse avait sur le poignet. Elle se prénommait Helga. Britta était sa tante par la mère et Karl, son cousin. A la mort de sa mère, Helga avait été confiée aux seuls soins de son père, homme alcoolique et violent qui la traitait mal. Britta, soucieuse du bonheur de sa nièce, s'efforçait de la voir souvent et attendait de pouvoir l'accueillir sous son toit. Or, dernièrement, Helga avait disparu. Le père refusant d'expliquer pourquoi, Britta s'inquiéta beaucoup. Puis, rongée par un terrible pressentiment, elle s'était résolue à aller voir la victime du Voleur de visages que le guet exposait. Sachant déjà ce qu'elle allait découvrir, elle avait demandé à son fils de l'accompagner.

« Pourquoi n'a-t-elle rien dit au guet ? s'enquit le chevalier.

— Le fils a eu maille à partir avec la justice. On se défie des archers dans cette famille, et on la comprend… »

Après les Trois-Tours, le fils s'était rendu chez son oncle pour lui réclamer des comptes. Une querelle, violente, les opposa et le père d'Helga prétendit que sa fille était à Cologne, où elle apprenait le métier de brodeuse auprès d'un artisan qu'il connaissait. Ce ne pouvait être qu'un

1. Meshui : maintenant.

mensonge. En désespoir de cause, Karl avait alors usé d'anciennes relations dans la truanderie pour faire appel au Roi Misère et lui réclamer justice.

« Je devine, fit Kantz, que nous nous rendons chez ce mauvais père…

— Oui. Pour une raison que j'ignore, le Roi Misère tient à ce que vous soyez de la partie.

— Je doute, cependant, que le père soit responsable de la mort de sa fille. Elle est une victime du Voleur de visages, cela ne fait aucun doute.

— Il faudra pourtant que l'homme s'explique sur ses mensonges. Il pourrait bien être complice. »

Fort de ce qu'il savait du Voleur de visages, le chevalier n'en croyait rien. Sans le dire, il le laissa clairement entendre d'une mimique.

Eva poussa un soupir et, crânement, demanda :

« Le temps presse, chevalier… En êtes-vous ? »

Il haussa les épaules.

« J'en suis. Montrez-moi le chemin.

— A la bonne heure… »

Et ils repartirent.

L'homme dormait quand ils s'introduisirent chez lui. Il habitait, au dernier étage d'un bâtiment d'arrière-cour, une chambre aveugle, sale, en grand désordre, et pleine de relents fétides.

Entrée sans bruit, Eva le réveilla d'un coup de botte dans les côtes.

« Debout ! »

L'autre sursauta et s'assit sur son grabat souillé. Ahuri, il cligna des paupières pour voir deux silhouettes qui le dominaient. Il y avait un jeune homme, non, une jeune femme, mais habillée comme un spadassin. Légèrement en retrait d'elle et l'épée au côté, se tenait un individu d'allure sinistre dont les yeux clairs semblaient luire dans l'ombre.

« Mais qu'est-ce que…

— J'ai dit : debout ! »

Encore incapable de protester, l'homme se leva.

Cela lui fut difficile.

Grand, gros et gras, il empestait l'alcool et s'était effondré, ivre, trois heures plus tôt. Il avait les yeux rouges et cernés, un torse puissant et velu, des bras énormes et des mains d'étrangleur. Il était les pieds et les chevilles nus, seulement vêtu d'un haut-de-chausses taché et d'une chemise luisante de crasse. Une méchante barbe de quelques jours et une tenace odeur de musc, vin aigre et sueur, achevaient son portrait.

« Ton nom, lâcha la fille du Roi Misère en posant les poings sur les hanches.

— Harald.

— Tu es le père d'Helga, n'est-ce pas ? »

Trop sûre d'elle, elle ne vit pas venir la gifle dont la violence surprit même Kantz. D'un revers de main, le colosse atteignit Eva à la bouche et l'envoya heurter un mur. Aussitôt, il chargea le chevalier qui manquait d'espace pour tirer l'épée. Il le percuta tel un taureau furieux et l'entraîna dans sa course. Elle ne fut pas longue. Trois pas plus loin, Kantz gémit quand le poids d'Harald l'écrasa contre la porte qui claqua en se refermant. Les pieds ne touchant pas le sol, il réunit ses poids en marteau tandis que son agresseur, les traits défaits par la haine, lui serrait la gorge. Très vite le souffle lui manqua. Il frappa à la nuque, entre les omoplates, sur le haut du crâne, une fois, deux fois, trois fois. En pure perte : la brute l'étranglait toujours.

Eva s'était relevée, la lèvre ensanglantée. Agrippant le colosse par les épaules, elle lui botta le mollet, l'obligea à ployer la jambe, lui lança son genou dans les reins et recommença. Harald, enfin, chancela en libérant le chevalier. D'un direct au menton, Kantz acheva de l'estourbir et ils purent l'asseoir, penché sur une table, la joue et les deux mains collées au plateau. Ce ne fut que lorsque Eva lui eut enfoncé le canon d'un pistolet dans l'oreille qu'ils s'autorisèrent à respirer…

« Vous allez bien ? demanda le chevalier, essoufflé.

— Mais oui ! » s'agaça la fille du Roi Misère.

De la manche, elle s'essuya la bouche, puis cracha un caillot de glaires écarlates.

« Ordure ! lâcha-t-elle à l'intention de la brute désormais impuissante. Je jure que tu vas payer pour ça. Et pour tout le reste ! »

La porte de la chambre s'était entrouverte d'elle-même, et peut-être l'avait-on un peu poussée. Le chevalier alla la refermer au nez des voisins curieux que l'échauffourée avait réveillés et attirés sur le palier. Parmi eux se trouvait un homme qui se hâta d'aller prévenir un complice, lequel courut faire un rapport à Reinecker.

Kantz poussait le loquet quand il entendit un son sec, suivi d'un gémissement contenu. Eva venait de planter sa dague dans la table en transperçant l'une des mains d'Harald. Celui-ci grimaçait de douleur mais bougeait à peine, toujours sous la menace du pistolet dont le canon lui fouillait l'oreille.

Le chevalier dévisagea la jeune femme et la condamna du regard.

Totalement indifférente, elle pesa sur son pistolet et se baissa jusqu'à frôler de la joue la barbe du colosse.

« Tu es gras, dit-elle. Tu es laid, tu empestes et tu es sans doute stupide. Les choses auraient pu se dérouler au mieux et vois où nous en sommes arrivés, par ta faute… Et pour quel résultat ?… Que tu le veuilles ou non, tu parleras. Cela prendra le temps qu'il faudra…

— Que… Que me… voulez-vous ?

— Je veux savoir ce que tu as fait d'Helga, ta fille…

— Elle est à…

— Non. Ne réponds pas trop tôt… Réfléchis, plutôt… Je sais qu'elle n'est pas à Cologne, comme tu le prétends. Je sais qu'elle est morte et tu le sais comme moi… Alors avant de me mentir, demande-toi si je n'en sais pas plus encore, et songe qu'il te reste une main, et qu'il me reste une dague… »

L'homme parla.

Deux semaines plus tôt, il avait vendu sa fille – une vierge – à une maison close pour une nuit. Il ne l'avait pas revue depuis et, comme Helga lui était une charge, il ne s'en était pas soucié.

Frémissante de rage, Eva dégagea sa dague du bois et de la chair à vif.

« Lève-toi ! » ordonna-t-elle.

Harald obtempéra avec des gestes lents de géant abruti. La jeune femme le colla face contre un mur et, sans cesser de le menacer de son pistolet, lui ligota grossièrement les poignets dans le dos de sa main libre.

« Qu'est-ce que vous allez me faire ? demanda le colosse.

— Rassure-toi, fit Eva. Je ne vais pas te tuer, même si l'envie ne m'en manque pas. Aussi, ne tente rien. Je serais trop heureuse de te loger une balle dans la nuque.

— Où allons-nous ? »

Kantz, d'une mimique, posa la même question.

« Tu verras bien. Avance. »

28

Sur le palier d'Harald, en sortant, Kantz rencontra le regard hostile et craintif des voisins. C'étaient de pauvres gens, sales et mal nourris, dont la misère avait usé les visages et les corps. Comme ils faisaient bouchon devant la porte, le chevalier leur ordonna de s'écarter. Ils obéirent en rechignant à ce gentilhomme tout vêtu de noir qu'ils ne connaissaient pas mais qui les impressionnait.

Avec son prisonnier, Eva attendait à l'intérieur. Kantz se tourna vers elle et dit :

« Hâtons-nous !

— Pourquoi ? » demanda la fille du Roi Misère en poussant Harald sans ménagement.

Elle toisa avec mépris ceux qui, tête basse, la laissaient passer et brûlaient cependant de la retenir, de lui poser des questions, de savoir ce qu'elle reprochait au blessé qu'elle emmenait.

Mais le courage leur manquait.

« Ne me dites pas que vous craignez ces gueux !

— Faites ce que je dis », insista le chevalier.

Pour rejoindre l'escalier, il fallait emprunter une galerie découverte, simple plancher de bois inégal qui faisait un angle et longeait deux façades lépreuses, sa balustrade dominant dangereusement le vide.

Kantz, qui marchait le premier, jeta un œil dans la cour que la pluie, quatre étages plus bas, avait mué en bourbier. Il vit des hommes qui arrivaient, pressés mais désorganisés : des particuliers habillés à la va-vite et accourus ici en ignorant au juste de quoi il retournait. Mais cela devait être grave puisqu'on les avait tirés du lit en urgence, et tous songeaient au Voleur de visages. La plupart étaient armés de gourdins, de longs bâtons ferrés, de couteaux ; quelques-uns avaient pensé à amener de la lumière.

De bonnes âmes, aux fenêtres, appelèrent.
« LÀ ! EN HAUT ! LÀ ! »
Harald, devant tant de témoins, crut qu'il pouvait espérer un secours.
« NE LES LAISSEZ PAS M'EMMENER ! s'écria-t-il. NE LES LAISSEZ PAS !
— Silence ! fit Eva en lui enfonçant le canon de son pistolet entre les omoplates. »
Les hommes dans la cour, apercevant la galerie, cherchaient maintenant comment l'atteindre.
« HALTE ! » crièrent certains.
Kantz épia Eva par-dessus son épaule.
« S'il est nécessaire, laissez-moi parler. »
Elle haussa les épaules avec dédain. Croisant le regard du chevalier, Harald l'implora :
« Je vous en prie… Dites-moi où vous me menez. »
Kantz ne répondit pas et reprit sa marche. Ils arrivaient à l'escalier, où résonnaient les pas lourds des hommes qui le gravissaient à leur rencontre.
« Tu vas, souffla Eva à l'oreille du colosse, répéter tout ce que tu nous as dit à mon père. Et lui décidera de ton sort…
— A qui ? »
Kantz voulut faire taire la jeune femme. Trop tard.
« Au Roi Misère », lâcha-t-elle avec des accents de joie sadique.
A ce nom, Harald s'effraya et cessa de penser. D'un coup d'épaule, il renversa Eva puis se rua tête baissée sur le chevalier. Frappé de plein fouet, Kantz faillit passer par-dessus la balustrade. Il se retint *in extremis* et vit la fille du Roi Misère qui, redressée sur un coude, mettait le fuyard en joue.
« NON ! »
Le coup de feu claqua. Des cris d'effroi s'élevèrent partout dans la cour. La balle toucha le colosse à l'épaule tandis qu'il courait vers l'escalier en colimaçon.
Harald chancela. Gêné par ses poignets ligotés, il trébucha et, incapable de stopper son élan, s'écroula sur la rambarde. Le bois vermoulu craqua. L'homme bascula dans le vide. Un choc sourd interrompit son hurlement et fit naître un grand silence horrifié.

Sans se soucier d'Eva, Kantz se précipita dans l'escalier qu'il dévala en bousculant ceux que la détonation avait arrêtés à mi-chemin. Au milieu de la cour, il franchit une haie de dos penchés au-dessus du corps. Harald, les mains attachées sur les reins, ne vivait plus. Un os brisé saillait de sa cuisse ; sa nuque faisait un angle impossible ; une matière luisante suintait de son crâne fracassé.

« Il est mort », dit quelqu'un.

Eva approcha d'une démarche martiale qui masquait mal son trouble.

« Petite idiote ! éclata Kantz. Vous ne réfléchissez donc jamais ! »

La jeune femme se figea et pâlit, comme giflée. Durant un moment, on n'entendit plus que le bruit des respirations et le flic-flac des gouttes de pluie que les toits achevaient de rendre.

Les hommes qui s'étaient aventurés dans l'escalier étaient revenus grossir le nombre de ceux restés en bas. Aux balcons, aux fenêtres, aux volets entrouverts qui cernaient la cour à tous les étages, les voisins observaient. Mais le début de querelle entre Kantz et Eva n'intéressait personne. Tous n'avaient d'yeux que pour le corps étendu dans la boue.

Et pour les meurtriers…

La peur et la menace d'un déchaînement de violence imprégnaient l'air. Reconnaissant ce parfum d'émeute, le chevalier dit d'une voix forte :

« Je me nomme Kantz !… Je suis venu ce soir faire des questions à cet homme qui, en se rebellant, m'a contraint à user de la force… Je fais serment devant Dieu que je ne souhaitais pas sa mort ! »

La fille du Roi Misère voulut parler mais, d'un geste vif et impérieux, Kantz le lui interdit. Il reprit, un ton plus bas, à l'intention des individus qui les cernaient :

« Je suis le chevalier Kantz. Avez-vous déjà entendu parler de moi ? »

Au frémissement qui parcourut l'assistance, il sembla que oui.

Mais cela ne parut rassurer quiconque. La réputation du chevalier était ambiguë : on le confondait volontiers avec les puissances maléfiques qu'il affrontait. Il passait pour sorcier, envoûteur, nécromant. Une rumeur l'accusait même d'être né des amours d'un démon et d'une mortelle. Il y en avait, sur son compte, de plus folles et sinistres encore.

Kantz se savait à la merci du moindre geste ou mot malheureux, et les réactions d'orgueil d'Eva l'inquiétaient. A force d'éloquence, il aurait pu aisément ramener à la raison chacun des membres de cette petite foule. Mais les ressentiments individuels s'additionnent toujours pour le pire et les groupes sont des monstres aussi aveugles que sourds.

En cette froide nuit d'automne, dans ce quartier que la prospérité de Wielstadt n'atteignait pas et où le guet venait peu, le chevalier se trouvait confronté à l'incarnation des angoisses que le Voleur de visages avait nourries. Trop longtemps contenues, ces angoisses devaient trouver à s'exprimer. Il fallait que l'on s'en purge. Il fallait que l'on se libère de la peur et d'un sentiment d'impuissance intolérable, par une action collective et barbare dont n'importe qui – pourvu qu'il soit différent – pouvait faire les frais : une femme aux mœurs légères, un esprit libre soupçonné d'impiété, un étranger trop louche pour être innocent, un mendiant à demi fou devenu soudainement inquiétant…

Ou deux assassins surpris à la nuit en un lieu sordide.

« Faites venir le guet, proposa Kantz d'une voix raisonnable. Appelez une patrouille… Nous l'attendrons ici sous votre surveill… »

Mais il ne put achever.

« ILS L'ONT TUÉ ! s'écria une voix depuis les hauteurs.

— A MORT ! fit une autre.

— A MORT ! A MORT ! »

Et aussitôt une clameur haineuse emplit la cour. Une bouteille vola. Elle surprit le chevalier à la tempe et ce fut la ruée.

Kantz voulut faire un pas en arrière et tirer l'épée. Des mains le saisirent, les coups se mirent à pleuvoir et il chuta. On le frappait du pied, du poing, du bâton. On lui tirait les cheveux et l'écartelait de toute part. Au prix d'un terrible effort, il parvint à se redresser. Eva cria. Elle était portée plus loin, le front sanglant et la chemise ouverte, comme sur une mer déchaînée. La foule noya à nouveau le chevalier dans un tourbillon brutal. Ses agresseurs s'acharnèrent. Ils se bousculaient en vociférant pour l'atteindre. Leurs attaques, mal portées, n'en étaient que plus cruelles. Le coup de grâce tardait à venir. Une semelle lui écrasa la bouche ; un talon lui meurtrit la cuisse. Kantz se recroquevilla, les genoux contre la poitrine et les mains serrant son crâne.

Puis vint une douleur à la nuque. Un soleil explosa dans son crâne.

Il perdit enfin conscience et sombra dans l'abîme d'un tumulte furieux.

29

Kantz se réveilla dans les draps propres d'un lit confortable. Tout son corps n'était qu'une douleur lancinante ; une violente migraine lui rongeait les tempes et les yeux. Le premier geste qu'il esquissa fut une torture et acheva de le tirer des limbes. Il découvrit la pénombre d'une chambre tranquille quand il ouvrit les paupières. Le peu de lumière suffit à l'éblouir.

Il grimaça.

Une femme – brune, la trentaine, le regard amical et les joues roses – était assise près du lit. Elle posa son ouvrage de broderie et dit :

« Ne bougez pas, Monsieur le Chevalier. Avez-vous faim ? Soif ? »

Il fit non de la tête et le regretta aussitôt : ce fut comme si on lui enfonçait des aiguilles ardentes dans la nuque jusqu'au cerveau.

« Ne bougez pas », répéta la femme en se levant.

Elle marcha vers la porte et l'ouvrit.

« Qui êtes-vous ? » réussit à demander le chevalier.

Elle lui sourit mais s'en fut sans répondre.

Il s'évanouit.

A son second réveil, Kantz était dans le même lit de la même chambre, et la lumière avait à peine décliné. Mais sa garde-malade n'était plus là. Le Roi Misère, Roi des gueux et gueuses de Wielstadt, l'avait remplacée au chevet du chevalier.

« Enfin te revoilà ! » fit-il gaiement.

Kantz souffrait moins. Son mal de crâne l'avait quitté et il pouvait bouger sans gémir.

« Je suis vivant, constata-t-il.

— Oui, et c'est à se demander comment, après la rossée que tu as reçue. Tu fais peine à voir et ta blessure à la joue s'est rouverte, mais tu n'as pas un os meurtri. »

Le chevalier porta la main à sa joue qu'alourdissait un épais pansement.

« Pas un os meurtri, répéta le chevalier… J'en doute…

— Mes médecins, qui t'ont examiné, l'affirment. Ils disent que tu vivras si tes entrailles ne saignent pas dans tes tréfonds… Tu es un homme véritablement étonnant. Il m'arrive même de me demander si tu en es vraiment un, d'homme », ajouta le Roi Misère avec une lueur rusée dans le regard.

« Et ta fille ?

— Eva ? Elle est moins vaillante que toi, mais elle vivra… Veux-tu dîner ? »

Kantz se découvrit affamé, soudain. Il accepta.

L'autre, alors, se tourna vers la porte. La brune aux joues roses qui se tenait là, à l'écart, comprit et sortit. Elle revint bientôt avec un plateau débordant de victuailles. Le chevalier leur fit honneur, assis dans son lit, le dos calé contre des oreillers.

« Où suis-je ? demanda-t-il entre deux bouchées.

— En sûreté.

— Et plus exactement ?

— Auberge de la *Tour-qui-Croule*, rue des Margraves.

— Quel jour ?

— Nous sommes jeudi et c'est l'après-dîner. Tu as dormi ce qu'il restait de la nuit d'hier et toute la matinée… Tu permets ? »

Kantz acquiesçant, le Roi Misère chipa quelques rondelles de saucisson et une tranche de jambon. Il en fit un petit paquet qu'il enfourna.

« Merci, fit le roi des truands avant de servir deux verres de vin. A ta santé ! »

Il but et tacha le long gilet prune, sans manches, qu'il portait sur sa chemise à jabot.

« J'ai fait poser des questions au patron du bordel, enchaîna-t-il en séchant ses lèvres d'un revers de main. Il semble que le père d'Helga n'a pas menti. Il avait bien négocié la virginité de sa fille au profit d'un riche client qui ne veut que des pucelles. »

D'un regard, Kantz l'encouragea à poursuivre.

« Le soir dit, le père a amené sa fille et s'en est reparti, riche d'une cinquantaine de thalers. Helga fut confiée au soin de quelques ribaudes qui l'apprêtèrent et la laissèrent dans une chambre…

— Mais elle parvint à s'enfuir…

— Par une fenêtre. Plus personne ne semble l'avoir revue depuis. C'était dans la nuit du dernier lundi de septembre.

— Et c'est en errant de nuit, apeurée, dans les rues d'un quartier qu'elle ne connaissait sans doute pas, qu'elle croisa la route du Voleur de visages.

— Oui.

— Pauvre fille… Que sait-on du riche client à qui Helga était destinée ? »

Le Roi Misère eut un geste vague.

« Presque rien. Les gens du bordel ignorent son nom et il vient toujours masqué. C'est son valet, également masqué, qui négocie et paie. Lui se contente d'arriver dans un carrosse sans armoiries, et de repartir sitôt son affaire faite.

— Crois-tu pouvoir le retrouver ?

— Peut-être… Mais est-ce que cela servirait à quelque chose ?

— Sans doute que non. »

Le chevalier se tut, sombre et pensif. Il n'avait plus faim sans être rassasié, et repoussa le plateau.

« Au demeurant, comment suis-je arrivé ici ? s'enquit-il en se levant. Mes derniers souvenirs remontent au moment où je m'effondrai sous les coups.

— J'avais chargé deux de mes hommes de garder, discrètement, un œil sur Eva. » Le Roi Misère haussa les épaules en faisant la moue. « Tu sais, par prudence… Mais ne va pas le lui répéter : elle en serait folle de rage ! »

Kantz trouva ses vêtements sur un tabouret et commença à s'habiller. Ses muscles engourdis le faisaient souffrir mais il tint bon. Sa rapière au fourreau l'attendait pendue à un clou par le ceinturon.

« Ce sont tes hommes qui nous sauvèrent de la foule ?

— Bien sûr que non. Que voulais-tu que deux hommes seuls fassent contre cette meute ? Ils ont bien essayé mais…

— Mais alors à qui dois-je la vie ? »

Soudain grave, le Roi Misère posa son verre.

« Au moment où tu perdais les sens, quand tout semblait perdu, un homme s'est montré à la vue de tous. Mes hommes rapportent qu'un grand silence se fit alors. Puis l'homme parla…

— Que dit-il ?

— A la vérité, je l'ignore… Je l'ignore parce que mes hommes n'ont pas su me le dire. Tout ce que j'ai pu tirer d'eux, c'est que le discours de l'inconnu calma les ardeurs de chacun. Même eux disent qu'une sorte d'immense quiétude les envahit… »

Kantz avait achevé de se vêtir. Il s'assit sur le lit pour enfiler ses bottes. L'effort crispa les muscles de son visage.

« Le plus curieux, fit le Roi Misère d'un ton pensif, c'est que cet homme s'exprima dans une langue étrangère qui, malgré tout, fut comprise par toute l'assistance. Peux-tu croire cela ?

— Oui, je le puis », répondit le chevalier le plus naturellement du monde.

Il boucla son ceinturon, vérifia sa mise, s'assura que son épée jouait bien dans le fourreau. Cette nonchalance finit par agacer le chef de la truanderie de Wielstadt.

« Tout ce que je dis ne semble guère t'émouvoir !… Sais-tu qui est cet homme ?

— Sans doute. A quoi ressemblait-il ? »

L'autre se renfrogna.

« Grand, âgé, avec une courte barbe et des cheveux gris. Beau parleur, à l'évidence. Et il portait des vêtements usés et un long bâton, comme un pèlerin. C'est d'ailleurs ainsi que mes hommes le nomment : le *Pèlerin.* »

C'était l'homme qui avait tant inquiété Heide, en resurgissant des années après lui avoir commandé d'entrer au service du chevalier.

« Alors c'est sûr, confirma Kantz. Je le connais.

— Depuis longtemps ?

— Oui.

— Qui est ce Pèlerin ?

— Il a pour nom Michel.

— Et c'est tout ?

— C'est tout. »

Une cloche sonna dans le voisinage. Le chevalier compta les coups et déclara :

« Il est déjà six heures. Je dois partir.

— Pas avant de m'avoir répondu ! intervint le Roi Misère en se dressant debout. Tu vas me dire qui est cet homme qui calme une émeute en se montrant seulement, et qui parle un langage que personne ne connaît mais que tout le monde entend ! »

D'un coup, il avait abandonné la bonhomie qu'il affectait par amitié avec Kantz, pour redevenir le monarque autoritaire que chacun craignait à Wielstadt. Sa masse énorme, son aspect brutal de roi barbare, son regard brillant d'une intelligence parfois cruelle, tout cela exprimait une puissance qu'il était suicidaire de combattre.

Le chevalier, impassible, le considéra un moment.

« Je ne puis tout te dire, Roi Misère… Je n'en ai pas la liberté.

— Dis-moi d'où tu le connais et si je dois le craindre. »

C'était un ordre.

Kantz réfléchit et dit :

« Tu n'as rien à craindre de lui et je doute qu'il reste longtemps à Wielstadt… Quant à moi, je lui dois d'être celui que je suis. Je lui dois même la vie.

— Raconte-moi cela.

— Il y a dix-sept ans, en Lorraine, j'ai manqué me donner la mort. Le Pèlerin coupa la corde qui me pendait. »

Kantz se tut. Le Roi Misère le dévisagea puis, tandis qu'un sourire naissait sur ses lèvres, il lâcha :

« Tu ne m'en diras pas plus, n'est-ce pas ?

— Non.

— Alors va, chevalier. Nous nous reverrons bien un jour. »

30

A l'angle de deux rues populeuses, un carrosse anonyme, dont les rideaux étaient tirés, s'arrêta le temps nécessaire pour permettre à Reinecker d'embarquer et repartit aussitôt. Le cocher menait ses chevaux au trot. Il donnait de la voix et faisait claquer son fouet dans l'air afin que l'on s'écarte devant.

« Tu avais raison, dit la femme aux yeux vairons sans préambule. Sturger est sur le point de commettre l'irréparable. Je l'avais mal jugé : il est plus faible que je ne le croyais et pourrait bien tout faire échouer. »

Elle gardait en mémoire le spectacle que le bourgmestre, ivre et abattu, lui avait offert la veille.

« Si Sturger devient un souci… commença Reinecker.

— Tu n'y penses pas ?

— Quelques pouces de bonne lame suffiraient.

— Il ne saurait être question de cela… Il faut, néanmoins, parer au plus pressé… »

L'élégante réfléchit, puis lâcha :

« Tu auras besoin de tous tes hommes. Réunis-les ce soir et retrouve-moi où tu sais. »

— Et le chevalier ?

— Oublions-le pour l'heure. Il y a plus urgent.

— Cependant, il est arrivé une chose étrange, cette nuit.

— Laquelle ? »

Le spadassin expliqua alors ce que ses affidés, chargés de suivre Kantz, lui avaient rapporté le matin même. Quand il en vint au début du lynchage et à l'intervention inattendue du sauveur, la femme aux yeux vairons l'interrompit.

« Fais-moi le portrait de cet homme. »

Reinecker s'exécuta.

« Le port martial, un grand air de noblesse, barbe rase et blanche, longs cheveux gris. Il était vêtu comme un vagabond, ou un ermite. Il avait un long bâton de marche à la main. »

Ménageant ses effets, il garda pour la fin l'extraordinaire langue que l'inconnu parlait, et guetta la réaction de son interlocutrice.

Agnès von Bars, ou quel que soit son nom, pâlit.

« C'est lui… murmura-t-elle. Déjà !

— Un problème ? » s'enquit Reinecker d'un ton badin.

Ses maîtres ne lui disaient pas tout et, par conséquent, il ne se sentait pas l'obligation de les ménager. De l'ongle, sous son masque en cuir, il gratta distraitement une boursouflure cicatricielle qui le démangeait.

Redevenue maîtresse d'elle-même, l'élégante décréta :

« Chaque chose en son temps ! » Son assurance, cependant, pouvait être feinte. « Il nous faut d'abord nous occuper de Sturger et de ses misérables petites intrigues. Pour le reste… »

Elle laissa sa phrase en suspens et, soulevant le rideau de sa portière, s'abîma dans la contemplation du décor qui défilait.

« Tu auras bientôt ta vengeance, Reinecker. Et elle sera sanglante, je te le promets. »

Une lueur mauvaise dans l'œil, l'homme de main passa le bout rose d'une langue gourmande sur ses lèvres purpurines.

31

Sans doute pour retarder le moment d'essuyer les reproches inquiets d'Heide, Kantz, qui était parti à minuit avec Eva et n'avait pas reparu chez lui depuis, décida de faire un détour par les Trois-tours. En chemin, il ôta le pansement qui lui couvrait la joue et vérifia, dans le reflet d'un carreau, que la blessure était propre. Elle cicatrisait bien, mais il ne ferait pas l'économie d'une suture si elle venait à se rouvrir.

Dans la grande cour triangulaire du quartier général du guet, Kantz reconnut la voiture du bourgmestre au pied du donjon où Regenhalt avait son bureau. Prêt à embarquer, Sturger serrait la main du lieutenant criminel et semblait lui adresser des félicitations.

Intrigué, le chevalier pressa le pas. Il arriva trop tard pour rencontrer le bourgmestre dont le carrosse, déjà au trot, le frôla. Mais Regenhalt, qui l'avait vu venir, l'accueillit avec un sourire.

« Bonsoir, chevalier.

— Bonsoir. Vos rapports avec le bourgmestre semblent s'être améliorés.

— Un peu, un peu…

— En quel honneur ?

— Nous avons, ce jourd'hui, remporté une victoire : les profanateurs de sépultures qui sévissaient dernièrement à Wielstadt sont sous les verrous ! Bien sûr, ce n'est pas comme si nous avions mis la main au collet du Voleur de visages, mais je me refuse à bouder ce petit plaisir…

— Je vous comprends. Bravo. »

L'officier afficha une mine aussi réjouie qu'étonnée.

« Bravo ? Mais c'est moi qui devrais vous remercier, chevalier !

— Comment cela ?

— Entrons, que je vous explique. »

Sitôt entré dans son bureau, Regenhalt invita le chevalier à s'asseoir et servit deux verres de vin rhénan.

« Le bourgmestre pense que ce succès lui rend ses chances d'être élu demain. Il veut faire imprimer des plaquettes et se dit qu'avec le soutien populaire, il pourra gagner les votes de quelques membres du Conseil… Mon avis est qu'il se berce d'illusions, mais l'homme m'a fait trop de soucis pour que je tempère son enthousiasme. Pourvu qu'il cesse de me demander des comptes à longueur de temps… »

Kantz accepta le verre tendu, trinqua, et dit :

« Mais vous déclariez tout à l'heure que vous m'êtes redevable de l'arrestation des profanateurs…

— C'est pourtant vrai !… Vous vous souvenez, bien sûr, de ce Français que vous avez blessé et arrêté l'autre nuit, dans le quartier des Deux-Gibets… »

C'était arrivé dimanche, le soir où Maria avait manqué de lui crever un œil. L'événement datait de quelques jours à peine, et pourtant il semblait au chevalier qu'une éternité s'était écoulée depuis.

« Le chasseur de reliques ? s'étonna Kantz. Je l'avais presque oublié, celui-là…

— Pour tout dire, nous aussi…

— Je l'avais confié aux templiers de la porte des Chevaliers-du-Christ, pour qu'ils vous l'amènent.

— Notre homme se nomme Rouaud et, ce matin, l'un de mes exempts a eu l'excellente idée de l'interroger. Cela faisait assez longtemps que le Français croupissait dans l'incertitude de son sort, de sorte qu'il parla sans se faire prier. »

Ils étaient donc quatre anciens mercenaires qui, à Wielstadt, faisaient une petite fortune en volant des cadavres aussitôt vendus à quelques clients privilégiés. Ils avaient pour complices deux fossoyeurs et l'un des gardiens du cimetière des Anges-Aveugles.

« Sur ces quatre crapules, fit Regenhalt, vous en aviez capturé une et tuée une autre, Heichel.

— Un Hollandais. Je me souviens de lui et de son accent.

— Il restait donc, outre les complices de circonstance, le chef, un certain Schäfer, et un grand abruti nommé Frick. Grâce aux aveux de Rouaud, nous les avons arrêtés sans mal.

— Mais puisque le Français était au cachot et pouvait parler, pourquoi les autres ne se sont-ils pas mieux cachés ? Pourquoi n'ont-ils pas quitté la ville dès que possible ?

— Ils étaient convaincus que vous aviez tué Rouaud, lui aussi.

— Les imbéciles !

— Ne nous plaignons pas, puisque leur bêtise nous a servi… »

Kantz reposa son verre vide.

« A qui vendaient-ils les corps ?

— A des sorciers, des nécromants, quelques savants férus d'anatomie… La liste est longue.

— Puis-je voir cette liste ? »

Le lieutenant criminel eut un sourire confiant.

« Inutile, fit-il. Je sais quel nom vous intéresse et je puis vous le dire : votre médecin mystérieusement disparu, Theophilus Heich, est du nombre. Il était même un excellent client de nos profanateurs. Ceux-ci lui livraient un cadavre presque chaque semaine, dans sa maison de la place des Lices. »

Le chevalier tiqua, le sourcil froncé.

« Place des Lices, dites-vous ? »

Kantz ne connaissait qu'une adresse à Heich : c'était rue du Vieux-Pressoir, au cœur d'un modeste quartier protestant, bien loin de la place des Lices. Ni la bonne du médecin, ni l'apothicaire Hallhuber n'avaient évoqué cette autre demeure devant lui.

Dans le carrosse qui les y emmenait au trot mais devait souvent ralentir pour n'écraser personne, Regenhalt et le chevalier eurent tout le loisir de récapituler les faits. Il fut bientôt question du passé de Theophilus Heich.

« Comme vous me l'avez demandé l'autre jour, dit le lieutenant criminel, j'ai cherché des renseignements concernant Heich. Pour ne rien vous cacher, j'étais convaincu jusqu'à ce matin qu'il s'agissait d'une perte de temps, et si cela avait été pour un autre que vous… Mais au vu de la tournure que prennent les événements, il semble que vous aviez raison de vous intéresser à ce particulier…

— Et qu'avez-vous appris ?

— Saviez-vous que Theophilus Heich eut maille à partir avec notre justice ?

— Non.

— L'affaire remonte à deux ans environ… »

A l'époque, Heich n'était à Wielstadt que depuis quelques années. Il s'y était établi en qualité de médecin au printemps 1618, et pratiquait son art le plus régulièrement du monde. Partageant son temps entre une clientèle fortunée et une médecine charitable, il commençait à jouir d'une certaine renommée et enseignait même à l'Université, où ses leçons d'anatomie étaient très appréciées.

« C'est alors que l'on lui fit une méchante querelle.

— Que lui reprocha-t-on ? s'enquit Kantz.

— Principalement, de ne pas être diplômé de notre belle Université. Comme vous le savez, Heich est originaire de Stuttgart, où il fut fait médecin. Certains discutèrent la validité de son diplôme à Wielstadt et, sans contester directement ses aptitudes, donnèrent à croire que Heich n'était pas en droit de pratiquer la médecine ici. L'affaire fut portée devant les tribunaux.

— Mais puisqu'on le jugeait digne d'enseigner chez nous ! »

Regenhalt, comprenant l'étonnement du chevalier, sourit.

« Il est ici question d'arguties juridiques, lesquelles, trop souvent, n'ont rien à voir avec le bon sens… Quoi qu'il en soit, avant même qu'un jugement soit rendu, la Faculté retira son agrément à Heich et annula ses cours.

— Qui était à l'origine de cette chicane ?

— Officiellement, le bureau de l'Université. Mais un membre du Conseil de Ville semble s'être beaucoup consacré, depuis l'ombre, à la perte de Heich. Son nom apparaît çà et là, sur les comptes rendus de certaines procédures…

— Qui donc ?

— Hans-Georg Seelgen. »

A savoir le fervent partisan de la Sainte-Vehme qui, si rien n'était fait, allait devenir bourgmestre…

Le chevalier manifesta sa surprise par une mimique éloquente.

« Heich fut-il condamné ? demanda-t-il.

— Non. Grâce à l'intervention d'amis influents, dont un autre membre du Conseil de Ville, les plaignants furent déboutés. Néanmoins, on interdit à Heich de pratiquer la médecine à Wielstadt et, bien sûr, d'y continuer ses recherches sur l'anatomie humaine.

— Cependant, incapable de renoncer à l'œuvre de sa vie, Heich continua à guérir clandestinement. De même, il eut bientôt recours à des moyens illégaux pour obtenir les cadavres nécessaires à ses études.

— Et voilà comment Schäfer et sa bande croisèrent sa route… Je ne serais pas surpris de découvrir une salle de dissection là où nous allons.

Ne m'avez-vous pas dit que Heich conservait des organes humains dans un placard de son cabinet, derrière la boutique de l'apothicaire ?

— Si, fit distraitement Kantz.

— Il faut bien qu'il les ait prélevés quelque part… »

Le chevalier, pensif, se tut et constata que les chevaux ralentissaient.

« Qui était le conseiller qui prit la tête des partisans de Heich, lors du procès ?

— Pourquoi me le demandez-vous puisque vous l'avez deviné ?…

— Sturger ?

— Oui, Sturger. Qui d'ailleurs devint bourgmestre tandis que s'éternisait la chicane judiciaire. Le tour favorable qu'elle prit pour Heich n'y est sans doute pas étranger. »

Le carrosse s'immobilisa.

Ils étaient arrivés.

32

La place des Lices, depuis longtemps, n'accueillait plus les tournois médiévaux qui lui avaient donné son nom. C'était une vaste esplanade de terre jaune, rectangulaire, arborée autour, où se tenait désormais un marché quotidien. Au soir, les étals des commerçants étaient remplacés par les estrades des baladins, musiciens, montreurs d'animaux dressés et autres comédiens ambulants. On pouvait y manger, boire, s'amuser, danser sur des parquets de fortune. La fête se prolongeait, l'été surtout, jusqu'au douzième coup de minuit, heure à laquelle le guet mettait bon ordre. Mais avant ce moment fatidique, le quartier était l'un des plus vivants, joyeux et bruyants de Wielstadt dès la nuit venue.

Le carrosse s'arrêta devant une belle demeure en pierre, avec du lierre sur la façade et, derrière un haut mur, un hêtre dans la cour. Elle était propre et bien entretenue ; ses volets restaient ouverts pour la plupart ; quelqu'un, à l'évidence, y habitait.

Au portail, Regenhalt fit sonner le carillon et appela plusieurs fois, mais en vain. Par la grille, Kantz et lui guettèrent inutilement des mouvements aux fenêtres. Ils hésitèrent. Comme le soir tombait et que la place des Lices résonnait déjà de rires, de chants et de musiques, peut-être ne les entendait-on pas ? La cheminée ne fumait pas, cependant. Ils résolurent de faire le tour, passèrent par un jardin à demi sauvage, frappèrent sans ménagement à la porte, donnèrent encore de la voix et finalement, convaincus que la bâtisse était déserte, brisèrent un carreau. Un exempt avait voyagé à côté du cocher – il resta dehors tandis que les deux hommes entraient.

La rumeur joyeuse de la place des Lices leur parvenait étouffée et faisait un curieux contraste avec le calme immobile, presque morbide, qui régnait dans les murs. Ils passèrent un garde-manger, une grande cuisine, trouvèrent la *salle* et deux salons en enfilade. Ils ne rencontrèrent néanmoins personne et renoncèrent bientôt à avancer avec précaution.

« Pour un homme qui depuis deux ans ne se consacre plus qu'à soigner les pauvres, remarqua le lieutenant criminel, je trouve son logis plutôt cossu. »

Kantz dut lui donner raison.

C'était en effet l'intérieur d'un homme raffiné, cultivé et, surtout, riche. Les parquets étaient beaux, les tapis épais, les meubles précieux. Il y avait des livres et des objets d'art ; des tableaux, tous de la meilleure école flamande, ornaient les murs des salons. Une épaisse couche de poussière, cependant, s'était déposée. Le chevalier y passa le doigt de sa main toujours gantée et montra le résultat à Regenhalt.

« M'est avis, dit ce dernier, que le ménage n'a pas été fait depuis trois à quatre semaines. »

Kantz acquiesça.

« Cela correspond au moment de la disparition du médecin », souligna-t-il.

Un bel escalier à balustres de chêne montait. Ils l'empruntèrent et passèrent en revue un cabinet de lecture empli de souvenirs, un autre de travail, une bibliothèque et une chambre.

Le lit était grand, défait, tendu de velours brun ; des coffres contenaient des vêtements bourgeois plus confortables qu'élégants, mais d'excellente facture. Le pot de chambre n'avait pas été vidé : une macération puante y croupissait.

« D'après ses proches, fit Kantz, Heich est parti pour Stuttgart il y a maintenant presque un mois. La couche de poussière qui s'est déposée chez lui depuis semble d'ailleurs le confirmer. Mais qui s'absente en laissant un lit défait et, surtout, sans laver le vase de nuit ?…

— Un départ précipité, peut-être.

— Mais toute la maison est en bon ordre !… Notez que nous n'avons trouvé d'aliments périssables ni dans la cuisine, ni dans le cellier.

— C'est vrai.

— Non, le Dr Heich avait prévu son départ. Il en avait d'ailleurs averti sa servante et son ami apothicaire.

— On peut prévoir un voyage et partir néanmoins en urgence », insista Regenhalt.

Le chevalier afficha une moue dubitative.

« En outre, fit-il, les matières dans le vase ne sont pas si vieilles. Je dirai qu'elles n'ont guère plus d'une semaine. »

Ce talent d'expertise manquait au lieutenant criminel.

« Heich, proposa-t-il, peut avoir laissé sa maison à un locataire…

— Et où est-il à présent, ce locataire ?

— Ça !… »

Ils visitèrent le cabinet de lecture, dont des romans, des biographies historiques et des recueils de poésie encombraient les rayonnages. Un confortable fauteuil trônait au centre, près d'une petite table, d'un chandelier et d'un service à liqueur. Le carafon était vide et les verres propres ; la mèche des bougies n'avait jamais connu le feu.

La bibliothèque jouxtait le cabinet de travail – deux marches et un passage voûté, seulement fermé par un rideau, les séparaient. Les livres composaient un trésor savant. Il s'agissait d'ouvrages de médecine, d'anatomie, de philosophie, de théologie ; quelques traités d'astronomie, de mathématique, d'architecture et de musique s'y ajoutaient en moindre nombre.

« La bibliothèque d'un homme curieux et fort savant », nota Kantz.

Un meuble à part recelait les plus grands textes de la Fraternité rosicrucienne et quelques-uns des commentaires critiques que ces écrits avaient suscités à travers l'Europe. Le chevalier les feuilleta : toutes les pages ou presque étaient annotées.

Regenhalt s'en revint alors du cabinet de travail.

« Regardez ce que j'ai trouvé », dit-il.

Il portait une petite malle en cuir qu'il posa sur une table. Laissée entrouverte, elle était encore pleine d'effets personnels et de vêtements froissés, déjà portés et vaguement pliés. De sous les linges, Kantz tira un fascicule. Il s'agissait d'un almanach récent imprimé à Stuttgart. Aux mois de septembre et d'octobre, les jours des principales phases lunaires étaient soulignés à la plume.

« Je crois que nous tenons l'explication de notre petit mystère », affirma le lieutenant criminel.

Et comme le chevalier se contentait d'acquiescer distraitement, il ajouta :

« Notre homme est parti en voyage, pour le Wurtemberg sans doute. Puis il est revenu, passa une nuit seulement chez lui, et disparut avant de trouver le temps de défaire ses bagages. Cela explique l'état général de la maison, le lit défait, le vase d'aisance et cette malle…

— Vous pourriez bien avoir raison, le félicita Kantz. Cependant… »

Il évoqua la lettre que Heich avait écrite à son ami apothicaire, pour l'avertir de son retard et le prier d'en informer sa domestique de la rue du

Vieux-Pressoir. La lettre avait été glissée sous la porte de Hallhuber. Il n'était pas certain qu'elle avait beaucoup voyagé avant ça.

« Quand l'apothicaire a-t-il reçu cette lettre ? demanda Regenhalt.

— Il y a un peu plus d'une semaine, je crois.

— En ce cas, il est possible que Heich l'ait écrite après son retour de Stuttgart.

— Peut-être sous la contrainte de ravisseurs, imagina Kantz. Afin que personne ne s'inquiète de son absence.

— Une absence qui alarma cependant assez notre bourgmestre pour qu'il fasse appel à vos services. »

Le chevalier se tut et balaya le décor d'un regard circulaire qui s'arrêta sur le bureau et les coffres à documents du médecin. Regenhalt comprit les intentions de Kantz et dit :

« Je vous laisse.

— Vous partez ?

— Non, mais j'ai aperçu une porte basse dans la cuisine. Elle pourrait mener à la cave et c'est la seule pièce de cette maison que nous n'avons pas encore visitée. »

Ils se séparèrent et Kantz put fouiller à loisir dans les papiers personnels de Heich. Il y trouva des travaux de recherche médicale qu'il survola, et une abondante correspondance.

Il la lisait, fasciné, quand le lieutenant criminel reparut.

« Je ne m'étais pas trompé, annonça Regenhalt. Heich se livrait bien chez lui à des dissections.

— Vraiment ?

— Il y a dans la cave une grande table de pierre. Des rigoles y sont creusées, qui terminent dans des seaux. Il y a aussi des livres pleins de planches anatomiques, des organes que je crois humains dans des bocaux, et tout un matériel de tortionnaire.

— De tortionnaire, ou de médecin.

— Oui… Et de votre côté ? »

Kantz haussa les épaules et choisit de mentir par omission.

« Il est encore trop tôt pour le dire. Je n'aurai pas assez de la nuit pour lire toute cette paperasse…

— Quant à moi, je ne puis rester.

— Verriez-vous un inconvénient à me laisser ici ?

— Non, bien sûr… Mais je veux être le premier à connaître ce que vous pourriez apprendre. »

Le chevalier, sans répondre, reprit sa lecture. Regenhalt se retira et fut surpris de voir Kantz le rattraper dans l'escalier.

« Qu'y a-t-il, chevalier ?

— Une requête.

— Laquelle ?

— Je souhaiterais que vous ne parliez à personne de cette maison. Le bourgmestre ignore encore tout d'elle, n'est-ce pas ? »

Le lieutenant criminel fronça le sourcil.

« Oui. Mais pourquoi le lui cacher plus longtemps ?

— L'élection a lieu demain…

— En effet.

— C'est-à-dire que, demain, Sturger ne sera plus bourgmestre. Et Seelgen, le candidat de la Sainte-Vehme, lui aura succédé… »

Regenhalt s'assombrit.

« Malheureusement, oui.

— Par conséquent, tout ce que vous pourriez dire à Sturger, la Vehme l'apprendra bientôt.

— Et c'est cela que vous voudriez éviter…

— Ou du moins en retarder le moment.

— Pourquoi ? »

Kantz se fit évasif.

« Je ne sais, au juste… Mais je pressens que la Sainte-Vehme est tout autant impliquée dans la disparition de Heich que la Rose-Croix. J'ignore encore, je vous l'avoue, de quoi il retourne… Cependant je suis convaincu qu'il me faut gagner du temps… »

Le lieutenant criminel se laissa convaincre.

« Soit. Mais je ne puis vous garantir que ce secret tiendra longtemps.

— Nous verrons bien.

— Au revoir, chevalier.

— Au revoir. Et merci. »

Regenhalt eut un sourire et un geste pour dire : « N'y pensons plus. »

Puis il s'en fut.

Plus tard cette nuit-là, Kantz s'usait les yeux à la lueur d'une bougie sur la correspondance de Heich, quand il sentit une immense fatigue l'envahir. Un clocher sonna dix heures. Les épreuves de la veille l'avaient épuisé et le repos pris aux bons soins du Roi Misère n'avait pas suffi.

Dans l'espoir de se requinquer avec un grand bol d'air frais, le chevalier alla ouvrir la fenêtre. Aussitôt, le tintamarre festif de la place des

Lices, jusque-là assourdi par les carreaux, envahit la bibliothèque. Kantz se hâta de refermer en pensant que cette demeure, dédiée par son propriétaire à la lecture et à des recherches savantes, était bien mal choisie sur le plan de la tranquillité.

Puis il se fit la réflexion que le vacarme du dehors avait, peut-être, la vertu de couvrir les bruits du dedans. Le jour, il y avait le marché et ses crieurs ; la nuit, il y avait les musiciens, les acteurs, les pitres et les rires.

Kantz songea à la salle de dissection, dans la cave, et à ce qu'un médecin pouvait y infliger à des sujets d'expérience bien vivants.

Il songea au Voleur de visages et à ses victimes mutilées.

33

Cette nuit-là, chez Heich, Kantz céda finalement à l'épuisement, et ce furent les tambours des sergents de ville venus vider la place des Lices qui, à minuit, le réveillèrent en sursaut. Il quitta la demeure comme un voleur et emporta ce qui restait à lire de la correspondance du médecin. De retour rue Königberg, il se débotta dans l'entrée, gagna sa chambre sans déranger Heide, s'allongea tout habillé sur son lit. Incapable de se rendormir, il acheva la lecture des lettres que Heich avait reçues dernièrement. Cela le mena jusqu'aux premiers blancs de l'aube, moment que choisit le sommeil pour le surprendre.

Tôt levé en ce matin d'octobre, Kantz fit une rapide toilette et descendit dans la *salle*. Il y trouva Heide, qui brossait ses bottes assise sur un tabouret, et Irena, la future de Stefan. Celle-ci finissait de mettre le couvert pour le chevalier. Elle s'interrompit et afficha un air embarrassé en le voyant paraître, comme prise en faute.

« Bonjour, Monsieur le Chevalier.

— Bonjour, Irena. Bonjour, Heide.

— Bonjour, monsieur. »

Kantz s'installa au bout de la grande table. Irena lui servit un bol de bouillon clair, un verre de vin coupé et une tranche de pain. On était vendredi, jour où le chevalier faisait maigre quand il ne jeûnait pas.

« Merci, Irena… Puis-je savoir ce que vous faites chez moi ? »

La jeune femme s'empourpra.

« C'est que…

— Vous le voyez bien ! intervint Heide en passant un chiffon gras sur les bottes de son maître. Elle vous sert et fera bientôt votre chambre. »

Comprenant la consigne implicite, Irena acquiesça et se hâta de gravir l'escalier, trop heureuse de s'esquiver.

Il y eut un moment de silence que scanda le balancier de l'horloge.

« Voilà ! » dit enfin Heide.

Elle se leva pour poser les bottes rutilantes aux pieds du chevalier.

« Appelez quand vous voudrez être chaussé.

— Et qui devrai-je appeler ?… Toi ? Irena ?

— Celle qu'il vous plaira.

— Ce dont je déduis qu'Irena est à mon service…

— Mais oui.

— Depuis quand ?

— Depuis hier.

— Pourquoi ?

— Pour la raison que je ne serai pas toujours là, chevalier. Savez-vous mon âge ? »

Kantz s'aperçut que non.

Ils se dévisagèrent un instant. Les yeux de la gouvernante étaient d'un vert très pur et pas un cheveu n'échappait au chignon qui la coiffait telle une boule de soie argentée, haut sur son crâne. Il se dégageait d'elle une impression de propreté et de fraîcheur ; une odeur de lait et de violette l'accompagnait. Le regard, d'ordinaire, était sûr, malin, volontiers moqueur. Mais aujourd'hui, une tristesse résignée le hantait.

« Pourquoi parles-tu de ça ?

— De ma mort, voulez-vous dire ?… Parce qu'elle arrivera bien un jour, et qu'il faut que quelqu'un s'inquiète de votre domestique…

— Tu te portes bien.

— Point tant que vous le croyez.

— Serais-tu malade ? s'inquiéta le chevalier.

— Non.

— Alors quoi ?

— Alors mes jours s'achèvent. Je le sens. »

Des larmes perlèrent aux paupières de la vieille femme. Kantz la prit par la main et l'invita à s'asseoir près de lui. Elle se laissa faire.

« Pourquoi ne me disais-tu rien ? demanda-t-il d'une voix douce. Songes-tu à cela depuis longtemps ?

— Depuis quelque temps.

— Depuis que tu as revu cet homme, n'est-ce pas ? Celui qui te commanda d'entrer à mon service et a dernièrement resurgi ? »

Elle hocha la tête.

« Son retour n'est pas un présage funeste, Heide…
— Je sais bien que si, moi. »
Il voulut la rassurer mais elle ne lui en laissa pas l'occasion.
« Je n'ai pas d'enfants, monsieur. Tous sont morts en bas âge… Et je n'ai plus de famille : eux aussi ont passé… Je n'avais que mon époux et il venait de mourir à son tour quand cet homme est arrivé. A l'époque, j'attendais la mort… Je la souhaitais, même. Ma vie me semblait achevée… Et puis il est venu, il m'a parlé et j'ai compris, au fond de moi, qu'une chance m'était offerte de vivre encore. En vous servant, monsieur. En vous servant du mieux que je pouvais…
— Et tu l'as fait, Heide.
— Je m'y suis efforcée, à tout le moins… Mais maintenant que cet homme est revenu, je comprends que… »
Le chevalier ne voulut rien entendre :
« Tu m'as bien servi, Heide. Et tu me serviras bien encore… Puisque tu le souhaites, Irena t'aidera et… »
En lui agrippant les mains, la vieille femme leva sur Kantz un regard plein d'urgence.
« Il faut m'écouter, Monsieur le Chevalier !… »
Il balbutia, troublé. Elle insista :
« Il faut m'écouter !
— Soit. Je t'écoute.
— Quand le moment viendra, je veux reposer près de mon époux et de mes pauvres petits. Tout est déjà arrangé… C'est au cimetière des Anges-Aveugles. J'y ai déjà ma place…
— Mais, Heide… Je t'assure que…
— Promettez-le-moi, chevalier… Promettez-le-moi ! »
Elle lui serrait la main à lui faire mal, comme accrochée à un dernier espoir.
Il promit à l'instant où Irena redescendait.

Kantz sortit vers neuf heures, encore bouleversé par les confidences de sa gouvernante et regrettant quelque peu de la laisser.
Mais que pouvait-il faire ? Heide était la proie d'une peur intime, tenace, irraisonnée, qu'il ne savait pas comment combattre. La présence d'Irena, en outre, empêchait que la vieille femme, déjà pudique dans les tête-à-tête, se livre plus. Et d'ailleurs le voulait-elle ? Rien de moins sûr car elle manifestait désormais, à l'égard du chevalier, une retenue qui confinait à la froideur. Elle était une femme forte qui avait cédé à un élan

de tristesse et, de nouveau maîtresse d'elle-même, affectait de l'ignorer. Kantz y voyait de la fierté et du courage, cependant qu'il ne réalisait pas qu'en agissant ainsi, Heide s'efforçait d'abord de le préserver. Elle regrettait déjà d'avoir exprimé des tourments qui, elle en était consciente, allaient immanquablement peser sur celui qui les partageait par sa faute. Or la seule perspective de devenir une gêne lui était insupportable. Si elle avait évoqué ses obsèques, c'était pour que, le moment venu, le nécessaire soit fait sans heurt ni contraintes. Heide était de ces gens qui, par amour, souhaitent être oubliés aussitôt après leur mort afin qu'on ne les pleure pas.

Kantz, au demeurant, avait à faire ailleurs.

La lecture du courrier de Theophilus Heich lui en avait appris long sur le médecin : son appartenance avérée à la Rose-Croix, et ses liens privilégiés avec le bourgmestre Sturger. Le mystère de sa disparition n'était pas résolu. Cependant, le chevalier en savait à présent assez pour comprendre qu'on avait tenté de le manipuler. Il s'agissait de lui faire retrouver Heich plutôt que cette pauvre Mathilde, innocente victime prétendument enlevée, et dont Kantz doutait qu'elle avait jamais existé.

Pourquoi ne lui avait-on pas dit le véritable objectif de sa mission ? Pourquoi avoir inventé un rapt dont le chevalier ne pouvait pas manquer de découvrir la fausseté un jour ou l'autre ? Peut-être pour repousser au plus tard des explications embarrassantes au sujet de Heich et de ses activités secrètes. Peut-être, aussi, pour ne pas risquer d'essuyer un refus immédiat. Car Kantz et les Rose-Croix étaient restés en mauvais termes depuis que la Fraternité, l'an passé, avait menacé la vie de Heide. Si le chevalier avait su dès le début qui requérait ses services, il aurait renoncé.

Des zones d'ombre subsistaient, malgré tout. De fait, pourquoi la Rose-Croix désirait-elle retrouver Heich ? N'était-elle qu'inquiète de la disparition de l'un des siens ? Kantz devinait des motifs moins nobles, et susceptibles d'intéresser également la Sainte-Vehme. Depuis quelque temps en effet, ces deux sociétés secrètes se livraient une guerre clandestine pour le pouvoir et la connaissance. A l'évidence, une nouvelle bataille se déroulait, dont Theophilus Heich était l'enjeu.

Mais ce qui s'avérait extrêmement grave aux yeux du chevalier était que ceux qui tiraient les ficelles dans l'ombre semblaient en savoir beaucoup le concernant. Beaucoup plus, en tout cas, qu'il ne croyait possible. On s'était ainsi employé à lui faire croire que la prétendue Mathilde était sa fille et qu'elle était en danger. Cela avait bien failli réussir puisque tout concordait : les date et lieu de naissance de la jeune fille, ses mystérieuses origines, et jusqu'au portrait retrouvé dans l'âtre de Heich, près de vêtements féminins brûlés. Pour imaginer cette kabbale, il fallait connaître le passé de Kantz dans les moindres détails, ou du moins en savoir assez sur les derniers mois de sa vie d'homme d'Eglise, avant que le destin ne le rattrape.

Qui avait parlé ? Qui avait trahi ? Le chevalier n'avait rien confié à quiconque sur ce sujet, et seules deux personnes au monde savaient qui il était. Tout n'était d'ailleurs pas faux dans ce complot. Le médaillon et son portrait étaient bien réels, de même que la femme redoutable qui s'y trouvait représentée. Et la découverte du pendentif avait sans doute eu l'effet escompté en persuadant Kantz de poursuivre aveuglément ses investigations. Y a-t-il investigateur plus acharné qu'un père qui croit sa fille menacée ? Quelques jours durant au moins, le chevalier s'était laissé berner, rongé par un doute qui lui avait fait négliger l'essentiel.

Ses ennemis usaient donc de leviers puissants contre lui, et Kantz était décidé à ne plus permettre qu'ils les emploient. Il voulait reprendre l'avantage, demander des comptes, exiger des réponses. La colère d'avoir été utilisé faisait naître en lui une énergie qui ne cessait de croître. Il marchait d'un pas décidé, le regard dur, et tous ceux qu'ils croisaient dans les rues tortueuses et bondées s'écartaient devant lui.

Bientôt, le portail de l'hôtel de Rigemont se dressa à sa vue.

Deux centaures de la Garde en interdisaient l'accès à un groupe de curieux.

34

Dans la cour de l'hôtel de Rigemont, tout autour de la fontaine aux naïades dont les eaux miroitaient, des sergents de ville et des exempts s'affairaient sans entrain, l'air sombre. Il régnait là, sous le soleil d'octobre, une ambiance de cimetière où l'on passe la tête basse, évite le regard des autres et affiche une mine empruntée, comme gêné d'être.

Devant le perron, onze cadavres étaient alignés sous des draps ensanglantés qui épousaient leurs formes. Deux brancardiers en apportèrent bientôt un douzième, trouvé comme les autres à l'intérieur. Rainer von Regenhalt le fit déposer au bout de la rangée et demanda :

« Le dernier ?

— Oui, répondit un exempt. Il ne reste que… »

L'homme eut un mouvement de menton en direction du perron, plus haut, au-delà de la balustrade qui cachait la vue.

« J'interdis que l'on touche à celui-là », ordonna le lieutenant criminel.

L'exempt acquiesça et s'en fut. Il salua Kantz qui approchait, un masque d'incrédulité sur le visage.

« Vous ? Déjà ? s'étonna Regenhalt. Mais comment avez-vous su ?

— Je ne savais rien… Que s'est-il passé ?

— C'est arrivé cette nuit… Un véritable massacre.

— Je le vois. Des survivants ?

— Aucun… Tous ont péri, la plupart assassinés dans leur sommeil… A la dague… Un travail d'égorgeur. »

Egorgeur…

A ce mot, Kantz vit se dessiner la silhouette de Reinecker.

« C'est l'œuvre de la Sainte-Vehme, dit-il.

— Vous croyez ?

— J'en suis sûr. Mme de Rigemont appartenait à la Rose-Croix. Ou du moins avait-elle des accointances avec la Fraternité.

— C'était elle que vous veniez voir ?

— Oui.

— Pourquoi ?

— Je voulais lui faire des questions au sujet de Theophilus Heich. »

Le lieutenant criminel écoutait à peine. Il acquiesça et dit pour lui-même.

« Treize victimes… Dont six femmes et deux enfants, la fille du palefrenier et le fils de la cuisinière. La gamine n'avait pas six ans. »

Il y avait bien, en effet, deux petits corps comme perdus sous les draps qui, en les couvrant, s'étalaient largement autour d'eux. Mais Kantz ne compta que douze dépouilles en tout.

« Treize, dites-vous ?

— La treizième victime est sur le perron. C'est la première que l'on trouva et l'on ignore encore qui elle est.

— Pourquoi ne pas l'avoir déplacée comme les autres ?

— Montez, chevalier. Vous comprendrez. »

A cet instant, il y eut un chahut au portail. Les curieux s'y étaient amassés en une petite foule qui devenait turbulente et que les deux centaures en sentinelle peinaient à contenir. Appelant un exempt et quelques archers à la rescousse, Regenhalt se hâta d'aller y mettre bon ordre.

Kantz grimpa seul les marches du perron.

Une femme blonde et nue, les yeux crevés, le pubis et les aisselles rasés, était étendue les bras en croix devant la porte d'entrée, ses longs cheveux étalés en corolle. Sa figure était une charpie de chair sanguinolente. La peau avait été autant lacérée que déchirée. Des lambeaux manquaient, d'autres pendaient. Des entailles malhabiles, soit trop profondes, soit trop légères, entouraient le front et les joues, là où on s'était efforcé de découper le masque. On s'était acharné à arracher ce visage et l'on avait échoué.

« Votre avis ? s'enquit Regenhalt en rejoignant le chevalier.

— Ce n'est pas le Voleur de visages qui a fait cela. Quelqu'un a voulu l'imiter.

— Mais l'effet sera le même sur la population. La rumeur, d'ailleurs, court déjà que le Voleur de visages a encore frappé.

— C'est sans doute ce que la Vehme espérait…

— Et c'en est fini des ambitions politiques du bourgmestre Sturger. Le maigre succès d'hier comptera pour peu, comparé à cette boucherie… »

Le maigre succès qu'évoquait le lieutenant criminel était l'arrestation des profanateurs de sépultures.

« Vous disiez ignorer qui est cette malheureuse ? fit Kantz.

— En effet. Elle n'appartient pas aux domestiques de Mme de Rigemont. Une amie, peut-être… Avez-vous une idée ? Vous pourriez l'avoir croisée lors de l'une de vos visites… »

Le chevalier fit un effort de mémoire inutile.

« Non », dit-il en s'accroupissant.

Et il ajouta sans manifester d'émotion :

« Elle n'était plus si jeune… Quel âge lui donneriez-vous ?

— Je ne sais… Quarante ans, au moins.

— Oui. C'est-à-dire bien plus que les victimes ordinaires du Voleur de visages… »

La femme avait pour seul bijou une chevalière à l'annulaire. Kantz souleva la main froide et molle, ôta la bague afin de l'examiner, et en reconnut le modèle. De l'ongle, il fit pivoter le chaton et révéla, sur l'autre face, les armoiries finement ciselées de la Fraternité de la Rose-Croix : une rose héraldique posée au centre d'une croix romaine.

Se redressant, il montra la chevalière à Regenhalt et demanda :

« Cela ne vous rappelle rien ?

— Le cavalier de Mölein ! »

Le lieutenant criminel, aidé de Kantz, avait enquêté sur la mort de ce cavalier qui, l'an passé, avait été assassiné à Wielstadt. Il portait une bague semblable qui lui avait été confiée par une rosicrucienne convaincue, la baronne de Ludehn.

« Ce massacre n'est qu'un épisode particulièrement odieux de la lutte opposant les Rose-Croix et la Sainte-Vehme, dit le chevalier. Croyez-m'en… »

Abandonnant Regenhalt à ses pensées, il entra dans l'hôtel.

On en avait ouvert toutes les portes et toutes les fenêtres, de sorte qu'un vent froid animait les rideaux, les tentures, les luminaires. Le silence régnait dans les pièces et les couloirs désertés, seulement troublé par des grincements d'huisserie, le tintement cristallin des lustres et le gémissement des parquets sous la semelle. Çà et là, Kantz trouva les traces des meurtres qui avaient été commis durant la nuit – rares étaient les lits dont les draps défaits, tourmentés, ne s'avéraient pas tachés de sang bruni.

Il visitait le premier étage lorsqu'un carrosse passa le portail sous les huées de la populace et s'arrêta dans la cour. Le bourgmestre, dont on avait reconnu les armoiries sur les portières, en descendit. Pâle et roide, il échangea quelques mots avec le lieutenant criminel. Puis, un à un, on lui montra les visages des corps alignés. Depuis la rue, les cris de la foule redoublèrent. Un escadron de centaures arriva à point pour la disperser sans ménagements. Un crâne fendu et un malchanceux roulant sous les sabots suffirent à décourager les velléités d'émeute. Mais une colère sourde grondait, contenue, presque palpable.

Kantz rencontra Sturger sur le perron, près de la victime blonde. Les deux hommes se toisèrent un moment sans parler. Le regard du chevalier était inquisiteur, impitoyable, lourd de menace. Le bourgmestre ne put le soutenir. Il avait les yeux cernés, les traits tirés. Il semblait sur le point de s'effondrer mais n'émut personne.

« Pourquoi… murmura-t-il. Pourquoi ont-ils fait cela ?…

— Ignorez-vous véritablement la réponse ?

— Pour… Pour me perdre ?… Seulement pour me perdre ?

— Pour vous perdre, vous et les vôtres. »

La responsabilité de treize meurtres sauvages pesa soudain sur les épaules et la conscience de Sturger. Au bord des larmes, il s'agenouilla près du cadavre. D'une main légère, délicate, amoureuse, il frôla les longs cheveux blond cendré, évita le visage ravagé dont les yeux crevés avaient suinté une humeur vitreuse, caressa une épaule nue et froide, continua son geste jusqu'à prendre la main gauche de la morte dans les siennes.

« Pardon », lâcha-t-il.

Il parut alors s'apercevoir de quelque chose et retourna la main blafarde en tous sens, avant de lever vers le chevalier un regard plein d'espoir.

« Est-ce cela que vous cherchez ? demanda Kantz en laissant tomber la chevalière rosicrucienne. N'espérez rien. Elle l'avait à son doigt. »

Il en savait désormais plus qu'il ne pouvait le supporter et s'en fut, dégoûté et furieux.

35

Ce vendredi 11 octobre de l'an 1624, à deux heures, le Haut Conseil de Ville siégea en chambre solennelle et publique afin de nommer le prochain bourgmestre. La salle était comble et les huissiers eurent du mal à obtenir le silence. Enfin, l'on commença.

Le spectacle avait été parfaitement réglé en coulisse. Les débats – auxquels le bourgmestre en exercice n'était pas admis à participer – furent de pure forme et les quelques représentants courageux qui dénoncèrent cette mascarade quittèrent leurs bancs sous les huées. Quand l'ordre fut rétabli, une écrasante majorité élit le conseiller Hans-Georg Seelgen. C'était moins à l'individu qu'à ses puissants et redoutables réseaux que l'on confiait la destinée de Wielstadt, car nul n'ignorait les étroites accointances de Seelgen avec la Sainte-Vehme. Qu'il en soit l'un des principaux membres ou simplement l'homme de paille importait peu. On voulait un retour à l'ordre moral et civil que seules les méthodes radicales prônées par les *Wissenden*[1] semblaient aptes à restaurer. Ne fallait-il pas cravacher un cheval pour s'en faire obéir ? La vertu pouvait-elle vaincre le vice autrement que par le fer ? Et si l'on y songeait bien, quel scandale y avait-il à exécuter sans procès un criminel notoirement coupable ?... Un peu de tyrannie, sans doute, serait profitable à tous en ces temps de crise. Et chacun, se croyant dans son bon droit, augurait au voisin des punitions sévères trop longtemps méritées.

Place de l'Hôtel-de-Ville, la foule acclama le nouveau bourgmestre quand il parut au balcon. Kantz assista de loin à ce triomphe et se retira, convaincu que les jours les plus sombres de Wielstadt commençaient à peine.

1. Littéralement : ceux qui savent (all.). Nom donné aux affiliés de la Sainte-Vehme.

« Votre venue est de la dernière imprudence, madame », dit Seelgen en refermant la porte de la minuscule antichambre.

Il venait de se montrer au peuple et devait encore être présenté aux représentants des principaux corps constitués de Wielstadt. Déjà, courtisans et flatteurs lui faisaient la chasse. Son absence serait vite remarquée.

« Je n'ai que peu de temps à vous accorder », ajouta-t-il.

Toute vêtue de noir comme une veuve en deuil, Agnès von Bars souleva le voile sombre qui bordait son chapeau et cachait son beau visage, mais échouait à estomper le feu vert et gris de ses yeux.

Elle esquissa un sourire ironique.

« Je constate que vous êtes peu enclin à partager votre triomphe… Mais rassurez-vous, je ne vous volerai pas votre gloire. C'est sans doute la dernière fois que nous nous rencontrons… Et puis, ne suis-je pas morte ?…

— A ce sujet, je m'interroge sur la nécessité du massacre de cette nuit à l'hôtel de Rigemont… Car c'est bien vous qui l'avez ordonné, n'est-ce pas ?

— C'est moi. Savez-vous que Reinecker semble y avoir pris beaucoup de plaisir ? »

Le nouveau bourgmestre haussa les épaules. Il se souciait peu des innocents assassinés, mais les risques que Reinecker et ses hommes avaient encourus dans l'opération lui semblaient excessifs. Et si l'alerte avait été donnée ? Et si le guet avait pris et fait parler l'un ou l'autre des spadassins ?

Il ne voulut pas paraître timoré en exprimant ces craintes rétrospectives et lâcha :

« J'aurais été élu sans cela.

— Certes.

— Alors pourquoi ? »

La femme aux yeux vairons afficha la mine patiente et agacée de celle qui doit expliquer une évidence à un enfant borné.

« Parce qu'il fallait que le piège achève de se refermer sur Sturger… Mme de Rigemont est morte et je suis également censée l'être. Sans compter la douleur que mon décès lui cause, Sturger devra d'ores en avant répondre seul de ses actes devant ses frères de la Rose-Croix. Et quand bien même comprendrait-il bientôt le tour que je lui ai joué, on ne le croira pas et toute la faute pèsera sur ses épaules… Vous vous imaginiez sans doute qu'il suffisait, pour perdre Sturger, de lui ôter ses habits de bourgmestre ? »

Elle eut un petit rire et reprit.

« J'ai réussi bien pis en le compromettant définitivement aux yeux de la Fraternité. Et c'est un coup dont celle-ci tardera à se remettre… Je doute que Sturger restera longtemps ce qu'il est au sein des Rose-Croix. Il perdra son titre, ses fonctions… Peut-être même sera-t-il répudié. »

Elle approcha de Seelgen, une lueur de fierté et d'ambition dans le regard.

« En permettant que vous soyez élu et en discréditant Sturger chez les Rose-Croix, je livre à la Sainte-Vehme une Wielstadt débarrassée des ennemis qu'elle y avait… Qui, avant moi, avait réussi cela ? Qui, monsieur le Bourgmestre ?… »

Personne, bien sûr. Mais l'autre se garda de le reconnaître.

« Tout de même, dit-il, les meurtres du Voleur de visages n'ont pas été pour rien dans…

— Etes-vous naïf à ce point ? » s'amusa Agnès von Bars.

Le bourgmestre se raidit tandis que les braises de l'Enfer luisaient dans ses yeux. Mais il parvint à contenir sa colère sous l'insulte.

« Que voulez-vous dire ?

— Je veux dire que ce n'est pas la Providence qui a conduit ce fou sanguinaire à Wielstadt. Je veux dire que ce n'est pas non plus la Providence qui le créa… »

Il y eut un silence, que Seelgen fut le premier à rompre.

« Quand quittez-vous Wielstadt, madame ?

— Etes-vous si impatient de me voir partir ?

— Je m'informe.

— Dans quelques jours. Je n'en ai pas fini avec le chevalier. En outre, j'aimerais mettre enfin la main sur ce fameux *Troisième Manifeste*…

— Que ce texte soit perdu suffit.

— Je préférerais le savoir détruit. »

On frappa discrètement à la porte pour rappeler le nouveau bourgmestre à ses devoirs.

« Je dois vous laisser, madame.

— Une dernière chose : verriez-vous un inconvénient à ce que je garde Reinecker à mon service encore quelque temps ?

— Gardez-le autant qu'il vous plaira.

— Trop aimable. »

Elle fit une révérence moqueuse.

« Adieu, Monsieur le Bourgmestre. »

Agnès von Bars prit un escalier dérobé, un couloir discret, et gagna une petite cour où son carrosse l'attendait. Reinecker lui tint la porte ouverte et embarqua après elle. Le cocher fouetta aussitôt les chevaux.

« Nous avons accompli notre devoir, mon ami, dit joyeusement l'élégante aux yeux vairons. Nous pouvons à présent songer à nous amuser.

— Quand ?

— Mais dès cette nuit !… Pourquoi repousser ?

— A vos ordres, madame.

— Sais-tu ce que sont les Hénokiens ? »

Le carrosse s'engouffra sous un passage voûté et quitta l'Hôtel de Ville.

36

Kantz passa l'après-midi et la soirée à fouiller de fond en comble la demeure de Theophilus Heich, place des Lices. Il savait qu'il avait une longueur d'avance sur la Sainte-Vehme et la Rose-Croix, et voulait l'exploiter au plus tôt. Tout n'était peut-être pas perdu.

La lecture des lettres que le médecin avait reçues et conservées avait été riche d'enseignements. Si aucune n'était antérieure à 1618 (date à laquelle Heich s'était établi à Wielstadt), toutes émanaient d'érudits parfois illustres : historiens, théologiens, philosophes, médecins, astrologues et autres. De ces échanges épistolaires savants, il ressortait que le Dr Heich était l'un des grands esprits de son temps. Comme la plupart de ses correspondants, il appartenait à l'Ordre fraternel de la Rose-Croix. Mais lui se distinguait de la masse des rosicruciens – ainsi appelait-on les simples membres de la Fraternité. Il était à l'évidence un véritable Rose-Croix, c'est-à-dire l'un de ces rares « élus » pénétrés de la sagesse divine et auxquels on prêtait des pouvoirs miraculeux, dont celui de guérison. Kantz se souvenait que tous les témoignages concordaient pour faire de Heich un médecin d'exception, capable de sauver les cas désespérés. Il pratiquait en outre une médecine charitable, à l'instar des premiers disciples de Christian Rosenkreutz.

Tous ceux qui écrivaient à Heich s'adressaient à lui avec déférence, à l'exception d'un certain Johann Valentin Andreae, qui le traitait en égal et ami. Kantz connaissait ce nom. Pasteur luthérien et prédicateur à la cour du Wurtemberg, Andreae passait pour être l'auteur – avec Tobias Hess, un ésotériste mort en 1614 – des premiers manifestes de la Rose-Croix. Répondant publiquement à ces soupçons, Andreae s'était toujours défendu d'avoir écrit la moindre ligne de la *Fama Fraternitatis Rosae Crucis* ou de la *Confessio Fraternitatis;* mieux, il avait condamné les écrits de la

Rose-Croix en assurant n'y trouver « que discours obscurs et affectés joints à la crédulité la plus funeste et la plus honteuse ». Mais dans les lettres destinées à Theophilus Heich, le ton changeait. Tandis que son appartenance à la Fraternité s'y exprimait clairement, le pasteur évoquait volontiers les textes fondateurs de la Rose-Croix pour les commenter, en louer la sagesse et se féliciter d'avoir contribué à les révéler.

Andreae faisait également allusion à un *Troisième Manifeste* qui n'avait pas manqué d'intriguer le chevalier. Contenait-il les extraordinaires révélations promises par la *Confessio* et que l'on attendait encore ? Tout semblait l'indiquer car cet inédit était le sujet d'un ardent débat, Heich paraissant vouloir l'éditer et Andreae affirmant que le moment n'était pas venu. On devinait que les deux hommes n'avaient pas réussi à s'entendre. Et dans son ultime missive, le prédicateur luthérien se réjouissait de bientôt recevoir la visite de Heich à Stuttgart afin de pouvoir « disputer librement de cette matière ».

Kantz connaissait donc le motif du voyage que Theophilus Heich avait entrepris à destination du Wurtemberg. Celui-ci était-il revenu à Wielstadt avec le fameux manifeste avant de disparaître soudain ? Cela expliquerait le zèle que la Rose-Croix, par l'intermédiaire de Franz-Adolf Sturger, avait employé à retrouver le médecin, allant même jusqu'à faire appel au chevalier, en dernière extrémité sans doute. Quant aux motivations de la Sainte-Vehme, elles étaient plus brumeuses. Désirait-elle également le *Troisième Manifeste* et, si oui, pourquoi ? Avait-elle enlevé Heich ? L'avait-elle assassiné ?

Kantz avait l'intuition que la maison de la place des Lices recelait un élément d'explication à tous ces mystères. Ignorant ce qu'il cherchait au juste, il se mit en quête d'une pièce secrète, d'une porte dérobée, d'un réduit caché. Il mesura les couloirs à grandes enjambées, sonda les murs, fit sonner les planchers et les plafonds en vain. Cela fut long, et le soir tombait quand le chevalier entreprit d'examiner les meubles et leurs recoins. Puis il fit, dans la bibliothèque et le bureau, un grand désordre de papiers étalés et de livres ouverts. Sans rien trouver encore.

Dehors, les bruits joyeux de la fête avaient succédé à ceux du marché. La nuit venant, on n'y voyait presque plus dans la vaste demeure silencieuse. Kantz s'assit et ne bougea plus, laissant les ombres l'engloutir peu à peu, convaincu de manquer quelque chose et furieux contre lui-même. Puis l'obscurité fut totale derrière les volets mi-clos. Renonçant à poursuivre la fouille à la lueur d'une bougie, le chevalier sortit discrètement par le jardin.

Il y rencontra Regenhalt.

« Je me doutais bien que je vous trouverais céans, chevalier. »

Des rires et des chants parvenaient à leurs oreilles dans le jardin clos, portés par une cacophonie où se mêlaient les mélodies d'instruments divers.

« Wielstadt fête son nouveau bourgmestre, dit Kantz.

— Ce soir, la Sainte-Vehme triomphe… Et l'on n'y peut rien. »

Le chevalier haussa les épaules, partagé entre la colère et le dépit.

« Etes-vous toujours le lieutenant criminel du prévôt ? demanda-t-il.

— Oui. Mais puisqu'il n'est pas question que je serve le bourgmestre Seelgen, j'ai fait officiellement savoir que je souhaitais vendre ma charge. Je ne doute pas qu'un homme de la Sainte-Vehme se proposera de l'acheter bientôt… Ce ne sera l'affaire que de quelques jours. »

Regenhalt annonça cela comme on avoue une faute honteuse. Kantz comprit pourquoi.

« Ne vous reprochez rien, Rainer. A votre place, je ne ferais pas autre chose.

— Il n'empêche…

— … que vous croyez manquer à votre devoir, je le sais…

— J'ai le sentiment d'abandonner la place à l'ennemi.

— La place s'est déjà rendue. Elle a ouvert grandes ses portes et fait bon accueil à ses tyrans… Vous l'avez dit : l'on n'y peut rien.

— En restant lieutenant criminel, je pourrais peut-être…

— Non, mon ami. Vous ne pourrez pas. La Sainte-Vehme vous chassera ou vous broiera.

— Mais vous restez, vous… »

Kantz ne répondit pas et les deux hommes se turent un moment. Depuis la place des Lices, la rumeur joyeuse de la fête leur devint insupportable.

« Vous rentriez chez vous ? s'enquit Regenhalt.

— Oui.

— Permettez que je vous accompagne… »

Ils marchèrent par des rues tranquilles en feignant de ne pas remarquer que certaines façades, déjà, étaient pavoisées aux couleurs bleu et or de Wielstadt. Un vent froid animait les drapeaux et les oriflammes. Une lune décroissante jetait sur la ville une lueur blafarde.

Après quelques minutes, parce qu'il fallait bien parler, le lieutenant criminel demanda :

« Qu'avez-vous trouvé chez Heich ?

— Rien.

— Et qu'y cherchiez-vous ?
— A vrai dire, je ne sais. Peut-être un document, un manuscrit…
— Lequel ? »

Kantz expliqua alors ce qu'était le *Troisième Manifeste*, et ce qu'il représentait pour les Rose-Croix.

« M'est avis, conclut le chevalier, que Theophilus Heich est revenu de Stuttgart avec ce texte, qu'il en a informé Sturger, et qu'il a disparu tout aussitôt.

— Enlevé ?
— Sans doute.
— Par la Sainte-Vehme ?
— Je le crois.
— Mais pourquoi ? »

Kantz eut une moue vague.

« La seule ambition de nuire à la Rose-Croix a pu suffire à motiver la Sainte-Vehme… Je devine autre chose, cependant. Je pense que la Sainte-Vehme recherche, elle aussi, le *Troisième Manifeste*.

— A quelles fins ? Quelle valeur ce texte pourrait-il avoir aux yeux de la Sainte-Vehme ?

— Je l'ignore. Mais cela peut tenir aux révélations que contient le manifeste. La *Confessio* promet de grands bouleversements pour le monde. La Sainte-Vehme ne souhaite peut-être pas, par politique, que ces bouleversements soient annoncés. Souvenez-vous, l'an passé, des efforts qu'elle fit pour que la véritable prophétie de saint Malachie reste secrète. Une prophétie que, déjà, la Rose-Croix lui disputait… »

Rainer von Regenhalt acquiesça, songeur. Le texte de cette fameuse prophétie avait malheureusement disparu aussitôt après avoir été retrouvé, et avant que quiconque ait pu le lire. Selon Kantz, la Dame en rouge le possédait désormais.

« Pensez-vous que le *Troisième Manifeste* et la prophétie de Malachie contiennent d'identiques révélations ?

— Comment savoir ? répondit le chevalier. C'est bien possible…

— Néanmoins, une chose m'étonne. Si la Rose-Croix désire ardemment ce manifeste, pourquoi a-t-elle fait appel à vous, et par des chemins si détournés ?

— Vous voulez dire : pourquoi a-t-elle fait appel à moi plutôt qu'au guet, aux archers et aux exempts que Sturger pouvait mobiliser en sa qualité de bourgmestre ?

— Non. Cela, je peux le comprendre, attendu que la Rose-Croix tenait sans doute au secret…

— Alors quoi ?

— Ma question est la suivante, chevalier : pourquoi la Fraternité n'a-t-elle pas jeté toutes ses forces dans la bataille ? Pourquoi n'a-t-elle pas fait appel à ses troupes, à ses contacts, à ses agents de l'ombre ? Pourquoi compter seulement sur vous, sachant qu'il faudrait vous mentir pour obtenir votre aide ?… »

Kantz s'arrêta, comme frappé par cette évidence. Il était vrai que, l'année dernière, les Rose-Croix n'avaient pas lésiné sur les moyens pour s'approprier la prophétie de saint Malachie. Alors pourquoi n'avaient-ils pas recommencé ? Pourquoi cette demi-mesure ?

« Parce que Sturger n'agit pas au nom de la Fraternité », lâcha Kantz en comprenant soudain.

Il repartit vivement, obligeant Regenhalt à allonger le pas.

« Que dites-vous, chevalier ?

— Je dis que ce que Sturger a fait, il l'a fait à l'insu de la Rose-Croix. Peut-être même a-t-il agi contre son avis… »

Dans les dernières lettres, Heich et Andreae discutaient de l'opportunité de publier ou non le *Troisième Manifeste*. L'enjeu était de taille et ce débat pouvait fort bien avoir divisé la Fraternité. Sturger avait-il décidé de forcer les événements ? Avait-il envoyé Heich à Stuttgart pour…

« Ils l'ont volé, murmura Kantz en suivant le fil de sa pensée.

— Je vous demande pardon ?

— Le manuscrit du *Troisième Manifeste*. Sturger et Heich l'ont volé à Andreae, qui avait la garde. De là vient que, lorsqu'il s'est agi de retrouver Heich et le document, il n'était pas question de faire appel aux gens de la Rose-Croix. Il y a même à parier que Sturger a tout à craindre d'elle, désormais…

— Vous croyez ?

— J'en suis convaincu… Sturger est maintenant un homme aux abois. Il a perdu Wielstadt au profit de la Sainte-Vehme et devra bientôt répondre de ses actes devant les Rose-Croix. J'irai le visiter dès demain et l'obligerai à me parler. Contre toute attente, je suis sans doute le dernier allié qui lui reste… »

Un triste événement, cependant, devait venir bouleverser les plans du chevalier.

37

Cette nuit-là, quand il entendit sonner minuit, Kantz quitta sa chambre pour faire le tour de la maison et fermer tous les volets.

Dans la *salle*, il trouva Heide endormie sur un fauteuil, près du feu, une couverture sur les genoux. Elle lui parut bien fragile tant elle était menue et blanche, ses mains fines serrant l'étoffe de laine, la tête penchée de côté. Elle semblait si paisible qu'il renonça à la réveiller et resta un moment à la regarder, un sourire attendri aux lèvres et les yeux pleins de reconnaissance. Il faudrait, un jour, qu'il lui dise toute l'affection qu'il avait pour elle.

Un grattement discret tira le chevalier de ses rêveries. Il crut d'abord à un bruit de souris, écouta mieux, entendit le grattement se reproduire. Cela venait de la porte d'entrée. Attrapant sa rapière au passage, il gagna le couloir sans lumière qui traversait la maison, entre rue et jardin.

« Qui est là ? » fit-il à mi-voix.

Il approcha prudemment de la porte et, plus fort, répéta :

« Qui est là ? »

Et comme le grattement recommençait :

« Je vous entends. Répondez ! »

Il colla son oreille au battant et surprit soudain un mouvement à la périphérie de son champ de vision. Il fit volte-face, prêt à tout.

C'était Heide qui, sans se porter à sa rencontre, demandait :

« Que se passe-t-il, monsieur ? Qui frappe à l'huis ?

— Je l'ignore. »

Il entrebâilla la porte contre sa botte en butée, et jeta un œil dehors. Il ne vit d'abord personne. Puis il baissa le regard.

Une fillette se tenait sur le seuil. Elle avait six à sept ans, la peau mate, les joues rondes de l'enfance, de longs cheveux noirs, de grands yeux sombres emperlés de larmes. Elle était pieds nus et sale, vêtue de haillons colorés superposés.

Kantz reconnut aussitôt la sœur de Maria, l'Egyptienne cartomancienne, mais hésita sur le prénom.

« Lil… Liliana ? Que fais-tu là ? »

La petite ne répondit pas. Elle le dévisageait, immobile, et pleurait sans gémissements ni grimaces. Il la prit dans ses bras, fit un pas dehors pour observer les alentours.

La rue était vide, obscure, silencieuse.

« Comment es-tu arrivée ici, Liliana ? » demanda Kantz en rentrant. Il ferma la porte au verrou. « Que s'est-il passé ? »

Il se souvint alors que, d'après sa grande sœur, la gamine était muette depuis la nuit du massacre de ses parents. Il la porta dans la salle, où Heide attendait en se frottant les mains, anxieuse.

« Qui est cette enfant, monsieur ?

— Elle se nomme Liliana.

— Mais qui est-ce ?

— Je n'ai pas le temps de te l'expliquer. »

Dans son petit poing, la fillette serrait quelque chose qu'elle montra au chevalier. Il s'agissait d'une carte de tarot déchirée et froissée : un Cavalier d'Epée. C'était le signal dont Kantz et Maria étaient convenus d'user, en cas de problème.

La mine inquiète du chevalier acheva d'alarmer Heide. Elle le regarda poser Liliana sur un banc et enfiler son pourpoint à la hâte.

« Mon Dieu, monsieur ! Dites-moi ce qu'il se passe !

— J'ai dit… » commença Kantz dans un mouvement d'humeur.

Il soupira et reprit, un ton plus bas :

« J'ai dit que je n'avais pas le temps de te l'expliquer… Quand je serai parti, je veux que tu fermes à double tour derrière moi.

— Vous partez ?

— Je le dois. Si l'on frappe, tu ne réponds pas. Si l'on insiste, tu te caches et Liliana avec toi. M'as-tu bien compris ? »

Heide réunit un dernier courage.

« Oui », fit-elle en acquiesçant nerveusement.

Le chevalier venait de boucler son lourd ceinturon et achevait de mettre ses gants de bretteur. Il s'agenouilla devant Liliana.

« Tu vas rester avec cette dame. Elle est fort gentille et il faudra lui obéir. C'est entendu ? »

La petite le dévisagea sans réaction. Il devina néanmoins qu'elle avait compris et se redressa tandis que Heide s'asseyait à côté d'elle en mesurant ses gestes. Elle prit doucement les mains de l'enfant – celles de la gouvernante tremblaient.

« N'ouvre à personne, Heide.

— A personne, monsieur. J'ai bien entendu. »

Il partait quand elle le rappela :

« Monsieur !

— Oui ?

— Vous reviendrez, n'est-ce pas ? »

La question le laissa interdit.

Un bref moment, il considéra Heide, apeurée mais digne, qui avait coulé un bras maternel autour des épaules de la gamine et fixait sur lui un regard malheureux. Liliana le toisait également, étrangement calme et grave, les joues luisantes de larmes écrasées ; elle ne pleurait plus.

« Mais bien sûr ! » dit-il enfin.

La vieille femme eut pour son maître un sourire à la fois triste et confiant.

Il ne sut comment l'interpréter et s'en fut.

Kantz courut jusqu'au pont des Apôtres sans croiser âme qui vive dans les rues. Il arriva hors d'haleine, dévala la berge et, en bas, fut surpris par un silence anormal. Sous l'immense arche de pierre, tout contre les eaux froides et noires du Rhin, le campement de fortune paraissait désert. Si de maigres feux brûlaient parmi les tentes et les abris branlants, rien ne bougeait hormis les toiles qu'un vent chuintant faisait claquer. L'odeur de vase et de pourriture semblait plus forte à la nuit.

Le chevalier tira l'épée, attendit, avança à pas comptés vers le refuge bricolé des deux sœurs bohémiennes. Il savait déjà ce qu'il allait y découvrir. Mais comment Liliana avait-elle réussi à aller, seule, chez lui ? L'aînée avait peut-être, par précaution, appris le chemin à sa cadette…

On devinait de la lumière à l'intérieur de la tente. Kantz, en se penchant, souleva le pan d'étoffe qui fermait l'entrée. Il vit alors, entouré de quelques bougies comme dans une chapelle ardente, le cadavre de Maria. Elle était nue, avait sans doute été violée. De sa gorge ouverte de part en part, un flot de sang épais avait coulé pour se mêler à sa chevelure étalée.

Le chevalier n'entra pas. Autour de lui, les ombres s'animèrent et des silhouettes se dessinèrent dans la lueur tourmentée des feux de camp.

L'une d'elles était Reinecker.

« Le bonsoir, Monsieur le Chevalier… »

Kantz compta six reîtres en plus de Reinecker. Ils le cernaient. Certains avaient des pistolets et, curieusement, il s'en trouvait un qui le tenait en joue avec une arbalète. Pour archaïque qu'elle semble, l'arme présentait le double avantage d'être mortelle et silencieuse. En outre, elle ne risquait pas de faire long feu.

« Pourquoi l'avoir tuée ? demanda Kantz en désignant l'abri de toile où se trouvait le cadavre de Maria. Ce n'était pas nécessaire pour m'attirer ici. »

Désinvolte, Reinecker haussa les épaules.

« L'Egyptienne ?… Il paraît qu'elle devenait un souci…

— Par ses prédictions ? »

Le spadassin pinça ses lèvres épaisses et purpurines.

« Sans doute », dit-il.

A l'évidence, il se moquait du pourquoi.

« Qui donna l'ordre ? insista le chevalier. Seelgen ?

— Non.

— Alors qui ?

— C'est moi », fit une voix féminine.

L'échine parcourue par un frisson glacé, son pentacle gravé lui dévorant la main, Kantz aperçut une femme qui se détachait de l'obscurité : Agnès von Bars. L'espace d'une seconde, il crut la chose impossible. Puis il bondit en tirant l'épée.

Les reîtres réagirent aussitôt.

Ils se jetèrent à la rencontre du chevalier tandis que Reinecker s'interposait devant l'élégante aux yeux vairons. L'arbalétrier tira et fit mouche. Frappé à l'arrière du crâne par un projectile qu'une boule de cuir emplie de sable mouchetait, Kantz vit le monde faire une révolution complète et tomba à genoux. On l'empoigna et l'obligea, impuissant, à se relever devant la femme qui avançait. Il se démena inutilement avant de renoncer, le souffle court et le regard fou.

« Je constate que la petite Egyptienne a bien rempli son office, fit la femme aux yeux vairons d'un ton badin. Tu n'as pas langui, mais quoi de plus émouvant qu'une enfant en détresse ?… Ne trouves-tu pas, François ?

— François ? » s'étonna Reinecker avec un sourire ravi.

La femme se tourna vers lui.

« Tu l'ignorais ?… Mais bien sûr, que tu l'ignorais. » Elle tendit vers Kantz une main fine et gantée. « Aussi, permets-moi de te présenter François Marie Philippe de Blâmont, gentilhomme sans fortune, issu de petite mais très ancienne noblesse lorraine. François Marie Philippe de Blâmont, vous connaissez déjà le sieur Reinecker… »

Le spadassin esquissa une révérence moqueuse.

« En même temps que le chevalier de Blâmont, poursuivit Agnès à l'intention de Reinecker, tu salues également le révérend père François. » Elle s'adressa alors directement au chevalier. « Car d'une certaine manière, tu es toujours jésuite, n'est-ce pas ?

— Et moi ? fit Kantz impassible. Comment dois-je t'appeler ?

— Agnès. »

Elle fit une pause et expliqua :

« Tu vois, j'ai conservé le prénom de nos jours heureux… Naturellement, tu devines qu'après toi, qu'après nous, il m'a fallu m'exiler un moment… Je suis, depuis peu, Agnès von Bars.

— Bars ? Te voilà donc hongroise ?

— Oh ! si peu… Mon brave margrave de mari eut le bon goût de mourir tôt en me laissant sa fortune. Je n'ai pas même eu le temps de me faire à la langue !

— Je devine en quelles circonstances le pauvre homme mourut…

— Je puis t'assurer qu'il passa dans la plus complète félicité. Je ne suis pas une ingrate… » Puis, remarquant la blessure que le chevalier avait à la joue : « Mais qui t'a fait cela ? C'est fort vilain… Verrais-tu un inconvénient à ce que je… »

Elle n'acheva pas, ôta un gant, lécha l'extrémité de son index et frôla la cicatrice encroûtée. Kantz frémit, comme au contact d'une matière écœurante. Il y eut un léger grésillement de graisse chaude, mais à mesure que la femme longeait d'un doigt léger la cicatrice, celle-ci se refermait, guérissait, s'estompait.

Il ne resta bientôt plus qu'une ligne rosâtre de chair neuve.

« N'est-ce pas mieux ainsi, très cher ? » fit Agnès en achevant son geste par une caresse sur la joue, une lueur tendre passant dans ses yeux gris et vert.

Le chevalier la toisa haineusement.

Indifférente, elle reprit :

« Malheureusement, le temps est venu pour nous de se séparer. Mais je ne doute pas que nous nous retrouverons bientôt, en ce monde ou dans l'autre… »

Entre eux deux gisait la rapière de Kantz. Elle se baissa pour la ramasser par la poignée, et Reinecker agit trop tard pour l'en empêcher.

« NON, MADAME ! VOUS… »

Elle aurait dû mourir, foudroyée par la magie sainte de l'arme. Au lieu de ça, des flammèches pourpres en combattirent d'autres, bleutées, autour du poing d'Agnès von Bars. Après quelques secondes, le crépitement coloré cessa et elle put admirer l'épée avec une sorte de dégoût fasciné.

« C'est véritablement, dit-elle, un instrument ignoble. »

Alors elle ordonna qu'on débarrasse Kantz de son fourreau et, satisfaite, peut-être soulagée, rengaina la rapière. Le chevalier se débattit en vain : les reîtres le tenaient bien.

« Tu ne peux la conserver sans attirer sur toi la colère divine ! cracha-t-il. Et si tu t'en sers…

— Je ne compte l'employer qu'une fois… A toi, Reinecker. »

A Kantz maintenu les bras dans le dos, le spadassin adressa trois violents coups de poing au foie. Le chevalier rejeta tout l'air que contenaient ses poumons. Ses jambes se dérobèrent et il chut sur les genoux.

« Au plaisir », fit la femme aux yeux vairons, Reinecker sur les talons.

Kantz voulut se redresser, mais un coup de botte entre les omoplates le plaqua au sol.

« Ne le tuez pas, lança Agnès de loin. Je veux qu'il vive. Je veux qu'il sache, et se souvienne. »

Et le passage à tabac, cruel et systématiquement administré avec un zèle expert, commença…

Au matin, Kantz fut réveillé par un chien errant qui léchait son visage sanglant. Le premier mouvement qu'il fit chassa l'animal. Ensuite le chevalier s'assit, péniblement, tout le corps douloureux et la tête lourde. Il cracha un caillot sanglant, joua de la langue contre une dent branlante, se débarbouilla comme il put.

Il ne sut après combien de temps il trouva l'énergie de se lever et d'esquisser trois pas. Il faillit trébucher et dut attendre un moment que le décor cesse de tournoyer. Enfin, il parut de sous le pont des Apôtres, escalada la berge couverte de broussailles en s'aidant des mains. Il tomba deux fois. Le soleil l'éblouissait et le moindre bruit était un vacarme dans son crâne.

Dans les rues, les passants se détournèrent de lui ou feignirent de ne pas le voir. Enfin, un brave homme s'inquiéta de ce blessé chancelant, couvert de boue séchée et de sang, et que ses paupières tuméfiées aveuglaient presque. Le chevalier, sentant des mains charitables le soutenir, remercia son bon Samaritain. D'autres alors, comme souvent, se découvrirent une âme généreuse. On voulut le conduire chez un médecin ; il refusa. Il y avait une fontaine non loin : qu'on l'y mène suffirait bien.

Kantz plongea la tête dans l'eau froide aussi longtemps qu'il le put sans suffoquer. Comme il ne répondait pas aux questions qu'on lui posait, on se désintéressa bientôt de lui et seul resta le premier homme qui l'avait secouru. Le chevalier le remercia encore, assura qu'il allait mieux. C'était vrai. Quand il repartit, il boitait toujours mais marchait droit.

Chaque pas était une torture, cependant. Kantz tint bon, hésita à aller frapper chez les Vecht qui habitaient dans le quartier, résolut de rentrer directement. Il voulait son lit et s'abandonner aux soins dévoués de Heide.

Rue Königberg, il trouva sa porte entrouverte. Une sueur d'effroi lui couvrit la peau tandis qu'il entrait, appelait dans le silence, gagnait la salle. Le spectacle qui l'y attendait le frappa à la poitrine comme un coup de fléau d'armes. Le regard plein d'horreur incrédule, il vacilla, recula, buta contre un banc sur lequel il se laissa choir.

« Par pitié, Seigneur… murmura-t-il. Pourquoi ? »

Le cadavre de Heide était pendu à une poutre, le cou pris dans le nœud d'une corde de chanvre, les mains ligotées, la face bleuie, la langue énorme et pendante, les yeux exorbités. Un courant d'air faisait osciller la vieille femme dont les pieds nus, si blancs, si maigres, si fragiles, dessinaient mollement de petits cercles dans le vide.

Elle avait l'épée du chevalier passée en travers du corps au niveau du sternum, et la pointe rougie de la lame faisait comme l'aiguille lente d'une boussole indécise tandis que grinçait la corde.

« Pourquoi elle, Seigneur ? Pourquoi elle ?… »

Et soudain Kantz se dressa pour hurler :

« POURQUOI ? »

Cette brusque révolte faillit avoir raison de ses dernières forces. Il dut se tenir à la table et y resta longtemps agrippé, tandis que des sanglots rauques le secouaient.

Alors, avec un gémissement d'huisserie ancienne, la porte du jardin s'ouvrit lentement sur Liliana. Le soleil découpait la menue silhouette et étirait son ombre sur les dalles, jusqu'aux souliers usés que Heide avait perdus durant son supplice.

La gamine s'avança vers Kantz avant de le considérer longuement. Puis elle lui prit la main et le regard grave, presque solennel, qu'elle lui adressa se ficha dans le cœur du chevalier telle une flèche de glace.

« Elle t'a sauvée, n'est-ce pas ? » réussit-il à articuler.

La petite muette acquiesça.

« Oui. Elle t'a sauvée… »

38

Chez les Vecht, par une fenêtre, Kantz regardait Liliana et Ani qui jouaient dans la cour. Elles ne s'amusaient pas ensemble. Accroupie à l'écart, l'orpheline berçait sagement une poupée en chiffon neuve. Plus jeune de quelques années et gambadant malhabilement, la petite Vecht chahutait, joyeuse, avec Chandelle ; ses rires aigus résonnaient contre la pierre et montaient vers un grand ciel bleu. Assise sur un tabouret, une domestique veillait au grain en levant, de temps à autre, les yeux de son tricot.

C'était l'après-midi du lundi 14 octobre et les obsèques de Heide allaient avoir bientôt lieu.

Le chevalier entendait sans écouter le murmure des conversations échangées à mi-voix dans la pièce adjacente. Tous étaient là : Günter Vecht et son épouse, bien sûr ; mais aussi Apollonius dont les yeux avaient rougi, Stefan et Irena, Rainer von Regenhalt, Willem qui avait mis une plume noire à son béret, Zacharios et Feodor ; et quelques voisins de la rue Königberg, pour la plupart des femmes de son âge que Heide croisait au marché ou rencontrait à la messe.

Une porte s'ouvrit et Kantz reconnut le pas de Vecht qui approchait. Posant une main amicale sur l'épaule du chevalier, le libraire annonça :

« Il est l'heure. »

Kantz acquiesça distraitement. Le regard toujours dirigé vers Liliana à travers les carreaux, il lâcha :

« Pauvre petite… »

Vecht savait les horreurs que la gamine avait traversées avant d'avoir sept ans : le massacre des siens par des soldats, l'errance à travers le Saint Empire en guerre, la misère sous le pont des Apôtres, et enfin l'assassinat de sa sœur, la seule famille qui lui restait.

« Je crois qu'elle s'est accoutumée à vivre chez nous, dit le libraire. Elle joue, elle mange, elle dort bien. Elle se montre même particulièrement douce avec Ani. Elle comprend ce qu'on lui dit et obéit sans rechigner. Mais elle n'a pas encore dit un mot.

— Elle n'a pas plus parlé depuis un an au moins.

— Je le sais. Cependant…

— … cependant on espère toujours.

— Oui, c'est cela. On espère… »

Ils se turent.

Lassée de jouer peut-être, Ani était rentrée en tenant la main de la domestique. A présent, Chandelle se tenait assise sur un rebord de fenêtre, tout près de Liliana qui manifestait à son égard une totale indifférence, absorbée par les soins qu'elle prodiguait à sa poupée. Cette scène s'était souvent reproduite : la petite muette jouant réfugiée dans un monde intérieur et la fée ne faisant rien d'autre qu'être là. C'était à croire que Chandelle devinait les tourments secrets de la gamine et comptait les apaiser par sa seule et discrète présence. Ani, qui se sentait parfois délaissée, en avait conçu quelque jalousie.

« Je voulais vous remercier, dit Kantz. Vous avez organisé la veillée funèbre et les obsèques de Heide quand j'en étais même incapable de penser, et le bon accueil que vous avez fait à Liliana fut des plus généreux.

— Je vous en prie, chevalier.

— Mais je vous libérerai bientôt de la charge de Liliana. J'irai trouver les moniales du Temple qui accepteront sans doute de…

— Il ne saurait être question de cela, l'interrompit aimablement Vecht.

— Je vous demande pardon ?

— Il nous faudra discuter plus avant de cette matière. Mais Annerose et moi envisageons, avec votre permission, de garder Liliana. Annerose l'aime déjà beaucoup et ses malheurs l'ont émue. Quant à moi, je…

— Elle sera bien chez vous, Günter. Elle y sera aimée.

— Oui. »

On gratta discrètement à la porte. Vecht comprit que c'était pour lui rappeler l'heure.

« Il est temps d'y aller, chevalier.

— Partez. Je vous retrouverai au cimetière.

— Vous ne venez pas ?

— Pas à l'église, non. »

Le libraire savait que son ami ne fréquentait ni les églises ni les temples car, disait-il, « on prétend y imposer aux foules comment aimer Dieu ». Néanmoins, il avait imaginé que Kantz ferait une exception en cette occasion.

« Bien, fit-il, déçu. A plus tard, alors.

— A plus tard… »

Vecht s'en retournait quand le chevalier l'interpella :

« Chandelle sait-elle la mort de Heide ?

— Non, avoua l'autre avec une mine contrite. Personne… Personne n'a trouvé le courage de le lui annoncer… Elle est d'ordinaire si gaie, comprenez-vous ? Si insouciante…

— Je comprends. »

Kantz quitta la pièce et le libraire attendit de le voir paraître dans la cour. Par la fenêtre, il n'entendit pas ce que le chevalier dit à la fée-demoiselle, toute joyeuse d'abord de retrouver son maître.

Mais le halo de Chandelle pâlit très vite tandis qu'elle baissait la tête.

L'après-midi finissait.

Dans l'immense cimetière des Anges-Aveugles dont les pentes, jalonnées de stèles grises, de monuments funéraires et d'arbres aux feuillages roux et fauves, déclinaient doucement, Kantz se recueillait seul devant la tombe de Heide. Le graveur n'avait pas achevé la pierre. Pour l'heure, il n'y avait qu'un monticule de terre humide et une croix blanche.

Le chevalier se tenait debout, le chapeau dans ses mains réunies contre le ventre, les traits marqués par le chagrin et les coups reçus sous le pont des Apôtres. Il voulait prier mais n'y parvenait pas, incapable qu'il était d'étouffer la haine qui l'obsédait. Dès qu'il fermait les paupières, il revoyait le cadavre qui se balançait doucement au bout de la corde et il songeait au martyr de Heide, dont le seul crime avait été de le servir, lui. Et cette épée ! Cette épée qu'il portait à présent au côté et qu'il avait dû arracher au corps sans vie de la vieille femme…

Il ne faisait aucun doute que Heide était déjà morte étranglée quand on l'avait ainsi profanée. Le message, destiné à Kantz, était clair. *Vois-tu ?* semblait lui dire Agnès avec une lueur cruelle dans ses yeux vairons. *Elle est morte par ta faute. Et quand bien même n'y serais-tu pour rien, tu n'as pas su la protéger…* Alors le chevalier pensait aux autres amis décédés. Il pensait à Thadeus, dont il n'avait pas compris le calvaire ; et à Jacob, disparu trop tôt et qu'il aurait sans doute pu sauver si seulement…

Si seulement quoi ?

Si seulement il avait été un autre, tout simplement.

Le soleil déclinait, sa clarté faiblit et un vent froid se leva dans un grand bruissement de ramures. Les rayons de lumière se couchaient lentement, créant un faux jour plein d'ombres démesurées. La ville alentour étouffait ses bruits.

Son pentacle réagissant sous le gant, Kantz devina la présence de l'autre avant de l'entendre approcher par-derrière. L'homme se plaça à côté de lui, face à la tombe. Il était grand, semblait âgé d'une cinquantaine d'années, avait un visage de patriarche tanné et buriné, la barbe rase, les cheveux blancs, les yeux d'un bleu azur. Il portait un grand manteau gris de pèlerin, et s'appuyait sur un bâton de marche à bout ferré.

« Bonjour, dit le Pèlerin.

— Bonjour.

— Je tenais à te présenter mes condoléances.

— Merci.

— Heide était une brave femme. Elle ne méritait pas cette mort.

— Je sais. »

Ils parlaient sans se regarder, épaule contre épaule.

« Tu ne me reproches rien ?

— Non, fit Kantz.

— Pourquoi ?

— A quoi cela servirait-il ?

— C'est vrai. »

Une rafale soudaine fouetta la cape du Pèlerin. Le chevalier remit son chapeau, prêt à partir.

« Vous m'avez sauvé la vie une nouvelle fois, cette autre nuit…

— Je doute que cette foule t'aurait tué.

— Je suis d'un autre avis. Et quoi qu'il en soit, la jeune femme qui m'accompagnait n'y aurait pas survécu, elle.

— Est-elle mieux ?

— Vous en souciez-vous ?

— Point tant.

— Elle va bien, à ce qu'il paraît. »

Ils marchaient à présent côte à côte dans le cimetière désert. Des oiseaux chantaient le soir et le vent forcissait. Le ciel se teintait de rose à l'horizon.

« Votre intervention en public pour me sauver ne vous ressemble guère. Il faut que l'heure soit grave… »

Le Pèlerin ne répondit pas.

« Que faites-vous à Wielstadt ? insista le chevalier.

— Un Hénokien doit s'y révéler.
— Qui ?
— Je l'ignore.
— Quand ?
— Très bientôt.
— Est-ce pour cette raison que Lilith est revenue ?
— Car elle est à Wielstadt ?
— Oui. Vous ne le saviez pas ? »
L'homme en gris fit « non » de la tête en serrant le poing sur son bâton.
« L'as-tu rencontrée ? s'enquit-il. T'a-t-elle retrouvée ?
— Pour mon malheur. C'est par son ordre que Heide…
— J'ai compris… Je suis désolé, chevalier. C'est une épreuve qui aurait dû t'être épargnée.
— Je pensais que vous aviez prévu ou deviné la présence de Lilith, et que c'était pour elle que…
— Non. J'ignorais même qu'elle était de retour sous le ciel. »
Et il murmura, comme pour lui-même :
« Lilith !… Que Dieu nous protège…
— Il ne s'y est guère employé, jusqu'à présent », répliqua Kantz.
L'autre se figea et retint le chevalier par le bras.
« Ne blasphème pas, François ! ordonna-t-il tandis que le vent se déchaînait. N'oublie pas qui tu es et n'oublie qui je suis !… C'est par la volonté du Très-Haut que tu es là. De même que tous les autres. Et ceux qui sont venus avant toi ! Et ceux qui viendront après !
— En êtes-vous si sûr ? »
Le regard dur, le chevalier se dégagea d'un geste brusque et s'en fut en tenant son chapeau contre les bourrasques.
Après quelques pas, Kantz sut qu'il était inutile de se retourner : il ne sentait plus la présence du Pèlerin qui, de fait, avait disparu.
Ne restait qu'un vent furieux balayant le cimetière.

39

En rentrant chez lui à la nuit tombante, Kantz trouva Stefan et Irena qui l'attendaient, tous deux vêtus de noir. Un feu brûlait dans l'âtre en crépitant ; une bonne odeur de cuisine embaumait l'air ; on avait remis en marche l'horloge dont le balancier cuivré accrochait le reflet des flammes à chaque passage.

Le chevalier ne voulait voir personne. Il considéra les jeunes gens avec indifférence, ne répondit pas à leurs saluts, défit son lourd ceinturon et jeta sur la table son équipement qui, entraîné par le poids de la rapière au fourreau, tomba par terre. Irena n'osa bouger pour ramasser. Puis, sous les regards embarrassés du couple, Kantz trouva une bouteille de vin dans le buffet. Il en brisa le bouchon de cire, s'assit sur un banc dos au feu, but au goulot plusieurs longues gorgées d'assoiffé. Enfin, les coudes sur la table et la tête dans les mains, il lâcha :

« Rentrez chez vous. »

Irena crut que le chevalier la chassait de son service, malgré les arrangements pris avec Heide la semaine passée. Elle s'en émut ; il fallut la rassurer. Alors, Kantz l'observa vraiment pour la première fois : elle était blonde, assez jolie, un peu grasse, les joues roses et les yeux noisette, avec un air de douceur dévouée et de timidité.

« Reviens demain, dit-il. Tu prendras la chambre de Heide. Mais je veux être seul ce soir… »

Pour bien connaître le chevalier, Stefan savait qu'il était inutile d'insister. Sans mot dire, il attrapa le manteau d'Irena, le posa sur les épaules de sa fiancée et, tandis qu'elle en nouait le col, la hâta avec des gestes doux de gagner le couloir.

« Au revoir, monsieur. Je reviendrai demain, moi aussi.

— C'est cela, Stefan. A demain. »

Les deux jeunes gens se retirèrent à regret.

Un peu plus tard, on frappa à la porte.

Comme Kantz ne répondait pas en fixant d'un œil las sa bouteille vide, on frappa encore et, finalement, il alla ouvrir. Le frère Lukas, le templier qui depuis cinq années poursuivait le Voleur de visages à travers un Saint Empire en guerre, se tenait sur le seuil.

« Nous sommes lundi », dit-il.

Ces simples mots suffirent à tirer le chevalier des brumes froides dans lesquelles la mort de Heide l'avait plongé. Cette nuit, selon toute vraisemblance, le Voleur de visages frapperait une nouvelle fois. Kantz se souvint qu'il avait croisé plus de patrouilles que de coutume en rentrant ce soir.

« Entrez », proposa-t-il.

Dans la salle, il ouvrit une seconde bouteille. Le templier demanda de l'eau pour allonger son vin. Il semblait épuisé, au physique autant qu'au moral. Le chevalier ne valait guère mieux et leur triste état rapprocha les deux hommes dévoués l'un et l'autre à une mission qui les brisait.

« Voulez-vous souper ? » demanda Kantz.

L'autre accepta, par politesse sans doute.

Irena avait laissé, accroché haut au-dessus du feu à la crémaillère, un faitout de ragoût. Le chevalier emplit deux bols et servit sans cérémonie. On mangea à la cuiller, dans un silence de veillée d'armes.

« Je ne pourrais pas continuer ainsi longtemps », dit soudain le frère Lukas, d'un trait, comme si cet aveu trop longtemps retenu était un motif de honte et l'occasion d'un grand soulagement.

Kantz l'observa avec compassion.

« Je comprends, fit-il.

— Les forces et le courage me manquent… » Le templier soupira. « Cela fait cinq ans, chevalier. Cinq ans passés sur les routes, dans le sillage de ce monstre, au travers d'une nation ravagée… J'ai vu des horreurs… des horreurs qui dépassent l'entendement et dont on doute d'abord que des hommes les aient pu commettre… Et parfois, je me surprends à penser que le Voleur de visages n'est pas la pire des créatures que nous ayons à combattre en ce monde… »

Il se leva brusquement, à croire que ses propres paroles l'avaient choqué. Il agrippa le dossier de sa chaise et, tête basse pour éviter le regard du chevalier, dit :

« Savez-vous que je fuis les miroirs ?… Je sais que je ne m'y reconnaîtrais pas, que je ne m'y reconnaîtrais plus… Jadis, avant de devenir celui que vous voyez, j'étais le frère apothicaire et chirurgien de notre commanderie de Presbourg. J'étais lettré et savant. Et plutôt que combattre les infidèles, je voulais aider mon prochain. Je voulais soigner, guérir, panser les plaies du corps et de l'âme… »

Il ricana amèrement.

« Oui, à l'époque, je croyais cela possible… »

Puis, laissant de nouveau libre cours à sa colère et à son dégoût :

« Et regardez celui que je suis devenu ! Un vagabond, un pauvre hère hanté par les fantômes de toutes les victimes que fit celui que je poursuis… »

Un peu calmé, il ajouta :

« Cette nuit, il tuera encore… On a ordonné un couvre-feu, le guet patrouille dans toutes les rues et les frères de Wielstadt ont offert leur concours. Mais moi, je sais que cela ne servira à rien. Je sais que le Voleur de visages tuera s'il n'a pas déjà quitté la ville… Je sais qu'il n'y a d'autre chose à faire qu'attendre, impuissant, et prier pour l'âme de la malheureuse qui périra bientôt… »

Il s'assit, abattu.

« Depuis quelque temps, il ne se passe pas une heure sans que je maudisse le jour où, pour la première fois, je croisai la route de ce monstre… Le poids de ses crimes m'écrase et me broie. Parce que j'ai décidé naguère de l'arrêter, il me semble que je partage avec lui la responsabilité de tous les meurtres que je ne sus empêcher… »

Le templier leva sur Kantz des yeux pleins d'effroi et de douleur.

« Pouvez-vous comprendre cela ? »

Ramené à son cas, il n'y avait pas un mot de frère Lukas que le chevalier n'aurait pu reprendre à son compte.

« Oui, dit-il d'une voix blanche. Je le puis. »

Lui aussi menait une croisade solitaire. Lui aussi désespérait de réussir un jour et trouvait le prix à payer trop cher.

Depuis le début du repas, le niveau dans la bouteille de vin avait à peine baissé. Kantz songea à se resservir et repoussa cette idée : il n'avait déjà que trop bu ce soir.

« Prions ensemble, voulez-vous ? » proposa-t-il.

Le templier hongrois ne répondit pas, absorbé par ses pensées. Avait-il seulement entendu l'offre du chevalier ?

« Frère Lukas ? »

Il tressaillit, comme arraché d'un songe puis, après deux ou trois secondes incertaines, demanda :

« Que sont les Hénokiens, chevalier ? »

Revenu de sa surprise, Kantz dévisagea longuement le frère Lukas. La table à laquelle ils étaient accoudés les séparait. Le feu déclinait dans l'âtre et une bougie posée entre eux éclairait leurs profils creusés d'ombre.

« Pourquoi cette question ? fit le chevalier impassible.

— Je crois que le Voleur de visages est l'un d'eux.

— Qui vous a soufflé cette idée ?

— Personne. »

Il y avait d'abord ce nom – « Lilith » – inscrit en hénokien au front des masques arrachés aux victimes. Mais surtout :

« J'ai passé la semaine dernière, expliqua le templier, à consulter les bibliothèques de la commanderie et du palais épiscopal. J'espérais comprendre comment le Voleur de visages pouvait connaître le langage hénokien. Je n'ai rien trouvé qui pût l'expliquer. En revanche, dans certains commentaires du *Livre d'Hénok*, il est fait allusion à de mystérieux personnages dont les pères de l'Eglise nient cependant l'existence : les Hénokiens… Qui sont-ils au juste, chevalier ? »

Sans se départir de sa réserve, Kantz se tut d'abord.

Puis, moitié parce qu'il se résignait et moitié parce qu'il estimait que le frère Lukas avait mérité de savoir, il dit :

« Vous connaissez le début de leur histoire si vous connaissez le récit d'Hénok. Les Hénokiens sont ces deux cents anges que le Seigneur déchut parce qu'ils Lui avaient désobéi, s'étaient unis à des mortelles et avaient corrompu les Hommes en leur enseignant des savoirs interdits. Tous furent condamnés à d'infinis tourments peu avant le Déluge.

— D'après le *Livre d'Hénok*, l'archange Michel s'émut du sort des Hénokiens mais n'osa pas prendre parti pour eux. »

Kantz confirma et récita de mémoire :

« *Quel est celui dont le cœur ne serait pas touché par ce châtiment, et qui ne serait pas troublé par le châtiment prononcé contre les anges ainsi chassés ?* Et il arriva, lorsque Michel se tenait devant le Seigneur des esprits, qu'il dit encore à Raphaël : *Je ne serai pourtant pas pour eux aux yeux du Seigneur, car le Seigneur des esprits est irrité contre eux, parce qu'ils agissent comme s'ils étaient le Seigneur. C'est pourquoi tout ce qui est secret viendra contre eux pour les siècles des siècles ; car ni ange ni homme ne recevra sa part, mais eux seuls ont reçu le châtiment pour les siècles des siècles.* »

Le chevalier fit une pause, le temps de bien saisir la portée de ce qu'il allait révéler et, peut-être, de renoncer. Devinant ces hésitations, le templier intervint :

« Je vous en prie. Ne me cachez rien. Je puis, si vous le désirez, jurer le secret. »

Kantz eut un geste de la main pour indiquer que cela n'était pas nécessaire.

« Ce que le *Livre d'Hénok* ne dit pas, c'est que, longtemps plus tard, l'archange Michel plaida en faveur des Hénokiens et eut finalement gain de cause auprès du Seigneur.

— Les Hénokiens furent alors libérés ? s'étonna le frère Lukas.

— Pas à proprement parler, non… Voyez-vous, le Seigneur les avait déchus pour leurs crimes, et Il se refusa à les admettre de nouveau à Sa droite. Cependant, une chance de rachat leur fut offerte.

— Laquelle ?

— A certains, il fut proposé de vivre une vie d'homme au service du Seigneur et, s'ils étaient vertueux, d'accéder peut-être au Paradis. »

Incrédule, le moine-soldat resta un instant bouche bée.

« Voulez-vous dire qu'il existe en ce moment des anges en ce monde ?

— Oui. Les premiers apparurent à l'époque du Christ et d'autres se sont succédé depuis… Mais ils ne sont pas des anges : ils sont des anges dans des corps d'homme, des esprits angéliques prisonniers dans des enveloppes charnelles, et qui respirent, vivent, souffrent et meurent comme tout un chacun… On suppose que certains apôtres furent des Hénokiens. De même que des saints et martyrs qui vinrent après eux. Et aussi quelques-uns qui nous sont inconnus.

— C'est à ne pas croire !… Mais comment… comment le Voleur de visages pourrait-il être l'un d'eux ? N'avez-vous pas dit que les Hénokiens étaient sur Terre pour le service de Dieu ? »

Les jambes lourdes et la nuque raide, Kantz se leva. Une vieille douleur dans son genou gauche se réveilla et le fit grimacer. Il marcha un peu puis, appuyé des deux mains au manteau de la cheminée, penché vers le feu mourant, dit :

« Depuis quelques générations, les Hénokiens incarnés paraissent gagner en nombre alors que chaque siècle n'en connaissait qu'une poignée avant cela : quatre ou cinq, parfois moins, jamais plus… On ignore pourquoi leur nombre augmente. Mais puisqu'ils n'étaient que deux cents selon Hénok, il est aisé de deviner que les Hénokiens de notre temps sont les derniers.

— Comment savez-vous tout cela ? »

Se détournant de l'âtre, le chevalier se redressa pour affronter le regard du frère Lukas.

« Certains secrets me furent révélés naguère. Et de tous, celui-là qui concerne les Hénokiens est sans doute le plus grave… »

Le templier acquiesça pensivement.

« Cependant, fit-il, je ne comprends toujours pas comment un Hénokien, c'est-à-dire un ange déchu en quête de rachat, peut commettre les crimes horribles que vous savez ! »

Kantz se rassit.

« Les Hénokiens, dit-il, viennent au monde dans l'ignorance de leur part angélique, laquelle est comme enfouie au tréfonds de leur âme. Ainsi, certains peuvent vivre et mourir sans avoir jamais supposé qui ils sont. Ils mènent alors une vie qui n'est ni pire ni meilleure qu'une autre, même s'ils choisissent pour la plupart une carrière religieuse et font preuve, souvent, de hautes qualités : ils sont intelligents, éloquents, prompts à apprendre dans toutes les sciences…

— Il y a là, cependant, une chose qui m'intrigue… Si les Hénokiens ignorent la vérité sur eux-mêmes, comment peut-on espérer d'eux qu'ils accomplissent leur destinée au service du Seigneur et trouvent grâce à Ses yeux ?

— Il en allait autrement, jadis.

— Comment cela ?

— Jadis, chaque Hénokien incarné était fatalement frappé par une révélation à un moment ou un autre de sa vie. Le Seigneur envoyait un ange du ciel, et cet ange disait tout à l'Hénokien afin qu'il pût accomplir sa mission sur Terre. Alors seulement, la nature angélique de l'Hénokien trouvait à s'exprimer sans entraves.

— Et cela n'arrive plus ?

— Cela arrive moins depuis que les Hénokiens s'incarnent en plus grand nombre. Certains sont… comme oubliés par la Providence. »

Le frère Lukas prit le temps de la réflexion. Kantz se releva pour mettre une bûche au feu.

« Il y a donc, fit le templier hongrois, des Hénokiens qui s'ignorent… Et le Voleur de visages serait de ceux-là ?

— Parmi ceux qui sont oubliés, les Hénokiens qui s'ignorent jusqu'à leur mort sont encore les plus chanceux.

— Pourquoi ?

— Pour la raison que chez d'autres, la part angélique se manifeste à l'image d'une créature sauvage qui hurle dans sa cage et ronge ses barreaux… Les malheureux dont je vous parle, incapables de comprendre les épreuves qu'ils traversent, sont alors hantés par des cauchemars, des visions, des voix intérieures. Certains en deviennent fous, et parfois dangereux.

— Ainsi, voilà comment le frère József, ancien templier et Hénokien torturé, devint le Voleur de visages… »

Le chevalier secoua doucement la tête, sceptique.

« Détrompez-vous… Je devine que son histoire fut encore bien pire… »

Plus tard cette nuit-là, bien après le départ du frère Lukas, Kantz se recueillait dans son cabinet privé quand il entendit qu'on l'appelait depuis la rue et tambourinait à sa porte.

Il ouvrit une fenêtre, poussa les volets, passa la tête dehors.

C'était Günter Vecht.

« Venez vite, chevalier !

— Que se passe-t-il ?

— C'est Liliana ! »

40

Comme perdue au milieu du large lit à colonnes, ses jambes nues prisonnières d'un fouillis de draps, la petite bohémienne se débattait et gémissait en dormant, prisonnière de cauchemars dont rien ne semblait pouvoir la tirer. Annerose et la domestique chargée des fillettes se tordaient les mains, les traits défaits par l'inquiétude et la peur. Günter ne savait que faire de son grand corps. Il allait de long en large, les bras ballants, tandis que Chandelle voletait en tous sens, son halo lumineux étincelant d'affolement.

« Elle ne se réveille pas ! s'exclama la femme du libraire au désespoir. Chevalier, elle ne se réveille pas !

— Calmez-vous, Annerose. »

Kantz, ôtant son chapeau, s'agenouilla près du lit. D'une main légère, il caressa le front de la gamine et écarta des mèches noires engluées de sueur. Liliana pleurait, geignait, serrait la taie d'oreiller dans ses petits poings crispés.

« Quand cela a-t-il commencé ?

— Il y a une heure à peine », expliqua Gretta, la domestique.

C'était une grosse femme à la poitrine énorme qui, engagée comme nourrice d'Ani l'an passé, était restée au service des Vecht.

« Je passais devant sa porte, poursuivit-elle, quand j'ai entendu…

— Qu'avez-vous tenté ? l'interrompit Kantz.

— Tout, chevalier ! fit Annerose. Tout !… Nous l'avons appelée, secouée !… Je… Je l'ai même giflée !…

— J'ai compris. »

Il se redressa.

« Laissez-moi seule avec elle. »

Günter et les deux femmes échangèrent des regards embarrassés. Liliana gémissait et remuait toujours, captive d'un calvaire secret.

« Qu'allez-vous faire ? demanda le libraire.

— Tout ce qu'il sera possible. Laissez-nous. »

Gretta fut la première à sortir, puis Annerose, et enfin Günter. Avant de refermer la porte cependant, il s'enquit :

« Qu'a-t-elle, chevalier ?

— Je l'ignore. »

Kantz poussa le loquet, défit son ceinturon, abandonna sa rapière au fourreau sur un tabouret. Pour ne pas être chassée, Chandelle s'était réfugiée en haut d'un meuble d'où elle observait sans bouger.

Revenu près du lit, le chevalier mit un genou au sol et, les mains jointes, s'accouda au matelas. Alors il pria, les doigts entrecroisés et ses lèvres bougeant à peine tandis que la gamine se débattait, le visage torturé et les paupières crispées comme si une force redoutable l'obligeait à garder les yeux clos sur un monde intérieur tourmenté.

Quand il fut prêt, sans cesser de marmonner une prière latine, Kantz retira le gant de sa main gauche avec des gestes mesurés. Gravé dans la paume, le pentacle rougeoyait faiblement. Il l'appliqua sur le front humide et chaud de la fillette.

Elle s'apaisa aussitôt et ses petites jambes cessèrent de battre les draps. Mais ce fut comme si les fantômes intimes de Liliana quittaient son corps pour remonter le bras du chevalier et prendre un nouvel esprit d'assaut.

Kantz tressaillit. Une immense détresse l'envahit. Vint ensuite une terreur à rendre fou. Des images le frappèrent, déformées, mouvantes, pleines de tons ocre et sang dans le vacarme strident de mille âmes au supplice.

Une femme. Elle a les yeux écarquillés, épouvantés, emplis de larmes. Il fait nuit. Une lune décroissante luit. Une main d'homme empêche la femme de crier. Des bras forts la maintiennent, l'entraînent. Elle se démène. En vain. Toujours la nuit, et cette lune qui observe. L'homme possède un couteau dont la lame étincelle. Tout près se dresse un bâtiment immense et sombre. Le bâtiment a un parvis, un triple portail, des flèches qui montent vers le ciel et la lune immobile. C'est une cathédrale.

Notre-Dame-des-Sept-Archanges.

En suée, Kantz retira sa main du front de Liliana. La fillette ne bougeait plus, évanouie peut-être. Elle respirait normalement.

Le chevalier quitta la chambre en trombe. Il bouclait son ceinturon et bouscula Günter et les deux femmes qui attendaient dans le couloir. Depuis l'escalier qu'il dévalait, il lança :

« Elle va bien !… Surtout, ne parlez à personne de tout cela ! »

Ils entendirent la porte claquer.

Dans les rues désertes et silencieuses de la Wielstadt nocturne, Kantz courait en espérant ne croiser aucune patrouille. Il faudrait s'arrêter, se faire reconnaître, perdre un temps précieux alors qu'une femme allait mourir et que déjà, sans doute, le Voleur de visages la tenait en son pouvoir.

S'il ne doutait pas que la vision transmise par Liliana était véridique, s'il était convaincu que ce qu'il avait vu se produisait en ce moment ou ne tarderait guère, le chevalier ne savait plus que croire. Maria, l'aînée de Liliana, avait-elle menti en prétendant que des songes lui annonçaient les prochains crimes du Voleur de visages ? Pressée de questions par Kantz et comprenant qu'il lui fallait révéler une partie de la vérité, s'était-elle approprié les prémonitions de sa cadette dans le but de la protéger ? C'était le plus probable et cela expliquait la détresse profonde que le chevalier avait décelée chez la jeune femme : celle-ci ne craignait pas pour elle, mais pour la petite.

Restait que Kantz n'expliquait pas comment Maria pouvait connaître la nature des rêves prémonitoires de sa sœur, puisque Liliana, muette, était incapable de les lui avoir racontés. Et la gamine en gardait-elle seulement le souvenir ?

Le chevalier, lui, avait trouvé un chemin jusqu'à l'âme tourmentée de la fillette. Mais il n'appartenait pas au commun des mortels, et le pentacle gravé dans sa paume avait des pouvoirs qui dépassaient l'entendement. Fallait-il comprendre que les deux Egyptiennes, unies par quelque lien secret, avaient eu ensemble les mêmes visions ? Une autre possibilité était que Liliana avait hérité du don de seconde vue à la mort de sa sœur…

Pour l'heure, cependant, le moment n'était pas à la réflexion. Tandis qu'il se pressait à travers des quartiers endormis, Kantz ne savait qu'une chose : les prédictions des bohémiennes n'avaient jusqu'alors anticipé que de très peu sur les événements. Or les Vecht avaient tardé à se manifester…

Autant pour gagner du temps que pour éviter les patrouilles, Kantz prit au plus court. A grandes foulées, il traversa les pâtés de maisons, emprunta des ruelles tortueuses, des passages obscurs, franchit des cours profondes comme des puits. Par deux fois, il dut se cacher en entendant venir le guet. Enfin, au terme d'une course harassante, il arriva en vue de Notre-Dame-des-Sept-Archanges. Il l'approcha par l'abside et dut faire le tour. Il ralentit le pas, tendit l'oreille, fouilla du regard l'immense esplanade sur laquelle, à la lueur de la lune et des étoiles, la splendide cathédrale couchait l'ombre de ses flèches jumelles.

Personne.

Alors le chevalier se tourna vers le triple portail qu'ornaient des statues de pierre. Un homme y était accroupi près d'un corps étendu.

Etait-il déjà trop tard pour empêcher le coup de grâce ?

Kantz ne voulut pas prendre le risque.

« HÉ ! » s'écria-t-il en s'élançant.

L'homme se redressa aussitôt, l'épée au côté et une dague au poing. Il portait un grand manteau sombre et avait un masque de peau sur le visage. Il parut hésiter, puis s'enfuit.

Kantz ne le poursuivit pas aussitôt. Il gravit les marches du parvis quatre à quatre et se pencha sur la victime abandonnée. Il s'agissait d'une femme. Elle ne respirait plus, la poitrine dénudée et une blessure sanglante au cœur.

A cet instant, une voix hurla :

« VOUS, LÀ ! NE BOUGEZ PLUS ! »

Le chevalier aperçut alors la patrouille qu'il avait lui-même attirée en criant. Elle déboulait sur la place par une rue, tandis que le Voleur de visages disparaissait par une autre.

Le temps manquait pour s'expliquer. Kantz se précipita à la suite du tueur. Des coups de feu furent tirés. Des balles ricochèrent contre la pierre autour du chevalier. Aussitôt, le chef de patrouille fit sonner sa cloche à main. D'autres lui répondirent alentour. Très vite, l'alerte fut générale.

A la fois fuyard et poursuivant, Kantz s'efforçait de ne pas perdre le tueur de vue. En le voyant tourner à un angle, il coupa par une venelle, un escalier branlant, une galerie d'étage et le toit d'un appentis. Ce raccourci lui fit gagner beaucoup de terrain, si bien qu'il déboucha dans une rue que le Voleur de visages achevait tout juste d'emprunter. Les archers qui avaient repéré le chevalier devant la cathédrale étaient loin derrière à présent. Mais tout le quartier résonnait des pas lourds et des cris des patrouilles qui convergeaient.

L'assassin avait encore vingt bons mètres d'avance et ne faiblissait pas. Kantz, qui s'épuisait, désespérait de le rattraper. Surtout, il craignait que le guet ne lui mette la main au collet le premier. Et ce n'était pas ce qui pouvait advenir de pire. Un couvre-feu étant décrété, les sergents de ville avaient permission de tirer sur tout suspect.

Le chevalier aux trousses, le Voleur de visages remontait une rue étroite quand, soudain, une patrouille arriva en face. Le tueur prit aussitôt par un passage voûté où Kantz s'engouffra à son tour en essuyant un feu de mousquets. Les détonations crépitèrent. Sans ralentir, le chevalier se courba quand des frelons de plomb lui vrombirent aux oreilles.

Le passage menait à une impasse étroite que fermait une palissade. Le Voleur de visages bondit, agrippa le faîte de la clôture et se hissa par-dessus. Kantz l'imita à temps pour le voir qui tournait à droite, hésitait à un carrefour, comprenait qu'il était cerné, et finalement escaladait l'échafaudage d'une maison en réfection. Le chevalier ne lâcha pas sa proie d'une semelle et, d'échelles en plates-formes instables, il monta quatre étages et arriva sur le toit.

Un calme étrange régnait ici, sous le ciel piqueté. On entendait, en bas, les voix des archers qui appelaient, cherchaient, ne songeaient pas aux hauteurs et s'éloignaient. Un vent froid soufflait en faisant chanter les tuiles. Une girouette grinçait.

Kantz tira l'épée et balaya les ténèbres du regard. Son pentacle le démangeait : le Voleur de visages n'était pas loin ; il attendait, tapi dans l'ombre, prêt à frapper. Prudemment, le chevalier avança jusqu'à l'arête du toit pour considérer les environs. Entourées de rues trop larges pour être franchies d'un bond, la maison et ses voisines, toutes accolées, enserraient étroitement le gouffre noir d'une cour où sifflaient des bourrasques. Il ne semblait y avoir d'autre voie d'accès que l'échafaudage.

« Où es-tu ? » murmura Kantz.

Comme répondant à cet appel, le Voleur de visages surgit soudain de nulle part.

La brutalité de l'assaut surprit le chevalier quand l'autre bondit sur lui telle une bête sauvage. Avant qu'il pût réagir, des mains nues lui saisirent la gorge. Une force inouïe le souleva et le plaqua violemment contre une cheminée. Il fut sonné par le choc. Sa rapière lui échappa, dégringola les tuiles et alla se loger dans une gouttière.

Recouvrant ses sens, Kantz agrippa à son tour le cou du Voleur de visages et appuya des pouces contre la trachée. Mais au lieu de repousser son adversaire, il l'approcha peu à peu de lui jusqu'à respirer une haleine fétide mêlée aux relents de chairs putréfiées que dégageait le masque de peau humaine. Et quand il put plonger son regard dans celui, étincelant de haine et de folie, du tueur sanguinaire, Kantz cambra la nuque, se figea un instant en mobilisant toute l'énergie dont il était capable, puis assena un coup de tête terrible.

Il y eut un craquement d'os et cartilages sous le faciès putride où l'on devinait des caractères hénokiens gravés. Comme foudroyé, le Voleur de visages lâcha prise et chancela en arrière. Les épaules calées contre la cheminée, le chevalier leva le genou et déploya brusquement sa jambe. La semelle de sa botte ferrée percuta l'assassin au ventre. L'homme en perdit le souffle et l'équilibre. Il vacilla, les bras ballants.

Kantz n'attendit pas qu'il se reprenne. Avec l'énergie furieuse de celui qui sait qu'il doit vaincre maintenant ou jamais, il enchaîna les crochets du droit et du gauche jusqu'à ne plus pouvoir. A chaque coup, le Voleur de visages, amorphe et la tête dodelinante, recula d'un pas vers le bord du toit. Le sang suinta, gicla par les déchirures du masque cadavérique qui cédait de guingois. Puis, comme il se sentait faiblir, le chevalier comprit qu'il fallait en finir. Devant son adversaire abruti par la douleur, il réunit ses poings et frappa sous le menton de toutes ses forces.

Les deux hommes tombèrent à la renverse. Et tandis qu'il se laissait choir, épuisé, sur les tuiles, Kantz vit le Voleur de visages qui basculait sans un cri dans le vide. L'espace d'une fraction de seconde, il accrocha le regard du tueur dont le masque de peau, en lambeaux, collait à ses chairs tuméfiées.

Ce n'était plus le regard d'un fou, mais celui d'une âme apaisée.

Surtout, c'était un regard que le chevalier put enfin reconnaître.

Trop tard.

Bien trop tard.

Le corps fit un bruit sourd en heurtant le pavé, quatre étages plus bas.

41

Dans la cour étroite où il s'était écrasé, le frère Lukas gisait immobile, le corps rompu, les cheveux trempant dans une flaque de sang noir. Il saignait par la bouche, le nez, les oreilles, et fixait le ciel étoilé d'un regard vitreux. Sa respiration était faible, sifflante, douloureuse.

Kantz, tout juste descendu des toits, approcha du templier agonisant. Il entendait les voix des archers qui, après avoir bouclé les environs, revenaient sur leurs pas et fouillaient systématiquement le quartier. Le chevalier n'en avait cure. Pour l'heure, seul l'intéressait celui qu'il avait affronté et vaincu. C'était une amère victoire que Wielstadt célébrerait pourtant dans la liesse. Le Voleur de visages avait vécu, et nul ou presque ne saurait jamais qui il était vraiment. Qui s'en souciait, d'ailleurs ? L'important n'était-il pas que l'on puisse enfin dormir tranquille ?

L'histoire du Voleur de visages était d'abord celle d'un jeune templier hongrois, le frère József. C'était aussi celle d'un ange déchu prisonnier d'un corps d'homme – un Hénokien qui ignorait sa véritable nature et qui avait basculé dans la folie, sa part d'âme humaine lentement rongée par le feu couvant de sa part d'âme céleste. Le frère József était ainsi devenu le Voleur de visages. Mais pour se défendre, son esprit tourmenté avait également engendré la personnalité du frère Lukas. Celle-ci se manifestait à l'occasion, hantée par une culpabilité trouble, et acharnée à traquer un monstre qui était son double maléfique.

Kantz, le poing sur le pommeau de son épée, mit un genou à terre près du mourant. Tournant la tête vers lui, l'autre leva alors une main tremblante que le chevalier prit dans sa senestre nue. Au contact, le pentacle gravé réagit et parut transmettre une chaleur bienfaisante au moine-soldat.

« *Je suis là, mon frère*, dit Kantz en hénokien. *Je suis là…* »

Quand leurs regards se trouvèrent, les deux hommes eurent les yeux traversés par un même éclair pourpre. Simultanément, il y eut un grésillement de chair grillée et le templier grimaça tandis que son corps était parcouru d'un spasme. Le chevalier lui ouvrit les doigts de la main gauche avec délicatesse : un pentacle sacré se dessinait au creux de la paume.

« *Tu auras bientôt rejoint les tiens*, murmura Kantz… *Tu dois à présent me dire ton nom.*

— *Je suis… Lukas ?… József ?…*

— *Non, mon frère… Je veux entendre ton nom véritable… Cherche en ton âme. Tu sauras.* »

Le templier se tut longuement cependant qu'il fouillait au plus profond de lui-même, jusqu'aux strates des souvenirs d'une autre vie. Et quand il trouva, une immense quiétude l'envahit.

« *Je m'appelle… Asdariel*, dit-il un sourire aux lèvres et le regard lointain. *Asdariel est mon nom premier…*

— *Meurs en paix, Asdariel. Je prierai pour le rachat des crimes que l'on te fit commettre. Tu ne seras pas oublié, mon frère…*

— *Asdariel est le nom que… me donna le Seigneur…* » souffla encore l'Hénokien.

Puis il mourut.

Kantz abaissa les paupières du cadavre avant de se redresser debout et de ganter sa main gauche, la mine sombre et les mâchoires crispées. Le guet approchait. Il ne lui manquait plus que de trouver un accès à la petite cour qui résonnait déjà des appels, ordres et contrordres des chefs de patrouille. L'étau se resserrait. Il n'était plus question de fuir.

« Vous arrivez trop tard », dit le chevalier sans se retourner.

Il avait deviné la présence de l'homme à barbe blanche, dont les vêtements et le long manteau gris tranchaient curieusement sur les ténèbres. Le Pèlerin avança, son grand bâton de marche à la main.

« Je sais, fit-il.

— Il est là, l'Hénokien qui devait bientôt se révéler à Wielstadt… Il est là, celui que vous attendiez… Devant vous… Mort…

— Qui était-ce ?

— Asdariel.

— Je me souviens de lui. Je l'aimais.

— Comme vous nous aimez tous, n'est-ce pas ? ironisa Kantz. Alors pourquoi l'avoir abandonné ?

— Je ne l'ai pas abandonné, tu le sais bien.

— Je ne sais plus rien, Michel », lâcha le chevalier.

Sa voix était vibrante d'une colère froide. Il ajouta :

« Plus rien sinon que le Ciel nous trahit…

— Cela est faux.

— Faux ? »

Kantz fit volte-face pour darder un regard étincelant sur son interlocuteur. Puis, désignant le cadavre du doigt :

« Et lui ?… Pourquoi n'a-t-il pas eu ma chance ? Qui était à ses côtés lorsqu'il pouvait encore être sauvé ? Qui ?

— Personne.

— Et combien d'autres ont connu un sort semblable ?

— Point tant que tu le crois.

— Point tant… »

Le chevalier, dépité, se tourna à nouveau vers le corps.

« Point tant, répéta-t-il. Tout va donc pour le mieux… »

Il y eut un silence.

Puis Kantz lâcha :

« C'est Lilith qui a fait de lui le monstre insane que vous savez.

— Lilith ?

— Et qui d'autre ? N'a-t-elle pas juré notre perte à tous ?

— Elle ne peut être partout. »

Négligeant l'argument, le chevalier expliqua :

« Asdariel était le frère József, un templier… Il y a de cela six années, il disparut dans les marches de Hongrie, au cours d'une patrouille. Tous ses compagnons furent massacrés alors qu'ils protégeaient la fuite d'un carrosse menacé par un détachement turc. Lui seul survécut, bien qu'on le crût d'abord mort.

— Qui te raconta cela ?

— Lui… Du moins, le frère Lukas… »

Kantz soupira et reprit :

« C'était en 1618… Mais un an plus tard, le Voleur de visages commença sa sinistre carrière. On le reconnut. C'était le frère József.

— Et où est-il question de Lilith ?

— Le carrosse que les templiers défendaient emmenait une jeune veuve, une aristocrate hongroise qui regagnait Presbourg. Malgré tous ses efforts, le Temple ne retrouva jamais trace d'elle nulle part.

— Soit, mais…

— J'ai vu Lilith. Je lui ai parlé et elle a imprudemment dit qu'elle était désormais Agnès von Bars. Les terres de Bars sont en Hongrie, et le malheureux époux d'Agnès mourut peu après leurs noces.

— Ce ne sont que des suppositions.

— Pendant un an, fit Kantz en poursuivant le fil de sa pensée, Agnès eut le frère József à sa merci. Quelles délicates et odieuses tortures lui infligea-t-elle au corps comme à l'âme ? Cela, je ne le devine que trop bien… Elle réveilla l'Hénokien en lui, tout en le corrompant. Là où Lilith fut habile, c'est qu'elle ne chercha pas à combattre la haine profonde, intime, viscérale que tous les Hénokiens ressentent pour elle. Au contraire, elle utilisa cette haine et y forgea la folie d'Asdariel. Aux yeux du Voleur de visages, toutes ses victimes étaient filles de Lilith. C'est elle et nulle autre qu'Asdariel poursuivait… Il avait une mission, un destin… »

Abattu, le chevalier s'accroupit, les poignets sur les genoux et les mains pendantes.

« Et l'épilogue de cette tragédie qui fit couler tant de sang innocent, dit-il en considérant le corps sans vie du templier, est que j'ai tué l'un de mes frères…

— Tu n'avais pas le choix, François. C'est par Lilith que tout arriva.

— Je le sais bien… Saurez-vous la retrouver ? »

— Peut-être, si elle est demeurée à Wielstadt… Mais il faudrait encore que Lilith laisse sa nature démoniaque se manifester en quelque manière. Qu'elle use d'un pouvoir interdit. Ou qu'elle s'abandonne à un sentiment violent… Sans cela… »

Kantz acquiesça pensivement en se relevant, le genou gauche douloureux. Il doutait que Lilith commette l'erreur de se découvrir.

« Sois prudent, chevalier.

— Je ne crains rien.

— Lilith pourrait vouloir s'en prendre à toi, à présent.

— Non. Elle ne fera rien pour me tuer. Elle n'est pas une enfant capricieuse.

— Qu'est-ce à dire ?

— Elle ne casse pas ses jouets. »

« Halte ! »

L'ordre éclata dans le silence de la petite cour où Kantz se tenait seul près du cadavre, le pèlerin gris s'étant évanoui dans les ombres tel un fantôme. Une oreille attentive aurait pu entendre l'écho distant d'un bâton de marche heurtant régulièrement le sol.

« PLUS UN GESTE !

— Ai-je l'air de bouger ?

— LÈVE LES MAINS ! »

Kantz obéit en se tournant vers les individus armés qui approchaient. Ils étaient cinq, un grand rouquin ventru en tête.

« Je suis le chevalier Kantz. Le corps à mes pieds est celui du Voleur de visages…

— Silence ! » éructa l'homme roux.

Il avait la face rouge et grasse, un cou énorme, respirait bruyamment.

Durant un long moment, il toisa le chevalier, l'air supérieur, un rictus haineux déformant sa bouche. Il arborait – comme ses compagnons – un brassard où les armoiries de Wielstadt étaient brodées. Kantz n'avait donc pas affaire à des gens du guet, mais aux membres d'une nouvelle milice levée par le Conseil de Ville. Cette initiative revenait sans doute à la Sainte-Vehme : elle avait trouvé là le moyen de flatter les instincts justiciers de la foule, tout en conférant un semblant d'autorité légitime à ses partisans les plus fidèles.

« Suis-nous », ordonna le rouquin.

42

Malgré les démarches de Regenhalt, Kantz ne fut libéré qu'en fin de matinée, ce mardi 15 octobre. Les choses auraient pu aller plus vite, mais le pouvoir avait changé de main à Wielstadt, et c'est un message que l'on voulut faire passer au chevalier comme au lieutenant criminel du prévôt.

Kantz eut donc à répondre à des questions sans cesse répétées, qui appelaient toujours les mêmes réponses, et qui étaient autant de vexations. Il dut expliquer comment il avait retrouvé le Voleur de visages, pourquoi il avait fui devant le guet ; il s'entendit reprocher, à mots couverts, de jouer les justiciers. L'hostilité que lui manifestaient des fonctionnaires trop zélés à plaire aux nouveaux maîtres de la ville ne l'encouragea guère à collaborer. Il fut laconique et mentit beaucoup, surtout par omission. Pour la protéger, il ne dit rien du rêve prémonitoire de la petite Liliana.

Comme on ne lui permit pas de dormir, même durant les moments qu'il passa au cachot, Kantz était épuisé lorsque Rainer von Regenhalt le raccompagna amicalement aux portes des Trois-Tours. Midi allait bientôt sonner. La nouvelle de la mort du Voleur de visages avait déjà couru tout Wielstadt, colportée par les crieurs publics et relayée par la rumeur. La Sainte-Vehme, en coulisse, triomphait.

« Tenez, dit Regenhalt tandis qu'ils traversaient la cour vers la herse et le pont-levis. Cela sera bientôt cloué partout. »

Il tira de sa manche un grand papier plié qu'il tendit au chevalier. Kantz le déploya et découvrit une affichette dont l'encre n'avait pas encore séché.

On y annonçait en gros caractères le décès du Voleur de visages, sans qu'il soit question de sa dernière victime ni du rôle joué par Kantz. Au nom du Conseil de Ville, le bourgmestre Seelgen se félicitait de ce succès et en promettait d'autres. Il indiquait en outre que le couvre-feu décrété la veille était maintenu jusqu'à nouvel ordre, pour raison de « sûreté et morale publiques ». Quiconque sortirait à la nuit serait aussitôt arrêté, à moins qu'il ne soit porteur d'un ordre spécial, ou accompagné de deux valets « portant flambeaux ».

« Une manière élégante d'obliger les moins riches à rester chez eux, conclut le chevalier en rendant l'affiche à Regenhalt. C'est bien dans les manières de la Sainte-Vehme…

— Les Wielstadter comprendront bientôt que, par peur du loup, on a choisi un chien enragé pour garder le troupeau.

— La formule est belle et, malheureusement, fort exacte.

— Il reste un espoir, cependant.

— Lequel ?

— L'empereur.

— Wielstadt est une cité franche.

— A ce titre, elle est néanmoins soumise au Saint Empire. Si l'empereur juge que la nomination de Seelgen est contraire à sa politique, il peut… »

Kantz l'interrompit gentiment.

« Rainer… »

Le lieutenant criminel comprit et baissa le regard.

« Je sais, dit-il. Je me berce d'illusions… »

Ils marchèrent jusqu'à la rue et, tandis qu'ils passaient devant le poste de garde, le chevalier y aperçut des miliciens portant le brassard de la ville.

« Ils sont déjà chez eux, remarqua-t-il. La Sainte-Vehme aura tôt fait d'imposer son joug à la ville. »

Regenhalt ne répondit pas.

Embarrassé, le regard fuyant, il semblait avoir quelque chose à dire et Kantz, après un instant d'hésitation, devina de quoi il s'agissait.

« Vous partez, n'est-ce pas ? Vous allez quitter Wielstadt…

— Oui.

— Quand ?

— Avant la semaine prochaine.

— Et votre lieutenance ?

— Je l'aurai bientôt vendue. On m'en offre un très bon prix.

— Où irez-vous ?

— Sur les terres que me légua mon père en Rhénanie. »

Kantz, impassible, plongea dans un silence réfléchi : tout s'arrêtait, tout finissait.

Enfin, il lâcha avec un demi-sourire :

« Ne vous avisez pas de partir sans me venir saluer une dernière fois, Rainer.

— Bien sûr. »

Ils échangèrent une franche accolade qui dura, puis le chevalier s'éloigna sans se retourner.

Kantz se rendit directement chez les Vecht, impatient d'avoir des nouvelles de Liliana. Günter était à l'imprimerie et ne rentrerait pas déjeuner. Ce fut sa femme qui ouvrit.

« Bonjour, Annerose. Pourrais-je voir Liliana ? »

Elle parut hésiter, le regard dur, puis elle écarta la porte en grand sans un mot.

« Vous n'avez parlé à personne de ce qui est advenu cette nuit, n'est-ce pas ? s'assura le chevalier en entrant.

— Non. »

Il se vit désigner l'escalier et rejoignit seul la chambre où, épuisée par les terreurs de sa nuit, Liliana dormait d'un sommeil paisible. Chandelle la veillait, sagement assise, son halo émettant une douce lueur mordorée. Kantz s'assit près de la fillette sur le lit. Il s'adossa à des oreillers, étendit les jambes, poussa un soupir de soulagement, se laissa aller, ne remarqua pas la fée-demoiselle qui se posa sur sa cuisse. Derrière les volets clos, la pièce était plongée dans une quiétude qui gagna vite le chevalier. Il voulut se reposer un peu, ferma les paupières et, bercé par la respiration de Liliana, s'endormit profondément.

Quand il se réveilla, il était seul et l'après-midi finissait.

Dans la *salle*, Günter Vecht dînait tandis qu'Annerose achevait de donner, à la cuiller, une bouillie lactée à la petite Ani. Assise à l'autre bout de la table, Liliana jouait avec sa poupée et marmonnait une chanson dont elle inventait l'air au fur et à mesure. Personne ne parlait ; un feu crépitait dans l'âtre ; l'ambiance était lourde comme après un deuil. La domestique en charge des enfants manquait au tableau. Chandelle, posée sur une poutre, somnolait.

Dès que le chevalier parut en s'excusant de s'être endormi, Annerose emporta sa fille dans la pièce voisine et n'en revint pas. Il y eut un silence embarrassé, seulement troublé par la mélopée étouffée de Liliana.

« Qu'ai-je dit ou fait ? demanda Kantz.

— Asseyez-vous, s'il vous plaît, chevalier. »

Kantz prit un siège en face du libraire et, les coudes sur la table, attendit.

« Annerose et moi avons… Nous avons parlé… Et nous avons décidé de…

— De ne pas garder Liliana. »

Vecht acquiesça et les deux hommes observèrent un moment la fillette. Elle jouait toujours en chantonnant, totalement indifférente au monde qui l'entourait. Ses longs cheveux noirs tombaient sur son visage penché en avant, et le dissimulait aux regards.

« Comprenez, reprit le libraire. Les événements de cette nuit ont profondément marqué Annerose… Et moi aussi, je dois l'avouer. Quant à notre nourrice, elle a quitté notre service ce matin même. Elle était effrayée et n'a pas même réclamé ses gages…

— Je comprends.

— Ma femme a peur. Peur pour nous et, plus encore, pour la petite… Qui sait si Liliana n'aura pas encore de semblables crises ? Ou d'autres plus violentes ? »

Il baissa la voix. Chandelle plana de sa poutre vers la table.

« C'est une enfant étrange, chevalier… Elle a parfois de ces regards qui vous transpercent… L'on est occupé et, tout soudain, on la découvre qui est là, immobile, silencieuse, l'air grave. Et si on s'enquiert de ce qu'elle désire, elle s'en retourne et va jouer comme si de rien n'était… C'est une enfant docile, cependant. Elle peut même l'être trop, d'une certaine manière…

— Que voulez-vous dire ? »

Indécis, Günter chercha ses mots.

« Il s'agit moins de docilité que… On dirait que tout l'indiffère. A-t-elle faim, soif, froid ? Est-elle triste ou joyeuse ? Elle ne réclame ni n'exprime jamais rien… Elle est muette, certes. Mais elle pourrait se faire comprendre par des gestes ou des grimaces. Comment faisait-elle avec sa sœur ?… Avec nous, rien. Rien…

— Songez aux épreuves qu'elle a traversées », dit Kantz.

Mais Günter n'écoutait pas. Il conclut :

« C'est comme si elle ne vivait pas et ne faisait qu'observer le monde… »

Le chevalier se leva, réfléchit et, les mains sur les hanches, considéra Liliana qui le regardait désormais, impassible et silencieuse.

« C'est entendu, déclara-t-il. J'emmène la petite.

— L'autre jour, vous songiez à la confier aux bons soins des moniales du Temple. Elle y sera bien, n'est-ce pas ? fit le libraire avec des accents d'espoir dans la voix.

— Elle y sera toujours mieux que dans les rues… Mais nous verrons cela plus tard. A compter de ce jourd'hui, Liliana dormira chez moi si elle le veut bien… Le veux-tu, Liliana ? »

Et comme la petite ne manifestait ni refus ni assentiment, Kantz demanda :

« Où sont ses affaires ?

— Ici. »

Günter désigna, non sans honte, un petit sac déjà tout préparé sur un rebord de fenêtre.

« Mets ton manteau, Liliana. Nous partons. »

La gamine obéit avant d'attendre près de la porte, sa poupée à la main. Kantz prit le sac et vit Chandelle qui se glissait à l'intérieur. Cela n'échappa pas non plus au libraire.

« Chandelle et Liliana sont devenues inséparables, dit-il.

— Au revoir, Günter.

— Au revoir, chevalier. Au revoir, Liliana. »

Kantz ouvrit la porte.

« Chevalier !

— Oui.

— Me permettrez-vous de vous venir visiter ? »

Le chevalier crut d'abord que Günter désirait revoir Liliana. Puis l'idée lui vint que le libraire voulait s'assurer qu'il conservait son amitié.

Enfin, il comprit.

« Ne serais-je plus le bienvenu chez vous ?

— Pour quelque temps du moins, avoua Vecht à regret… C'est Annerose. Elle… A ses yeux, vous… »

Il ne sut plus que dire, et lâcha :

« Le temps arrangera tout cela.

— Bien sûr, mon ami. A bientôt. »

Une fois la porte refermée, le libraire resta longtemps à la regarder, comme hypnotisé. Il entendit néanmoins Annerose qui revenait dans son dos.

« Le chevalier est mon ami, dit-il sans se retourner. Et je lui ai fait défaut.

— J'attends un enfant de toi, Günter. C'est sans doute le dernier que je pourrai porter. Je ne veux pas risquer de le perdre. Je ne veux pas avoir peur chez moi. »

Agnès von Bars lisait à la chandelle quand Reinecker entra dans le petit salon. Il n'avait pas été annoncé et elle ne leva pas les yeux de son livre.

« Que se passe-t-il, Reinecker ?

— Je sais comment le chevalier a pu surprendre le Voleur de visages sur le fait.

— Vraiment ?

— Kantz a un ami libraire nommé Günter Vecht.

— Voilà, en effet, qui explique tout… »

Passant outre le sarcasme, le spadassin poursuivit.

« Ce matin, une domestique de Vecht a rendu son tablier sur un coup de tête. Elle a dû s'en expliquer à son mari qui, par chance, a des sympathies pour la Sainte-Vehme et qui…

— Au fait, Reinecker. Au fait. »

L'homme au masque de cuir soupira, puis lâcha d'un trait :

« En un mot, nous nous sommes trompés d'Egyptienne. »

Alors seulement, Agnès von Bars gratifia Reinecker du regard de ses yeux vairons.

Une lueur satisfaite et cruelle y brillait.

Kantz retrouva Irena et Stefan chez lui. Il confia Liliana à la jeune femme, puis fit honneur au repas qu'elle avait préparé à son intention : il n'avait rien avalé depuis plus de vingt-quatre heures et était affamé. Stefan lui tint compagnie dans la *salle*, en réparant pour s'occuper une chaise bancale. Un bon feu craquait dans l'âtre : il ne faisait point si froid dehors en ce début d'automne, mais les demeures d'alors se muaient vite en glacières ténébreuses ; en outre, il revenait moins cher de brûler une bûche que de s'éclairer à la bougie.

Dès qu'elle put sortir du sac dans lequel on l'avait emmenée, Chandelle fit le tour de la maison en volant, s'arrêtant à chaque porte pour observer lentement la pièce, comme si elle redécouvrait les lieux maintenant que Heide n'était plus là. Le halo terne et le minois triste, elle revint de son inspection alors que le chevalier achevait de dîner. Il restait du gâteau et des quartiers de pomme. La petite fée-demoiselle, pourtant gourmande, n'y toucha pas.

Irena descendit du deuxième étage, où elle occupait désormais l'ancienne chambre de Heide. Il avait été convenu, faute de mieux, que Liliana dormirait avec elle.

« Comment est la petite ? demanda Kantz tandis que la jeune femme desservait.

— Bien, je crois… Elle joue avec sa poupée. »

En apportant les assiettes et les plats, elle ajouta :

« J'irai la coucher bientôt. »

Le chevalier acquiesça, satisfait. C'était, pour le moment du moins, une affaire réglée.

« Stefan ?

— Oui, monsieur ?

— De quoi écrire, je te prie. »

Retrouvant les habitudes du valet qu'il avait été quatre ans durant, Stefan obéit aussitôt. Il apporta les feuilles, l'encre, une plume taillée, un bâton de cire à cacheter et une bougie allumée. Il ouvrit même l'encrier.

« Merci, Stefan… Tu ne travailles pas à la *Cigogne Noire* ?

— Il y aura encore un couvre-feu cette nuit, monsieur. De sorte qu'il n'y a guère à l'auberge que les clients qui y comptent dormir. Maître Zacharios n'aura besoin de moi que pour ranger.

— Attends un peu, veux-tu ? Je désirerais que tu me rendes un service. »

Sans en dire plus, Kantz rédigea une courte lettre, la plia et cacheta, inscrivit l'adresse au dos.

« Voilà, fit-il quand il eut fini. Je voudrais que tu portes ce courrier. »

Stefan prit la lettre et regarda à qui elle était destinée.

« Sais-tu où cela se trouve ?

— Oui, monsieur.

— Alors, hâte-toi. Tu as tout le temps avant que l'on ne sonne le couvre-feu, mais des imbéciles à brassard pourraient vouloir faire du zèle… Et prends un flambeau : il fait déjà sombre. »

Le jeune homme noua le col de son manteau, enflamma une torche au feu et, la missive dans la manche, sortit après avoir embrassé Irena. Elle eut un regard d'inquiétude que le chevalier surprit.

« Ne te fais souci de rien, dit-il en gravissant les escaliers. Cette lettre n'est dangereuse que pour celui à qui elle est destinée. »

Il reparut un peu plus tard, rasé et rhabillé de frais, tandis qu'Irena essuyait la vaisselle. Sous les regards en coin de sa domestique, il s'assit à la grande table, y posa un pistolet qu'il nettoya soigneusement et chargea. Puis il passa la lame de sa rapière au chiffon huilé, ajusta les sangles du ceinturon et du baudrier, vérifia que sa dague de main gauche était bien affûtée.

Enfin, il mit son manteau et, avant de sortir, déclara :

« Ne m'attends pas pour aller te coucher. Et n'ouvre à personne que tu ne connais pas. »

43

Sur le chemin, Kantz croisa une patrouille du guet et, plus loin, un groupe de miliciens désœuvrés qui le dévisagèrent avec l'air de regretter de ne pouvoir l'interpeller dès à présent, le couvre-feu n'ayant pas encore pris effet. Les rues étaient déjà bien vides dans le soir finissant, cependant. Les rares particuliers que le chevalier croisa se hâtaient de rentrer.

La place des Lices était déserte et le quartier, parfaitement tranquille. Reliquats du marché qui s'y était tenu tout le jour, de la paille et des ordures la jonchaient çà et là. Des chiens errants la parcouraient, la truffe au ras du sol. Des chats se disputaient des entrailles et des têtes de poissons.

Pour entrer chez Theophilus Heich, Kantz prit par la porte du jardin, dont il avait trouvé la clef lors de sa précédente visite. Le silence qui régnait à l'intérieur surprit le chevalier qui, alors, réalisa qu'il n'avait jamais connu la grande et luxueuse demeure que pleine de la rumeur du marché, ou envahie des chants et rires de la fête que la place des Lices accueillait d'ordinaire sitôt la nuit tombée. Cette quiétude anormale fit naître en lui un sentiment sinistre. Il entra comme on entre dans une église, avec respect et retenue.

Kantz n'était pas revenu ici afin d'inspecter à nouveau des lieux qu'il croyait connaître, mais dans le but d'y retrouver celui qui, si la lettre confiée à Stefan portait ses fruits, ne tarderait pas à venir. Sans qu'il sut trop pourquoi, le refuge du mystérieux Dr Heich lui semblait être le cadre idéal pour une ultime confrontation.

Le chevalier gagna l'étage et retrouva la splendide bibliothèque qu'il avait, en vain, fouillée de fond en comble. Dans le petit cabinet de lecture, il battit le briquet, alluma une chandelle, s'installa dans le fauteuil où il devinait que Heich avait passé de longues heures studieuses. Très vite,

Kantz craignit de s'endormir et résolut de prendre un livre, n'importe lequel, sur les rayonnages qui, dans des niches, cernaient de part et d'autre un panneau mural.

C'est alors qu'il entendit un bruit étrange.

Retenant sa respiration, il colla l'oreille contre le panneau en bois verni. Celui-ci résonnait d'une vibration continue, étouffée, qui variait à peine dans les graves. De la jointure des doigts, Kantz cogna et s'aperçut qu'il sonnait creux.

Intrigué, le chevalier recula d'un pas. Il était convaincu d'avoir sondé tous les murs, et comprit qu'il avait sans doute négligé celui-ci parce qu'il était jointif de la maison voisine. Se pouvait-il que Heich ait ménagé une cache en profitant d'une pièce de la bâtisse mitoyenne ? Lui appartenait-elle aussi ?

Kantz écouta encore au plus près : la vibration n'avait pas cessé. Alors il examina le panneau, remarqua des moulures dans l'encadrement, tenta de les faire jouer, finit par enfoncer une fleur en stuc.

Le panneau s'ouvrit avec un claquement et une nuée de mouches noires surgit, portée par l'atmosphère empuantie d'une salle hermétiquement close. D'instinct, Kantz battit en retraite et fouetta l'air de ses bras, la tête rentrée dans les épaules et les paupières crispées. L'essaim affolé l'entoura un bref instant, caressa son visage, ses joues, sa bouche d'un contact odieux, puis se dispersa tandis que le chevalier se démenait toujours.

Enfin Kantz put reprendre son souffle, des frissons lui parcourant la peau et les oreilles résonnant encore du bourdonnement qui l'avait englouti. Et quand il fut remis, il poussa la porte dérobée en grand et entra. Un relent de charogne lui emplissait déjà les narines.

C'était un cabinet sans fenêtre, minuscule, que meublaient une table, un fauteuil et un coffre à documents. Le cadavre d'un homme à cheveux gris se décomposait, vautré sur le fauteuil, la tête rejetée en arrière et un bras pendant, une main maigre frôlant le plancher. Il en émanait une odeur puissante et âcre de chair putride, insupportable, qui imprégnait tout et obligea le chevalier à coller sa manche contre son nez cependant que des larmes lui venaient aux yeux. La mort remontait sans doute à plusieurs semaines et, dans cet espace clos et chaud, le corps s'était mué en une chose molle, noir et vert qui se liquéfiait, la peau creusant toutes les cavités sur l'os et des humeurs liquoreuses écoulées de tous les orifices. Une vie infâme gargouillait à l'intérieur d'un ventre d'où les gaz s'étaient échappés par des déchirures suintantes auxquelles le tissu de la chemise avait collé.

Ne doutant pas d'avoir découvert le cadavre de Theophilus Heich, Kantz songea que Regenhalt et lui ne s'étaient pas trompés de beaucoup quand ils avaient imaginé les circonstances de la disparition du médecin. Heich était donc revenu sain et sauf de son voyage à Stuttgart. Il s'était aussitôt rendu chez lui, y avait passé une courte nuit, puis était brusquement décédé dans son cabinet secret, à l'insu de tous. Ni la Sainte-Vehme, ni la Rose-Croix n'étaient pour quoi que ce soit dans le mystère de sa subite absence. L'âge et, peut-être, la maladie expliquaient tout. Il ne suffisait que de trouver le corps afin de le comprendre.

Il y avait sur la table une lettre inachevée et deux liasses de papier. Suffoquant presque, Kantz survola la lettre que Heich écrivait quand la mort l'avait surpris : elle était destinée à un certain « R.C. », à qui le médecin rosicrucien expliquait qu'ils devaient dès à présent se mettre en quête d'un imprimeur discret. Dans quel but ? Sans doute dans celui de publier le *Troisième Manifeste* avant que d'autres puissent s'y opposer, devina le chevalier.

La première liasse était en effet le vieux manuscrit original, craquelé et jauni, du *Troisième Manifeste*, ce texte promis par la *Confessio Fraternitatis* et censé receler d'extraordinaires révélations quant au devenir du monde. L'encre avait passé et bruni sur le parchemin, tout entier rédigé en hénokien. La seconde liasse était sa traduction latine – deux écritures s'y mêlaient et l'une était celle de Theophilus Heich.

Le chevalier emporta les épais documents dans la pièce voisine, où il put respirer un peu. Puis il retourna dans le cabinet secret et, luttant contre le dégoût que lui inspirait le cadavre si proche, il s'intéressa au coffre.

Celui-ci contenait un masque d'argent et une abondante correspondance interrompue en 1614. Le masque représentait un visage stylisé ; il était de ceux que portaient les Rose-Croix lors de leurs cérémonies et réunions. L'an passé, Kantz avait rencontré le Maître local de la Fraternité : celui-ci portait un masque semblable, mais en or.

Toutes les lettres émanaient de Johann Valentin Andreae, ce pasteur et prédicateur luthérien qui passait pour être l'auteur des premiers manifestes de la Rose-Croix. Et toutes étaient adressées à Tobias Hess, cet ésotériste avec qui Andreae aurait collaboré lors de la rédaction des fameux textes. Au premier coup d'œil, Kantz reconnut l'écriture d'Andreae comme l'une de celles de la traduction du *Troisième Manifeste*. Mais ce fut l'écriture de Hess qui l'intéressa, là où l'ésotériste avait annoté les lettres dans le but de préparer ses réponses.

Cette écriture appartenait à Theophilus Heich.

Hess et Heich ne faisaient qu'un, et le premier n'était « mort » en 1614 que pour permettre au second, quelques années plus tard, de commencer une nouvelle vie à Wielstadt.

Le couvre-feu allait commencer quand on frappa à la porte. Par habitude, Annerose Vecht attendit que Gretta réponde, puis elle se souvint que la domestique avait démissionné ce matin. Alors elle alla voir. La petite Ani était couchée et Günter, quelque part à l'étage, n'avait rien entendu sans doute.

« Qui frappe ? demanda Annerose à travers la porte.

— Madame von Bars, fit une voix féminine. Me serait-il possible, s'il vous plaît, de rencontrer M. Günter Vecht ? »

Il y avait dans cette voix des accents sincères qui mirent immédiatement l'épouse du libraire en confiance. Elle ouvrit pour découvrir une femme belle, souriante, élégamment vêtue en habits de voyage ; un voile tamisait l'éclat d'un regard clair et vairon.

« Bonsoir, madame. Seriez-vous madame Vecht ?

— C'est moi, madame.

— Je souhaiterais entretenir monsieur votre époux d'une affaire assez urgente. Nous permettez-vous d'entrer ? »

Séduite, Annerose ne prit pas garde à ce « nous » et accepta. Elle s'écarta de l'encadrement de porte, cependant qu'Agnès von Bars passait près d'elle en la remerciant d'un signe de tête, trois spadassins sur les talons. Ces hommes lui firent une impression sinistre mais fugitive ; l'un d'eux surtout, qui portait un masque de cuir sur le côté du visage, la troubla. En refermant la porte, elle vit quatre autres reîtres qui attendaient dans la rue, flambeaux au poing. Elle fronça le sourcil et, une inquiétude naissant en elle, rejoignit la *salle*.

Agnès se tenait le plus naturellement du monde devant la cheminée, comme à demeure. Ses hommes s'étaient déployés dans la pièce qu'ils semblaient discrètement surveiller. Annerose eut alors le sentiment d'être envahie, et la présence de ces inconnus chez elle lui parut soudain anormale.

Lorsque Günter arriva par l'escalier, il reconnut aussitôt Reinecker.

Mais il était trop tard.

Loin des relents pestilentiels du cadavre, Kantz s'était installé dans la grande bibliothèque pour attendre et lire à la lueur de sa bougie. Il tournait la dernière page de la traduction latine du *Troisième Manifeste*, quand il entendit quelqu'un qui montait l'escalier prudemment, marche à marche, en s'efforçant de ne pas faire trop de bruit.

Enfin un homme, sans doute attiré par la lumière, se montra dans l'encadrement de la porte. Vêtu en bourgeois, il avait de la prestance, d'épais cheveux gris qui frôlaient ses épaules, et sur le visage un masque d'or.

« Entrez, dit Kantz sans se lever. Asseyez-vous, je vous en prie. Et ôtez ce masque inutile. »

Le maître de la Rose-Croix de Wielstadt obéit et, quand il fut assis en face du chevalier dans le fauteuil placé là à son intention, il retira son masque rutilant.

« N'est-ce pas mieux ainsi, monsieur Sturger ? »

L'ancien bourgmestre ne répondit pas.

« Avant que vous ne posiez la question, fit Kantz, c'est bien moi qui écrivis la lettre anonyme qui vous attira ici. Je suis également au regret de vous apprendre que Theophilus Heich n'est plus.

— Est-ce vous qui l'avez…

— Naturellement non !… Heich est mort de mort naturelle, dans cette maison dont tous, même vous, ignoraient l'existence. Voilà tout le mystère de sa subite disparition.

— C'est impossible !

— Allez jeter un œil dans la pièce voisine, si cela vous chante. Vous y trouverez l'entrée d'une salle secrète, et dans cette salle… Mais préparez-vous à un spectacle odieux. Heich mourut il y a des semaines et la fin de l'été fut particulièrement chaud. Ne sentez-vous pas cette vague odeur de charogne qui parvient jusqu'ici ? Deux portes closes nous séparent pourtant du corps… »

Le chef de la Rose-Croix de Wielstadt ne bougea pas. Un instant troublé, il reprit le dessus et, dignement, demanda :

« Qu'attendez-vous de moi ?

— Des explications. Je crois avoir deviné l'essentiel mais je voudrais entendre toute l'histoire de votre bouche.

— Soit. Posez-moi vos questions. J'y répondrai.

— Trop aimable… Commençons par le commencement, voulez-vous ? Une querelle divise la Rose-Croix, n'est-ce pas ? Elle a pour objet ce *Troisième Manifeste* tant attendu, dont certains pensent que le temps n'est pas venu de le rendre public…

— Oui.

— Mais Heich et vous étiez d'un avis contraire. Aussi avez-vous résolu tous deux de passer outre et de mettre la Fraternité devant le fait accompli.

— Nous avions les meilleures intentions ! Nous voulions…

— Je n'en doute pas, mais il paraît que l'enfer est pavé de bonnes intentions. Avez-vous lu Dante ? »

Il y eut un silence et Kantz reprit le fil de sa pensée.

« Avant de publier le manifeste, vous deviez d'abord vous le procurer. Heich savait qu'il était en la possession de Johann Andreae puisqu'il avait collaboré à le traduire…

— Un instant !… Que dites-vous ? »

Le chevalier prit le temps d'observer Sturger : la surprise de ce dernier n'était pas feinte.

« Vous l'ignoriez vraiment ? fit Kantz.

— Mais quoi donc ?

— Tobias Hess et Theophilus Heich ne font qu'un. Comment l'avez-vous connu ?

— Quand Heich vint s'établir à Wielstadt, Andreae me le recommanda chaudement. Je fus même celui qui dirigea le rituel de son initiation !

— Andreae et Hess vous ont trompé. M'est avis que Hess voulait commencer une nouvelle vie. Sans doute se sentait-il menacé à Stuttgart, après la publication des premiers manifestes de la Rose-Croix. Andreae choisit une autre défense en niant publiquement tout lien avec la Fraternité.

— Je ne puis le croire. Je… »

D'un geste de la main, Kantz laissa paraître qu'il faisait peu de cas des doutes de Sturger.

« Ainsi, reprit-il, Johann Andreae possédait le *Troisième Manifeste* et sa précieuse traduction. Le problème, si j'en crois les lettres qu'il échangea avec Hess, était qu'il s'opposait à la divulgation du texte. Alors l'idée vous vint de le voler. Et qui d'autre que Hess, c'est-à-dire le plus proche collaborateur d'Andreae, était le plus susceptible de réussir ? Hess, ou Heich, partit donc pour Stuttgart et revint bientôt avec les manuscrits. Sitôt rentré, il vous informa du succès de son entreprise et, la nuit même, mourut ici à l'insu de tous. Comme il était introuvable, vous l'avez cru disparu, enlevé, tué peut-être… Et par qui, sinon la Sainte-Vehme ? »

L'ancien bourgmestre baissa les yeux et acquiesça.

« C'est là que j'entre en scène, poursuivit le chevalier. Puisque vous aviez trahi la Rose-Croix, vous ne pouviez faire appel à elle pour chercher Heich, à moins d'avouer le vol. Malheureusement, les événements de l'an passé nous avaient laissés, vous et moi, en assez mauvais termes. Il vous fallait par conséquent emprunter des chemins détournés… Sur votre ordre, Mme de Rigemont me servit le conte de Mathilde, sa filleule mystérieusement disparue. Vous saviez que mes recherches me guideraient immanquablement sur la piste du Dr Heich et, afin de vous assurer que je ne renoncerais pas, vous avez fait en sorte que j'imagine que Mathilde était ma fille. Tout concourait à me le faire croire dans le récit de la Rigemont. Et pour faire bonne mesure, vous avez laissé ce pendentif là où je le trouverais à coup sûr… »

Par la chaîne, Kantz exhiba le médaillon découvert chez Heich, rue du Vieux-pressoir. Il était ouvert et l'on devinait le portrait qu'il recelait.

« Je… Je suis désolé », lâcha Sturger.

Le chevalier rangea le bijou dans son pourpoint.

« Je vous plains, Sturger. Je vous plains parce que vous êtes un homme fini. Vous avez livré Wielstadt à la Sainte-Vehme, vous avez trahi la Rose-Croix et, par votre faute, un texte d'une valeur inestimable lui a échappé. Vous aurez bientôt des comptes à rendre. Je doute que vous gardiez ce masque d'or encore longtemps, et vous serez bien chanceux si la Fraternité vous permet d'en porter un d'un métal moins noble… »

Immobile et le regard vague, Sturger ne dit rien.

« Mais surtout, enchaîna Kantz, je vous plains pour la raison que vous n'êtes point si coupable qu'il y paraît. »

L'autre le considéra alors avec un vague étonnement muet.

« L'autre matin, parmi tous les cadavres retrouvés chez Mme de Rigemont, vous avez cru reconnaître le corps d'Agnès von Bars, n'est-ce pas ?

— Oui, fit Sturger dans un souffle.

— Détrompez-vous. Agnès n'est pas morte. Elle a simplement voulu vous le faire croire. »

Dans l'œil de l'ancien bourgmestre, le chevalier surprit alors une lueur d'espoir fou qui lui fit comprendre bien des choses et lui inspira de la pitié.

« Je vais vous raconter votre propre histoire, Sturger. Car je la connais bien… »

Et le regard perdu dans les brumes d'un passé douloureux, Kantz dit :

« Votre histoire, celle de l'homme que vous êtes devenu, commence le jour où – par le plus grand des hasards, croyez-vous – vous avez rencontré Agnès von Bars. Elle vous plut. Elle vous plut même énormément, et cela sans paraître le vouloir, à l'instar d'un paysage qui enchante. Avez-vous résisté ou non à ce sentiment ? Cela importe peu car le combat était perdu d'avance… Agnès devint votre amie, votre amante, votre confidente et votre conseillère. Par ses charmes et son intelligence, elle s'insinua en votre âme telle la pluie dans le sable. Elle fit naître en vous des forces, une audace, une ambition insoupçonnées. A ses côtés, vous vous sentiez invulnérable. Elle était, à votre égard, comme ces eaux rares où l'on trempe le meilleur acier. Vous n'avez jamais été aussi heureux, et vous lui étiez reconnaissant de ce bonheur… Parce qu'elle était toute à vous et ne songeait qu'à vous plaire, vous l'avez volontiers écoutée. Et si vous y songez véritablement aujourd'hui, peut-être vous souviendrez-vous de tout ce qu'elle vous suggéra si habilement, à votre insu, de sorte qu'il vous sembla concevoir des opinions qui venaient d'elle… Toutes ces idées ne servirent qu'à vous perdre et à favoriser les intérêts d'Agnès. Ou plutôt, les intérêts de la Sainte-Vehme…

— De la Sainte-Vehme ?

— N'est-ce pas Agnès qui vous encouragea à voler le *Troisième Manifeste* ? Croyez-m'en, si ce texte était arrivé entre vos mains, vous ne l'auriez pas conservé longtemps… N'est-ce pas elle qui vous poussa à cacher les premiers crimes du Voleur de visages, avec les effets désastreux que cela eut pour votre popularité ? N'est-ce pas elle qui vous souffla de faire appel à moi ? N'est-ce pas elle qui imagina cette Mathilde dont je devais croire qu'elle était ma fille ? N'est-ce pas elle qui eut l'idée du pendentif ?… Et en se faisant passer pour morte, ne vous oblige-t-elle pas à répondre seul de vos actes devant la Rose-Croix ?…

— NON ! s'insurgea Sturger en se dressant debout. NON !… CELA NE PEUT PAS ÊTRE ! NON ! »

Le chevalier n'esquissa pas un geste et attendit que l'ancien bourgmestre se rasseye, brisé, les mains agrippant son visage.

« Voilà tout ce pour quoi je vous plains, Sturger… »

Kantz se leva et glissa les deux précieux manuscrits dans son pourpoint.

« Le *Troisième Manifeste*, murmura Sturger… Vous l'avez retrouvé, n'est-ce pas ?

— Oui.

— Et la traduction ?

— Oui.

— Remettez-les-moi.

— Non. »

Les traits défaits, Sturger releva la tête.

« Ce texte ne vous appartient pas. Il est à la Rose-Croix !

— Je l'ai pourtant bien gagné, non ?

— Et qu'allez-vous en faire ? A quoi pourrait-il vous servir ?

— Je l'ignore encore, répliqua Kantz en marchant vers le couloir. Mais il me semble que ce qui y est dit mérite d'être révélé…

— Chevalier ! »

Kantz se figea.

Dans son dos, Sturger avait bousculé son siège et brandissait un pistolet qu'il tenait auparavant caché sous son manteau. Il y eut un cliquetis métallique, celui du chien rabattu au contact du rouet.

« Je ne puis vous laisser partir, chevalier. Remettez-moi le manifeste, sinon… »

Kantz attendit.

Puis, sans se retourner, il dit :

« Il faut beaucoup de bassesse ou beaucoup de courage pour tuer un homme, Sturger. Les deux vous manquent. »

Et il repartit d'un pas calme, tourna dans le couloir, descendit l'escalier.

Dans la nuit noire, Kantz s'éloignait de la grande demeure quand une détonation retentit derrière les volets de la bibliothèque, à l'étage, là où l'ancien bourgmestre venait de se donner la mort.

Presque aussitôt, le tocsin de Wielstadt sonna au feu.

44

La maison des Vecht brûlait et lorsque Kantz, guidé par le tocsin, arriva dans la rue, une petite foule s'y était déjà amassée. Des gens débraillés se bousculaient, criaient, réclamaient des seaux, de l'eau, de l'aide. Une chaîne s'organisait depuis la plus proche fontaine. Certains, pieds nus et en chemise, regardaient, effrayés et fascinés ; des têtes curieuses pointaient aux fenêtres. Des femmes hurlaient de désespoir. Des enfants terrorisés par le tumulte pleuraient. On entendait les hennissements, braiments, aboiements et caquetages d'animaux affolés dans le voisinage. Réuni autour d'un moine, un groupe priait agenouillé.

Rien n'était plus craint que le feu dans les villes d'alors qui, pour l'essentiel, étaient encore composées de masures médiévales. Les matériaux de construction – chaume, torchis, charpentes apparentes – et l'entassement de produits combustibles tels le bois de chauffage, le charbon, la paille ou le foin, facilitaient les embrasements. Les incendies se propageaient d'autant plus vite que les maisons étaient agglomérées, les rues étroites et les moyens de lutte rudimentaires. Des quartiers entiers pouvaient flamber en quelques heures sans que l'on n'y puisse rien.

Chez les Vecht, une épaisse fumée émanait de sous le toit tandis que des flammes dansaient derrière les fenêtres du rez-de-chaussée. Hors d'haleine d'avoir couru, Kantz chercha ses amis et leur fillette parmi la cohue. Il ne les trouva pas et comprit que personne ne s'était inquiété de leur sort. Il se rua sur la porte : elle était verrouillée. Il voulut l'enfoncer d'un coup d'épaule, échoua, avisa une fenêtre qu'il brisa. Un appel d'air se fit. Un tourbillon de braises et flammeroles explosa soudain avant de se disperser. Le chevalier ôta son manteau et, le coude devant la bouche et le nez, il entra dans la fournaise.

On n'y voyait presque pas. La fumée attaquait les yeux et les foyers éblouissaient. Le feu s'était doute déclaré ici, dans la salle, tout autour de la cheminée. La chaleur était suffocante. Le plancher se consumait en craquant. Des flammes léchaient les parois de plâtre et grimpaient l'escalier. Plié en deux sous les volutes noires accumulées au plafond, assourdi par le vacarme de l'incendie qui dévorait tout, Kantz fouilla le brasier du regard en avançant prudemment. Il appela, progressa encore un peu et trébucha sur un corps.

C'était celui de Günter.

Le libraire était assis par terre, appuyé à une poutre de soutènement à laquelle ses poignets étaient attachés dans le dos. Il ne bougeait pas mais respirait, le visage meurtri et une blessure sanglante au côté. Evanouie elle aussi, Annerose était ligotée à la même poutre.

Le chevalier tenta de les réanimer en vain. Alors il tira sa dague, coupa les cordes et prit la femme dans ses bras. Revenant sur ses pas, il marchait vers la fenêtre brisée quand une portion du plafond s'effondra devant lui, produisant un chaos d'étincelles et de débris enflammés. Il n'était plus question de passer par là. Kantz rebroussa chemin et se dirigea vers la porte. Les poumons suppliciés, il ignorait même s'il aurait la force d'arriver jusqu'à elle.

La porte s'ouvrit à la volée tandis qu'il approchait, et la silhouette trapue de Willem se dessina dans l'encadrement. Le Nain se précipita aussitôt vers le chevalier.

« Günter ! s'égosilla ce dernier. Là, derrière moi ! »

Willem comprit et dépassa Kantz qui portait Annerose dehors. Grâce à sa petite taille, il pouvait marcher sous la fumée âcre et stagnante sans se baisser. Son béret plaqué sur la bouche et le nez, il ne chercha pas longtemps avant de repérer le libraire toujours inconscient. Günter était grand et lourd, mais Willem avait la force de tous les gens de sa race. Il souleva son ami, le jeta en travers de ses épaules et, les genoux ployant, marcha vers la porte.

Il croisa ainsi le chevalier qui revenait au pas de charge et fit un brusque écart pour l'éviter.

« Chevalier ! Où allez-vous ?

— Ani ! Elle doit être dans sa chambre ! »

Dans la rue, le Nain confia Günter à quelques bonnes âmes.

« Prenez garde, dit-il. Il est blessé. »

Puis il retourna dans la maison incendiée, la lèvre supérieure noircie de toute la suie qu'il avait déjà respirée. Presque aveugle, il courut vers l'escalier par lequel Kantz avait disparu. Mais toutes les marches de bois s'écroulaient sous ses yeux ahuris dans un tourbillon de flammèches et de cendre, comme écrasées par la course d'un géant.

« CHEVALIER ! CHEVALIER ! »

Willem savait qu'il n'y avait pas d'autre accès à l'étage et dut battre en retraite en traversant plusieurs rideaux de flammes.

De retour sous le ciel nocturne, il toussa et cracha avant de lever un regard anxieux vers la demeure transformée en enfer crépitant. Le feu la dévorait tout entière à présent, et il avait gagné les bâtisses voisines. Il ne faisait plus aucun doute que le quartier ne survivrait pas à cette catastrophe. On ne pouvait plus qu'espérer que l'incendie ne s'étendrait pas au-delà. Pris de panique, des hommes et des femmes s'efforçaient de sauver tout ce qui pouvait l'être. Des gens transportaient des meubles et des coffres hors de leurs domiciles menacés. Du linge, des habits, des matelas étaient jetés par les fenêtres.

« LÀ-HAUT ! fit quelqu'un. REGARDEZ ! »

Willem leva le nez en reculant devant la chaleur intense qui lui cuisait le visage. Au premier étage des Vecht, une fenêtre venait de voler en éclats sous un coup de botte, et Kantz jaillit dans les airs en même temps qu'une bourrasque ardente qui parut le propulser, le dos caressé par des flammes furieuses.

Le chevalier se reçut trois mètres plus bas, roula sur l'épaule sans dommages et se redressa, les vêtements fumants. Il avait dans les bras la petite Ani qui hurlait de terreur. Il la confia à la première personne venue et dut s'appuyer sur Willem, aussitôt arrivé à la rescousse, pour ne pas tomber.

« Chevalier, êtes-vous blessé ? Répondez-moi, chevalier ? Allez-vous bien ? »

Kantz acquiesça en retrouvant un semblant d'aplomb.

« Vecht ? fit-il. Annerose ?

— Ils vivent. Mais Günter est vilainement blessé. Un coup de dague, à ce qu'il me semble.

— Je veux les voir. »

Ils fendirent la foule paniquée, le Nain portant la gamine qu'il s'efforçait de consoler et qui sanglotait désormais. Néanmoins, ils n'avaient pas fait dix pas qu'Annerose, comme folle, échevelée, se hâtait à leur rencontre en bousculant tout le monde. D'un geste vif, elle saisit sa fille pour la couvrir de baisers et de caresses.

Manifestement soulagé, Kantz crut bon de dire :

« Elle est sauve. »

Cette phrase fit l'effet d'une insulte à Annerose. Elle foudroya le chevalier d'un regard haineux et s'écria, hystérique :

« SAUVE ? ANI EST SAUVE ?... ESPÉREZ-VOUS QUE JE VOUS REMERCIE, CHEVALIER ? ESPÉREZ-VOUS QUE... TOUT EST ARRIVÉ PAR VOTRE FAUTE !

— Annerose, voulut la calmer Kantz. Je vous en prie. Je...

— MAIS OUI, PAR VOTRE FAUTE !... ILS VOULAIENT CE PETIT MONSTRE QUE VOUS AVEZ MENÉ CHEZ NOUS ! ILS NOUS ONT BATTUS ! ILS... »

Le souffle lui manqua et, prise d'une faiblesse soudaine, Annerose chancela. Elle tomba à genoux et, serrant sa fillette contre elle, ajouta :

« Par pitié, chevalier... Partez. Partez... Vous n'apportez que le malheur... »

Elle manqua défaillir tandis que du sang coulait depuis l'intérieur de ses cuisses et maculait sa robe. Mais cela, Kantz ne le vit pas. Il venait de comprendre de quoi il retournait, et quelques secondes lui furent nécessaires pour réagir.

Liliana !

Les yeux brillant d'appréhension, Kantz aperçut un officier à cheval qu'il désarçonna brutalement avant de se hisser en selle. Il piqua aussitôt des deux et s'élança au galop à travers la cohue, sautant par-dessus une charrette à bras et renversant plusieurs personnes.

« CHEVALIER ! l'appela inutilement Willem alors qu'Annerose perdait conscience en poussant un soupir. CHEVALIER ! »

Depuis qu'elle passait pour morte, Agnès von Bars n'avait eu d'autre choix que vivre en recluse puisqu'il n'était pas question qu'on puisse la croiser et la reconnaître. Elle avait ainsi discrètement élu domicile dans une maison qui ne payait pas de mine et était restée longtemps inoccupée. Haute d'un étage, bâtie essentiellement en pierre avec un toit en tuiles rouges, la demeure avait des allures d'auberge campagnarde. Elle jouxtait une grange transformée en écurie et avait un grand jardin sauvage que traversait la Wiel avant de se jeter dans le Rhin. La rivière passait sous des arches basses qui lui faisait franchir le mur qui cernait toute la propriété, et léchait aux passages la roue d'un petit moulin hors d'usage.

Depuis la hauteur d'un escalier extérieur, Agnès von Bars, en habits de voyage, regardait ses hommes de main qui chargeaient ses bagages à bord d'un carrosse attelé. Au loin, le ciel nocturne rougeoyait là où les flammes ravageaient tout un quartier désormais. Le tocsin persistait à sonner tandis que le vent attisait l'incendie en portant une odeur de brûlé.

Agnès avait un fin sourire aux lèvres. Dans ses yeux vairons brillait une lueur de triomphe.

« Il semble que nous ayons offert une belle flambée à la ville, dit-elle à Reinecker qui la rejoignait. Cela brûlera encore quand le jour se lèvera.

— Sans doute.

— Et c'est sans compter le feu que l'on découvrira trop tard chez Kantz…

— Oui, madame.

— Tout est prêt ?

— Bientôt.

— Parfait. Nous partirons dès que les portes de Wielstadt ouvriront… Quelle heure peut-il être, à ton avis ?

— L'aube viendra dans une heure, je pense. »

Agnès von Bars acquiesça, satisfaite.

« Madame ?

— Oui ?

— Vous avez dit que nous allions partir…

— Mais oui.

— Pour où ?

— Tu verras bien.

— Longtemps ?

— Assez, sans doute. Tu dois avoir compris que je ne peux rester à Wielstadt…

— Et Kantz ? »

Elle regarda Reinecker comme si elle ne le comprenait pas.

« Eh bien quoi, Kantz ? Parle !

— Vous m'avez promis sa tête.

— J'ai fait cela ? » lâcha Agnès d'un ton badin.

Le spadassin serra les poings.

« Oui, madame. Vous avez promis que j'aurais ma vengeance.

— Crois-tu que le chevalier n'a pas assez souffert ?

— Je le veux mort.

— Ce n'est pas dans mes projets immédiats. »

Elle tourna les talons mais Reinecker lui saisit le bras pour l'obliger à lui faire face. Une grimace haineuse et furieuse déformait la bouche purpurine de l'homme au masque de cuir.

« Vous avez promis, madame. Et maintenant, j'exige sa tête !

— Tu *exiges* ? »

Glaciale, Agnès von Bars considéra le poing qui lui serrait le bras, puis leva lentement le regard jusqu'à trouver celui du spadassin. Reinecker se troubla, lâcha prise, recula d'un pas.

« Tu exiges ? répéta celle dont les traits semblaient se déformer pour laisser deviner un faciès odieux, terrifiant, presque bestial. Tu exiges ? »

L'éclat orangé des braises de l'enfer traversa les yeux vairons, et le spadassin fut pris d'une peur instinctive qui lui fit mettre la main à l'épée. Dans la cour devant la maison, tous se figèrent, silencieux et craintifs.

Mais Agnès avait déjà recouvré son calme et son visage coutumier. Son regard ne trahissait plus que l'indifférence et un léger ennui.

« Tu veux le chevalier ? » fit-elle d'une voix badine.

Encore impressionné, Reinecker trouva à peine la ressource de hocher la tête.

« Soit. Tu n'as qu'à l'attendre, car il ne tardera pas... Mais pour l'heure, j'ai à faire. Liliana est toujours dans la petite pièce du haut ?

— Oui, madame.

— Que l'on ne nous dérange sous aucun prétexte. Quand nous sortirons, je veux que le carrosse soit prêt à partir aussitôt. Est-ce bien entendu ?

— Oui, madame. »

Agnès poussa la porte et entra dans la maison.

Mais avant de refermer, elle se retourna pour ajouter :

« Et surtout, ne t'avise plus jamais de porter la main sur moi, Reinecker. La prochaine fois, s'il y a une prochaine fois, tu mourras. »

Malgré le couvre-feu et l'heure tardive, la rue Königberg n'était ni déserte ni silencieuse, à l'instar de toutes celles que le chevalier avait traversées au triple galop avant d'arriver. Le tocsin avait en effet tiré du lit les *Wielstadter* dont certains étaient sortis ou guettaient l'incendie depuis leurs fenêtres. On voulait savoir où cela brûlait, quelle était la direction et la force du vent, si l'on était menacé. Des groupes inquiets se formaient. Des audacieux avaient escaladé les toits pour donner aux autres des indications qui alimentaient les débats.

Devant chez lui, Kantz trouva quelques curieux agglutinés à la porte et aux volets du rez-de-chaussée. Il les bouscula en sautant de cheval et se rua à l'intérieur. Dans la salle, Stefan s'empressait auprès d'Irena qui, très pâle, une blessure au front et l'œil gauche tuméfié, tenait à peine assise sur une chaise. Un nœud de corde tranché gisait par terre et le bas de l'escalier en chêne, calciné, fumait un peu. Des meubles étaient renversés. De la vaisselle brisée jonchait les dalles de pierre. L'horloge à pied, violemment abattue, avait volé en éclats de verre, de bois et de pièces mécaniques.

« Que s'est-il passé ? demanda Kantz.

— Ah ! s'exclama Stefan avec soulagement. Dieu merci, vous voilà, chevalier !

— Irena, vas-tu bien ? »

La jeune femme acquiesça mollement, le regard vague et les paupières ourlées de larmes.

« Que s'est-il passé ? » insista le chevalier.

Et comme Irena ne répondait pas, il se tourna vers son fiancé.

Stefan expliqua qu'après avoir porté la lettre que lui avait confiée Kantz, il était allé travailler à la *Cigogne Noire*. Sitôt son service achevé, avec la permission de Zacharios, il avait bravé le couvre-feu pour rejoindre sa belle. Au moment où il arrivait, un carrosse s'éloignait dans la rue. Il avait alors trouvé la porte ouverte et Irena évanouie, ligotée près de l'escalier auquel quelqu'un avait mis le feu. Stefan avait aussitôt libéré et réanimé la jeune femme. Puis il avait jugulé le début d'incendie avant de faire quérir un médecin.

Kantz s'agenouilla devant Irena et lui prit les mains.

« Où est Liliana ? » s'enquit-il.

La domestique éclata soudain en sanglots.

« Ils l'ont prise, gémit-elle. Ils l'ont prise !

— Qui, Irena ? Qui a emmené Liliana ?

— Des hommes… Il y en avait un qui portait un masque de cuir sur la joue… Et puis une femme… Une femme terrible ! »

Les mâchoires crispées, Kantz se redressa quand le médecin, petit homme au visage fripé qui n'avait pas pris le temps d'enfiler ses bas, entra. Il examina Irena et voulut qu'on la couche. Stefan la porta à l'étage, le médecin sur les talons.

Seul dans la salle, le chevalier resta un moment sans bouger. Puis, d'un geste furieux, il projeta une chaise qui se brisa contre un mur. Abattu, il se laissa ensuite tomber dans un fauteuil et se prit la tête à deux mains, penché en avant, les coudes appuyés sur les genoux.

Une idée lui vint et il se redressa.

Derrière la fenêtre donnant sur le jardin, Chandelle tourbillonnait et tapait au carreau. Son petit corps lumineux étincelait d'excitation.

45

L'incendie ravageait trois quartiers à présent. Poussé par des vents violents, il avait commencé de dévorer les abords d'un quatrième et en menaçait d'autres. Il était devenu un monstre vorace et l'on ne pouvait rien faire sinon le fuir et compter sur le Rhin pour le contenir. Mais comme il avait éclaté rive droite, la plus étendue et la plus populeuse, c'est presque la moitié de la ville qui aurait disparu dans les flammes avant que les brasiers ne meurent devant le fleuve.

Il fallait un miracle et, parmi les foules affolées qui envahissaient les rues, certains priaient. La plupart, cependant, s'efforçaient de préserver leur vie, leurs proches, leurs biens. On se pressait, on se bousculait, on se disputait la moindre brouette où entasser quelques richesses. Des bagarres éclatèrent ; des malheureux furent piétinés ; des animaux brisèrent les enclos et les portes des écuries pour s'échapper ; des enfants se trouvèrent arrachés à leurs parents par des mouvements de panique. Le sauve-qui-peut était général dans le chaos d'une apocalypse ardente. Et tous gémissaient, pleuraient, hurlaient, mêlaient leurs voix brisées aux crépitements assourdissants, au vacarme des bâtisses effondrées et aux souffles rauques des flammes immenses. Des tourbillons embrasés s'élevaient, crachaient en grondant des nuées de particules étincelantes vers un ciel d'encre où les rougeurs tourmentées de cet enfer sur Terre estompaient la première et paisible blancheur de l'aube.

Poursuivant Chandelle qui avait eu la ressource de suivre Liliana là où on l'avait emmenée de force, Kantz chevauchait à bride abattue dans les rues en proie au désordre. Il criait pour que l'on s'écarte devant lui, n'était pas toujours entendu, mais ne déviait pas d'un pouce. Devant lui, Chandelle était une comète minuscule, petite boule de lumière étirant un panache miroitant. La fée-demoiselle fonçait, zigzaguait, ne se souciait pas que le chevalier peine à la suivre, ou que le cheval épuisé puisse s'effondrer sous lui. Ils coupèrent bientôt par des cours, des jardins, des venelles tortueuses et des escaliers découverts ; ils franchirent des obstacles impossibles et des murs que les sabots de la monture écumante frôlèrent. En cette nuit terrible où tant d'existences devaient être détruites ou ruinées, Kantz et Chandelle savaient que rien n'importait plus que de sauver une vie, une seule, celle d'une petite fille muette qui devinait l'avenir.

De fait, ni eux ni la population d'une ville qui semblait condamnée ne remarquèrent d'abord le Dragon qui accomplissait des cercles concentriques dans le ciel, allait plus haut à chaque tour, atteignait un pic, plongeait à la verticale, puis reprenait sa ronde. Des nuages apparurent à l'horizon. Epais et noirs, poussés par de forts vents d'altitude, ils formaient une couronne qui cernait Wielstadt et se resserrait. Des lueurs électriques bleutées serpentaient sous eux, fugitives. Une forte odeur d'ozone envahit l'atmosphère tandis que le Dragon dansait et que le front nuageux approchait, envahissait les nuées à grands rouleaux et réduisait toujours plus le disque de ciel étoilé vers lequel montaient les fumées de l'incendie.

Enfin, l'anneau des nuages se referma au-dessus du dragon et un orage terrible gronda en même temps que fulgurait un éclair de fin du monde. Ce fut comme un coup de tonnerre et un tremblement de terre à la fois. Il n'est pas une pierre ni un être de Wielstadt qui ne fut ébranlé.

Sirotant seul un verre de vin dans la cuisine, Reinecker attendait le bon vouloir d'Agnès von Bars lorsque la déflagration éclata. Surpris par la violence du choc, il resta un moment figé de stupeur avant de sortir sur le balcon. Dans la cour, ses hommes étaient réunis autour du carrosse prêt à partir. Ils observaient le ciel, ahuris, et se désignaient le Dragon dont la ronde semblait appeler l'orage.

Il y eut encore un coup de tonnerre cataclysmique qui effraya les chevaux…

Et des trombes de pluie s'abattirent soudain sur la cité.

Reinecker ignorait de quoi il retournait au juste, mais tout cela ne lui inspirait rien de bon. Inquiet, il résolut d'aller chercher Agnès von Bars qui, depuis la chambre où elle s'était enfermée avec la petite Egyptienne, ne pouvait pas ne pas avoir entendu les grondements de la tempête. Il emprunta à la hâte un petit escalier et un couloir étroit qui lui firent traverser la maison. Il toqua à une porte, n'obtint pas de réponse, recommença.

La pluie, drue, martelait les tuiles comme de la grêle. Il s'entêta, appela, frappa plusieurs fois du poing contre le battant qui trembla.

Alors Reinecker s'agrippa des mains au chambranle, plia le genou et enfonça la porte d'un coup de botte. Elle claqua contre le mur pour montrer une pièce vide, à peine meublée. Le spadassin entra sans comprendre. La serrure était verrouillée de l'intérieur et les volets se trouvaient encore clos. Pourtant, Agnès et Liliana avaient disparu.

Mais par où ?

Reinecker entra et, furieux, eut tôt fait de découvrir une porte dont il ignorait l'existence. Il arracha le rideau qui la cachait et vit qu'elle donnait à l'extérieur sur une galerie en bois. Collé à la façade, un escalier descendait dans une ruelle que l'orage avait entrepris de transformer en bourbier. Reinecker dévala les marches branlantes et remonta la venelle en courant. Elle menait à une rue perpendiculaire. Sous la pluie battante, l'homme au masque de cuir regarda à droite, à gauche, n'aperçut personne sinon des quidams qui accueillaient joyeusement l'averse et remerciaient le Ciel.

« La fille de catin ! » s'exclama-t-il.

Agnès von Bars s'était échappée avec la gamine et Reinecker n'en comprenait pas la raison. Il l'avait fréquentée assez pour savoir qu'elle pouvait trahir sans remords, certes, mais non sans raison. Alors pourquoi les avait-elle abandonnés, lui et ses hommes ?

Pour couvrir sa fuite ?

Et contre qui ?

Reinecker songea soudain à ce que la femme aux yeux vairons avait dit, juste après s'être emportée contre lui, lorsqu'il avait exigé de tuer Kantz : « Tu veux le chevalier ? Soit… Tu n'as qu'à attendre, car il ne tardera pas. »

Tirant l'épée, le spadassin fit brusquement demi-tour. Il revint par la ruelle, grimpa les marches de l'escalier extérieur quatre à quatre, franchit la maison en exhortant ses hommes à prendre les armes. Il gagna la cour sans avoir rencontré personne au hasard des couloirs et, là, près du carrosse, il vit Kantz qui, rapière au poing, faisait face à quatre reîtres hésitants.

Deux, déjà, gisaient dans la boue aux pieds du chevalier.

Dans le carrosse qui les emmenait, Agnès von Bars gratifiait Liliana d'un regard presque affectueux, le regard d'une maîtresse pour un charmant petit animal familier. Assise en face d'elle, la gamine la toisait en retour sans ciller, le dos bien droit et les mains sur les genoux. La pluie frappait le toit de la cabine qui résonnait tel un tambour.

« Nous allons faire de grandes choses ensemble, Liliana. Pour l'heure, tu ne m'aimes guère. Peut-être même me détestes-tu… Mais cela changera bientôt, tu verras. »

La femme aux yeux vairons se pencha afin de frôler du doigt la joue de la fillette. Impassible, Liliana évita la caresse d'un léger mouvement du menton. Agnès se renfonça dans sa banquette en souriant.

« Avec le temps, tu apprendras à me connaître. Surtout, tu apprendras à te connaître, toi… Je vais révéler les secrets cachés dans les tréfonds de ton être. Grâce à moi, tu découvriras qui tu es, ou ce que tu es… Cela sera parfois douloureux, mais je serai là pour t'aider à surmonter toutes les épreuves qui t'attendent… Et quand tu sauras, quand tu auras compris, tu m'aimeras… »

La petite bohémienne resta muette, immobile, avec sur le visage un masque impénétrable. Agnès von Bars eut à nouveau un sourire tendre et supérieur. Elle considérait Liliana comme un sculpteur admire une belle pierre brute avant de la façonner, anticipant le plaisir qu'il y aura à travailler cette matière et jouissant déjà du résultat.

« Tu seras mon chef-d'œuvre, Liliana… Je ferai de toi un être dont le monde et le Ciel se souviendront. Et lorsque tu… »

Alors qu'il n'était plus qu'à deux rues d'une porte de Wielstadt, le carrosse s'arrêta soudain sans avoir ralenti.

Secouée, Agnès manqua tomber de la banquette. Une inquiétude la saisit et le sourire qu'elle aperçut aux lèvres de Liliana acheva de l'alarmer. C'était un sourire froid, plaqué sur une frimousse grave et résolue.

« Que… Que se passe-t-il ? » lâcha-t-elle dans un souffle.

Puis elle appela :

« Cocher !… COCHER ! »

La pluie seule lui répondit.

46

D'un geste ample, Kantz dégagea sa lame du corps du dernier des six spadassins. Puis, tandis que l'agonisant s'effondrait, le chevalier se tourna vers Reinecker qui attendait, trempé de pluie comme lui.

Le tonnerre s'était tu.

Il n'y avait plus d'éclairs.

Ne restait qu'un ciel gris et tourmenté d'où tombait une averse torrentielle qui semblait vouloir noyer le monde. Les maisons que l'incendie menaçait étaient sauves ou presque. Celles que les flammes ravageaient se muaient en brasiers déclinant. D'énormes colonnes de fumée noire s'élevaient d'entre les toits aux environs. Le vent portait une odeur âcre de brûlé et de cendres mouillées. Wielstadt souffrait mais ne disparaîtrait pas.

« Livre-moi Liliana, ordonna Kantz. Livre-moi Liliana, et tu vivras. »

Quinze mètres séparaient les deux ennemis jurés. Ils se tenaient devant la maison, près du carrosse attelé, dans la cour en terre battue déjà gorgée d'eau que jouxtaient l'écurie d'un côté et la Wiel de l'autre. Pour aller au jardin devenu sauvage, un pont de bois vermoulu franchissait la rivière dont le niveau et le débit augmentaient. La roue à aubes du petit moulin abandonné grinçait doucement.

« Tu viens d'affronter six hommes, rétorqua Reinecker d'une voix forte pour couvrir le bruit de la pluie. Es-tu bien sûr d'avoir encore la ressource de me vaincre ?

— N'en doute pas !… Où est Liliana ?

— Liliana ?… Mais elle n'est plus là, Liliana !

— Tu mens !

— Crois-tu vraiment ? »

Le chevalier ne répondit pas.

Rapière au poing, Reinecker écarta les bras pour montrer le décor vide. Puis, moqueur, il dit :

« Vas-y ! Cherche !... Prends tout le temps que tu voudras... Il n'y a plus que nous.

— Je t'obligerai à parler.

— Et je ne dirai rien pour la raison que j'ignore tout... Agnès s'est jouée de toi comme de moi. Elle est déjà loin, à présent. Avec la gamine... »

Le cuir de son masque ruisselant, le spadassin haussa les épaules et ajouta :

« A tout prendre, cependant, je crois que j'y gagne... C'est un échec de plus pour toi et, moi, j'y trouve l'occasion de t'affronter enfin... »

La vue des lèvres purpurines et souriantes de Reinecker fit naître un dégoût soudain chez Kantz. L'envie de tuer lui vint. Les deux hommes se chargèrent en hurlant.

Ce premier engagement fut bref et violent. Les lames étincelantes cliquetèrent furieusement tandis que ceux qui les maniaient, la rage au ventre, tournaient autour d'un axe invisible et reculaient pour échanger leurs positions initiales.

Reinecker reprit aussitôt l'offensive. L'épée haute, il s'élança et, à coups redoublés, obligea le chevalier à battre en retraite vers le carrosse. Les chevaux renâclèrent, inquiets. Une portière était entrouverte. Kantz l'écarta en grand pour s'en faire un bouclier. Puis, la refermant, il piégea le bras armé de son adversaire. Celui-ci répliqua d'un crochet du gauche qui cueillit le chevalier au visage. Plutôt que de se dégager, le spadassin s'engouffra dans le carrosse. Kantz tenta de l'y embrocher mais il était déjà ressorti de l'autre côté. Par les portières et les fenêtres, ils échangèrent quelques attaques et ripostes au travers de la cabine, jusqu'à ce que Reinecker disparaisse soudain. Hissé sur le toit, il se défendit contre le chevalier qui escalada le siège du cocher à sa rencontre. Les chevaux bougèrent. Une secousse ébranla le carrosse au moment où Kantz se fendait. Sa lame frôla Reinecker qui, déséquilibré, transforma sa chute en saut et se reçut en roulant dans la boue. Le chevalier bondit à son tour du carrosse. L'autre l'attendait de pied ferme et prit l'initiative d'un nouvel assaut. Kantz rompit en parant de toute part. Il recula ainsi vers l'écurie où les duellistes pénétrèrent. Les stalles étaient vides, jonchées de paille ; il y faisait chaud et sec ; la toiture en planches résonnait sous la mitraille de la pluie. S'enroulant autour d'une poutre de soutènement, Kantz évita un coup d'estoc et surprit son adversaire à revers. Il le saisit à bras-le-corps sans lâcher l'épée et le plaqua contre un mur. Reinecker perdit sa rapière sous le choc. A trois reprises, il frappa le chevalier entre les omoplates, les poings réunis en marteau. Kantz fléchit les genoux et ne vit pas venir celui de son adversaire qui lui percuta l'estomac. Il s'écarta, le souffle coupé. Alors le spadassin saisit un harnais accroché près de lui et le fit tournoyer haut. Les lanières de cuir et les boucles de fer vrombirent plusieurs fois au nez du chevalier avant de lui cingler le poignet et de lui arracher son arme. Kantz trébucha et tomba à la renverse. Il ne recouvra ses sens que pour voir Reinecker qui se ruait sur lui avec une fourche. Les dents se plantèrent dans le sol, là où le chevalier était étendu une fraction de seconde plus tôt. Kantz roula dans la stalle voisine, y ramassa un seau par l'anse et le lança au visage du spadassin. Celui-ci se protégea du coude mais fut distrait, laissant le temps au chevalier de plonger vers son arme. Lancée tel un javelot, la fourche se planta près de Kantz tandis qu'il se redressait. Reinecker avait lui aussi récupéré sa rapière et chargeait. Il percuta le chevalier de l'épaule, le souleva de terre et, ensemble, ils enfoncèrent une porte à double battant et s'écroulèrent dehors, dans la fange, sous le déluge.

Boueux et épuisés, le regard luisant de haine, ils se relevèrent tant bien que mal et reprirent leur duel. Ils étaient désormais incapables de penser, uniquement mus par une folie barbare. Il leur importait moins de vaincre que de tuer. Ils étaient prêts à périr pourvu que l'autre souffre, saigne et n'y survive pas. Le combat qu'ils se livraient était l'aboutissement de trop longues années de rancune.

Ferraillant de plus belle, ils franchirent le bourbier de la cour et, de parades en ripostes, ils approchèrent de la rivière traversant la propriété. Près du petit pont de bois, les épées s'emmêlèrent jusqu'à la garde et les bretteurs se saisirent les poignets. Leurs poitrines se touchèrent tandis que leurs bras dressés, prolongés par les lames rutilantes, dessinaient comme la flèche d'un clocher. Ils rivalisèrent ainsi de force en grimaçant, accolés, chacun pouvant respirer l'haleine de l'autre. Et alors que le chevalier semblait l'emporter, Reinecker lâcha :

« Même si tu me vaincs, tu ne pourras pas sauver la gamine... Tu es arrivé trop tard, chevalier. Tu arrives toujours trop tard...

— Rien n'est joué.

— Vraiment ?... Où étais-tu lorsque l'Egyptienne gémissait sous mes hommes ? Où étais-tu lorsque les jambes de ta vieille servante fouettaient l'air ? Où étais-tu lorsque la maison de tes amis commençait de brûler autour d'eux ?... Réponds-moi, chevalier... Où étais-tu ?...

— Tes crimes s'achèvent ici, promit Kantz d'une voix froide.

— N'en ai-je pas déjà assez fait ? »

Rugissant de rage, le chevalier mobilisa toutes ses forces pour repousser son adversaire. Mais Reinecker avait compté sur cet emportement. Il n'offrit soudain aucune résistance et s'effaça, laissant Kantz partir en avant et profitant de ce bref répit pour respirer. Le chevalier manqua perdre l'équilibre avant de faire volte-face.

Un instant, les ennemis acharnés se toisèrent. Tassés sur eux-mêmes, ils accomplirent un cercle parfait, pas de côté après pas de côté. De leurs visages couverts de boue, on ne voyait que les yeux éclatant de blancheur enfiévrée. Ils haletaient bouche ouverte et guettaient le moindre geste de l'autre. Kantz tira sa dague de main gauche du fourreau logé contre ses reins.

Reinecker attaqua et le chevalier dut se prémunir de plusieurs assauts mortels, en parant d'abord, en creusant le ventre ensuite, en emprisonnant enfin, dans le ciseau de ses lames croisées, la rapière du spadassin pour l'écarter de la ligne de son corps et la rabattre vers le sol. Cela obligea Reinecker à se pencher et l'exposa à un violent coup de tête qui lui brisa la pommette. Il s'écarta, chancelant. Kantz voulut pousser l'avantage et l'assaillit de coups d'estoc et de taille que l'homme au masque de cuir dévia en catastrophe. Mais la chance sourit à ce dernier lorsque la semelle du chevalier glissa dans une flaque. Le spadassin en profita aussitôt pour transpercer l'épaule gauche de Kantz qui gémit et, dans sa chute, plaça une riposte désespérée. Elle fit mouche : quelques pouces d'acier acéré traversèrent la cuisse de Reinecker.

Les deux hommes touchèrent le sol ensemble et restèrent un moment allongés, immobiles. Puis ils se relevèrent péniblement. Ils saignaient beaucoup, ahuris de douleur et de fatigue, débraillés, les vêtements dégoulinant d'eau terreuse. Du regard, Kantz chercha ses armes, qui lui avaient échappé. Cette seconde d'inattention suffit pour que Reinecker le surprenne en se précipitant sur lui à mains nues. Ils s'empoignèrent, roulèrent dans la boue, glissèrent jusqu'à la Wiel qui débordait, chargée des torrents de pluie que les rues des quartiers avoisinants déversaient. Le spadassin se retrouva à califourchon sur Kantz. Les traits crispés par l'effort, il l'étranglait en lui maintenant la tête sous l'eau. Le chevalier, qui n'y voyait rien, se débattait. Il tenta d'agripper le col de Reinecker ; ses doigts griffèrent en vain le masque de cuir. Les poumons en feu, il tâtonna, sonda la vase, serra le poing autour d'une grosse pierre ronde. Dans un ultime sursaut, il écrasa le galet sur la tempe du spadassin et réussit à se dégager. Toussant, crachant, assourdi par un bourdonnement continu, il rampa à l'écart de la rivière et observa les alentours d'un œil vague.

A bout de forces, Reinecker marchait vers la cour en titubant, son masque ne tenant plus que par une boucle de cuivre sur sa joue couverte de tissu cicatriciel. Kantz comprit que le spadassin voulait récupérer son arme. Il le suivit tel un homme ivre, à quatre pattes d'abord, sur ses deux jambes flageolantes ensuite. L'un comme l'autre n'en pouvaient plus. Il aurait suffi d'un rien pour qu'ils s'effondrent. Mais ils étaient acharnés à survivre et tuer, et tous deux se firent bientôt face. Sanglants et vacillants, ils peinaient à soulever les rapières ramassées dans la boue.

« C'est la fin, n'est-ce pas ? » fit Reinecker, un rictus dément déformant ses lèvres rouges et luisantes.

Le chevalier put tout juste acquiescer. Une part de lui-même se réjouissait de mourir peut-être bientôt, car alors viendrait le repos.

Ils trébuchèrent l'un vers l'autre plus qu'ils ne se chargèrent. Reinecker frappa à la gorge sans que Kantz ne fasse rien pour éviter ou dévier la lame. Au lieu de cela, il la saisit dans son poing ganté. Et tandis que l'acier lui sciait les doigts et la paume, il trouva le regard du spadassin effaré et, impassible, lui planta sa rapière dans le ventre jusqu'à la garde.

Reinecker hoqueta et tomba à genoux en crachant le sang. Kantz recula d'un pas, dégagea son épée et pesa de la semelle contre la poitrine de son adversaire. Le spadassin tomba à la reverse, les bras en croix. Il respirait encore et fixait le ciel avec incrédulité, la pluie éclaboussant son visage.

Kantz l'enjamba et saisit à deux mains son épée qu'il retourna lame vers le bas. Puis il s'effondra accroupi sur Reinecker et le cloua au sol. La lame plantée dans le plexus, l'autre tressaillit et mourut, la moelle épinière sectionnée.

La pluie cessa bientôt.

Depuis le faîte d'une vieille tour qui se dressait, oubliée et solitaire, sur l'une des cinq collines de Wielstadt, la Dame en rouge contemplait tristement les décombres noircis et fumants des quartiers que l'incendie avait cessé de ravager.

« Merci », murmura-t-elle en levant des yeux noyés de larmes.

Alors, dans un ciel d'aube que les nuages désertaient, le dernier des grands dragons d'Occident poussa un rugissement triomphant qui fut entendu des lieues à la ronde.

Lorsqu'ils arrivèrent dans la cour dont les flaques miroitaient sous le soleil matinal, Kantz était encore accroupi sur Reinecker. Il ne bougeait pas, priait peut-être, les mains agrippant la poignée de la rapière fichée dans le cadavre, et le front appuyé contre le pommeau.

Une main amicale toucha son épaule.

Le chevalier redressa la tête, se leva, et fit face au Pèlerin qui lui souriait, le regard plein de compassion. Liliana, saine et sauve, se tenait en retrait, les cheveux mouillés et les pieds crottés. Chandelle, que Kantz avait perdue de vue sitôt arrivé sur place, voletait joyeusement autour de la gamine.

« Heureux de vous revoir, Michel.

— Heureux de te revoir en vie, chevalier.

— Comment avez-vous fait ? demanda Kantz en désignant Liliana.

— Dans un accès de colère, sans doute, Lilith a laissé paraître sa nature démoniaque. Cela a suffi pour que je la retrouve et rejoigne avant qu'elle ne quitte Wielstadt.

— Lilith ne commet pas de telles erreurs.

— Quelqu'un dut la pousser à bout. »

Quelqu'un… songea Kantz.

Et il jeta un coup d'œil à la dépouille de Reinecker.

« Je doute, dit-il, que Lilith vous remît Liliana de bon cœur.

— C'était cela, ou m'affronter. Lilith a choisi la voie de la sagesse. Et quant à moi, j'ai préféré la laisser partir plutôt que de risquer la vie de Liliana… »

Le chevalier acquiesça et, très pâle, manqua défaillir. Il avait perdu trop de sang pour tenir longtemps debout.

Le Pèlerin l'aida à monter à bord du carrosse attelé.

« Tu as besoin de soins urgents, François. Je vais te conduire en lieu sûr. »

Kantz se coucha sur une banquette tandis que Liliana et Chandelle le rejoignaient à l'intérieur de la cabine. Le Pèlerin prit la place du cocher et lança les chevaux d'un claquement de fouet.

Epuisé, le corps rompu, le chevalier se laissa bercer par les oscillations du carrosse et le martèlement régulier des sabots. Il avait presque perdu conscience lorsqu'il réalisa que la fillette défaisait son pourpoint et écartait le col de sa chemise pour examiner sa blessure. Il laissa faire tandis que Chandelle observait, attentive et inquiète. La plaie était profonde et saignait encore abondamment.

Kantz et Liliana échangèrent un regard. Dans leurs yeux brilla une même lueur pourpre, et le chevalier vit qu'un pentacle sacré était apparu, rougeoyant, au creux de la main gauche de l'Egyptienne. Avec assurance, la petite appliqua sa paume potelée sur la blessure.

Une chaleur réconfortante envahit l'épaule du chevalier, qui s'endormit, apaisé.

47

Trois mois s'écoulèrent sans que le chevalier donne de nouvelles. L'hiver arriva, et avec lui les premiers grands froids et les premières neiges persistantes. Recueilli par le Temple en secret, Kantz se remit de ses blessures dans la commanderie de Wielstadt, où il resta encore quelques semaines, à réfléchir et prier, bien après l'achèvement de sa convalescence. Il eut de longues conversations avec le frère commandeur Berthold et, un soir, il entra seul dans la chapelle.

C'était la première fois depuis des années qu'il retournait dans un lieu de culte pour s'y recueillir. Il y passa la nuit et fit ses adieux aux templiers le lendemain.

Ils lui offrirent un cheval sellé quand ils connurent ses projets.

En cette froide journée de janvier, Kantz régla plusieurs affaires avant de se rendre à la *Cigogne Noire*. Zacharios l'accueillit comme le survivant d'une guerre lointaine, et Feodor manqua lui briser les côtes en l'étreignant.

« Je pars, dit le chevalier en s'enfermant avec son ami.

— Longtemps ? » s'inquiéta le faune.

Kantz ne répondit pas, mais Zacharios lut dans ses yeux qu'il ne comptait pas revenir.

« Mais pourquoi, chevalier ?

— J'ai fait bien assez de mal à tous ceux qui m'aimaient, et je suis las de me battre.

— Où iras-tu ?

— Je l'ignore.

— Tu déraisonnes ! Nous avons tous besoin de toi.

— C'était le cas de Heide.

— Je veux dire que Wielstadt a besoin de toi !

— Il faudra qu'elle fasse sans moi. »

Zacharios ne pouvait ni ne voulait y croire.

« Et ta maison ? Tes biens, tes meubles, tes livres ?

— J'ai vu un notaire ce matin. Je lègue tout à Stefan. Il pourra vendre la maison. Ou y vivre avec Irena dès qu'ils seront mariés…

— Alors tu as pensé à tout », fit le faune d'un ton de reproche.

Kantz le regarda sans répliquer.

« Et moi ? reprit l'autre. As-tu songé à moi ?

— Oui. C'est pour cela que j'ai voulu venir te dire au revoir.

— Au revoir, ou adieu ? »

Ils échangèrent une accolade et Zacharios retint une larme.

« Adieu, dit le chevalier en s'en retournant. Prends bien soin de Feodor.

— Au revoir. Ma porte te sera toujours ouverte.

— Je le sais… Salue les autres pour moi. Le courage me manque. »

Kantz alla ensuite chez les Vecht.

Il avait appris qu'ils partageaient désormais leur ancien appartement avec Willem, au-dessus de l'atelier de l'imprimerie. Depuis le coin de la rue, enroulé dans un grand manteau noir et le chapeau au ras des yeux, il attendit qu'Annerose sorte avec la petite Ani et une domestique. Il eut plaisir à voir la mère et la fille en bonne santé. Il savait qu'Annerose, après la nuit terrible, avait perdu l'enfant qu'elle portait. Elle n'en aurait sans doute plus d'autres.

Deux heures sonnèrent.

Günter Vecht avait reçu une vilaine blessure en résistant à Reinecker et ses hommes, juste avant que ceux-ci ne mettent le feu à sa maison et ne les y abandonnent, lui, sa femme et leur fillette. Sa guérison fut difficile et, trois mois plus tard, il devait encore garder le lit souvent. Il était affaibli, amaigri, vieilli.

Ce jour-là, peu après deux heures, il croyait la maison vide quand il entendit des pas dans le couloir derrière sa porte.

On frappa.

« Qui est-ce ?

— C'est moi », répondit Kantz en entrant, le chapeau à la main et un paquet sous le bras.

Le libraire se redressa dans son lit.

« Chevalier !

— Bonjour, mon ami.

— Si vous saviez comme nous étions inquiets ! Pourquoi nous avoir laissés sans nouvelles de vous ? Allez-vous bien ?

— Je vais bien. Et vous ?

— Vous voyez… Pour la première fois, j'ai le sentiment d'avoir mon âge… »

Kantz approcha et prit une chaise. Il devina qu'Annerose s'y asseyait de longues heures pour tenir compagnie à son mari. Un ouvrage de broderie, d'ailleurs, était posé sur une petite table à côté.

« Annerose vient de sortir. Vous l'avez manquée de peu.

— Non, Günter. Je ne l'ai pas manquée. Je l'ai évitée… Après tout ce qui est advenu par ma faute, j'ai songé que… »

Le chevalier n'acheva pas tandis que Günter, à regret, était obligé de reconnaître que c'était sans doute pour le mieux ainsi.

« Je suis venu vous présenter mes excuses, dit Kantz. Pour l'enfant qu'Annerose a perdu. Pour votre belle demeure incendiée. Pour votre blessure et les dangers que je vous fis courir, à vous et à votre famille… »

Vecht acquiesça, ému.

« Je souhaite, ajouta le chevalier d'une voix nouée, que vous puissiez me pardonner un jour… Annerose avait raison en disant que je n'apporte que le malheur… »

Le libraire serra la main de Kantz dans les siennes.

« Allons, fit-il. Allons… »

Mais les tragédies déroulées étaient trop grandes pour qu'il puisse nier les douleurs et les peines qu'elles avaient engendrées. Par pudeur et afin de masquer son embarras, il choisit de changer de sujet.

« Qu'apportez-vous ? demanda-t-il en montrant le paquet que le chevalier avait posé sur les couvertures. Un cadeau ?

— Ce n'est rien au regard des épreuves que vous avez traversées, mon ami. Mais voilà le moyen, pour vous, de faire fortune.

— Fortune ? Mais qu'est-ce donc ? »

Tandis que Kantz remarquait la pâleur maladive de ses mains, le libraire défit le paquet et découvrit deux manuscrits, dont l'un était en latin et l'autre couvert d'une écriture étrange qu'il ignorait.

« Il s'agit du texte du *Troisième Manifeste* de la Rose-Croix, et de sa traduction. L'original est en hénokien.

— En hénokien ?

— Vous comprendrez en lisant. »

Enthousiaste, Vecht feuilleta les documents à la hâte, comme pour s'assurer qu'ils étaient bien réels. Il savait quels énormes succès de librairie avaient été les deux premiers manifestes rosicruciens.

« Mais où avez-vous déniché ces trésors ? »

Le chevalier raconta par le menu comment les précieux documents étaient arrivés en sa possession.

« Je vous le répète, conclut-il. Si vous décidez de publier cela, votre fortune est faite.

— Et qu'est-ce que cela dit ?

— Ces pages, expliqua Kantz d'un ton grave, révèlent nombre des secrets jusqu'alors détenus par la Fraternité. Mais surtout, il y est question de l'avenir du monde et des *Années du Diable*, lesquelles ont déjà commencé...

— Les Années du Diable ?

— La guerre dans le Saint Empire ne cessera pas avant de longues années. Bientôt, toutes les nations d'Europe y prendront part de par le jeu des alliances et les ambitions des monarques. L'Allemagne deviendra un immense champ de bataille que les armées, les brigands et les pillards ravageront. Personne, dans les villes ou les campagnes, ne sera épargné. Des villages, des bourgs, des cités entières périront par le fer et le feu, puis la peste et la famine s'abattront sur les survivants. Et dans leur folie barbare, les hommes feront preuve d'une cruauté que nous aurions peine, ce jourd'hui, à seulement imaginer... »

Günter dévisagea longuement le chevalier. Celui-ci avait parlé d'une voix blanche, le regard perdu, sans manifester d'émotion particulière. Il semblait en fait éprouver cette forme de résignation qui confine à l'indifférence. Il considérait l'avenir du monde et son présent en spectateur lointain, comme ces vieillards fatigués qui jugent que tout est déjà joué, et que rien ne mérite d'être fait.

« Et ce serait cela, les Années du Diable ? supposa le libraire.

— J'aimerais que cela ne soit que cela.

— Que voulez-vous dire ? »

Kantz prit une inspiration.

« Les horreurs qui s'annoncent ne seraient en fait qu'un long et terrible préambule... En s'appuyant sur la véritable prophétie de saint Malachie...

— Celle-là même que la Sainte-Vehme et la Rose-Croix se disputèrent l'an passé ?

— Oui. En s'appuyant, donc, sur cette prophétie dont il reproduit de larges extraits, le *Troisième Manifeste* affirme que l'apocalypse annoncée par saint Jean est proche. En fait, les premières trompettes du Jugement dernier auraient déjà sonné sans que nous les entendions. Ou plutôt, sans que nous les reconnaissions…

— Je… Je ne comprends pas…

— Vous savez que certains sorciers peuvent, par des rituels et des sacrifices, convoquer des démons en ce monde… »

Vecht se signa et dit :

« Oui.

— Plus le sacrifice est odieux, plus il est cruel, et plus le démon convoqué est puissant…

— Oui, mais…

— Alors voyez cette guerre comme un holocauste impie, un immense sacrifice à la mesure du monde… Malachie l'avait prédite. Selon lui, elle a été inspirée aux hommes par le diable, afin de servir ses intérêts. La Fraternité, elle, ajoute que des démons parmi les hommes œuvrent en ce moment à attiser les feux de la guerre. Et lorsqu'elle culminera en horreur, lorsque le pire sera accompli, alors les hordes infernales auront la liberté de déferler sur Terre.

— Et commenceront les Années du Diable… »

Le chevalier acquiesça, impassible.

Il se leva, noua le col de son grand manteau noir, prit son chapeau.

« Voilà, mon ami. Vous savez tout ou presque… Il vous revient à présent de décider si vous publierez le manifeste, et révélerez ainsi quel péril menace le monde. Il n'est pas certain, cependant, que vous serez cru. Et l'on pourrait bien vous accuser d'hérésie. Songez à Cassandre…

— Mais j'ai le manuscrit original hénokien qui atteste de l'authenticité de…

— Il n'est pas pire aveugle que celui qui ne veut voir. »

Kantz marcha vers la porte.

« Et vous, chevalier ? lança le libraire. Croyez-vous en cette prophétie ? »

Le chevalier se retourna.

« Moi ? fit-il… Moi, je ne crois plus en rien. »

Il coiffa son chapeau.

« Au revoir, Günter. Soyez avisé. »

Dès que la porte se fut refermée sur Kantz, Vecht se leva avec difficulté et, en chemise, les jambes nues, il gagna la fenêtre. Il attendit moins d'une minute – assez pour grelotter de froid dans la chambre glaciale – puis il aperçut le chevalier qui remontait la rue.

Lorsque Kantz tourna à l'angle et disparut, le libraire pressentit qu'ils ne se reverraient jamais.

Plus tard, la nuit et une tempête hivernale surprirent Kantz dans le cimetière des Anges-Aveugles, devant la tombe de Heide. Et c'est les épaules chargées de neige que le chevalier, après un dernier signe de croix, monta en selle. Ses fontes étaient pleines et une couverture se trouvait roulée sur la croupe du cheval.

Il rejoignit la porte des Chevaliers-du-Christ qui, comme toutes les autres à cette heure, était close. Mais Kantz avait un laissez-passer du Temple qu'il montra. Lorsque la sentinelle qui examina le papier voulut le lui rendre, il refusa d'un geste.

« Détruisez-le, dit-il. Ou portez-le au frère commandeur Berthold, avec mes remerciements. »

Tenant sa monture par la bride, Kantz s'engagea à pied sous la large et profonde voûte tandis qu'à l'autre bout, l'énorme portail grinçait dans le cliquetis de la herse que l'on relevait. A la lumière des flambeaux, le chevalier reconnut deux silhouettes à mi-parcours. L'une, petite, était celle de Liliana ; l'autre, grande et digne, était celle du Pèlerin appuyé sur son bâton de marche. Ils avaient revêtu des vêtements chauds. La sérieuse frimousse de la fillette pointait à peine d'une capuche en fourrure. Chandelle était assise sur son épaule.

Le Pèlerin et Kantz échangèrent un long regard.

Puis le chevalier s'agenouilla devant Liliana en décrochant sa boucle d'oreille. Il offrit la perle baroque noire à la gamine qui l'accepta dans sa main gauche, où un pentacle était désormais parfaitement dessiné.

« Prends cela, dit Kantz avec un sourire. Ainsi, tu te souviendras un peu de moi. »

La petite acquiesça et le chevalier se redressa.

« Tu ne peux partir », affirma le Pèlerin.

Chandelle s'éleva en l'air, le halo palpitant, et fit « non » de la tête.

« C'est pourtant ce que je fais, rétorqua Kantz.

— Tu n'en as pas fini, ici. Tu as une mission.

— J'y ai renoncé.

— Tu sais pourtant ce qui se prépare.

— Oui. Je le sais.

— Et tu renonces néanmoins ?

— Oui.

— Tu n'en as pas le droit.

— Et qui m'en empêchera ? »

Le chevalier se hissa en selle.

« Le Seigneur a voulu que tu viennes en ce monde pour une raison précise, François. Il n'acceptera pas que tu...

— Il l'a déjà accepté, Michel.

— Que dis-tu ? »

Alors Kantz déganta sa main gauche pour en exhiber la paume traversée d'une épaisse cicatrice. Les lignes du pentacle sacré y étaient estompées, presque effacées.

« Cela a commencé la nuit où j'ai tué l'un de mes frères, dit-il.

— C'est ta piété qui a faibli, répliqua le Pèlerin. Pas la confiance que le Très-Haut t'accorde ! »

Le chevalier remit son gant.

« Je voudrais simplement savoir une chose... fit-il.

— Quoi ?

— C'est la venue des Années du Diable qui fit que tant d'Hénokiens se révélèrent ces années passées, n'est-ce pas ?

— Je le crois.

— Et Liliana est la dernière d'entre nous. La dernière de vos protégés. La dernière des Hénokiens.

— Oui.

— Alors prenez grand soin d'elle, Michel. Elle sauvera peut-être le monde. Quant à moi, mon rôle s'achève ici...

— Tu ne comprends donc pas que, si tu renonces, Lilith a gagné ?

— Mais bien sûr, que Lilith a gagné », ricana tristement Kantz.

D'un claquement de langue, il lança sa monture au trot.

« Au revoir, Chandelle. »

Lorsque le chevalier s'engagea dans la tempête neigeuse, la herse derrière lui s'abattit dans un fracas de chaîne et les portes commencèrent à se refermer lentement.

Comme prise de panique, Chandelle vola en direction de Kantz, s'arrêta, revint vers Liliana et le Pèlerin. Elle hésita, alla dans un sens puis dans l'autre, finit par s'immobiliser en l'air en jetant des regards éperdus au chevalier qui s'éloignait pour toujours, et à la gamine qui restait immobile et impassible.

Le cœur serré et l'âme à la torture, il lui fallait pourtant bien faire un choix.

Maintenant.

EPILOGUE

Presque invisible dans la tourmente hivernale, accroché à la falaise telle une gigantesque gargouille d'onyx dominant le vide et la nuit, le dragon veille.

Il est immobile, assis, les serres fichées dans la pierre. Les lourds flocons qui tombent en tourbillons furieux depuis le crépuscule le recouvrent presque tout entier, au point qu'il se confond maintenant avec la masse des rochers enneigés. Les clochers de la ville proche ont déjà sonné minuit, mais les heures qui ont passé sont pour le dragon des esquisses de secondes et le froid ne l'atteint pas.

Il semble attendre.

Il observe.

Car malgré la nuit, malgré la tempête, le dragon peut voir son territoire. C'est le terme d'un golfe étroit, démesurément étiré sur une centaine de lieues, envahi par des eaux froides et salées. Jadis, il y avait là une vallée qu'un grand fleuve – lequel n'était pas encore le Rhin – venait emprunter. Mais les forces de la nature, un jour, se déchaînèrent. Dans leur fureur, elles éventrèrent la vallée sur toute sa longueur tandis qu'au nord, des terres côtières trop basses étaient submergées par la mer. La masse des flots, déferlant librement, trouva ainsi le chemin de la vallée suppliciée et la noya à jamais. Cela arriva en des temps que les hommes disent immémoriaux, des temps qui pourtant n'ont pas quitté la mémoire du dragon.

Pour l'heure, en cette nuit glaciale et violente, le dernier des grands dragons d'Occident tient repliées sur ses flancs ses ailes de cuir. Il a ramené contre lui sa longue queue écailleuse. Un cou épais, parcouru d'une crête osseuse finissant sur l'échine, porte bien droite sa tête massive. Une collerette membraneuse que traversent et percent des cornes d'ivoire jauni par l'âge, orne ce crâne aux mâchoires brutales. De ses narines lentement animées par un souffle rauque, suintent de loin en loin des volutes de vapeurs rouges qui montent vers des paupières mi-closes. Derrière elles, on devine à gauche un globe aveugle et blanchâtre, tandis que l'œil droit brille d'un éclat vif, profond, à la fois sage et terrible, inhumain.

Hors le dragon, nul ne sait plus rien du cataclysme qui engloutit la vallée. Au fil des siècles, les hommes ont oublié le grand Rhin et il leur semble que son cours, amputé depuis l'âge où Rome n'était qu'un hameau, rejoint de toute éternité ce long bras de mer glissé en terre allemande : la *Rhein See*. Et là où finit le fleuve et commencent les falaises schisteuses qui enserrent son estuaire, là s'étend Wielstadt, ville immense et meurtrie d'un Saint Empire romain germanique en proie à la guerre de Trente Ans. A l'hiver 1625, cette guerre entamée six ans plus tôt en Bohême paraît s'être éteinte. Cependant le feu couve sous la braise d'une paix précaire et, bientôt, ses flammes attisées dévoreront à nouveau le Saint Empire, plus voraces et cruelles que jamais. Du Rhin aux Carpates, de la Baltique à l'Adriatique, la mosaïque des Etats allemands, soumis à l'autorité chancelante de l'Empereur, subira les horreurs d'un conflit politique et religieux auquel se mêleront des armées venues de toute l'Europe. Et les batailles, les massacres, les pillages, les famines et les épidémies qui s'annoncent ne sont sans doute pas ce que le monde doit craindre le plus. Car dans les régions infernales, des hordes innombrables attendent patiemment leur heure…

Mais de tout cela, le dragon n'a cure et, sur son piton rocheux, il s'anime enfin.

Ses lents et puissants mouvements de colosse engourdi font écrouler son manteau de neige quand il se redresse. Alors, comme triomphant, il écarte ses ailes restées criblées par un feu de couleuvrines essuyé naguère. Cou tendu, tête levée, poitrail en avant, il adresse au ciel un cri que les plaintes du vent peinent à étouffer. C'est un cri terrible, sauvage et rauque qui semble résonner depuis les profondeurs d'une caverne, le cri d'un vieux mâle hurlant au monde qu'il est maître en son domaine. Puis le dragon replie ses ailes et penche la tête vers cette cité qui l'indiffère et qu'il sauva pourtant, parce qu'elle implora son aide par l'entremise de son incarnation vivante, éternelle et légendaire : la Dame en rouge.

Loin en contrebas, Wielstadt n'est qu'une tache sombre et vague sous le déluge de neige, seulement indiquée par quelques feux épars entourant les quartiers qu'un incendie ravagea et dépeupla. A tout autre que le dragon, la ville paraîtrait immense, presque monstrueuse, tandis qu'il ne voit en elle qu'un accident dérisoire en regard de sa propre existence plusieurs fois millénaire. Même les cinq cent mille âmes qui vivent là sont, en définitive, trop nombreuses et fugaces pour que le dragon les considère. Il les perçoit, cependant : elles s'inscrivent dans son esprit comme autant de points lumineux. Des points plus ou moins vifs, plus ou moins grands, et qui persistent plus ou moins longtemps, mais qui toujours finissent par s'éteindre pour être remplacés par d'autres tout aussi fugitifs.

La tempête de neige redouble. Lâchant prise, le dragon bascule soudain du haut de la falaise. Il tombe à pic vers les eaux agitées de la Rhein See, entraîné par sa masse énorme, le corps tendu pour mieux fendre l'air, la tête la première, les ailes collées à lui. La descente est vertigineuse, impossible : trois à quatre cents pieds de chute que le dragon accomplit le temps de quelques battements de cœur. Il a presque atteint les flots quand ses ailes se déploient dans un grand claquement de cuir. Le plongeon devient alors un vol plané que le dragon prolonge à plaisir, au ras des vagues dont les embruns trempent les écailles grisâtres de son ventre. Il file ainsi une longue minute, sans mouvement, avant d'obliquer vers Wielstadt.

Vers Wielstadt et ses toits blanchis qu'il frôle, deux coups d'ailes suffisant pour qu'il aille jusqu'à la porte des Chevaliers-du-Christ qu'un cavalier solitaire vient de franchir, poursuivi dans les bourrasques et les hurlées du blizzard nocturne par une bille de lumière vivante.

LA BALLADE DE PERN

Anne McCaffrey

Intégrale 1/5

Des milliers de colons humains ont trouvé refuge sur la planète Pern. Ils souhaitent y créer une société égalitaire et pastorale, et décident de laisser derrière eux toute forme de technologie. Pern ressemble à la Terre, la faune et la flore sont riches, les ressources nombreuses. Mais après des décennies de vie paisible, les Pernais devront affronter une incroyable menace venue de l'espace : les Fils. Ces filaments tombent du ciel et détruisent tout sur leur passage…

POCKET N° 7051

L'ARCANE DES ÉPÉES

Tad Williams

Intégrale 1/3

Le roi Jean, tueur du dragon Shurakai et souverain de toutes les nations humaines, est à l'agonie. Bientôt son fils aîné, le prince Élias, ira siéger sur le Trône du Dragon. Des complots se trament dans l'ombre. La mort du roi pourrait libérer un terrible maléfice que seule la Ligue du Parchemin a pressenti. Simon, jeune orphelin et apprenti d'un mage de la Ligue, devra jouer un rôle essentiel dont il n'a aucune idée…

POCKET N° 7126

LE PEUPLE DES RENNES

Megan Lindholm

Intégrale

Une nuit, Tillu la guérisseuse décide de fuir avec son fils Kerleu, un enfant étrange, tombé sous la coupe d'un chaman, qui veut en faire son successeur. Au-delà de la toundra gelée, elle va planter sa tente dans une forêt et tenter de reconstruire leur vie. Découverts par une autre tribu, mère et fils intègrent bientôt cette communauté. Mais des incidents étranges se produisent, et le chef de tribu accuse Kerleu, cet enfant qui fait peur à tous…

POCKET N° 7138

LES CHRONIQUES DES ELFES

Jean-Louis Fetjaine

Intégrale

En ce temps-là, les Nains, les Elfes, les Humains et les autres créatures ne se croisaient jamais. Mais lorsque l'armée des Terres noires a envoyé ses monstres assoiffés de sang sur le domaine des Elfes, la guerre fut inévitable.
À l'époque, Lliane était encore une jeune princesse, fille de la reine des Elfes. Sa rencontre avec un Humain blessé et recueilli par son peuple va bouleverser l'équilibre de leur monde fragile.

POCKET N° 7121

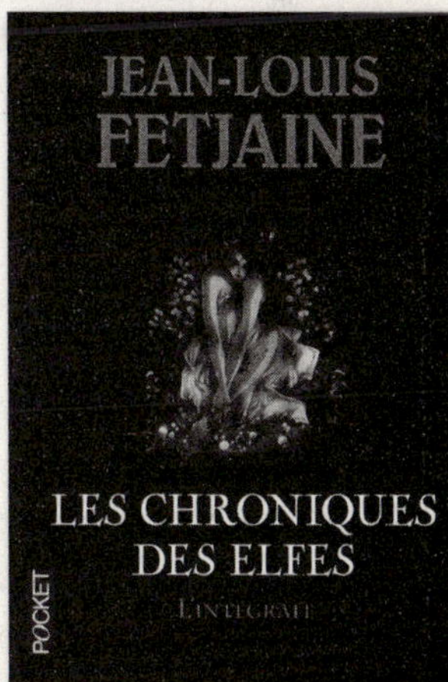